OĞLUMU YETİŞTİRİYORUM

MİNE İZGİ

Mine İzgi
www.mineizgi.net
bilgi@mineizgi.net

Oğlumu Yetiştiriyorum

Türdav Yayın Grubu
Adına Editör Mehmet Dikmen
Kapak Ramazan Erkut
Baskıya Hazırlık Türdav Ajans
Baskı ve Cilt Kurtiş Matbaacılık
Maltepe Mah. Litros Yolu Fatih Sanayi Sitesi No: 12/74-75-76
Topkapı / İst. Tel: (0212) 613 68 94 Faks: (0212) 613 68 96

İstanbul / 2011
ISBN 978-9944-995-25-2

Yayıncı Sertifika No: 16440

TÜRDAV YAYIN GRUBU

Göztepe Mh. Mahmutbey Yolu Orhangazi Cd. No:16 Bağcılar / İST.
Tel: (0212) 446 08 08 (pbx) Fax: (0212) 446 00 15 - 90
www.elityay.com.tr • bilgi@elityay.com • www.kitapkutusu.com

OĞLUMU YETİŞTİRİYORUM

MİNE İZGİ

elit kültür

İthaf ve teşekkür

Gözümün aydınlığı biricik oğlum **Ömer Faruk'uma,**

"Erkek dayıya, kız halaya benzer" sözünden yola çıkıp, devamlı olarak benzettikleri oğlumun sevgili dayısı ve biricik erkek kardeşim **Muhammed Edip İzgi**'ye,

"Yüreğin dağlar kadar yüce olsun, sen Battal Gazi'nin torunusun" diye diye torununa örnek olmaya çalışan ve benim sağlam karakterli biri olmam hususunda çaba sarf eden değerli Babam ve oğlumun sevgili dedesi **Bekir İzgi**'ye...

Onların şahsında tüm oğullara, dedelere, dayılara ve torunlara ithaftır. Ölenlere "Fatiha", kalanlara dua hediyemle...

Bu çalışmamda ve her türlü mücadelemde arkamda değil, devamlı yanımda olan saygı değer eşim **Rahmi Eyidenbilir**'e sonsuz teşekkürler.

İÇİNDEKİLER

Giriş 11
Doğmamış Oğluma Mektup 11

Aileniz ve Oğlunuz 14
Toplumun Çekirdeği Aile 14

Hassas Dönem 19
Hamilelikte Dikkat Edilmesi Gerekenler 19

Doğum 25
Büyük Olaya Hazır mısınız? 25

Doğum Sonrası 29
Oğlunuzun İlkleri 29

Oğlunuz 1 Yaşında 31
Bebeğin Özellikleri 31
Oğlunuzun Genel İhtiyaçları 34
Anne Sütü ve İçeriği 41
Oğlunuz ve Annesi 49
Oğlunuz ve Babası 53
Aşılara Dikkat 60
Oğlunuz Diş Çıkarıyor 62
Gelişim Dönemleri 66

Oğlunuz 2 Yaşında 72
2 Yaş Gelişim Süreci ve Mesajları 72
Konuşmaya Başlıyor 77
Disiplin Ama Nasıl? 81

Tuvalete Gitme Zamanı Geldi 88
Oğlunuzun Yemek Alışkanlığı 91
Bir Varmış Bir Yokmuş 96
Oğlunuzu Sevgiyle Büyütün 99

Oğlunuz 3 Yaşında 101
Gelişim Süreci ve Verdiği Mesajlar 101
Kendini İfade Etmeye Çalışıyor 103
Babası Sana Söylüyorum Oğlum Sen Anla 105
Uyuma Alışkanlığına Dikkat 107
Öfke Nöbetleri 113
Dışa Açılmaya Başlıyor 115

Oğlunuz 4 Yaşında 117
Gelişim Evreleri ve Verdiği Mesajlar 117
Zihnin Açık Olduğu Dönem 119
Oğlunuz Çok Soru Soruyor 123
Oğlunuzun Oyun ve Oyuncakları 130
Oğlunuz İçin Kitap Alma Zamanı 141

Oğlunuz 5 Yaşında 148
5 Yaş Gelişim Evreleri ve Verdiği Mesajlar 148
Farklılıkların Farkında Olmak 151
Babası Gibi Ütülü Pantolon Giymek İstiyor 153
Yalan Söylemeye Eğilim 155
Oğlunuzun Özgüveni ve Sorumlulukları 157
Oğlunuzun Özdenetimini Sağlayın 160
Oğlunuza Özsaygı Kazandırın 163
Oğlunuz Ağabey Oluyor 170

Oğlunuz 6 Yaşında 178
Gelişim Evreleri ve Verdiği Mesajlar 178
Anaokulu Oğlunuz İçin Yeni Bir Oyun ve Eğitim Yeri 180
Duygusal Şiddet ve Ceza 187
Dengeli Aile Ortamı ve Biz Olma Bilinci 193
Büyük Anneler ve Büyük Babalar 198

Oğlunuz 7 Yaşında 200
7 Yaş Özelliği 200
Okuldan Önce Sünnet 202
Oğlunuz Okula Başlayacak 205
Oğlunuz Okula Başladı 208
Okul Başarısı Ya da Başarısızlığı 212
Oğlunuzun Dersleri 217
Oğlunuzun Parasal Durumu 221
Manevi ve Ahlaki Değerler Öğretilmeli 226
Örnek Anne Baba mısınız? 232

Oğlunuz 8 Yaşında 238
Gelişim Evresi ve Özellikleri 238
Neden Evde Farklı Okulda Farklı? 240
Oğlunuzun Sanat Ruhu, Buluş Kabiliyeti, Zekâ Özellikleri. 242
Sağlıklı Sınırlarınız ve Kurallarınız Olmalı 250
Duygusal ve Sosyal Zekâ Gelişimi Önemli 254

Oğlunuz 9 Yaşında 262
Gelişim Süreci ve Özellikleri 262
Sizden Farklı Bir Birey 266
Oğlunuzu Spora Göndermelisiniz 268

Oğlunuz 10 Yaşında 270
Gelişim Özellikleri ve Evreleri 270
Hayatı Onunla Paylaşın 273
Oğlunuzla Arkadaş Olun 276
İdealleri Olmalı 278
Evdeki Sorumlulukları Paylaşın 281
Anneye Yardım Kılıbıklık Değildir 287

Oğlunuz 11 Yaşında 288
Gelişim Evresi ve Özellikleri 288
Babasından İlgi Bekliyor Ama 291
Oğlunuzun TV Alışkanlığı 293

Bilgisayar ve İnternet 296
Mutlaka İzci Kampına Gönderin 303

Oğlunuz 12 Yaşında 305
Gelişim Evreleri ve Özellikleri 305
TV Kumandası Yerine Kitap 308
Oğlunuzu Başkalarıyla Kıyaslamayın 313
Oğlunuza İlgi Alanları Oluşturun 315

Oğlunuz 13 Yaşında 317
Bağımsızlığa Atılan İlk adımlar 317
Ahlaki Değerleri Yerine Getirmek Önemli 322
Oğlunuz Sizi Yansıtmakta 324
Baba Oğul Gezmelere Gitmelisiniz 326
Cinsel İstismardan Haberi Olsun 327

Oğlunuz 14 Yaşında 329
Hayatında Bazı Farklılıklar Var 329
Dengesiz ve Tutarsız Tavırların Artışı 332
Giyim Kuşamı Önemli 335
Oğlunuzun sınav kaygısı 337

Oğlunuz 15 Yaşında 339
Kanı Deli Dönemler Başladı 339
Babaya Yakınlaşma Anneden Uzaklaşma 342
Cep Telefonu Sendromu 345
Arkadaşlarına Yatıya Gitmek İstiyor 347
Oğlunuzu Bekleyen Tehlikeler 349
Liseli Oldu Ama Aklı Bir Karış Havada 356
Oğlunuzun Eğilimlerine Dikkat 358

Oğlunuz 16 Yaşında 360
Doğal Gelişimin Kabulü 360
Onunla Sağlıklı İletişim Kurun 362
Evin Sorumluluklarını Paylaşın 365

Gençlikte de Güçlü Bir Özgüven Lazım 368
Gençler İçin Öz Denetim Şart 372
Oğlunuzun Duygusal Zekâ Eğitimini Unutmayın 375

Oğlunuz 17 Yaşında 380
İsteklerini Gerçekleştirmek İstiyor 380
Âşık Olduğunu Sanıyor 382
Tatilde Çalışmak İstiyor 384

Oğlunuz 18 Yaşında 386
Üniversiteye Hazırlanmalı 386
Oğlunuzun Meslek Seçimi 390
Aileden Uzakta Okumak İstiyor 396

Oğlunuz 19 Yaşında 399
Haksızlığa Dayanamıyor 399
Babayla Tartışma Seansları 401
Babasının Arabasını İstiyor 402
Kuşak Çatışması Olduğunu Düşünüyor 404

Oğlunuz 20 Yaşında 406
20 Yaşında Olmayı Sevdi 406
Üniversiteli Olmak Ona Yaradı 408

Oğlunuz 21 Yaşında 413
Neler Hissediyor Neler? 413
Hayatı Tanımaya Çalışıyor 416

Oğlunuz 22 Yaşında 419
Ergenliğe Veda 419
Evlilik Kararı Önemli 421
O Şimdi Asker 423
Evliliğe Hazırlık Dönemi 425

Oğlunuz 23 Yaşında......427
Kendi İsteğiyle Şekillenme......427
Kız İsteme Zamanı Geldi......430

Oğlunuz 24 Yaşında......433
Kendi Evinin Babası......433

Son Söz Yerine......437
Şeyh Edebali'nin Osman Bey'e Nasihati......437

Kaynaklar......438

Giriş

Doğmamış Oğluma Mektup

Önümde bir sürü çocuk resmi... Mavi gözlü, kırmızı yanaklı, simsiyah saçlı... Gözlerinde sevinç, yüzünde mutluluk pırıltıları olan...

Ve ben yavrum, sen daha dünyada yokken, o çocuklara bakıp bakıp seni düşünüyorum. Ve seni daha şimdiden çok, ama çok seviyorum. Belki de beni ayakta tutan, ufukta umut bulutlarımı dolaştıran sensin. Her şeyimsin sen benim. O pembe yanaklarına, sıcacık buseler kondururken, minicik ellerini sımsıkı tutacağım. Cennet kokan saçlarını okşarken, minik başını göğsüme dayayıp, kalbimin senin için nasıl da çarptığını sana dinleteceğim...

Bu yeryüzü denilen alemde yalnız olmadığını sana hissettireceğim yavrum. Benim yalnızlığıma nisbet, senin yalnız olmadığını görecek ve benim çektiğim acıları çekmeyeceksin. Annen seni o kadar çok seviyor ki, senin acı çekmene asla müsaade etmeyecektir. Sen de büyüyünce bunları çok iyi anlayacak ve çocuklarına benim sana davrandığım gibi şefkatli kollarınla sarılacaksın.

Sevgili yavrum, şu yeryüzüne bir bakınca seni nelerin beklediğini, seni nelerden korumak istediğimi, şimdiden sana anlatmaya başlıyorum. Dinle...

Yeryüzü... Canlıların yaşadığı ve çoğaldığı yer. Ama ne acı ki, dünyayı yaşanmaz hale getiren insanlar var. Zulmeden, öldüren, kan akıtan insanlar... Acaba bu insanlık dramı ne zaman duracak? Ne zaman kan kokan topraklarda renk renk çiçekler açacak? Acaba hiç gelmeyecek mi o tatlı seher rüzgarları? Çocuklar özgürce uçurtma uçurtmayacak mı mavi gökyüzüne? Ya sen yavrum?!... Seni karamsarlıklar diyarına yuvarladığımı sanma. Geleceğin ve yaşamak zorunda olduğun dünyayı iyi tanı... İşte burası, bizlerin de yaşamaya çalıştığı dünya. Evet, burası dünya...

Ama umutluyum... Senin varlığından gelen bir kuvvetle umutluyum. Sen ve senin gibiler, ters esen rüzgarın yönünü düze çevireceksiniz. Ve ben bu yolda hep seninle beraber olacağım bir tanem... Ve ömrün, bahar çiçeği gibi açacak. Ömür defterini nasıl dolduracağını sana ben öğreteceğim.

Bilmelisin ki, bir defa ele geçen ömür baharı, insan hayatında bazen billur billur akan bir suya benzer... İnsan o akışta resmini görebilir. Bazen güllerle bezenmiş has bahçe gibi bütün güzel kokuları üzerinde toplar. Bazen de bir bataklık misali sereserpe uzanır. Bazen yol üzerinde biten dikene benzer. Bazen azgın akan seller gibidir, başını rastgele taşlara vurur. Fakat yavrum, senin ömrünü nasıl bezeyeceğini ben sana anlatacağım. Her şeyi, seni daha iyi yetiştirmek için öğrenip, sana o ılık sesimle ben anlatacağım. Dinlemeye devam et...

İsmini **Fatih** koyacağım. Ama öncelikle seni **fetih yürekli bir delikanlı** olarak yetiştireceğim. Başaracakların belki insanlık tarihini değiştiremeyecek, ama senin yazgını değiştirecektir. Şimdi ben, geçmişte yapamadığım şeyleri hayal etmektense, gelecekte seninle birlikte yapmak istediklerimi hayal etmeye başladım. Ayrıca sana da, hayallerine nasıl yüzme öğreteceğini anlatacağım. Mesela ben, başıma gelen acı ve üzüntülü şeyleri bir zarfa koyup, K.K.K. hızlı servisine postalamayı öğrendim. K.K.K. ne mi? Kaderin Kapalı Kutusu... Sana da öğreteceğim.

Sana nedenlerin ardındaki nedeni anlatmaya çalışacağım. Çünkü o zaman yalın bir dünya kapılarını sana açacaktır sonsuza kadar...

Hiç camdan baktığında dünyanın sesini duymayanlara inat, ben sana şimdiden dünyanın sesini dinleteceğim. Birlikte sessiz dünyanın, keşfedilmeyi bekleyen hayatını fark edeceğiz. Ezanla öten kumruyu, yaşadığımız şehrin olağan sesini, ağaçların uğuldayan yapraklarını, sokak lambalarından sızan ışık huzmesinin helezonik dansını, bugüne kadar duymadığın tüm sesleri sana dinleteceğim...

İyi öğren oğlum, geminin rotasını kaptan belirler. Hayatın rotasını ise, kişinin kendi düşünceleri... Sağlıklı ve doğru düşüncelere sahip olmanı sağlayacağım. Çünkü sadece kirletilen soluduğumuz hava değil, asıl kirletilen düşüncelerimiz. Onun için tertemiz düşüncelere sahip olman için çalışacağım.

Maratonu hangi koşucular kazanır biliyor musun bir tanem? Tabi ki antrenmanlı olan koşucular... İşte şimdiden antrenmanlara başlamalısın. Onun için bunları sana anlatıyorum. Geleceğin en iyi evladını yetiştirmek için... Biliyorum az kaldı, kısa bir zaman sonra seni kucağıma alacak ve doya doya o Cennet kokunu içime çekeceğim.

Biliyorum, her kışın bir baharı, her gecenin bir sabahı, her müşkülün bir salahı vardır. Her başlangıcın bir sonu olduğu gibi... Biliyorum, her külfetin arkasında bir nimet ve her sıkıntının ardında da bir ferahlık vardır. İşte ben de, bu büyük nimet için, tarifsiz bir mutlulukla seni bekliyorum yavrum.

Seni büyük bir özlemle bekleyen annen

Toplumun Çekirdeği Aile

Toprağa bir çekirdek düşerse, o çekirdek eninde sonunda boy verir ve kendini gösterir. Bazen o düşen çekirdekten büyük büyük ağaçlar, bazen de küçücük çiçekler olur. Kimi çekirdeğin büyüyen gövdesinde huzur bulur dinleniriz, kimi ayrık otları olup ayaklarımıza takılır. Kimi güzel kokularla etrafı süsler, kimi dikenlerini ellerimize batırır. İşte aile de, toprağa düşen çekirdek gibidir.

Aile çekirdeği de, toprağa düşen çekirdek gibi özen ister, bakım ister, emek ister. Ne kadar iyi bakar, özen gösterirseniz, o kadar iyi sonuç alabilirsiniz.

Herkesçe malumdur ki, anne babanın kalbi, çocuk sevgisini taşır bir özellikte yaratılmıştır. İçlerinde bu sevgiden yana ölçülü bir duygu mevcuttur. Onu koruyup yetiştirme şuuru, sevgi, şefkât ve rahmet, fıtratında olan duygulardır. Aynı zamanda da, durumuyla ciddi biçimde ilgilenme hassasiyeti de göstermektedirler.

Eğer bu fıtrî duygu ve ilgi olmasaydı, insan türü yeryüzünde son bulurdu. Anne babalar çocuk yetiştirmeye sabır ve tahammül göstermez, onların dert ve ihtiyacını yüklenmez, terbiyeleriyle meşgul olmaz, gece uykularını terk etmezlerdi. Aynı zamanda onlarla ilgili yararlı bir ortam hazırlamayı düşünmezlerdi. İşte bu düşünce ve fıtri duygularla anne baba adayları, dünya evine girer ve bu evi çocuk sesleriyle şenlendirmek isterler.

Dünya evi denilen bu ev, birbirini seven, beğenisini kazanan, her açıdan birbirlerini tamamlayan, iki ayrı cinsin bir araya gelmesiyle oluşur. Bu açıdan da toplumu oluşturan en küçük birim, ama en önemli temel taştır. Bilinen taşlardan çok farklı, çok değerli ve çok önemli bir taş...

Aileyi yani dünya evini kuran insan türünün iki ayrı cinsi olan kadın ve erkek, hem ruhsal hem de bedensel açıdan birbirini tamamlayan iki unsurdur. Ortak değerlere sahip, kadın ve erkeğin sevgi ve saygıyla yoğurduğu harçla örülen bu aile duvarı, artan mutlulukla göklere ulaşır. İşte yoğrulan bu harç, o kadar sağlam ve sağlıklı olmalıdır ki, göğe yükselmeye aday dünya evi, en ufak bir sarsıntıda yıkılmasın ve yükselmesi hiç durmadan devam edebilsin.

Mutlu olmak her insanın özlemidir. Mutluluk üzerine kurulan dünya evi, ömür boyu mutlu olmalıdır. Evinde mutlu olmak her insan için büyük önem taşır. Aradığı sevgiyi, huzuru, mutluluğu bulan insan, ruhen ve bedenen sağlıklı olur. Sağlıklı ve mutlu insan, bireysel ve toplumsal vazifelerini en iyi şekilde yapabilir. "Her başarılı erkeğin arkasında başarılı bir kadın vardır," sözünde eşini ve evini mutlu etmeyi başarmış kadın gizlidir. İş hayatında başarılı erkeklerin, eşiyle problemi olmadığı, mutlu bir yuvaya sahip olduğu görülmektedir.

Aile, tarihi seyir göz önüne alınarak şöyle tarif edilebilir: **Dini ve içtimai kaidelere uygun bir evlilikle kurulan ve doğum yoluyla gelen fertleri de içine alan, karşılıklı vazife ve mesuliyetler çerçevesinde müşterek bir hayat yaşayan insanlardan müteşekkil, toplumsal bir müessesedir.**

Aile sadece, anne, baba ve çocuklardan meydana gelen maddi bünye değil, fertleri birbirine karşı insanca münasebetler kurmaya hazırlayan ulvî bir yuvadır. Cemiyetin sıhhati, bu yuvanın huzuruna bağlıdır. Sevgi ve saygıya, dini ve milli an'anelere dayanan huzurlu bir aileden, mükemmel bir cemiyet doğacağı gerçektir. Yuva içindeki ferdin isyanı, vücudun herhangi bir yerinde beliren bir çıban gibidir. Bu çıban, nasıl ki, bütün gövdeyi rahatsız ederse, aile içindeki geçimsizlik de toplumu tedirgin eder. Bu bakımdan neslin selameti, varlığın bekası için, aile, üzerinde durulması gereken çok önemli bir konudur.

Aile, çocuk için vazgeçilmezdir. Bireyin, kişiliğinin gelişmesi, hayata hazırlanması ve toplumun değer yargılarına ve niteliklerine uygun biri olarak yetişmesi, önce ailede sağlanır.

Çocuğun aile yapısı, ailenin genişliği, sosyo-ekonomik durumu ve kültürel düzeyi, onun ilk toplumsal deneyimlerini, dolayısıyla duygusal, toplumsal ve gelişimsel düzeyini etkileyecektir. Sevgi, saygı ve hoşgörünün olduğu evlerde yetişen çocukların daha uyumlu ve başarılı olduğu; bu ortamdan uzak yetişenlerin ise, şiddet ve saldırganlık eğilimi içinde oldukları görülmektedir.

Çocukların kendilerini ifade etmeleri, geliştirebilmeleri, işbirliği içinde olmaları, güçlükleri yenmeleri, doğru-yanlış bilincine sahip olmaları, aile bireylerinin kendi aralarındaki iletişimle ilintilidir. Bu durumda eşler arasındaki ilişkiler, anne-baba-çocuk ilişkilerinde örnek teşkil etmektedir. İşte bu yüzden de aile önemlidir. Çünkü çocuğun yetiştiği, örnek aldığı, şekillendiği ilk yer ailesidir.

BİR ÇOCUĞA AİLEDE NELER ÖĞRETİLİR?

Arkadaşımın oğlu bir yaşına gelmişti, 'Sen eğitimcisin neler öğretmem gerekiyor, bazen kendimi çok çaresiz hissediyorum' dedi. Sorusu kolaydı, ama yanıtı zordu, akıl vermesi basitti, ama uygulaması karmaşıktı, anlatmaya başladım:

Yapabiliyorsan gözyaşlarını tutmamasını öğret, acı çekmeden olgunlaşamayacağını...

Kıskanmamayı öğret ona, arkadaşının başarısından mutlu olmayı, birlikte sevinçleri paylaşmayı; içinden 'neden ben değil de o?' demeden...

Kazanmaktan mutluluk duyup içine sindirmeyi, ama aynı zamanda kaybetmeyi öğrenmesini.

Her şeyin bir sonu olduğunu öğret. Sahip olduğu bütün değerlerin bir gün keyif vermeyebileceğini. Kazanılan ve harcananın bir sonu olduğunu, gidilen yerlerin zamanla bıkkınlık verebileceğini, her şeyi tüketebileceğini, tüketemeyeceği tek şeyin bilgi olduğunu öğret. Kitaplardan keyif almasını, okumayı sevmesini öğret ona.

Elbet er ya da geç alacaksın biliyorum, ama mümkün olduğunca geç al ona bilgisayarı. Ona kendisi ile başbaşa kalacağı sakin zamanlar ver. Sıkılmayı öğret ona, sıkılıp ta kendini yönlendirmeyi bulmasını.

Doğaya götür onu, hayvanlardan korkmaması gerektiğini öğret. Arıların bizi sokmasından çok, nasıl bal yaptığını anlat. Doğanın gizemini bulmasına yardımcı ol. Yağmurdan sonraki toprak kokusundan keyif almasını sağla.

Şartlar çok zor olsa da yalan söylememesi gerektiğini öğret ona.

> Kazandığı elli liranın, piyangodan çıkan beş yüz bin liradan çok daha keyifli olduğunu öğret. Alın terine saygıyı öğret ona.

Kendi doğruları üzerinden kimsenin onu yargılamasına izin vermemesi gerektiğini öğret, başkalarını da kendi doğruları üzerinden yargılamamak gerektiğini...

Bunun başkalarını dinlememek olduğunu değil, söylenenleri kendi eleğinden geçirmesi gerektiğini öğret. Kendi fikirlerine inanmanın güzelliklerini anlat.

Hayatı sorgulamayı öğret ona... Bilginin en büyük güç

olduğunu öğret.

Haklı olduğu konuda sonuna kadar diretmesini öğret ve haklıyken dik durmasını.

Günün birinde yaptıkları değil yapmadıkları için pişmanlık duyabileceğini öğret.

Basit yaşaması gerektiğini öğret ona, çay içmekten keyif almayı...

"İstemiyorum", "hayır" demeyi öğret ona; istediğinde ise "istiyorum" demeyi...

Sevdiğinde ise "seni seviyorum" diyebilmeyi öğret ona.

Sorgusuz sevmeyi...

El yazısı ile notlar tutmayı...

Lafı dolandırmamayı...

Sevdiklerinin hiçbir zaman çantada keklik olmadığını, **dostluğa yatırım yapması gerektiğini, dostluğun kıymetini bilmeyenlerden uzaklaşmasını öğret ona.**

İşlerin hiçbir zaman bitmediğini söyle ona, en yoğun zamanda bile kendine vakit ayırması gerektiğini öğret...

Ama en çok da kendini sevmesini öğret... Kendini sevmezse kimsenin onu sevmeyeceğini... Kendine çiçek almazsa kimseden çiçek beklememesi gerektiğini...

Hayatta her şeyden çok kendisinin önemli olduğunu öğret ona... Kendini geliştirmesini, güzel vasıflarla süslemesini; aranılan, güvenilen, kaliteli bir insan olmasını...

Hassas Dönem

Hamilelikte Dikkat Edilmesi Gerekenler

Kafanıza göre ilaç kullanmayın

Hamilelik öncesinde ve daha sonra, hamilelik bilinmeden kullanılan doğum kontrol hapları, anne karnında iyi beslenmeme, annenin hamilelik dönemindeki gerginlikleri; bebeklerin hem koca kafalı, hem de astımlı olmasına zemin hazırlıyor. Bu tür rahatsızlıklar, erkek bebeklerde daha çok görülmekte. **Anne adayı doktor kontrolü olmadan hiçbir şekilde ilaç kullanmamalıdır.**

Yiyeceklere dikkat

Anne adayları, asitli ve zararlı yiyecek ve içeceklerden uzak durmalıdır. Temizliği dikkat etmelidir. Mesela ellerini sık yıkamalı, özellikle çiğ etten geçen bir parazit taşıyabileceği için çiğ ete dokunduktan sonra ellerini mutlaka sabunla yıkamalıdır. **Anne adayı, yiyeceklerine çok dikkat etmelidir. Sağlıklı ve temiz besinler tüketirken, bağırsaklarını düzenleyici gıdalar almayı da ihmal etmemelidir.** Bu dönemde iyi beslenen anne, yeni doğacak bebeği için yedek demir sağlar. Bebek de bunu karaciğerinde biriktirir, doğduktan sonra da ilk aylardaki demir ihtiyacını bu depodan karşılar. **Annenin beslenişi, bebeğin kemikleriyle dişlerini de etkiler. Bunun için kalsiyum, fosfor ve gerekli vitaminler de eksiksiz olmalıdır.**

Hamilelikteki rejimin zararları

Hamileliği süresince fazla kilo almamak için rejim yapan ya da farklı sebeplerle yeterince beslenmeyen annelerin, ileride, obez olma riski taşıyan bebekler dünyaya getirdiği, araştırma sonuçlarıyla bilinmekte. İngiliz yayın kuruluşu BBC'nin internet sitesinde yer alan bir habere göre, İngiliz ve Yeni Zelandalı bilim adamlarının birlikte yaptıkları araştırma, hamile kadınların beslenme düzenlerinin, çocuklarının ileride obeziteye eğilimli olup olmayacağını belirlediğini ortaya çıkardı. Araştırmaya göre, **hamileliği süresince yetersiz ya da kötü beslenen anne adayı, hayatının ileriki yıllarında kilo almaya meyilli bünyelere sahip bebekler dünyaya getiriyor.**

İngiltere'deki Southampton Üniversitesi ile Yeni Zelanda Büyüme ve Gelişme Araştırma Merkezi'nin yaptığı araştırma, anne karnındaki ceninin, içinde bulunduğu beslenme şartlarına uyum sağlama çabasının, metabolizmasının gelecekte de gıdaya karşı nasıl tepki vereceğini belirlediğini gösteriyor.

Şöyle ki: Sürekli düşük kalorili gıdalara maruz kalan fetus, hayatının ileriki dönemlerinde de gıdaların bu şekilde olacağını varsayarak, metabolizmasını gıda ve yağ depolamaya yönelik ayarlıyor. Bu tür çalışan metabolizma da kişiyi yaşantısının ileriki dönemlerinde kilo sorunuyla karşı karşıya getiriyor.

Uzmanlara göre, araştırma, "genetik olarak benzer bireylerin, niçin farklı metabolizmalara sahip oldukları" sorusunun cevabına da ışık tutma özelliğini taşıyor. Bunun için **dengeli beslenme** ve **dengeli kilo** artışını sağlamak gerekir.

Bebek her şeyini annesinden karşılar

Bebek, göbek kordonu aracılığıyla annesinin vücudundan büyük ölçüde istifade eder. Anneden kanla gelen her türlü gıda ve maddeler, bebeğin organlarına ölçülü ve

olması gerektiği miktarda dağılır. Bunun için anne, hem kendini, hem de bebeğini besleyecek ürünleri almaya daha dikkat etmelidir. Mesela, demir ve kalsiyum, devamlı bir şekilde karşılanması gereken iki önemli maddedir. Bunlar ihmal edildiği zaman da sürekli yorgun ve gergin olunacağı unutulmamalıdır. Hamileliğin olmazsa olmazlarından sayılan can çekmeler, kusmalar, mide bulantıları, hamileliğin birçok sebepleri olan aşermelerdir. Vücudumuz bizden, kendisine sunmadığımız şeyleri almak ister. Bunlar genellikle vitamin, tuz ve karnımızdaki bebeğin kemiklerinin oluşmasına yardım eden kireçli maddelerdir. Görüldüğü gibi **vitaminler ve gıdalar, bebeğin ve annenin beden sağlığı için çok önemlidir.**

Zararlı ışınlara maruz kalmayın

Hamile olduğunu anlayan bir anne adayı, asla radyasyon almamalıdır. Bunun için de film çektirmemeli, hatta bir başkasının yanında bile röntgen odasına girmemelidir. Aynı şekilde **cep telefonunu da çok fazla kullanmamalıdır.** İhtiyaç olmadıkça ultrasona bile girmemelidir. Zaten şu an kadın doğum doktorlarının kullandığı siyah-beyaz ultrason, röntgendeki gibi bebeğe zararlı X ışınları vermemektedir ve hızlı ses dalgası yoktur. Ama yine de kullanma süresi 5–10 dakikayı geçmemeli ve bir aydan kısa aralıklarla olmamalıdır.

Kolay doğum için yapılması gerekenler

Gebeliğin normal seyretmesi durumunda, günlük düzenli yürüyüşler, yerde oturma, yavaş ve dikkatli bir şekilde yüzme ve ev bisikleti ile pedal çevirme, bir uzman gözetiminde bazı özel egzersizler, normal doğumu kolaylaştıran etmenlerdir. Doğumu zorlaştıran fazla kilolar için de işi baştan sıkı tutmak gerekir.

Anne adayına biraz daha fazla ilgi gerekir

Hamile hanım, hormonsal değişiklikten dolayı daha duygusal ve kırılgandır. Bu dönemde ailesinin göstereceği anlayış ve titizlik çok önemlidir. Çünkü onun mutlu olması, doğacak bebeğin mutlu olmasıyla çok ilgilidir. Ruh hali gibi, uyku alışkanlığı gibi birçok konu, daha anne karnındayken bebeği etkilemektedir. **Bebeğinizin huzurlu, mutlu ve sağlıklı olmasını istiyorsanız, iyi bir hamilelik dönemi geçirmelisiniz. Stresten mutlaka kaçınmalı ve pozitif düşünmeye çalışmalısınız.**

Gebeliğin ilk dönemlerinde, ağır stres altında bulunan kadınların bebeklerin psikolojik olarak olumsuz etkilenme riski oldukça yüksektir. Yapılan araştırmalarda, stresli dönemde annenin beyninin saldığı kimyasalların ceninin henüz yeni gelişmekte olan beyni üzerinde doğrudan etkisi bulunduğu tesbit edildi. Bu etkinin anne ile cenin arasındaki koruyucu duvarların daha tam oluşmadığı, ilk gebelik evrelerinde daha büyük olduğu kaydedildi. Daha önceki araştırmalar da, **hamilelikteki stresin erken doğum ve düşük kilolu bebek doğurma riskini arttırdığını ortaya koymuştu.** Şimdiki araştırmalar ise, stresin daha annenin ilk hamilelik döneminden itibaren etkili olduğunu ortaya çıkarmıştır.

Anne karnındadır, ama her şeyi hissetmektedir

Anne, hamilelik boyunca kendini ne kadar iyi hissederse, bebek de o kadar sağlıklı olur. Çünkü annenin bedensel sağlığı kadar psikolojik durumunun da iyi olması gerekiyor. Dolayısıyla hamilenin mümkün olduğunca üzülmemesi, acı olayların yaşandığı yerlerden uzak durması, özellikle televizyonda yayınlanan felaket ve kaza görüntülerini izlememesi; hem onun, hem de bebeğinin sağlığı açısından büyük önem taşımaktadır.

Hamilelik döneminin sakin ve güven içinde geçmesi, anne ve bebeğin sağlığı açısından büyük önem taşıyor. Yaşanan stres, acı ve üzüntülü olaylar ise hem bebek, hem de annenin sağlığını olumsuz etkiliyor. Öyle ki yorucu iş temposu ve ruhsal yönden çöküntüye neden olabilecek üzücü olaylar, bebeğin fiziksel ve zihinsel gelişimini sekteye uğratabiliyor. Problemli bir gebelik de erken doğum riski taşıyabiliyor. Hatta doğum esnasında bebeğin oksijensiz kalmasına bile neden olabiliyor. Doktorların belirttiğine göre, bebeğin oksijensiz kalması, engelli bebeklerin doğumuna sebep teşkil eder. Bunun için **hamilelik döneminde anneler, mümkün olduğunca üzüntü ve stresten uzak durmalılar.**

Cinsiyeti baba belirler

Doğacak bebeğin cinsiyeti için evde tartışmanıza ve kendinizi boş yere strese sokmanıza gerek yok. Özellikle hamile annenin böyle bir stresi yaşaması, hiç doğru değildir. Çünkü bilimsel araştırmalar, bebeğin cinsiyetini erkek spermlerin belirlediğini ortaya koymuştur. Dişi genleri taşıyan spermlere göre, erkek genleri taşıyan spermler hızlı hareket ederler, fakat ömürleri daha azdır. Onun için yumurtlama zamanında yani adet kanamasının başlamasından 14 gün sonra yapılan ilişkide erkek bebek şansı daha fazladır. Bugünden birkaç gün önce yapılan birleşmelerde kız bebeğe sahip olma şansıysa daha fazladır.

> Cinsiyet kromozomları X ve Y harfleriyle gösterilir. Kadının yumurta hücreleri her zaman X kromozomu taşırken, erkeğin spermlerinin bazıları X, bazıları ise Y kromozomu taşır. Döllenme sırasında X taşıyan sperm yumurtayı döllerse bebek kız, Y taşıyan sperm yumurtayı döllerse bebek erkek olur. Bu yüzden **bebeğin erkek veya kız olması, babadan gelen spermlerin taşıdığı cinsiyet kromozomlarına göre belirlenir.**

Bebeğiniz için hoş şeyler yapın

Her şeyiyle sizden etkilenen bebeğiniz, sizi daha şimdiden tanımaktadır. 7. aydan sonra seslere karşı duyarlıdır ve aile üyelerinin seslerine aşinadır. Sizin hoşunuza giderek yaptığınız her şey onun da hoşuna gider. Hoşunuza giderek baktığınız manzara, dinlediğiniz müzik, etkilendiğiniz okumalar ve daha birçok şey, onun da dikkatini çekmektedir.

Anne adaylarına tavsiyem, oğulları için ne istiyorlarsa onu şimdiden düşünmeye başlasınlar. Onun neden hoşlanmasını istiyorlarsa, onu hoşlanarak yapsınlar. Mesela, yabancı dile yatkın mı olsun istiyorsunuz? İsteyerek yabancı dil öğrenin. Resim ya da müzikle ilgilensin mi istiyorsunuz? İsteyerek bu etkinlikleri siz yapın.

Şart, istemek ve hoşlanmaktır. Çünkü sevmediğiniz ve hoşlanmadıklarınızdan o da hoşlanmamaktadır. Mesela benim büyük oğlum, uzun bir süre çay içmedi. çünkü ben çay içmekten hiç hoşlanmazdım.

Brezilyalı Dr. Renate Jost de Moraes, 28 bin hasta üzerinde yaptığı deney neticesinde, "çocuklardaki problemlerin ta anne karnında embriyo halindeyken başladığı" sonucunu bilimsel olarak ispatlamıştır.

Mutlu olma, iyi uyuma, hoşlanarak bir şeylerle meşgul olma, beğenerek bir şeyler dinleme ve bunun gibi şeyler daha anne karnındayken oğlunuzu etkilemekte...

Oğlunuzu şimdiden eğitmelisiniz

Oğlunuzu neye göre ve nasıl yetiştirmek istiyorsunuz? Bununla ilgili plan ve projeniz var mı? Oğlunuz için "ben onu şöyle görmek istiyorum" deyip bunu gerçekleştirmek için neler yapıyorsunuz? Yoksa "hele bir dünyaya gelsin, gerisi kolay" deyip, hayatın akışına mı bırakıyorsunuz?

Unutmayın, aile neyse çocuğu da odur, çocuk neyse ailesi de... Çocuk kısa vadede ailenin, uzun vadede milletin devamıdır.

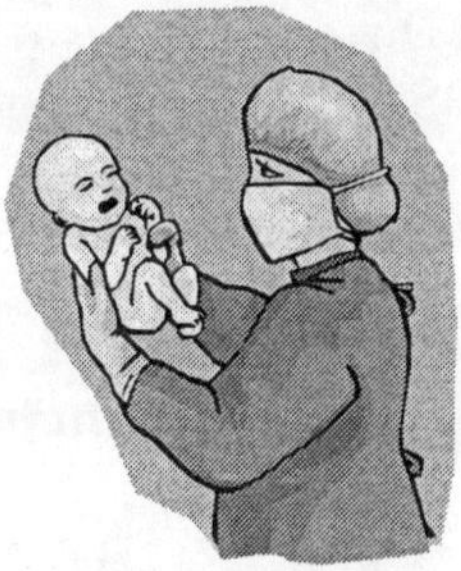

Büyük Olaya Hazır mısınız?

Doğum belirtileri

Rahimde kasılma, sertleşme ve ağrı hissedilmesi yani doğum sancılarının başlaması en belirgin özelliktir. Vajinadan hafif kanla karışık olabilen koyu, yapışkanımsı kıvamda bir akıntı gelmesi, halk arasında nişan denilen olayın olması... Vajinadan berrak su gelmesi... Hafif bir kanama da olabilir, bu açılma kanamasıdır. Bu belirtilerin bazen sadece biri, bazen bir kaçı ortaya çıkabilir. Bu belirtiler ortaya çıktığında doğumun yaklaştığı anlaşılır ve mutlaka doktora haber verilmesi gerekir. Böyle bir durumda serin kanlı olmak, panik yapmamak gerekir.

Panik yapmayın

Doğum ağrıları, doğumun yaklaştığını haber verir, ama çoğu anne adayının zannettiği gibi **ağrı başlar başlamaz, doğum gerçekleşmez.** Onun için korkmaya gerek yoktur. Hemen ağrıların ne kadar zaman aralığıyla geldiğine, ne kadar devam ettiğine bakarak doktoru bilgilendirmek gerekir. Doktor ona göre hastaneye gelinip gelinmemesi gerektiğini söyler. Doğum ağrıları ilk başladığında, önce seyrek gelip kısa sürer. Daha sonra doğum yaklaştıkça sıklaşır ve uzun sürmeye başlar. Başlangıçta ağırlar 40–50 dakikada bir gelip 15–20 saniye sürerken, doğuma yakın 5–10 dakikada bir gelip, 45–60 saniye sürmeye başlar. Ağrıların yoğunlaşması, büyük olayın yaklaştığını haber verir.

Sancıların başında ve sonunda, burundan derin soluklar alıp, ağızdan hızla vermek, ağrıyı biraz hafifletecektir. Anne değişik pozisyonlar alarak kendini rahatlatabilir. Duvara, masaya veya yatağa dayanarak destek alabilir. Sandalyeye ters oturarak, öne doğru yerde diz çökerek veya emekleme şekli gibi pozisyonlar alarak da rahatlamaya çalışılır. Sancıların süresi bir dakikayı bulduğunda, doğum artık yaklaşmıştır.

Normal doğum en idealidir

Hastaneye ulaşan anne için, en ideal doğum, normal doğumdur. "Doğum sancısı çekmek istemiyorum, doğum esnasında bebeğime bir şey olabilir, vs." gibi sebeplere sığınarak sezaryen isteyen anneler şunu bilmeliler ki:

Normal doğum, bebek ve anne için zor bir hayat tecrübesi olsa da hem anne, hem de bebek için avantajlarla doludur.

Anne, bebeğin doğumunu an be an yaşayarak ona sahip olmanın ne kadar değerli olduğunun farkına varır. Bebeğin ilk sağlık çığlığını işitir.

Normal doğum yapan bir anne narkoz almaktan, operasyon sonrası bir müddet yatağa bağlı kalmaktan kurtulmuştur. Hemen doğumdan sonra normal günlük hayatına dönebilecek, bebeğine rahatlıkla bakabilecek ve onu rahatlıkla emzirebilecek durumdadır.

Dikkat edilirse sezeryanla dünyaya gelen bebeklerde anne sütü alma oranı hem sayıca, hem de sürece, normal doğanlara oranla çok düşüktür. Çünkü anesteziden henüz yeni çıkmakta olan bir annenin bebeğini kucaklayıp emzirecek hali yoktur.

Yakın çevresindekilerde de anne sütü konusunda yeterince hassasiyet yoksa, bebek hemen mama ile beslenip yatırılır. Oysa anne, bebeğini kucaklayacak durumda olmasa bile bebek, anne memesine tutulup emzirilebilir. Böylece bebeğin emmeye çok yatkın olduğu ilk uyanıklık dönemi kaçırılmamış olur.

Anne memesinin erken uyarılması ile de süt salgılama refleksi güçlü olarak uyarılır. Bu fırsatın kaçırılmasıyla bebek ilk olarak biberonla tanışır ve çoğu bebek biberonun emme zahmetinden kurtaran rahatlığını arar.

Sezeryan doğumlarda anne, bebeğini doğar doğmaz göremez, adeta ilk tanışmanın tılsımı kaçırılmıştır. Dayanılmaz acıları neyin uğruna çektiğini ve sonuçta neye kavuştuğunu hissedemez. Bir uykuya dalmış ve uyandığında ona ait olduğu söylenen bir bebekle tanıştırılmıştır. Ona kavuşmayı an be an yaşama sürecini kaçırmıştır.

Normal yolla doğum, bebek için de çok faydalıdır. Dar bir doğum kanalından ilerleyen bebekte göğsün sıkışmasıyla anne karnındayken akciğerlere ve mideye dolmuş olan sıvılar boşalacak ve doğar doğmaz rahat bir nefes alacaktır. Doğum sonrası geçici solunum sıkıntıları sezeryan bebeklerinde daha sıktır.

Daha önceki doğumun sezeryanla yapılmış olması, kesin kural olmamakla beraber, iki kez daha sezeryanla doğum yapabileceğini göstermektedir. Çünkü çok hızlı ve haşin yapılan sezeryan ameliyatlarında (bebeğin sağlığı için böyle olmak zorundadır, bebek biran önce alınmalıdır), karın içi dokularda yapı bozuklukları olabilir. Bir fazla gebelik ve ameliyat kaldıramayacak gibi görünüyorsa ailenin de onayı ile üçüncü sezeryanda annenin tüpleri bağlanarak bir daha hamile kalmaması sağlanır. Bu da olayın bir başka boyutudur.

İşte bebeğinizin ilk ağlaması

Bebek doğduktan hemen sonra ayaklarından tutularak baş aşağı sarkıtılır. Bu pozisyonda bebeğin ağız, burun ve genzini dolduran kan ve doğum suları kolaylıkla dışarıya akar. Bebek doğar doğmaz, ilk yapılacak işler, mikropsuz ve temiz bir gaz bezi ile ağız içinin, doğum sularını artıklarından temizlenmesidir. Solunum yolları temizlenen bebeğin soluk alıp vermesini ve ağlamasını sağlamak için ayaklarının altına ve sırtına vurulur.

Göbeğin kesilme zamanı

Göbek bağının kesilmesi için en uygun zaman, bebeğin ilk solunum hareketleri başladıktan sonradır. Normal şartlar altında bebeğin başı doğduğu andan itibaren 30–60 saniye içinde göbek bağı kesilmelidir.

Yeni doğan bebeklerin genellikle 7-10 gün içinde göbekleri kendiliğinden düşer. Bazen göbeğin düşmesi 15-20 güne kadar uzayabilir.

Doğum öncesi dönemde yaşamını göbek kordonu yoluyla sürdüren canlı, doğumdan sonra tek başına oksijenini alan, besinini doğuştan var olan emme ve yakalama refleksleri sayesinde anne memesinden karşılayan bir bebektir artık. Hem de sizin bebeğiniz...

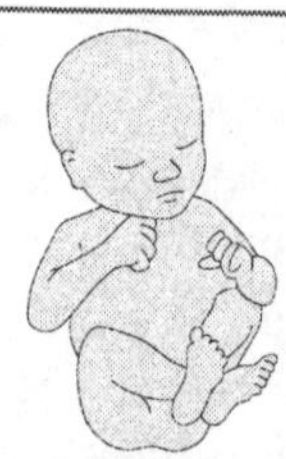

Can sıkıcı şeyleri duymayın

Bebeğiniz artık kucağınızdadır, onu alıp evinizi götürebilirsiniz. Bu arada can sıkıcı en önemli şey, ailenin beklentileri ile paralellik göstermeyen bebek cinsiyeti olabilir. Bu can sıkıcılık ancak ailenin ve yakın çevresinin gelişmemişliğinden ve cahiliye düşüncelerinden kaynaklanmaktadır. Bebeğini kucağına alan ve onu çok seven anne, bu tür zorlukların üstesinden gelip, ailesini ikna edebilir. Çünkü kucağındaki bebeğin cinsiyetini belirleme gibi bir özelliğinin olmadığını biliyordur. Bu sadece ucuz yollu bir tepkidir ve zamanla her şey yoluna girecektir.

Unutulmamalı ki, **bebeğin en büyük gereksinimlerinden biri, kayıtsız şartsız kabullenilmesidir. Cinsiyeti de kabullenilmeli ve olumlu karşılanmalıdır.**

Oğlunuzun İlkleri

Bebeğin ilerki yaşantısını etkileyecek bazı ilkler vardır. Bunlar başında, ilk gıda, isim koyma merasimi ve sevenlerin bebeği ziyaret etmeleri gelir.

Genellikle örf ve geleneklere dayanan bu uygulamalar tüm ailelerde yaklaşık olarak aynı şekillerde uygulanmaktadır. Bebeği gören herkesin "Maşallah, analı babalı büyür inşallah," şeklindeki temennileri ve altın maşallah takmaları, bebek ziyaretinin ilk dua yönünü içerir.

Hz. Peygamberin (s.a.v.) yeni doğmuş bebeğe şekerli su veya ballı su tattırdığı, çiğnenmiş hurma ile çocuğun damağını ovduğu rivayet edilir. Buna **tahnik** yani ilk gıda adı verilmektedir.

Doğan çocuğa güzel bir ismin konulmasına dikkat edilmelidir. Hazreti Peygamber; "şüphesiz sizler Kıyamet günü isimlerinizle, babalarınızın ismiyle çağrılacaksınız. O halde isimlerinizi güzel koyun," buyurmaktadır. Çocuğa isim verecek kişi kıbleye döner, önce çocuğun sağ kulağına ezan okur ve adını söyler. Sonra sol kulağına kaamet okur ve adını tekrar söyler. Bu küçük tören bittikten sonra, çocuğa dualar okunur.

Bebeğin saçı bir miktar tıraş edilir, ağırlığınca fakirlere bağışta bulunulur, böylece bebeğin sevinci herkesle paylaşılmış olur. Kulağına okunan ezan ile, çocuk, Allah'ın büyüklüğünü işitecek; böylece İslâm'ın ilk şiarı kendisine telkin edilmiş olacaktır. Anlamasa bile ezan sesinin kalbinde derin tesirler bırakacağına şüphe yoktur. Bu uygulama ile Allah inancı eğitimi için, ilk adım da atılmış olmaktadır.

Eski geleneklerde isim koyma törenle yapılır, kabile ve boylara göre bu törenler değişiklik gösterirdi. İsim verme olayı özel bir öneme haizdi. Şimdi de abartılı olmasa da bu gelenekler devam etmektedir.

Çocuğun alay ve eğlence konusu olmasına sebep olacak, uğursuzluk, çirkinlik, kabalık ifade eden isimlerden sakınmak gerekir. Bu tip isimlerle çağrılmak, çocuğun şahsiyetinin zedelenmesiyle sonuçlanabilir. Hem kızlara, hem erkeklere verilen ortak isimler de çocuklarda cinsel kimlik bocalamasına sebep olur. Çocuğun iç çatışmasını artırır. Böyle bir isim vermekten de kaçınmak gerekir.

Özellikle erkek çocuklarına efsanesi olan isimler verilmeli. **Çocuklara efsanesi olan isimler vermek** ileriki dönemlerde kendisine örnek alacağı kişileri tanıtmakta kolaylık sağlayacaktır. Kendi isminin efsanesini dinleyen çocuk, kendinin de ne kadar önemli olduğunu anlar ve özgüveni artar. Onun için oğlunuza geçici popüleritesi olan isimler yerine hayranlık duyulacak özellikler taşıyan, haklı bir ün salmış, tanınan birinin ismini vermelisiniz.

Oğlunuzu bekleyen diğer bir ilk ise, göbeğiyle beraber iyileşmesi için ilk aylarda yapılması tavsiye edilen sünnet işlemidir. Bu uygulama da yine Peygamberimiz (s.a.v.) tarafından tavsiye edilmiş şekliyle, ilk haftalarda yapılması uygundur. Ama geleneklere ve anne babanın isteğine göre bu durum değişiklik arz etmektedir.

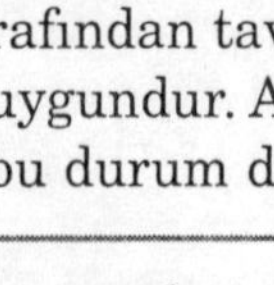

Erken dönemde sünnet olmanın çocuk üzerinde pek çok faydası vardır. İdrar yollarında bir problem varsa erken tedavi edilmiş olacak, aklı ermediği için psikolojik bir etkilenme olmayacak ve çabuk iyileşecektir. Fakat anne babanın isteğine göre ileriki yaşlarda da yapılabilir.

Oğlunuz 1 Yaşında

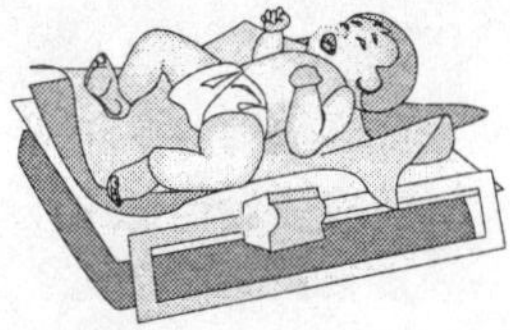

Bebeğin Özellikleri

Oğlunuzun bedensel özelliklerini bilin

Bebeklerin doğdukları günden itibaren baş çevresi, boyu ve kilosu ölçülür. Anne ve babalar bebeklerinin bu gelişimini, doktor kontrollerinden sonra bir yere yazmalıdır. Böylelikle bebeklerinin ne kadar sağlıklı geliştiğini izlemiş olurlar. Bebeklerde baş çevresinin ölçülmesi sağlıklı ve uyumlu gelişmeyi belirlemek için gereklidir.

Baş çevresi, başın en geniş yeri olan kaşın ve kulağın üzerinden ölçülür. Kız ve erkek çocukların ölçüleri birbirinden farklıdır. Yeni doğmuş normal bir erkek bebeğinin başının çevresi ortalama 33 – 37,5 cm arasındadır. Yeni doğmuş normal bir erkek bebeğin ağırlığı ortalama (2,5 – 4,5) kilo arasındadır. Yeni doğmuş normal bir erkek bebeğin boyu ise 40 – 55 cm arasındadır. Bu ölçüler bebeğin büyüme hızına göre değişir ve azami oranda her ay farklılık gösterir.

Yeni doğan bebeğin derisi yumuşak ve kadife gibidir. Deri rengi doğumdan hemen sonra kırmızımsı mavi olup birkaç saat içinde kırmızıya döner. İkinci ya da üçüncü günü bu kırmızılık da hafifler.

Yeni doğanın, kulaklarında ve omzunda daha belirgin olmak üzere ince, uzunca tüyler olabilir. Prematüre dediğimiz zamanından erken doğan bebeklerde bu tüyler daha çoktur. Bebek büyüdükçe bu tüyler kendiliğinden dökülür. Normal bir yeni doğanın göz kapaklarında, yüzünde, el ve ayaklarında, genital (edep) bölgelerinde hafif bir şişlik olabilir. Bu da daha sonra kendiliğinden kaybolur. Göz kapakları, alın ortası, burun kökü ve ensede kırmızı lekeler dikkat çekebilir. Bebek ağlarken kızarıklık daha belirginleşir. Bunlar çok ince olan cilt altındaki kılcal damar genişlemeleridir ve bebeğin cildi kalınlaştıkça görünmez olurlar.

Oğlunuzun ısısına dikkat edin, sıcağı sevmez

Normal doğum tartısı ile doğmuş sağlıklı bir bebeğin ilk haftada çevre ısısının 21 – 24 derece olması yeterlidir. Bebek mümkün olduğunca ısı değişikliklerinden korunmalı, odadan odaya fazla taşınmamalıdır. **Bebek terlemeyecek kadar hafif, altı açıldığında bacakları sıcak olacak kadar da yeterli giydirilmelidir.** Soğuk bir ortamda elektrikli battaniye, sıcak su torbası, sıcak tuğla ile ısıtılması hiç doğru değildir.

> Bebeğin rahat edebileceği, fazla giyinmesine ve sarılıp örtülmesine gerek duymayacağı bir çevre ısısı temin edilmelidir. Özellikle **erkek bebekler fazla ısıyı sevmezler.** Bunu mutlaka göz önünde bulundurmak gerekir. Dengeli bir ısı her zaman için en iyisidir.

Anne sütünü ihmal etmeyin

Yeni doğan bebek mutlaka anne sütüyle beslenmelidir. Özellikle ilk günlerde salgılanan ağız sütü (kolostrum) son damlasına kadar bebeğe verilmelidir. Bu ilk sütler, bebeğin hem beslenme ihtiyacını ideal şekilde karşılar hem de bebeğin bağırsaklarına mikrop yerleşmesine karşı çok kuvvetli bir koruyucudur. Anne sütü ile beslenen bir bebeğe ayrıca su vermeye gerek yoktur. Denendiğinde bebek, bir iki kaşıktan sonrasını çıkaracaktır.

Oğlunuzun beden temizliği

İlk bir haftada oğlunuza banyo yaptırmayın. Başını ve yüzünü duru su ile silebilirsiniz. Vücudun diğer taraflarını da sade su ya da eczanelerde satılan Soluhex gibi benzeri bir antiseptikle temizlemek en doğrusudur.

Altının temizliğinde de sabun kullanılmayıp sadece su ile temizlemek en doğrusudur. **İlk haftada en önemli temizlik göbek bakımıdır.** Doğumdan sonra göbek çevresi ve kordonu göbek düştükten iki gün sonrasına kadar günde en aza bir kere %70'lik alkol (evdeki kolonya ile asla değil), batikon, mersol, betadin veya tentürdiyoda batırılmış steril gazlı bez ile silinip yine steril gazlı bezle kapatılır. Antiseptik ilacın karın cildine yayılmamasına özen gösterilir. Alkol çabuk kuruduğu için kurulamaya gerek yoktur. Ancak fazla alkol cildi tahriş eder, uçarak cildin soğumasına yol açar, bu da bebeği üşütebilir. Gazlı bez, ıslaklık, idrar ve kaka ile temastan korunmalı, göbek mutlaka alt bezinin dışında tutulmalıdır. Böyle bir temas olursa derhal mevcut gazlı bez değiştirilip yeni bakım yapılmalıdır.

Göbek için diğer bir problem kanamadır. Göbek kanaması olan bir bebek derhal hekime götürülmelidir. Hızlı bir durum değerlendirilmesinden geçirilen bebeğe tek doz K vitamini uygulanarak kanama önlenir. Günümüzde her sağlık kuruluşunda doğumdan sonra bütün bebeklere tedbir olarak K vitamini uygulanmaktadır. Anne sütü ile beslenen bebeklerde bağırsakta K vitamini yapacak olan bakterilerin geç yerleşmesi ile göbek kanamaları uzayabilir ve ikinci doz K vitamini uygulaması gerekebilir.

Bu durum o kadar korkulacak bir şey değildir ve her bebekte de olması gerekmez. Özellikle, kas içine uygulanan K vitamininin ileriki yıllarda kanser oluşumuna yol açacağına dair şüpheler, yapılan geniş çaplı araştırmalarla tam olarak ortadan kalkmıştır.

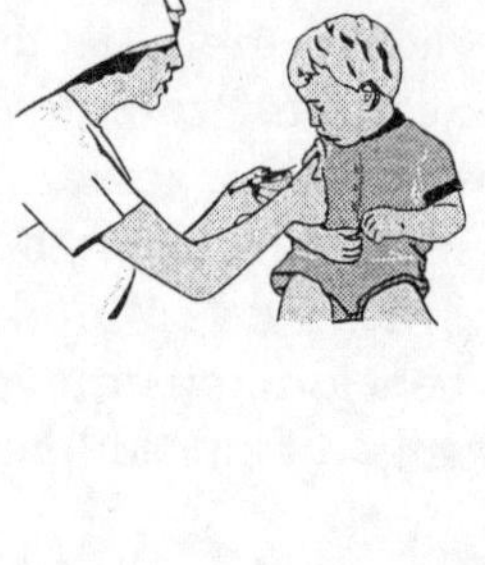

Oğlunuzun Genel İhtiyaçları

Banyo zamanı geldi

Oğlunuzu bekleyen ilk olay, göbeğinin düşmesidir. Göbek düşene kadar bebeğe banyo yaptırılmaması iyi olur.

Göbeğin problemsiz olarak düşmesi, bebeğin ilk banyo zamanının geldiğini gösterir. Günlük temizliğin yanı sıra ilk aylarda bebeğe haftada bir banyo yaptırılmalıdır. Banyo sıklığı yaz ve kış aylarında değişir. Çok sıcak günlerde her gün banyo yapmak bebeği rahatlatır. **Banyo, deriyi canlandıran, kan dolaşımını hızlandıran ve bebeğe güzellik veren bir etkiye sahiptir.** Yoksa bebeğin banyo yaptıkça hızlı büyümesi diye bir şey yoktur. Hatta derisi kuru olan ve deri çatlaklarına eğilimi olan bebeklerde her gün banyo yaptırılmamalıdır.

Bebeği yıkayacağınız suyun sıcaklığı, vücut sıcaklığından fazla olmamalıdır. Bunu dirseğinizi suya değdirerek ölçebilirsiniz. Banyo olarak kullanacağınız hazır bebe küvetine veya derin bir leğene bebeğin omuzlarını örtecek seviyede su doldurunuz. Az su kullandığınız takdirde bebeği üşütebilirsiniz. Deterjan içermeyen, zeytinyağlı bir sabun da bebeğin temizliği için yeterlidir.

Deterjanlı sabunlar kullanılırsa deride birikerek sonradan, özellikle derinin kıvrım yerlerinde pişiklere yol açabilir. Özellikle oğlunuz için bu çok önemli. Çünkü altı bezlendiği zaman bu problem kendini daha çok göstermektedir. Aynı zamanda sabunluk, sünger gibi mekanik araçlar da kullanılmamalıdır. Sabun ya da sabunlu suyun, bebeğin kıvrımlı yerlerinde kalmamasına, iyi durulanmasına dikkat edilmelidir.

Bebek banyo yaptırılırken kulağına su kaçmaması için pamuk tıkamak gereksizdir. Banyodan sonra kulağa kaçan suyu emmeye de gerek yoktur, kendiliğinden çıkacaktır. Bebeği yıkarken sol kolunuzla tutup, sağ elinizle yıkayabilirsiniz. Şayet çok korkuluyorsa bebek kucakta da yıkanabilir. Banyo işini fazla uzatmadan 3 – 4 dakikayı geçirmeyin. Yıkama işi bitince önceden hazırladığınız yumuşak havluya sarın. Deriyi fazla oğuşturmadan, hafif hafif kurulayın. Bilhassa koltuk altı, boyun, bacak ve kasık gibi nem tutan yerler tam kurutulmuş olmalıdır. En fazla buralarda pişik görülmesinin sebebi, kıvrımların hava almamasından dolayı nemli kalmasıdır.

Banyo yalnız temizlik değil, damarların değişen sıcaklık karşısında hızla daralıp genişlemesini sağlamaya yönelik bir egzersizdir. Sık banyo yapan bebekler ya da çocuklar, iklim şartlarına daha kolay uyum sağlayabilirler. Uzun aralıklarla banyo yapan çocukların banyo sonrasında hastalanmaları daha muhtemeldir. Banyo ter bezlerinin ağzını açtığı için, az banyo yapan bebeklerde bir tepkime olarak banyo sonrası terleme daha çok görülür. Kışın banyo aralarını fazla açmanın faydadan çok zararı vardır.

Oğlunuzun günlük temizliği

Günlük temizlik ilk haftalarda sabah akşam yapılmalıdır. Kaynatılmış ve ılıtılmış suya batırılan ve her silişte değiştirilen pamuk ile yapılan temizlikten sonra, silinen yerler kurulanır. Gözlerin etrafı, alın, ağız, burun çevresi, yanakları, kulak arkası ve kenarları, boyun, koltuk altı, eller ve parmak araları temizlenir. Kulağın içi ise kesinlikle pamuk sarılı çubuk ile temizlenmemelidir.

Normal durumlarda bebeğin gözleri, ağlarken gözyaşları tarafından temizlendiğinden, herhangi özel bir sıvıyla temizlemeye gerek yoktur.

Burnun da göz gibi, kendisini temizleyen bir sıvısı vardır.

Parmak aralarında biriken ve giyim eşyalarından, örtülerden gelen tüylerin birikmesiyle oluşan pamukları temizlemenin zararı değil faydası vardır. Bunlara "uykuluk" denmesine rağmen bebeğin uykusu ile hiçbir ilişkisi olmadığı açıktır. Bunlar temizlendikten sonra da bebek pekâlâ uykusuna devam edecektir.

İlk ayda bebeğin tırnaklarını kesmeye gerek yoktur. Uzayan tırnaklar kendiliğinden kırılır. Bir aydan sonra tırnaklar sertleşmeye başladığında kendiliğinden kırılmaz olursa kesmek gerekir.

Oğlunuzun tuvalet temizliği

Bebeğin idrar torbası küçüktür, bu yüzden ilk haftalarda altını çok sık ıslatır. Ayrıca anne sütü ile beslenen bir bebek, hemen her emme sırasında bir miktar kaka yapabilir. Cildi hassas olduğundan altı mümkün olduğunca sık değiştirilmelidir. Fazla miktarda sıvı emebilen ve almak için bir sürü para dökülen hazır bezler yerine, hiç değilse ilk aylarda çok sık değiştirmeye uygun pamuk bezlerin kullanımı daha iyi olacaktır. Hem ekonomik olması açısından, hem de oğlunuzdaki pişikleri azaltması açısından bilinçli bir tercihtir.

> Sık değiştirilmeyen bezler, bebeğin altını pişik yapacağı için, ilk ay bebek altı sık değiştirilmelidir. O zaman da bu pamuklu bezler daha kullanışlıdır. Yalnız dikkat edilmesi gereken, **bebeğin kirli bezleri dahil bütün iç çamaşırlarını deterjanla yıkamamaktır.**

Oğlunuzun altını temizlerken dikkat edin

Kız bebeklerle erkek bebeklerin altları farklı temizlenir. Mümkün oldukça her iki cinste de kaka yaptıktan sonra temizlik bebeğin altının duru suyla yıkanması tarzında olmalıdır.

Bebeklerde en çok pişiklere ve mantar hastalıklarına rastlanmaktadır. Böyle durumlarda bebeğin altını sabun kullanmadan yıkamalı ve iyice kurumalıdır. Bebeğin altının hava alması için bu gibi durumlarda kesinlikle naylon don giydirilmemeli, pamuklu olanları tercih edilmelidir.

Oğlunuz pişik mi oldu?

Bebeklik döneminin en sık karşılaşılan sağlık problemlerinden biri olan pişik, bebekliğin yanı sıra oğlunuzun büyüdüğü dönemlerde de karşılaşabileceğinizin bir durum.

Pişiğin sebebi, derinin tahriş olmasıdır. Bebek bezi pişiği o bölgeye temas eden iritan maddeler sebebiyle ortaya çıkar. Bu maddeler genellikle idrar ve dışkılardaki, bazen de kullanılan bez ya da bezin yıkandığı deterjandaki maddeler sebebiyle olabilir.

Pişiğin oluşmasına sebep olan başlıca sebepler şöyle sıralanabilir:

- Alt bezin temizliğinde kullanılan deterjanlar ve diğer temizlik maddeleri
- Kötü hijyen ve ishal
- Bezin yeterince sık değiştirilmemesi
- Mantar enfeksiyonları; tahriş olmuş deride nem ve artan ısı sebebiyle bazı mikroplar üreyebilir. Bu durumda pişikli bölge infekte olur. Böyle bir durumda genellikle Candida adı verilen mantar enfeksiyonu gelişmektedir.

Pişik olan bebek, pişikli bölgesinde batma, yanma ve kaşınma hisseder. Bu da sürekli ağlama ve huzursuzlaşmaya sebep olur.

Pişikten korunmak için; bebeğin cildi, tahriş edici maddelere maruz bırakılmamalı. Bebeğin altının temiz, kuru ve serin kalması sağlanmalı. Cildin bezle ve deriyle sürtünmesi engellenmeli. Pişikten koruyucu özellikle doktor tavsiyeli kremler düzenli olarak kullanılmalı.

Oğlunuzun pişik olmasını istemiyorsanız, onun altını sık sık değiştirmelisiniz. Özellikle ilk aylarda. Bu uygulamaları yapmanıza rağmen pişik geçmiyorsa mutlaka doktora başvurmalısınız. Unutmayın, pişik, bebeklerde çok sık rastlanan bir cilt rahatsızlığıdır. Bebeğinizin altını sık temizliyor ve hijyene dikkat ediyorsanız, pişik olma sorunuyla karşılaşmazsınız.

Aynı zamanda altını temizlerken asla pudra kullanmayın. Eğer doktor tavsiye ettiyse, önce kendi elinize, sonra bebeğinizin pişik yerine sürebilirsiniz. **Eğer pişik ileri derecede değilse zeytinyağı ile yağlanması yeterli olacaktır.** Ancak ileri derecedeki pişiklerde, deri kabarmış ve soyulmuş ise, doktorun vereceği pişik önleyici merhemler kullanılmalıdır. Bebeği yıkarken, son suyuna bir yemek kaşığı sirke katmak da iyi neticeler vermektedir.

Oğlunuzun elbiseleri önemli

İlk haftalarda bebeğin üstünü çok sık değiştirmek gerektiği için sık yıkanabilen kumaşlardan yapılmış rahat kıyafetler tercih edilmelidir. Bebeği soğuktan korumak için aşırı giydirmek veya üstünü aşırı örtmek; hem derinin tabii solunumunu kısıtlar, hem de terleterek mikroplara ve isiliklere zemin hazırlar. Ayrıca terin buharlaşmasıyla vücudun daha da soğumasına yol açar. Üstelik böyle giymeye alışan çocuk, normal veya düşük sıcaklığa daha zor uyum gösterir. Soğuktan korumak için bebeği sıkı sıkı kundaklamak, hele bazı yörelerimde yapıldığı gibi altına ısıtılmış toprak koymak uygun değildir.

> Bebeğin sıhhatli büyümesi için, aldığı gıda ne kadar önemli ise temiz hava ve güneş ışığı da o kadar önemlidir. Bebek, mutlaka güneş ışığı alan bir odada kalmalı, pencereler günde 1 – 2 saat açık bulundurularak içerisi havalandırılmalıdır.

Gazı Olduğu İçin Çok Ağlıyor

Ağlayan bebek tanısı, 3 saatten daha uzun süren, haftada 3 günden daha fazla tekrarlayan ve ağlaması için bir sebep bulunamayan bebekleri kapsar.

Birçok sebepten dolayı oluşan bebek ağlamaları, anne babayı endişelendirmesinin yanında, doktor için de sıkıntı oluşturan bir durumdur.

Bebekler, kızma, korkma, şımarma, umduğunu bulamama, anlaşılamama, sıkılma, dikkat çekme, uyuyamama, acıkma, susama ya da sadece canı istediği için ağlayabilirler. Tüm bunlar genellikle fiziksel sağlık açısından sorun oluşturmaz. Ancak bazen bebek, canı yandığı, bir yerleri ağrıdığı, konforsuz bir ortamda kaldığı, kendini iyi hissetmediği yada hasta olduğu için ağlar. Bu durumlarda doktor, bebeğin ağlama sebebini çok dikkatli bir hikaye, fiziki inceleme ve yakın gözlemle bulması ve tedavi etmesi, aileyi ve bebeği rahatlatması gerekir.

Oğlunuzda çok gaz var

Bebek meme emerken hava yutar ve beslendikten sonra bu fazla havayı kendi kendine ya da annenin yardımı ile çıkarır. Gaz sancıları genellikle ailenin ilk bebeğinde daha şiddetli seyreder. Gündüz çok rahat olmasa da iyi kötü idare eden huzursuz bir bebek, akşama doğru hep aynı saatlerde kıvranmaya ve şiddetli ağlama nöbetlerine girmeye başlar. Bu esnada meme emmesi bile çok zor olan bebek, sürekli ayaklarını karnına çekerek adeta kendini parçalamaktadır. Aslında esas şiddetli ağlama nöbetlerini yapan gaz değil, barsaklardaki spazm denilen kasılmalardır.

Barsak spazmları 4 aya kadar olan bebeklerde en sık görülmekle beraber doruk noktasına 1. ve 2. aylarında ulaşır. Bunun için yapılabilecek şey, her şeyden önce beslenmiş bir bebeğin gazını çıkarmayı asla ihmal etmemektir. Bunun için emzirdikten sonra anne kendi omzuna bir mendil koyarak bebeğin yüzünü omzuna dayar. Sırtına uygulayacağı küçük vuruşlar ve sıvazlama hareketleri ile bebeğin midesindeki gaz çıkarılır. Gaz sancısı olan bebekler genellikle annenin dizleri üstünde yüz üstü yatmaktan hoşlanırlar.

Bebeğin gazını anne sütüne bağlamak yanlıştır. Tersine anne sütüyle beslenen bebeklerde gaz sancısı daha az şikâyete yol açar. Gaz sancısı genel olarak erkek çocuklarına nazaran kız çocuklarda daha az görülmektedir.

Ağlayan Oğlunuzu Şiddetle Sallamayın

Ağlayan bebeklerin anne baba veya bakan kişiler tarafından şiddetle sallanmasının bebeğe "gizli şiddet" uygulamak olduğunu belirten hekimler, aşırı kızgınlık içinde kollarından veya göğsünden tutulup sarsılan bebek ve küçük çocukların, başları gövdelerine oranla büyük ve ağır olması ve yeterince güçlü olmayan boyun kaslarının başı yeterince sabit tutamaması nedeniyle sarsılmanın etkisiyle beyinlerinin, kafatası içinde sağa, sola, öne ve arkaya çarptığını söylemekteler. Bebeğin beynine giden damarların yırtılması ile beyinde kanama meydana gelmekte. Körlük, kalıcı beyin hasarları, öğrenme zorluğu, zekâ geriliği, felç, koma ve hatta ölümle sonuçlanabilmekte.

Anne babaların ve bebeğe bakan kişilerin, bebekleri uyutmak için geleneksel şekilde beşikte, ayağında ya da salıncakta ritmik olarak yavaş ve nazikçe sallamasında ise "gizli şiddet" yoktur ve beyin kanamasına sebep olacağını söylemek doğru değildir.

Ağlayan bebeklerin öncelikle karnının aç ve altının ıslak olup olmadığına bakılması, hastalık işaretinin olup olmadığının kontrol edilmesi, ateş, diş çıkarma gibi, araştırılması gerekir. Ağlayan bebeğinizi kucağınıza alın, emniyette olduğunu hissedince sakinleşecektir.

Anne Sütü ve İçeriği

Reklâmı Olmayan Tek Ürün

Bebeklerimiz için özenle hazırlanan ve devamlılığı için sürekli reklâmlarla desteklenen hazır mamalar ve katkı maddeleri, eczane ve market raflarını süsleye dursun, onlar gibi reklâma sırtını dayamayan anne sütünün değeri her geçen günü biraz daha iyi anlaşılmakta.

Sütünüz Yeterli

Sütün yetersiz olması gibi bir durum söz konusu değil. Her annenin sütü yeterince vardır. Hatta üç bebeği besleyebilecek kadar vardır. Ama özgüveni destekleyen bir ses yeterince olmadığı için o anne, sütünün yetmediğine inanmaktadır. Fakat böyle inanmak yerine eşinden destek alarak, **sırtına masaj yaptırmasıyla** bu sorundan kurtulacaktır. Sırta yapılan bu masajla oksitosin salınımı sağlanmış oluyor. Sütü dışarı salındıran reflekslerden bir tanesi oksitosin hormonu. Bunun da sırtta omurgada yapılan bir masajla reflekte olması sağlanıyor ve anne çok rahatlamış oluyor. Bu rahatlık da sütün gecikmesini önlemiş oluyor. Bu masajı, babanın ya da aile üyelerinden birinin yapması mümkün.

İlk Süt Çok Önemli

Bebeğin doğduktan hemen sonra emzirilmesi tavsiye edilmektedir. Annenin meme musluklarından çıkan ilk süt, bebeği zararlı mikroplara karşı koruyacak "askerler" yönünden oldukça zengindir. Bebeğin sindirim sisteminin sindirebileceği terkiptedir. Anne sütü, hem muhtevası, hem de çocukla arasında sıcak bir ilişkinin kurulmasına vesile olduğu için, ısrarla tavsiye edilmektedir.

Bebek, anne karnında parmağıyla emme taliminde bulunur. Bu ibretli durum, o doğduktan sonra emmeye yatkın olması için yapılan bir tür hazırlıktır. Bu hazırlıkla dünyaya gelen her bebek, emebilme yeteneği ile doğmuştur ve her anne de bebeğini kendi sütü ile besleyebilecek yeteneklerle donatılmıştır.

Süt Verme Zamanı

Beslenmenin zamanı da önemlidir, psikologlar arasında görüş ayrılığına sebep olan saatle besleme bugün terkedilmiş, bebeği istediği saatte beslemenin onun psikolojik ve biyolojik gelişimi için daha uygun olacağı düşüncesi tercih edilmiştir.

1930'lu yılların düşüncesi olan saatli beslemenin bugün terk edilmesinin sebebi, bebeğin acıktığı zaman yiyecek bulamayınca anne babanın bu tutumuna hiç anlam verememesi ve bu durumun giderek onda öfkeli bir kişilik ve kayıtsızlık oluşturmasıdır.

Çocuk acıktığında önemli olan husus, onun doyurulması değil, açlığının giderilmesidir. Bu da şu demektir ki, **çocuk ağladığında, önce emzirilmeli veya maması yedirilmelidir.** Eğer emmiyor veya yemiyorsa, ağlamanın sebebi başka konularda aranmalıdır. Çocuğunuzun kendisine ve dünyaya güven duyması, güçlü ve sağlıklı bir kişilik kazanabilmesi, ancak, onun acıktığı zaman açlığının giderilmesiyle mümkün olacaktır.

Sağlıklı beslenen bir çocuk, ilk 6 ayda doğum ağırlığının 2 katına, bir yaşında ise 3 katına ulaşır.

Çocuğun emme isteğinin sebebini, her zaman açlık güdüsü teşkil etmeyebilir. Çocuk bazen de sevilme, okşanma ve şefkat görme ihtiyacını tatmin için emmek isteyebilir. Bütün bu özellikler bilinerek, çocuk acıktığı ve ağladığı zaman emzirilmesi gerekir. Aksi bir tutum, çocukta, tatminsiz bir kişilik oluşturabilir.

En İyi Besin Anne Sütü

Yeni doğmuş bebeğin midesi ancak yumruğu kadardır. Her ağladığında öncelikle acıktığını düşünerek emzirmelisiniz. Zamanla siz de ne zaman acıkıp acıkmadığını kestirecek, acıkma aralarını belirleyeceksiniz. Ama ilk günlerde bu biraz zor olabilir, onun için her zaman doyurma işlemine öncelik verin. Çünkü bebek, anne karnındayken besin kaynağı hiç kesintiye uğramıyordu.

"Ne zaman doyurmalıyım?" diye de tedirginliğe gerek yok, kendiniz ve bebeğinizle ilgili içgüdülerinizi harekete geçirin ve güvenin. Mesela memenin ucunu diliyle itiyorsa, o an için yeterince süt almış demektir. Kısacası **saatinizi bir kenara bırakıp, bebeğinizi her acıktığında besleyin.** Aynı zamanda kendi beslenme düzeyinizi yüksek tutarak bebeğinizi mümkün olduğunca uzun süre emzirin.

Hemen katı gıdalara geçmek için heveslenmeyin. Sütünüz yetiyor ve bebeğiniz doyuyorsa, hiç acele etmeyin. O zaten size ihtiyacı olunca haber verecektir. Kilo almıyorsa, aldığı kalori yeterli değilse, sizin yediklerinize elini batırıp ağzına götürüp emiyorsa, katı gıdalara yavaş yavaş başlayabilirsiniz.

Aman dikkat, aile büyüklerinin ya da arkadaşlarınızın baskısı, katı mamaya başlamanız için bir neden olmasın. Bebeğiniz için en iyi besin, sizin sütünüzdür unutmayın.

Dünya anne sütünü kabul etmekte

Son yıllarda emzirmeni önemi anlaşılınca APEE (Avrupa Pediatri Eğitim Kurumu)'nun 1977 Haziran ayında İsveç'te Uppsala kentinde yapılan genel kurul toplantısında "anne sütü ile beslenme" konulu bir rapor, oy birliği ile kabul edilerek tüm Avrupa ülkeleri, tıp fakülteleri, pediatri bölümlerine ve çocuk sağlığı ile ilgili tüm kuruluşlara gönderilmiş; bu raporda özellikle mezuniyet öncesi tıp eğitiminde "çocuk sağlığında anne sütünün rolü" konusu vurgulanmış ve anne sütü ile beslenmenin özendirilmesi ve bu bilincin verilmesi istenmiştir.

Dünya Sağlık Teşkilatı (WHO) ise, 1981 yılında çocukların anne sütü ile beslenmelerini özendirici uluslar arası bir yasa kabul ederek üye ülkelerin, buna uymasını istemiş ve **yılın bir gününü (1 Ağustos), emzirme günü ilan etmiştir.**

Ünicef (Birleşmiş Milletler Çocuklara Yardım Fonu) da emzirmeye özendirici çalışmalar yaparak, anne sütünün sindirimi kolay, doğumdan yarım saat sonra hazır, tabii bir gıda, bebeğe ilk aşı, çocuklarda ishal ve kabızlığa sebep olmayan, aile bütçesine hiçbir yük getirmeyen bir gıda olduğundan söz ederek emzirmeye teşvik etmiştir. Bugün artık araştırıcılar anne sütünün eşi bulunmaz bir gıda olduğundan söz ederek, anne sütü nasıl artırılabilir, bebekler daha uzun süre nasıl emzirilebilir ve emzirme nasıl yaygınlaştırılabilir gibi konularda çalışmalar yapmaya başlamışlardır.

Emzirme Sebepleriniz Çok

Anne sütü her açıdan önemli. Ama öncelikli olarak, sağlıklı bir anne olmak ve sağlıklı bir bebeğe sahip olmak için olmazsa olmaz bir şey. Artık dünya çapında önemsenen ve tavsiye edilen anne sütü birçok yararı da beraberinde getirmekte. Sadece sayacağımız bu sebepler bile sizin oğlunuzu emzirmeniz için yeterli.

Emzirme, anne ile bebek arasında güçlü bir bağ sağlar. Emzirme ile anne vücudundan oksitosin isimli hormon salgılanır. Bu hormon, hem sütün memelerden dışarı atılmasından sorumludur, hem de doğum sonrası rahimin toparlanmasını kolaylaştırır. Aynı zamanda annelik güdüsünün gelişmesine yardımcı olur.

Emzirme, bebeğin duygusal ihtiyaçlarını giderir. Tüm bebekler kucaklanmayı ister. Çalışmalar kucakta tutulmayan prematüre bebeklerde ölüm riskinin daha fazla olduğunu göstermektedir. Bir bebek için, kaç aylık olursa olsun, emzirme esnasındaki pozisyonundan daha rahat bir duruş şekli yoktur. Bu bebeğin ruhsal gelişimi için çok önemlidir.

Anne sütü, bebek için mükemmel bir besin kaynağıdır. Hiçbir besin maddesi anne sütünün bebeğe sağladığı yararı sağlayamaz.

Emzirmek, annede meme kanseri riskini azaltır. En az 24 ay emzirenlerde bu azalma %25 olmaktadır. Emzirmeye genç yaşlarda başlayanlarda bu azalma daha fazla olmaktadır.

Mama ile beslenmek kız bebeklerin ileride meme kanseri olma riskini arttırmaktadır. Anne sütüyle beslenenlere oranla %25 artış göstermektedir.

Anne sütü her zaman hazırdır ve mamadan daha güzel bir pakette sunulmaktadır.

Anne sütü, mekonyumun atılmasını kolaylaştırır. Bebekler bağırsaklarında mekonyum adı verilen koyu kıvamlı yapışkan bir madde ile doğarlar. Anne sütü bu maddenin atılmasını sağlar.

Anne sütü, bağışıklık ile ilgili maddeler içerir ve bebeğin bağışıklık sistemini kuvvetlendirir. Fakat hazır mamaların bu tür etkisi yoktur.

Anne sütünün sindirilmesi daha kolaydır. Bebekler annelerinin sütünü, inek sütüne göre daha rahat sindirebilirler.

Emzirme, doğum sonrası anne rahminin küçülmesini kolaylaştırır. Emzirmeyen annelerin rahimleri doğum öncesindeki boyutlarına asla dönmez. Her zaman eskisinden biraz daha büyük kalır.

Emzirme, doğum sonrası kanamaları azaltır. Emzirme ile salgılanan oksitosin hormonu rahmin kasılmasını sağlarken, açık olan kan damarlarının da kapanmasına yardımcı olur ve bu sayede doğum sonrası kanamalar azalır.

Emzirme, annede yumurtalık kanseri riskini azaltır. Araştırmalar emziren annelerin ileriki yaşamlarında over kanserine yakalanma riskinin, emzirmeyenlere göre daha düşük olduğunu göstermektedir.

Emzirme sayesinde annenin doğum sonrası kilo vermesi kolaylaşır. Emziren anneler günde 500 kalori fazladan harcarlar. Bu da kilo vermeyi kolaylaştırır.

Emzirme, Crohn hastalığına karşı koruma sağlar. Ciddi bir bağırsak hastalığı olan Crohn'a karşı, anne sütü koruyucu etki yapar. İnek sütü, bebeğin bağırsakları açısından faydalı enzimler içermez.

Mama ile beslenen bebeklerde tip 1 diyabet riski artar. Yapılan çalışmalarda çocukluk döneminde fazla miktarda inek sütü içen kişilerde bu süte karşı antikorların yüksek olduğu ve durum da insülüne bağımlı diyabet riskini arttırdığı bulunmuştur.

Mama, bebekte alerjik durumlar ortaya çıkarabilmekte. Mama ile beslenen bebekler, anne sütü ile beslenenlere göre daha yüksek oranda alerjik bünyeye sahiptirler.

Anne sütü, bebekte astım hastalığı riskini azaltır.

Anne sütü, bebeği ishale karşı korur.

Anne sütü, bebeği bakteriyel menenjite karşı korur.

Anne sütü, bebeği solunum sistemi hastalıklarına karşı korur.

Anne sütü, bebeği bazı lenfoma türlerine karşı korur.

Anne sütü, bebeği bazı görme kusurlarına karşı korur. Bangladeş'te yapılan bir çalışmada emzirmenin hem kırsal, hem de kentsel alanda yaşayanlarda gece körlüğüne karşı koruyucu faktör olduğu saptanmıştır.

Emzirme, annede ileride kemik erimesi ihtimalini azaltır. Bulgular emzirmeyen kadınlarda kemik erimesinin 4 kat fazla görüldüğünü ortaya koymuştur.

Mama ile beslenen bebekler ileriki yaşantılarında şişmanlık açısından daha fazla risk altındadır.

Anne sütü, aşıların etkinliğini arttırır.

Emzirme, doğal bir doğum kontrol yöntemidir. Uygun bir şekilde yapılan emzirme, gebelikten korunmayı sağlar.

Emzirmek, mama hazırlamaktan daha kolaydır.

Anne sütü, ekonomiktir.

Anne sütü, her zaman uygun sıcaklıktadır. Her zaman uygun konsantrasyonda besin maddesi içerir.

Anne sütü, bebek için doğal bir sakinleştiricidir. Anne sütünün içerdiği bazı kimyasal maddeler bebeğin daha kolay uykuya dalmasına yardımcı olur.

Anne sütü ile beslenen bebekler daha az doktora giderler.

Anne sütü, doğallığından gelen bir özellikle çevre ile barışıktır.

Anne sütü, doğal ağrı kesicidir. İçersinde bulunan endorfinler bebek için doğal bir ağrı kesici vazifesi görür.

Anne sütü her zaman temizdir.

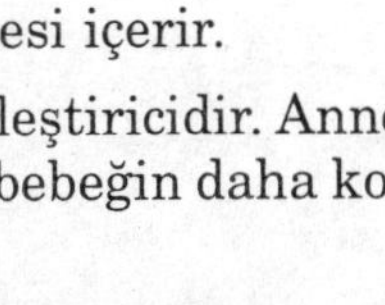

Emzirme, bebeğin diş sağlığı için yararlıdır. Memeden emmek, biberondan emmeye göre bebeğin diş ve çene gelişimi için daha uygundur. Memeden emerken biberona göre 60 kat fazla enerji harcayan bebeğin çene kasları daha kuvvetli olur. Düzgün gelişen bir çenede çıkan dişler daha düzgün ve sağlıklı olur.

Anne sütü alan bebeklerde reflü daha az görülür. Emziren annelerin bebeklerinde mide içeriğinin yemek borusuna kaçması daha kısa süreli ve daha az olur.

Anne sütü, sentetik hormonlar içermez.

Anne sütü, daha iyi sosyal gelişim sağlar.

Emzirme, annenin kendine olan saygısını güçlendirir.

Anne sütü alan bebekler mükemmel kokar.

Tüm bu sebeplerle beraber sağlıklı bir anne ve sağlıklı bir bebek için emzirmek ve anne sütü şarttır.

KARTPOSTALDAKİ BEBEK

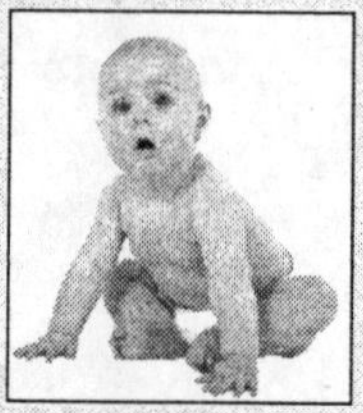

Kadının biri, kartpostalda gördüğü çocuğun güzelliğine hayran olmuş. Oturmuş dua etmiş:

– Yarabbi, bana böyle bir çocuk nasib et...

İki yıl sonra çocuk sahibi olmuş.. Çocuğu biraz büyüyüp şekillenince, bir de ne görsün, tıpkı kartpostaldaki gibi... Sessizmiş. Çünkü, çocuk konuşamıyormuş. Dilsizmiş.

– Keşke, demiş; **Yarabbi, hayırlı bir evlad nasib et deseydim, şöylesine, böylesine karışmasaydım.**

Tûba Serdaroğlu

Oğlunuz ve Annesi

Annelik fıtrîdir

Kadının, insan olmasından sonraki en doğal özelliği anne olmasıdır. Kadın için annelik fıtrî bir olgudur. Çünkü kadının anne olma içgüdüsüyle beraber, anne olmaya ihtiyacı vardır. Fiziksel ve duygusal sağlığı için kadının anneliği çok önemlidir. Yani çocuk, bir nevi anneyi tedavi eden doğal bir ilaçtır. Fakat çocuğun çok etkili bir ilaç olması için karşılıksız sevgiyle sevilmesi gerekir. Anne ve çocuk, karşılıksız sevgiyle birbirlerini tedavi ederler.

> Anne sütü, çocuk için ne kadar önemli bir gıdaysa, anne sevgisi de bir o kadar önemli ve yeri doldurulamaz bir gıdadır. Çocuk sevgisi de anne için aynı derecede önemlidir.

Her Şeyini Ağlayarak Anlatır

Bebek, doğumu takip eden bir ay boyunca, gününün büyük bir bölümünü uykuda geçirir. Sadece acıktığı, altı ıslandığı veya üşüdüğü zaman ağlar. İhtiyacı karşılanınca tekrar uykuya dalar. Bu davranışı, bir bakıma, ana rahmindeki hayata benzer. Acıkınca doyurulduğunu, altı ıslanınca temizlendiğini öğrenen çocuk, daha az ağlar. Bazı ailelerde gelenekler icabı, "bırakın ağlasın, çocuk ağlaya ağlaya büyür, ağlayan çocuğun sesi güzel olur, her ağladığında kucağa alırsan şımarık olur," gibi yanlış anlayışlar vardır. Çocuğun, ihtiyaç anında annesinin yanında olduğunu bilmesi ona güven duygusu verir.

Annesi Onun Bir Parçası

İlk aylarda, bebeğin en gelişmiş hissi emme hissidir. Uykusunda bile emziğini veya parmağını emer. Yanağına değen her şeyi ağzına yaklaştırıp emmek ister. İlk haftalarda bebek, anneyi hâlâ vücudunun bir parçası olarak algılar. Ana rahmini terk ettiğini geç fark eder. Anneler de çocuklarını vücudunun bir parçası; etinden, canından, kopmuş bir cüz kabul ederler. Milyonları verseniz, çocuğundan onu ayıramazsınız.

İkinci ayda, sesi, görünüşü ve sıcaklığı ile annenin farklı bir kişi olduğunu hissetmeye başlar. Yanından uzaklaşınca kaybolduğunu zanneder. Zira onda henüz zaman ve mekân kavramı yerleşmemiştir. Ağladığı zaman annenin yanı başında beliriverdiğini görünce sevinir, neşe mırıltıları çıkarır.

Beşinci aya kadar yabancıları fark etmez, yabancı olarak bilmez. Kim kucak açar, kim gülümserse ona gider. Altıncı aydan sonra hızlı bir gelişme gösterir, tanımadığı kişilerin kucağına gitmez. Onlar kucağına almak için ısrar edince annesine sıkı sıkı sarılır. Annesi vermek isteyince ağlar, huzursuzluk belirtileri gösterir. Anneden ayrı kalmanın en tehlikeli olduğu dönem işte bu dönemdir. İhtiyaç anında annesini yanında görmesi çocukta güven duygusunu oluşturur.

> Erikson'a göre, bir bebek ilk 18 ayını anne ile geçirmemiş ise, onda "kişilik gelişmesi"nin temeli çürük demektir. Temel çürük olduğundan ondan sonraki devrelere geçişi de o kadar zor olacak demektir.

Telepatik Haberleşme

Bir çocuk bakımı kitabında, bebeğe dört saatte bir süt verilmesi tavsiye ediliyor. Bu, tamamen mekanik ve basmakalıp bir düşüncenin ürünüdür. Anne ile bebek arasındaki telepatik haberleşmeyi sezememenin hamlığıdır.

Amerika'nın büyük hastanelerinde yapılan seri araştırmalarda, % 92 vak'ada annenin bebeğinin midesindeki sütün hazmedilip bittiğini hissettiğini ve çocuğunu emzirmek için önüne geçilmesi zor bir arzu duyduğunu, aynı zamanda memelere süt yürüyerek dışa doğru bir basınç yaptığını, adeta anneyi çocuğu emzirmeye zorladığını tespit etmişlerdir. Arada sesin geçişini zorlaştırıcı engeller ve uzun mesafeler de bulunsa, anne, çocuğunun ağladığını, acıyla kıvrandığını ve acıktığını anında hissetmektedir. Annelik içgüdüsü denilen şey bu olsa gerek...

Herşey Sevgiyle Yapılmalı

Annelik içgüdüsüyle oğlunuzun gereksinimlerini sevgi ile yerine getirdiğiniz zaman onun fiziksel ve duygusal gelişimini en sağlıklı şekilde yerine getirmiş olursunuz.

Zamanında ve Kucakta Besleyin. Oğlunuzu kucağınıza alarak besleyin. Mesela, bebeğinizi biberonla besliyorsanız, onu kucağınıza alın ve besleme esnasında göz teması kurun. Biberonun altına ya da yanına destek koyarak bebeği kendi kendine beslenmeye terk etmeyin. Eğer her hangi bir sağlık sorunu yok ve bir uzmandan öneri almamışsanız, bebeğinizi her acıktığında ve istediği miktarda besleyin. Anne sütüyle beslenen bebekler zaten anne kucağında beslenmektedir. Bunda da bebeği tutuşunuza ve sağlıklı emmesine özen gösterin. Özellikle erkek çocukların bu sıcaklığı hissetmeleri ve sevgiyle büyümeleri çok önemlidir. Bunun ilk adımı da annenin onu beslediği anlardır. Sevmesini bilen anneler, sevmesi bilen oğullar yetiştirir. Sevgisiz çocuklar anne babaların ürünüdür. Bunun için oğlunuzu sevgisiz beslemeyin.

Oğlunuza Dokunun. Özellikle ten teması önemlidir. İncitici dokunuşlar, mesela, bebeğin yanaklarını sıkmak, hırpalayarak, döverek sevmek gibi sert davranışlar uygun değildir. Canının yanması bebeğin hoşuna gitmez ve sizin sevginizi yanlış algılamasına sebep olur. Gıdıklamak gibi şaşırtıcı dokunuşlar da bebeklerin bazen hoşuna gider, ama bazen de onları rahatsız eder. Aradaki dengeyi iyi ayarlamak gerekir.

Bebeğinizin huzursuz olduğu anları anlamaya çalışın. Bebeğin bir şeyden rahatsız ya da huzursuz olduğu durumlarda büyük dikkat göstermek gerekir. Yanında kendisini yatıştırmaya çalışan bir yetişkin olmaksızın, bebeğinizi 15 dakikadan fazla ağlatmayın.

Bebeğinizin alt temizliğine dikkat edin. Bazı bebekler, ıslak ya da kirli bezlere diğer bebeklere oranla daha tahammüllü olabilirler. Bu kullanılan bezin cinsine göre de değişebilir. Bütün bebeklerin vücutlarının bu bölümü amaca uygun ve cinsellikten uzak bir biçimde temizlenmelidir. Böylece bebekler cinsel organlarını kabullenmeyi öğrenirler. Çocuğu cinsel yönden uyaracak şekilde dokunmak her koşulda çok yanlış bir davranıştır.

Bazı pedagoglar, doğumdan sonraki bir yılı, "ikinci gebelik devresi," olarak adlandırırlar. Gerçekten de doğumdan sonraki bir yıl boyunca bebeğin anneye bağlılığı şiddetle devam eder. Annesini hâlâ vücudundan bir parça sayar. Her ağladığında, başucunda annesini görüvermesi ona mutluluk verir. Annesinin tatlı öpücükleri, sıcak gülümsemeleri, okşamaları, vazgeçemeyeceği manevi gıdalardır.

Anne sütünde çok besleyici gıdalar ve koruyucu hormonlar bulunduğunu söyleyen araştırmacılar şüphesiz haklıdır. Ama biz de, bir eğitimci olarak diyoruz ki: **Anne sütünü besleyici kılan, sadece içindeki vitaminler değildir. Annesinden sütünü emerken, onun sıcak kucağında olduğunu hissetmesi, göz göze gelmeleri, birbirlerine gülücükler dağıtmaları, mırıl mırıl kuşdili konuşmaları yok mu? İşte asıl anne sütünü besleyici kılan faktörler bunlardır.**

Oğlunuz ve Babası

Baba Olmaya Hazır mısınız?

Baba ile çocuk arasında iyi ilişkilerin temeli, bebeklik döneminde atılır ve bu günler bir daha geri gelmez. Baba, "şimdi zamanım yok, daha sonra onunla ilgilenirim," derse, kendini aldatmaktan başka bir şey yapmamış olur. Göz açıp kapayana kadar, "ufacık bebek" okula başlayacak, birinci sınıf öğrencisi, derken ortaokul, lise ve yetişkin bir genç oluverecektir. Ve çocuklar, bu çağa geldiklerinde babalarıyla yakın ilişkiye girmekten hoşlanmazlar. Artık çok geç kalınmıştır.

> **Baba, çocuğuyla ufakken ilgilenmediği için, çocuk da büyüdüğü zaman babasının sözleriyle ilgilenmeyecektir. Baba ile çocuk, birbirlerine yabancı olacaktır.**

Baba ile çocuk arasındaki bağ birbirine bağlı zincir halkaları gibidir. Halkanın bir zinciri kopunca geride kalan halkalar bir işe yaramaz. Baba ile gençlik dönemindeki, çocuğun arasında gelişecek bağ, büyük ölçüde çocuğun okul öncesi yıllarındaki ilişkiye bağlıdır. Bu da bebeklik dönemindeki ilişkiye... Bir yerdeki kopukluk tüm halkanın şeklini etkileyecek, belki bağlanması mümkün olacak, ama şeklî bozukluklar yaşanacaktır.

Baba Olma Sorumluluğu

Erkek, eşinin hamile olduğunu öğrendiğinde müthiş bir gurur duyar. Baba olacaktır ve bu duygu ona, müthiş bir haz verir. Bu duygunun altında soyunu devam ettirebilecek olmanın gururu vardır. Doğacak bebeğin kişiliği, duygu dünyası ve nasıl yetiştirileceği ikinci plandadır. Çocuk sahibi olmak isteyen kadın ve erkeklere uygulanan bir ankette, **"çocuk sahibi olmak size ne ifade ediyor?"** sorusuna, erkeklerini % 90'ının verdiği cevap, **"soyun devamı,"** olmuş.

Kadın hamile olduğunu öğrendiği zaman soyunu devam ettireceği gibi bir gurura kapılmazken, pek çok erkek, baba olmanın ilk hazzını bu düşünceyle yaşıyor. Ancak baba olma sorumluluğu bu değil.

Baba olma sorumluluğu, tıpkı anne olmanın getirdiği sorumlulukla eşittir. Mutlu çocuklar yetiştirmek istiyorsanız, onların gereksinimlerini eş olarak paylaşmanız gerekir.

Minik oğlunuz, bu koskocaman dünyaya ve sizin sevimli yuvanıza kendisini yerleştirdiği andan itibaren, siz de, annesi kadar ondan sorumlusunuz demektir. Yani kuru kuruya baba olmak yok.

Baba olmanız için erkek olmanız yeterli değildir. Zorluklara göğüs gerebilecek, ailesini korumasını ve çoluk çocuğuna sahip çıkmasını bilecek, bunların da ötesinde eşinin ve çocuklarının kendisine ihtiyacı olduğu bilinciyle umutları yüksek bir baba olmalısınız.

İyi bir öğretmen, iyi bir mühendis, iyi bir müdür, iyi bir avukat vs olabilirsiniz, ama tüm bunlar iyi bir baba olmaya yetmeyeceği gibi, iyi bir baba olduğunuz anlamına da gelmez. Özellikle erkek çocukları, etkili bir babaya muhtaçtır.

Oğlunuza, gücünüzü, varlığınızı ve desteğinizi hissettirmeniz gerekir. Onun gelişimi için sevecen ve güçlü bir babaya ihtiyaç vardır. Babasıyla sevgi dolu ve güçlü bir ilişki kuramayan oğlunuz, evlendiği zaman eşiyle sağlıklı ve tatmin edici bir iletişim kurmakta güçlük çekecektir.

Yani sizin onla bebeklikten başlayarak kuracağınız iletişiminiz, onun bütün hayatını etkisi altına alacaktır. İşte baba olurken bu sorumluluklar göz önüne getirilmeli ve oğlunuzu ihmal etmemelisiniz.

Kendinizi Boşlukta Hissedebilirsiniz

İşten eve dönerken sizi bir değil, birkaç kişi bekliyor. Hem çok mutlusunuz, hem de kafanız karmakarışık. Ev kalabalık... Kayınvalide, kayınpeder, anneniz ve durmadan eve gelip giden misafirler... Masraflar da çoğalıyor, üstelik kimse sizinle ilgilenmiyor. Herkes eşinizle ve ailenizin yeni üyesiyle ilgileniyor ve eşiniz de doğal olarak eskisi gibi sizinle ilgilenemiyor. Belki de en büyük boşluğu bu noktada hissediyorsunuz.

Artık işten eve geldiğinizde sizi güler yüzle bekleyen karınızın yerini, bebeğini emziren, yorgun, uykusuz, sinirli, gergin bir kadın almış. Hiç kimse size, "Nasılsın?"demiyor. Siz, bebeğin ve evin ihtiyaçlarını karşılayan bir robot olduğunuzu düşünüyorsunuz. Eşinizle baş başa kalmak için fırsat kolluyorsunuz ama boşuna. Eşinizin bebekle ilgilenmekten size ne zamanı, ne de enerjisi kalıyor. Çünkü dur durak bilmeden acıkıyor, altına yapıyor ve ağlıyor. Oysa siz artık huzur istiyorsunuz. Eşinizin güler yüzünü, ilgisini ve şefkatini beklerken, onun her geçen gün daha da gerginleştiğini fark ediyorsunuz. "Acaba bu çocuk olmasa mıydı?" diye içinizden geçirdiğiniz bile oluyor. Eşinizle geçirdiğiniz romantik zamanlar geride kalmış ve siz o atmosferi yakalayamamanın huzursuzluğunu yaşıyorsunuz.

Para Makinesi Babalardan Olmayın

Artık siz bir babasınız, ama bunun anlamını da pek fark edemiyor ve aslında yaşamıyorsunuz da... Bebek ya acıkıyor, ya altına yapıyor, ya da ağlıyor. Uyuduğu zamanlar sınırlı. Belki siz işteyken hep uyuyordur, ama siz eve geldiğinizde pek uyumuyor. Hem sanki size ihtiyacı yok gibi de gözüküyor. Annesine bağımlı bir hali var. Eşiniz uykusuzluktan ve bebeğe yetişme çabasından yorgun. Bu durumda ne yapmalısınız? Elbette, **baba olmanın sorumluluğunu pek âlâ üstlenebilirsiniz. Bakın hem eşiniz çok yoruluyor, hem de çocuk sadece onun değil.**

Babalık yalnızca çalışıp para kazanmak değildir. Siz para makinesi misiniz? Kadınlar kuluçka makinesi değilse, siz de para makinesi değilsiniz. Fakat günümüzde babalar kendilerini böyle görmekte. Para makinesi gibi... Çocukları büyütme ve eğitme görevi annenin, ihtiyaçlarını giderip, para kazanma babanın görevi gibi algılanmakta.

En kötü tarafı ise, baba, evin ihtiyaçlarını karşılamakla görevini tam hakkıyla yaptığını düşünmekte ve eve geldiği zamanda da çocukların gürültüsünden uzak kalmak istemekte. Çünkü kendisi dışarıda çalıştı, para kazandı ve çok yoruldu.

Ama unutulan bir nokta var ki, çocuğun gözünde hep yorgun bir baba imajı oluşmakta. Belki de bu yüzden oğlunuz, gelecekte baba olmaktan korkacak, istemeyecek ve çekinecektir.

Bu yorgun baba imajınızla, oğlunuzla iletişiminiz kopacaktır. Ama oğlunuzun anne kadar size de ihtiyacı var. Bu konuda yeterli bilginiz olmayabilir. Neden eşinizden yardım almıyorsunuz? Hem böylece eşinize de yardımcı olursunuz. Öyleyse hemen kolları sıvayın. Evet, bebeği eşiniz emziriyor, ama siz de gazını çıkarma görevini üstlenebilirsiniz. Bu dönemde oldukça yorgun olan eşinizin biraz uyuması için, bebeğiniz uyandığında onu oyalayabilir, onunla ilgilenebilirsiniz.

Bilmelisiniz ki, eşiniz çok yorucu bir yolculuğu tamamladı, bedenen ve psikolojik olarak çok yorgun. Hem bedeninden apayrı bir beden oluştu ve onu dünyaya getirdi, hem de psikolojik olarak "ben bütün bunlarla nasıl başa çıkacağım?" duygusuyla boğuşuyor. Sizin en ufak yardımınız onu çok rahatlatacağı gibi, oğlunuzla aranızda iyi bir bağın oluşmasını da sağlayacak.

Oğlunuzun Annesine Yardım Edin

Oğlunuzu çok seviyorsunuz. Artık onun varlığına alıştınız. Babalığın zevkine vardınız. Ama eşiniz, bu zevki tadarken oldukça yorulmakta. Ona yardım ederken, oğlunuzun annesine yardım ettiğinizi unutmayın. Eşinizle empati kurun ve onu anlamaya çalışın. Eşiniz bu dönemde çok sinirli olabilir. Hoşgörülü olmalı ve hiç değilse her zamankinden daha anlayışlı davranmayı denemelisiniz.

Bazı kadınlar **"loğusalık depresyonu"** diye adlandırılan, geçici bir psikolojik rahatsızlık yaşayabilir. Loğusalık depresyonu geçiren kadınlar, durup dururken ağlar, aşırı gergin olur, yalnız kalmak ister, bebeklerine hemen adapte olamazlar, cinsel istekleri hemen hemen hiç yoktur. Eşleri sanki hiç yokmuş gibi davranırlar, sürekli mutsuz ve karamsardırlar. Sizin eşinizde de böyle bir ruh hali var ise, bir uzamana danışarak, eşinize nasıl davranmanız ve yaklaşmanız konusunda bilgi almanız faydalı olacaktır. Sadece **bebeğinizin yeni doğduğu günlerde değil, sonraki tüm zamanlarda da hem karınıza eş, hem de bebeğinize baba olma sorumluluklarınızı yerine getirmeniz gerekir.**

Eşinize hoşgörülü davranmalı, mutfak, yemek, ev işleri sorumluluklarını paylaşmanın yanı sıra, bebeği kucağınızı almalı, onu oyalamayı ve onun dilini öğrenmeyi keşfetmeniz gerekir.

Babalık sorumluluğunuzu yerine getirirken sakın eşinizi ihmal etmeyin. Bir tarafı yapayım derken, diğer tarafı da unutmamak gerekir. Eşinizin moralini yüksek tutun. Bu dönem buna çok ihtiyacı var, sizden maddi olmasa da manevi destek bekliyor. Ona sevgi dolu yaklaşın. Sevginizi sözlerinizle ve davranışlarınızla hissettirin. Yüreğiniz ona hep açık olsun ve eşinizi asla göz ardı etmeyin. Sizin de sinirleriniz gergin ve siz de büyük ihtimalle yorgunsunuz ama birbirinize destek oldukça rahatlayacaksınız. Çünkü tüm bu yaşadıklarınız bir süreç ve ilerde sizleri daha güzel günler beklemekte. Yaşam hep ileriye gider ve bu ilerlemede siz geri kalmamalısınız

Sağlıklı İletişim Şart

Eğer bebeğinizle sevgi dolu bir iletişim kurmakta gecikirseniz, ileride çocuğunuz büyüdüğünde sağlıklı bir iletişime geçemeyeceksiniz. Neler mi yapabilirsiniz? Bebeğiniz uyurken onu seyredin. Onun duruşunu, uyurken yaptığı hareketleri zihninizde resmedin. Zihninize resmettiğiniz bu görüntüler ileride, o ergenlik dönemini yaşarken size epeyce yardımcı olacaktır. Bebeğinizi kucaklayın ve onunla gözlerinizle iletişim kurun. İnanın, şimdi kurduğunuz bu gözle iletişim, ileride onunla çatışabileceğiniz dönemlerde ikinize de rehber olacaktır.

Bebeğinizle konuşun. Ona bir baba olarak duygularınızı anlatın, paylaşın. Bebeğinizin bilinçaltı, bu paylaşımları kaydedecektir. Nasıl anneler bebeğe ninni söylese, siz de bebeğinize hoşunuza giden müzikler söyleyin. İnanın, sizin ona söylediğiniz müzikleri hep hatırlayacaktır. Onun o mis kokusunu koklayın ve kulağına şimdiden "seni çok seviyorum yavrum" deyin... Ve ömür boyunca söylemek üzere... Bundan hiç vazgeçmeyin.

Bu sihirli cümle inanın onun için kazandığınız milyonlardan, alacağınız en pahalı oyuncaklardan, vereceğiniz sınırsız harçlıklardan çok daha hoşuna gidecek ve daha çok sevinecektir. Evet, onu mutlu etmek bu kadar kolay ve ucuz. Öyleyse neden ihmal edesiniz?...

Oğlunuzdan Uzak Durmayın

Bazı babalar da var ki, küçük bebeklerinden ürkerler ve bu yüzden onlardan uzak durmaya bakarlar. Bu ürküntünün sebebi olarak da, bebeğin çok küçük olduğunu, eğer kucağına alırsa bir yerini inciteceğini, içinin titrediğini falan söylerler. Sebeplerin sadece bunlar mı olduğunu bilmiyoruz, ama bildiğimiz tek şey, babalardaki bu davranışın, oğulları üzerinde olumsuz etki yapışıdır.

Baba, bebekten uzak durmakla, ikisi arasında oluşacak yakın, sıcak, sıkı bağların gerçekleşmesini engellemektedir. Bu da baba ile çocuk arasındaki ilişkiye olumsuz bir başlangıçtır. Çocuğun babasıyla olan ilişkisi, özellikle yaşamının ilk beş yılı içinde annesiyle olan ilişkisinden sonraki en büyük ve önemli bağdır. Babalığın da tıpkı annelik gibi, çocuğun doğduğu anda başladığını bilmek gerekir. Oysa bazı babaların davranışlarına bakacak olursanız, çocuk ancak iki yaşına geldikten sonra babalığın başladığını düşündüklerini anlarsınız.

> Düşünün bir kere, hiç kucağınıza almadığınız, yıkanırken seyretmediğiniz, beşiğinde gülücük yaparken görmediğiniz, kişisel ihtiyaçlarını yerine getirmediğiniz bir çocuğa yakınlık duymanız çok zordur.

Baba-oğul köprüsü anneler

Evet hanımlar, eşiniz bebeğinizle ilgilenmiyorsa, bu ilgiyi sağlamak yine size düşüyor. Önce eşinizin neden çocukla ilgilenmediğini bulmakla işe başlayabilirsiniz. Eşiniz çocukluğu hakkında bir şeyler öğrenmeye çalışın. Belki kendi babası da onunla pek ilgilenmemiştir. Ve eşiniz, babasından gördüklerini bütün kusurlarıyla tekrarlamaktadır. Belki bebeğiniz doğduğu an, sizin duyduğunuz yetersizlik ve güvensizliği o da duyuyordur ve bunu açıklamaktan kaçınıyordur. Nedenler ne olursa olsun, bunları size anlatmasını sağlayın. Çocuğa ilgi duyması için bütün kadınlık ve analık hünerlerinizden yararlanın.

Aşılara Dikkat

Aşı Takvimi

Hep B	: Hepatit B Aşısı
BCG	: Verem Aşısı
DaBT-IPA-Hib	: Difteri, Aselüler, Boğmaca, Tetanoz, İnaktif Polio, Hemofilus influenza tip b Aşısı
KKK	: Kızamık, Kızamıkçık, Kabakulak Aşısı
OPA	: Oral Polio Aşısı
Td	: Erişkin Tipi Difteri - Tetanoz aşısı
Rapel	: Pekiştirme dozu

Doğumda	: Hep B
1. ayın sonu	: Hep B
2. ayın sonu	: BCG ve DaBT-IPA-Hib
4. ayın sonu	: DaBT-IPA-Hib
6. ayın sonu	: Hep B, DaBT-IPA-Hib, OPA
12. aylık	: KKK
18-24. aylık arası	: Rapel ve OPA
İlköğretim 1. sınıf	: Rapel, OPA ve Td
İlköğretim 8. sınıf	: Td

Aşıları ihmal etmeyin

Aşı yaptırmayla, bulaşıcı enfeksiyon hastalıklarına karşı vücutta bağışıklık sistemini kuvvetlendirir; hastalık yapan mikrobu zayıflatılmış veya ölü halde vücuda vermiş olursunuz. Doğumdan hemen sonra ve birinci ayın sonunda B tipi hepatite ve vereme karşı aşılanan bebek, daha sonraki aylarda da birçok hastalığa karşı aşılanır. Doktor kontrolünde yapılan bu aşıları iyi takip etmek ve zamanını kaçırmamak gerekir.

Karma aşı uygulamasından sonra bebeklerde 1 gün kadar süren ateşleme olabilir. Gerekiyorsa ateş düşürücü ya da fitillerle bebek rahatlatılabilir. Aşı yapılan kolda bir kızarıklık, sertlik ya da ağrı oluşabilir. Bunlar aşının etkisiyle normal şeylerdir. Evde bulunan kolonya yarı yarıya sulandırılıp, büyükçe bir pamuk parçasına bolca dökülüp bebeğin koluna sarıldığında bebek rahatlar, bir süre sonra da şikayetler ortadan kalkar.

BEBEKLER DÜNYAYA NASIL GELİYOR?

Çocuklar, aralarında bebeklerin nasıl dünyaya geldiğini konuşuyorlarmış.

Biri: "Bizim ailede çocukları leylekler getirir," demiş.

Diğeri, "Bizde lahana tarlasında bulurlar."

Onur, mahzun mahzun konuşmuş:

– Bizim maddî durumumuz iyi değil, o yüzden bebekleri annem kendisi yapıyor.

* * *

ANNE KİRPİ

Bir kirpi dünya gezisine çıkmıştı. Büyük bir çölde kaybolmuş, gece de bastırmıştı. Zavallı kirpi, gece karanlığında dikenli bir kaktüse çarpınca sevinçle bağırdı:

– **Anneciğim, sen misin?...**

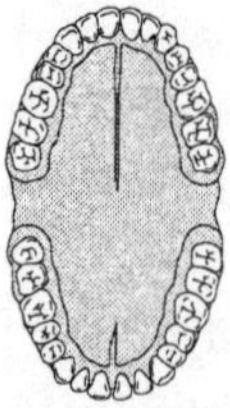

Oğlunuz Diş Çıkarıyor

İlk dişleri çıkıyor

Bebeğin sindirim sisteminin en önemli organlarından birisi, dişlerdir. Bebek ilk dişini, birinci yılın içinde, en çok 6–9. aylar olmak üzere her hangi bir ayda çıkarabilir. Gelişimi normal olan bazı çocuklarda ilk dişin çıkması 15. aya kadar uzayabilir. Bu durum anne babayı telaşlandırmamalıdır, zira bu kalıtımla ilgilidir ve hastalık belirtisi değildir. Böyle bir **bebeğe diş çıkarma iğnesi diye yüksek doz D vitamini vermenin diş çıkarmaya hiçbir katkısı olmaz.** Sağlıklı bir bebek için dünyanın hiçbir yerinde dişi erken ve kolay çıkarmanın çaresi olacak ilaç yoktur.

Diş çıkarma zamanı her çocukta aynı kurala uymaz. Mesela, her ikisi de normal ve sıhhatli oldukları halde, çocuğun birinin 4 aylıkken dişi çıkarken, bir diğerinin 1 yaşına gelince dişi çıkabilir. Bunu, vitaminsizlik ve hastalık ölçütü olarak değerlendirilmemek gerekir.

Bazı aceleci bebekler 4 aylıkken diş çıkarabileceği gibi, her bir diş için 6 aylık gecikme de normal kabul edilir, bunda da kalıtım etkilidir. Nadiren süt dişlerin geç çıkmasına; anne karnındayken X ışını almış olmak, doğuştan firengi gibi kronik enfeksiyonlar ve ağır raşitizm sebep olabilir. Ayrıca "geç çıkan diş iyi olur çürümez, erken çıkan diş çabuk çürür," inancı da doğru değildir.

Oğlunuzun huzursuzluk nedeni dişleri

Dişlerin çıkmasında önce damaklarda kabarma, morarma ve kaşınma, salya akması görülür. Ancak bazı bebeklerde salya akışından aylar sonra diş çıkar. Diş çıkarma döneminde bebekte huzursuzluk, uykusuzluk, iştahsızlık, kuru öksürük, hafif ateş, sindirim ve solunum bozuklukları görülebilir. Bu belirtiler şiddetlenmedikçe önemli değildir. Aileler bu aylardaki bir bebeğin her ateşini, ishalini, huzursuzluğunu diş çıkarmaya bağlama eğilimindedir. Oysa diş çıkarmaya bağlı bir ateş 38 dereceyi pek aşmaz, ishal de hafif olur.

Dişin tam damağı delme zamanındaki aşırı kaşıntı ve buna bağlı huzursuzluk için kullanılan uyuşturucu diş jellerinin etkisi çok kısa sürelidir. Alerji yapabileceği için, çok kullanmaktan kaçınmak gerekir. Her 20 – 30 dakikada bir ağzına jel sürülemeyeceğine göre, gündüz idare edip, gece çok huzursuzlandığında, uyuyamadığında kullanılması daha uygundur.

> Diş kaşımak için kullanılan halkaların da kir tutmayan, kolay temizlenebilir cinsten olması gerekir.

Diş çıkma esnasında ilerleyen dişin ince bir damarı kesmesi ile diş eti altında mor siyah bir kabarıklık oluşabilir. Genellikle kendiliğinden kaybolur. İltihaplanma olursa, diş hekimi tarafından küçük bir çizikle açılabilir.

Dişlerin çıkış sırası

Her çocukta değişiklik göstermekle beraber genel dış çıkarma sıralaması şu şekildedir: İlk 8-10 aylarda üst ilk kesiciler, 10-14 aylarda üst ikinci kesiciler, 14-18 aylarda alt ve üstü birinci süt azılar, 18-24 aylarda alt ve üst köpek dişleri, 24-30 aylarda alt ve üst ikinci azılar çıkar.

Normal olarak üst dişler alt dişlerden daha önde ve dışarıda dururlar. Üst kesici dişler, alt kesicileri hafifçe örterler. Toplam 20 süt dişi vardır.

Diş sağlığı önemli

Kalsiyum, fosfor, fluorür, B, C ve D vitamini dişin gelişimi için gerekli maddelerdir. Bunların eksikliği dişlerin bozuk ve kolay çürüyebilir olmasına sebebiyet verir. Ancak normal beslenen çocuklarda bunların ayrıca verilmelerine gerek yoktur. Son yıllarda diş çürümelerine karşı koruyucu olarak yaygın kullanılmaya başlanılan fluorür, aslında şehir içme suyundaki fluor miktarı göz önüne alınarak tavsiye edilmektedir. Her şeyin fazlası zarar olacağı için, aşırı fluorür kullanımı da dişte bozukluklara, renk değişikliğine yol açabilir. Gebelik sırasında annenin kalsiyum, potasyum, süt, peynir, yumurta, sebze, meyve, tahıl ile beslenmesi bebeğin dişlerinin sağlamlığı açısından önemlidir. Gebelik sırasında geçirilen kızamık, suçiçeği, kabakulak, grip gibi viral hastalıklar ve firengi, dişlerde yapı bozukluğuna sebep olur. Ayrıca annenin hamilelikte tetrasiklin grubu (antibiyotik) ilaç kullanımı da kalıcı dişlerde aynı bozukluğu yapacağından dikkatle kullanılmalıdır.

> Süt dişlerinin çocuğun gıdalarını çiğnemekten başka diğer bir görevi de, bu yaşlarda sık görülen çene darbelerinden kalıcı dişleri korumaktır. "Nasıl olsa geçici" diye süt dişi çürüklerini de ihmal etmemek gerekir.

Yalancı emziklere dikkat

Dişlerin çarpık ve bozuk çıkması genellikle kalıtımsaldır. Bunun yanı sıra parmak emme, dil emme, uzun süre emzik emme, dişlerin bozuk çıkmasına yol açar. Emzik, çene yapısına uygun olmalıdır. Bebeğin tiryakisi olduğu ve tutkuyla bağlandığı emzik giderek deforme olup hem çene yapısını bozar, hem de emzik yüzeyi pürtükleneceğinden mikroplar için ideal bir yuva haline gelir.

Çocuğun yattığı yastığın fazla yüksek olması da ileride iki çene arası ilişkinin bozulmasına yol açabilir. Sonradan kazanılan çene yapı bozukluklarında, sürekli ağızdan nefes almak (burun tıkanıklığı) çok önemli bir etkendir.

Diş ve çene düzensizliğinde uygulanan ve çiğneme, konuşma fonksiyonlarıyla görünümde düzelme sağlayan ortodontik tedaviler hem çok uzun süre gerektirir, hem de çok pahalıdır. Bu nedenle süt dişlerinin çıkışından itibaren aile, bebeğin ağzında neler olup bittiğini dikkatle izlemelidir.

Oğlunuzun dişlerine özen gösterin

Uzun süre biberon kullanan çocuklarda oluşan mekanik baskı sonucunda süt dişler erken dökülebilir. Gece yatmadan önce biberon ile şekerli süt ya da başka bir besin alan çocukların dişleri de erken dökülür ve çabuk çürür. Çünkü çocuk, şekerli sıvıyı emer emmez uyur, uyku sırasında tükürük salgısı azalır, ağız içi temizlenmemiş olur. Kapalı kalan ağızda bu şeker artıkları ile diş çürüğü yapan mikropların üremesi için ideal ortam sağlanmış olur. Çocuk, biberon ile uyumayı alışkanlık haline getirmiş ve asla vazgeçme niyetinde değilse biberona şekerli sıvı yerine su koyulabilir. Ya da sütü bitince ağzının içi ıslatılmış gazlı bezle silinir veya suyla çalkalanır.

Çocuğun genel sağlığı ve daha sonra çıkacak olan kalıcı dişlerin sağlıklı yerleşimi açısından süt dişlerinin bakımı çok önemlidir. Anne 1 yaşına kadar ıslak bir mendil ile diş ve diş etlerini her gece silmelidir.

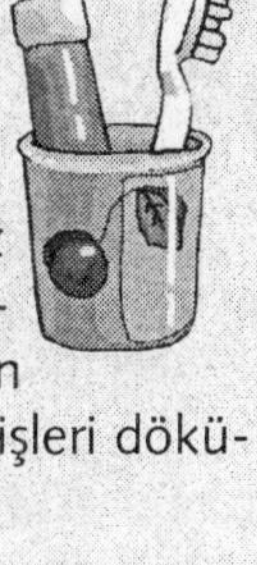

Bir yaşından itibaren bebekler için hazırlanan diş fırçaları kullanılarak kahvaltıdan sonra ve yatmadan önce dişlerin fırçalanması gerekir. Bu, çocukta hayat boyu fırçalama alışkanlığının oluşmasını sağlayacaktır. Bu yaşlarda çocukların ağız mukozaları hassas olduğundan diş macunu kullanılmamalıdır. Çenenin büyük olan kalıcı dişler için uygun hale geldiği 5 – 6 yaşından itibaren süt dişleri dökülüp kalıcı dişler çıkmaya başlar.

Gelişim Dönemleri

Her Gelişim Bir Basamak

Çocuğun gelişim dönemlerini şöyle sıralayabiliriz: Motor gelişimi, duygusal gelişimi, bilişsel gelişimi, dil gelişimi, psiko-sosyal gelişimi ve elbette kişilik gelişimi...

Çocuğun içinde bulunduğu her gelişim aşaması hem yeni bir basamaktır, hem de yeni bir başlangıç. Anne baba çocuğun gelişim dönemlerini bir bütünlük içersinde değerlendirmelidir. Çünkü gelişim, bütünsel bir süreçtir, doğumla başlayıp ölümle biter.

Her gelişim dönemi, çocuğun yaşıyla orantılı olarak belirtiler gösterir. Mesela ilk bir yaşında motor gelişimi en bariz olarak kendini hissettirir ve büyüme oranında, o da daha çok gelişir. Onun için her gelişim sürecini yaşlarla orantılı olarak takip etmek daha iyi olacaktır. Çünkü her yaşın kendine göre özellikleri de bundan kaynaklanmaktadır ve bunları bilmek anne babalar için çok faydalıdır. O zaman çocuktan gelen mesajlar da doğru algılanmış olur ve gelişim süreci daha bilinçli sağlanır.

Gelişen Oğlunuza Destek Olun

Çocuk her gelişim döneminde anne babadan farklı destekler bekler. Ancak aile, bunu yanlış değerlendirip çocuğun davranışlarını yaramazlık çerçevesinde algılayıp çocuğu cezalandırırsa ona hatalı yaklaşmış olur. Çocuk gelişimi denilince ne yazık ki hâlâ çocuğun fiziksel gelişimi akla gelmektedir. Oysa çocuğun fiziksel gelişiminin yanı sıra ruhsal gelişimi de vardır ve bu ikisi birbirini tamamlamaktadır.

Motor Gelişimin Belirtileri

Çocuğun motor gelişimi onun kendi başına gerçekleştirdiği fiziksel gelişimdir. Emzirirken saçınızı çekiştirmesi, biraz daha büyüdüğünde her şeyi tutmaya çalışması, gördüğü her şeye dokunma isteği, bir süre sonra bulduğu ve uzanabildiği eşyaları ağzına götürmesi gibi. Sonraları evdeki eşyalarla oynaması, onlara dokunması, yere atması, fırlatması ve ayak ve bacaklarını da kullanarak bunlara tekmeler atmaya girişmesi, motor gelişim süreciyle ilgili davranışlardır. Bu dönemde uyanık olduğu zamanları tutarak, görerek, duyarak, tadarak, koklayarak ve eriştiği her şeye dokunarak geçirir. Duyumsal algılar bu dönemde gelişir.

Bu dönemde bebeklerin sıkıca tutma ve emme refleksleri çok güçlüdür. Onun için anne babalarının saçlarını çekerek, çimdikleyerek ya da ısırarak istemeden canlarının yanmasına neden olabilirler. Anne babalar bu refleksleri yanlış yorumlayarak bebeklerinin kasıtlı olarak canlarını yakmaya çalıştığını düşünebilirler ve karşılık olarak bebeğe sert davranabilirler ya da canını yakabilirler. Halbuki bebekler bunları bilerek veya isteyerek değil, sadece gelişim süreçleri gereği olarak yapmaktadırlar.

Oğlunuz Çok Çevik

Yine bu dönemde çocuk emeklemeye, bir yerlere tutunarak evin içinde gezmeye ve sonunda yürümeye başlar. Çocuğun motor gelişimi fiziksel gücünün artması, kilo alması, boyunun uzaması, kemik ve kaslarının güçlenmesi, eklemlerdeki hareket yeteneğinin gelişmesi, motor gelişim sürecinin bir parçasıdır.

Her türlü gelişimde olduğu gibi motor gelişiminde de

çocuklar arasında farklılıklar görülebilir. Bu farklılıklar çocuğun cinsiyetinden, duygusal yapısından, kilosundan kaynaklanır. Mesela kız çocukları erkek çocuklarına göre daha hızlı bir motor gelişim süreci gösterirler. Daha çabuk yürürler, daha erken kavrayıp hareket edebilirler.

Ancak çocuğun motor gelişimi sırasında yaptıkları, çoğu zaman anne baba tarafından yaramazlık, haylazlık, söz dinlememe olarak algılandığı için, destek yerine ceza ile sınırlandırılır. Çocuğun; "beni engellemeyin, kendimi geliştiriyorum," mesajı, anne baba tarafından bir türlü doğru okunmaz. İşte bu yüzden **çocuk gelişim dönemlerinin anne baba tarafından iyi bilinmesi gerekir. Bu dönemde çocuğu kısıtlamak ya da cezalandırmak, onun gelişimini engellemek demektir.**

Oğlunuzun Temel İhtiyaçlarını Giderin

Bu dönem anne baba için oldukça önemlidir. Çünkü çocuğun temel ihtiyaçları çok iyi giderilmelidir. Oğlunuzun bu ihtiyaçlarını en iyi şekilde yerine getirirseniz, onun potansiyel yeteneklerini geliştirmesine yardımcı olmuş olursunuz. Temel ihtiyaçları çok düzenli olarak karşılanan bebeğin, manevi ihtiyaçları da kendiliğinde giderilmiş olur. Mesela, oğlunuzu acıktığı zaman doyursanız, açlığın geçiciliği ve giderilecek bir şey olduğunu, dünyanın yaşanabilir bir yer olduğunu öğretmiş olursunuz. Oğlunuzu sık sık kucağınıza alarak, bedensel temasla ona sevgiyi öğretirsiniz. Gelecekte sevgi dolu biri olur. Her ağladığında yanında olursanız, gerekli olduğu, başı dara düştüğü zamanlarda ailesinin yanı başında olduğunu öğretirsiniz. Kendini her zaman güvende hisseder. Temel ihtiyaçlarını karşılayan ailesiyle yakın ve sıcak ilişki kuran oğlunuza, diğer insanlarla da aynı ilişkinin nasıl kurulacağının mesajlarını vermiş olursunuz.

Onu beslerken, onunla oynarken, lütfen oğlunuzla konuşun. Bunu bir zorunluluk olarak değil, severek yapın. Hem onu eğlendirin ve eğitin, hem de kendiniz eğlenin ve anne baba olma zevkini yaşayın. Çünkü bu yaptıklarınız onun gelişimi için çok önemli. Mesela, 9 aylık oğlunuzla güzel oyunlar oynayabilirsiniz. Elinize bir bardak alın ve ona dönüp, "bu bardak," deyin. Su verirken ya da başka bir şey verirken adını söyleyin ve onun da bunları öğrenmesine yardım edin. Bu öğrendiklerini hemen söyleyemeyebilir, ama zihnine kaydeder. Daha sonra siz söylerken tekrarlamaya ve yeri geldiğinde de tek başına söylemeye başlar. Böylesi küçük oyunlarla onun gelişmesine ne kadar katkınız olduğunu o büyürken daha iyi fark edeceksiniz.

Onunla bu gibi oyunlu konuşmaların yanında, güzel ve faydalı şeyler de konuşun. Anlamadığını sanmayın. Belki sizin gibi konuşamıyor, ama hepsini kaydediyordur. Mesela, ilk Allah sevgisi bu dönemde filiz verir. Duyduğu Allah geçen kelimeler çok önemli. Bu yüzden onun yanında özellikle buna dikkat edin. "Allah cezanı versin, Allah seni kahretsin" gibi kötü sözlere dikkat edin. "Allah'ım seni cennetine koysun, Allah seni büyütsün," gibi olumlu ve güzel sözler sarf edin.

> Oğlunuzun iyimser, hoşgörülü, sevgi dolu, inançlı ve çevresine güvenle bakan biri olmasını istiyorsanız, gelişimini destekleyin ve temel ihtiyaçlarını ihmal etmeyin. Bu dönemde yapacağınız her şey, gelecek için attığınız bir temeldir. Temeli sağlam olmayan binanın en ufak depremlere dayanması mümkün değildir. Çocuğunuzu hayata hazırlıyorsunuz ve bunun ilk adımı da bu dönemlerdir.

Ufak Tedbirler Alabilirsiniz

Çocuğun motor gelişimi sırasında hem onu engellememek hem de kendi sinirlerinizin bozulmasına izin vermemek için, bir takım önlemler alabilirsiniz. Çocuğunuz her bulduğunu ağzına götürüyorsa, onun ulaşabildiği yerlerde onun için tehlike oluşturan eşyaları kaldırabilirsiniz.

Ona, yumuşak, ses çıkaran, rengârenk, rahatça dişleyebileceği oyuncaklardan alın ve ulaşabildiği yerlere bunları koyun.

Oğlunuz emeklemeye başladıysa, evde kenarı sivri sehpa veya ona benzer eşyaları bir süreliğine ortadan kaldırın. Bırakın evi rahatça keşfetsin. Ev, onun bir labratuvarıdır. Burada öğrenmeyecekse, nerede öğrenecek?

Bazen çocuklar kendi normal gelişim faaliyetlerini sürdürürken, anne babaları tarafından yanlış yorumlanan şeyler yaparlar. Anne babalar, gelişimleri içinde normal ve doğru şeyleri yapan bu çocukları, fiziksel ve ruhsal olarak cezalandırmanın, disiplin olduğuna inanırlar. Mesela bu yanlış anlayışların başında da yeni yürümeye başlayan oğlunuzun yaptıklarını ve sizin neler yaptığınızı bir düşünün.

Yeni yürümeye başlayan çocuklar, etrafındakilere güvenmeyi ve araştırmayı öğrenmek zorundadır. Çocuğun bu hareketini, "benim eşyalarımı karıştırıyor, kasten eşyalarımı kırıyor, ortalığı dağıtıyor," olarak yanlış anlayan yetişkinler, kızgın ya da sert olurlar. Çocukları 1 yaşında olan ebeveynler, bu durumla baş etmeyi öğrenmelidir.

Evleri çocuğa uygun hale getirmek gerekir. Her odadaki güvenliği anlayabilmenin en etkili yolu da, karnınızın üzerine yatmak ve ilgi çekici çevreyi çocuğun gözüyle görmektir. İlgi çekici tüm şeyleri, özellikle ipleri, elektrik fişlerini, evle ilgili kimyevi maddeleri, sabunları ve ilaçları kaldırın. Minik kâşiflerin güvenliği için, dikkatli bir denetime ihtiyaç vardır, sakın ihmal etmeyin.

Oğlunuzu Biraz Rahat Bırakın

Bu çağdaki çocuklar aktif ve meraklıdırlar. Onlara göz kulak olabilmek bir yetişkin için çok yorucudur. Yorgun yetişkin, iyi niyetine rağmen, çocuklarına kötü davranır. Yeterli uyku alarak ve dinlenerek bu durumla başa çıkılabilir.

1 yaş çocukları, motor gelişim sürelerinde kendi bağımsızlıklarını geliştirebilmek için istediği bir ortamda zaman zaman yalnız kalmak isteyebilir. Çocuklarının üstüne çok düşen anne babalar, bazen bunu reddedilme diye anlayabilirler. Anne babalar mümkün olduğunca çocuğa engel olmamaları gerektiğini unutmamalılar.

Oğlunuz bu dönemde bütün evi dolaşmak ister. Onu asla kendi odasıyla sınırlı tutmayın. Evde çocuğun rahatça gezinebileceği pratik bir düzen kurun. Ancak her şeyi de ortadan yok etmeyin, ev bomboş olmasın. Çünkü çocuğun algılaması gereken şeyler var ve bomboş bir evde çocuğun algı düzeyi gelişemez.

Bu dönemde çocuk, yemeğini kendisi yemek isteyecektir. Bunu asla engellemeyin, bırakın döke saça yesin, mutfağınızı ona göre düzenleyin. Yoksa ilkokul çağına geldiğinde yemeğini hâlâ siz mi yedireceksiniz? Oğlunuz etrafı ve üstünü başını kirletiyor ya da çok yavaş yiyor diye onu engellemeyin. Çocuğun bu girişimine saygı duyun ve destek olun.

Yine bu dönemde çocuk, mutfaktaki tencere tavayla oynamaktan büyük keyif alacaktır. Çünkü siz mutfaktayken onun odasında oynaması mümkün değildir. Size bağımlı olduğu ve ne yaptığınızı merak ettiği bir dönemde, hem yanınızda olmak hem de merakını gidermek için...

Oğlunuzun görüp işittiği şeyler, yaşadığı dünyayı daha çok merak etmesini ve bu da daha çok öğrenmesini sağlar. Onun bu öğrenme merakını lütfen köreltmeyin.

2 Yaş Gelişim Süreci ve Mesajları

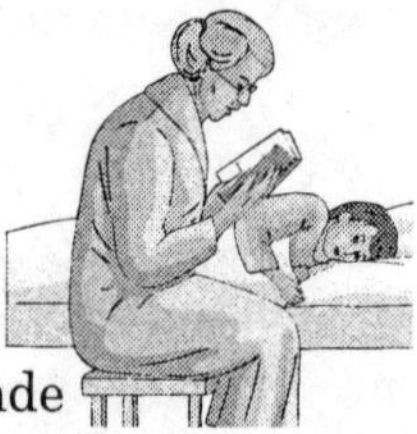

Keşif dönemi

2 yaşın temel gelişme çizgisi, oğlunuzun çevresini aktif hareketlerle incelemesidir. Oğlunuz artık iki ayağı üzerinde durabilmekte ve her yere girip çıkmak onun en baş görevi haline gelmektedir. Çünkü bu dönem, onun keşif dönemidir.

Bu dönemde güven ve atılganlık duyguları gelişmektedir. Fakat sizin yanlış uygulamalarınız sayesinde güvensizlik ve korku da yer edebilir. Onun için 2 yaşındaki oğlunuzla daha iyi ve doğru bir iletişim kurmalısınız. Onun verdiği mesajları doğru okumalısınız. Çünkü bu dönemde, çevresini keşfetmeye çalışan oğlunuza bu özgürlüğü vermelisiniz. Devamlı onunla konuşmalı, beraber oynamalı ve oynaması için malzemeler temin etmeli, masallar anlatmalısınız. Bu dönemde onun bu keşif merakından ve çok konuşmasından rahatsız olmamalısınız.

Güven duygusunu geliştirin

Özgürlüğü ve keşif merakı kısıtlanmayan çocuk, kendine güven duygusunu geliştirir. Bu dönemin diğer bir özelliği, çocuğun kaslarını geliştirmesi ve güçlendirmesidir. Bunun için oğlunuzun atlayıp sıçramasına, koşup oynamasına kızmamalısınız. Hatta ona, rahatça binebileceği bisiklet alabilirsiniz ya da tırmanıp sallanabileceği demir oyuncaklar alabilirsiniz.

Kaslarını geliştirmesi için hareketli oyunlara ihtiyacı olduğu gibi, zihni gelişimi için de zihinsel aktivitelere ihtiyacı vardır. Bunun için de onunla konuşmalı, konuşmasını dinlemeli ve kesmemelisiniz. **Bol bol resimli kitaplar okuyabilir, ona içinde kendi yaşında bir kahraman olan masallar anlatabilirsiniz.** 1 yaşında tavsiye ettiğimiz kelime oyununu şimdi daha gelişmiş olarak oynaya bilirsiniz. Resimli kitaptaki kahramanı göstererek yaptığını anlatıp, onun da tekrar etmesini isteyebilirsiniz. Mesela, "tavşan ne yapıyor? Yemeğini yiyor. Nasıl yiyor? Katur kutur..." gibi, onun da masala ya da hikâyeye iştirak etmesini sağlayabilirsiniz.

Duygusal gelişim

Çocuk duygusal gelişim sürecinde, dokunarak hissetme duygusunu, görerek görme duygusunu, koklayarak koku alma duygusunu, çeşitli şeylerinin tadına bakarak tat alma duygusunu tanıyacak ve geliştirecektir. Hoşuna gidenleri tekrarlayacak, hoşnut olmadıklarını bir daha denemeyecektir. Bazen hep aynı şeyleri yapacaktır. Mesela, eline aldığı bir oyuncağı tekrar tekrar yere vuracaktır. Siz ne kadar bunu engellemeye çalışsanız da, o buna direnecek ve belki de sizin engellemeniz karşısında ağlayacaktır. Giysilere, eşyalara, tabaklara, perdelere, aynaya, cama dokunmak isteyecek ve bunu yineleyecektir. Çünkü dokunma duygusu, onun için çok önemlidir. Dokunarak sıcağı, soğuğu, serti, yumuşağı, metali, tahtayı, kumaşı öğrenecektir. Bu dönemde sürekli korkutulan çocuk, bir süre sonra bu davranışlarından vazgeçer ve pasifleşir.

Duygusal gelişim döneminde, elindeki nesne zorla alınan çocuk, ağlamaya başladığında şu duygusal mesajı verir: "Bunu keşfetmeye ve öğrenmeye çalışıyorum, neden izin vermiyorsun?" Burada anne babanın sandığı gibi, çocuk elindeki alındığı için öfkesinden ağlamaz, keşfetmesine izin verilmediği için ağlar.

Dış dünyayı da tanıması gerekir

Duygusal gelişim döneminde çocuğun sadece evin içindeki eşya ve nesnelerle tanışması da yeterli değildir. Çocuğu doğadaki nesnelerle ve yeni algılamalarla da tanıştırmalısınız. Toprağa dokunmalı, kokusunu duymalı; kumla, suyla, çamurla oynamalı; karıncalarla tanışıp onları izlemeli; serçeleri, güvercinleri görmeli, seslerini duymalı; çiçeklere, ağaçlara dokunmalıdır. Çocuk, algılamalarını doğayla tamamlamalı, ev hayatıyla dışarıdaki hayat arasındaki farklılıkları gözlemlemeli ve deneyimlemelidir.

> Oğlunuz bir çiçeğe dokunurken, sadece ona dokunmakla kalmaz, aynı zamanda rengini, biçimini, büyüklüğünü, güzelliğini, kokusunu, estetiğini de algılar. Çocuğun karıncanın ya da yavru kedinin ardından koşması, başka canlıları da keşfetmesi, onların varlığını fark edip, onları öğrenmesi demektir. Onun için artık anaokullarında uygulamalı bahçe dersleri verilmekte; çiçek, toprak ve hayvanlar canlı ve dokunsal olarak çocuklara anlatılmaktadır. Özellikle de büyük kentlerde apartmanda yetişen çocuklar için bu uygulamalı dersler, çok daha verimli ve güzel geçmektedir. Bunu küçük yaşta çocuğunuza öğretmek, onun duygusal gelişimi ve geleceği için önemlidir.

Oğlunuzu engellemeyin

Çocuk iç dünyasını duyularıyla keşfeder. Çocuğun dünyasında duyuların önemi, yetişkinlerin tahmin edemeyeceği kadar büyüktür. Hiç dokunmadığına dokunarak, hiç tatmadığını tadarak, hiç işitmediğini duyarak, o ana kadar bilmediğini öğrenmekte, duyumsamakta ve kendisini geliştirmektedir.

Bırakın çiçeği koklasın, yağmura çamura girsin, kara dokunsun, "yapma" demeyin. Bırakın duyularıyla iç dünyasını zenginleştirsin. Sizin algıladığınız şekilde, o yaramazlık yapmıyor, kendisini geliştiriyor. Siz ondan gelen mesajları doğru okuyun ve ona kendisini geliştirmesi için alan oluşturun, izin verin. Bakın ne kadar çok şey öğrenecek ve ne kadar mutlu olacak.

Anne baba olarak dikkatli olun

Duygusal gelişim döneminde çocuk kendisine zarar verebilecek girişimlerde de bulunabilir. Aleve dokunmak, kızgın ütüye değmek gibi, canını yakabilecek davranışlar gösterebilir bu dönemde anne babanın çocuğu yakından izlemesi, evde çocuk için tehlike oluşturabilecek faktörler için önlem alması gerekir. Mesela; bu dönemde elektrik fişleri ve prizleri çocuğun dikkatini çok çeker, onun için gereken önlemler alınmalıdır. Çocuk herhangi bir şey için inat ediyorsa, çocuğun dikkati onun sevdiği başka bir şeye rahatlıkla çekilebilir. Çocukla merakları konusunda inatlaşmamak, ihtiyacı olan deneyimleme ve duyumsamayı ona sağlamak, destek olmak gerekir.

Anneye aşırı bağlılık dönemi

Oğlunuzun güven duygusunu geliştirmesi, onun yaşamında en önemli görevi üstlenen anneyle olan ilişkisine bağlıdır. Bu dönem çocuğun kişilik gelişimi için çok önemli ve hassas bir dönemdir. Bunun için **annenin kendisini bırakıp gitmeyeceğini bilmesi gerekir.** Bunu bilir ve inanırsa, güven duygusu kendiliğinden gelişmiş olur. Aksi durumlarda ise, güvensizlik duygusu gelişir. Özellikle çalışan annelerin ya da bir yere onsuz gidilmesi gereken zamanlarda, bunu ona iyi anlatmak gerekir. Tekrar dönüleceği, işi olduğu söylenmeli, kaçarak ya da habersiz gidilmemelidir. Zaten bu dönemde oğlunuz, anneyle beraber babaya, bakıcı ablaya, büyükanne, abla, ağabey gibi yakın çevresine de kuvvetli olmasa da bağlılık gösterir. Bunun için anne bir yere giderken görünmeli ve bu yakınlık kurulan kimselere çocuğu bırakmalıdır.

Aşırılık dönemi

Çocuk, bu yaşlardayken hep aşırı uçlarda davranış gösterir. Çevresiyle ilişkileri bozuktur. Arkadaşlarıyla geçinemez. Aslında kendini yöneterek arkadaşlık edecek yeteneğe de henüz gelmemiştir. Daha annesine muhtaç bir dönemdedir. Bu çağdaki çocuk için annesi, çevresinde bir uydu gibi döndüğü güneşten farksızdır.

Bu dönemde, katı, inatçı ve huysuzdur. İstediğin anında gerçeklemesini ister. Çevresindekilerle veya şartlarla uzlaşması imkânsızdır. Çevreye ayak uyduramaz. Her şeyin kendi gönlüne göre olmasını ister. Mesela, annesi en sevdiği masalın bir bölümünü ya da en sevdiği şarkının bir dizesini atlayacak olsa, kıyametler kopar. Evin düzenine ayak uydurmak yerine, kendi inadını sürdürmek ister. Az önce tutturduğu şeyin 180 derece tersi bir dönüş yapıp, bu kez de yeni isteğinde direnir. Diyelim ki, meyve suyunu bardağa koyup verdiniz, "fincanda içeceğim" diye tutturur. Fincana koysanız, bardak isteyecektir.

Öfke ve zorbalık dönemi

Bu çağdaki çocuk, zorbalığa, baskıcılığa eğilimlidir. Çevresine buyruk vermekten hoşlanır. Evin tek hâkimi, küçük bir kral gibi davranır. Ayakkabılarını bağlamak gibi kendi beceremeyeceği işlere kalkışır ve bu konuda yardımı kesinlikle kabul etmez. Beceremeyince de öfkeye kapılır, ağlayıp tepinemeye başlar.

> Çocukların bu çağı, öfke, gerilim, bunalım ve sürekli davranış değişimleri ile dolu bir dönemdir. Çocuğun kesin bir istekte bulunduğu, kararlılıkla bu isteği sürdürdüğü nadir görülür. Duyguları kararsızdır.

Olumlu açıdan bakılacak olursa, bu çağdaki çocuk enerjiktir, hareketlidir, meraklıdır. Ve bütün aksiliğine karşın zaman zaman çok sevimli olur. Aşırılığı; dünyaya bakışındaki kirlenmemişliği, düş gücü ve yürek zenginliği, bu çağda alabildiğine sevimli davranışlara yol açar. Önemli olan anne babanın, çocuğun bu dönemindeki özelliklerini, davranışlarını anlayışla karşılamasıdır.

Konuşmaya Başlıyor

Oğlunuza özel zaman ayırın

Bebekler konuşmaya başlamasa da, anne ve babanın kendileriyle konuşmasından zevk alırlar. Vücut diliyle, jest ve mimiklerle, memnuniyetlerini belli ederler. Anne babanın dil gelişimi için mutlaka bebeklerine özel zaman ayırmaları gerekmez. Anne, günlük işlerini yürüttüğü sırada bebeği ile sohbet edebilir. Bunun için bebeği, kendisini görebileceği bir yere yatırması yeterlidir.

Bebekler daha doğuştan, duyacakları konuşmaları yorumlamak için gereken işitme becerilerine sahiptir. Daha doğumunun ilk ayında insan seslerine karşı bir tercih göstermekte ve annesinin sesini ayırt edebilmektedir.

Bebek önce ses ile iletişim kurar. Annesi ona seslendiğinde, bebek de "agu" sesleriyle annesiyle iletişime geçer. Daha sonra "aguların" yerini gülücükler alır, sonra heceler, sonra tek kelimeler ve cümle kurmalarla çocuk, dil gelişimini hızlandırır.

Bazı çocuklar sözcükleri yarım yarım söylerler. Fakat zamanla bu konuşmaları düzelir. Çocuğa kızmadan hoş görüyle doğrusunu söyleyerek konuşmaları düzeltmeye çalışmak gerekir. Kardeşi olan bazı çocuklar da, kardeşlerini kıskandıkları için bilhassa hatalı konuşabilirler. Üzerine fazla gitmeden, sakince uyarmak en doğrusudur.

Oğlunuzla konuşurken, kendiniz doğru cümleler kullanın, ama onun doğru cümleyle size karşılık vermesini beklemeyin. Ama onun yanlışlarını ya da telaffuz hatalarını tekrar etmeyin. Mesela, "su" yerine "pu" diyen oğlunuza, "pu mu istiyorsun?" diye sormayın. Siz ne kadar doğru konuşursanız, o da sizi taklit edecektir.

İşitme sorunları dil gelişimini geciktirebilir. Bu tür sorunlar en kısa zamanda, çocuk 3 yaşına gelmeden önce, tedavi yoluna gidilmelidir.

2 yaşına gelen oğlunuz, konuştuğunun beş katı kadar kelimeyi anlayabilir. Ama bunu ortaya koyması zamanla olacaktır. Bu yüzden onunla konuşmalı ve kaliteli zaman geçirmelisiniz.

Konuşma aşamaları

Oğlunuzun konuşmayı öğrenmesi, iki aşamalıdır. İlk aşama kendisine söylenenleri anlar, sonra da o söylenenleri tekrara ve konuşmaya başlar. Söylenenleri anlayan oğlunuz, tek kelimelik de olsa kendini ifade etmeye çalışacaktır. 18 aylık oğlunuzun 3 ile 100 arası bir kelime hazinesi vardır. Bu dönemde onunla ne kadar ilgilenirseniz, bu hazineyi o kadar zenginleştirmiş olursunuz.

Düşünceler, kelimelerle belirtildiği için, ailedeki ve çevredekilerin çocuğun kelime dağarcığını zenginleştirme yoluna gitmeleri gerekir. Ancak bunu yaparken, çocuğu vaktinden önce anlamayacağı ve ilgi duymayacağı kelime ve deyimlerle uğraşmaya yöneltmek de hatalıdır. Kalabalık bir ailede çocuk daha hızlı düşünce gelişimi kazanır. Aynı şekilde çocuğu konuşturmasını bilen kişiler onun düşünce eğitimine daha fazla hizmet etmiş olurlar.

Aynı zamanda dilin çocuk eğitimindeki önemi de göz ardı edilmemelidir. Bilindiği üzere dil, zihni bir iletişimdir. Bir kişiden diğerine aktarılacak konuları ihtiva etmektedir. Ailenin dili, çocuk için konuşulan dil olmakta ve ailedeki manevi hayat, dünya görüşü, gelenek ve görenekler de dile yansımaktadır. Yine ailede kullanılan dil, o ailenin hayat felsefesini de yansıtmaktadır. Onun için çocuğunu manevi bir atmosferde yetiştirmek isteyen anne babalar, eğitimin ağırlık noktasının dil olduğunu bilmelidirler. **Evinde devamlı "maşa-Allah, inşa-Allah, Allah'ın dediği olur," gibi maneviyatı yansıtan cümlelerle büyüyen çocuğun ilk dini eğitimi de böylece başlamış olur.**

Kekemelik

Çocuk kekemeliği, okulöncesi çağda gelişmeye başlar ve gelişme yavaş yavaş olur. Bu nedenle aileler, kekemeliğin başlangıcını kolay fark edemezler. Kekeleyen çocuk, sürekli kekelemez, rahat ve akıcı konuştuğu zamanlar da vardır. Şarkı söylerken, kendi kendine konuşurken, karanlıkta konuştuğunda kekelemez. Ayrıca kekemelik, cinsiyete göre farklılık gösterir. Bu rahatsızlık, erkeklerde daha fazla görülmektedir. Erken teşhis edeceğiniz bu durum, daha fazla ilerlemeden tedavi edilebilir.

Kekemeliğin oluşma nedeni, oğlunuza baskı uygulamanız ve konuşmasına izin vermeyip, her kelimesini düzelmenizdir. Oyun oynaması engellenen çocuklarda daha sık görülür. Çünkü arkadaşları yoktur, onlarla konuşmadığı için ve evdeki baskı sonucu konuşma zorluğu çeker.

Sembollerden istifade edin

İlk konuşmaya başlayan çocuklar çoğu zaman eşyayı birer sembolle adlandırırlar. Bu sembol isimler ya hayvanın ya da eşyanın seslerinden yararlanılarak oluşturulmuştur. Ördek için "vak vak," at için "deh deh," kedi için "miyav miyav" denmesi gibi. Ya da tamamen kendi yakıştırmasıyla teşekkül etmiştir. Bununla birlikte bu tür sembolik adlandırmaların çoğu ailenin, çocuk eğitimcilerinin ve bakıcıların telkinlerinin eseridir. Mesela, çocuklar sokağa çıkmak, gezmek isteklerini, "atta" diye ifade ederler ki, bunu kuşkusuz çevrelerinden almışlardır. Bazı aileler, çocuklarla konuşurken sözde onlara yakıştırdıkları yarım veya garip sözcükleri kullanmaktan hoşlanırlar.

Göz teması kurun

Her zaman oğlunuza, sizin söylediklerinize tepki vermesi için fırsat tanıyın. Ona bu imkânı vermeden konuşmaya devam etmeyin. Çocukla konuşurken, tüm dikkatiniz onda olsun ve göz temasını kesmeyin. Konuşurken sesinizin tonunu yükseltin. Bu çocukların ilgisini çekmektedir. Ama onu korkutacak ya da ağlatacak şekilde değil.

Olayları mümkün olduğu kadar basitleştirin ve somutlaştırın. Basit cümleler kullanın. "Ben topa dokunuyorum, sen top oynuyorsun," gibi.

Dil gelişimine katkı sağlayın

Oğlunuzun daha güzel konuşmasını istiyorsanız, **ona bol resimli kitaplar okuyun.** Böylece hem zihinsel gelişimini hızlandırmış; hem de kitap okuma alışkanlığı için ilk adımı atmış olursunuz.

Bol bol kafiyeli sözler, şiirler, tekerlemeler ezberletin. Ama bunlar çok zor ve sıkıcı olmasın. Oyunla bunu yapabilirsiniz. **En çok hoşlarına giden, sizin ona dokunarak oynadığınız oyunlardır.** Mesela, "burnu koku almış, ağzı yemiş, gözü görmüş, eli hani bana, hani bana" demiş şeklinde geliştirebileceğiniz bedensel oyunlarla şiir ve tekerleme öğretebilir, kelime hazinesini attırabilirsiniz. Çocuklar ritmik şeylerden çok hoşlanırlar. Onun için ninni ve şarkı sözlerini de kullanabilirsiniz. Hele bir de bunları hareketlerle söylerseniz çok daha ilgisini çeker ve söylediklerinizi istekle tekrarlamak ister. Tüm bunları yaparken beden dilinizi mutlaka kullanmalısınız.

Oğlunuzla konuşurken tekrarlardan yorulmayın, bu onun için çok önemli. Onun da konuşmasına fırsat tanıyın ve onu dinleyin.

> Çoğu anne baba, daha çocukları konuşamayacak çağlarda iken konuşmasını, konuşmayı becerdikleri dönemde ise susmasını isterler. Lütfen bu dengeyi iyi ayarlayın.

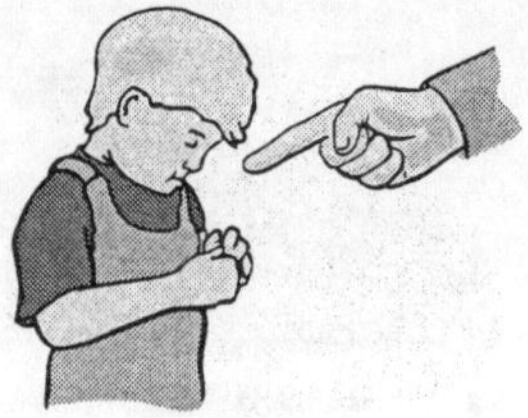

Disiplin Ama Nasıl?

Disiplin ne demektir?

Ailenin yazılı bir metne bağlı kalarak uyması gereken kurallar sistemi yoktur. Çünkü aile, iş yeri, okul, fabrika gibi bir kurum değildir. Ama buna rağmen mutlaka belli kuralları vardır. İşte disiplin bu durumda devreye girmektedir. Çünkü **disiplin çocuğu kısıtlamak değildir. Tüm aile bireyleriyle birlikte uyum içinde yaşaması demektir.**

Disiplinin amacı

Disiplinin üç temel amacı vardır. Bunlar;

1. Sevgi ve güven ilişkisini geliştirmek,

2. Benlik değerinin temelini atmak,

3. Başkalarını anlayarak ve onların kişiliklerine saygı göstererek model görevini gerçekleştirmek.

Ailede denge ve düzenin oluşturulmasında disiplin büyük önem taşır. Ancak disiplin çoğunlukla "cezalandırma" ile eş anlamda değerlendirilir. Ama ne kadar kelime anlamıyla "katılık" ve "kuralcılık" gibi kavramları çağrıştırıyorsa da gerçekte, çocuğun topluma uyum üzerine yoğunlaşmasını ve davranışlarını yönlendirmeyi amaçlamaktadır.

Çocuğa istenilen davranış ve alışkanlıkları öğretmek, kendi kendini denetleme ya da iç denetim demek olan ahlak gelişimini sağlamaktır. Bu da dıştan gelen bir zorlamayla olmaz. Önemli olan, içselleşmiş bir sorumluluk duygusunun oluşturulmasıdır. Çocuk, iletişim kurduğu andan itibaren kendi özgürlük sınırlarından haberdar edilmeli, mesela, yemek yeme, tuvalet alışkanlığı, belirli saatte uyku uyuma gibi bazı temel alışkanlıklarla, kuralları, okul öncesi dönemde benimsemelidir.

> Oğlunuzun yapmasını istemediğiniz şeyler, sizin de yapmamanız gereken şeylerdir. O zaman öncelikli olarak disiplinin ilk şartı, iyi bir örnek olmaktır. Oğlunuzun oyuncaklarını oynadıktan sonra toplamasını ve düzenli olmasını istiyorsunuz, ama siz dağınık birisiniz. Bu doğru bir örnek değildir ve uygulayacağınız yöntem, disiplinden çok baskıdır. Baskıyla da ona bir şey öğretemezsiniz.

Aile bilinçli olmalı

Birçok anne baba için, "disiplin" kelimesi, çok kaba, sert bir anlam taşır. Çoğu ebeveyn bu kelimeyi duyduğunda çocuklarını dövülmüş, odalarına kapatılmış, yemek verilmemiş, başkalarının önünde hakaret edilmiş veya başka cezalara maruz kalmışlar gibi korkunç manzaralar hayal ederler. Ancak bu, çocuklarımızla ilişkilerimizin en önemli kısmı olan bir sürecin çok sınırlı bir görüntüsüdür.

Disiplin, çocuklarımız tarafından bize verilen otoritenin uygulanmasıdır. Bu, çocuğumuzla paylaştığımız bağı, yaşamın başka alanlarına da yayarak derinleştirmek için bir fırsattır. Bilmemiz gereken en önemli nokta, çocuklarımızla derin ve duyarlı bir ilişki kurarsak, disiplin sorunu asla ortaya çıkmayacaktır. Çoğumuz disiplini çocuklara karşı kullandığımız bir şey olarak düşünürüz. Çocuklarımızla ilişkilerimizi bu şekilde algılarsak, problemlerin sonu gelmeyecek ve disiplin sürekli kaygımız olacaktır.

İtaat değil, inat çağı

İki yaşından itibaren kendini tanımaya başlayan oğlunuzda, karşı gelme nöbetleri, gelişiminin seyrindendir. Bu çağda kişiliğini ve neler yapabileceğini anlamaya başlar. Yapacağı işlerde belli bir serbestlik vermek, ondan itaat yerine işbirliği beklemek daha doğrudur. Mesela, "gezmeye gidiyoruz, işte manton, yalnız başına giyemezsen, ben yardım edebilirim," deyip, çocuğun mantosunu yalnız başına giymeyi denemesine fırsat vermek gerekir.

Bağımsız olmaya bu derece istekli, bir çocuğa, işlerini yalnız başına yapmayı öğretmek ve böyle bir durumu elbirliği ile çözmek en güzelidir. Anne babalar, işleri bir emir ve itaat sorunu olarak kabul edeceği yerde, çocuğun gerekli yeteneği kazanmasına yardımcı olmaları onları daha rahatlatacaktır. İki yaş, çocuğun en az itaat çağıdır. Bazı çocuklar doğuştan pek uysal olurlar. Böyleleri için, hangi yaşta olurlarsa olsunlar itaat çetin bir sorun değildir.

Korkutmak disiplin değildir

Bazı çocuklarda korku vermek yoluyla ve korku veren kişi, çocuğun yanında bulunduğu sürece itaat sağlanabilir, ama böyle bir itaatin çocuk yalnız başına kalınca işe yaradığı söylenemez. Elbette ki anne babaların istediği itaat bu değildir. Sevgi ve güven üstüne kurulan itaat, anne babanın saf istekleriyle elde edilemez. Sonra bunu iki yaşındaki çocuklardan beklememiz de yersizdir.

Oğlunuza bir şey öğretecekseniz, bunu sevgi, anlayış ve toleransla yapabilirsiniz. Kurallara uymayı sevgiyle öğrenen çocuk, daha sonra onu içselleştirecek ve benimseyecektir.

İtaati, anne babalarının bir takım boş isteklere saplanmayacaklarını deneyim ile anlamış olan dört ya da beş yaşındaki çocuklardan beklemek daha doğru olur.

İtaat etmek çocuğun bizim kaprislerimize ve heveslerimize boyun eğmesi anlamına gelmez. Anlayıştan uzak olan böyle bir davranış, çocuğun geleceğini, rahatımız için kurban etmek, onu ilerisi için yararsız bir kişi haline getirmek demektir. "Çocuğun itaat etmesi gerekir.

Çocuk dediğin söz dinler," gibi yaklaşımlardan, hiç kuşku yok ki, isteklerimizin de doğru, haklı ve yerinde olması, çocuğa iyilik getirmesi gerektiği anlamını çıkarmalıyız.

Yersiz bağırmalara son

Çocuktan herhangi bir istekte bulunacağımız zaman iyice düşünmeli, belirli ve kesin bir düşünceye varmadan istekte bulunmamalıyız. Eğer çocuğa yerli yersiz düşünmeden, "şunu yap, bunu yapma," diye bağırırsak, çocuk, bu bağırma çağırmalar ya da yüz vermeler karşında, yola gelmek şöyle dursun, bildiğini istediği gibi okur.

Bir çocuğun zalimce bir tavır takınması ve büyükleri çaresizliğe düşürmesi hiç de zor bir iş değildir. Zeki bir çocuk, isteklerimizin zayıf yanlarını ve yarı samimiliğini, olağanüstü bir çabuklukla kavrar. Böyle kararsız bir açık yüreklilik çocuğa yarar getirmekten çok, onun belleğini bulandırır. Bu gibi durumlarda çocuğun işlerine karışmaktansa, onu istediğini yapmakta serbest bırakmamız çok daha iyi sonuçlar verir. Evet, bir istek ya da bir yasak, kesin bir şekilde ağzımızdan çıkmışsa, üzerinde kararlı bir biçimde durmak zorundayız.

Disiplin anlayışınızı gözden geçirin

Disiplin, herhangi bir yaşta, birden bire uygulanıverecek ve başarılı olunacak kolay bir iş değildir. Disiplinin çok erken yaşlarda başlaması gerekir. Fakat erken yaşta disiplin gereğinin yanlış yorumlarını da görmekteyiz.

Çocuklara aşırı sevgi göstermenin, onları her ağlayışlarında kucağa almanın zararlarını öğrenmiş olan bir anne baba, çocuklarının ihtiyaçlarını saatle karşılamaya ve bu aradaki ağlamalarına aldırış etmemeye karar vermişlerdi. Çocuğun ağlamaları ne kadar uzarsa uzasın, saati gelmeyince kucağa almıyorlardı. Çocuk, yorulup yorulup uyuyakalıyordu.

Bir gece ne ağlaması durdu ne uyuyakaldı. Anne baba direniyor, bekliyorlardı. Komşular çocuğun ağlamasına dayanamayıp geldiler. Çocuğun bir yerinin ağrıyabileceğini söylediler. Genç anne baba, çocuğu doktora götürdüler. Dönüşte komşularına uğrayıp haber verdiler. Çocuğun kulağı ağrıyormuş. Onun için ağlaması bir türlü kesilmiyormuş.

Disiplin kılavuzluktur

Disiplin eğitimdir. İnsan ilişki ve sorumluluklarının disipline edilmesinin öğrenilmesidir. Disiplin aynı zamanda kılavuzluk demektir. Karşılıklı saygı ve işbirliğini amaç edinerek, çocuklara hem kendilerine hem de başkalarına faydalı olacak şekilde kılavuzluk etmektir.

Kılavuzluğun en önemli yönü, çocuğa kendi kararı verme imkânı sağlamaktır. Çocukların karar verebileceği veya karara yardımcı olabileceği birçok şey vardır. Mesela, **kıyafetini seçmesi.** Ona kıyafetlerini seçme hakkı tanıyabilirsiniz. Yemeğini planlamasına ya da eve gelecek arkadaşlarına neler ikram edeceğine karar vermesine yardımcı olabiliriz. Bunlar gibi mesela daha büyüdükleri zamanlarda, harçlıklarını nasıl harcayacaklarına karar verebilirler. Kendi yemeklerini hazırlamalarına da müsaade edebilirsiniz. Ev ödevleri, onların yapması gereken en başlıca işleri olmalıdır. Bunun için bırakın kendi ödevini kendi düşünsün. Eğer sizden yardım isterse yardım edebilirsiniz. Ev işlerinde belli sorumluluklar da verebilirsiniz. Böylece öz denetimi öğrenmiş olur. Kendini denetlemesini öğrenen oğlunuz için disiplin zor bir iş olmayacaktır.

Tutarlı olmak şart

Koyduğunuz kuralları takip edin ve tutarlı olun.

Disiplini cezayla karıştırmayın ve çocuğunuza ceza verecekseniz de adil davranın. Anne baba olarak çocuk karşısında ittifak halinde olun. Sizin ihtilafınız, oğlunuzun işine yarar ve onun disipline olmasını zayıflatır. İşlenen hataya karşı çocuğu hemen terbiye etmeye kalkışmayın. Problem ortada yokken, neyin yanlış, neyin doğru olduğunu öğretmeye çalışın. Problem anında zaten çocuk sizi dinlememektedir, kendinizi boşa yormayın. Uygun zaman ve zemini oluşturun. Zaten **disiplinde amaç, çocuğa ceza vermek değil, iç denetim kazandırmaktır.**

İyi bir denge gerekmekte

Aşırı hoşgörü, merhamet ve disiplin eksikliği, çocukta bencilliğe, merhametsizliğe veya anti sosyal davranışlara sebep olabilir. Bunun içindir ki, merhametli anne babaların zalim çocukları vardır. Çünkü aşırı merhamet, çocuğun iyiliğinden çok kötülüğünü kamçılamıştır. Bu dengeyi iyi ayarlamak gerekir. Aşırı otoriter ve baskıcı katı disiplin de, anne babaya karşı korku ve öfke ile nefret duygularının geliştirilmesine; bağımlı ya da başkaldırıcı tutumlar içinde isyankâr bir bireyin oluşumuna sebep olur.

Oğlunuzu tanıyın

Gelişim süreci içinde çocuk, zihinsel gelişimi için ilgileneceği bir faaliyet arar. Sıkıldığında yaptığı bazı davranışlar, yaramazlık ve zarar verici davranış olarak isimlendirilir. Oysa çocuk, hiçbir şey yaşanmamaktansa zaman zaman kötü şeyler yaşamayı yeğler, başka bir deyişle ona göre herhangi bir uyarım veya heyecan, canını acıtacak türde de olsa hiç yoktan iyidir. Bunun için çocuğa yaklaşımımız onun gelişim sürecini göz önüne almamızı gerekli kılar. Özellikle 2 yaşından başlayarak devam eden çocukluk yıllarında, çocuğun ihtiyacını belirlemek ve davranışının ardındaki nedeni bularak değişimini sağlamak, anne babayı olduğu kadar, çocuğu da tatmin eder.

Sevilen ve kişiliğine saygı duyulan çocuk, başkalarını sever ve onlara saygı duyar. Böylelikle sevgi ve saygıyı, ilk çocukluk yıllarından itibaren ihmal etmemek gerekir.

Sonuç olarak şunu söyleyelim, anne baba tarafından yapılan bu uygulamalar, eğer çocukların kendi kendilerine karar verebilme becerilerine ve bağımsızlıklarına imkân veren bir çerçevede yapılırsa çok daha iyi sonuç verecektir.

Oğlunuzu disiplininiz altına almayı çalışmayın, bırakın kendini disipline etmeyi öğrensin. Bunu da ona tanıyacağınız seçme hakkıyla elde edebilir. Böylece her yerde aynı davranışı gösteren bir insan yetiştirmiş olursunuz.

YİRMİ YIL

Kadın uzun vadeli taksitle satın aldığı çocuk arabasının son taksidini ödüyordu.

Kasadar:

– Küçük nasıl? diye sordu.

Kadın:

– Teşekkür ederim, dedi. Çok iyi, haftaya evleniyor.

* * *

KAÇ YAŞINDA

Küçük Rifat, çok yalan söylediği için annesi nasihatta bulunur:

– Bak oğlum, ben senin yaşındayken hiç yalan söylemezdim.

Küçük afacan merakla sorar:

– Peki, kaç yaşında yalana başladın anne?

* * *

SABRET

Adam, kucağında taşıdığı çocuk yaramazlık yaptıkça:

– Sabret Mehmet, sabret Mehmet... deyip duruyordu.

Çocuğu çok sevimli bulup yanlarına yaklaşan biri:

– Maşallah çok tatlı, ismi Mehmet galiba.

– Hayır, der adam. Mehmet benim adım...

Tuvalete Gitme Zamanı Geldi

Tuvalet eğitimindeki aşamalar

Oğlunuzun mesane gelişimi ancak 2 yaşında tamamlandığı için, tuvaletini söyleme alışkanlığı bu yaşa kadar uzayabilir. Bu gayet normaldir. Ama daha 1 yaşından başlayıp, zorlayarak bunu öğretmeye çalışmak hem sizi hem de oğlunuzu yoracaktır. Hatta bunu öğrenmemesine ve psikolojik sorunların oluşmasına bile sebep olacaktır.

Tuvalet yaşı, çocuktan çocuğa da değişiklik gösterebilir. Komşunuzun oğluna bakıp, kendi çocuğunuzu bu konuda zorlamanız doğru değildir.

İlk aşama, sizin ve oğlunuzun buna hazır olması.

İkinci aşama, oğlunuzun bebeklikten çıktığını anlaması. Bunu da ona siz hissettirebilirsiniz. Aranızdaki ilişkinin sağlıklı olması, oğlunuzun sizin sevginizi daha çok kazanmak için tuvaletini söylemesine yardımcı olur. Eğer aranız iyi değilse, bu işi biraz daha ertelemelisiniz.

Üçüncü aşama, kaslarını kontrol etmesini öğrenmeden bu işe başlamamaktır. Bunun için onu daha yakından takip etmelisiniz. Çünkü tuvaleti geldiğinde belli hareketler ve davranışlar sergiler. Ya da sabah kalktığında bezi kuru kalkar, ya da yemekten sonra hemen bezini kirletir. Bu önemli ip uçları, size yardımcı olacaktır.

Dördüncü aşama, oğlunuza bu olayı anlatmalısınız. Vücudunun basınç yaptığını, öyle olduğu zaman size söylemesini ve sonra lazımlığa oturarak gevşemesini onun anlayacağı şekilde anlatmalısınız. 2 yaşında bir çocuk için bunları anlamak ne kadar da zor olsa da, eğer eğlenceli hale getirebilirseniz, biraz daha işiniz kolay olacaktır.

Tuvalet eğitimi nasıl sağlanacak?

Öncelikle bunun iki çeşit olduğunu ona söylemelisiniz. Küçük ve büyük tuvalet olarak ne yaptığını bilmeli. Yeni öğrettiğiniz bu eğitim için ceza, hiddet, şiddet ve öfkeden uzak durmanız şart. Öncelikle sevgi, ilgi ve sabırla yaklaşmanız gerekir.

Oğlunuzun biyolojik belirtilerini kollayın. Sallanmaya, ıkınmaya başladığı zaman bilin ki tuvalet zamanı. Hemen ona dönüp, "oğlumun tuvaleti gelmiş. Gel hemen tuvalete gidelim" deyin. Böylece çocuk, tuvaleti geldiğini anlamış olur. Çünkü 2 yaşında bir çocuk söylenenleri rahatlıkla anlar. Zaten daha sonra bu belirtilerin tuvaleti geldiği için olduğunu bilir ve sizi haberdar eder.

Çocuk, kendine uygun ve rahatça oturabileceği bir tuvalette daha rahat eder. Ona böyle bir imkanı temin edin. Bunu, çocuk lazımlığı ya da alafranga tuvaletler üstüne konan çocuk ayaklığıyla halledebilirsiniz.

Artık büyüdüğünü, buraya tuvaletini yapması gerektiğini söyleyip adım adım bezden çıkarmaya başlayın. Lazımlığa oturması için onu bilgilendirin ve yüreklendirin. Eğer evde ağabeysi varsa, onun da tuvaletini böyle yaptığını söyleyin. Tuvalete giderken eğlenceli gidin. Daha sonra çıkarken de sifonu çekmesine izin verin ve beraberce ellerinizi yıkayın. Tüm bunları isteyerek ve eğlenerek yapın. Çünkü korkulacak ve tiksinecek bir şey olduğunu algılarsa, tuvalete gitmek istemeyecektir.

Tuvaletini haber vermeye iyice alıştıktan sonra, oğlunuza pipisini nasıl tutacağını da öğretmeli ve göstermelisiniz. Arkadaşlarıyla oynarken zaten bunu bir şekilde öğrenecek ya da duyacaktır. En doğrusunu sizden öğrenmelidir. Erkek çocuklar kızlara göre daha geç tuvalet alışkanlığı edinirler. Özellikle genetik faktör çok önemlidir. Bunun için önce babanın çocukluk durumunu öğrenin, ondan sonra oğlunuza tuvalet eğitimi vermeye başlayın.

Küçük tuvaleti yapmak büyüğü yapmaya oranla daha zordur. Çünkü oğlunuz kendini tutamaya bilir ve kaçırır. Ya da yapmakta zorlanabilir. Her iki durumda da sizin tavrınız çok önemlidir. Kızmadan ve severek bunu başarabilirsiniz.

Yapmakta zorlandığı zaman ise, ılık suya oturtun ya da çişini yapacağı zaman suyu açın, bir şekilde kendini bırakacaktır. Her çocuk, tuvaletini haber vermede farklılık gösterir. Bunu göz önünde bulundurmak gerekir.

Sizin tutumunuz çok önemli

Bazı titiz ve aceleci annelerin yaptığı gibi, haber vermesi için çocuklara baskı uygulayıp ceza vermeyin. Bu tamamen çok yanlış bir uygulamadır. Başkalarının yanında çocuğunu altını ıslattığından dolayı azarlayan veya dayak atan, ceza olsun diye onu çişli beziyle dolaştıran, oturağa oturtup başında saatlerce zebani gibi bekleyen, tuvalete kapatan anneler, problemi büyütmekten başka bir şey yapmış olmazlar. Islak bezle veya kirli külotla uzun müddet dolaşan çocuklar zamanla buna alışırlar. Anneler sonradan temiz bez de bağlasa çocuklar bilerek bezi ıslatmakta ve o kokuyu duymak istemektedirler.

Yapılan bir diğer ve en önemli yanlış da, annenin çocuğun kirli bezine el sürmek bile istememesidir. "Pis çocuk, kaka çocuk, bak pislik yapmışsın," gibi sözler ve annenin yüzündeki hoşnutsuz anlatım, çocuk üzerinde ters etkiler oluşmaktadır. Anne tiksinti gösterirse, çocuk kakasını veya çişini yapmanın "pis" ve "kötü" bir şey olduğu düşüncesine kapılacaktır. Bu duygu giderek çocuğun cinsel gelişiminde olumsuz etkilere de yol açabilir.

> Oğlunuzun altını devamlı temiz tuttuğunuz, belli zaman aralıklarında zor kullanmadan çişe götürdüğünüz, sabır ve anlayış gösterdiğiniz takdirde, zamanı gelince o da, çişini ve kakasını haber verecektir.

Oğlunuzun Yemek Alışkanlığı

Çocuklar, genellikle 1–1,5 yaşına kadar anne sütüyle beslenmeli. Bu, gelişimleri açısından da çok önemlidir. Ama bu arada ufak ufak sebze yemeklerine başlamak da gerekir. Özellikle 2 yaşındaki oğlunuz sizin yediğiniz her şeyi yiyebilir. Tabi iştahsız ve mızmız bir çocuk değilse...

Oğlunuza 6. aydan sonra ara ek gıdalarla bu işe başladınız. Eğer bunları düzenli olarak verdiyseniz, 2 yaşına gelen oğlunuz için yemek çok büyük sorun olmayacaktır. Anne sütünden kesilme aşamasında bu iş biraz zor olabilir, ama devam etmek ve kararlı olmak gerekir.

Sebze yemeği nasıl yedirilmeli?

Oğlunuzun sağlıklı beslenmesini istiyorsunuz ve ona çeşit çeşit yemekler hazırlıyorsunuz. Ama o, bunların hiçbirini isteyerek yemiyor. O zaman şunları yapabilirsiniz.

• Onunla hoşuna giden yemekleri konuşun ve yemek seçimine katılmasını sağlayın. Sizin seçtiğiniz yemeklerin de ne kadar güzel ve sağlıklı olduğundan bahsedin.

• Yemeği pişirirken onun da yardım etmesini sağlayın. Mesela ıspanakları yıkarken beraber yıkayabilirsiniz, ya da bezelye ayıklarken o da size yardım edebilir. Böylece kendi yaptığı yemeği daha rahat yemek isteyecektir.

• Yemeklerden önce abur cubur yemekten vazgeçirin. Yemek arası atıştırmak onu iştahsızlaştırır ve isteyerek yemek yemesini engeller.

• Küçük tabaklarda ona yemekler yedirin. Bitirdiği zaman da övücü sözlerle onu yüreklendirin. Çünkü o kendi gözüyle gördüğünü bilir. Büyük tabak onu her zaman korkutabilir, ama küçük porsiyonlar gözünde küçülür ve bitirilmesi kolaydır.

• Sebze yemekleri yerine, pilav, makarna gibi şeyleri seviyorsa, onların içine bunları ekleyebilirsiniz. Ya da çok sevdiği çorbanın içine katabilirsiniz. Mesela havucu sevmeyen oğlunuz, havuçlu kurabiyeyi sevecektir. Sebzeleri bir başka yemekle karıştırarak, o sebzenin tadıyla onu tanıştırabilirsiniz.

İştahsızlık sorunu

İştahsız çocuğa, anne baba olarak yaklaşımınız çok önemlidir. İşe, çocuğun neden yemek yemediğini anlamakla başlamak gerekir. Çocuğun bir hastalığı mı var, ilgi çekmek mi istiyor, yoksa ihtiyaç fazlası sevmediği gıdalara zorlamaya karşı mı direniyor, aile içindeki bir sorun veya gerginlik veya iletişim problemi nedeniyle ruhsal bir sıkıntı mı yaşıyor, yeni bir kardeşi mi dünyaya geldi, okula yeni mi başlıyor, ya da ölüm, ayrılık gibi nedenler mi var? Acaba yemeyerek anneyi üzeceğini öğrendiğinden anneye karşı tepkisini bu yolla mı gösteriyor, yoksa aslında iştahı iyi de siz yanlış beslenme mi yaparak iştahsızlığına zemin hazırlıyorsunuz?

Bu ve benzeri nedenlerin araştırılıp açığı çıkarılması gereklidir. Bu bakımdan öncelikle iştahsız çocuğu muayene ve gerekiyorsa incelemelerden geçirdikten sonra çocukta beslenme yetersizliği veya her hangi bir sağlık problemi yoksa büyüme ve gelişme normalse, endişelenmeye gerek yoktur. Bu durumda yeterli beslendiği düşünülmeli, öğün atlaması bile normal sayılmalıdır.

Aile içindeki problemler, gerginlik ve tartışmalar, çocuğun ruhsal yaşamına ve iştahına doğrudan zarar verir. Çocukların, çok sevdiği büyüklerinin üzüntülerinden etkilendikleri ve iştahlarının kesildiği dikkate alınırsa sıkıntı ve üzüntüleri çocuğa hissettirmemek önemlidir

Bazı anne babalar da çok bilgili ve zeki olmakla birlikte, şu nesilden nesile aktarılan, modası geçmiş olan, "şişman çocuklar, sıhhatli çocuklardır," düşüncesine saplanmışlardır.

Bir anaokulu öğretmeni arkadaşım anlatmıştı:

"Bir veli toplantısında gerek anne, gerekse baba, çocukları Efe'nin altı aydır hiç yemek yemediği gerçeğini tartışma görünümündeydiler. Evet Efe, günde bir ya da iki bardak süt içiyor, muzu çok sevdiği için onu yemeden duramıyor ve yatmadan önce de bir paket çıtır kaymaklı bisküviyi, onun yanında kuru üzüm yemeyi çok seviyor, ama öğünlerde yemek yemesini asla... Evet, Efe'nin sıska ve sopayı andıran bir hali vardı ve anaokulunun ilk yılının yarılandığı bir dönemde 6 cm boy atmıştı. Sınıfta bir kez bile hastalanmamış olan tek çocuk oydu. Ama anne babasının düşündüğüne bakılırsa, uygun olan bir besin programı, günde üç öğün yemekten oluşmalıydı. Besin arası bu miktarın altına düşerse, Efe'nin anne babası bunu son derece yetersiz buluyordu."

Günde üç öğün yemek yemenin aslında hiç te zaruri olan bir yanı olmadığını bilmemiz gerekir. İnsanoğlunun kendi kendine icat ettiği bir şeydir, doğal düzenin bir parçası değil. Üç ya da dört yaşında bir çocuk küçük bir mideye sahiptir. Hâlbuki anne babalar, dağ görünümündeki yemeğini yemesini ve bu başarıyı sağlarken sessiz sessiz oturmasını istiyor, oysaki o, oyun oynamayı sürdürüp, ara sıra atıştırmak istiyor.

Çocuğa Yemek Yedirmek

Annesi, 3 yaşındaki oğluna yemek yedirememekten şikâyet ediyordu. Çocuğu önemli ölçüde babaannesi yetiştirmişti. Babaanne de torunu hastalanmasın, adı gibi gürbüz ve sağlıklı olsun diye sürekli olarak ona yemek yedirmeye çalışmıştı. Küçük Gürbüz'ün aç ya da iştahlı olup olmaması önemli değildi. Gürbüz'ün babası, babaanneye yani kendi annesine bir Kızılderili isim takmıştı; "Yürüyen Kaşık." Çünkü babaanne, sürekli elinde kaşık, Gürbüz'ün peşinde onun ağzına bir şeyler tıkamaya çalışıyordu. Çocuk, bu saatli saatsiz yemek yedirme çalışmalarından ötürü bu konuda bir hassasiyet kazanmıştı. İlk başlarda bebek olduğundan çok bir şey anlamayıp uyumlu bir şekilde ne verirlerse yiyen Gürbüz, bir süre sonra ister babaannesi versin, ister annesi versin, yemeği reddetmeye başlamıştı. Kimse onun acıktığını söylemesine izin vermiyordu. Annesi, kendi acıkınca onun da acıktığını varsayıyordu. O da biraz protesto etmek, biraz ilgi odağı olmak için yemek yemeyi reddediyordu. Çünkü yemeği hemen yiyecek olsa, kimse onunla ilgilenmiyordu.

Yemek yemediği zaman herkes Gürbüz'ün komutasına giriyordu. Ne isterse yapılıyordu. "Balkona çıkalım" diyor, anne Gürbüz'ü balkona çıkarıyor. "Resimli bardağa su koyun" diyor; su, o bardağa konuyordu. "Reklâmlar açılsın" diyor, reklâmlar açılıyor. Çocuğa yemek yedirmek için anne baba gerçekten perişan oluyorlardı.

Zaman zaman aynı yaşta çocuğu olan anne babalara yemek yedirme konusunda ne yaptıklarını soruyorlardı. "Aç ağzını uçak geliyor," "Bu lokmalar arkandan ağlayacak" gibi klasik numaralar dâhil, yeni numaralar da duyuyorlardı. Bir anne baba, çocuğa yemek yedirmek için sıra dışı bir oyun bulmuştu. Küçük kanepeleri ve köfteleri sekiz tabağa yerleştiriyorlar ve tabakları evin değişik odalarındaki halıların üstüne bırakıyorlardı. Sonra anne baba ve iki çocuk, bu tabakları bulup, içindekileri bitirip, mutfaktaki panoda puan almaya çalışıyorlardı. Puan panosunda da sayılar değil, gofretler kullanılıyordu. Getirilen boş tabak sayısı kadar gofret konuyordu panoya. Çünkü üç yaşındaki Ahmet, henüz sayıları öğrenmemişti. Tabii anne baba, mahsustan çocuklarına yetişemiyordu. Hep çocuklar galip geliyordu.

Gürbüz'ün anne babası, bir uzmanla görüşerek çocuğun yemek yemesi konusunda görüş alışverişi yaptılar. Uzman kısa bir konuşma yaptı: "Çocuğun yemesini özel şartlara siz bağlamışsınız. Yemek yemek için özel bir şartın gerçekleşmesi gerekli değil. Acıkmak kâfi, çocuğun gerçekten acıktığı anlarda ona bir şey vermeye çalışırsanız sorun kalmayacaktır. Ancak şimdi çocuğun yemek yeme terbiyesi şu anda bozulmuş. İnşallah bu kötü alışkanlıkları sıfırlayacak bir deneyim yaşarsınız."

Uzmanın dileği kısa sürede gerçekleşti.

Bir gün Gürbüz, Gürbüz'ün annesi, babaannesi, soğuk bir kış günü bir otobüs yolculuğunda mahsur kaldılar. Yolun ilerisi ve gerisi kar yüzünden kapanmıştı ve 48 saate yakın bir süre oradan ayrılamadılar. Otobüsteki kek ve bisküviler bittikten sonra yolcular, 24 saate yakın aç kaldılar. Artık babaannenin kaşığı boş kalmıştı. Açlık herkes tarafından belirgin bir şekilde hissedildi. Kurtarıldıklarında ilk defa Gürbüz, babaannesiyle ve annesiyle birlikte büyük bir iştahla yemek yemişti. Daha sonra uzmanın tavsiyesine uyarak, çocuğun istediği zamanlarda yemek vermeye başladılar ve Gürbüz de izleyen dönemde yemek yeme konusunda hiç sorun çıkarmadı.

Buradan anlaşıldığı gibi, yemek yeme konusunda oğlunuzu zorlamayın. Çünkü açlık, bu işi en güzel şekilde yapacaktır. **Bırakın çocuk acıktığını hissetsin.** Zaten zorla yemek yeme, çocukla aranızda tam bir soğuk savaş demektir. Aranızdaki iletişimi bozduğu gibi, sizi de yıpratır.

Çocuğa yemek yeme alışkanlığı ailesinden geçmektedir. Siz düzenli ve toplu yemek yiyorsanız, oğlunuz da buna er geç alışacaktır. Yeter ki siz bunu düzenli olarak yapıyor olun.

Bir Varmış Bir Yokmuş

Sosyalleşmenin ilk adımı masaldır

Çocukların sosyalleşmelerinde, içinde yaşadıkları kültürün özelliklerini öğrenmelerinde, zihin gelişimlerinde ve bunun uzantısı olan ahlâki gelişimlerinde masal, önemli bir role sahiptir.

Masal anlatmaktan maksat, çocuğa bilgi vermek değil, onun zevkli hoş bir vakit geçirmesini, hayalinin gelişmesini, muhakeme ve mukayese etme imkânı bulmasını sağlamaktır. Henüz okul çağına gelmeyen çocuklar için masal, okumaya, kitaba karşı ilgi uyandıran bir güce sahiptir.

Masal çocuk için egzersizdir

Çocuklar hangi yaşta olurlarsa olsunlar, masallara, hikâyelere, menkıbelere karşı çok büyük bir ilgi duymaktadırlar. Bu nedenle hikâyeler ve masallar vasıtasıyla çocuklara, ahlâki değerlerin kazandırılması mümkündür. Bunun için rasgele hikâye ve masal yerine, dikkatli ve titiz bir şekilde seçilenler çocuğa anlatılmalıdır.

Kuru bir ahlâk dersi, kişinin canını sıkar. Oysa masalın güzelliği, ahlâk dersinin kuruluğunu da yok eder. Çocuklar, masal ve hikâyeleri dinlerken, buradaki kahramanlarla kendilerini özdeşleştirirler. Böylece bir takım asil davranışları benimser, yüksek idealler için mücadele edilmesi fikrini geliştirirler.

Hikâye ve masallardaki gibi, yüce değerler uğruna verilen mücadelelerin boşa gitmeyeceğini, asaletin, adaletin, şan ve şerefin, namusun her zaman kutsal ve yüce olduğunu, üstün geleceğini öğreneceklerdir. Elbette çocuğun dinlediklerinden benimsediği değerler, ancak anne babanın hayat tarzı ile pekişme şansını bulacaktır.

Çocuk masalsız olmaz

Masal dünyası zaten çocuğun, gerçek dünyası gibidir. Biz onlara masal anlatmasak da, onlar uzun tavan süpürgesine küheylan diye binip, koridorda koşarak dağları, ovaları aşacaklardır. Yapılan araştırmalar, hayal ürünü fantastik masallarla, çocuğun sınırsız düşünme ve üreticilik yeteneklerinin geliştiğini tespit etmiştir.

Masal bir eğitim yöntemidir

Masalların diğer önemli bir özelliği de, çocuğa sembol ile kavram iletmesi. Gerçekten de, iyi periler, kötü periler, güzelliğin timsali prensesler, olgunluk sembolü padişahlar, sultanlar hep birer kavrama işaret ederler. Masallardaki dev, aslında gerçek hayatta çocuğu bekleyen bin bir tehlikenin sembolünden başka bir şey değildir. Masal kahramanlarının devin zayıf yanlarına bakıp onunla mücadele etmesi gibi, masalı dinleyen çocuk da, karşısına kılık değiştirmiş bir gerçek tehlike olarak çıkan devle korkmadan mücadele edebilecektir.

Hafıza gelişimi sağlar

Bütün bu hususiyetlerin yanı sıra, masallar ve hikâyeler çocukta, hafızanın gelişmesine yardım eder, edebi zevki geliştirir, hissettirmeden ana dilini sevdirir, bir olayın veya nesnenin hangi sıfatlarla tarif edilebileceğinin örneklerini sunar.

Masal anlatan nineler lazım

Bütün bunlar iyi hoş da, bugün artık çocuklarımıza masal anlatan nineler genellikle ayrı evlerde yaşıyorlar.

Anne babalar ise artık daha az masal anlatıyorlar. Çünkü televizyon, anne babaların ve masal anlatan ninelerin yerini aldı.

Çizgi filmler, bilim kurgu türünden uzayla ve daha çok teknikle ilgili filmler, masalların şekil değiştirmiş ve onların devamını sağlayan türleri olarak düşünülse de, bunlar çocuğun hayal kurmasını, düşünmesini, bir senteze varmasını kısıtladığı için, masalın yerini alması mümkün değildir. Üstelik masalın şiirli, dili çizgi filmlerde asla yoktur. Zahmetli de olsa, Kaf Dağının esintilerini çocuklarımıza ulaştıralım...

Masal anlatma tekniğine dikkat

İki yaşındaki oğlunuz için çok güzel bir masal kitabı aldınız ve her akşam ona okumaya karar verdiniz. Çok güzel. Ama bu yaştaki çocuk, sizin okuyacağınız kitabı dinlemekte zorlanabilir.

Onun için masalı önceden siz okuyun, ona okuyacağınız zaman da resimleri gösterip kendiniz anlatın. Hatta sesinize biraz da masalsı bir ton yükleyin. Nasıl mı? Masal kahramanlarını farklı seslendirin, mesela rüzgar deyince, rüzgar gibi ses çıkarın. Böylece oğlunuz sizi daha zevkle dinleyecektir.

Bu aşamada dinlemesini öğretirseniz, daha sonra kitaptan okuyor olmanız onu sıkmayacaktır. Özellikle **çocukların yaşlarına uygun masallar seçmeyi de ihmal etmeyin.**

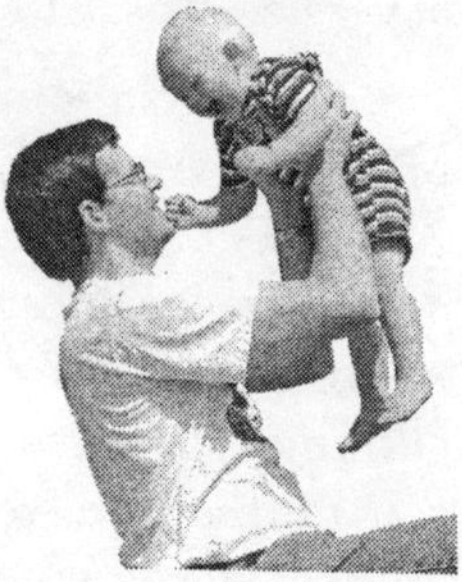

Oğlunuzu Sevgiyle Büyütün

Sevmesini bilmeyenler genelde sevilmeyen kişilerdir. Oğlunuzun ileriki yaşamında sevmeyi bilen biri olmasını istiyorsanız, ona sevgi vermeyi ihmal etmeyin. Çünkü ona verebileceğiniz en değerli şey sevgidir.

Çocuk, varlık olarak bir sevgi meyvesidir. Sevginizin meyvesi olan çocuğunuzu yine sevginizle büyütürseniz iyi sonuçlar alabilirsiniz. Zaten sevgiden yoksun büyüyen çocukların özellikle de erkek çocukların her şeyleri sorundur. İleriki yaşamlarına kadar devam edecek problemler zincirinin ilk halkası, işte bu dönemde vermediğiniz sevgi yüzünden uzayıp gitmiştir. Çocukluk döneminde de konuşması, yürümesi, iletişim kurması, hatta akranlarına göre algılaması neden zayıftı sizce? Hepsi sevgisizlik yüzünden...

Oğlunuza sevginizi her şekilde göstermelisiniz. Sözle, davranışla, tüm yönünüzle. Öperek, okşayarak, koklayarak, kucaklayarak ve onu ne kadar çok sevdiğinizi söyleyerek. Özellikle erkek çocukları kızlara oranla kendilerini gösteremezler. Eğer anne baba olarak siz de onları görmezden gelip ihmal eder, sevmezseniz; içine kapanık, hırçın bir çocuk yetiştirmiş olursunuz. Sevginin gücü anlatılmakla bitecek gibi değildir, ancak yaşamak ve uygulamak gerekir.

Oğlunuza sevgiyle yaklaştığınız zaman onu daha rahat eğitecek ve başarılı olacaksınız. Yapılan araştırmalar, suç işleyen çocukların ya da sokaklara düşen çocukların, sevgisiz aile çocukları olduklarını ortaya koymakta.

Oğlunuza vereceğiniz pek çok şey için ön şart isteyebilirsiniz. Ancak vereceğiniz sevgi için şart arayamazsınız. Zaten asıl sevgi, şartsız olan sevgidir. Sevginizi verirken onun şımaracağından korkmayın. İnsan sevildikçe, seven kişinin güvenini yitirmek ve sevgisini kaybetmek istemez. Oğlunuz da sizin sevginizi hissettikçe, şımarmak yerine sizi mutlu etmeye çalışacaktır. Oğlunuzu sevgiye doyurmak istiyorsanız, onunla sürekli göz göze ve yüz yüze iletişim içinde olun. Düşünün bakalım, bugün oğlunuza kaç kere sarıldınız? İçten bir sarılma, tüm kelimelerden daha etkilidir ve sevginin en kuvvetli göstergesidir. Eğer sevginizi belli etmiyorsanız, ondan size sevgi gösterisi içinde olmasını beklemeyin. Size sarılıp öpmesini, seni çok seviyorum demesini... Tatmadığı şeyi nasıl tarif edebilir ki?

Sevgi göstermek için biraz büyükleri izlemek gerekir herhalde. Dedeleri, büyükanne ve teyzeleri... Çünkü yaşını başını almış insanlar günlük hayatın içersinde torunlarını sevmeyi asla ihmal etmezler. Çocuklar bu sözcüğü duymak için yaşarken, anne babalar onun midesini doyurmak için uğraşırken, bu gerçek doyumu kaçırırlar ve çocuk sevgiden aç kalarak büyür. Özellikle erkek çocukların sevgi açlığı, ileriki yaşamlarını fazlasıyla etkilemektedir. O zaman kendinize bir formül bulun. **Mesela, güne başlarken ve biterken oğlunuza mutlaka "seni seviyorum" demeyi alışkanlık edinin.** Eğer bunu unutuyorsanız, odanızın bir köşesine "oğlumu çok seviyorum" yazısı yazın. Bunu ona gösterin ve söyleyin. Böylece oğlunuz, sizin tarafınızdan sevildiğini ve bunun kanıtının da duvarda asılı duran bu kâğıt olduğunu çok iyi anlayacaktır.

> Oğlunuzun sevgiyle büyümesi, onun gelişimini olumlu yönde hızlandıracaktır. O yüzden sevginizi ondan esirgemeyin.

Oğlunuz 3 Yaşında

Gelişim Süreci ve Verdiği Mesajlar

Bebeklikten çocukluğa

3 yaşındaki oğlunuz, bebeklikten çocukluğa ilk adımı atmış ve bu geçiş dönemi huysuzluklarından, uyumsuzluklarından bir nebze de olsa uzaklaşmıştır. Artık çevresiyle olumlu bir etkileşim sürecine girer. Arkadaşlarıyla paylaşmaya, oyun sırasını beklemeye ve sabırlı olmaya yavaş yavaş alışır.

Bu dönemin en belirgin özelliği, artık oğlunuz kendini en iyi şekilde ifade etmeye başlamıştır. Çünkü konuşması gelişmiş, etrafındakilerle daha kolay anlaşmakta, onları anlarken kendi duygularını da rahat anlatabilmektedir.

Arkadaşa ihtiyaç vardır

Oğlunuz, yeni kelimeler öğrenmeyi ve öğrendiği kelimeleri kullanmayı istemektedir. Bu dönemde hayal gücü de oldukça gelişmektedir. Özellikle bu dönemde oğlunuzun mutlaka arkadaşları olmalıdır. Eğer arkadaşları olmazsa, o zaman kendine hayali arkadaşlar edinir. Fakat siz ona arkadaşlık edebilirsiniz. Bu hayali arkadaşlar için de telaşlanmanıza gerek yoktur. Çünkü bir yıl sonra bunlar yok olacaktır.

3 yaşına gelen oğlunuz artık eskisi gibi durağan oyunlardan hoşlanmaz. Özellikle toplu oyunlar çok hoşuna gider. Çünkü oyun dönemi başlamıştır. Bununla beraber bilişsel gelişim de hızlanmaktadır.

Çocuğunuzun bilişsel gelişim döneminin özelliklerini bildiğiniz zaman onun duygusal mesajlarını doğru okursunuz. Çocuk artık keşif alanlarını daha da genişletiyor, yeni ilgi alanları oluşturmaya başlıyor demektir.

Barış çağı

Bu dönemde çocuk, çevresiyle ve ailesiyle çok barışıktır. Bu dönemin barış ve sevecenliğinden yararlanılmalıdır. Çünkü bundan sonra gelecek olan dönem sizi oldukça zorlayacaktır. 3 yaşın dengeli çocuğu gidip, 4 yaşın getirdiği huysuz ve inatçı çocukla başa çıkmak zor olacaktır.

Duygusal mesajlar

Çocuğunuzun duygusal mesajlarını doğru okumak, çocuğun kişilik yapısını tanımakla son derece ilişkilidir.

Onu, sizin söylediklerinizi aynen yerine getirecek bir robot olarak görmeyin. Onu, istemediği ya da kapasitesinin dışındaki şeylere zorlamayın. Keşfettiğiniz güzellik ve yetenekleri, onu zorlamadan, ama onu onaylayacağınızı hissettirerek destekleyin. Oğlunuzla ilgili bir günlük tutun ve onun tepkilerini not etmeye özen gösterin. Bu notlar sizin en iyi rehberiniz olacaktır.

Kişiliğin temeli bu yaşta atılmaktadır

Çocuğunuz 1 ve 2 yaşlarında yani motor ve duygusal gelişim sürecinde elde ettiği deneyimleri zihnine kaydetmesi ve bu kayıtları değerlendirmesi dönemi olan 3 yaş, bilişsel gelişim dönemidir. Bu dönemde, nesneler arası ilişki kurma, bağlantıları keşfetme, neden – sonuç ilişkilerini değerlendirme süreçlerini görebiliriz. **Kişiliğin temeli 0-6 yaş arasında atıldığını da unutmamak gerekir.**

Çocuk 3 yaşına geldiğinde öğrendiği, çevresinde algıladığı her şeyle ilgili sürekli sorular sormaya başlar. Yani artık çocuk size danışmaya başlar. Çocuk size danışır, ama aynı zamanda dünyanın merkezi de kendisidir.

Kendini İfade Etmeye Çalışıyor

Kendini ifade etmeye sorularla başlayan oğlunuz için, sosyal gelişim dönemi başlamıştır. Artık çevresiyle daha yakından ilgilenmekte, merak etmekte ve öğrenme isteği artmaktadır.

Oğlunuz, bu sosyal gelişim sürecinde, iç dünyasını ayrı bir tarafa koyarak hareket edemez. Sosyal gelişimi sırasında duyguları, algısı, duygusal değerlendirmeleri daima vardır. Bu psiko-sosyal gelişim sürecinde, kendisini toplumda istediği yere getirme gibi bir amaca yönelmiştir. Çocuğun bu amacına ulaşması, sizin desteğinizle olacaktır. Çünkü bu gelişim süreci, çocuğun yaşamdaki yerini belirleyecektir.

Girişimci ya da suya sabuna dokunmayan... Aktif ya da pasif, haklarını arayan ya da boyun eğen... Yenilikler peşinde koşan ya da durağan, yaratıcı ya da olanı kabul eden... Değişimlere açık ya da olanla yetinen, sorunlara çözüm üreten ya da sorunlarının içinde yitip giden... Başarılı ya da başarısız insan olma rollerini, bu süreç daha da belirleyecektir.

Evin koruyucu atmosferinden çıkamayan ve sürekli "sen yapamazsın, sen bilmezsin," yaklaşımıyla büyütülen bir erkek çocuk, yeni bir gruba girdiğinde şaşkına dönecektir. O zaman "benim oğlum içine kapanık, çok pısırık" demeniz çok yanlış olacaktır. Çünkü onun öyle olması sizin davranışlarınızdan dolayıdır.

Bunun için 3 yaşından sonra, kendini ifade etmeye başlayan oğlunuza koruyucu annelik-babalık yapmak yerine modellik yapmanız çok daha doğrudur. Örnek alacağı doğru model gören oğlunuz, kendini ifade etme döneminde hiç zorlanmayacak ve gelişimini sağlıklı olarak tamamlayacaktır.

Bu dönemdeki oğlunuz için, ilginiz çok önemlidir. Böylece çocuğunuzla yakından ilgilenerek onun olumsuz davranışlarını engellemiş ve kişilik gelişimini hızlandırmış olursunuz. Sizin ilginizi çekmek için, farklı yollara başvurmayacağı için kıskançlık, huysuzluk gibi olumsuz davranışların da önüne geçmiş olacaksınız.

ANNE

Dünyaya gelmesi yaklaşan bir bebek.

"Allah'ım, ben o kadar güçsüzüm ki dünyada nasıl yaşayacağım? demiş.

"Senin için bir melek seçtim. Seni koruyacak. Korkma!" demiş Rabbimiz.

Bebek:

"Ey Rabbim, ben onların dillerini bilmiyorum?"

"O melek, sana konuşmayı, sevgiyi öğretecek."

"Dünyada kötülerin olduğunu duydum. Onlardan beri kim koruyacak?"

"O hayatı pahasına seni korur."

Dünyaya gözlerini açmak üzere olan küçük yolcu:

"Allahım! Benim meleğimin adı ne?"

"İsimlerin önemi yok. Sen onu 'Anne' diye çağıracaksın!"

Babası Sana Söylüyorum Oğlum Sen Anla

Dinleniyorsunuz Dikkat Edin

Başkalarıyla konuşurken de çocuğunuzu eğitebilirsiniz. Çocuklar, aynı ortamda oldukları ve sesleri duydukları sürece, büyüklerinin sözlerini iyi dinlerler. Tıpkı radyo dinlediğimiz veya başkalarının konuşmalarını duyduğumuz zaman bizim onları takip ettiğimiz gibi... Çocuklar da ilgisiz görünseler bile, çoğu zaman konuşmaları dinlerler.

> Çocuğun, kulak misafiri olma eğilimi, çocuklardaki birçok eğilim gibi, iki ucu keskin bir kılıç gibidir. Kulak misafirliği, olumlu yönde kullanılabildiği gibi, yanlış kullanıldığında da zarar verebilir.

Başkalarıyla konuşurken çocukları eğitme yöntemi, "kızım sana söylüyorum, gelinim sen anla" atasözünde anlatılmak istenen şekilde, çocuğa söylemek istediklerimizi, başkalarına söylüyormuş gibi onlara duyurmaktır.

Mesela, bir masal kahramanıyla da bunu yapabilirsiniz. Yemek yemeyen tavşanın hikayesini anlatıp, yemek yenmediği zaman neler olacağını anlattığınız zaman, çocuk kendini onun yerine koyar ve yanlışını anlar.

Bir de başka birine, yabancı bir çocuktan bahseder gibi anlatım yapılarak çocuğun duyması sağlanabilir.

Başkalarıyla konuşarak çocuklara bir şeyler öğretilirken, **dikkat edilmesi gereken önemli nokta, çocuğun**

yanlışlarını düzeltmek için onu başkalarının yanında eleştirme hatasına düşmemektir. Çünkü büyüklerde olduğu gibi, çocuklar da başkalarının yanında küçük düşmek istemez.

Bazen anne babalar, farkında olmadan çocuklarının yanında, onların yanlışlarını arkadaşlarına veya birbirlerine anlatırlar. Böyle anne babalar, çocukların kendileri hakkında söylenenleri anlayacak psikolojide olmadıklarını zannederler. Bazıları da çocukların oyuna daldıkları zaman orada olup bitenin farkında olmadığını düşünürler. Bazen de anne babalar, boş bulunarak çocuklarının yanlışlarını söylerler. Kendileri hakkında söylenenleri anlama ve kavrama yetenekleri yavaş yavaş gelişmeye başlamıştır çocukların. Ve konuşmaları genellikle dinlerler.

Çocukları başkalarını yanında eleştirmek çok sakıncalıdır. Onların duymadıkları farz edilerek yapılan eleştiri ve şikayetler çocuk tarafından genellikle duyulmakta ve onları son derece kötü etkilemektedir.

Duydukları şikayetleri kelime kelime alma eğiliminde olduklarından, anne babalarının ağzından dökülen, "Yaramaz, canavar, huysuz, mızmız, şımarık, sorumsuz, akılsız, tembel, inatçı," gibi tanımlardan türlü türlü anlamlar çıkaracaklardır. Ama asla gerçekte ne kastettiklerini anlayamayacaklardır.

Ne kadar kötü hareket ettiklerini sık sık duyan çocuklar, çok geçmeden öyle olduklarına inanmaya başlayacaklar ve eleştirildikleri rolü benimseyeceklerdir.

Uyuma Alışkanlığına Dikkat

İlk uyumama bebeklikte başlar

Bebeğin sağlıklı ve rahat uyuması için, karnı tok, altı temiz, üzeri uygun derecede giyinik ve ısı derecesi normal olmalıdır. İlk aylarda kucakta, ayakta veya beşikte sallayarak ritmik uyarı vermek uyumayı kolaylaştırabilir. Küçük bir örtü arasında sallamak, ailenin deneyeceği en son yöntem olmalıdır. Çünkü bunu bir kez tadan bebek, bir daha başka bir yolu kolay kabul etmeyecektir. En rahatı emerek uyuyan bebektir. Emzikle ninni söyleyerek veya hafif sesle müzik çalarak uyumasına yardımcı olunabilir.

Bebek büyüdükçe, uyuması daha kolay, uyku saatleri de daha düzenli hale gelir. 6. aydan sonra günlük programlar düzene girer ve bebek gece uykusuna yatma zamanını öğrenmeye başlar. Tabi bunlar, kitaplardaki tarife uyan bebeklere göre böyledir. 5 yaşına geldiği halde uyuması ve uyanması halen problem olan çocuklar da vardır.

Çocuğun yatağına dikkat

İlk aylarda anne, gece beslemesi kolay olduğu için bebeği kendi yatağına alır. Ancak bu hem annenin uyku halinde üzerine dönmesi ile bebek ölümüne sebep olabilir, hem de ileriki aylarda bebek için vazgeçilmez bir alışkanlığa dönüşebilir. Anne bunu aklında tutmalıdır.

Bebeğin yatağının kullanışlı ve rahat olması gerekir. Karyolanın kenarları keskin olmamalı ve korkuluk aralıklarının bebeğin başının geçemeyeceği aralıkta olması önemlidir. Karyolaya konan yatak, tam oturmalı, bebeğin kafasının ve kolunun sıkışabileceği boşluklar olmamalıdır. Uygun olmayan yatak ortamı ile başın sıkışması sonucu bebek ölümlerine rastlanmaktadır. Ayrıca yatağın çevresine bebeğin başını çarpmaktan koruyacak ve hava akımını engelleyecek setler yerleştirilmelidir. Bebek odası için en ideal sıcaklık 18 – 21 derece olmalı, bebek fazla sıcağı alıştırılmamalıdır. Zaten erkek çocukları sıcağı çok sevmezler.

Çocukların uyku alışkanlıkları büyüklerinkinden çok farklıdır. Mesela, gece yarısı bebeğin karnını doyurduktan sonra siz yeniden yatıp uyumak isteyeceksiniz, çünkü sabah erken kalkmanız gerekmektedir ve yapılacak işleriniz vardır. Oysa oğlunuzun bundan haberi yoktur ve karnı doydu ya, şimdi de oynamak ya da uyanık kalmak isteyebilir. Bu sizi telaşlandırmasın. Biraz uyanık kaldıktan ve oynadıktan sonra tekrar uyuyabilir, sizinki gibi uykusu açılmaz. Ayrıca bebeğiniz gecenin bir yarısında bilinmeyen bir nedenle ağlayarak uyanıverir. Belki karnı ağrıyordur, midesinde bir şeyler oluyordur. Bu durumda yapacağınız en iyi şey kucağınıza almanız, sallamanız ve ona sarılmanızdır. Bebek hiç nedensiz ağlıyorsa, yatış biçimini ve yerini değiştirmeyi deneyin. Olumlu sonuç alabilirsiniz.

Oğlunuzun uykusu hafif mi?

Oğlunuz bebeklik dönemini atlattı, fakat 3 yaşında olmasına rağmen hâlâ uykuyla arası iyi olmayabilir. Öğlen uykuları onun için bir savaş zamanıdır. Bunun için çok üzülmeyin, eğer uyumak istemiyorsa zorla uyutmayın. O zaman akşam erken yatacaktır.

Öğlenleri uyuması zor olan oğlunuz uyuduğu zaman, bütün ev halkını susturmaya, çıt çıkmasın diye özen göstermeye gerek yoktur. Çocuk uyurken, evde mutlak bir sessizlik olsun diye uğraşırsanız sonunda çocuk, bu zoraki oluşturulmuş sessizlik olmadan uyuyamaz duruma gelir. Bu nedenle çocuğunuz uyurken, her zaman ki gibi işlerinizi yapmaya devam edin.

Uyku zamanı anne babalar için sıkıntılı geçen bir dönemdir. **Zor yemek yeme** gibi, **zor uyuma** da nedenleri bilinmeden çözülemeyecek bir sorundur. Gece uykuları bölünen çocuklar olabilir. Bunun sebeplerini araştırın ve tedbirinizi bu yönde alın. Mesela, oğlunuz geceleri ağlamaya başlayıp, uyandığında, hemen yanına gitmeyin ve tekrar kendi kendine uykuya dalıp dalmadığını kontrol edin. Belki de, odasındaki yün ve tüylü malzemelere karşı alerjik olabilir. Bunları odasından çıkarın. Onu kısa bir müddet yanınıza yatırın ve kulağına onu sevdiğinizi fısıldayın. Onun ihtiyaçlarını karşılamak için yanında olduğunuzu söyleyin. Tekrar odasına götürün ve ışık durumunu kontrol edin. **Gündüz ortamın bol ışıklı olmasına, gece de iyice karanlık olmasına dikkat edin.** Aynı şey gürültü için de geçerlidir. Gündüz dikkat etmediğiniz şiddetli gürültüyü, gece azaltmaya çalışın. Oğlunuzun gün boyu aşırı uyarılmamasına dikkat edin. Aşırı uyarıcı almak da gece uyumamasına neden olabilir.

Uyumayı geciktiren ve rahat uyumayı engelleyen en yaygın neden, aşırı yorgun olma durumudur. Küçük çocuk, yetişkinlerin tersine, heyecanlı geçen uzun bir günün sonunda rahatlayıp uyuması gerektiğini anlayamaz. Öte yandan, yatağına yatırıldığında, çocuğun hemen uyuyamadığın gören anne baba, onun uykusu olmadığını sanarak, öngörülen uyku saatinden ne kadar geç yatırılırsa, o denli kolay uyuyacağını düşünür. Oysa geç yatmasına izin verilen çocuk, bu kez aşırı yorgun düşer ve gerginleşir, bunun sonucunda da, uyumakta daha da güçlük çeker. Böyle kısır bir döngünün içine girmemek için, çocuğun uyku zamanından yarım saat önce odasına çekilerek bir şeylerle oyalanması ya da kendisine kitap okunması, masal anlatılması yoluyla gevşetilmesi, uykusunun gelmesini sağlamak için en sağlıklı yoldur. Bu arada çocuklar, yorgunluklarının ve uykuya gereksinim duyduklarının bilincinde değildirler. Hatta 6 – 12 yaşları bunun bilincine vardıkları halde, uyku saati geldiğinde yatağa gitmek istemezler.

Uyku sorunun çözümü, temelde bedensel ve zihinsel rahatlama durumunun sağlanmasıyla gerçekleşir. Çocuğun kendisini rahat hissetmesi için bazı yöntemler uygulanabilir. Yatmadan önce fazla hareketli oyunlardan, duygusal gerilimlerden uzak tutulabilir. Yavaş yavaş gündüz uykuları azaltılır. İki hafta süreyle her gün gündüz uykusundan tutarlı bir şekilde uyandırılır, böylece geceleri daha erken uyuması sağlanır. Çocuğunuzun banyosunu son yemeğinden hemen önce yaptırın. Sonra onu doyurun ve yatırın. Yatağa yatma âdeti oluşturun. Ilık bir banyo, ılık bir süt, kıyafet değiştirip pijama giyme gibi... Bu ona, yatma zamanının geldiği işaretini verecektir. Bu yüzden çocuk için, belirli bir uyku zamanı oluşturmak ve bunu düzenli bir biçimde uygulamak gerekir. 4 – 5 aylıktan başlayarak aynı yer ve saatte yatırılan çocukta, sağlıklı bir uyku modelinin gelişmesi daha kolay olacaktır. Onu yatırmadan önce de katı yiyeceklerle doyurmayın. Uykudan önce ona çok korkunç ve gerilimli masallar anlatmayın. Onu yatağa koyarken her seferinde aynı sakinleştirici ninniyi söyleyebilirsiniz.

> Çocuğa ninni söyleyerek uyutma, anne – çocuk iletişiminde önemli rol oynar. Bu bakımdan çocuğu uyuturken, ninni söylenmelidir. Bu melodinin çocukta bir rahatlık sağlaması tabiidir. Bunun için özellikle ülkemizde geniş bir ninni kültürü oluşmuştur. Ayrıca eğitim açısından da çocuk, bu dönemde dinlediği ahenkli sesten etkilenmektedir.

Yeni doğan bebekte, işitme iyi gelişmiştir. Çocuk işittiği seslere değişik biçimde tepki gösterir. Mesela, telefonun çalması, kapının hızla kapanması, arabanın çalışması veya korna sesi gibi ani ve kuvvetli seslere yeni doğan bebek ağlayarak, sıçrayarak, tüm vücudunu hareket ettirerek cevap verir. Bu sesler onu rahatsız eder, buna karşılık hafif ve ritmik sesler sakinleştirir ve rahatlatır. Bebekler, ritmik insan seslerinin geldiği yöne doğru vücutları ile hareket eder ve tepkilerini belli ederler. **Bebeğin en çok**

ilgisini çeken sesin, annesinin veya devamlı ona bakan kimsenin sesi olduğu gözlemlenmiştir. Yaklaşık 3 günlük bir bebeğin annesinin sesini yabancı seslerden ayırt edebileceği söylenmektedir. Bazı bilim adamları, bebeğin anne karnında devamlı onun sesini duymasının bile etkili olduğunu ifade etmişlerdir.

Bebeğin sese duyarlılığı sadece anne sesiyle sınırlı değildir. Duyduğu her güzel sesten etkilenmekte ve ritmik seslerden özellikle hoşlanmaktadır. Bebeği yatıştırıcı etkisi ile her annenin ister istemez mırıldandığı ninniler, bebeğin ruhsal sükûnete ermesinde büyük rol oynamaktadır. Bebeklerin ilk uyanan organları kulakları olduğu için, daha görmeye başlamadan önce duymaya ve seslere tepki vermeye başlıyorlar. Bu da müzik ile bağlarını güçlendirici bir etki oluşturuyor. Ritimli ezgiler, bebeğin bedenen ve ruhen gelişiminde de katkı sağlamaktadır. Müzik dinletilen bebeklerde, ağlama ve hırçınlık belli oranlarda azalmaktadır.

Onun için anne, çocuğunu uyuturken söylediği ninnilere dikkat etmelidir. İçersinde anlamlı içerikler olan, ahlaki, dini ve güzel sözlü ninniler seçmelidir. "Allah, Hû Hû," gibi ritimli güzel sözlerle çocuk uyutulmalıdır. O, bunların farkında olmasa da ileriki hayatında etkisi ortaya çıkacaktır. Çocuk, ilk milli musiki zevkini ve tesirini de ninnilerle ana dilinde ve ana kucağında almaktadır. Böylece çocuğun müzik zevkinin gelişmesi başlamış olur. Ninniyle beraber ritmik sallama birbirine eş olur ve anne sallamanın süratine göre sesinin tonunu yükseltir veya alçaltır.

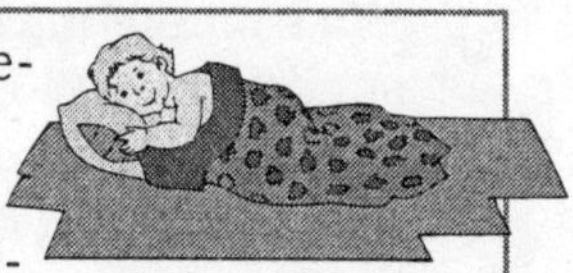

Fakat burada hemen belirtmek gerekir ki, bebeği çok hızlı sallamak doğru değildir. Bu uykusunu getirmek yerine daha çok kaçırır ve beyinde sarsılmalara neden olur. Bunun için ayakta sallamalara çok dikkat etmek gerekir. Bu 3 yaşındaki oğlunuz için de geçerlidir.

Okuma parçası

Ben Nasıl Uyurum

Canım anneciğim, canım babacığım,

Sizinle bugün uyku saatlerim hakkında konuşmak istiyorum.

Akşamları yemeğimi yedikten sonra sizinle beraber olmak, sohbetlerinizi katılmak, oyuncaklarımla oynamak, bazen TV reklâmlarını seyretmek, o kadar çok hoşuma gidiyor ki, inanın hiç aklıma uyumak gelmiyor.

Kimsenin olmadığı bir odada bu güzellikleri bırakıp yatmak... Aslında benim yaşımdakiler için uyku da çok önemliymiş.

Bunun için şöyle bir şey yapsak nasıl olur? Mesela, yatma saatime beni alıştırsanız, pijamalarımı birlikte giysek, ayaklarımı yıkamaya, dişlerimi fırçalamaya, şarkılar söyleyerek birlikte gitsek...

Sonra, "odana git ve yat" gibi soğuk bir emir cümlesindense, benim yanıma ya da yanımdaki yatağa yatsanız, hiç olmazsa biriniz bana masal anlatsanız... (Bunu dönüşümlü olarak yaparsanız inanın çok daha mutlu olurum.) Ama bir şeyler öğrenebileceğim masallar, hikâyeler olsun. Ve yatmadan önceki duamızı birlikte yapsak keşke...

Bu arada odamın ışığını kapatsanız. Çünkü çok aydınlık olunca uykuya dalmakta zorlanıyorum. Küçük bir gece lambası yeterli. Karanlık bir odada uyuyunca tedirgin oluyorum bazen.

Yanıma yatamadığınız zamanlarda ise değişik bir tavsiyem var size. Hani severek dinlediğim müzikler var ya, beni onlarla baş başa bırakabilirsiniz. Böylece uykuyu, sevdiğim bir etkinlikle birleştirmiş olurum.

Unutmayın, sizleri çok seviyorum ve sizin de benim iyiliğim için pek çok şeye katlanacağınızdan eminim.

Sevgilerle...

Babasının aslanı, annesinin balı, biricik oğlunuz.

Öfke Nöbetleri

Çocuğunuz da öfkelenebilir

Öfke, bazen herkes için kaçınılmaz olabilir. Çocuğunuz da sizin gibi öfke duyguları taşımaktadır ve bu da çok doğaldır. Ama bunu ifade ediş şekli uygun olmayabilir ve sizin hangi davranışın doğru olduğu konusunda, bazı sınırlar koymanızı gerektirebilir.

Konuşmaya, onun öfkesini dağıtmasına yardımcı olacak daha hissi bir yolla devam edebilirsiniz. Daha sonra, saygın bir şekilde öfkesini nasıl ifade etmesi gerektiği konusunda onunla konuşabilirsiniz. Hatta uygun kelime ve pratikleri ona gösterebilirsiniz. Mesela, derin derin nefes almasını söyleyin. "Ben öfkeli bir çocuk değilim," diye kendisine telkin verdirebilirsiniz. Sevdiği şeylerle meşgul edebilirsiniz. En güzeli de onu çok sevdiğinizi ona göstermenizdir. Çünkü **sevgi, her kapıyı açan bir anahtardır. Zaten sevgisiz büyüyen çocuklar daha öfkeli, hırçın ve saldırgandırlar.**

Ailesi tarafından sevilen, ilgilenilen, değer verilen, dinlenen ve saygı gören çocuk, bu döneme mahsus öfke nöbetlerini çok çabuk bırakır.

Onlarla beraber öfkeyi yönetmenin yollarını araştırın ve yaşam standartlarınız arasına alın. Siz ne kadar öfkeliyseniz çocuğunuz da o kadar öfkelidir. Çünkü çocuklar, doğal yollardan problem çözme yeteneklerini elde etmezler ve tartışmayı, hatta bazen fiziksel güç kullanmayı anne babasından, televizyondan, büyük kardeşler ve akranlarından öğrenirler. Bu yüzden oğlunuz, kızdığı zaman, sözel veya fiziksel olarak vurmaya yatkındır. Onun için çoğu çocuk, tartışır ve kavga eder. Böyle durumlarda neler yapabilirsiniz?...

Çocukları kavga ederken bulursanız, 'gelin birlikte bunu konuşalım. Neden kavga yaptığınızı anlatın bakalım', diye onlarla konuşma fırsatı oluşturabilirsiniz.

Onlar kavga ederken, ortamı değiştirmeyi ve farklı seçenek sunmayı sağlayın.

Kavgaya neden olan olayı tartışmaları için zemin hazırlayın. Mesela her hafta ya da her akşam yaptığınız aile toplantısında bunu anlatmalarını isteyin.

Çocuklar kavga ettiklerinde, gücü veya intikamı üzerlerine çektiklerinin farkına varırlar. **Çocukların dikkat çekmesi için, tartışma ve kavga etme iyi bir yoldur.** Ama siz araya girmeyerek, onlara problemi kendi aralarında çözme sorumluluğu vermiş olursunuz. Eğer bir de kavgayı şikâyet ederlerse, onlara, "bu senin ve kardeşinin sorunu, eminim kendi aranızda halledebilirsiniz," diye karşılık verin. Kavgaya dahil olmama konusunda kararınıza bağlı kalırsanız, bir müddet sonra onların barışıp kaynaştıklarını göreceksiniz. **Unutmayın, onlar çocuk ve biz büyükler kadar planlı ve sinsi tartışmalar yapmaz, kin gütmez ve her şeyi kolaylıkla affedebilirler.**

Kardeşler kavga ettiğinde adil davranın ve birini tutup diğerine ceza vermeye kalkmayın. Onları tek taraflı değil, adil olarak dinleyin. Ama bazen çocuklar konuşmak istemezler. Onların kararına saygı duyun ve kapıyı açık bırakın. "Eğer konuşmak isterseniz, sizi dinlerim. Hem de bundan çok memnun olurum" diyebilirsiniz. Hem olayı basite indirgemiş, hem de konuşarak her şeyin daha rahat çözülebileceği mesajını vermiş olursunuz.

Dışa Açılmaya Başlıyor

Taklit etmeyi sever

Bu dönem, çocukların çevresindeki kişilerle özdeşim kurduğu bir çağdır. Çocuk, kendisine anlatılanlardan öte, anne ve babasını taklit eder. İyi ve kötü ayrımı yapmadan çevresindeki insanlar ne yapıyorsa aynısını yapmaya çalışır. Bu nedenle anne ve babayla birlikte diğer aile üyelerinin çocuğa örnek olabilecek davranışlarda bulunmaları gerekir.

3 yaşındaki bir çocuk, hâlâ istediği bir şeyi diğer bir çocuktan kaparak almaya çalışır, diğer çocuk buna engel olursa onu iter, kakar, üzerine oturur ve genel olarak bu tür ilişkilerde büyük bir kabalık gösterir. Bununla beraber başka çocukları gözler ve onları taklit eder. Zaman zaman onlarla işbirliği kurarak ortak oyunlar oynar.

Her şeyi kopyalar

Çocuk, çevresinde gördüğü her şeyi kendi bilgi ve becerisini artırmak için kopyalamaktadır. Atalarımızın ifadesiyle, "kız anadan öğrenir bohça düzmeyi, oğlan babadan öğrenir koyun yüzmeyi."

Öz olarak söylemek gerekirse, anne baba, çocuklarına örnek olabilecek davranışlarda bulunmalıdır. Çünkü çocuk, kopya kâğıdı gibi her gördüğünü kopyalamaktadır.

Kendi akranlarını isterler

Çocuklar bu yaşta arkadaş edinmeyi severler. Onlarla misafirliğe gideceğiniz zaman, gittiği yerde arkadaşı olup olmadığını sorar ve ona göre gitmek ister. Yoksa sokakta oynamak onun için daha eğlencelidir.

Oğlunuzun bu yaşta sokağa çıkmayı istemesi orada keşfedecek çok şey olmasındandır. Aynı ortamı evde oluşturduğunuz ya da aralıklarla park ve oyun alanlarına götürdüğünüz zaman sokağa çıkmak istemeyecektir. Fakat bunu tamamen yasaklamak da özellikle erkek çocukları için doğru değildir. Kontrollü bir şekilde sokakta oynamasına izin vermelisiniz.

Özellikle ileriki yaşlarda bu önemli. Şu an için biraz erken, ama sizinle beraber çıkıp dolaşması, oynaması çok daha doğru. Çünkü **oğlunuz dış dünyayı tanımak istiyor. Bu yüzden onun sokağa çıkma isteği sizi korkutmasın.** Her şey sizin kontrolünüzde olduktan sonra korkacak bir durum yok. Fakat sınırlamalar ve kurallar getirmeniz şart.

Oğlunuz 4 Yaşında

Gelişim Evreleri ve Verdiği Mesajlar

Tekrar zor dönem

4 yaşın en belirgin özelliği dengesizlik, uyumsuzluk ve koordinasyon eksikliğidir. 3 yaşında her şey normalken tekrar zor bir dönemin gelmesi aileyi oldukça zora sokar. Bu dönemde oğlunuz daha çok düşer, yüksekten korkma duygusuna kapılabilir. Tikler bu dönemde ortaya çıkar. Burun karıştırma, tırnak yeme, cinsel organıyla oynama, parmak emme gibi... Duyguları inişli çıkışlıdır. Düzenlerinin aynı devam etmesini isterler. Uyku, yemek alışkanlıkları bozulduğu zaman huysuzluk yaparlar.

İstediğini yapma dönemi

Bu dönemde arkadaşlık kurmayı sevdiği gibi onlarla kavga etmeyi, dövüşmeyi de çok severler. Hatta birbirlerine isim bile takarlar, daha ileri giderek, küfür bile edebilirler. Çünkü bu dönem, kabalık ve kendi sakınmama çağıdır. Düşündüğünü ve istediğini yapma dönemidir.

Hareketler aşırıdır

Aşırılıkların yaşandığı bu dönemde, çocuk bedensel hareketlerinde de aşırıdır. Vurma, tekme atma, tepinme gibi... Hareket etme özellikleri çok fazlalaşır. Merdivenleri ikişer ikişer çıkar. Kapıları çarparak kapatır. Konuşmada da ölçüsü yoktur. Çok konuşur, çok soru sorar, her aklan gelini söyler. Bu dönemde oğlunuzun sorularını mutlaka cevaplandırmalı, onu cevapsız bırakmamalısınız. Özellikle duyduğu değişik ve yabancı kelimeleri tekrar etmeyi çok sever. Küfürlü sözleri de söylemeye böyle başlar. Kelimeler arasında uyum yapmaya çalışır, espri ve fıkralar çok hoşuna gider. Her söylediğinize gülebilir, abartılı hikâyelere bayılırlar. Kişisel ilişkilerinde de ölçüyü tutturamaz. Kısıtlama ve kurallardan hoşlanmaz. Herkese hükmetmeyi çok sever. Bu dönem için hayal kurma dönemi de denebilir. Çünkü çok fazla hayal kurar ve gerçekle karıştırır. Çoğunu gerçek gibi anlatınca, aile tarafından yalan söylediği sanılabilir. Ama bu da zamanla geçecek bir durumdur.

Bu dönemin bir diğer özelliği, çocukta mülkiyet duygusunun olmamasıdır. O yüzden gördüğü, dokunduğu her şeyi kendisinin sanır ve alır. Bunun için bir yere gidildiğinde, orada gördüklerinin kendine ait olmadığını anlatmak gerekir. Dengeli bir yaklaşımla bunu kavrayabilir. Ama çoğu zaman komşu evden oyuncaklar getirmesi doğaldır. Bu, hırsızlık olarak değerlendirilmemelidir.

İnişli çıkışlıdır

4 yaşındaki oğlunuzun özellikleri inişli çıkışlıdır. Hem hareketli hem içe dönük, hem gürültücü hem sessiz, hem geçimsiz hem arkadaş canlısı, hem meraklı hem kayıtsız, hem bağımsız hem sabırsız gibi... Tüm değişkenliği bünyesinde barındıran oğlunuzun karşısında daha net ve tutarlı olmanız gerekir. Sizin net tavrınız, onun bu zor dönemi kolayca atlatmasına yardımcı olacaktır. Zaten 5 yaşında işler daha kolaylaşacaktır.

İlgi ve alakayı kesmeyin

Birkaç kez size soru soran oğlunuza cevap vermediyseniz, artık size soru sormaz. Buna dikkat etmek gerekir. Çocuğa göstereceğiniz ilgi ve alaka, onun daha sağlıklı bir gelişim dönemi geçirmesini sağlar. Çocuktan gelen bu tür mesajları doğru okumak ve gereğini yapmak gerekir.

Zihnin Açık Olduğu Dönem

Zekâyı etkileyen faktörler

Son araştırmalara göre zekânın sadece %30'u genetik. Kalan %70'lik bölümünü geliştirmek ve kullanmaksa çevrenin elinde... Yani anne baba ilgisi, arkadaş ortamı, tabii çevre, kültür, eğitim gibi unsurlar zekânın %70'ini meydana getirir. Bir çocuğun doğumundan itibaren bulunduğu çevre, aileden aldığı kültür, okuldaki eğitimi, zekâsının gelişimini etkiler. Mesela bolca ezber yapmak çocuğun zekâsını geliştiren bir yöntemdir.

Öğrenmeye açık oldukları zamanı bilin

Çocuklar, bilgi ve kuralları öğrenmeye hazır oldukları zaman öğrenirler. Başka bir deyişle, ne kadar öğrenmenin gerçekleşeceğini belirleyen, oğlunuzun bilgiyi alma yeteneğidir. Çocuğunuza öğreteceğiniz şeyde rehberiniz, onun öğrenme hazırlığı ve gönüllülüğüdür.

Her şeyin zamanı var

Çocuğunuzun bilgi ve kişisel iletişim yeteneklerinin aynı oranda olgunlaşamayacağının bilincinde olun. Mesela, çocuğunuzun düşünme ve problem çözme yetenekleri yaş seviyesinde gelişebilir, ama onun sosyal işleyişi yaş seviyesinin biraz altında olabilir. Unutmayın ki, öğrenme, uzun bir zaman periyodunda meydana gelen bir süreçtir.

Okul öncesi okuma alışkanlığı

Çocuklar üzerinde yapılan çeşitli deneyler ve araştırmalar göstermiştir ki, okula başlamadan önce okuma öğrenen çocuklar, ilkokul döneminde öteki çocuklardan daha ileride olmaktadırlar. Zekâ dereceleri eşit çocuklar arasında yapılan incelemelere göre, önceden okuma bilenlerin okulda öğrenenlere oranla daha başarılı olmasının nedeni, çocuklar arasındaki ayrım değil, anneleri arasındaki ayrımdır. **Başarılı çocukların annelerinin eğitici, çocuğun zekâsını geliştirici, yeteneklerini besleyici bir ortam oluşturdukları görülmektedir.**

Bilinçli anne olmak

Bazı anneler, çocuklarına kitap okumuşlar, çocuğun okumaya ilgi duymasını sağlayacak, yazmaya yöneltecek, malzemeler bulundurmuşlar, çocukların kelimelere ve anlamlarına ilgi duymasını sağlamışlar, harfleri oyunla öğretmişlerdir. Bu anneleri öteki annelerden ayıran özellik, sadece çocukları için yaptıkları değil, görüş açıları, inançları olmuştur. Bu anneler, okula başlamadan önce çocukta okuma yazma yeteneğini geliştirmenin gereğine inanmışlar, çocuğa okuma yazmayı ancak öğretmenin öğretmesi gerektiği görüşüne karşı çıkmışlardır.

> Kısacası okuma yazmayı erken öğrenen çocukların, değişik özellikleri yoktur, sadece değişik anneleri vardır.

Okuma alışkanlığının avantajları

Okula başlamadan önce okuma yazma öğrenmiş çocuğun bir takım avantajları vardır. **Her şeyden önce,** okuma bilmek bu yaştaki çocuğun bağımsızlık duygusunu, kendine güvenini ve kendi kendini yönetebilme yeteneğini güçlendirir. Çocuk, sokakta gördüğü trafik işaretlerini tabelaları vb. şeyleri okuyarak bir takım algılamalar yapar.

İkincisi, çocuğun okuma yoluyla zekâsını ve bilgisini geliştirme imkanını elde etmesidir.

Üçüncü avantaj, çocuğun okula başladığı zaman gereksiz zorlamalarla karşı karşıya kalmamasıdır. Çünkü hiç kimse 4 yaşındaki çocuğundan okumasını istemez, 5 yaşındaki çocuğun okumasını beklemez. Ama çocuk, 6 yaşına basınca, bir yıl içinde ille de okumayı sökmesi istenir. Bunu yapamazsa, başarısız sayılır ve bu başarısız damgası ilkokul döneminin tamamını etkiler.

Çocuğa bir şey öğretirken, ona öğretmeye çalıştığınız şeyi anlamadı diye çocuğu azarlamak, bu konuda atacağınız en yanlış adımdır. Çocuk, kendisine gösterdiğiniz şeyi hemen kavrayıp anlayamıyorsa, ya bu iş için daha ufaktır, ya da konuyu anlayacağı biçimde sunamamışsınızdır. Böyle bir durumda ısrar etmeyin. Bir başka konuya geçin ya da ara verin.

Oyunla öğretin

Okul öncesi çağdaki çocuklar, ilgilerini kısa sürelerle bir şey üzerinde toplayabilirler. O nedenle oynayacağınız oyunların ortalama süresi 5 dakikayı aşmamalıdır. Ama 5 dakika sonra çocuk oyunu sürdürmeyi ilgiyle istiyorsa, zaman doldu diye oyunu kesmeyin. Çocuğun ilgisi sizin için en iyi ölçü olacaktır. Oyunla öğreteceğiniz şey de daha kalıcı olacak ve oğlunuz onu daha çabuk öğrenecektir.

Çocuğa öğrettiklerinizin eğitici veya zekâ geliştirici şeyler olduğu kanısını uyandırmak yerine, bunları ona bir eğlence olarak, bir oyun olarak öğretin. Mesela bu yaşlarda yapılacak ezberler için, bir masal içindeki kahramanı kullanabilirsiniz. **Kırmızı başlıklı kız** masalı ya da **Keloğlan** masalı her çocuğa anlatılır. Masalı biraz kendinize göre değiştirmiş olacaksınız, ama bu o kadar önemli değil. Hem diğer arkadaşlarının bildiğini bilecek, hem de oradaki kahramanın ağzından anlatılan bir şarkı, bir şiir ya da ezberletmek istediğiniz güzel bir şeyi öğretmiş olacaksınız.

Dikkati bir yerde toplayın

"Keloğlan şehre inerken şunu söylüyormuş," diyerek, çocuğun dikkati Keloğlanın yaptıklarında toplandığından, orada söylenen şeyi de kolaylıkla ezberlemiş olacaktır. Özellikle yaptırmak istediğiniz davranışları da bu yöntemle anlatabilirsiniz. "Keloğlanının dişleri çok beyazmış, çünkü her gün dişini fırçalarmış," şeklinde, ama çocuğa fazla nasihatvari ve bilgi yüklü gelmeyecek, masalının içinde geçtiğini inandırıcı bir biçimde anlatmanız şartıyla. Çünkü çocuklar çok dikkatli ve algılamaları kuvvetli olur. Sizin bunları onun için uydurduğunuzu anladığı an, bu masallarınızın eğiticilik yönü azalır. Buna mutlaka dikkat etmelisiniz.

Çocuğa uygun yöntemler keşfedin

Ezber ve bir şeyler öğretme uygulamasını, oyuncaklarla ve bir oyun içinde de yapabilirsiniz. Ama şartı unutmayın, fazla mesaj verici değil; hem eğlendirici, hem de öğretici olacaksınız. Bunlar çocuğunuza ilginç gelmiyor, onun için oyun anlamı taşımıyorsa, bunlarda diretmeyin. Çocuğunuza uygun yöntemleri onu da sizi de sıkmayacak şekilde, siz keşfetmeye çalışın. Özellikle "bunu yapmaktan hiç hoşlanmıyorum, ama çocuğumun IQ derecesini yükseltmek için katlanıyorum" diyerek yapacağınız şeyler yararlı olmaktan çok zararlı olacaktır. Çünkü sizin isteksizliğiniz ve zoraki katılımınız, çocuk tarafından anlaşılacak ve çocuğunuzu da etkileyecektir.

> Oğlunuzla yapacağınız her etkinlik için, ilk önce "istemek" şartını göz ardı etmemelisiniz. Unutmayın, her işin başı istemektir. Eğer istenirse her şeyin üstesinden kolaylıkla gelinir. Mühim olan bu isteği harekete geçirmektir. Önce siz isteyin, çocuğunuzun da istediğini göreceksiniz.

Oğlunuz Çok Soru Soruyor

Soru sorma dönemi

Otobüs sıkışık mı sıkışık... Yağmur yağıyor ve kucağınızdaki oğlunuz soru soruyor. "Anne, ben neden doğdum?" Siz kızarıyor, bozarıyor, herkesin size baktığını, cevabınızı merakla beklediğini düşünüyor ve sadece bir cümleyle yanıt veriyorsunuz. "Ben ve baban bir çocuk sahibi olmak istedik ve sen doğdun." Evet, bir cevap verdiniz. Çocuğunuz da memnun, yeni şeyler keşfetmek üzere etrafına bakmaya devam ediyor. Beş dakika geçmeden yeni bir soru: "Anne neden yağmur yağıyor?"

O artık büyüyor

Çevresinde olup biten her şeyi fark etmeye başlayan çocuk, soru sormaya başlar. Bu da çocuğun yeni bir gelişim sürecine girdiğini ve büyüdüğünü gösterir. İşte siz şu an, oğlunuzun soru sorma dönemini yaşıyorsunuz ve o yavaş yavaş büyüme gösteriyor. Onu yalnız bırakmamalı ve her zaman yanında olduğunuzu, onu ne kadar çok sevdiğinizi, ihtiyaç duyduğu her anında yanı başında sizi bulacağını, ona hissettirmelisiniz.

Çocuk, dış dünyayı kendi bilişsel olanaklarıyla tanımaya, keşfetmeye çalışır. Bu çabası sırasında anne babasının yardımını bekler ve devamlı sorular sorar. Yollar neden düzdür? Kaldırımlar neden yapılmıştır? Biz yürürken Ay neden bizimle birlikte yürümektedir? Allah kimdir? Çocuk nasıl dünyaya gelir? Ben ne zaman baba olacağım? Neden her zaman kar yağmaz?...

Onların sorularından rahatsız olmayın

Bu dönemde oğlunuzun sorularını geçiştirmeyin. Sordukları her şeye mantıklı ve yaşına uygun cevaplar vermeye çalışın. Hatta onu soru sormaya bizzat teşvik edin. Fakat bazı anne babalar da var ki, çocuklarının soru sormasından rahatsız olurlar. Bu çok yanlıştır. Çocuklar boylarından büyük sorular sorabilirler. Çünkü onlar öğrenme sürece içindeler ve her şeyi ancak sorarak öğrenebilirler. Eğer sorularına cevap alamazlarsa, öğrenme süreçleri yavaşlar, kendilerini geliştiremezler ve kendilerini kapatırlar. Ancak sorularına cevap bulurlarsa daha gelişecek, kendilerini açacak ve daha sosyal bir çocuk olacaklardır.

Oğlunuz sizi sınamakta

Oğlunuz soru sorarak aslında, sizin ona karşı olan ilginizin derecesini sınamaktadır. Anne babalar için bu, geçilmesi çok önem arz eden bir sınavdır. Çoğu ebeveyn, üçüncü sorudan sonra çocuklarına önem vermemeye veya sinirlenmeye başlamaktadır. Bu sebeple sinirli olduğunuzda bile çocuğunuza cevap verirken tavrınız ve cevabınız saygılı olmalıdır. Eğer cevap vermek istemiyorsanız, "Hayır!" deyişinizin nedenini açıkladığınızda, nedeninizin basit olmamasına özen gösterin. Uzun ve ilginç açıklamalar yapmaktan kaçının.

> Yalan sözlerle kandırılıp avutuldukları düşüncesine kapılan, dolayısıyla anne babalarına karşı güvensizlik besleyen çocuklar, çok iyi bildikleri konularda onlara sorular yöneltir, kendilerine çeşitli zamanlarda verilen bilgilerin, yapılan açıklamaların doğruluğunu sınamak isterler.

Cinsellikle ilgili sorular doğru algılanmalı

Bu yaştaki çocukların özellikle, dünyaya nasıl geldikleriyle ilgili merakları fazladır. Bu çağdaki çocukların hemen hepsinin kafasını kurcalayan iki soru vardır. Bebeklerin nereden geldiği ve bir kardeşinin olup olmayacağı... İki soru birbirini tamamlamaktadır. Çünkü çocuğun eğer bir kardeşi olacaksa, bunun nereden geleceğini görüp öğrenebileceğini düşünmektedir. Çocuğun bu konudaki merakı, diğer meraklar gibi yerinde ve sağlıklıdır. Bu merakları, dünyayı tanıma ihtiyacından doğmaktadır. Büyükler, bu ve benzeri soruları, genellikle cinsellikle ilgili olarak alırlar ve nasıl cevaplandırmaları gerektiğine kolay kolay karar veremezler. Çoğu zaman geçiştirirler. Soruların cinsellikle ilgili olduğu büyüklerin yorumudur. Aslında çocukların, bebeklerin nereden geldiği ile ilgili sorusu, hayatın menşeini ve manasını, nereden gelip nereye gittiklerini, niçin yaşadıklarını düşünmelerinin ve sormalarının ilk basamağıdır ve çok değerlidir. Yani soru, aslında din duygusu ile ilgili bir sorudur. Çünkü çocuklar aynı soruyu biraz sonra diğer varlıklar için, hayvanlar, bitkiler, yeryüzü, gökyüzü vb. için de sormaktadırlar.

Her şeyi sorarak öğrenmeye çalışır

Çocuk, doğum ve ölüm olaylarını izlemektedir. Bir gün bir bebek doğdu diye sevinilirken, başka bir gün bir büyük öldü diye ağlanılmaktadır. Bir yerlerden gelinmekte, bir yerlere gidilmektedir. İnsan nereden gelip nereye gittiğini, ilk olarak bir çocuk iken düşünmektedir.

Bu soruyu sormak ve onun cevabını almak, normal gelişen bir çocuk için vazgeçilmez bir duygudur. Sorunun cevabının, çocukların annelerin karnında oluştuğu, yeteri kadar büyüyünce artık dışarıda yaşayabilecekleri için anne karnından alındıkları şeklinde, inanılır bir biçimde olması halinde çocuklar, bir süre için rahatlamaktadırlar. Ya da daha duygusal bir sesle, "bebekler annelerinin içinde güzel bir tohumdur. Anne ve babanın isteği sonucu bu güzel tohum, canlanır. Annenin karnı içinde sıcacık ve yumuşacık bir yuvada yaşamaya başlarlar. Orada mışıl mışıl uyuyup büyürler. Vakti gelince de annelerin içinden çıkarlar." Ama böyle bir açıklamanın ardından çocuk tekrar sorar, "peki nasıl ve nereden çıkar?" Bu tür soruları cevaplamakta anne babalar genellikle zorlanırlar. Ama çocuğun zihinsel durumuna da uygun, şöyle bir cevap verilebilir: "Annelerin içinde minik bir kapı vardır. Bebekler çıkacakları zaman kesinleşince ki, buna doktor teyzeler ya da amcalar karar vermektedir, o zaman bu kapı açılır ve bebek oradan dışarıya doktorların yardımıyla çıkarılır." Görüldüğü gibi **çocuğun cinsellikle ilgili merakı cinsel hazla veya erişkin cinselliğiyle ilgili değildir. Her şeyi merak etmenin bir parçasıdır tüm bu sorular.**

Modernlik yanlış algılanmamalı

Bir başka önemli nokta da, çocuklara yalnızca merak ettikleri şeyler anlatılmaya çalışılmalıdır. Yoksa "modernliğin ya da çağın gereği" gibi gerekçelerle çocuğa cinsellikle ilgili ayrıntılı bilgi vermek büyük bir yanlışlık olur. Ayrıca bazen çocuklar, anne ve babalarının cinsel hayatlarını da merak edebilir. Böyle bir durumda uygun bir üslupla cinsel yaşantıların özel konular olduğunu, başkalarıyla paylaşmanın veya açık şekilde konuşmanın uygun olmayacağı anlatılmaya çalışılmalıdır.

Kendisiyle ilgili doğru bilgiyi sizden almalı

Çocuk, küçük yaşlarda daha çok, ne olduğunu, kime ait olduğunu arayıp bulmak ve duygularını güçlendirmek istemektedir. Dereden tutulduğu, leyleğin getirdiği cevapları, onun duygularını doyuran cevaplar olmayacaktır. Öyleyse çocuk, leyleğe mi, dereye mi, yoksa başka bir şeye mi ait olacaktır? Kimindir bu çocuk? Bazı anne babalarda şaka ile veya öfkeli olduklarında, onları sepetçiden aldıklarını, caminin önünde bulduklarını söylerler. Gerçi onlar bu yalanlarını hemen düzeltirler, fakat çocukların içinde yine de bir şüphe kalır. Evlatlık olmak şüphesinin ve korkusunun çocukların pek çoğunda var olduğu tespit edilmiştir.

Çocuklar, doğmalarıyla ve ilk çocuklukları ile ilgili olayları tekrar tekrar anlattırıp dinlemekten hoşlanırlar. Çocuklar, anne babalarına sordukları sorularla şunu anlatmak isterler: "Unutmayın, ben de varım. Ben de sizden biriyim." Ve bunu da, terkedilmişlik duygusunun dürtüsüyle yaparlar.

Dinî sorular da sorarlar

Oğlunuz dinle, Allah'la ve ahiret hayatıyla ilgili, açıklamakta zorlanacağınız sorular da soracaktır. Bu tür sorular hakkında da, önceden hazırlıklı ve bilgili olmak ve soruları kesinlikle geçiştirmeden cevaplamak gerekir. Bazı anne babalar bu tür sorularla karşılaştıklarında, "Bunları sormak günahtır. Allah seni yakar. Seni taş eder!" gibi cümleler sarf ederek, çocuğun dini değerlere karşı soğuma ve önyargılı davranmasına neden olurlar. Bu konuda da tatmin edici cevaplar vermek en doğrusudur.

Soruya göre cevap verin

Çocuğun soruyu sormakla neyi öğrenmek istediği düşünülmeli ve sadece onu öğretecek kadar bilgi kendisine verilmelidir. Çocuklar her gün, farklı ortamlarda, onlar için bilinmez, anlaşılmaz nesnelerle, olaylarla karşılaşıyorlar. O farklılıkları gözleri, elleri, kulakları ve daha sonra kelimelerle anlamaya çalışıyorlar. Oysaki onlar için bilinmezlerle dolu dünya, biz yetişkinlerin bildiği, tanıdığı bir dünya. Bizim, olan biten her şeyle ilgili bir açıklamamız var. Bunu hisseden çocuklar, onun için her merak ettikleri şeyi bize sormak isterler.

3 yaşındaki oğlunuz, masadaki tabağı gösterip, "bu ne? Diye sorduğunda, "bu tabaktır" cevabını verirsiniz. Ama çocuk istediği cevabı aldı mı acaba? Sorusunda, "bu benim için önemli mi, neye yarar?" sorusu gizli değil mi? "Tabak, içine yemek konulur ve biz de yemeğimizi tabaktan yeriz," dememiz daha açıklayıcı olur.

Her soru önemsenmeli

Çocuk için önemli olan ve bizden esas beklediği, onun sorularını her zaman dinlemeye hazır olduğumuzu ve birlikte yanıt aramak için yanında olduğumuzu bilmesi ve hissetmesidir.

Anne babanın, çocukların sorularına cevap verme şekli çok önemlidir. Anne babaların korkutarak veya öfkelenerek tepki vermekten kaçınmaları, çocukların anlayabileceği şekilde cevaplar vermeye çalışmaları gerekir.

Cinsellikle ilgili sorulara, uygun cevaplar

Cinsel eğitimde kural, çocuklarımızın küçük yaşlardan itibaren cinsel hayatla ilgili soracakları soruları, kesinlikle terslemeden ve fakat ayrıntıya girmeden, onun merakını alevlendirmeden, tabii, dürüst ve yaşına uygun bir şekilde kısaca cevaplandırmaktır. Çocuğun merak ve dikkati başka konulara çekilmelidir. Bilhassa, ergenlik çağında dinî mükellefiyet ve ilmihal bilgisi aktarılırken bu konular edep, hayâ duygularını zedelemeden, normal bir akış içinde verilmelidir. Aksi takdirde, devamlı tahriklerle çocuğun cinsel konulara merakı artacak veya çevresinden yanlış, zararlı bilgiler edinecek veyahut piyasadaki ticari gayeli müstehcen neşriyatın tuzağına düşebilecektir. Bu çerçevede onların sorularını cevaplamalıyız.

Büyük uçurumlar oluşturmayın

Anne babalar, kendilerine yöneltilen soruları açık yüreklilikle cevaplandırmalıdırlar. Yoksa çocukları, kendilerine karşı güvensizlik duyar, arada beliren "uçurum" giderek derinleşir. Evlatları yetişip ergenlik çağına ayak attı mı, anne babalar yakınmaya başlar bu kez, "bizim kız, anlaşılmaz bir çocuk olup çıktı. Nasıl da değişti hayret!" şeklinde yakınmaları artar. Ve aradaki uçurum, zamanla iyiden iyiye büyüyerek büyük bir okyanusa dönüşür. Öyle bir okyanus ki, kıtaları birbirinden ayırır ve her kıtada "bir başka dil konuşan" başka ırkların insanları yaşar. Huyları, karakterleri o kadar değişik insanlar ki, birbirlerini bir türlü anlayamazlar.

Çocukların soru sorma dönemi, asla hafife alınmamalıdır. Soru sorma döneminin doruğuna ulaşan bir çocuk, çevresindeki erişkinleri terletir, çetin anlar yaşatır. Çocuklardaki bu durumu, kusurlu bir davranıştan çok, onun gelişim sürecinin zorunlu aşamalarından biri saymak gerekir.

Cevaplama yöntemini bilmelisiniz

Oğlunuz bir soru sordu, mesela, "babaannem nasıl öldü?" şeklinde merak ettiği ve de etkilendiği bir durumu öğrenmek istiyor. Öncelikle ona bu durumu **anlayacağı bir dille** anlatmalısınız. Fazla detaya girmeden çevresinde gördüğü şeylerden faydalanarak, mesela salonunuzdaki çiçeği örnek verebilirsiniz. Çiçeği önce bir saksıya diktiniz, suladınız. Büyüdü, çiçekler açtı, ama yaz zamanı gelince çiçekler tekrar toprağa düştü ve yok oldu. Ama bir dahaki bahara tekrar açacak. Bu şekilde basit ve anlaşılır bir dille anlatmalısınız. **Dürüst olmalısınız.** Onu bu süre zarfında göremeyeceğini, ama rüyalarına gelebileceğini söyleyebilirsiniz. **Tutarlı olmalısınız.** Her soru için aynı yöntemleri kullanıp, olayı hayatın akışına bırakmalısınız. Oğlunuzun sorularını cevaplarken, **televizyonu kapatın**. Çünkü çoğu merak ettiği şeyi doğru yanlış oradan öğrenmektedir. Özellikle onunla beraber seyretmeli, yalnız başına televizyon önüne bırakmamalısınız. **Olumlu konuşun ve davranın.** Mesela, cenazede yaptıklarınızı, bundan dolayı da vicdanınızın rahat olduğunu anlatabilirsiniz. Bu tip acı olaylarla ilgili sorularda böylesi olumlu konuşma ve davranma çok önemlidir. Çünkü sonucuna nasıl katlanılacağını ve yapılanlardan iç huzurun nasıl sağlanabileceğini öğrenmiş olacaktır. **Hiçbir soru için tedirginlik duymayın ve her sorusuna bu yöntemlerle cevap verin. O zaman onunla aranızda yıkılmaz bir köprü oluşturmuş olursunuz.**

Oğlunuzun Oyun ve Oyuncakları

Anlık kurallar vardır

Bu yaşlardaki çocuklar, oyunlarında pek kural uygulamazlar. Bazen kurallar sadece o an için uygulanır ve oyun oynayanlardan birinin işine gelmeyince değiştirilir. Genellikle oyun kurallarını yapan ve değiştiren o grubun en nüfuzlu çocuğudur. Oyundaki bu durum, çocuğun benmerkezci oluşuyla yakından ilgili görünmektedir. Daha sonra büyüdükçe akranlarla ilişkilerinin artması ve sosyalleşme bakımından çocuğun gün be gün gelişmesi oyun içindeki düzeni de etkiler.

Oynayarak öğrenir

Sosyal kurallar ve gerçekler, en kolay ve en zararsız biçimde oyun sırasında öğrenilir. Sırasını beklemek, paylaşmak, başkalarının haklarına saygı göstermek, oyun sırasında ister istemez öğrenilir. Onun için küçük deyip de çocukla oyun oynamamazlık yapmayın ve mutlaka ufak ufak kurallar koyarak uymasını sağlayın. Daha önce anne babanın, büyüklerin koyduğu kurallara ve otoriteye boyun eğme tarzındaki ahlakî anlayışa sahip olan çocuk, oyun içinde bu ast üst ilişkisinin dışındadır. Yani büyük ve güçlü yetişkin ile aciz ve küçük olan kendisi, karşı karşıya değildir. Akranları ile eşit durumdadır çocuk. Onlarla yarışır, boğuşur, ortak kurallara uyarak yener, yenilir. Böylece oyun, eşit haklarla güçlerini deneyen çocukların sosyal ve ahlakî duygularını geliştirmiş olur.

Oyunla kendini geliştirir

Çocuk, denetleyemediği ya da önüne geçemediği arzularını dizginlemek için oyunu araç olarak kullanmaktadır. Çocuk, oyun yoluyla çevresindeki eşyayı ve cisimleri tanır ve birikmiş olan enerjiyi kullanma imkânı bulur. Aynı zamanda oyun, çocuğun sıkıntılar ve gerilimlerden sıyrılmasına da yardımcı olur. Bizim de çocukları tanımamıza imkân verir. O, oynadığı zaman, başkaları hakkındaki düşüncelerini açığa vurur.

Ahlaki karakterin gelişmesine katkı sağlar

Oyunla dayanışmayı öğrenir. Dayanışma, ahlakî karakterin en önemli vasfıdır. Çocuklar oyunda, "ben"le "başkası"nı hem mücadele etmek, hem işbirliği yapmak için ayırmasını öğrenir. Oyun bir yandan çocuğa oyun arkadaşlarıyla mücadele ve yarışma gücünü verir, diğer yandan da oyun kurallarına göre onlarla bağdaşma ve dayanışma ruhu kazandırır. Oyunun sağladığı dayanışma, bu yaştan itibaren çocuğa dostluk, arkadaşlık, sözünde durma, vefalılık gibi ahlakî erdemleri aşılamış olur. Aslında her oyun bir disiplindir. Oyuna katılan çocuklar, bu disipline uymak zorundadır. Disiplini bozanlara, yani "mızıkçı" lara en kötü gözle bakılır. Hatta mızıkçılar oyun arkadaşlarından öyle tepki görürler ki, sonunda ya oyundan çıkmak ya da oynamak istiyorlarsa kurallara uymak zorunda kalırlar. Bu bir nevi oyunun ahlakî yaptırım gücüdür. **Böylece oyun, bir karakter eğitimi halini alır. Çocuğun ahlakî kişiliğinin kuruluşunda rol oynar.**

Oyunla eğitilir

Oyun, çocuğun zekâsını ve vücudunu güçlendirir. Oyun oynarken çocuklar, canlı ve hareketli olurlar. Oyun, çocuğun merakını kamçılar ve çocuğa gerçeği tanıtır. Yeni buluşlara yol açar. Oyun, çocuğu eğlendirir.

Oyun, çocukların dikkatini toplamalarına ve bir probleme odaklaşmalarına yardımcı olur. Çocuğa planlı hareket etmeyi öğretir. Hayalinde geliştirdiği oyunu uygulamaya koyan çocuk, ilerisini düşünür, yapmak istediği işleri nasıl yapacağını planlar ve organize eder.

Oyun yoluyla çocuk, en derin duygu ve ihtiyaçlarını ifade etme imkanı bulur. Oyun, çocuğa konuşma ve dil zenginliğinin kazanılmasında yardımcı olur. Çocuk oyunla kendini, yaşamı, bazı ilişkileri keşfeder, kendine özgü bir dünya oluşturur. Çocuk, oyun dünyasında egemendir. Yaşıtları ya da istedikleri dışında kimsenin bu dünyaya girmesini istemez.

> Çocuğun oyun içindeki davranış biçiminde, ailesinden edindiği eğitim türünün etkisi büyüktür. Çocuk oyunla kendini ispat etmek ister. Oyun, çocuğun en güçlü ve doğal eğilimlerinden birisi olan saldırganlık isteğinin zararsız bir şekilde boşaltılmasına yardımcı olur.

Çocuğun en ciddi işidir

Çocuğun, oyun oynarken, kan dolaşımı hızlanır. Beyne daha fazla kan giderek, beynin beslenmesini ve sinir sisteminin daha iyi çalışmasını sağlar. Oyun, çocuk için **hayatî bir ihtiyaçtır.** Çocuk, oyun oynarken, toplumsal, bireysel, zihinsel, yetenek ve becerilerini geliştirmektedir. Çocuk için oyun, çok **ciddi bir iştir.** Oyun, çocuğun gelişmesi ve kişilik kazanması için sevgiden sonra gelen ikinci en önemli ruhsal besindir.

Oyuncakları özletin

Oğlunuz oyuncaklarından sıkılıp, yeni oyuncaklar almanız için sizi zor durumda bırakabilir.

Oğlunuzun oyuncaklarından sıkılmasını önlemek için, oyuncaklarını özletin. Oğlunuzun oyuncaklarını ikiye bölün. Bölünen bir sepet oyuncağı, oynaması için ona verin. Diğer oyuncakları da bir torbaya koyarak, oğlunuzun görmeyeceği bir yere koyun. Aradan 5-6 ay geçtikten sonra torbadaki oyuncakları çıkarın. Uzun süre oyuncaklarını görmeyen oğlunuz, çok sevinir ve yeni bir oyuncak alınmış gibi ilgiyle o oyuncaklarla oynar. Daha sonra ilk oynadığı oyuncakları saklayın ve belli bir zaman diliminden sonra da onları çıkarın. Böylelikle oyuncaklar sıradan ve sıkıcı olmaktan çıkarılmış olur.

Anne baba ve oyun

Çocuğun oyununa bazen bir seyirci olarak, bazen bir yardımcı olarak, bazen de oyunun bir kahramanı olarak katılabilirsiniz.

Bebekken, onun en iyi oyun arkadaşı annesidir. Bu arkadaşlık, sonra yerini babaya bırakır. Bu yaştaki oğlunuz sizinle güreş tutmayı, top oynamayı, bisiklete binmeyi isteyebilir.

> Anne ya da baba oyuna katıldıklarında, öncelikle kendilerini çocuklarıyla aynı yer seviyesine indirmelidirler ve emreden olmamalıdırlar. Yerine göre çocuğu ile güreşmek de onunla oynama anlamına gelir.

Anne baba olarak diğer bir konu da, çocuğun oynamasına izin verilirken oynanacak oyunun gayesiz olmamasına ve tüm vaktin oyuna tahsis edilmemesine özen gösterilmelidir. Özellikle yaşı ilerleyen çocuğumuz için bu önemli bir noktadır. Çocuk oyun oynarken, anne baba çocuğu kontrolleri altında tutmalıdırlar. Yoksa çocuk için çeşitli tehlikeler baş gösterebilir.

Çocukla oyun oynamanın anne babaya önemli yararları vardır. Öncelikle çocuğun ilgi, yetenek, biçim ve vericilik özelliklerini tanıyacak ve bundan sonraki eğitiminde bunları göz önünde bulunduracaktır. Çocukla oyunun en önemli faydası, anne-baba-çocuk arasında ömür boyu sürecek bir iletişimin kanallarını açacak olmasıdır. Böylece anne baba onunla olmaktan, o da anne baba ile olmaktan zevk ve keyif alacaktır.

Anne baba ile oynama isteği belirten bir çocuğa yapılabilecek en kötü muamele, "işim var, niçin kendi kendine oynamıyor veya TV seyretmiyorsun?" demektir. Bu durumun onda, istenmediği yolunda duygular uyandıracağı kesindir. Bu duruma son vermek ve dikkat çekmek için hep istenmeyen işler yapacağı da şüphesizdir.

Oyunun zamanı olmalı

Oyun zamanı olarak, günün aynı saatlerinin tercih edilmesi tavsiye edilmektedir. Ayrıca oyunun tümü çocuğu yönlendirmek veya güdülmekle geçirilmemelidir. Çünkü bunun çok büyük sakıncaları vardır. Çocuğun kendini ifade etmesini, yeni şeyler ortaya çıkarmasını ve gelişme olasılığını ortadan kaldırmış olursunuz.

Oyun, çocuk için çok önemlidir, ama bu, sürekli oyun oynamayı gerektirmez. Anne baba olarak oğlunuz için bir program yapmalısınız. Buna göre bir oyun saatiniz olmalı.

> Oyun, çocuğun yaşamında yapacağı işlerin, basit bir provasıdır. Oyun, çocuğun gerçek dünyayla, hayal dünyası arasındaki köprüsüdür.

El işi etkinliği önemli

Bu dönemde çocuklar temsili oyunlardan başka, yapı oyunlarına yönelirler. Bir şeyler inşa etmek, bir yolla bir sonuç almak ve başarı sevinci yaşamak isterler. Küçük kas gelişiminin hızlı olduğu bu dönemde oyun ve etkinlikler açısından kız çocukları çok beceriklidir. Burada şunu belirtmek gerekir ki, bu dönemde, oğlunuzun el işi etkinliklerine katılmasını sağlamalısınız.

Aynı zamanda el işi etkinlikleri, yaratıcı düşünceyi de geliştirir. Oğlunuzun kendini ifade etmesini kolaylaştırır. Duygusal rahatlamayı sağlar. Kendilerini tanımalarına ve öz güvenlerinin gelişmesine yardım eder. Estetik duyarlılık kazandırır. Zihinsel tasarım yapabilmelerini kolaylaştırır. Problem çözme yeteneklerini geliştirir. Çocuklara iyi çalışma alışkanlıkları ve sorumluluk duygusu kazandırır. Bu yüzdendir ki, anaokulu dönemindeki çocuklara bol bol el işi etkinliği yaptırılmaktadır. Bunun için oğlunuzun kesip, biçmesine izin verin, ama gözünüz de üstünde olsun. Kesip biçerken kendine zarar vermesin. Beraber yaparsanız, bu, hem sizi, hem de onu çok rahatlatacaktır.

Etkinlikler çok yönlüdür

Bu dönemde etkinlikler çok yönlüdür, müzik, şarkı, dans, resim gibi... Aynı zamanda kıyaslamalı, yarışmalı oyunlara da ilgi başlar. Bedensel etkinlikler yoğundur. Özellikle düş gücünü gerektiren oyunlar azalmış, daha düzenli, bilinçli ve dengeli duruma gelmiştir. Akranlarına yönelme, arkadaş edinme bakımından girişkendirler. Çünkü sosyalleşmeleri ileri bir gelişim evresine ulaşmıştır. Grup oyunlarına dâhil olur, kurallara uymaya çalışır, daha önemlisi kuralın varlığını kabul eder.

> Bu dönemde artık kız erkek oyunlarının farklılığı da ortaya çıkmıştır. Kızlar daha çok evcilik, komşuculuk, doktorculuk gibi oyunları, kitaplara bakmayı, bebeklerine giyecekler hazırlamayı, anneleriyle iş yapmayı severler. Oğlunuz da top oynamayı, bisiklete binmeyi, daha çok hareketli aktif oyunları sever.

Oğlunuzu oyunlarıyla tanıyabilirsiniz

Çocuk, oyunlarında sadece yetişkinleri taklit etmez. Kendi duygularını, kırıklıklarını, üzüntülerini, korku ve sevinçlerini de katar. Oyunlarında bunları çeşitli sembolik hareketlerle ifade eder. Mesela, annesi ona zorla yemek yediriyor, o da bundan hoşlanmıyorsa, aynısını oyuncağına yapar ve istememe arzusunu ortaya vurmuş olur. Hatta neden yemek istemediğinin, neleri yemek istediğinin, nasıl yemek istediğinin ipuçlarını da verir. Böylece olumsuz duygularından kurtulup rahatlar.

Her çocuğun oyundaki tavrı, tarzı, kullandığı dil, üstlendiği rolü oynama biçimi, kendi ailesini yansıtır. Çocuğun kullandığı kelimelerin türü, yani hep emir verir tarzda olması veya ricacı ve yumuşak üslupta olması veyahut da nitelik ve ayrıntı bildiren kelimelerden olması, ailede hâkim olan iletişim dilini gösterir. Birbirlerine "canım, cicim" diyen anne babanın çocuğu, oyunda anne ya da baba rolünde ise, davranışları aynı bu şekilde olacaktır.

Aynı zamanda çocuğumuza nasıl davrandığımızın da göstergesidir oyunlar. Böylece kendimizi daha iyi kontrol etme imkânı da sağlamış oluruz.

Kirlenmeden oyun olur mu?

Küçüklüklerinde, çamuru, kağıdı, kumu, suyu kullanarak bol bol oynamaya imkan bulmuş olan çocuklar; büyüdüklerinde, iç âlemlerini de dış âlemi de ifade etmekte daha başarılı olmaktadırlar. Bunun aksine, küçüklüğünden itibaren serbest hareket etmemiş, hep büyükler tarafından engellenerek, eli kolu bağlanmış çocuklar, büyüyünce de serbest hareket edememekte; kendilerine ve başkalarına güvenen, teşebbüs sahibi kişiler olamamaktadırlar. Bazı anne babalar, çocuğun terlemeden, kirlenmeden, düşmeden oynamasını isterler. Böyle bir manzarayı hayal edin istersiniz. Böyle oyun oynanır mı?

Çocuk bir sürü kısıtlı şart altında gerçek oyununu oynayamaz. Hatta bu tarz oyun oynamak, çocuğu belli bir gerilim içinde tutacağından onu duygusal açıdan rahatlatacağına, hırçınlaştırır. Onun için bırakın çocuklar rahat rahat oynasınlar.

Okul başlayınca oyun biter mi?

Genellikle anne babalar, okula başlayana kadar çocukların oynamasına hoşgörülü yaklaşırlar. Onları ya sokağa gönderirler ya da parka götürmeye çalışırlar. Fakat okullu olduktan sonra, çocuğun oynamasına pek hoş bakılmaz. Onun artık oyun ihtiyacının kalmadığı düşünülür. Sürekli olarak çocuğa, "oyun oynayacağına, ders çalış; boyun sırık kadar oldu hala oyun oynuyorsun," gibi kınayıcı sözler söylenir. Oyunun daima faydasız, çalışmanın ve işin faydalı olduğu kabul edilir.

Okullu çocuk oynamaz yaklaşımı çok yanlış ve yersizdir. Okula da gitse çocuk, çocuktur. O, oynayarak, hayatı ve kendisini tanıyacaktır.

Çocuğun oyun aracı oyuncaklar

Oyun ve çocuk, nasıl ayrılmaz bir bütünü temsil ediyorlarsa oyun ve oyuncak da aynı şekilde zorunlu bir ilişki içindedirler. Oyunun olduğu yerde öyle ya da böyle mutlaka oyuncak da olacaktır. Bu ister basit, artık bir malzeme olsun; ister fabrika ürünü, pahalı bir şey olsun. Çocuk için, başrol oyuncusudur oyuncaklar.

Oyuncaklar gelişim basamakları boyunca, çocuğun hareketlerine düzen getirirler. Çocuğun zihni, bedeni ve psiko-sosyal gelişimlerinde yardımcı olan ve hayal gücü ile yaratıcı yeteneklerini geliştiren malzemelerdir.

Su, kum, kil gibi **doğal oyun malzemesi**yle boş kibrit kutusu, makara gibi **artık ürünler** de oyuncak sınıfına girerler. Oyuncaklar çocuğun hem oyun, hem eğlence, hem de deney ve eğitim aracıdırlar. Onun doğal yeteneklerini kolaylaştırmalarından dolayı, oyun malzemelerinin çocuğun eğitilmesindeki rolü çok önemlidir. Anne babaların bir oyuncağı veya oyun faaliyetlerini değerlendirme kriteri; bunların çocuğun katılımına izin verme ve oyuna teşvik etme derecesidir. İyi hazırlanmış bir oyuncak, çocuğun içindeki oyunu ortaya çıkaran ve birçok değişik kullanım getiren, hayal gücünü zorlayan oyuncaktır.

Oyuncak ille de pahalı mı olmalı?

Anne babalar çocuklarına oyuncak seçerken pahalı, gösterişli ve çok karmaşık olanlarını almak için adeta yarışırlar. Böyle bir oyuncak, etrafına ışıklar saçan, kendi kendine yürüyüp konuşan bir robot, araba ya da uzay kahramanı olabilir. Oyuncağın görünüşte, çocukları eğlendiren çok güzel imkanları vardır. Çocuk oyuncağı ile ilk zamanlar, güzelce oynar. Oyuncağın kendi kendine yaptığı bütün marifetleri seyreder, ama oyuncak, çocuğun yeni oyunlar geliştirmesine ve yaratıcılığını pek fazla imkan vermemektedir. Onu yürütemez, heyecanlanınca fırlatamaz... Çünkü oyuncak pahalı ve bir çocuk için çok fazla mekanik ve elektronik aksama sahiptir. Aslında bu oyuncak, büyüklere göredir. Çocuk, oyuncaktan bir süre sonra sıkılarak bir kenara atar. Anne baba böyle durumlarda çocuklarını, "sen oyun oynamaktan da, oyuncaktan da anlamıyorsun, oyuncak senin neyin," diye azarlarlar. Halbuki çocuk için, basit olan, oyun içinde yeni oyunlar keşfedebilme imkanı sağlayan bir oyuncak, gösterişli ve pahalı bir oyuncağın yerini alabilir.

Çocuğun önüne sürekli oyuncak yığmakla, anne babanın gerekli ilgisinin gereken yerde olması sağlanmış olmaz. Eğer çocuğa, oyuncaklardan yarar sağlaması için gerekli bilgi verilmezse çocuğun oyuncaktan faydalanması az olur. Ayrıca oyuncaklarına pek değer vermez. Yalnızca daha fazla oyuncak ister. Her oyuncağın sunduğu oyun imkanlarını da hızla tüketir. Bu arada, anne baba da çocuğun, nankör, bencil, aptal veya şımarık olduğuna inanır.

Unutmayın, oyuncak, yetişkinin zevk ve ilgisine göre değil, çocuğun ilgi ve ihtiyaçlarına göre alınmalıdır. Aynı zamanda çocuğun içindeki yapma, kurma, keşfetme yeteneklerini harekete geçirerek, onun zevkli bir öğrenme meşguliyeti içine dalmasına elverişli olmalıdır. Oyuncaklar çocuklar içindir...

Oyuncak deyip geçmeyin

İyi oyuncak, her şeyden önce tehlikesiz oyuncak demektir. **Birincisi** keskin kenarlı, sivri uçlu olmayan, zehirli boyayla boyanmamış, kolayca kırılacak malzemeden yapılmamış, çocuğun boğazına kaçabilecek ufaklıkta olmayan oyuncak, iyi oyuncaktır.

İkincisi, iyi oyuncak dayanıklı oyuncaktır. Kuşkusuz oyuncağın, dayanıklılığı, oynayan çocuğun tavrına bağlıdır. Ama temelde plastik ve teneke gibi oyuncaklar, daha sert madenden veya tahtadan yapılmış oyuncaklara oranla dayanıksızdır.

Üçüncüsü, oyunun % 90'ı çocuk tarafından yürütülüyor, %10'u oyuncakla sağlanıyorsa, bu iyi oyuncak demektir. Mesela, pilli araba ya da uzaktan kumandalı bir araba... Bu tip pilli oyuncaklarda oyunun %100'ünü oyuncak yerine getirir. Çocuğa sadece oyuncağı işleten düğmeyi kurmak kalır. Bir de oyuncağı bozup içini açmak –ki bu tür oyuncaklarda çocuğun atacağı ikinci adım hep bu olur. Oysa çeşitli biçimlere sokulabilecek, tahta küplerle oynayan çocuk, oyunun %90'ını kendi sürdürür. Bu tür oyuncaklar, çocuğun kendine güvenini ve yaratıcılığını geliştirir.

Dördüncüsü, iyi oyuncak, eğlendirici oyuncaktır. Oyuncak eğitici olabilir, ama aynı zamanda eğlendirici değilse iyi oyuncak sayılmaz. Pilli oyuncak, ilk anda büyük eğlencedir. Çocuk düğmeye basıp, oyuncağı yürüttüğü zaman çok hoşlanır, ama bu oyuncakla birkaç saat oynayınca işin eğlenceli yanı kalmaz, tek düzelik başlar.

Beşincisi iyi oyuncak, çocuğun yaşına ve gelişme dönemine uygun olandır.

Teknolojik oyuncaklara dikkat

Günümüzde şehirleşme ve apartman hayatının artmasıyla çocukların oyunları da oyun imkânları da azaldı. Bu da anne babaları, ev içinde oyun oynama imkânları bulmaya yöneltti. Ama bulunan oyunlar, ya internet, ya da atari gibi araçlarla olunca, yararla beraber zararı da beraberinde getirdi. Oğlunuz için bir miktar yarar sağlayan, sağlıklı ve göz önünde olmasından dolayı sizi daha çok rahatlatan bu oyun ve araçlar, aynı zamanda oğlunuzun sosyalleşme sorunları yaşamasına zemin hazırlamakta. Makine başına park edilen çocuklar, bundan olumsuz etkilenerek çevreyle iletişim sorunları yaşamakta.

Yine erkek çocukları için tercih edilen silah, tank gibi savaş oyuncakları da, oğlunuzu çevreye karşı saldırgan olmaya yöneltmekte. Bunun için özellikle erkek çocuklarına seçilen oyuncaklar, onun beceri ve ilgisine, gelişimine uygun olmalıdır. Bu yaştaki oğlunuz için en ideal oyun, hareket ettiği, koşup oynadığı oyunlardır.

Oyuncak seçimi önemli

Okul öncesi çağdaki çocuklara oyuncak seçerken dikkat etmeniz gereken özelliklerden biri de, çocuğun ufaklığı oranında büyük oyuncak almaktır.

Bazı anne babalar "iyi oyuncak" diye nitelendirdikleri oyuncakları, pahalı oldukları için, almaktan kaçınırlar. Bu durumda şöyle düşünmek gerekir. Çocuğunuza alacağınız plastik oyuncak, size ucuz gelecektir. Ama çocuk bunu, yarım saat içinde kıracaktır. Böyle kısa sürede kırılan, bozulan oyuncaklara verdiğiniz parayı, toplayacak olursanız, pahalı ama dayanıklı, yararlı bir oyuncak alabileceğinizi göreceksiniz.

Anne babaların çocukları için aldıkları oyuncakların çoğu bayramlarda veya bir başarı elde ettiği zaman verilir. Bu durum bir anda birçok oyuncağa sahip olmak demektir. Bunun yerine aynı anda değil de belli aralıkla oyuncakları çocuğa vermenin faydası vardır.

Bütün oyuncaklar bir yana, çocuğunuz için en önemli oyuncak, en sevdiği, oynamaktan en çok hoşlandığı, kanlı canlı oyuncak sizsiniz. Ona yüzlerce, pırıl pırıl, renk renk oyuncak da alsanız, onunla birlikte geçireceğiniz, onunla oynayacağınız dakikaların mutluluğunu veremezsiniz.

Oğlunuz İçin Kitap Alma Zamanı

Kitaplar ruhun gıdasıdır

Nasıl ki beden belli gıdalara ihtiyaç duyar ve onları tüketmek zorundaysa, ruhumuz da aynı şekilde ruhî gıdalara ihtiyaç duymaktadır. Ruhun en önemli gıdası da kitaplardır.

Çocuğunuzun yemeğini, beslenmesini ve bedenen gelişmesini düşündüğünüz gibi, ruhî gelişimini de düşünmek ve gerekenleri yapmak zorundasınız. Bunun için yapacağınız en güzel iş, onu kitapla tanıştırmanızdır.

İlk kitapla tanışma ve ilk izlenim çok önemli olduğu için, buna dikkat etmek ve olumlu mesajlar vermek gerekir. Mesela, oğlunuz eline bir kitap aldığında, “aman onu bırak yırtarsın, bir daha elleme, baban kızar, sen git oyuncaklarınla oyna” şeklinde bir tepki verirseniz, bu hiç hoş olmaz. Oğlunuz için birçok olumsuz mesajı birden içeren bu davranışla, kitapla arasını açmış olursunuz. Peki, ne yapmak gerekir? Bu konuda yaşlara göre çocuğun hayatında kitabın önemine değinirsek daha iyi olacak.

Çocuğun hayatında kitabın yeri

Oğlunuzun, kâğıda baktığı zaman gördüğünü algılaması ve anladığını belirtecek tepkiyi vermesi, ortalama 10–11 aylık iken başlamaktadır. Bu evrede ona, zevk alacağı resimli kâğıtlar verebileceğiniz gibi, kartondan ya da bezden olan dayanıklı kitaplar da verebilirsiniz.

1–2 yaş: Çocuklar bu yaşlarda, ellerine geçen kitapların birkaç sayfasını birden grup grup evirip çevirmekten, sayfaları açıp kapamaktan zevk duyarlar. **Bu yaşlarda kitap, çocuk için sadece bir oyuncaktır. Onun için büyük ve canlı renkteki resimlere bakmaktan hoşlanırlar.** Oğlunuz için böyle kitaplar temin etmelisiniz. Resimler basit, kolayca anlaşılabilir olmalı ve her sayfada tek bir resim bulunmalıdır.

2–3 yaş: Yaşları ilerledikçe, resimleri tanımaya ve anlamaya başlayınca, kitap, oyuncak olmaktan çıkar. Sayfaları birer birer çevirmeyi, resimlere bakıp tanıdıkları şeyin adlarını söylemeyi öğrenirler. Konuşmayı ve dinlemeyi öğrendiği bu dönemde, oğlunuzu, kısa cümleli, büyük resimli kitaplarla, özellikle uykudan kalkınca tanıştırabilirsiniz. Çocuklar kendilerinden, çevrelerinden bahseden kitaplardan çok hoşlanırlar. **2–3 yaşındaki çocukların en çok hoşlandığı kitaplar; çocuklardan, ailelerinden, hayvanlardan, çevresinde en çok gördüğü şeylerden bahsedenlerdir.** Bu yaşlardaki çocuklar, bir hikâyeden hoşlanırlarsa onu tekrar dinlemek isterler. "Hadi bir kere daha anlat!" 2–3 yaşındaki çocuğun en çok kullandığı sözlerden biridir.

4–5 yaş: Bu yaş grubundaki çocuklar, çevreleriyle daha çok ilgilenirler. **En çok arkadaştan, çevrelerindeki şoför, otomobil, araba, hayvan, çeşme gibi araç ve canlılardan hoşlanırlar ve bunlardan bahseden kitapları severler.** Bu kitaplar renkli, resimli ve yazısı az olan cinstendir. Çocuk resme, henüz eleştiren bir gözle bakamaz, ama "güzel"e alıştırılan çocuğun, 7–8 yaşlarında "çirkin"i kavraması kolaylaşır. Henüz kendisi kitap okuyamayan çocuk, başkalarının kendisine kitap okumalarına veya hikâyeler, masallar anlatmalarına muhtaçtır.

Kendisine okunan kitabın resimlerine bakarak yeni bir olay oluşturup anlatabilir. Bu da çocuğun dilinin, düşünmede yaratıcılığının, hayal gücünün gelişmesi açısından ona büyük yararlar sağlar.

6 yaş: Çocuğun okumaya başladığı bu devre, kitapla bire bir ilişkinin kurulmasını da beraberinde getirir. Okul öncesi dönemde kendisine kitap okunan, kitapla haşır neşir olan çocuk, merak duygusunun da tahrikiyle okuma gayretine girişir. Henüz kelime hazinesi sınırlı olduğundan, resimli kitaplar ilgisini çekmeye devam eder. **Erkek çocuklar maceradan, savaştan, spordan bahseden kitaplara; kızlar peri masallarının, okul ve ev hayatına dair hikâyelerin, efsanelerin yer aldığı kitaplara ilgi duyarlar.** 6 yaş çocuğu, yatağa yattıktan sonra kendisine bir süre kitap okunmasını ister. Bu dönem, bir çocuğun okumaya karşı olan ilgisini kamçılamak üzere en uygun evredir.

Oğlunuzun kitabını yazın

Oğlunuz, 4 yaşından itibaren babayı taklit etmeye başlar. Bunu iyi kullanabilen babalar, oğulları için çok iyi yatırım yapmış olurlar. Bunun için size bir önerimiz var, ama siz oğlunuza ve kendi kişiliğinize göre bu tür faaliyetleri çoğaltabilirsiniz. Hafta sonu oğlunuzu alın ve ilginç yerleri gezmeye götürün. Mesela, matbaa, polis karakolu, itfaiye istasyonu, hava alanı, ayakkabı tamircisi, ekmek fırını, postane ya da kendi iş yeriniz gibi. Bu gezilerden döndükten sonra ona gördüklerinden istifade etmesi ve aklında kalması için bir çalışma yapacağınızı söyleyin. "Hani dün seninle hava alanına gittik ya, orada gördüklerimizi ve seninle konuştuğumuzu, nelerin daha çok hoşuna gittiğini birlikte yazalım. Bu, senin gezi kitabın olsun. Biliyorum sen yazamıyorsun, ama bana sen anlatırsan, ben senin için yazarım. Arka sayfasına da sen, gördüklerimizin resmini yaparsın. Sonra birlikte boyarız. Ne dersin?" Oğlunuz bu teklife bayılacaktır. Hem kendisi için idol olan babasıyla vakit geçirecek, hem de kendi kitabını kendi yazmış olacak. Böylece oğlunuzun kitabını oluşturun, ona bir kapak yapın ve onun adını yazın. Daha sonra her akşam bu kitabı ona okuyun. Oğlunuz bu kitabın birkaç kez okunmasından sıkılmayacak, hatta çok hoşlanacaktır. Böylece onun dil ve zihinsel gelişimine çok büyük katkı sağlamış olacaksınız. Oğlunuzun kitapla ilk tanışmasını böylece sağlamış olur ve onun kitap okumayla ilgili zevkini geliştirmiş olursunuz.

Oğlunuzu kitapla arkadaş edin

Kitaplardaki kahramanların başlarından geçen olaylarda, çocuk, kahramanla birlikte sevinir, üzülür, mutlu olur. Zamanla bir başkasının duygularını paylaşabilmeyi öğrenir ve duygu zenginliği kazanır. Önceleri yakın çevresindeki yetişkin davranışları ile özdeşim yapan çocuk, daha sonra kitap kahramanları ile özdeşim yapmaya ve onların özelliklerini benimsemeye çalışır.

Yetişkinlerin, çocuğa kazandıracağı davranışlarla ilgili pek çok mesaj, kitaplar aracılığıyla daha kolay verilir. Bu nedenle kitaplar, çocuklarla yetişkinler arasında bir iletişim aracı olarak kabul edilebilir. Kitaplar çocuk için bir arkadaştır, onunla olmaktan mutluluk duyar.

> Oğlunuzun görebileceği ve kolayca alabileceği bir kitap köşeniz olmalı. Vitrinlerinizi süs eşyalarıyla doldurmakla beraber en az bir köşesini kitaba ayırmalısınız. Böylece oğlunuzun büyüme sürecinde kitaplara yabancı kalmamasını sağlamış olursunuz.

Kitapları süs için değil, okumak için alın

Aldığınız kitapları vitrini süslesin diye almayınız. Onları mutlaka oğlunuza okuyun. Bunun için de şu yöntemlere dikkat edin:

Okunan veya anlatılan hikâyelerin daha doyurucu olması için, ilkönce her iki tarafında rahat edeceği bir köşe bulunmalıdır. Bu köşede oğlunuzu ya kucağınıza alın ya da hemen yanınıza oturtun. **Böylelikle okumak, entelektüel bir işlem olmaktan çıkar ve çocukla sizin aranızda sıcak, yakın bir beraberlik niteliğini alır.**

Kitabı okumaya başlamadan önce, çocuğa kitabın adını, yazarını, resimliyse resimleyen sanatçıyı, kitabı basan yayınevini ve basım tarihini söyleyin. Böylece kitabı yazanın, resimleyenin, basanın önemli olduğu izlenimini uyandırmış olursunuz ve oğlunuz okula başladığında da bu alışkanlıktan yararlanarak önemli ayrıntılara dikkat etmeyi öğrenir.

Kitabı oğlunuzun resimleri görebileceği biçimde tutun. Resimleri ona gösterin, ayrıntılarını anlatın. "Şu köşedeki kediyi görüyor musun? Ne yapıyordur sence?" diyerek çocuğun hem ayrıntılara dikkat etmesini hem de hayal gücünü kullanmasını sağlayın. Onun da soru sormasına fırsat verin. Çocuğun gözlem yeteneği gelişecek, ayrıca kitap okumak daha bir anlam kazanacaktır.

Okurken tek düzelikten kaçının. Sesinizi değiştirerek, bazı kelimeleri taklit ederek, ses tonunuzu alçaltıp, yükselterek okuyun. Çünkü bu yaş çocuklar, okuma tonundan hoşlanmazlar. Onun için **okuma esnasında mümkün olduğu kadar jest ve mimik kullanmak, farklı karakterleri, farklı ses tonlarıyla okumak daha eğlenceli ve daha dikkat çekici olacaktır.** Çocuğunuzun hoşlanacağını düşündüğünüz yeni kelimeleri vurgulayın ve mümkün olduğu kadar okuduklarınızı oyunlaştırın. Bu arada, siz de keyif almaya bakın. Unutmayın keyif bulaşıcıdır!...

Çocuklara bir şey okuduğunuz zaman verecekleri tepki, ruh hallerine göre değişebilir. Bazen sizi can kulağı ile dinler ve okuduklarınıza aktif olarak katılıp yorum yaparlar. Ancak okuduklarınıza karşı ilgisiz davrandığı zamanlar da olacaktır. Bu tür durumlarda okumaya devam etmenin bir faydası yoktur. Böylesi durumda hikâyeyi okumak yerine, resimleri anlatma ile de ilgi çekebilirsiniz.

Değişik yaşlarda birkaç çocuğa birden kitap okumak doğru değildir. Bir seferde tek çocuğa kitap okuyun. Bu işi ne kadar zamanda yapmak gerekir sorusuna, dilediğiniz kadar sık okuyabilirsiniz. İmkânınız varsa, çocuğa her akşam en az bir kısa masal ya da hikâye okumaya çalışın.

Kitap dinleyerek neler öğrenilir?

Başlangıçta okuma, oğlunuzun ileride bağımsız bir okuyucu olmasına yönelik bir tecrübe sağlayacaktır. Kitapların, zevk ve bilgi bakımından mükemmel bir kaynak olduğunu keşfedecek, aynı zamanda okumanın hayatın ilginç, eğlendirici ve gerekli bir kısmını oluşturduğunu fark edecektir. Bir çocuk kitaplarla ne kadar erken tanışırsa, bilgi dağarcığı ve keşfediciliği de o kadar erken gelişmeye başlayacaktır.

Okunanı dinlemek, çocuğa ileride kendisine okuması için ihtiyaç duyacağı becerileri kazandıracaktır. Hikâye dinlemek suretiyle kazanılacak olan anlayış zenginliğiyle beraber, bilgisi de geliştirilmiş olur. **Düzenli olarak kendisine bir şeyler okunan çocuk, doğal olarak ilginç ifadelerle ve yeni kelimelerle tanışacağı için bir müddet sonra zengin bir kelime dağarcığına sahip olacaktır.**

Kitaplar oğlunuza, yeni dünyaların kapılarını açarak, değişik olay ve tecrübelerle hayal dünyasını geliştirme imkanı sağlayacaktır. Ona keyif, heyecan ve mizah gibi beceriler kazandırır. Dahası, bir başkasının gözü ile hayata bakmayı ve yaşamın farklı yönlerini öğrenir. Başka çocukların ümitlerine ve korkularına yönelik bir şeyler okunan veya ileride kendisi okuyan çocuk, bu duyguların kendindeki yansımalarını ortaya çıkarabilir, böylece kendini tanır.

Küçük çocuklar yeni fikirlere, hikaye formunda işittikleri zaman daha kolay adapte olmaktadırlar. Hatta yetişkin çocukların bile fıkra şeklinde ya da bir metin içinde sunulan fikirleri daha iyi kabullendikleri araştırmacılar tarafından öne sürülmektedir.

Okuma saatleriniz olsun

Sesli okuma oturumları, çocuklara, okuma sırasındaki sorularla dış dünyayı keşfetme fırsatı vermiş olur. Bu yaş grubundaki çocuklar, saatte yaklaşık 30 soru sorarlar. Bu soruların karşılığında aldıkları cevaplarla bilgi ve tecrübelerini geliştirirler. Yetişkinler, çocukların okuma sırasında sordukları sorulara cevap verirken onların gözü ile dünyaya ve olaylara bakmayı unutmamalı, şaşkınlığa ve kafa karışıklığına yol açan detaylı açıklamalar yapmaktan kaçınmalıdırlar.

Belirli periyotlarda anne baba ile paylaşabildikleri, sadece onlara ait özel bir zaman dilimine de sahip olmaktan çok mutlu olacakları bu okuma anları, büyüdüklerinde unutamadıkları günler olarak anılarında yer alacaktır. Onları anlayan, onlarla ilgilenen, onları seven, sorularına cevap veren ve sevdiği iki yetişkin insandan her gün yeni şeyler öğrenen bu küçük beyler, ergen bir delikanlı olduklarında her şeylerini ailesiyle paylaşması gerektiğini de bu yaşlarda öğrenmiş olacaktır.

Oğlunuzun kitapla iyi dost olmasını istiyorsanız, öncelikle anne baba olarak sizin de kitapla dostluğunuz iyi olmalıdır.

Çocukların zekâ düzeylerinin 0–6 yaş arasında hızla gelişmesi sebebiyle, anne babanın çocuklarına bu yaşlarda bol bol kitap okuması önemlidir. Oğlunuzun bu altın çağını iyi değerlendirin. Zihinsel, duygusal, sosyal gelişmesinde önemli bir yer olan kitap okumayı ihmal etmeyin.

5 Yaş Gelişim Evreleri ve Verdiği Mesajlar

5 yaşındaki oğlunuz ailesiyle birlikte olmayı, birlikte bir şeyler yapmayı sever. Çevresindekileri hoşnut etmek ister, huysuzluk yapmaz ve izin istemeyi bilir. Evine bağlıdır, ancak ev yeterli değildir. Aynı zamanda çevresini de genişletmek ister. Bunun için yeni arkadaşlar edinmesi çok yararlıdır. Çünkü bu dönem tam bir uyum dönemidir ve çevresine mutluluk saçar.

Başkalarıyla ilişki kurmanın temeli 3 ile 6 yaşlarında atılır. Oğlunuzun bu özelliğini geliştirecek dönemdesiniz. Onun bu dönemde arkadaşlarının olması çok önemli. Çünkü onlarla paylaşmayı, kendi sırasını beklemeyi, duygularını dile getirmeyi, haklarını korumayı, ezilmemeyi, olaylara dâhil olmayı ve dışında kalmamayı öğrenir. Başka akranlarıyla ilişki kurarak güvenini geliştirmiş olur.

Bu dönemde oğlunuz kavga etmeyi sever. Ama bu huyundan onu vazgeçirmek için, siz de ona kaba kuvvet denemeyin. Elinden tutun, "arkadaşına kızabilirsin, ama onu döverek bunu belli etmene gerek yok, ona bunu konuşarak anlat." diyerek arkadaşının yanına götürün ve konuşarak anlaşmalarına yardımcı olun. Böylece **kaba kuvvetten önce konuşmanın daha etkili olduğun anlatın.**

5 yaş, oğlunuzun en uyumlu yaşlarından biridir. 4 yaşındaki ölçüyü kaçırmalardan artık sıyrılmıştır. Daha

tutarlı, daha dengelidir. Kendine güveni arttığı için serinkanlı, uyumlu, çevresiyle ilişkilerinde daha olumludur. Becerebildiği işleri yapmayı sever ve bitirmek için sabırlı davranır. Çünkü artık davranışlarını kontrol edebilmektedir.

Oğlunuz artık, cinsiyetinin farkındadır. Çocuklar 3 yaşına kadar bu ayrımdan uzaktırlar. Aynı oyunları oynar, aynı tepkileri verebilirler, ama 3 yaşından sonra, özellikle 5 yaşında artık erkek olduğunun farkındadır. Oğlunuzla kızınız arasında farklılıklar, artık kendini göstermeye başlamıştır.

Oğlunuz daha hareketli, gürültücü ve tehlikeli oyunları sever. Kızınız, daha sakin, sessiz ve tehlikesiz oyunlardan hoşlanır. Oğlunuz, kızınıza göre daha geç öğrenmektedir ve daha dayanaksızdır. Bu açık, ergenlik döneminde ortadan kalkacaktır. Ama okul öncesi dönemde böyle bir açık olduğunu bilmek, aynı yaşta olan kız ve erkek çocuklarını birbiriyle kıyaslamamak gerekir.

Mesela, aynı yaşta kız çocuğu ile erkek çocuk, aynı düzgünlükte konuşamaz, kelime sayıları ve konuşma süreleri farklıdır. Ergenliğe kadar kız çocukları hep bir adım önde olurlar. Oğlunuz için bunu göz önünde bulundurmanız gerekir.

Bu yaştaki çocuklar hikâye dinlemekten çok hoşlanırlar. Buna 3 yaşından beri yapıyorsunuz, ama şimdilerde fikir yürütme, yorum yapma ve hikâyeye katılımı artmıştır. 3 yaşındayken pasif bir dinleyicidir, fakat şimdi katılımcı bir dinleyicidir. Onun için bu dönemde bol bol öğretici hikâyeler anlatmalısınız. Kendisi de hayal dünyasında oluşturduğu hikâyecikleri size anlatmak ister. Kalem ve kâğıt kullanmaya, resim yapmaya bu dönemde merak salar. El becerilerini geliştirmek için bu döneme uygun boyama kitaplarından yararlanabilirsiniz.

Bu yaştaki oğlunuzun biyolojik ihtiyacı, kaslarını geliştirmektir. Çünkü enerjiktir ve tüketmek ister. Bu nedenle koşar, atlar, tırmanır, sürekli hareket halindedir, kıpır kıpırdır. Fakat anne babalar, bu hareketlilikten hoşlanmazlar. Daha sakin bir çocuk isterler.

Oğlunuz, kas gelişimi için bu hareketli dönemi çok doğal geçirmelidir. Çünkü oğlunuzun koşmasını, atlamasını, bağırmasını, sessizlik istediğiniz için engellerseniz, zorunlu olarak bu gelişimi engellemiş olursunuz. Enerjisini tüketmek için, yapıcı ve doğal yollar bulamayan oğlunuz, bu enerjiyi yıkıcı yollarla boşaltmaya yönelir. Bunu da okula başladığı zamanda arkadaşlarıyla olumlu ilişkiler kuramayarak gösterir. **Evde uslu, ama okulda yaramaz, kavgacı, hareketli çocukların hepsi, okul öncesi bu doğal hareketliliği engellenmiş çocuklardır.** Onun için oğlunuzu engellemek yerine, ona imkânlar sağlamanız daha akıllıca bir davranıştır. Çünkü okula başladığında arkadaşlarıyla iyi geçinmesi, okuldaki oyun ve sporsal faaliyetler için gerekli kas kontrolü ve konsantrasyonuna sahip olması buna bağlıdır.

Çocuk, bu dönemde duyduklarını, gördüklerini abartarak anlatmaya pek meraklıdır. Bazen olmamış şeyleri olmuş gibi anlatır. **Maksadı yalan söyleyip sizi aldatmak değil, kendisini dinlemenizi sağlamaktır.** Sizin anlattığınız bir şeyi dinlerken de sık sık söze karışır. Kucağınıza atlayıp, "bana da anlat" diyerek araya girer.

Her şeye çabuk kanar, ama aldatılmaktan da hoşlanmaz. Yalanlarınızı kolayca yakalar. Atlatmak için verdiğiniz sözü hiç unutmaz. "Ne zaman alacaksın, ne zaman yapacaksın?" diye sizi sıkıştırır.

Küçük bir sıyrık, hafif bir çizik, iki damla kan, avaz avaz bağırarak fırtınalar koparmasına yeter. İlaç sürmenizi, onun için üzülmenizi ister. Bunların hepsi bilişsel gelişim sürecinin özellikleridir.

Farklılıkların Farkında Olmak

Çocuklar başlangıçta anne babalarının söylemleriyle kız veya erkek olduklarını algılarlar. Ama artık oğlunuz 5 yaşına geldi ve cinsiyetinin farkında. Bunun için ona doğru mesajlar vermeli ve erkek gibi yetiştirmelisiniz.

Çocuklar, cinsel organlarını fark ettikten sonra, çevresinde olanların da cinsel organlarını merak eder ve görmek ister. Bu durumda oğlunuza bunu uygun bir dille anlatmalı, merakını gidermeli, başkalarının görmesi ve ellenmesi ile ilgili sınırların olduğunu kavratmalısınız.

Bu konuda neyi, ne zaman ve ne ölçüde anlatacağınız da çok önemlidir. Bunun başlangıcı, oğlunuzun bu konuda size soru sormasıyla başlar. Bunu temel alarak, bu konuda onu anlayacağı şekilde bilgilendirmelisiniz. Fazla detaya girmeden ve ilgisinin artmasını sağlamadan bilgi bombardımanına tutmamalısınız. Bu eğitimi yıllara göre takip edebilirsiniz.

> En önemli nokta, çocuğunuzdan bu tür sorular geldiğinde onu azarlamadan, olumsuz tepki vermeden anlayacağı kadarıyla ilgilenmenizdir. Çünkü ergenlik döneminde size açılabilmesi için bu kapıyı açık bırakmalısınız.

Okul öncesi çocukların cinsiyete bağlı kişiliğini geliştirmenin tam zamanı. Burada öncelikli ve önemli nokta, anne ve baba olarak çocuğunuzun cinsiyetine karşı olan tavrınızdır. **Sizler çocuğunuzun erkek ya da kız olmasından hoşnut iseniz ve bunu belirtiyorsanız,**

çocuğun kendi cinsiyetinden hoşnut olması büyük olasılık taşır.

Oğlunuzun cinsiyete bağlı kişiliğinin gelişmesinde önemli etken sizin tutumunuzdur. Mesela, anneler, çocuklarının kız olmasından duydukları coşku ve hoşnutluğu, çocuklarının erkek olmasından da duydukları zaman her şey hallolur.

Erkek çocuğun, kız gibi uslu, sessiz, sakin olmasını isteyen ve çocuğu bu tarzda yetiştirmeye çalışan anneler, en büyük yanlışı yapmaktadır. Babalar da oğullarıyla oynayarak, güreşerek, koşarak, top oynayarak, çocuğa erkek olma duygusunu fizik gelişim yoluyla aktarabilirler.

Yine babaların, kız çocuğunun da, dişiliğini geliştirmek için gerekli sevecenliği, yumuşaklığı göstermeleri gerekir.

> "Erkekler ağlamaz", "Erkek dediğin sert olur", "Erkek duygusal olmaz" veya "Kızların aklı ermez," türünden cinsel tip genellemelerine gitmek çok yanlıştır.

BİR DE "İMDAT"

İzzet Molla

İzzet Molla'nın Fuat, Reşat, Murat ve Sedat adlı dört erkek çocuğu olmuştu.

Sultan Mahmut bir gün kendisine takıldı:

– Bir oğlun daha olursa ne isim koyarsın?"

Cevap yine kafiyeli geldi:

– İmdat

II. Mahmud

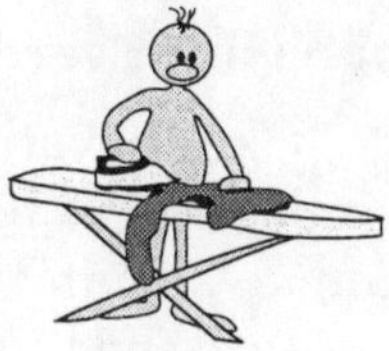

Babası Gibi Ütülü Pantolon Giymek İstiyor

Birey, çocukluk döneminden itibaren çevresinde yaşayan insanların davranış ve tutumlarını **taklit** eder. Bu taklit, önce anne baba ile başlar. Kişilik doğrudan doğruya anne babanın çocuğu ile karşılıklı kurduğu ilişkiden etkilenmektedir. Anne babaların gerek kendi aralarında gerekse çocuklarıyla karşılıklı kurduğu iletişim biçimi, çocuğun gelecekte tutum ve davranışlarını belirlemektedir. Çocuğun gelecekte edineceği anne ya da baba rolünün temelleri anne babalarıyla olan ilişkileriyle atılır.

Kişilik zamanla olgunlaşır, önceleri duygu ve heyecanlarını denetleyemeyen çocuk, büyüdükçe bu duygularını nasıl denetleyeceğini öğrenir. Ailenin sosyal-ekonomik düzeyi, kültürel durumu, arkadaş ve okul çevresi, çocuğun kişiliğinin oluşumunda önemli rol oynar. Kişiliğin kazanılmasında sosyal ve çevresel faktörlerin rolü büyüktür. Çocuk büyüdükçe, ergenlik çağına gelince çevre ile olan sosyal, kültürel ilişkisi de gelişir. Bu dönemde genç, bütün enerjisini örnek, model objelere yöneltirse, kişiliği olumlu yönde etkilenir ve gelişir. Güçlü kişiliği ile değerli, ilkeli, bilge, örnek bir insan modelini benimser ve özdeşleşerek bir bağ kurabilirse, gençlerin kendilerine olan güveni de artar, kişilikleri de gelişir.

Bir çocuğa anne babası nasıl davranırsa, çocuk da diğer kişilere karşı öyle davranır. Önce karakterin, daha sonra kişiliğin oluşmasında ve gelişinde çocuk, anne baba etkileşimi sürecinde sevgi ve disiplin temel rol oynar. **Çocuğun karakteri, çoğu kez kendisine anne**

babasının verdiği davranış özelliklerini yansıtır.

Okul hayatı da çocuk ve aile için hayat döngüsünde bir değişim ve beraberinde yine bir kriz faktörüdür. Çocuğun ve ailenin bu değişime iyi hazırlanması gerekir. Eğitim sürecinde çocuğun kişilik gelişimi için okul, öğretmen ve aile işbirliği, verimli bir süreçte devam etmelidir.

Oğlunuz size göre çok mu hareketli, bir de huysuz ve dağınık? O zaman anne baba olarak aynaya bakmanız yeterli. Oğlunuzun hem olumlu hem de olumsuz yönlerinin sebebi sizsiniz. O zaman onun olumlu yönlerini arttırmak istiyorsanız, kendi olumlu yönleriniz üzerine yoğunlaşmalısınız. Sizin küçük minyatürünüz sizi her halinizle taklit etmektedir. İşiniz oldukça kolay. Söylediklerinizle beraber davranışlarınıza da dikkat etmeniz yeterli.

Bu taklit döneminin gücünü göz ardı etmeyin. **Oğlunuzun dişlerini fırçalamasını, oyuncaklarını toplamasını, annesine yardımcı olmasını mı istiyorsunuz, o zaman önce bunları baba olarak siz yapmalısınız.** Çünkü en önemli rol modeli sizsiniz.

Bu yaşta oğlunuz bu yüzden **babası gibi ütülü pantolon giyme isteğini** dayatır. Aynen bunun gibi, annesine yardım edildiğini görünce o da yardım edecek, yaptığınız her şeyi taklit edecektir.

Oğlunuz, her hareketi, sesi, çevredeki her imayı, yaptığı şeyin değerinin ne olduğunu düşünmeksiniz taklit eder. Anne baba olarak, oğlunuzun bu taklit dönemini iyi değerlendirir ve kendinize başarı olarak katkı sağlayabilirsiniz.

Mesela, oğlunuz size bakıp aynı şeyleri yapmayı çok sevmektedir. O zaman sizin iyi şeyler yapmanız, ona iyi bir **rol modeli** olmanız gerekir.

Yalan Söylemeye Eğilim

Yalanla hayali ayırmak gerekir

Oğlunuz bu yaşta somut gelişimini tamamlamaktadır, yani çok hayal kurduğu bir dönem içindedir. Bunun için de karşılaştığı olayları yorumlamakta zorlanabilir. Fakat yalan, soyut bir olaydır. Bu nedenle oğlunuzun yalan mı söylediğini yoksa hayal mahsulü bir şey mi anlattığını iyi ayırt etmeniz gerekir. Çünkü yalan söylüyor diye vereceğiniz tepki, onun için gerekli ve yararlı olan hayal kurma davranışını, yani somut gelişimini engelleyebilir.

> Bu yaştaki çocukların yalan söylemeleri; korku, cezalandırılma endişesi, utanma, çekinme ve aşağılanma korkusu, kıskançlık, suçlama, intikam alma, saldırganlık, model ve taklit etme, büyüklerin yalan söylemesi, menfaat elde etme, tembel olma, ilgi çekme, övünme ve kendini üstün gösterme sebeplerindendir.

Çocuklar, karşılaştıkları hoşlanmadık bir durumdan kurtulmak için, belki ilk önce farkında olmadan başvurdukları yalanla, ailesinin verdiği tepkinin azaldığını görünce, daha sonra da aynı durumda yalan söylemeye devam ederler. Bu da gösteriyor ki, oğlunuzu yalana siz teşvik etmiş durumdasınız. Kendisi ve çevresiyle barışık olan çocuklar, yalana başvurmazlar. Oğlunuz için mutlu ve huzurlu aile ortamı sağlamanız onun yalan söylemesini engelleyecek, kendini güvende hissetmesini ve kendiyle barışık olmasını sağlayacaktır.

Her hareketi eleştirilen, yaptıkları beğenilmeyen çocuklar daha çok yalan söyleme eğilimindedirler. Çünkü özellikle erkek çocuklar, kendilerini kuvvetli ve başarılı gösterme sezisiyle yalana başvururlar. Oğlunuzu eleştirmek yerine yüreklendirirseniz, yalanı öğretmemiş olursunuz.

Yalan nasıl engellenir

Öncelikle **doğru rol modelleri**ne ihtiyaç vardır. Çevresindeki yetişkinlerden yalanı duyan çocuğun, bunu kullanmaması mümkün değildir. O zaman anne baba olarak önce siz pembe de olsa yalan söylemeyeceksiniz. Zaten yalanın rengi olmaz.

Eğer oğlunuzun yalanını yakaladıysanız, bunu neden söylediğini araştırıp, şiddete başvurmadan itiraf etmesini sağlamalısınız. Ama suçlamadan, hakaret etmeden, bir daha yapmama sözü alarak, olayı büyütmeden halletmelisiniz. Eğer ceza verecekseniz de yalanın çeşidine göre ve ikna edici ceza vermelisiniz. **Verdiğiniz cezanın da davranışından dolayı olduğunu, ama onu çok sevdiğinizi de söyleyerek yapmalısınız.**

Kendisini değil, davranışını sevmediğiniz için onu cezalandırdığınızı bilirse, kendini kötü hissedip ikinci bir yalana başvurma yöntemi aramaz.

Ondan gücünün üstünde bir şeyler beklemeyin. Çünkü size mahcup olmamak için yalan söyleyebilir.

Televizyon seyrederken dikkatli olun. Çünkü izlediği filimdeki kahramanın yalan söylemesini gerçek olarak algılar ve olumsuz etkilenebilir.

Anne baba olarak oğlunuzdan sevginizi esirgemeyin. "Erkek çocuk da bu kadar sevilir mi?" demeyin. Sevgiyle şımartmayı da karıştırmayın. Sevilen çocuk, kendine güvenir ve her şeyi çekinmeden konuşur.

Oğlunuzun Özgüveni ve Sorumlulukları

Ailenin tutumu

Çocuklarda özgüven; onun beceri ve yeteneklerini, öğrendiği olumlu davranışları, nerde nasıl davranması gerektiğini, özgürce ortaya koyması demektir. Bunun için **aile olarak oğlunuzun yaptığı bir şeyden dolayı onu yüreklendirmeniz ve alay etmemeniz, kıyaslama yapmamanız gerekir.** Çünkü çocuk, yaptığı işin beğenileceğini düşünerek o işi yapar. Beğenilmeyince de, hayal kırıklığına uğrar. Bir daha yapması istendiğinde de, "ya beğenmezlerse..." korkusuyla işi yapmak istemez. Bundan sonra da her şeyi ailesinin istediği gibi yapmaya eğilim gösterir. İleriki yaşlarında da **ailesinden ayrı karar veremeyen, onlara sormadan bir şey yapamayan biri olup çıkar.** Özellikle evlilik hayatında çok zorluklar çeker. Bu gibi, "ana kuzusu erkekler"in, sağlıklı bir aile hayatları olmaz.

Önce değer vermelisiniz

Ona, problemlerini çözmek, becerilerini göstermek için fırsat vermelisiniz. Kendi başına bir şey yapmak istediğinde engellemek yerine cesaretlendirmeniz gerekir. Oğlunuz kendi başına yemek yemek mi istiyor? Bırakın yesin. Belki biraz etrafı kirletmiş olacak, ama kendini geliştirmesi için bunu yapmasına izin vermelisiniz.

Oğlunuzun, fikrini sormuyor, yaptığı davranışları dikkate almıyor, sürekli eleştiriyor, sürekli düzeltiyorsanız; içine kapanık, güvensiz, suskun, huysuz veya saldırgan bir çocuk yetiştirme ihtimaliniz yüksektir.

Oğlunuzun özgüveni, yaptıkları karşısında sizden duyduğu ve duyacağı güzel sözlerle gelişir. Onun kendisini değerli hissetmesini sağlamalısınız. "Ben değerliyim" diye düşünen çocukta özgüven gelişmiş demektir.

Çocuklarda özgüvenin yetersiz gelişmesinin nedenlerinden biri, aşırı himayeci davranan ailelerdir. Bazı anneler, çocuklarını en iyi şekilde yetiştirmek için aşırı koruyucu tavır sergilerler. Böyle olmaktan kaçının ki, oğlunuz birey olduğunu anlasın ve kendini yönetebilsin.

Çocuklarını sevgi ve şefkate boğan bu anneler, onlar hiçbir zorlukla karşılaşmasın diye her türlü işi kendi üzerlerine alırlar. Bu tip ailelerde anne, oğlunun yapabileceği ve yapması gereken şeyleri yapar. Onun adına düşünür, ona fazla yük vermez. Bir iş yapacağı zaman bütün işi kendi yapar, oğlu yapmak istese de, "olur mu bir tanem, ben yaparım, sen yorulma, hem erkekler öyle her işi yapmaz" diye onu engellemeye de çalışırlar.

Bu yüzden çocuk, kendi sorununu kendi çözme becerisi kazanamaz. Kendini beceriksiz hisseder ve "ben yapamam" duygusu gelişir. Sonra da kendi başına karar veremeyen, annesine sormadan hiçbir şey yapamayan biri olup çıkar.

Devamlı kendini kanıtlamak ister

Ailelerin yanlış tutum ve eğitim hataları sonucu özgüvenden yoksun bırakılmış çocuklar, **sürekli kendilerini ailelerine kanıtlama ihtiyacı hissederler.** Bunun için de farlı yöntemler denerler. Mesela ergenlik dönemine geldiklerinde, marka takıntıları oluşur; kendilerini bir gruba dâhil etmek isterler. Yani kendilerini bir grup ile, marka ile gerçekleştirmeye çalışırlar.

Yapılan bir diğer hata da, ailelerin oğullarında görmek istedikleri özellikleri adeta onlara empoze etmeleridir. Hâlbuki çocuğun genetik yapısı, kişilik imkânları, ailelerin isteklerine müsait olmayabilir. **Ailesinin istediği davranışları gösteremeyen çocuk, bunun üzerine bir de aşağılanmaya maruz kalırsa daha çok içine kapanmaya, kendisini çevresinden soyutlamaya başlar.**

Onu erkek gibi yetiştirin

Oğlunuzu sevin, öpün, koklayın, ama "el bebek gül bebek" yetiştirmeyin. "Erkekler ağlamaz," düşüncesi ne kadar yanlışsa, "ana kuzusu" gibi yetiştirmek de o kadar yanlıştır. Onu hayata hazırlamalısınız. Hayat o kadar tozpembe değildir. Zorlukları aşma potansiyeli de oğlunuzda var. Sizin yapacağınız ona rehberlik etmek, onu erkek gibi yetiştirmek, sorumluluk vermek. Verdiğiniz sorumluluğu da dönüp düzeltmemek.

Mesela, oyuncaklarını toplamasını istiyorsunuz, ama düzgün toplamadığını söyleyip siz topluyorsunuz. Ya da yemeğini kendi başına yemesine izin veriyorsunuz, ama karnını doyurmadığını söyleyip bir de siz yedirmeye çalışıyorsunuz. Oğlunuza öyle davranın ki, tüm davranışlarında özgür davranabileceğini, ama ihtiyacı olduğu her zamanda da sizi yanında bulacağını bilsin.

Özgüvenin özü

- Oğlunuza, kendisine yetmeyi ve kendi kendisini yönetmeyi öğretin.
- Onun seçim yapmasına izin verin.
- Onun yerine düşünmeyin ve bunu ona bırakın. Ona fırsat tanıyın.
- Onu görev ve sorumluluklarıyla baş başa bırakın.
- Ona, yaşına, gelişim düzeyine ve ruh haline uygun sorumluluklar verin. Başarması için onu destekleyin.

Oğlunuzun Özdenetimini Sağlayın

Sevgiyi ifade etme ve koşulsuz sevme

Yumuşak ve sıcak bir ses tonuyla çocuğa yaklaşma ve onu kucaklama bir sevgi ifadesidir ve çocukların istenmeyen davranışları göstermesini önler. Eğer bir çocuk, sevildiğini hissederse, anne babasını memnun etmek için, istenilen yönde davranacaktır. Çocukla iletişim içindeyken çocuğa sevgi, koşullu sunulmamalı, sevginin öze ait bir duygu olduğu ve koşulsuz olduğu hissettirilmelidir. **Unutulmamalıdır ki, koşullu sevgi, istenmeyen davranışları uzun zaman sürecinde pekiştirmektedir.**

Tutarlı olmak

Çocuklara karşı ne kadar tutarlı davranırsanız, onlardan o kadar iyi sonuçlar alırsınız. Oğlunuzun yaptığı bir davranışa bugün başka, yarın başka karşılık verirseniz; çocukta güvensizlik oluşur ve kendini denetlemekte zorluk çeker. Sizin tutarlı olmanız, onu özdenetim noktasında geliştirecektir. Tutarlı ve uygun sınırlamalar, çocukların kendi davranışlarını kontrol etmelerine yardımcı olacaktır. Anne baba olarak sizler koyduğunuz sınırlamaların uygun olup olmadığını, çocukların ihtiyaçlarını yansıtıp yansıtmadığını, gerçekten gerekli olup olmadığını bir kez daha düşünüp, karar vermelisiniz. Çünkü **çoğu kurallar, çocukların kolaylıkla unutacakları kadar gereksiz ve şaşırtıcı olabilir.**

İletişimde açık olmak

Kullandığınız kelimelerin ve hareketlerin ona aynı mesajı verdiğinden emin olmalısınız. Doğru mesaj ve doğru iletişimle açılmayacak kapı yoktur. Mesela, kardeşiyle yaramazlık yapan oğlunuzu uyarmak mı istiyorsunuz? Öncelikle onunla göz kontağı kurun ve kararlı, ama sinirli olmayan bir ses tonuyla, "kardeşinle kavga etmeni istemiyorum, görüyorsun ki, bu onu da beni de çok üzüyor," diye açıklama yaparak, sadece davranışa odaklı mesaj verebilirsiniz.

Problem olan davranışı anlamak

Öncelikle problemin kaynağını bulmaya odaklanın. Unutmayın, **problemin kaynağını bulmak, problemi çözmekten çok daha zordur.** Problemin kaynağını ararken, arka planda olan açlık, uykusuzluk, yorgunluk gibi fiziksel etkileri de göz önünde bulundurun. Mesela, oğlunuz istediğiniz şeyi size getirmiyor. Onun yorgun olabileceğini, uykusunun geldiğini düşünün ve ondan sonra yapmanız gereken uyarıyı yapın.

> Çocuklarınızın iyi davranışlarını övmeyi ve iltifat etmeyi unutmayın. Yoksa sizin dikkatinizi çekmek için hep yanlış davranışlar sergileyebilirler. Övülen davranışlar, çocuğun kendini iyi hissetmesini ve aynı zamanda güzel davranışını da devam ettirmesini sağlayacaktır.

Övgü olmalı, fakat dengeli olmalı

Bir mağaza sahibi, mağazasının en göze çarpan yerlerinden birine şu levhayı asıyor: **"Elemanlarımızın hepsi nazik ve çalışkandır."** Bu durumda hangi eleman tembellik ve kabalık yapabilir ki... Özdenetim için, dengeli övgü şart. Unutmayın, övgü, neye hedeflenmekteyse, kişi onu çoğaltma ve artırma eğilimindedir. Fakat övgüde de, aşırıya kaçıp, çocuğun egoizmini ve kendini beğenmişliğini artırmamaya, şımarıklığa yol açmamaya dikkat etmek gerekir. Kusurlu gördüğünüz her hareketinde çocuğa hemen tepki göstermemeli, kendinizi zorlayarak da olsa müspet yaklaşmalı, meseleyi bir kez de onun ağzından dinlemeye çalışmalısınız.

Oğlunuz, doğru yaptığını zannederek, yanlış yapmış olabilir ya da siz yanlış anlamış olabilirsiniz. Onun için iyi dinlemeyi ve empati kurmayı ihmal etmemek gerekir. Böylece onu daha kolay anlamış ve kendini denetlemesi noktasında yardım etmiş olursunuz.

Güvenilir bir çevre hazırlamak

Doğasında hareket olan çocuğun, araştırmaya, karıştırmaya ve eşyaların yerini değiştirmeye çalışması hiç de şaşırtıcı değildir. Çocukların, eşyaların nasıl hareket ettikleri, nasıl ses çıkardıkları hakkındaki meraklarını tatmin etmek için fırsatlara ihtiyaçları vardır. **Anne babalara düşen ise, çocukların çevrelerini tehlikeli materyalleri kaldırarak düzenlemek olmalıdır.** Çocuklar keşfettikçe, daha az istenmeyen davranışlar sergilemeye çalışacaklardır. Kendi kendini de daha kolay denetlemiş olacaktır.

Sabırlı olmak

Çocuğa ve kendinize karşı sabırlı olmak, tüm bunlar uygulandıktan sonra yapılması gereken en önemli davranıştır.

Çocuğunuza olan sevginiz, saygınız, güveniniz ve hoşgörünüz, oğlunuzun zamanla özdenetimli bir kişi olmasıyla birlikte, yaşama kolay uyum sağlamasını ve yaşamdan zevk almasını da sağlayacaktır.

Oğlunuza Özsaygı Kazandırın

Özsaygıyı sizden öğrenecek

Özsaygı, kendine güven manasına da gelmektedir. Oğlunuzun özsaygısını arttırmak istiyorsanız, onu kendi işlerini kendi yapması konusunda desteklemelisiniz. Bunun için, onun adına, onun işlerini yapmakta aceleci olmayın. Kendi kendine yapması için fırsatlar verin.

> **"Gör – Yap – Öğret"** tekniğiyle, önce sizi izlemesine, sonra izlediği şeyi kendi kendine yapmasına, sonra da nasıl yaptığını size göstermesine izin verin.

Hak arama becerisi kazandırmak

Çocuklara saygı eğitimini hak duygusuyla birlikte vermelisiniz. Çocuk hem kendi hakkını talep etme, hak arama becerisini kazanmalı; hem de başkasının hakkına zarar vermeme bilincini benimsemelidir. Çocuğa körü körüne itaat alışkanlığı kazandırmak yerine doğru olana, hakka, akla uygun olana saygı alışkanlığı kazandırılmalıdır. Çocuğun zihninde, iyi-kötü, doğru-yanlış kavramlarının oluşması için, ona kuralların gerekçeleri izah edilmelidir. **Çocuk kurala, anne babası öyle istediği için değil, doğru olduğuna inandığı için uymalı, başka insanlara da bu motivasyondan hareketle saygı göstermelidir.** Körü körüne uygulanan kurallarda neyin neden yapıldığı bilinmediği için tutarsızlıklar olacaktır.

Aslolan çocukta kalıcı bir davranış değişikliği ve saygı bilinci oluşturmaktır. Aksi halde çocuk, anne babasının yanında onların istediği gibi davranıp yalnızken canının istediğini yapabilir.

> Çocuğunuz her ne yaparsa yapsın, ona değer verdiğinizi ve hatalı bile olsa onun sizin çocuğunuz olduğu için kabul ettiğinizi bilmesini sağlayın.

Sinirli olmanızın, yaptığı davranışlarla ilgili olduğunu belirtin

Oğlunuz bir hata yaptığında, ona değil hatasına kızdığınızı söyleyin. Bu mesajla, duygularınızın onun çocuk dünyasına değil, onun belirli hatalarına yönelik olduğunu açıklayın.

Açık isteklerde bulunun, sınırları iyi belirleyin

Oğlunuzun, ondan ne istediğinizi açıkça bilmesini sağlayın. Aileler çocuğa sınırları iyi çizmelidir. Nerede ne yapılacağını öğretmelidir. Gülünecek yerde gülünmeli, ağlanacak yerde ağlanmalı, saygı gösterilmelidir. **İnsanın kişilik gelişiminde sosyal sınırları çizebilmek çok önemlidir.**

Çocuklarınızı dinleyin

Çocukların duyguları, gözlemleri ve algıladıkları, dinlemeye değerdir ve böyle yapmak çocukların kendilerine duyacakları özsaygılarını artıracaktır. Çocuk önce kendine saygı duyulduğunu görecek ki, sonra o da başkalarına saygı göstersin.

> Çocuğunuzun korkularını ve negatif duygularını reddetmektense, ciddiye alın ve onları yenmesine, kendi çözümünü bulmasına yardımcı olun.

Çocuğun varlığını kabul edin

Çocuğun istenmediği ve kendisine değer verilmediği duygusuna kapılmasına sebep olmayın. Bu gibi durumlar, çocuğun psikolojisini bozacağı gibi ileride onulmaz yaralar da açabilir. Ama dikkat!

Değerlendirecek günlük bir şeyler bulmak

Çocuklar kötü bir şey yaptıklarında ilgi çekmek, iyi bir davranışta bulunduklarında da onaylanmak istemektedirler. Yaptıkları, her gün yapılan sıradan bir şey bile olsa, değerini artıran davranışlarının onaylanması gerekir. Mesela, bugün oyuncaklarını çok güzel topladı ve yerleştirdi. Bu, günlük bir iştir, ama düzgün yapmasını övün ve değerli bir şey yaptığını ona hissettirin.

Çocuğun yeteneklerini kabul etmek

Her yeni beceri ve başarı, onun yetenekli olduğu düşüncesini kuvvetlendirmektedir. Oğlunuzdan, bazı şeyleri size öğretmesini isteyebilirsiniz. Mesela, dün akşam öğrettiğiniz bir oyunu bir kez de ondan öğrenmek istediğinizi söyleyebilir, belli işleri yaparken gücüne ve yaşına uygun yardımlar isteyebilirsiniz. İşte buradaki mesaj açıktır: "Sen yeteneklisin." Bu tür davranışlar çocuğun kendine saygısını daha da artırır, işe yaradığı duygusu kazanmasını sağlar. **Unutmayın ki, özsaygı; yeteneklerinin ve yapabildiklerinin çokluğuna, iyi yapabildiğine inandığı şeylerin olmasına bağlıdır.** Eğer çok iyi yaptığı şeylerden size artık bahsetmiyorsa, onun üzerine gidip onu yapması için zorlamayın. Çünkü verdiği mesaj, ondan sıkıldığını göstermektedir. Zorlama yerine, yeni yetenekler keşfedin ve fırsatlar oluşturun.

Çocukla yalnız vakit geçirmek

Birçok ebeveyn için, zaman çok sınırlıdır. Bununla beraber, her bir çocukla yalnız zaman geçirmenin çok önemli olduğu da ortadadır. Onun için her bir çocuğunuzla ayrı zaman geçirmek için onlara göre belli vakitler ayırmalısınız. Bu, onların kendilerini daha özel hissetmelerini ve birbirlerine ayrı ayrı değer verildiğini anlamalarını sağlayacaktır. Hatta zaman zaman çocuklarınızın seviyesine inip onların kuralları ve oyuncaklarıyla oyun oynamak da yararlı ve değerli bir vakit geçirmedir.

Anne babalar genellikle çocuklarının yapmakta zorlandığı işleri üzerlerine alarak, onlara yardımcı olduklarını düşünürler. Bu yardım, "sen bunu yapamazsın, sen yeterince iyi değilsin," mesajlarını verebilir ki bu da oğlunuzun kendine olan saygısını azaltır. Halbuki çocukların, bir işi başarmak için mücadeleye davet edilmeleri gerekir.

Çocuğun özel eşyalarına saygı göstermek

Anne babalar, sıklıkla çocuklarına verdikleri oyuncakların ve kitapların kontrolünü elde tutarlar. Mesela, bir eşyasının atılmasına çocuktan çok, anne babalar karar verir. Çocuğunuzun o oyuncakla oynama çağının geçtiğini düşündüğünüz için onu atmayı istiyorsunuz, ama bunu oğlunuzla karar verseniz çok daha iyi olur. Belki de onun için çok özel hatırası vardır ve atmak istemeyebilir.

Çocuğun düşüncelerine saygı göstermek

Çocuğunuzun herhangi bir konuda düşüncesini sormanız, onun duygularının, gözlemlerinin ve algılayışının değerli olduğunu düşünmesini sağlayacaktır. Bunun için yapılmasını ısrarla önereceğimiz **aile toplantıları,** buna çok güzel zemin oluşturmaktadır. Haftada bir ya da günün belirli saatlerinde toplanılan kaliteli zaman diliminde, aile bireylerinin fikirlerinin sorulması, çocuklar için olduğu kadar büyükler için de çok özel ve güzeldir. Mesela, **bayram günü ilk önce kime gitmek istediklerini sorarak onların fikirlerini alıp uygulayabilirsiniz. Bu, onların hoşuna gitmekten ziyade, özsaygılarını artıracaktır.**

Çocuğun tercihlerine saygı göstermek

Çocuğun kendine olan saygısını artırmanın bir yolu da, onun tercihlerini ve duygularını kabul etmektir. Mesela oğlunuz makarna yerine patates yemeyi tercih ettiyse ona saygı duyduğunuzu göstermek için önce patates yemesine izin verebilirsiniz. Ya da masal kitabından onun tercih ettiği masalı okuyabilirsiniz. Bu şekilde saygı görmesi onun özsaygısını pekiştirecektir.

Çocuk içine kapanıksa yardım edilmelidir

Çocukların bazı bozuk ya da rahatsız edici davranışları, onların kendilerine saygıları hakkında ciddi mesajlar verebilir. Böyle zamanlarda anne babalar, onlara sevgilerini ve gerçekleri sunarak yardımcı olabilirler. Onları ciddi bir şekilde dinlemeli, ne demek istediklerini anlamalı ve sonra ne söylemek istediğinizi anlatmalısınız. Mesela oğlunuz, "ben çok beceriksizim, hiç iyi top oynayamıyorum. O yüzden de hep beni kalede bekletiyorlar" dediğinde, "beceriksiz olduğunu düşündüğünü biliyorum, ama seninle aynı görüşte değilim. Bence sen topa vurmaktan daha önemli bir işi yapıyorsun, topu tutuyorsun. Eğer sen iyi tutamazsan, karşı taraftakiler sizin kalenize gol atmış olmaz mı? O zaman da siz kaybetmiş olmaz mısınız? Demek ki sizin başarılı olmanız, senin topları iyi tutmana bağlı. Bu yüzden seni kaleye koyduklarını neden düşünmüyorsun?" diyerek cevap verebilirsiniz. **Onunla bol bol konuşarak içine kapanıklığını önleyebilir, ona yardımcı olabilirsiniz.**

Sevgiyi fiziksel olarak ifade etmek

Anne babalar tarafından kucaklanma ve okşanma, çocuklarda, kendine saygının gelişmesine yardım etmektedir. Çocuklar sözel olmayan bu davranışlara karşı, çok duyarlıdırlar. Oğlunuza, "seni seviyorum," demekten çok, sevginizi onu öpüp koklayarak, başını okşayarak belli edebilirsiniz. Çünkü **erkek çocukların kız çocuklarına**

oranla buna daha çok ihtiyaçları var. Onlar kızlar gibi kendilerini sevdirecek sevecenlikler yapmayabilirler. Ama sizin sarılıp okşamanız, onun ruhunda çok olumlu kapılar açar. Kızınızı da öpün, ama oğlunuzu iki kere öpün.

Çocukla göz seviyesinde konuşmak

Oğlunuzla konuşurken, daima ondan yüksekte olmamaya dikkat edin. Çünkü böyle yapmazsanız, sadece kendini küçük hissetmesini sağlamakla kalmayacak, aynı zamanda anne-baba-çocuk arasında büyük bir mesafe olduğuna inanmasına da yol açmış olacaksınız. **Her zaman onunla konuşurken, yanına çömelerek ya da oturarak ya da onu sizin seviyenize çıkararak, göz kontağı kurup konuşmalısınız. Bu daha yakın bir iletişim sağlayacaktır.**

Çelişkili mesajlar vermekten sakının

Çelişkili mesajlar, anne babaların sözleriyle başka, davranışlarıyla başka bir şeyi ifade ettiğinde ortaya çıkar. Mesela, oğlunuza çok sinirli olarak, yüzüne bakmadan, "seni seviyorum," demeniz ya da korktuğunda gece yanınıza gelebileceğini söyleyip geldiğinde kızmanız, onu çelişkiye düşürebilir. Öncelikle ona karşı dürüst olmalısınız.

Duygularınızı çocukla paylaşın

Oğlunuzla kendi duygu ve düşüncelerinizi paylaşın. Bu onu, kendi duygularını kabul etme konusunda cesaretlendirmiş olur. Oğlunuz, sizin anılarınızı, nasıl tanıştığınızı, hikaye şekline getirip anlattığınızda sizi daha yakından tanımanın mutluluğunu yaşayacak ve kendisinin de bu ailenin bir bireyi olduğunu daha kolay kabul edecektir. **Aile hikayelerini çocuklarla paylaşma, onların kendi kökleriyle gurur duymalarını da sağlayacaktır.**

Her çocuğun tek olduğu üzerinde odaklanmak

Oğlunuzun özel olduğunu ona hissettirmelisiniz. Zaten her insan kendine göre özeldir ve tektir. Anne baba olarak oğlunuzun özel yönlerini keşfetmeli ve ona söylemelisiniz. İçinde var olan yeteneği keşfetmiş olmakla ona yardımcı olup, o kendini keşfedene kadar, içindeki cevheri dışarı çıkarmış olursunuz. Çocuklarınızı dikkatle incelerseniz, mutlaka her birinde keşfedilmeyi bekleyen cevherlerin varlığını fark edeceksiniz.

> Takdir edilebilecek her fırsat değerlendirilerek, oğlunuzun kendine güven ve saygı duymasını pekiştirebilirsiniz. Çabaları izlenmeyen ve takdir edilmeyen çocuklar, başarılı bir sonuca ulaşsalar bile, yeni bir başarı için istek duymayabilirler. Oğlunuz, çabaları takdir edildikçe yeni çabalar için kendinde güç bulacaktır.

Saygısızlık huy edinilmemeli

Çocukların "benmerkezci" oldukları biliniyor. Benmerkezcilik, çocukların bencilce davranmalarına, hata yapmalarına neden olur. Çocuklar, davranışlarının sonucunu düşünmeden hareket ederler. Kendilerini nasıl iyi hissederlerse, öyle davranırlar. Çocuk için o anda korkunun gitmesi, incinme ihtimalinin ortadan kalkması, kendini daha iyi hissedebilmesi saygısız bir davranışta bulunması için yeterlidir. Davranışının iyi mi, kötü mü olduğunu düşünemez. O nedenle siz, çocuğa doğru rehberlik yapma görevini yerine getirmelisiniz. Siz, rehberlik görevini iyi üstlenebilirseniz, oğlunuz hayatı tanır; nerede, nasıl davranacağını öğrenir.

> Aileler, saygısızlık, haksızlık yapan çocuğa mutlaka müdahale etmelidirler, fakat bunu çocuğa konuyla ilgili farkındalık kazandırarak, yaptığının neden yanlış olduğunu anlatarak yapmalıdırlar. Çocuğun saygısızlık yapmayı huy edinmemesi için çaba göstermek gerekir.

Oğlunuz Ağabey Oluyor

Pabucu dama mı atıldı?

Oğlunuz dünyaya ilk gözünü açtığında yanında anne babası ve kendi vardı. Bütün sevgi, ilgi onda toplanmıştı. Ama bugün bu sevgi ve ilgisini paylaşacağı bir kardeşi oldu. Bu durumdan hiç de memnun değil. Çünkü **"pabucunun dama atıldığını"** düşünüyor. Ona böyle olmadığını, kardeşi olduğundan dolayı sevinmesi gerektiğini anlatabilirsiniz. Anne baba olarak tutum ve davranışlarınız, ilk çocuğunuzun "kıskançlık" yaşamasını önleyecektir.

Bir insanın kardeşinin olması aslında kendisi için çok önemli bir şans, hayat boyu sürecek bir arkadaşlık demektir. **Kardeşlik ilişkisi, insana paylaşma duygusunu öğreten ilk tecrübelerdendir.** Ancak çocuklar küçükken ufak tefek konuları mesele haline getirip, sık sık kavga ederler. Fakat bu kavgalar, ciddi boyutlara vardıysa, kardeşlerin arasında ciddi bir kıskançlık yaşanıyorsa, anne baba olarak, kendi tavırlarınız üzerinde düşünmeniz gerekir.

Kardeşle ilk tanışma anı

Hastaneden eve geldiğinizde, büyük oğlunuzu ilk gördüğünüz zaman son derece dikkatli olun. Onun karşısına bebek kucağınızda olduğu halde çıkmayın. İlkin ona sıcak bir ilgi ve derin bir sevgiyle "merhaba" deyin. Öyle ki, oğlunuz sizin sevginizden ve kendisine olan bağlılığınızdan kuşkuya düşmesin. Oğlunuz, küçük kardeşini ilk kez ya beşiğindeyken ya da başkasının kucağındayken görmelidir. Annesinin, birden bire kucağında bir bebekle karşısına çıktığını görmesi ve kendi yerine bu bebeği aldığını sanması, içinden çıkılmaz bir durumdur. Aynen kendi oyuncaklarına yaptığı gibi bir durumla karşılaştığını düşünür. Bazen siyah arabasıyla oynarken, ondan canı sıkılınca kırmızı arabasını alıp oynadığı gibi, annesinin de kendi yerine bu bebeği aldığını düşünmektedir. Ama ilk tanışma bir başkasının kucağında ya da beşikte olursa, bunu biraz daha azaltmış olursunuz.

Kıskançlık sinyallerine dikkat

Oğlunuz sizin olumlu davranışlarınızla kardeşini kıskanmayabilir. Bu, ya çok küçük olmasına ya da çok büyük olmasına da bağlıdır. Mesela, 2 yaşında ya da 12 yaşındayken kardeşi olan çocuklarda çok fazla kıskançlık görülmez. Ama sizin tutumunuz da çok önemlidir. Kardeşi olmadan önce onu bilgilendirmelisiniz. Kardeşini de onu da çok sevdiğinizi, hatta o yardım etmezse kardeşine bakmakta zorlanacağınızı, onun çok iyi bir ağabey olacağını ona önceden anlatmalısınız.

Oğlunuz daha küçük, kıskançlık duygusunu yönetmeyi bilmiyor, bu da doğal bir süreç olarak onda kendini gösterebilir. Bazen anneler, büyük çocuğun zaten durumu gördüğünü düşünüp, ona açıklama yapma ihtiyacı hissetmeyebilirler. Oysaki çocuğun, olanları anlamak için ailenin yönlendirmesine, destek ve yardımına ihtiyacı vardır. Ailenin yapması gereken şey, çocukta oluşan ihmal edilmişlik duygusunu silmeye çalışmaktır.

> Anne babasını bölüşmek istemeyen oğlunuz, ya içine kapanacak ya da kaybettiğine inandığı ilgiyi yeniden kazanmak için çeşitli yollara başvuracaktır. İlk fırsatta kardeşinden intikamını almak için ona şiddet uygulayabilir. Aman dikkatli olun.

Artık içine kapanık bir çocuk olup çıkmıştır. Kimseyle konuşmak istemez, yemek yemede sorun çıkarır. Bu duruma üzüldüğü için iştahsızlık, uyku bozukluğu yaşar. Kardeşi gibi ilgi çekeceğini düşünüp tekrar altını ıslatmaya başlar. Bebeksi konuşma ve sesler çıkarır, onun gibi ağlar. Kekemelik de bu dönemde başlayabilir. Kardeşinin yemeklerini yeme isteği, onun elbiselerini giymeye çalışması en çok yapılan davranışlardandır.

Ona sorumluluk verin

Büyük oğlunuza, geri plana atıldığını değil, aile içinde her zaman yeri olduğunu hissettirin. Büyük olduğunu, belli sorumluluklara sahip olduğunu gösterin. Fakat sorumlulukları abartmamaya dikkat edin. Kardeşinin bakımında bazı sorumluluklar verirseniz, bu durumu bir oyun gibi algılayıp, kardeşine yardımcı olmaya, görevlerini yerine getirmeye çalışacak, böylece duruma alışması daha kolay olacaktır. **Oğlunuzun kendini işe yaradığını hissetmesi, hem kendi kişilik gelişimi açısından, hem de kardeşini kabullenmesi açısından yararlı olacaktır.**

Evdeki konuşmalarınıza dikkat edin. Oğlunuza bir şey yapacağınız zaman, "seni parka götüremem, kardeşin uyuyor, seninle resim yapamam, kardeşini yıkayacağım," gibi sözler söylemeyin. Çünkü onun, kardeşine karşı rekabet ve kıskançlık duygularını artırmış olursunuz. O zaman kendi kendine şöyle düşünecektir: "Kardeş kardeş. Her şeyi ona göre mi ayarlamak zorundayız? Onun yüzünden eğlenceli bir şey yapamaz olduk..." gibi olumsuzlukları çoğaltacaktır. Ama siz kardeşi sebep göstermeden, oğlunuza başka nedenler gösterebilirsiniz.

Baba da aynı hassasiyeti göstermelidir. Mesela, akşam eve geldiği zaman küçük bebeği kucağına alıp, diğeri boynu bükük kalırsa, bu, çocuk açısından son derece duygu zedeleyicidir. Bu sebeple, kardeşine zarar vermeye çalışır. Bunu yaparken, "benim farkıma varın, bana değer verin, beni de görün," demek ister. Onun için anne babasını kızdıracağını bildiği bütün davranışları yapmaya çalışır. Böyle bir durumda asıl mesele... Küçük çocuk, büyük çocuktan nasıl korunacak?

Büyük çocuğa kardeşinin neresine dokunup, neresine dokunmayacağını öğretin. Bu konuda kesin sınırlar koyun.

O da bebekken onu nasıl koruduğunuzu ve kendisinden büyüklere, ona doğru biçimde dokunmayı nasıl öğrettiğinizi anlatın.

Büyük çocuğa, sevildiğini hissetmesi için her gün 15 dakikanızı ayırarak yardımcı olun.

Büyük çocuğa bebekle nasıl beraber olunabileceğini gösterin. Mesela, ona parmağını uzatırsa, bebeğin bunu tutacağını söyleyin. Bunu, sizinle denemesine izin verin.

Büyük çocuktan küçükle ilgili yardım isteyin.

Bebeği emzirirken, büyük çocuğa kitap okuyun.

Onu anladığınızı, ama böyle davranmasının doğru olmadığını onunla konuşun.

Kardeşler arası kıskançlık

Birinci çocuğun kıskançlık duymasını önlemek asla olanaklı değildir. Kıskançlık insanın fıtratında, derin kökleri olan bir duygudur.

Kıskançlık, beklenen ilgi, sevgi ve şefkat eksikliğine karşı verilen doğal bir yanıttır. İnsanın sakladığı kızma duygusu, gücenme olarak da tanımlanabilir. İşte yeni bir kardeşin dünyaya gelişi, çocukta mutlaka bu duyguyu harekete geçirir. Şu var ki, çocuğun bu duygu ile ezilmesi, buna güçlükle dayanması ya da tersine kendine hakim olması, anne baba olarak sizin tavrınıza bağlıdır. Oğlunuza karşı ölçülü ve anlayışla davranır, onu karşılaşacağı olaya hazırlamasını bilirseniz, ona kendini tutması konusunda en büyük yardımı yapmış olursunuz. En önemlisi de hak duygusu, küçük yaşta çocuğa benimsetilirse, "benim sınırlarım buraya kadar, başkasının sınırları buraya kadar," diyebilecek ve kardeşini kıskanmak değil, sevmesi gerektiğini düşünecektir.

Dengeli ve olumlu davranış

Çocuk eğitimindeki ana ilkelerden birisi de, çocukların yaşları ilerledikçe, aralarındaki dostluk duygularını geliştirmek, aralarında çıkan sorunları kişiliklerini güçlendirmeye vesile kılmaktır. Çocuğa iyi bir şeyi benimsetmek istiyorsak, bunu iyi şeylerle bağlantı kurarak anlatmak gerekir.

Çocuklar arasında yanlış bir uygulamanın tohumlarını ekip sonra da "bu çocuklar çok kavga ediyorlar," diye şikayet etmek yerine, anne babalar olarak durup kendinize bakmalısınız. Kendisiyle konuşarak, bir ağabey olarak, küçük kardeşe karşı centilmence bir tutumun oluşmasını sağlayabilirsiniz.

Kardeşler arasında bir sorun yaşandıysa, yaşanan sorunun etkili hayat becerisine dönüşmesi için öncelikle sorunun nereden kaynaklandığının tespit edilmesi gerekir. **Çocuklar, genellikle kardeşinden daha az sevilme kaygısıyla, annenin sevgisini kazanmak için kardeşini hatalı duruma düşürmek gibi bir yol seçerler.** Farkında olmadan anne bunu onaylar gibi bir tutuma girerse, çocuklar arasındaki kıskançlık, olumsuz anlamda pekişmiş olur.

Kardeşler arası ilişki önemli

Teorik açıdan eğer anne, sevgisini eşit dağıtıyorsa, kardeşler arasında rekabet olmaması gerekir. Fakat rekabet; ne eşit dağıtım, ne de elde edilenlerin eşit olması ile ilişkilidir. Çoğunlukla çocuk, böyle bir dağıtımda eksik bırakıldığı duygusuna kapılır.

Çocukluk problemlerini yeniden yaşayan veya evliliği iyi gitmeyen anne, çocuklarına aşırı bir şekilde bağlıdır.

Bu durum, rekabet ortamı oluşturur. Bu tip anneler, verdiklerinin karşılığını görmek isterler. Her çocuğun bunu veriş şekli farklı olacağından, kardeş ilişkilerinde rekabet ortaya çıkar. Tam aksi durumdaki anne, yeterli uzaklık bırakıp, çocuklarına sıcak anne sevgisi gösterebilen annedir. Karşılık beklemediği için, rekabet ortamına sebep olmaz.

Kardeş ilişkilerinde babanın rolü daha azdır. Otoritesi ile anne davranışını destekler, devamını sağlar. Kardeşliğin yapısı, sıra ve cinsiyetle sıkı sıkıya ilişkilidir.

Ailenin büyük çocuğu olmak

Anne baba genellikle ilk çocuğa, diğerlerinin doğumundan sonra farklı davranırlar. İlk çocuk her zaman daha farklı kabul edilir. **Birçok anne, ilk çocuğuna daha fazla özen göstermiştir.** Bununla birlikte genç anne babada deneyim eksikliği vardır. Bu da aşırı hoşgörü ve kızgınlık arasında gidip gelen davranış değişikliklerine sebep olur.

Tek çocuk, kardeşi doğunca, bazı sorumluluklar üstlenmek zorunda kalır. Daha önceden bu ortama alıştırılmamışsa, kardeşini, anne babasının sevgisini paylaşmak zorunda olduğu bir varlık olarak görür. Bir de, ailenin ilgisi kesilmişse, kendini terkedilmiş hisseder.

Büyük çocuk, önceden sahip olduğu ayrıcalığını sürdürmek ister. Bazı aileler de buna ortam hazırlarlar. Bu durum büyük çocuğun kendisini imtiyazlı görmesine, kardeşlerine yukarıdan bakmasına ve onların faaliyetlerine katılmamasına sebep olur. Hatta bazı durumlarda, bununla da yetinilmeyip, büyük çocuğa, kardeşi üzerinde baskı kurma ve onu yönetme yetkisi de verilir.

Görüldüğü gibi **kardeşler arasındaki dengeyi sağlamak, büyük çocuğun ihmal edilmemesini ve yanlış yönlendirilmemesini sağlamak aile olarak siz anne babaya düşmektedir.** Burada özellikle anneye düşen ilk görev, yeni doğanla fazla ilgilenip, büyüğü unutmamak, okula gidiyorsa okuluyla yakından ilgilenmektir.

Aynı zamanda yaşlar ilerlemeye başladığında da kardeşler arası kıyaslamadan kaçınmaktır. Tabi bunun için de büyük çocuğa da fazla ayrıcalık verilmemelidir. Çocuğun, kendinden küçüklerinin ihtiyaç ve isteklerini anlayışla karşılaması gerekir. Bunun için büyük çocuktan yaşının üstünde davranış beklenmesi hatalıdır. Küçüklerin ona karşı olan tutumuna da dikkat etmek gerekir.

Ortanca çocuk sendromu

Üç çocuklu ailelerde, çoğunlukla en şanssız olan, küçük ve büyük kardeşine oranla daha az sevgi gören ya da gördüğünü düşünen çocuk, ortanca çocuktur. Bu nedenle, gerek uyum ve davranış bozukluğu gösteren çocuklarda, gerekse suçlu çocuklarda, "ortanca çocuk olma" önemli bir etmen olarak dikkatimizi çeker. Ortanca çocuğun şanssızlığı, kendisini büyük kardeşiyle kıyaslamaya çalışması ve bu kıyaslama sonucu, kendini yetersiz hissetmesiyle ilgi ve sevginin küçük kardeşinde odaklaşmasıdır. Ortanca çocuk, kendisinden daha güçlü ve yetenekli bir kardeşle, kendisinden sonra gelen kardeşin meydana getirdiği ikili sorunlarla baş etmek zorundadır. İkinci çocuk, diğer kardeşleri kadar yetenekli olmadığı inancını geliştirebilir. Kendisinin diğerleri kadar yetenekli olmadığı inancı, ikinci çocuğun ileriki yaşamında tepkici, başkaldırıcı ya da ezik ve karamsar bir kişilik geliştirmesine sebep olabilir.

Genelde ortanca çocuk, ne büyüğün ayrıcalıklarına, ne de küçüğe gösterilen özene sahiptir. Büyüklerin oyununa katılamaz, çünkü kuralları bilmez. Küçük gibi davranamaz, çünkü ona iyi örnek olması gerekir. Sonuçta, büyüklerin ödevlerini, küçüklerin oyunlarını engelleyen bir çocuk haline gelir. Bu durumda en çok cezalandırılan o olur ve çevresine, düşmanca tutum edinir. Okul çağı, durumu kolaylaştırır. Ortanca çocuk, hem okul çalışmasında büyük kardeşle birlikte olur, hem de küçükleri koruma görevi edinir. Ona aile içinde bir yeri olduğu gösterilmeli, düzeyine göre işler verilerek diğerlerinin yanında başarılı olabileceği vurgulanmalıdır.

Kardeş sırası, çocuğun kardeşleri karşısındaki tavrını belirlemez. Bunda daha çok, anne babanın tutumu etkilidir.

Küçük çocuk

Büyük çocuk ve ortanca çocuktan sonra küçük çocuğun konumu da onu zor durumlara sokabilir. Ailenin ilgi merkezi olarak en çok şımartılan kişi olan en küçük çocuk, diğer aile üyelerinin gözünde her zaman çocuk kalır. Bu durum en küçük çocuğun, benmerkezci tavırlar geliştirmesine ve kendisinden güçlü ve yetenekli büyük kardeşlerinin yanında sürekli olarak yetersizlik duygusu yaşamasına sebep olabilir.

Gerek fizikî gücü, gerekse zihni kapasiteyi gerektiren ortak konularda, büyük kardeşlerinin yanında çocuğun sürekli başarısızlığı, onu kırıklığa itebildiği gibi, saldırgan da yapabilir. Küçük çocuk, ağabeyin baskısını, oyunlarında arkadaşlarına yöneltерek telafi yoluna gidebilir. Baskı uzun süreli olduğu takdirde, çocukta kalıcı bazı davranış bozukluklarına da sebep olabilir.

İşler büyüklerde

Kardeşler arası kıskançlık sendromlarından kurtulabilmenin tek ve sağlıklı yolu, anne baba ve çevredeki büyüklerin dikkatli davranmalarıdır.

Mesela, bebek görme ziyaretine giden aile yakını, aldığı hediyeyi bebeğe değil de evde olan diğer kardeşlere almalı ve onlara kardeşleri olduğu için böyle bir hediye getirmeyi uygun gördüğünü ve onlar adına sevindiğini dile getirmelidir.

Hem aile hem de aile dışından bu tür ilgiler gören çocuk, kardeşini kıskanmak yerine onun varlığına sevinecek duruma gelebilir. **Her şey büyüklerde bitmektedir. Aman anne babalar, bunu unutmayın ve her çocuğunuzun sizin için özel olduğunu hatırlayın.** Siz ne kadar dikkat ederseniz, onlar o kadar birbirlerini az kıskanacaklardır.

*Oğlunuz **6** Yaşında*

Gelişim Evreleri ve Verdiği Mesajlar

6 yaş döneminde oğlunuz, çocuklukla bebeklik arasında gidip gelir. Tepkileri anlık değişim gösterir. Bir bakarsınız sizi sevdiğini söyleyip boynunuza sarılır, biraz sonra yüksek sesle sizden nefret ettiğini söyler.

Bu dönemde erkek çocukları annesiyle oldukça çatışma yaşar. Çünkü 5 yaş bağımlılığından kurtulmanın doğal tepkisidir. **Bu dönem babalar oğullarını daha iyi yönetebilirler. Annenin en yumuşak isteğine karşı çıkan çocuk, babanın sert tavırları karşısında sessiz kalır. Ara sıra babaya da karşı çıksa bile, genelde anneye göre daha iyidir.**

Erkek çocukları için sınırsız enerji yaşı olan 6 yaş, anneyle oğlunun arasına açabilir. Çünkü düzenli bir eve sahip olmayı düşünen, eşyaların olduğu yerde kalmasını isteyen anneye karşı, çocuk kanepeleri at olarak, koridorları koşma alanı olarak, karyolayı tranbolin olarak kullanmak ister. Düzenli ve tertipli evden de hiç hoşlanmaz. Aynı şekilde oyunları da çok gürültülü ve çok hareketlidir.

Bu dönemde oğlunuzun hevesleri de geçicidir. Hevesle başladığı işin sonunu getirmeyebilir. Mesela, istediği yemeği bitirmeden yarıda bırakabilir. Kendisi giyinmek ister, ama gömleği giyip pantolonunu giymek istemez.

Oğlunuz 6 yaşında okula başladıysa vay öğretmenin başına gelenler. Çünkü oğlunuza yeni dünyanın kapılarını açan okul, onun enerji boşaltım merkezidir. Enerjisinden yerinde duramaz, sırada kıpırdamadan oturamaz. Fakat öğretmeni dinlemek, el kaldırmadan konuşmamak, verilen ödevi yapmak zorundadır. Oğlunuz için bunlar dayanılmaz kısıtlamalardır. Eğer oğlunuzu anaokuluna göndermediyseniz, 1. sınıf onun için tam bir zulümdür.

Okul onu hem fiziksel, hem de duygusal yönden yorar. Eve geldiği zaman dinlenmek ister.

> Bu dönemdeki çocuklarda korkular oluşabilir. Karanlık, sessizlik ya da gök gürültüsünden korkabilir. Bu korkuları alay konusu yapıp onu utandırmadan gidermeye çalışın. Bunların geçici olduğunu ona anlatın.

Bu dönemde gerçekle hayal arasındaki farkı kavrar. Mesela, daha önceleri masalları gerçek gibi dinlerken, artık onların gerçek olmadığını bilir ve öyle dinler. Sınıfsal becerileri de gelişir. Mesela, çiçeklerin bitki türü olduğunu; kedinin, kuşun hayvan türü olduğunu bilir.

Bu yaşta rekabet isteği de fazladır. Ne derslerinde, ne de oyunlarında kaybetmekten hoşlanmaz. Kuralları bozup, mızıkçılık yapar. Başarılı olamayınca ağlamaya başlar.

Bu yaştaki oğlunuz alay etmeyi, ad takmayı bir şekilde öğrenmiştir ve bundan hoşlanır. Hatta evde bile size ad takabilir. Mesela yemek konusunda onu çok sıkıştırdığınız için "yürüyen kaşık" lakabını size söylemekten hoşlanır. Arkadaşları arasında da bunu yapabilir. Ama bunun yanlış bir şey olduğunu anlatmalısınız.

Oyun oynarken grup ayrımına gider. Artık kızlarla oynamak istemez, kendine erkek arkadaşlar bulur.

6 yaşındaki oğlunuzun soruları artar. Aynı anda birkaç şeyi bir arada yapmak ister. Karşılaştırma yapar. "Ali'de varsa bende niye yok," gibi. Deneme yöntemini kullanabilir. Karşı çıkışlar, bu yaşın en belirgin özelliğidir.

Anaokulu Oğlunuz İçin Yeni Bir Oyun ve Eğitim Yeri

Çocuğun oyun gereksinimini en iyi karşılayan toplumsal kurum, anaokullarıdır.

3–6 yaş çocuklarının, eğitimini gerçekleştiren anaokulunu, annenin yokluğunu giderecek bir kurum olarak değil de, ilk yıllardaki annenin tek başına çocuğun üzerindeki rolüne katkıda bulunan ve bu rolü yaygınlaştıran bir kurum olarak değerlendirmek gerekir.

Anaokulu, ilkokula hazırlık olmaktan çok, aile dışına atılan ilk adım olarak düşünülmelidir. İlk 3 yıl içinde çocuk, model olarak anne ve babasından alabileceğini alır ve kendisine tanınan fırsatlar ölçüsünde belirli bir psiko-sosyal olgunluğa varır.

Anaokulları, çocukların sözel faaliyetlerine önem veren ve onlara hareket imkânı hazırlayan kurumlar olmalıdırlar. Anaokulu aynı zamanda, kuralları en etkili bir biçimde öğretebilen bir kurumdur. Çocuk, yaşıtlarıyla ilişkiye girerek, birlikte yaşamayı ve oynamayı öğrenir. Böylece başkalarının özgürlüğünden haberdar olur. "Ben ve başkası," kavramlarının bilincine vararak, yardımlaşma ve işbirliği duygusunu geliştirir.

Burada asıl tartışılması gereken, çocuğun anaokuluna kaç yaşında gönderilmesi gerektiğidir. Bunun için eğitimcilerin çoğunluğu, annesi çalışmayan çocuklar için 5–6 yaşından, annesi çalışan çocuklar için 4–5 yaşından itibaren anaokuluna göndermenin uygun olduğu görüşündedir. Burada unutulmaması gereken bir şey vardır ki, o da, **toplumsal işlevleri büyük olan anaokullarını, çocukları barındıran değil, fakat onları eğiten ve biçimlendiren çok önemli eğitim kurumları** olduğudur.

Çocuk yaşayarak öğrenir

İdeal anaokulu, çocuğun şu an kavrayacağı bilgilerle, gelecekte buna yönelik istidadı ve yeteneği arasında bir yol bulmayı amaç edinir. Çocuk, yaşayarak öğrenir. Yaşantılar, beş duyu yoluyla edinilir. Dolayısıyla bu yol, anaokulunda, beş duyuya hitap eden öğrenme durumları oluşturulmasından geçer. Bunlar belirli bir plana göre hazırlanır.

Çocuğun enerjisini yönlendirip, onu bastırması ya da tamamen serbest bırakması söz konusu değildir. Fiziksel, zihinsel, sosyal ya da duygusal olsun, çocuğunuzun gelişimini desteklemek için okulun ilk yılında, kişiler, olaylar ve malzemelerle edineceği bilgilere ağırlık vermelisiniz. Bunlar öğrenmeye hazırlık değil, öğrenmenin ta kendisidir. Çünkü öğrenme, anne karnında başlar. Duyularımız algıladığı sürece de bu böyle devam eder.

Oğlunuz için ikinci yuva

Anaokulu, çocuğunuzun yolunun düşeceği ikinci sosyal bir sistemdir. İlki elbette ki ailenizdi. Gerçekten de, **evinizi çocuğunuzun "benliğinin" bütün yönlerinin gelişmekte olduğu bir kültürel atölye olarak düşünebilirsiniz.** Günlük işler ve görevler, çocuğun gelişimine yardım eder. Yapabileceği pek çok şey vardır. **Eşyaları ve elbiseleriyle ilgilenebilir, oyuncaklarını ve oyun malzemelerini yerine kaldırabilir, kirli çamaşırlarını kirli sepetine atabilir, temiz çamaşırlarını**

İstenilen anaokulu

Çocuğunuza güvenli, sağlıklı ve mutlu bir okul ortamı sağlamayı amaçlar.

Çocuğun okula uyumu konusunda değerlendirme yapmak için sizinle işbirliğini arzular.

Çocuğunuzu olduğu haliyle anlama konusunda kararlıdır.

Yaşamın, çocuğun karşılaştığı ve karşılaşacağı yönlerini araştırma konusunda duyarlıdır.

Özele indirgendiğinde ise anaokulunun hedefleri şunlardır:

Oyun, dinlenme, yemek yemeye teşvik etmek, koordinasyon, güç ve fiziksel becerilerini geliştirmek. Bu yolla çocuğun fiziksel ihtiyaçlarının farkında olmasını sağlamak.

Yapılan çalışmalarda ve oynanan oyunlarda dürüstlüğü öğretmek ve sorumluluk, bağımsızlık duygularını geliştirmek. Yaşadığı sosyal ortamdaki davranış özelliklerini anlamasına yardımcı olmak.

Başarı hissini tatmasına ve özsaygının gelişmesine yardım etmek. Çocuk böylece, ruh sağlığı yönünden sağlıklı olma yolunda adım atar.

Doğal ortamını daha iyi tanımasına, şekil, cisim ve benzeri kavramları ve sayısal ilişkileri anlamasına yardım etmek.

Düşüncelerini ve duygularını dil, sanat, müzik ve hareketlerle ifade etmesine ortam hazırlamak.

Gözlem, deney yapma, araştırma, keşfetme, düşünme, genelleme yapma ve kavramsallaştırma becerilerini geliştirmesine yardım etmek.

dolabına yerleştirebilir. Yatağını bile düzeltebilir. Fıtratında olan yardım etme arzusuna hitap edecek pek çok ev işi vardır ve siz bunları yaptırarak onun bu duygusunu daha çok geliştirmiş olursunuz.

Çöpü dışarı çıkarmak, evdeki çiçekleri sulamak, masayı hazırlamak gibi...

Unutmamalısınız ki, bu işler, yanında aileden biri olup, övücü sözler söylenerek ve teşekkür edilerek yaptırılırsa, çocuğunuz için daha zevkli ve eğlenceli olur. Ayrıca, **evde bu gibi işler yapmak, ona, okulda yerine getirmesi gereken görevler için bir alıştırma olacaktır.**

Eğer evde, düzenlilik ve elbirliği ile hareket etme gibi bazı ev kuralları belirlerseniz, bu, okulda kurallara dikkat etmesi için iyi bir temel oluşturur. Bunları onun, günlük rutini içinde üstü kapalı bir şekilde yansıtmaya çalışın. **Nasihatler vermek ve devamlı kuralları hatırlatmanın bir yararı olmaz. Bunların yerine, örnek vermek ve yol göstermek en doğrusudur.** Evde koyduğunuz kurallar aynen okulda da geçerli olacaktır.

İşte bunlardan bazıları:

Herkesin fikrini belirtmesi, fakat başkalarını rahatsız etmeden konuşma sırasını beklemesi.

Oyunları ve oyuncakları paylaşmak, fakat herkesin oynamak için sırasını beklemesi.

Doğruyu söylemek ve başkalarının da aynı tutum içinde olacağını bilmek...

Başkalarının eşyalarına saygı göstermek ve aynısını onlardan da beklemek...

Onu ilgilendiren aile planlarına kendisinin de katılacağını, önerilerinin ve fikirlerinin ciddiye alınacağını bilmek.

Oğlunuz için yeni bir oluşum

Anaokuluna gitmekle çocuk, ailesinden ayrı olarak yeni bir çevre ve yeni bir oluşumun içine dâhil olmaktadır. Bu dış çevre, çocuğun eğitimi için çok önemlidir. Çünkü çevredeki düzensizlik, zevksizlik ve alt üst oluş, çocuğun kuralların önemini benimsemesini zorlaştırır. Hiç kimsenin kural tanımadığı bir çevrede çocuk, disiplin duygusunun gelişmesi için önemli bir destekten mahrumdur. Dikkatle, düzenlenmiş, günlük akışı, zamanı ve insanı kollayan temiz bir çevre, çocuğun disiplin duygusunu destekler. Bazen **çocuğun değişmesi, bütünü ile çevrenin değişmesine de bağlıdır. Onun için iyi bir çevre ve iyi bir anaokulu tercih edilmelidir.**

Anaokulu çok iyi değerlendirilmeli

Anaokulunun devamı ilkokuldur. Onun için anaokulu dönemi çok iyi değerlendirilmeli ve çocuk üzerinde olumlu etkiler bırakmalıdır. Yoksa okula başladığı zamanda okul korkusu gibi istenmeyen tablolarla karşılaşılabilir.

Bir çocuk, daha önceden kardeşleri, arkadaşları veya komşu çocukları aracılığıyla okul hayatından haberdar olmuş, okul araçları ile tanışmış, eli kalem tutmuş, okula ait olumlu hikâyeler dinlemiş ise, o çocuk, okul korkusu adını verdiğimiz uyum problemini yaşamaz.

Okul, ileri aşamada çocuğunuza yeni ve zor hedefler sunsa da, bunları aşmak için gereken becerileri de kazandıracaktır. Diğer taraftan okul hayatı, çocuğun bağımsızlık kazandığı, bazı şeylere kendi başına karar verdiği bir alandır. **Anne babaların en büyük çıkmazı, çocukların okul hayatına gereğinden fazla karışmalarıdır.** Her gün okuldan gelince, ondan neler olup bittiğine dair rapor istemeleri, onları imtihan etmeleri, başlarına dikilip ödevlerini yaptırmaları, kötü not aldığında suçlamaları, tümüyle yanlış davranışlardır. **Siz karıştıkça, çocuğunuz asla sorumluluk duygusu kazanmayacak, yaptığı işten zevk almayacaktır.**

Size düşen uzaktan izlemek, ancak istendiğinde yardımcı olmak, ümitsizliğe düştüğünde cesaret vermek, öğretmeniyle görüşmektir.

En ideal eğitim, tam gün eğitimdir. Çocuk her şeyi okulda öğrenmelidir. Modern eğitimde fazla ev ödevi yoktur. Okul dışı zaman çocuğa aittir. Çocuk okula gidecek, ama arkadaşlarıyla oyunu oynayarak çocukluğunu da yaşamalıdır. **Okulda, evde, dershanede, her yerde ders çalışan bir makine haline getirilen çocuk, sosyal yönden gelişemez.**

Dış dünyayla iletişim önemli

Ailenin dışındaki insanlarla çok az vakit geçirmiş bir çocuk, dış dünyadaki insanlarla ilişkiye girmekte ve sosyal hayatın gereklerini yerine getirmekte zorlanacaktır. Okul öncesi dönemde yeterince arkadaş edinen, kardeşlere sahip olan, kreşlere giden çocuklar, okula başladığında çözümü zor sosyalleşme sorunları yaşamazlar.

Anne babaların çoğu, çocuklarının yabancılarla konuşmalarını pek istemezler. Ancak, yabancı kelimesi ile kimleri kastettiklerini açıklığa kavuşturmaları gerekir. Aile üyesi olmadığı halde, kasap, bakkal, manav, fırın, servis şoförü, gibi çocuğa tanıdık gelen birçok insan vardır. Çocuğun, güvendiğimiz bu insanlarla konuşmasına, onlarla arkadaşlık kurmasına izin vermeli, onları dış dünyaya alıştırmalıyız.

Çocuğunuzla birlikte dış dünyaya çıktığınız zaman, karşılaştığı kimselerin ona sorular sorması halinde cevap vermesi için sıkıştırmayın. Bırakın kızınız kendisi cevap versin. Onun adına cevap vermektense, onu cevap vermesi için teşvik edin. Bu arada konuşmasına malzeme sağlamak için, geçmişte yaşadığı tecrübeleri hatırlatabilirsiniz. Mesela, "hadi kızım, amcana dün misafirler gelince bana nasıl yardım ettiğini anlat," gibi. Başlangıçta bu tür diyalog ortamlarında, çocuğunuzun kendisine sorulan sorulara kısa cevaplar vermesi yeterlidir. Onu fazla açıklama yapmaya, yüksek ve anlaşılır bir sesle cevap vermeye zorlamak, diyalogun doğal yapısını bozar. Bunlar zamanla gelişecek olan yeteneklerdir.

Okula ya da kreşe giden çocuklar, grubun bir parçası olmak zorundadır. Okul ortamına gelindiğinde, **sosyalleşme becerisi, harfleri ve rakamları tanımaktan daha önemli olabilir**. Çocuk, bir yetişkinin rehberlik ettiği ortamlarda, paylaşmayı ve sıraya göre hareket etmeyi öğrenir. Her ne kadar bunlar, birden fazla çocuğun olduğu ailelerde öğretilebilirse de, tek çocuklu aileler için oldukça zordur. Bunun için, **çocukları olan arkadaşlarınızla sık sık bir araya gelin, okulların düzenlediği okul öncesi belli aktivitelere katılın.**

Sosyal ve pratik becerilerden mahrum olarak okula gelen çocuklar, okuldaki zamanın çoğunu bunları öğrenmek için harcamak zorunda kalacaklardır.

Rol modeli olacak öğretmen

Birlikte yaşama ve çalışmayı öğrenirken, çocuğunuzun, ayrıntılarıyla kopya edeceği, sağlıklı bir öğretmen modeline ihtiyaç vardır. Bu sebeple, anaokulu öğretmenin, olumlu bir model oluşturmasının yanında, yeterli düzeyde pedagojik formasyona sahip olması ve mesleğini sevmesi gerekmektedir. Bunun yanı sıra anaokulu öğretmeni, çocuğunuzun gelişim ve uyumundaki karmaşık psikolojiyle, ihtiyaç duyduğu çevre koşullarını da bilebilmelidir.

Duygusal Şiddet ve Ceza

Ceza ve eğitim

Modern pedagojide her ne kadar cezanın, özellikle dayağın eğitim değeri olmadığı söylense de, bunu savunanlar da vardır.

Cezaya karşı çıkanlar, ceza ile yönetilen disiplin şekillerinin genellikle çocukta, kızgınlık, nefret, intikam, suçluluk, güvensizlik, kendine acıma, kaçış, aşırı itaat gibi olumsuz duygulara sebep olduğunu ileriye sürerler. Hatta "çocuk yaptığına pişman olacağına ve suçunu telafi etmesini öğreneceğine, intikam hayallerine yönelir," derler. Bu durumda çocuk için, artık işlenen suç ve sonuçları değil, cezanın ortaya çıkardığı duygular öne geçer ve ceza daha başka suçların oluşturucu mekanizması olur.

Cezalandırırken bu duruma meydan verildiği bilinmelidir. **En iyisi cezalandırılacak davranış ortaya çıkmadan oğlunuzun, özdenetimini oluşturmasını sağlayın.** Usta-çırak ilişkisi içinde oluşan bu mekanizma, ilk aşamada kural ve beklentileri çocuğa açıklamakla; ikinci aşamada ise, onu desteklemekle gerçekleşir.

Neye göre ceza verilmeli?

Ceza, iyi bir alışkanlığı kazandırmadan çok, genellikle kötü davranışları engellemek için kullanılır.

Cezalandırma fiili için şu bağlantının sağlanması şarttır. "Bilgi + Sorumluluk = Ceza" Bu bağlantıya göre bilgi verdikten sonra sorumluluğunu yerine getirmeyene ceza verebilirsiniz.

Bilgiden önce yapılmış yanlış hareketlerden dolayı insan sorumlu tutulamaz. Bu hususta "düşünsün ve bulsun" gibi hükümler ileriye sürülmez. Çünkü insan aklıyla yalnız Allah'ın varlığını ve birliğini bulmakla yükümlüdür. Bunun dışında hangi konuda olursa olsun, kendisine bilgi verilmeden sorumlu tutulamaz. Öyle ise **ceza, ancak hata olduğu bilinerek yapılan hareketlere verilebilir. Çocuğun şuursuzca yaptığı hareketler cezalandırılmaz.**

Annesiz Kalırsan Görürsün

Anne babaların oğullarına olan sevgilerini silah olarak kullanmaları, sevgi göstermemeleri; aşağılama, devamlı eleştirme, başkalarının önünde küçük düşürme, tehdit gibi ruh sağlığını bozucu eylemler, duygusal şiddet kapsamındadır. Bu da cezanın en şiddetlisidir.

Çoğu annenin ağzından dökülen şu cümleler, çocuğa yapılan duygusal şiddete diğer bir ifadeyle manevi şiddete iyi bir örnektir. "Beni üz! Annesiz kalırsan görürsün. Ölümüm sizin elinizden olacak. Mezarımın başına çocukları yüzünden öldü yazacaklar. Konuşmayın benimle, ben sizin anneniz değilim. Ben ölürsem kime anne diyeceksiniz bakalım? Üvey anne elinde büyürseniz değerimi anlarsınız..." şeklinde uzayıp giden yakınmalarla kısa bir süre için oğlunuzu tedirgin ederek, uslandırabilirsiniz.

Ancak **uzun vadede bu tür yanlış disiplin uygulamaları çocuğun ahlak ve vicdan gelişimini olumsuz yönden etkilemektedir.** Özellikle Allah'ın adıyla çocukları korkutmak kalıcı tedirginliklere sebep olur.

Anne baba olarak üzerinde durmanız gereken en önemli konu, maddi şiddetin manevi şiddete nazaran daha hafif yaralar bıraktığıdır. Yani fiziksel şiddet gören çocuğun etkilenmesiyle duygusal şiddet görünen çocuğun etkilenmesi arasında çok fark vardır. Çünkü çocuk, yediği bir tokatın ya da bir şamarın acısını kısa bir sürede unutabilir, oysa maruz kaldığı duygusal şiddet, fiziksel şiddete göre çok daha ağır sonuçlara yol açabilir. **Duygusal şiddet, sevgiyi ve ilgiyi azaltmak, herkesin içinde azarlama, hakaret etme ve kınama olarak sıralanabilir.**

Bazı anne babalar gibi oğlunuz yaramazlık yaptığında sağa sola saldırmak ya da duygusal şiddet uygulamak yerine, poposuna şefkatli bir kuvvet uygulamanız daha az yaralayıcı olacaktır. Tabi aşırıya kaçmadan... Eğer bu konuda başarılı olamıyorsanız, mutlaka üçüncü şahıslardan yardım almayı ihmal etmeyin. Unutmayın, erken teşhis can kurtarır. Siz de erken başvurmayla daha kötü sonuçları önlemiş; hem kendinizi, hem de oğlunuzu yaralamamış olursunuz. Bunun için, danışmanlık hizmetleri veren rehberlik araştırma merkezleri, halk eğitim merkezleri, okulların psikolojik danışma ve rehberlik servisleri, çeşitli sivil toplum kuruluşlarından yararlanabilirsiniz.

Oğlunuz hareketli diye şükredin

Oğlunuz çok hareketli ve sizi dinlemiyor. Bu durumda ona ceza vermek yerine şükredin. Çünkü o tüm bunları geçirdiği gelişim süreci için yapmakta.

Bir anne yaramaz çocuklarla ilgili yapılan şikayetleri dinledikten sonra etrafındakilere şunları söylüyor: " Biliyor musunuz, sizlerin yakınmalarını dinlemek bana çok güç geliyor. Oğullarınızın bu denli canlı olmaları sizleri mutlu etmeli. Benim iki çocuğum var. Oğlum 7, kızım ise 4 yaşında. Oğlum, doğduğu günden beri hareketli, kıpır kıpır bir çocuk... Tüm erkek çocukları gibi... Yaptığım her işin içinde yer alırdı. Mutfakta hep benimle beraber olur, yaptığım her işi o da yapmak isterdi. Onu disiplin altına sokmak çok güçtü. Oğlum beni çok yordu, tükendim diyebilirim. Çünkü yaman bir çocuktu. Fakat kızım, doğduğu günden beri ağabeyinden farklıydı. Sessiz, yakınmaları olmayan uslu bir çocuktu. Kızımın istekleri o denli az ve bakımı o denli kolaydı ki, kendi kendime, "çok şükür, en azından çocuklarımdan bir tanesi beni üzmeyeceğe benziyor." derdim. Ama kızım, bir türlü kendisinden beklenen gelişmeyi göstermiyordu. Uzun sözün kısası, geri zekâlı bir çocuk olduğu ortaya çıktı. Şimdi ne zaman oğlumu idare etmek bize güç gelse, onun normal ve gelişmeye çalışan bir çocuk olduğu için Allah'a şükrediyoruz."

Bu örnek de gösteriyor ki, **çocuklar çocukluğun gereğini yapacaktır. Aileler ise, bunu dengeli ve olumlu tutumlarıyla desteklemeliler.** Çünkü oğlunuz da büyüyecek ve yaptığı tüm yaramazlıkların hiçbirini yapmayacaktır.

Şiddet gören çocuktaki belirtiler

Aşırı bir endişe hali, korku, sık sık irkilme. Karın ağrısı, mide bulantısı, baş ağrısı. Alt ıslatma. Dil gelişiminde gerileme. Saç dökülmesi, saçkıran. Çevreye karşı ilgisizlik. Uyumakta zorluk, kâbus görme. Sık ve uzun süreli ağlama. Yeme problemleri, konsantrasyonda zorluk. Sinirlilik, öfke nöbetleri, agresif davranışlar. Özgüven azalması, temel güven duygusunun sarsılması, yaşından küçük davranışlar. Arkadaş ilişkilerinde sorunlar, intihar eğilimleri, okulda başarısızlık.

Çocuklar, ilişki kurma biçimlerini ailelerinden öğrenirler. Şiddet yaşanan ailelerde, çocuklar şiddet gözlemledikleri için, dışarıda ilişki kurma biçimleri de bu şekilde olur. Bazı çocuklar agresif, yıkıcı, kaba ve uygunsuz davranışlar sergileyebilirler. Kendilerini ifade etmekte zorlanırlar ve problem çözme becerileri yoktur. İstediklerini, arkadaşlarını tehdit ederek almaya çalışır veya şiddet kullanarak insanların ilgisini çekmeye çalışır. Özellikle ergenlik döneminde başkalarına zarar verme, alkol ve ilaç kullanımı gibi sıkıntılar ortaya çıkabilir.

Şiddet gören çocuk, şiddet uygular. Evde şiddet, okulda şiddet, toplumda şiddet ve sonunda kendisi de bu şiddeti uygulayan biri olup çıkar. Büyüyüp yetki sahibi olduğu zaman, bu şiddet gören çocuk, geçmişin intikamını alırcasına çevresine ve topluma baş kaldıran biri olur.

Disiplinle ceza arasında fark vardır

Anne baba olarak, kendinizi rahatlamış ya da intikam alıyor hissediyorsanız, yaptığınız disiplin değil cezadır. Ama ikisi arasındaki farkları şu şekilde daha net görebiliriz: **Disiplin,** oğlunuzun daha fazla şey yapmasını beklemez; **cezalandırma** ise, daha fazla şey yapmasını tetikler. **Disiplin**, çekerek elinden almak yerine, başka alternatiflerle onu bırakmasını sağlar ya da "dur, bunun yerine başka bir şey yap," derken; **cezalandırma,** "hemen onu ver" deyip elinden çeker alır, "bunu yanlış yaptın, sen kötü bir çocuksun" der. **Disiplin**, düşünceden gelir; **cezalandırma** kızgınlıktan gelir. **Disiplin**, oğlunuzun bir sonraki zamanda başarısını oluşturur. **Cezalandırma** başarısızlığa odaklıdır. Disiplin, etkili olmak için iyi şansa sahiptir. **Cezalandırma**nın sonuçları ise tahmin edilemez. Disiplinde konuşma vardır, cezada şiddet, incinme, kırılma. **Disiplin, davranışı; ceza ise şahsı ele alır.** Disiplin, hayatın doğru ve yanlışlarını öğrenmek ve öğretmektir; cezalandırma ise bunun tersi bir yöntemdir.

Şiddetin en şiddetlisi dayaktır

Oğlunuzun çok hareketli, söz dinlemez, yaramaz bir çocuk olmasından yoruldunuz. Onu disipline etmek adına dövmek, dayak atmak istiyorsunuz. Ama unutmayın ki dayak, her çocukta işe yaramaz. Bir kere vereceğiniz cezanın, çocuğa uygun olması gerekir. Uymazsa etkisi de çok az olur. Bunun için anne baba olarak çocuğunuzu tanımanız gerekir. Ona neyi, nasıl uygularsanız sonuç alacağınızı bilmeniz açısından, bu çok önemlidir.

Sıklıkla her suç işlendiğinde kullanılan dayak, etkisini yitirir. Her kusurda çocuğu dövmek, disipline etmekten çok kafasını karıştırmaya yarar.

Şiddet, şiddeti doğurur. Oğlunuzun sizi zorba olarak görmesine ve kendisinin de çevresine şiddet uygulamasına neden olur. Saldırgan davrandığı için dayak yiyen çocuk, daha da saldırganlaşır.

Dayak sadece engellemek istediğiniz davranışa değil, oğlunuzun tüm davranışına ket vurur.

Oğlunuza gerçekten kızgınken dayak yöntemini kullanmayın. Bu, sadece sakin olduğunuz zamanlarda kullanabileceğiniz bir disiplin yöntemi olabilir.

Cezayı, suç işledikten sonra hemen verin. Yanlış davranışı görür görmez cezalandırın.

Dayak, oğlunuzun istemediğiniz davranışı yapmasını engellemez. Yakalanmadan nasıl yapacağını öğretir.

Dayak atmak, oğlunuzdan çok sizi yaralıyorsa, anlayın ki, o zaman doğru bir yolda değilsiniz. Çünkü dayaktan çok daha etkili başka yöntemler de vardır.

> Diyelim ki oğlunuz, sabah kahvaltısında huysuzluk etti. Onu yemeğini bitirmeye zorlamak yerine, tabağını önünden kaldırın. Az sonra acıkacak ve yemek isteyecektir. O zaman, "daha öğle yemeğine epey zaman var. Bekle," deyin. Açlık duygusu, oğlunuzun sabahki huysuzluğunun doğal sonucu olarak daha etkili bir öğretici cezadır. Çocuk yemeklerde huysuzluk etmekten vazgeçecektir.

Nasıl ceza verilmeli?

Oğlunuzun yaptığı hatayı anlamasını istiyorsunuz ve ceza vereceksiniz. O zaman vereceğiniz cezanın, onur kırıcı olmamasına dikkat etmelisiniz. Kararlı ve tutarlı olmalısınız. Ceza suça uygun olmalı ve gerçekçi olmalı. "Seni keserim, öldürürüm" gibi tehdit ve gerçek dışı ifadeler yer almamalı. Ceza gecikmeden verilmeli. Suçun üstünden 3 gün geçtikten sonra ceza verilmez, verilse de faydalı olmaz. Her fırsatta ceza verilmemeli.

> Her şey oğlunuzun daha disiplinli olması içinse, en güzel disiplin, ceza değil sevgidir; bu da unutulmamalı.

Dengeli Aile Ortamı ve Biz Olma Bilinci

İlk önce mesajlarınız tutarlı olacak

Çocuk eğitiminde iki temel unsurdan biri **sevgi,** diğeri de **disiplin**dir. Çocuk doğru bir disiplin uygulamasının içerisinde kendi kişiliğinin sınırlarını, sosyal sınırları ve sosyalleşme süreci içinde de bazı değer yargılarını öğrenir. Bütün bunlar çocuğa hayat becerileri kazandırır. Bu öğrenme sürecinde anne baba, onun rol modelidir. Bu rol modellikle beraber anne baba olarak oğlunuza karşı tutarlı olmanız da çok önemlidir. **Bir olay karşısında baba ayrı, anne ayrı mesaj verirse, çocuktaki disiplin sağlanmamış olur ve çocuk işine geleni seçtiğinden, onun kişilik gelişimine zarar vermiş olursunuz.**

Adalet terazisine dikkat edilmeli

Oğlunuz için yapacağınız diğer bir tutarlı davranışı, kardeşler arasında adil olmakla göstermelisiniz. Ödül ve cezada kardeşler arasındaki tutarlılık, onların aralarındaki ilişkiyi dengelemelerine yardımcı olacağı gibi, doğru davranma özelliği de kazandıracaktır. Eğer bu tutarlı davranışı sağlayamazsanız, dilediği zaman dilediğini yapma hakkını kendinde bulan bireyler yetiştirmiş olursunuz.

Anne baba olarak, anlık çözümler yerine, olayları uzun vadeli değerlendirmelisiniz. Çocuk o an belki üzülecektir, ama uzun vadede üzülmemesi daha önemlidir. Mesela, yaramazlık yapan çocuklarınıza ceza vermeniz gerektiğinde, araştırmadan ve bir anlık kararla ikisine birden eşitlik adına ceza vermeniz, aslında büyük haksızlıktır. **Adalet terazisi o kadar hassastır ki, dalgınlığı ve dikkatsizliği affetmez.** Onun için çok dikkat etmek gerekir. Özellikle iki kardeş arasında davranışlarda... Çünkü **hak duygusu bu yaşlarda atılan temellerle gelişecektir. Böylece kardeşler arası kıskançlığı da önlemiş olursunuz.**

Aile meclisini toplayın

Aile meclisi sadece özel hallerde değil, belli aralıklarla düzenli olarak toplanmalı ve anne-baba-çocuk bir arada isteklerini konuşmalıdırlar. Konuşurken adalete ve hakkı teslime riayet ederek oğlunuza güzel örnek olmalısınız. Mesela birine kızınca, bunu, evde aile fertlerine, dışarıda ise bütün insanlara teşmil edip, oğlunuzun adalet duygusunu incitmemelisiniz. Bu toplantılarda aile içinde uyulması gereken kurallar koyun, ama bunlar çok sıkı olmasın. Çünkü çok sıkı olan kurallar, büyük ihtimalle süreklilik kazanamaz. "Uygulanmayacak emir verilmemelidir" sözü, bunun için çok doğrudur.

Uygulanmayacak kural konulmamalıdır, çünkü uygulanmayan kural, otoriteyi zedeler.

Dengeli ailenin ilk şartı etkili iletişim

Sağlıklı bir kişilik gelişimi, anne babanın, çocuğa emek vermesini ve bu konuya kafa yormasını, araştırma yapmasını gerektirir. Anne babalar, bu ciddi işi, gündelik çözümlerle geçiştirmek yerine; uzun vadede, olumlu sonuçlar oluşturacak etkin çözümlerle yürütmelidirler. **Hak, adalet, özdenetim gibi kavramlar ve ahlak ilkeleri, çocuğun zihnine küçük yaşlarda yerleşirse, çocuk, çok daha sağlıklı ve mutlu bir birey olur.** Etkili iletişim, çocuklar büyüdükçe daha fazla önem kazanmaya başlar.

Dinlenen çocuk iletişime geçer

Aktif dinleme, iletişimi kolaylaştıran metotların en iyisidir. Tabi bunda çocuğun da istekli olması önemlidir.

Bir de çocuğunuz ne anlatırsa anlatsın, onu büyük bir sabırla ve istekle dinlemelisiniz. Dinlenen çocuk, konuşur ve sizinle iletişime geçer. Tabi bunun yolu da sevgidir. Sevginizi en iyi şekilde oğlunuza gösterirseniz, sizinle iletişime geçmemesi için sebep yoktur.

Ama sevgiyi veriş şekliniz önemli

Sevginizi oğlunuza şartsız sunun. Sevginizi şartsız sunmadığınız bir çocuğa, verebileceğiniz başka şeylerin pek de kıymeti ve anlamı olmayacaktır. **Unutmayın ki, şartsız sevilen çocuk, yaşama sevinci içinde büyür.** Hayat yolu gibi uzun bir yolculukta, çocuklarınız, onların varlığından duyduğunuz mutluluğu görerek yürümelidirler. O zaman yolun sarp kayalıkları, engelleri, aşılmak için çok kolay ve rahat gelecektir. Bu zor yolculukta onları yalnız bırakmamak ve yardım etmek anne baba olarak en önemli görevinizdir.

Özellikle **erkek çocukları için sevilmek çok önemlidir.** Çünkü onlar kız çocukları gibi cilveli ve girişken değillerdir. Hatta öpülmekten, kucağa alınmaktan hoşlanmadıklarını bile söylerler, ama siz aldırmayın. Bu, onların daha çok sevgi istediklerinin bir ön söylemidir. Sevilmeyen çocuklar, sevmesini de bilemezler.

Biz bilinci önemli

Ailenizde **ben bilinci** yerine **biz bilinci**nin gelişmesi için, bunun üzerinde içtenlikle durmanız gerekir. Çünkü ailede **biz** yerine **ben** varsa, bu çok tehlikeli ve aile içi gereksinimler için bir çıkmazdır. Hâlbuki gereksinimleri karşılanan aile, sağlıklı ailedir ve çocuklar için de sağlıklı gelişme ortamıdır. Ben anlayışındaki değersizlik, acizlik duygusu ortadan kaldırılmalıdır. "Ben bilirim, ben güçlüyüm, ben değerliyim," anlayışının, yani ben bilincinin hâkim olduğu aile içersinde, oğlunuz kendisini değersiz ve güçsüz hisseder. Fakat biz bilincinin hâkim olması sonucu, "biz güçlüyüz, biz değerliyiz," anlayışı geçerli olacaktır ve oğlunuz kendini değerli, güçlü ve onurlu hissedecektir. Bu da onun gelişimini olumlu etkileyecektir.

Koşullu ortamdan uzak durulmalı

"Benim dediğim gibi yaparsan, bana güvenebilirsin. Benim dediğimi yapmazsan, kork benden," yaklaşımının olduğu bir ortamda, çocuk, kaygı duyacak ve kendi potansiyelini ortaya koyamayacaktır. Bunun için **koşullu ortamdan uzak durmak gerekir.** Çünkü **biz bilinci olan ailede, koşullu ortam yoktur ve çocuk kendini daha çok güvende hissedip, tüm yeteneklerini ortaya çıkarmaya çalışır.**

Dayanışma içinde olmak gerekir

"Bak ne güzel geçiniyoruz, benim dediklerimi yaparsan dayanışma içinde oluruz. Bu takdirde, beni her zaman yanında hissedebilirsin." Çocuk böyle bir mesajda, kendini şartlanmış hissedeceği için davranışlarını denetlemeye çalışacak, kendi gibi olmak yerine, sizin istediğiniz gibi olacak. İlerleyen yaşlarda da aranızdaki diyalogun zayıflaması söz konusu olacaktır. Çünkü ergenlikle beraber, kendi var oluşunun bilincinde olacaktır, sizin "ben anlayışınız" onu sizden uzaklaştıracaktır. Bunun için biz bilincini oluşturmalı ve onun kendini doğal yakınlık ve dayanışma içinde bulmasını sağlamalısınız.

Sen başarabilirsin

"Biz bir aileyiz, herkesin sorumlulukları var. Sen de bu sorumluluklarını çok iyi yapabilirsin, biz buna inanıyoruz ve bu görevi sana veriyoruz. Sen de kendi isteklerini bizi söylemeli ve bizimle paylaşmalısın," şeklinde vereceğiniz mesajla, biz bilincini geliştirmelisiniz. Zaten "sen bilmezsin ben bilirim," mesajıyla oğlunuzun hayata olumsuz bakmasına ve sorumluluklarından kaçmasına sebep olursunuz. Özellikle de küçük yaşlardan başlayarak, "sen daha küçüksün, bunu yapamazsın" şeklinde verdiğiniz mesajlar bunu tetiklemektedir, dikkat etmek gerekir.

Her şeyi hazır vermek doğru değil

Oğlunuz için yapacağın en güzel şey, ona zorluklar karşısında mücadele etmesini, onların üstesinden nasıl geleceğini ve hemen pes etmemesi gerektiğini öğretmenizdir. Bunu da tabi ki, biz bilinciyle yapabilirsiniz. Çünkü ben anlayışlı aileler: "Çocuklar, her şeyi yapamaz, zorlukların üstesinden gelemez, sorun çözemez" diye düşünmektedirler. Ya da çok iyi niyetle, çocuklarını koruyup kolladıkları düşüncesiyle bunu yaparlar. Hâlbuki iyilik değil, kötülük yapmaktadırlar. **Oğlunuzu yaşına ve gelişimine uygun zorluklarla baş başa bıraktığınızda, kendine güvenen, sorun çözme becerilerini geliştirebilen bir birey yetiştirmiş olursunuz.** Özellikle de ileriki yaşamı için bu oğlunuza çok gerekli bir tecrübedir. Çünkü o, ilerde kendi ailesinin babası olacaktır.

Aile mutluluğu

Aile mutluluğunuz, içinde bulunduğunuz bilinçle çok bağlantılıdır. Eğer ailenize ben bilinci hâkimse, bu demek ki, birbirini denetleyen, istismar eden, yönlendiren bir ortam var. Bu da tek kişilik mutluluk demektir. Ama **biz bilincinde, aile mutluluğu ön plandadır.** Çünkü tek düşünce, "aile mutluluğumuzu nasıl sağlar ve daha attırırız," şeklindedir. Mutlu eşler, mutlu çocuklar yetiştirir, mutlu çocuklar, mutlu insanlar demektir. O zaman önce anne baba olarak sizin mutlu olmayı istemeniz ve bunu biz bilinciyle yapmanız gerekir.

> Oğlunuzun geleceğine yönelik yatırım yapmak istiyorsanız, biz bilinciyle yaşamın içinde kendini bulmasını, kendini yaşamın bir parçası hissetmesini sağlamalısınız. Bunun için de zorlama değil, teşvik gerekir. Mesela, "büyüyünce doktor olacaksın," diye dayatmak yerine, onu yetenekli olduğuna teşvik etmek daha akıllıcadır. Böylece hem mutlu, hem de başarılı olacaktır.

Büyük Anneler ve Büyük Babalar

Büyükanneler ve büyükbabalar için, torunları kendi çocuklarından daha kıymetlidir. Bu sevgi, bazen o kadar ileri gider ki, uyulması gereken kurallar bile hiçe sayılabilir. Anne babalara karşı sürekli olarak torunlarını **koruma eğilimi** içine girerler. **Büyükannelerin ve büyükbabaların torun sevgisi, gençliklerinde çocuklarına ayıramadıkların zamanın telafisi olarak tezahür eder.**

Bu eğilim, torunların duygusal tepkilerini değiştirip bazı davranış problemlerine yol açabilir. Özellikle torunlar, iki otorite arasında sıkışıp kalır; annesinin mi, büyükannesinin mi sözünü dinleyeceğini karıştırabilir.

Bütün istekleri dedesi ve ninesi tarafından karşılanan çocuk, anne babası tarafından bir yasakla karşılaşınca, bu durumu hazmedemeyip, en güçlü gördüğü tarafa sığınır. Dede ve ninesi eve geldiğinde gürültülü oyunlar oynaması, anne babanın uyarılarına kulak asmaması, onları duymazlıktan gelmesi, mesaj karışıklığından ileri gelir.

Eğer durum ciddiye binerse, hemen dedesinin arkasına saklanır. Çünkü **dedesi, çocuğun gözünde babasından daha büyük olduğu için daha yetkin bir otoritedir.** Yetkin otorite bunu hoşgörüyle karşılamakta ve bu davranışların üstünde durmamaktadır. "Benim torunumun üstüne gitmeyin, büyüyünce yapar," nidaları evin içinde çınladıkça, çocukluğundan itibaren neyin doğru neyin yanlış olduğunu anlamaya çalışan çocuk, bocalamaya başlar. Bu durum, ilişkilerinde aksaklık oluşturabilmektedir.

Torun ve evlat olma arasındaki ikilemi yaşayan çocuk, bu sorunun çözümsüzlüğüne bağlı olarak çeşitli duygusal sıkıntılar ve davranış problemleri geliştirebilir. Mesela: Uygun olmayan ortamlarda şımarıkça davranmak. Toplum içindeki kuralların hiçe sayılması. Sosyal ortamlara uyum sağlamakta güçlük çekmek. Arkadaşlarıyla iletişim kuramamak. Problemlerini arkadaşını döverek halletmek. Söz dinlememek. Hırçınlık göstermek. Anne babaya karşı direnç içinde olmak gibi.

Anne tarafından konulan bir kuralın dede ya da nine tarafından değiştirilmesi, çocukla anne arasında bir iktidar kavgasına dönüşebilir. Çocuk annesini yetersiz gördüğü için, öfkesini farklı göstermekte; baba da ninenin kuralı uygulanmadığı için, anneyi suçlayabilmektedir.

> Doğru tutum, aile büyüklerinin anne babalara destek vermesi ve anne babaların da aile büyükleriyle konuşarak çocuk için dengeli bir yolun bulunmasıdır. Aile büyüklerinin torunlarına, "önce anne babanın sözünü, sonra benim sözümü dinleyeceksin," mesajını vermesi gerekir.

Aile içinde büyüklerin olması, çocuk için çok büyük bir şans demektir. Tabi yukarda saydığımız olumsuzlukları yok eden aileler için geçerli bu... Anne babalara tavsiyemiz, özellikle oğullarını, dede ve nineleri gibi şartsız sevmeleri. Dedeler ve nineler torunlarını, çalışkan olduğu, yazılıdan yüksek not aldığı, kendisine yardım ettiği için değil, sadece onun torunu olduğu için severler. Bu da çocuk gelişimi için çok olumlu bir süreçtir.

> Siz anne baba olarak büyüklerden gördüğünüz şartsız sevgiyi oğlunuza verebilirsiniz, büyükler de sizin verdiğiniz tutarlı mesajlara destek olarak torunlarının gelişimine katkılarını attırabilirler. Böylece kaliteli bir insanın yetişmesine beraber yardımcı olmuş olursunuz. Onun için çatışmaya girmek yerine, anlaşmayla orta yolda buluşmak en doğrusudur.

Oğlunuz 7 Yaşında

7 Yaş Özelliği

Oğlunuz 7 yaşını geldiği zaman, bu zamana kadar elde ettiği bilgileri ve deneyimleri özümser. Bunları kendi dünyasında bir yere oturtur ve böylece kişiliğini yavaş yavaş oluşturmaya başlar.

6 yaşa göre daha sakin ve sessiz bir dönemdir. Oğlunuz bu dönemde daha uyumlu ve yumuşaktır. Bu yüzden de işbirliğine, sevgiye ve başkalarını mutlu etmeye daha isteklidir. Aynı zamanda daha anlayışlı ve düşüncelidir. **6 yaşındayken aklına eseni yapan oğlunuz, artık size danışmak, sizden fikir almak ister.** Hatta bundan hoşlanır. Artık hevesleri geçici değildir. Başladığı işi bitirir.

Bu dönemde karamsarlığa kolay kapılır.

Mesela, oyunda yenik düştüğü zamanlarda, ödevlerinde başarısız olduğunda, öğretmeni bir şey söylediğinde, "Ben işe yaramaz biriyim, kimse beni sevmiyor, kimse beni istemiyor," şeklinde düşünür.

Çünkü bu dönem onun içine kapanık olduğu bir dönemdir. Bunun sebebi, öğrendiklerini tartıp biçmektedir.

7 yaşındaki oğlunuz dalıp dalıp gidiyorsa, onun hayal peşinde olduğunu sanmayın. Çünkü bu dalgınlık, zihni bir çalışmanın habercisidir. 6 yaşında eyleme geçen oğlunuz, 7 yaşında düşünme sürecine girmiştir. Bu dönemde yalnız içine kapanıp kalmaz, oynar, koşar, zıplar da. Özellikle hırsız polis oyunları, boğuşmacalar, koşmacalar, kovalamacalar bu dönem oyunlarıdır.

Bu dönemde oğlunuzun özellikle babasıyla yapacağı gezintiler, yürüyüşler, eğlenceler, büyük coşku kaynağı olur. **Bu yaştaki erkek çocuk, babasına özendiği için, evde annesine ve kız kardeşlerine daha bir erkeksi davranır.** Anneler ve kız kardeşler olarak bunu yadırgayıp, kızmayın. Gelecekteki baba-oğul ilişkisinin temeli bu yaşlarda atılır. Onun için özellikle **babalar bu yaşta oğullarıyla aralarındaki duygusal bağı kuvvetlendirmeli ve derinleştirmelidirler.**

7 yaşındaki oğlunuza daha yakın olmak, onun gönlünü fethetmek istiyorsanız, ona övgü dolu sözler söyleyin. Çünkü bu dönem aşırı duyarlı ve içine kapanık olduğu bir dönemdir demiştik. Bu övgü cümleleri, kendini daha iyi hissetmesine ve sizinle iyi bir diyalog kurmasına yarar.

Babayla arasında kurduğu diyalog çerçevesinde, onu sorgulamaya, dini tutum ve davranışlarını paylaşmaya da başlar. Babayla birlikte camiye gitmeler, namaz kılmalar gibi. Bu durumu kalıcı ve çekici hale getirmek sizin elinizde. Tabi nefret ettirtmek de...

Bu çağda dikkat çeken en önemli değişiklik, cinsel merakların yavaşlamış olmasıdır. Soru sorma dönemindeki gibi cinsel sorularla sizi bunaltmazlar, hatta cinsel konulardan kaçar gibidirler.

> Anne baba olarak, bu dönemdeki oğlunuz için yapacağınız en güzel davranış, onun duygularına kulak vermeniz, ondan beklentilerinizi, nedenleriyle anlatmanız, onunla kaliteli bir iletişim kurmanızdır. Özellikle oğlunuzda gördüğünüz güzel davranışları övgüyle taçlandırmanız çok önemli. Çünkü bu yolla, yaptığı davranışı sahiplenmesine ve devamlı yapmasına kapı açmış olursunuz.

Okuldan Önce Sünnet

Sünnet nedir?

Erkeklerin penisinin ucundaki sünnet derisinin kesilerek çıkartılmasıdır. Müslüman ve Yahudiler, sünneti, faydalarını düşünmekten ziyade dini inançlar ve gelenekleri sebebiyle yapmaktadır. Batıda ise, faydaları nedeniyle, son yıllarda yaygınlaşmıştır.

Halk arasında sünnet törenleri olarak gelişen eğlence ve hediyelere verilen önem, tıbbî ve ruhi yönüne de verilmelidir. Oğlunuz için oldukça önemli olan bu olay, sadece eğlence anlayışıyla değil, onun duygusal gelişimiyle de ilgili olarak değerlendirilmelidir.

Sünnet zamanı önemli

Oğlunuzu sünnet ettirirken, ona giydireceğiniz kıyafetlerin olup olmamasına değil, olaydan etkilenip etkilenmemesine bakmanız gerekir. Onun için ya çok küçük yaşlarda ya da anlayacağı, bu konuda onunla iletişim kurabileceğiniz yaşlarda yaptırmanız uygundur. Doğumdan sonraki ilk aylarda yapılan sünnet, çocuklar için en iyisidir. Çünkü çocuğun ruhsal sorunlar yaşamasına sebep olmaz. Hatta idrar yollarında enfeksiyon riskini de azaltır. Aynı zamanda altı bezlendiği için sünnet derisinin elbiseye yapışma derdi de olmaz. Yalnız ilk gün çok acısı olur ve fazlaca ağlar. Bunun için de doktor tavsiyesiyle ağrı kesici ilaçlar kullanabilirsiniz. Eğer büyükken yaptırmak istiyorsanız, bu da okula başlamadan önce yapılmalıdır. Yani okul öncesi 7 yaşı, sünnet için uygun bir yaştır.

Bu yaşlara dikkat

Çocukların sünnet edilme işlemi, "Fallik Evre" denilen (3–6 yaş) arasında kesinlikle yapılmamalı. Bu evrede erkek çocuklar için cinsel organ çok önemlidir. Kendi cinsel organlarına dokunmak, ellemek ister. Bu organla ilgili sorular sorar. Bu evrede erkek çocuklar, annesine karşı fazlaca bir ilgi ve sevgi duyar. Onun hoşuna gitmenin çarelerini arar. Annenin en küçük ihmalini büyük bir üzüntüyle karşılar.

Bu yüzden erkek çocuklar bu evrede (3–6 yaş arasında) sünnet edilmemelidir.

Ayrıca erkek çocukları, anneler aşırıya kaçacak şekilde fazla öpüp okşamamalı. Hatta 3–6 yaşlar arasında onları yanında yatırmamalıdır.

Fallik dönemde (3–6 yaş arasında) sünnet edilirse, çocuk korku yaşar, baba tarafından cezalandırıldığını düşünür ve ileriki yaşamında aşırı çekingen olur. Girişimci ve atılgan olmaz. Yetişkin olduklarında; cinsel ilişkiden kaçabilirler, cinsel soğukluk yaşayabilirler. Uygun bir eş seçemezler, anne-babadan kopamazlar, karşı cinse aşırı eleştirici yaklaşırlar.

> En uygun sünnet yaşı ya bebekken veya 7 yaşında ya da daha sonra ilkokul 3'e kadar yapılmasıdır.

Oğlunuzla konuşmalısınız

Öncelikli olarak oğlunuza gerçek bilgiler vermelisiniz. Yanlış ve kandırmaca bilgiler, oğlunuzun gerçekle yüzleşmesi sonucu daha çok korkmasına ve size olan güveninin sarsılmasına neden olacağı için çok daha tehlikeli bir durumdur. Oğlunuzu karşınıza alın ve erkek erkeğe onunla konuşun: "Penisin ucunda fazla bir deri var. O derinin alınması, senin sağlıklı olman için gerekli ve bütün erkekler bu işlemden geçerler. Ben de senin yaşındayken sünnet oldum ve babam benimle gurur duydu. Çünkü ben iğneden korkmadım. Sen de yapılacak minicik iğne acısına dayanabilirsin. Ben senin dayanacağını biliyorum. Sen güçlü bir çocuksun," şeklinde açıklama yapmanız en doğrusudur.

> Bölgenin temizliği kolaylaşacaktır. İdrar yollarında enfeksiyon riski azalacaktır. En önemlisi de sünnetin penis kanserine karşı koruyuculuk görevini yapacak olmasıdır. Sünnetli kimselerin AIDS hastalığına yakalanma riskleri de çok düşüktür.

Sünnetin tıbbi yönü

Sünnet özel doktor kontrolünde ve bu işin yapılabileceği özel mekanlarda yapılmalıdır. Ev ortamları, düğün salonları ise bu işlem için uygun olmayabilir. Çünkü herhangi acil bir durum karşısında yetersizlik söz konusudur. Onun için en uygunu bir klinik ya da hastane ortamıdır. Bu arada oğlunuzun ruhsal durumu için de sizin yanında olmanız, yakından ilgilenmeniz şart. Bu durumda toplu sünnetler biraz daha riskli olabilir. Çünkü her çocukla özel ilgilenmek, mümkün olmayabilir. Uygun olanı, çocuğun birebir sünnet ettirilmesidir. Hem çocuk, çevresindekilerin korkulu ve ağlayışlı hallerinden de etkilenmemiş olur. Sünneti yapacak kişi ise, üroloji uzmanı, çocuk cerrahı ya da bu konuda eğitim alan doktorlar olmalıdır.

> Sünneti uzman kişilere yaptırmayanları bekleyen en büyük tehlike, çocuğun güven duygusunun azalmasına yol açarak cinsellikle ilgili olumsuzluklara neden olmasıdır. Bunun için sünnet olayı çok önemlidir. Eğlencesinden önce, bu ruhsal ve duygusal durum önemsenmelidir.

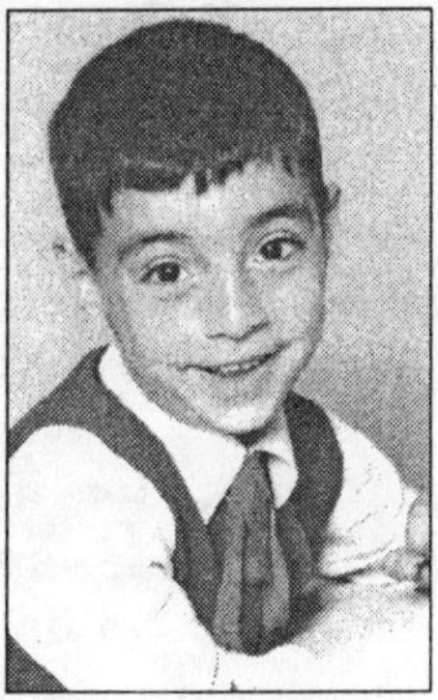

Oğlunuz Okula Başlayacak

Okul Yaşını Oğlunuza göre ayarlayın

Oğlunuzun yapısına bakarak onu uygun yaşta okula göndermeniz en doğrusudur. Eğer çocuk, okula gitmeye hazırsa 6 yaş uygulamasına uyulabilir. Yok eğer biraz ufak tefek ve kendini okula gitmeye hazır hissetmiyorsa 7 yaşında gitmesinin ne sakıncası olabilir ki? Hem aceleniz nereye? Erken okula gidip, başarılı da olamayarak aynı sınıfı iki kere okuması daha kötü değil mi? Onun için bu ince karar dikkatli verilmeli ve çocuğun yapısı mutlaka göz önünde tutulmalıdır. Çünkü okul olgunluğuna erişmeden, oğlunuzun anaokulu tecrübesi de yoksa ilkokul öğrenimine küçük yaşta başlatmak son derece hatalıdır.

Okul yeni bir dünyadır

Oğlunuz sonunda okullu oldu ve onun için yeni bir kapı açıldı. Artık o, enerjisinden yerinde duramayan, kıpır kıpır oğlunuz, sırasında sessizce oturmayı, ödevlerini yapmayı, konuşmak için izin istemeyi öğrenmek zorundadır. Tabi bu kısıtlamalardan önceleri pek hoşlanmayacaktır. Bu da onun psikolojik sorunlar yaşamasına sebep olabilir. **Bunun için oğlunuzu önceden anaokuluna göndermeli ve okula hazırlamalısınız.**

Okul öncesi hazırlık çok önemlidir

Oğlunuzun okula başlama yaşından önce bir anaokulu tecrübesi çok faydalı olacaktır. Ya da sizin evde onunla ilgilenerek okula hazırlık dönemi geçirmeniz gerekir. Okulla ilgili güzel izlenimler bırakan bu dönem, okula başlandığında çok faydalı olacaktır. Okula hazırlık aşamasını bilinçli geçiren oğlunuzda, okul fobisi yani korkusu da oluşmayacaktır. Özellikle **oyun ve arkadaşlarından uzak tutulmuş, dışarı çıkarılmamış çocuklar için, ilk dışa açılan okul, çok ürkütücü gelebilir.** Onun için de okulların ilk açıldığı hafta anneleriyle sırada oturan ya da ağlayan çocuklara rastlarsınız. Ne hikmetse sadece sabahları karın ağrıları başlayan, baş ağrıları görülen çocukları duymuşsunuzdur. Bunların tümü, okul öncesi okula hazırlanmayan çocukların gösterdiği isteksizlik ve okula gitme korkusunun belirtileridir.

Korkuyla okula gidilmez

Okula korkuyla giden ve devamlı annesini ve evi düşünen çocuk, kendini okuma ve öğrenmeye veremez. Arkadaşlarına alışması, onlarla kaynaşması ve birlikte oynaması da birden mümkün değildir. Okul, ailesinden çok farklı bir yerdir. Orada anne baba yok; idareciler, öğretmenler ve başkaları vardır. Sonra okulda kendine has idare ve disiplin kuralları hüküm sürer. Bunlar evin kuralı ve disiplinine hiç benzememektedir. Onun için çocuk, okulda oranın kurallarına uymak zorundadır. Çocuğun yeni şartlara uyum sağlaması yerine göre kolay olmayabilir. Hele anlayışsız ve katı bir öğretmene düşerse, bu onun okuldaki işini daha da zorlaştırabilir. Hatta bu hal çekilmez bir hale bile dönüşebilir. Aynı güçlükler ailesinde şımartılmış çocuklar için de geçerlidir. Çünkü onlar, okulda istedikleri gibi bir hayatı bulmakta güçlük çekerler.

Okula başlamayla ortaya çıkan bazı sorunlar

Bütün bunlara rağmen çocuklar okul hayatına kolayca alışabilirler. Birden alışamayanlarda ise bazı rahatsızlıklar ortaya çıkabilir. Bunlar okula gitmek istememe, altını ıslatma, iştahsızlık, ishal ve kusma şeklinde kendini gösterir. Esasen bunlar, okula karşı bir tepkidir. Ancak bu haller öğretmenlerin sıcak ilgileriyle çözülebilir.

İkna amaçlı olmayan sohbet ortamları kurarak, oğlunuzla okul günlerine ait pozitif anılarınızı konuşmanız, onun okula ısınmasını kolaylaştıracaktır.

Sebep, ders başarısı, arkadaş, öğretmen veya farklı bir korku olabilir. Arkadaşça yaklaşarak çocukla dertleşmeli ve sorunun sebebini öğrenmelisiniz.

Okul onu çabuk yorar

Okuldaki zaman oğlunuz için uzun bir zamandır. Bu yüzden eve geldiğinde yorgun bir hali vardır. Dinlenmek, yorgunluğu atmak ve gevşemek ister. Bu durumu anlayışla karşılamalı ve "hemen yemeğini ye, dersine başla" şeklinde bir sıkıştırmaya gitmemelisiniz. Onun bir süre dinlenmesi, ödevlerini daha kolay yapmasını sağlayacak; okuldan, derslerden nefret etmesini önleyecektir.

Sosyal gelişimi hız kazanır

Bilişsel gelişmesi, yani bilgi edinme becerisi hızlı olan ve okulda birçok yetenekler kazanan oğlunuz, sosyal ilişkilerinde de başarı kaydeder. Sürekli ve tutarlı arkadaşlık kurar. Artık okulun ona kazandırdığı yeni arkadaşlarına alışmaya başlamıştır. Öğretmenini de çok sevmektedir. Öğretmeni onu övdüğü zaman çok sevinir. Evde yapılan bir davranış ya da sözde, "hayır, öğretmenim öyle demedi," diyerek öğretmeninin dediğini kabul eder.

Şüphesiz okul çağı, çocuğun zihinsel fonksiyonlarının daha çok işlerlik kazandığı zamanı kapsar. Böylece o bir yandan sürekli öğrenip, bilgilerini geliştirir. Bir yandan öğrendiklerini içinde işler. Bir yandan yeni tecrübeler kazanırken bir yandan da hayata hazırlanır.

Oğlunuz Okula Başladı

Oğlunuzun sosyal doğumu

Anne baba ve çocuktan oluşan sınırlı bir çevrenin oluşturduğu atmosferden çıkararak yeni bir hayatın içine giren çocuk, okul hayatının başlamasıyla birlikte ciddi manada yeni bir toplum hayatına katılır. Birçok psikologlar bu önemli değişmeyi **çocuğun sosyal doğumu** olarak nitelendiririrler. Böyle yeni bir durum karşısında sık sık ürkenlerin olduğu bir gerçektir. Çünkü okula başlayınca, o zamana kadar devam eden hayatın akışı, büyük bir değişikliğe uğramıştır. Buna önceden hazırlanan çocuklar, yeni okul hayatına kolayca uyum sağlayabildikleri halde, buna ruhen hazırlanmayanların ise tepki göstermeleri normaldir.

Oyunu göz ardı etmeyin

Okulla birlikte, çocuğun oyun hayatı gerileme gösterir. Çünkü okulun kuralları, onun yerine getirmek durumunda olduğu görevleri çocuğun oynama güdüsünü engellemektedir. Nitekim okulda derslerin yapılması ve evde ders ödevlerinin hazırlanacak olması yüzünden o, fazla oynayamaz hale gelmiştir. Bu da onun okuldan soğuması için en büyük etkendir. Bu yüzden **çocuğunuz okula başladı diye oyun hayatının bittiğini düşünmeyin. Daha o birinci sınıfta ve oyun çağından çıkmış değil.** Eve geldiği zaman biraz dinlenmesine ve oyuncaklarıyla oynamasına izin verirseniz, birlikte ders çalışmanız daha kolay olacaktır. Hatta ders çalışırken oyuncaklarını yanında bulundurup, onları da derse iştirak ettirebilirsiniz. Tabi bu ilk dönemleri için faydalı olabilir, ileriki aşamada dikkatini toplayamayacağı için kaldırmanız gerekir.

Kahvaltı yapılmadan okula gidilmez

Oğlunuzu okula göndermeden önce, ona sevdiği yiyeceklerden oluşan güzel bir kahvaltı hazırlayın. Bu kahvaltıyı bitirip bitirmemesi çok önemli değil. Önemli olan, sizin ona özen gösterdiğinizi hissetmesidir. Ona sevginizi mutlaka gösterin ve okula öyle gönderin. Mesela, kapıya kadar çıkın, öpün ve sarılın. Okuldan gelene kadar onu bekleyeceğinizi ve kendisine güzel yemekler hazırlayacağınızı söyleyin. Ne yemek istediğini sorabilirsiniz ve onun istediği yemeği pişireceğinizi de söyleyebilirsiniz. Ama eğer pişiremeyecekseniz hiç sormayın. **Öpüp koklanarak ve karnı tok olarak okula gönderdiğiniz oğlunuzun okul başarısı çok daha iyi olacaktır.**

Ailece okul vakitlerinde şunları yapın

- Oğlunuza, zamanı planlamayı öğretin. Neleri, ne zaman yapacağını öğretin ve devamlı gözetiminiz altında tutarak denetleyin. Fakat bunu yaptığınızı hissettirmemeye dikkat edin. Zamanını iyi kullanamayan çocuk, hayatı da bir dengesizlik ve karamsarlık olarak algılar. Bu ise çocuğun başarısına olumsuz etki yapar.

- Uykusunu planlı ve dengeli kullanmasına dikkat edin. Geç yatan çocuk, uykusunu alamaz ve sabahleyin uyanma güçlüğü çeker. Bu durumdaki çocuk, kendini çabuk toparlayamaz. Dersleri dinlerken de yorgun, bitkin bir şekilde izler. Bu ise başarısını olumsuz etkiler.

- Çocuğun bir uyku vakti olmalı; bu konuda taviz verilmemelidir. Uyku alışkanlığı oturursa, hem vücut metabolizması dengeli olur, hem de zihin açık kalır.

- Çocuğun akşam çalışmaları izlenmeli, desteklenmelidir. Akşam çalışmasını tamamlayamayan çocuk huzursuz olur, uykusunu alamaz. Okula da isteyerek gitmez.

• Akşam yatmadan önce sabah hazırlığını yapması için yönlendirin ve takip edin. Özellikle oğlunuz biraz dağınıksa buna dikkat edin. Yoksa bu alışkanlığı kazanmazsa her sabah bir panik yaşar ve ilerideki hayatında da düzensiz biri olup çıkar.

• Çocuğun gerek biyolojik, gerekse psikolojik bir problemi olup olmadığına dikkat edin. Size söyleyemediği bazı problemleri yüzünden kendi içine kapanabilir.

• Sabahleyin çocuğunuzun kendi kendine kalkmasını sağlayın. Odasına çalar saat koyarak bunu yapabilirsiniz. Böylece çocuk kendi sorumluluğunu kazanıp, kendi işini kendi yapmış olur.

• Sabah kahvaltısını gereği gibi yapması, okula aç gitmemesi için dikkat edin. Ancak yemek konusunda zorlayıcı, ısrarcı olmayın. Çocuğun ne kadar yemekle ilgili üzerine gidip ısrar ederseniz, o kadar ters tepki alırsınız.

• Sabah evden çıktığı vakte dikkat edin. Geç gidip nefes nefese kalmaması veya erken gidip boşuna zaman harcamaması konusunda uyarın ve takipçisi olun.

• Beslenme çantasına gerekli olan her şeyi koyun, yoksa çocuk okul kantininden veya seyyar satıcılardan karnının doyurur. Bu da sağlıksız beslenmeye yol açar.

• Çocuğa yolda yürürken kaldırımları kullanmasını ve trafik kurallarına uymasını öğütleyin. Yolda yürürken bir şey yiyip içmemesi gerektiğini de söyleyin. Bu hal, hem dikkati dağıtır, hem de sağlıksız bir beslenmedir.

• Çocuğun okula geliş gidişlerinde birlikte olduğu arkadaşlarına da dikkat edin. Olumsuz, sorumsuz davranışları varsa, çocuğunuzu derhal uyarın.

• Çocuğunuzun okul çıkış saatini bilin. Okulla ev arasında geçecek zamana dikkat edin. Eğer çocuğunuz eve gelmede geç kalıyorsa, bunu kırmadan ve kızmadan sorun. Eğer yeterli bir açıklama yapamıyorsa, mutlaka nedenini araştırın. Zararlı bir çevre veya zararlı bir arkadaş grubunun etkisine kapılıp kapılmadığından emin olun.

• Oğlunuz eve geldiği zaman sizi mutlaka evde görmelidir. "Ben okula, annem gezmeye," diye düşünmemeli, sizin onu evde büyük bir özlemle beklediğinizi hissetmelidir. Onun için o geldiğinde, onu kucaklayın ve öpün. Sevdiği yiyecekleri hazırlayın. İştahsız bir çocuksa, mutlaka sevdiği bir ya da birkaç yiyecek vardır, onları pişirin. Komşu gezmelerini ve çarşı-pazar işlerinizi onun eve dönüş saatine göre ayarlayın.

• Akşam baba geldiğinde oğluna sarılıp okulla ilgili sohbette bulunmalı.

• Çocuğunuzun okuldaki bir başarısından dolayı o akşam ödüllendirmeye çalışın. Bu, çocuğun başarısını hızlandırır ve ailece onunla ilgilendiğinizi gösterir.

• Hafta içinde, okul zamanı dersler bittikten sonra ve hafta sonları, oyun çağında olan oğlunuzla mutlak beraber oyunlar oynayın. Ergenlik dönemine geldiği zamanda da sohbet edin, beraberce bir yerlere giden. Özellikle hafta sonları da ailece bir yerlere gidin. Bu gibi özel paylaşımlar çocukların çok hoşuna gidecek ve okul zamanında başarısını yükseltmesini sağlayacaktır.

• Okul dönüşü eve gelen oğlunuza, küçük sürprizler sunun. İstediği bir kalemi ya da oyuncağı alabilir veya odasına güzel bir süs asabilirsiniz. Bunu da her sabah güzelce okula gitmesine ve elinden geleni yapmaya çalışmasına bağlayabilirsiniz. Bu onu çok mutlu edecektir.

• Oğlunuzu okula gönderirken, ona yalnızca kuralları öğretin ve denetleyici olun. Onun işini, onun yerine yapmaya kalkmayın. Hem onu tembelliğe alıştırmış olursunuz, hem de becerilerinin gelişmesini engellersiniz. Sizin nezaretinizde her işini, kendi yapmalıdır.

Okul Başarısı Ya da Başarısızlığı

Öğrenme güçlüğü gösteren oğlunuz, çok hareketlidir ya da çok yavaş davranır. Genelde öğrenme güçlüğü çeken çocuklar, sakardırlar, dikkatleri çok dağınıktır. Dikkatlerini uzun süre bir noktada toplayamazlar. Kendisini bekleyen tehlikelerin farkında olmazlar, düşünmeden ani şekilde davranırlar. Öğretmenin verdiği talimatları unuturlar. Sık sık şahsi eşyalarını kaybederler. Kendilerine güvenleri yoktur, arkadaşlarıyla iyi iletişim kuramazlar. İnce hareket becerilerinde zorlanırlar. Mesela, elbiselerini düğümleyip çözemezler, ayakkabı bağlarını bağlayıp çözemezler, makası gerektiği gibi kullanamazlar.

Matematikte çarpım tablosunu öğrenemezler. Okurken, eksik, hatalı okurlar. Bazı harfleri karıştırırlar, kelimeleri doğru olarak yazamazlar veya ters yazarlar.

Okurken veya yazarken satır atlarlar. Bir yazıyı kendi defterine geçirirken bile çok fazla hatalar yaparlar. Oğlunuzun böyle bir problemi olduğunu fark ettiyseniz, öğretmeniyle iyi bir diyalog içinde olmanız gerekir. Oğlunuzun beceri alanlarını tanımak için öğretmenden yardım isteyin. Oğlunuzun hangi alanda, dil, hareket, sosyal davranış, ince motor gibi zayıf olduğunu bilin, o alanı geliştirecek etkinlikleri öğretmeninden ve yardım alacağınız psikologundan öğrenin ve bunları evde uygulayın.

Öğrenme güçlüğü çeken çocukların daha çok uyarıcıya ihtiyacı vardır. Bunun için iş yaparken yaptığınız iş hakkında oğlunuza açıklamalarda bulunmalısınız. Onun söylediğini dinlemeniz, konuşması için onu konuşmaya teşvik etmeniz ve cesaretlendirmeniz gerekir.

Yaptığı işin sonucu yanlış bile olsa, gayretinden dolayı övmelisiniz.

Yazıları düzgün oluncaya kadar, çizgisiz kağıt kullandırmayın. Güzel yazı dersinde benzer harfleri farklı renkli kalemlerle yazdırın. Mesela, "b" kırmızı, "d" mavi gibi. Okuduğu yazıda bütün "b" harflerinin altını kırmızı, bütün "d" harflerinin altını da mavi ile çizerek okumasını isteyin. Bu yöntemi, tanımakta zorlandığı bütün harfler için uygulayabilirsiniz.

Oğlunuza her gün bir cümle ezberletin. O cümleyi yine ezberden yazdırın. Çok düzgün ezberleyene kadar alıştırma yaptırın, sonra yazdırın. Eğer yanlış yapıyorsa, bunu kendisi bulsun.

Her yeni kelime öğrendiğinde bu kelimeyi çok kolay ve kısa bir cümle içinde kullandırın. Okuduğu okulda asla bu tür çocuklara aptal, dalgın, tembel gibi yakıştırmalar yapılmamalı. Ceza ve azardan kaçınılmalı. Sınıfta çocuğun kabiliyetli olduğu alan ortaya çıkarılmalı. Bu alanda kendisini göstermesi sağlanmalı.

Kepçe Kulak Çocukları Etkiliyor

Kulakta en sık görülen estetik bozukluk, halk arasında "kepçe kulak" veya "yelken kulak" diye adlandırılan şekil bozukluğu olarak karşımıza çıkıyor. Aileden gelen bir şekil bozukluğu olan kepçe kulak, kulak kıkırdaklarının zayıf olması nedeniyle kulak kıvrımlarının yeterli oluşmaması ve buna bağlı olarak kulağın öne, yana doğru açılı durduğu durum olarak tanımlanıyor.

Diğer estetik ameliyatlarından farklı olarak kepçe kulak düzeltilmesi 6 yaşından sonra yapılabiliyor. Çünkü vücutta kıkırdak gelişimi 6 yaşında tamamlanmaktadır. Kepçe kulak deformitesi çocuk okula başlamadan önce yapılırsa, okulda arkadaşlarınca alay edilme sonucu oluşabilecek psikolojik problemlerden korunulmuş olur.

Oğlunuz horluyor mu?

Horlayan çocukların okul başarıları akranlarından daha az oluyor. Dil ve zekâ testlerinde bu fark daha da artıyor. Bu çocuklarda davranış bozukluklarına da daha sık rastlanıyor.

Sağlıklı çocuklarda horlama görülmemesi gerekiyor. Horlama, bazen üst solunum yolu enfeksiyonu, bazen alerji ve burun tıkanıklığı belirtisi, bazen de uyku apnesi gibi çok ciddi bir rahatsızlığın belirtisi olabilir. Okul öncesi çocukların %3 ile %12'sinin düzenli olarak, yaklaşık %20'sinin de aralıklı olarak horladıkları tahmin ediliyor.

Zaman zaman ortaya çıkan geçici rahatsızlık veren horlamalarla, sürekli horlayan ve solunum sıkıntısı çeken çocukları mutlaka ayırt etmek gereklidir.

Uyku apneli çocuklarda, geceleri sürekli ve yüksek sesle horlama, soluk almada kesilme, durma, garip sesler çıkarma, yatakta dönüp durma, garip yatış pozisyonları, aşırı terleme ve yatak ıslatma olabiliyor. Geceleri nefes almak için çabalama ve boğulma hissi duyuyorlar. Aşırı terleme oluyor. Özellikle geceleri çok fazla korkulu rüya görme veya uyurgezerlik gibi durumlar ortaya çıkabilir. Aşırı kilo alma veya normal yemeye rağmen kilo alamama durumları görülür.

Bu gibi durumlarda çocuk iştahsız olur. Burnu sürekli dolu gezer. Oynarken performansı düşer. Tıkanır. Nefes nefese kalır. Sürekli ağzından nefes alıp verir. Sinirli ve uyumsuz olur. **Okul başarısı düşer.** Zor uyanır, özellikle sabahları olan baş ağrısından şikâyet eder. Çocuklarda uyku apnesi sık görülen, yeterince tanınamayan, bu sebeple teşhisi eksik, geç kalınabilen ve tedavi edilmediği takdirde ileri derecede ağır hastalıklara yol açan bir hastalıktır.

Yoksa oğlunuz solak mı?

Oğlunuzun solak olması derslerini, özellikle de yazı yazmasını etkileyebilir. Çünkü çevresindeki herkes sağ ile yazıyordur ve bundan rahatsızlık duymaktadır. O zaman ona, bunun bir özür olmadığını ve onun da kendine özgü bir durum olduğunu anlatın. Bu konuda öğretmeninin de yardımcı olmasını sağlayın ve olaydan haberdar edin.

Oğlunuzun bu bir özür olarak düşünmesi de çok doğal, çünkü tasarlanan çoğu alet, sağ el kullanımına uygun tasarlanmıştır. **Bunun için solaklar, daha sakar olarak bilinmektedir.** Fakat tasarlanan tüm her şey sağ ele göre olunca solakların sakar olması çok doğal. Tersini düşünürseniz, o zaman sağ el kullananlar sakar olacaktır. Oğlunuzun bu özelliğini özür olarak görmemesi için bazı şeyleri ona göre dizayn etmelisiniz. Oğlunuz o zaman evdeki sakarlıkları aza indirebilir. Aynı şekilde Öğretmeni de sınıfta oturuş düzenini ona göre ayarlayabilir. O zaman yanındaki arkadaşı onun solak olmasından şikayet etmeyecektir. Oğlunuz da sağ el kullananların çoğunlukta olduğu bir toplumda solak olmaktan utanmayacak ve daha rahat hareket edebilecektir.

Oğlunuzun başarısı sizin elinizde

Oğlunuzun başarılı olması ve davranışlarının olumlu gelişmesi için yapmanız gerekenleri bilmeniz ve yerine getirmeniz çok önemlidir. Bunları şöyle sıralayabiliriz:

• Oğlunuzun öğrenmeye uygun anlarını kollamalı, o zamanlarda öğretim yapmalısınız.

• Ona öğreteceğiniz şeyi yapabilecek olgunluğa ulaşmış olmalıdır.

• Öğrenme zorluğu ve isteksizliği karşısında vereceğiniz ceza ve mükâfatın dengeli olması gerekir.

• Oğlunuzu bir şeyden vazgeçirmeyi istediğiniz zaman, davranış nedenini ortadan kaldırın. Mesela, erken yatmak istemiyor mu? Geç yatmasına sebep olan nedenleri ortadan kaldırın. Bu yöntem, cezadan daha etkilidir.

• Oğlunuzu öğrenmeye teşvik edin. Öğrenmesi için elinizden gelen her şirinliği yapın.

• Oğlunuzu destekleyin ve başarınca övmeyi ihmal etmeyin. Övme işini hemen yapın, ertelemeyin.

• Öğretmek istediklerinizin ilk basamağını kolaydan zora doğru ayarlayın. Her işin kolayı daha zevklidir ve zevkle yapılan şeyler, asla unutulmazlar.

• Oğlunuz üzerinde öğrenme ve ders çalışma baskısı oluşturmayın. Oğlunuzun kaygısını arttırır ve daha başarısız olmasını sağlar.

• Çok çalışmak yerine planlı çalışmayı öğretin. Zaman kullanma yöntemini ona öğretin. "Yemek yedikten sonra biraz oyna ve sonra ders çalış" şeklinde başlayan zamanlamayı, sonraları saatle yapmalısınız.

• Oğlunuza mutlaka enerjisini boşaltacak olanaklar sağlamalısınız. Spor yapmak, oynamak, gezip dolaşmak gibi... O zaman derse odaklanması daha kolay olacaktır.

• Erteleme alışkanlığından vazgeçirin ve örnek olun. Bugünün işini yarına bırakmayan anne babalar olun.

• Oğlunuzun yaşı küçük olabilir, ama onun anlayacağı şekilde hedefler ve öncelikleri ona göstermelisiniz.

• Oğlunuza ödevleri konusunda yardımcı olun, fakat "hadi ödevlerini yapalım" demeyin. Çünkü bu-, onun görevi ve onun sizi çağırması gerekir.

• Onun başarılı olmasını istiyorsanız, aile ortamınızın huzurunu sağlayın.

• Oğlunuzun okuluyla devamlı ilişki halinde olun. En az ayda bir kere öğretmenini ziyaret edip görüşün. Bu görüşmeler, size yol gösterecektir.

Oğlunuzun Dersleri

Ev ödevleri öğrenmenin bir parçasıdır

Okulda verilen ev ödevleri, çocukların sorumluluk duygusunu geliştirmesi noktasında çok önemlidir. Bu sayede oğlunuz, verilen görevlerini yerine getirmeyi ve başarıyı, kendi yeteneğini ve eksiklerini, zamanı ve hayatı planlamayı öğrenecektir. Öğrenmeyi güçlendiren bu olay, bazı ailelerde sorun haline gelmektedir. Buradaki sıkıntı sizin yanlış tutumunuzdan kaynaklanmaktadır.

Mesela, oğlunuz en güzel oyunu arasında şöyle bir ses duyar: "Hadi oğlum ödevlerini yap," ya da babası "oğlum maçı izlemeyi bırak da gel ödevini bitir" diye seslenir. Çocuk, "benim hep sevdiğim işleri bu ödev engelliyor, ondan nefret ediyorum," şeklinde bir mantık geliştirir. Bu ince çizgiye çok dikkat etmek gerekir.

Ders çalış baskısına dikkat

Oğlunuzu ders yapmaya yönlendirirken dikkatli olun. Çünkü anne baba tarafından çocuğa sürekli verilen komutların ders çalışmasını sağlamadığı gibi, başarısızlığa ittiği de bilinmeli. **Ders çalış baskısı çocuğu dersten soğutabilir.** Çünkü kaygıları artar ve kendini başarısız hissetmesine sebep olur.

> Oğlunuzun ders çalışması için evde elverişli ortamı sağlamanız gerekir. Anne baba olarak çocuğunuzu anlamaya çalışmanız, onun ders çalışma azmini daha da arttıracaktır. Ailesinden ilgi gören çocuk, daha başarılı ve mutlu olacaktır.

Aynı zamanda anne baba olarak çocuğa örnek ve yardımcı olmak da çok önemlidir. Eğer anne baba, kitap, gazete okumuyorsa, televizyon başında saatlerce kalıyorsa, çocuğun okulu ile ilgileri, "ödevin var mı?", "ödevini bitirdin mi?", "dersine çalıştın mı?" gibi sorulardan ibaretse, bu anne baba, oğlunun sadece akademik başarısına önem veriyordur. Oysa anne baba, oğlu ile birlikte ödev yapmalı, ona "ödevine yardım edebilirim", "bugün ne gibi yeni şeyler öğrendin?", "yeni şeyler öğrendiğini hissediyor musun?" gibi sorular sormalıdır.

Sürekli aynı soğuk ve sevimsiz, "yap, git, çalış, uyu, kalk," gibi emir cümleleri, hem çocuğa değersiz olduğu duygusunu verir, hem de zamanla duyarsızlığa yol açar. Bu olumsuzluklar çocukta okula karşı isteksizliğe ve anne baba ile iletişimsizliğe neden olur.

Ders çalışmaya zorlanan her çocuk, akademik açıdan belirli bir performans gösterir, ama başarı sadece akademik değildir. Sosyal ve kendini geliştirme başarısı da düşünülmelidir. Bu ihmal edilirse, okul sonrası hayatında mutsuzluk ve tükenmişlik ortaya çıkabilir.

Ders çalışmak için nedeni olmalı

Oğlunuza sürekli, "ödevlerini yap" diyor ve neden ödevlerini yapması gerektiğini anlatmıyorsanız, olumlu sonuç almanız zordur. Neden ödevlerini yapması gerektiğini bilmeyen öğrenci, bir süre sonra sizin yardımınız olmadan ödevlerini bitirmeyecek ve daima sizin yardım etmenizi isteyecektir. Öncelikli olarak oğlunuza bunu öğretmelisiniz: **Neden ödevlerini yapması gerektiğini...**

Mesela, evin babası, yarın işe gitmesi gerekmektedir. Bunun için erken yatması ve erken kalkması gerekir. Bunu neden yaptığını bildiği için, bu, çok kolay ve isteyerek yapılan bir iştir. İşte oğlunuz da neden ders çalışması gerektiğini bilirse, ödev yapmakta zorlanmayacak ve isteyerek yapacaktır. Bunun için ona öncelikler ve hedefler göstermelisiniz. Bunu bilmesi onun başarısını arttıracaktır.

Bu akşam oğlunuzu karşınıza alın ve geleceğe dair düşüncelerinizi konuşun. Eğer ders çalışmaması için size makul nedenler söylemiyorsa, anlayacağı şekilde siz ona anlatın ve **nedenler** oluşturun.

> Nedenleri olan oğlunuz, artık sizin "hadi ödevlerini bitir" demenizi beklemeyecek, televizyon başında zaman geçirmeyecek ve geç yatmayacaktır. Çünkü artık onun ders çalışması için nedenleri vardır.

Oğlunuza dinlemeyi öğretin

Ödev yapmakla dinlemenin ne alakası var demeyin. Dinlemeyen çocuk, ödevlerini de en iyi şekilde yapamaz. Çünkü sınıfta öğretmenini dinleyecek ki, eve geldiği zaman o anlatılanlarla ödevlerini daha kolay yapabilsin. Tabi dinleme yeteneği için, öncelikle oğlunuzun dinleniyor olması gerekir. **Annesi babası tarafından her anlatıldığı etkili bir şekilde dinlenen, susturulmayan çocuk, dinlemesini de bilir. O zaman sınıfta öğretmeni dinlemekten de sıkılmaz ve ödevlerini daha zevkle yapar.**

Ödev konusunda onu sıkıştırmayın

Sürekli, "ödevin bitti mi? Daha ne kadar kaldı? Hadi bitirsene..." gibi sıkıştırmalardan uzak durun. Ödev konusunda ona bekçilik yapmak, emir vermek ve tehdit etmek yerine; destek olun, güven verin ve teşvik edin. Onun düzenli çalışmasına uygun bir ortam oluşturun.

Başarabileceğini telkin edin

Çocuklarına sürekli "başarabilirsin" diyen anne babalar, hayatları boyunca daha çok başarı kazanan çocuklar yetiştirmişlerdir. Bu yüreklendirmenin teknik adı, **"olumlu beklenti"**dir. Oğlunuzun ödevlerini siz söylemeden yapmasını, okulda başarılı olmasını mı istiyorsunuz? Onu çalışma konusunda yüreklendirin, ama bunun yanı sıra ona şu sinyalleri gönderin: "Başarılar. Yapabileceğini, başaracağını biliyorum," deyin. Araştırmalara göre, "başarılar" sözü, başarma arzusunu artırmakta. Daha sonra ona, kendi kendine "başarabilirim" demesini de öğretin. Bu motivasyon onun için faydalı olacaktır. Çünkü olumlu yaklaşım her zaman için işe yarayan bir yöntemdir.

Başarıyı düşünmek için harcanan enerjiyle, başarısızlığı düşünmek için harcanan enerji aynıdır. Olumlu ya da olumsuz düşünmenin 3 yaşından itibaren öğrenilen bir tercih olduğu bilinmekte. Bu nedenle oğlunuza, "bir daha bunu yapamam; bu ödev zor, yapamıyorum," dediğinde, cevabınız, "yapabilirsin, sana nasıl yapılacağını gösterebilirim," olsun. Başardığında da, "yapabileceğini biliyordum," deyin.

Başarıyı telkin yöntemi her zaman için işinize yarayacaktır. Bunu sadece ödevlerde değil, her konuda kullanabilirsiniz.

Mesela, oğlunuzun su dolu bardağı babasının odasına götürmesini istiyorsunuz. "Bu bir bardak suyu al ve sakın dökmeden babana götür" dediniz. Yine ona, "dışarı çıkarken kapıyı çarpma," ya da "çok çalış ve sınavdan zayıf alma," şeklinde isteklerde bulundunuz. Bu tür cümleleri her söyleyişinizde su dolu bardak dökülecek, kapı çarpılacak ve sınavdan zayıf alınacaktır. Çünkü verdiğiniz mesajlarda olumsuzluklar var ve beyin görsel olarak çalıştığı için ilk önce onları canlandıracaktır. Oğlunuzun canlandırdığı olumsuzluklar ise hemen aktif hale gelir. O, olumsuz sunduğunuz görüntüye takılır ve sonuç olumsuz olur. Şimdi aynı cümleleri daha yönlendirici ve eğitici sözcüklerle kullanalım: "Bu bir bardak suyu al ve elinde sıkı sıkı tut." "Kapıyı lütfen yavaş kapa." "Çok çalış ve sınavdan iyi not al." Siz bile bunları okurken olumlu şeyler canlandırdınız. İşte **oğlunuzu da aynı yöntemle, motive etmelisiniz.**

Oğlunuzun Parasal Durumu

Harçlık verme zamanı

Oğlunuz ilkokula başladı ve artık ona harçlık verme zamanı geldi. Eskiden olduğu gibi özel günlerde ve bayramlarda verdiğinizden farklı bir paradır bu. Bununla ihtiyaçlarını giderecek ve artanı biriktirmesi gerekecektir. Böylece ona parayla yapması ve yapmaması gerekenleri öğretmiş olacaksınız.

> Bazı aileler ekonomik şartlardan dolayı harçlık verememeyebilirler, fakat çocuğun parayla olan ilişkisini onu alışverişe göndererek de sağlayabilirler.

Her şey küçük yaşta öğrenilir

Bazı anne babalar da, "biz onun tüm ihtiyaçlarını karşılıyoruz, harçlık vermeye gerek yok," diye düşünebilirler. Ancak çocuğun para sorumluluğunu erken yaşta öğrenmesi gerekir. Çünkü ileriki yaşlarında para kazanması gereken ve onu bilinçli harcaması gereken bir baba olacaktır. **Parayı nasıl kullanması gerektiğini bilmeyen erkek çocuk, ilerde savurgan ve para tutamayan biri olur.** Bu tür bireyler, kendisine küçükken harçlık verilmeyen ya da parayla tanıştırılmayan çocuklardan çıkar.

Her şey meşru zeminde olmalı

Parayla ilgili hususlarda oğlunuzun ölçülerini, ahlaki değerlerle kavramasını sağlayabilirsiniz. Önce, para kazanmak için her yolun mubah olduğu gibi bir düşüncenin çocuğun kafasına girmesini engellenmelisiniz. Ayrıca **kazanılan paranın, harcama yollarının da meşru olması gerektiğini ona öğretilmelisiniz.**

Oğlunuza bir kumbara almalısınız

Oğlunuz, sizin hayatınızın paradan ibaret olduğunu düşünür. Siz de, onun parayı kazanmak için bu kadar çok çalışmanızı takdir etmediğini düşünürsünüz. Oğlunuz, verdiğiniz her kuruşu hak ederek kazanırsa, büyük ihtimalle paranın kıymetini bilip, biriktirmeye başlayacaktır. Bunu öğrenmesi, onun gelecek hayatını ne kadar etkileyecektir bir bilseniz. Bunun için çocuğunuza harçlık vermeye başlamadan önce aile meclisini toplayın ve para konusunu konuşun. Daha sonra ona harçlık vermek istediğinizi söyleyin ve aldığınız kumbarayı ona vererek parasını biriktirmesini anlatın. Hatta okul dışında oğlunuzu yaşına uygun ve yapabileceği bir işe verebilir ya da müsaitse iş yerinize götürebilirsiniz. Böylece para kazanmanın zorluğunu görecek ve biriktirmekte zorlanmayacaktır.

Önce bilgi, sonra işlem. Bilgi vermeden işlemde bulunmasını beklemeniz haksızlık olur.

Biriken parasıyla kendi istediğini almasını söylerseniz, para biriktirmekten hoşlanacaktır. İhtiyaçlarını ya da istedikleri şeyi biriktirdikleri paralarıyla olan oğlunuz, aldığı şeyi daha çok sahiplenecek, daha güzel kullanacaktır. Eğer abur cubur almak isterse, bunu haftalık market alışverişinde siz yapın ve parasını bu şekilde harcamasına izin vermeyin. Çünkü harçlığıyla bu tür şeyler almaya alışır ve sürekli sizden bunun için para ister. Ama sizin toptan almanız, bunun önüne geçecektir.

Çocukla birlikte karar verin

Çocuklar, ödemeyi başkaları yaptığında satın almanın ne olduğunu anlamazlar. Çoğu zaman alışverişe çıktığınızda, istedikleri bir şey görürlerse almanızı isterler.

Çocuğunuz bir şey istediğinde sizin o şeyi alacak mali gücünüz olup olmadığını düşünemezler. Sık olarak, çocukların alınmasını istediği bir şey karşısında anne babaların, yeterli paraları olmadığını söylediklerini işitiriz. Çocuklar ise bazen böyle denildiğinde "o zaman bana biraz borç ver, ya da babamdan biraz daha fazla para isteyelim," diye cevap verebilirler. **Çocuğun böyle sorumsuz ve bilinçsizce para harcaması, eğer kontrol altına alınmasa yetişkinlik süresince de devam eder.** Önce çocukların ihtiyaçlarını tarifleriyle beraber belirleyin. Sonra çocukların yaşları için neyin uygun olduğunu, ne kadar tutacağını, ne gerektiğini ailenin bütçesini düşünerek kararlaştırın.

Oğlunuz ilkokula başladıysa, aile bütçenize uygun olarak günlük şeklinde harçlık vermeye başlamalısınız. İkinci dönemden sonra bu haftalık olabilir. Böylece parasını nasıl harcayacağına kendi karar vermeyi öğrenir. Harçlık verirken mutlaka bir sınırınız olsun. Zengin ailelerin yaptığı gibi sınırsız para vererek çocuğu doyumsuz hale getirmeyin. Bu aileler kendi çocuklarına zarar verdikleri gibi çevreye de zarar vermektedirler. Çünkü onların çok para harcadığını göre dar gelirli çocuk, bunu anlamayıp, ya ailesini sıkıştıracak ya da para çalmaya yönelecektir. Bunun için **paranız çok ta olsa, oğlunuza verirken bir sınırınız olsun.** Bu limite oğlunuzla konuşarak karar verin. Fakat lise çağına gelince harçlığı haftalık değil de aylık verebilirsiniz. Çünkü parayı cebinde tutması gerektiğini öğrenmeli. Ortak kararınızla haftalıkta vermeniz uygundur. Ama mutlaka harçlık vermelisiniz.

Aşırı iyi niyet zararlıdır

Oğlunuzu çok seviyorsunuz, bu çok güzel, ama aşırı iyi niyet gösterip, "aman oğlum başkaları yanında eziklik yaşamasın, küçük düşmesin, gözü kalmasın," diye düşünüp, fazla harçlık vermeye kalkmayın. O zaman onu lüzumsuz harcamalara teşvik etmiş olursunuz. **Yapacağınız en doğ-**

ru davranış, harçlığını paylaşmasını öğretmektir. Bir şey aldığında arkadaşıyla paylaşması; okulda fazla para harcadığında alamayan arkadaşlarını düşünmesi gerektiğini söylemelisiniz. Böylece gösterişçi ve hava atan bir çocuk olmasını da önlemiş olursunuz.

Harcamalarına müdahale etmeli miyiz?

Oğlunuzun harcamalarında tercih yapma özgürlüğünün olması çok önemlidir. Siz onun hata yapacağından endişelenebilirsiniz. Çocuğunuzu istediği şeylerin fazla pahalı ya da seçimlerinin kötü olduğunu düşünebilirsiniz. Çocuğunuza bu endişenizi söyleyip bazı şeyleri alamayacağınızı söyleseniz de çocuğunuz bunu kabullenmeyebilir.

Oğlunuz onu engellediğinizi ve yanlış düşündüğünüzü sanabilir. Çocuğunuza, ilişkinizin zedelenmesi uğruna kendi düşüncelerinizi kabul mü ettireceksiniz yoksa ona kendi davranışının sonucunu öğrenip, deneyim edinme şansı mı vereceksiniz?

Oğlunuzun doğru karar vermesi ve bunu öğrenmesi için aşağıdaki maddeleri uygulayabilirsiniz:

1. Düşüncenizi, oğlunuzun yapmasını ısrar etmek yerine onunla paylaşın.
2. Yargılamadan ona destek olun.
3. Onun duygularını anlamaya çalışın.
4. Çocuğunuzun, kendi davranışının sonuçlarını değerlendirmesine izin verin.
5. Deneyimlerinden neler öğrendiğini ona sorun.

Siz deneyimlerinizi ve fikirlerinizi oğlunuzla paylaşırsanız, o da deneyimlerinin ve kararlarının sonucunu görür ve daha doğru düşünmeyi öğrenir.

Borç verebilir miyiz?

Harçlık vermeye başladığınız zaman borç vermeyin ya da kredi açmayın. Parayı idare etmeye başlattığınızda, ne öğretmek istediğinizi iyi bilmeniz gerekir. **Amacınız ona paranın kullanma sorumluluğunu öğretmekse** hedeflediğiniz amaca ulaşabilirsiniz. Bu zor olsa bile taviz vermeden, uygulamalarınıza devam edin.

Para harcama sorumluluğunu kazanan çocuğa borç verebilirsiniz. Mesela, oğlunuzun mağazada gördüğü bir kazağı ya da başka bir şeyi istediğini düşünelim. Yeteri kadar parası yoksa sizden borç isteyebilir. Eve geldiğinde size biriktirdiği paralardan ödemeyi teklif eder. Siz küçük bir riske girerek ona borç verebilirsiniz. Eve döndüğünde odasına koşup, söz verdiği parayla geri dönerse, böylece kredinin nasıl alınacağını öğrenmiş olur. Eğer oğlunuz odasına koşup, yeni aldığı kazağı giyerse, o akşam, ona ödemesi gereken parayı hatırlatın. Kendi kendine nerede hata yaptığını anlayacaktır. Bu problem çözülene kadar ona borç para vermeyin. Ve sebebini de açıklayın.

Aile bütçesini birlikte ayarlayın

Parayla ilgili konuları oğlunuzun yanında konuşmaktan çekinmeyin. Özellikle yapacağınız aile meclisleriyle aile bütçesini, birlikte ayarlayın, onun da fikirlerini sorun.

Böylece para kazanmak kadar harcamanın da önemli olduğunu ve doğru harcama tekniklerini, öğrenmiş olacaktır.

Harçlık almayla oğlunuz neler kazanır?

Zamanla tasarruf etmeyi öğrenir. Parayı kullanmayla sorumluluk duygusu gelişir. Aldığı şeye karşı sahiplenme duygusu artar. Kendine olan özgüveni gelişir. Ailesine olan güveni artar ve ailesinin de ona güvendiğini hisseder. İhtiyaçlarının nasıl karşılandığını öğrenmiş olur.

Manevi ve Ahlaki Değerler Öğretilmeli

En Güzel Yöntem Hayatı Tanıtmaktır

Çocukların ruh hali, yetişkinlere göre çok farklıdır. Onlar, kendilerine anlatılan her şeye itiraz etmeden ve kuşkulanmadan inanırlar. En belirgin özellikleridir, saflık ve inanırlık... Bu çabuk inanma ve bağlanma, çocuğa özgü bir ruh halidir. Yetişkinler olarak bunu çok iyi kullanıp, onlara faydalı ve yararlı tüm bilgileri verebiliriz.

Özellikle 7–9 yaş arası çocukların dini bilgilere karşı ilgileri çok fazladır. İbadet edenleri izlemekten, onlar gibi yapmaktan hoşlanırlar. Bu da bu yaştaki çocukların taklit ve tekrarla dini bilgileri öğreneceğini göstermektedir. Aynı zamanda bu çağdaki çocuklara nasihat verilebilir ve o da bunu rahatça anlar. Tabi hemen bilgi verdikten sonra nasihate başlamak uygun değildir.

Uygun olan; çocuğa dini bilgileri empoze etmek yerine, çeşitli yaşantılar ve uygulamalarla kuralların gerekliliği sonucuna, onun kendiliğinden ulaşmasını sağlamaktır. İşte aslı yapılması gereken burada başlamaktadır. Peki, bunu nasıl yapabiliriz?

Doğduğu günden itibaren eğitimine dikkat edilen çocuk için, her şey onun anlayacağı şekilde ve peyder pey anlatılmalıdır. 7–9 yaşına kadar çocuğunuza elbette bazı dini bilgiler vermişsinizdir, fakat bu yaşta verecekleriniz ve yöntemleriniz çok önemlidir. Çünkü ilerdeki hayatını etkileyecek, sağlam dini eğitimin verilmesi gereken bir dönemdedir. Bu dönemi kaçırdığınız zaman, ilerde bunu başarmanız oldukça zor olacaktır.

Çünkü ergenlik dönemine gelen çocuk, şüpheci, her söyleneni dinlemeyen, hemen kabul etmeyen ve taklit etmeyen bir yaklaşım içindedir. Bu durumda sizin vereceğizi hangi eğitim olursa olsun, onu almakta, kabullenmekte zorluk olacaktır. O zaman 7–9 yaş dönemini çok iyi değerlendirmek gerekir.

Çocuğun kendi sonuçlarına ulaşması için yapılacak en güzel yöntem, "hayatı tanıtmak"tır. Bu yaşlardaki çocuklara hayattan konularla yaklaşmak, onun zihinsel ve duygusal gelişimine en uygun yöntemdir. Çünkü bu yaştaki çocuklar, ayrıntıdan çok eşya ve olayların bütününe dikkat eder, genel çizgilerle ilgilenirler. Zihinleri henüz ayrıntıları görecek, çözümleyecek kadar gelişmemiştir. Bu nedenle parça parça değil, bütün olarak sunulan bilgi ve becerileri daha kolay edinirler. Bu özellik dikkate alınmadığında, din bilgisi sanki dünyaya ait değilmiş gibi algılanacaktır. Hâlbuki çocuk, hayatı bütün olarak algılar. Eğer bu bütünlüğü iyi anlatamazsanız, dünya hayatını başka, dini bilgilerin karşılığı olan ahiret hayatını başka olarak algılama hatasına düşmesine sebep olabilirsiniz. Bu yüzden **çocuğa dünya hayatının da ahiret hayatının da bir bütünün parçaları olduğunu göstermelisiniz.**

Çocuk, çevresinde gördükleriyle ilgi kurduğu sürece, zihnini aydınlatır, belirsiz bilgiden kurtulur, dinin kurallarının sadece bilgi yığını olmadığını, hayatta uygulanması gerektiğini anlar.

Karlı havada dışarı çıkacak olan çocuğunuza nasıl kalın giyinmesini öğretiyorsanız, manevi olarak da kötülüklere karşı korunması için din elbisesini giymesi gerektiğini öğretmelisiniz.

Kâinatı yoktan var eden Allah'ın emirlerine bağlılığı, yaşayan bütün canlılar için bir denge ve ahenk sağlayan kuşatıcılık olarak göstermelisiniz. Onun kendi varlığını, kâinat üzerinden düşündürmek ve ona soru sormasını, inceleme ve araştırma yaparak sonuçları değerlendirmesini öğretmek, düşüncesinin güçlenmesine yardım edici yollar bulmalısınız. Etrafınızda bulunan varlıklardaki renk, güzellik, şekil ve düzenden haberdar olması, bunları fark edebilmesi, Allah'ı tanıma, bilme ve O'na inanma yolunda güçlü bir adımdır. Hayatı tanıtma noktasında izleyeceğiniz yöntem için Kur'an-ı Kerim'den istifade edebilirsiniz. Karıncadan bahseden Neml suresi, arıdan bahseden Nahl suresi, gökyüzü olaylarını anlatan Yasin suresi gibi... Aynı şekilde tabiat olayları; yağmur, kar, gece-gündüz, mevsimlerden istifade edebilirsiniz. Hayvanlardan, bitkilerden ve onların yaşayışlarından ve onların da Allah'ı zikrettiklerinden, yaşına uygun hikâyeler yardımıyla bahsedebilirsiniz. Aynı şekilde hayat içinde yaşanan kutlamalardan faydalanabilirsiniz. Özel günler, kandiller, bayramlar gibi... Bu yaştaki çocuklarda, çevreye karşı çok fazla ilgi ve merak vardır. Bu merak ve ilgiyi dini bilgileri verme ve gösterme noktasında çok iyi kullanabilmelisiniz. Çünkü o büyüdükçe, bu duyarlılığı azalacaktır. O zaman onu hemen karşınıza alın ve içinde yaşadığımız dünyanın Allah'a ait olduğunu, her şeyi O'nun yarattığını, tüm varlıkların O'na ait olduğunu anlatın. Eğer çocuğunuz bunları anladı ve algıladıysa, din eğitimi verme noktasında amacınıza ulaştınız demektir.

> Hayatı tanıtmakla, çocuğunuzun hem dini bilgilere yaklaşmasını, hem de dini anlatımı sadece zihne yüklenen bilgi olmasından kurtulmasını sağlamış olursunuz.

Bilgiler verildi ve çocuk hayatı tanımaya başladı. Şimdi de ona güzel örnek olmalı ve rol modeli görevinizi en şekilde yerine getirmelisiniz. Bilgi, eylemi getirmiyorsa, hiçbir fayda sağlamaz. Mesela, ateşin yakıcılığını öğrettiniz, ama bu bilgi ateşten uzaklaşmasını sağlamıyorsa, hiçbir faydası yoktur. O zaman devreye örnek olma ve bilgiyi birlikte fiile dönüştürme gelmektedir. Mesela, her işe başlarken "Bismillahirrahmanirrahim" diyerek başlamanız. Abdest alışınız, namaz kılışınız, Kur'an okuyuşunuz, camiye gidişiniz, tüm yaptıklarınız çocuğunuz tarafından gözlenmekte. "Acaba annem babam söylediklerinin ne kadarını yapıyorlar?" şeklinde... Bu dönemde ilgi ve merak, had safhada ya, çocuk bundan dolayı sizi yakın takibe almıştır.

Bunun için onunla camiye gitmeniz, önemli günlerde beraber dua etmeniz, Kur'an okumanız, bayramlarda aile büyüklerini ziyaret etmeniz, çok önemlidir. Çocuğunuzun sizinle beraber olması, dini yaşayışı tanıyıp öğrenmesinde ve alışkanlık kazanmasında en sağlam adımdır. Çünkü taklitle başlayan pratikler, zamanla alışkanlık haline gelecek ve irade tarafından harekete geçirilecektir. Çocuğunuz, sizin dini yaşayışınızı model alarak neyin, neden, nasıl yapıldığını daha kolay anlayacaktır.

Bu konuda söylenmesi gereken diğer önemli nokta, çocuğu dini yaşayışa alıştırırken, beden gelişimine ve zihin faaliyetine de dikkat etmek gerekir. Çünkü çocuğa birtakım bilgi ve davranışları kazandırmakla beraber, öğrenme arzusu da uyandırmak gerekir. O zaman her yeni bir şeyi öğrendikten sonra başka bir şey daha öğrenmek isteyecektir. **Öğrenme arzusu kamçılanmazsa, sadece öğrettiğiniz o yaşta kalır ve hayatın ileriki safhalarına taşınmaz.**

Unutulmamalıdır ki, sağlam bir ibadet eğitimi, ileride şüphe döneminin daha kolay atlatılmasına yardımcı olur.

İbadet hayatının, ergenlik çağında, çocukluktaki taklitçi unsurlardan arınmış, zengin bir muhteva ve derinlik kazanmış bir şekilde varlığını sürdürmesi beklenir. Güçlü bir eğitimden yoksun gençlerin, çevrenin olumsuz etkilerine fazlaca kapıldıkları ve ibadetlere küçümseyerek baktıkları gözlenmiştir. Çocukluk çağında camiye hiç ayak basmamış bir genç ya da yetişkinin, oraya girmeye çekinmesi, daha sonra oraya girmeye gerek görmemesi veya girdiği zaman orada var olanı görememesi mümkündür.

İtaat terbiyesi zamanında başlarsa, terbiye esaslarının, çocuğun kaprisleriyle zedelenmesine izin verilmezse, çocuk için itaate alışmak kolay olur. İtaati sağlamak için, sert ve zalim davranmaya gerek yoktur. Yumuşak, fakat ciddi bir yüzle de kesin emirler verilebilir. Belli durumlarda, belli hareketleri yapmaya alıştırılan çocuklarda, bu alışkanlıklar kalıcı olur. Zamanla sökülüp atılamayacak derecede sağlamlaşır.

Alışkanlık kazanmak demek, belli bir kabiliyetin, belli bir yönde gelişmesi demektir. İyi alışkanlıklar kazanmış bir çocuğun, bir çok kabiliyeti istenilen yönde gelişmiş demektir. Bu hareketler, zamanla iç yaşantı haline dönüşecek ve kişiye huzur verecektir. Belirli ve kesin alışkanlıkları kazanmamış çocuğun ise, ileride güvenilir karakterde bir insan olması güçtür. "Onun ne yapacağı belli olmaz" sözü, genellikle olumsuz anlamda kullanılır ve bu tip karakterliler için söylenir.

Terbiye, geleceği ait bir faaliyettir. Çocuğun bugünki arzu ve heveslerine boyun eğilmesi, onun ileride zayıf iradeli yetişmesine sebep olacaksa, bu boyun eğişten çocuğun bugün aldığı zevkin ona verebileceği, hangi kalıcı meziyet olabilir?!... Bugünki merhamet ve sevgi, yarın işe yaramayacaksa, o gerçek merhamet ve sevgi olabilir mi? Merhamet ve sevginin ve sabrın gösterilmesi gereken yer, çocuğun tabii gelişmesinin tezahürü olan yaramazlıkları olabilir. Çocuk devamlı hareket eder. Koşturup oynar, bu arada devirir, çarpar ve bozar... O, bu dönemde yanlış hareketlerinin farkında değildir. Merhamet ve sevginin yapması gereken, çocuğu rahatça hareket edebileceği, zarara sebep olmadan koşturabileceği yerlerde bulundurmaktır.

Eğitimde başarının sırrı, arzu edilen ve edilmeyen hareketler üzerinde ısrarla durulmasındandır. İyi alışkanlıklar, bu yolla kökleşecektir. Çocuğun doğru olanı yapma terbiyesine uyması, söz dinleyerek, disipline boyun eğmesi, aklının ermediği çağda, ona iyi alışkanlıklar kazandıracaktır. Fakat bu yetmez. Çocuk doğru olanı öğrenip yaptıkça, bunu benimsemesi; baskı altında olmadığı, başkalarının kendisini görmediği zamanlarda da doğruyu seçmesi için, iradesinin kuvvetlendirilmesi gerekir.

Görgü kuralları, taklide dayanır ve yaşanılarak öğrenilir. Bu kurallar, toplumdan topluma değişir. Onun için çocuğunuzu kendi toplumunuzun kurallarına göre yetiştirmeli ve her şeyden önce örnek olmalısınız.

Herkese karşı sevgi

Ahlaklı davranışın temelinde her şeyden önce sevgi vardır. Tüm özellikler ancak sevgiyle değer kazanır. Zaten sevilmeden hiçbir şey yapılmaz. Ona önce sevmesini öğretmelisiniz. Kendi dışındakilerini seven, onlar için bir şey yapmakta zorlanmaz. **Bir işi seven, o işi yaparken yorulmaz, yani tüm kapıları açan sevgi anahtarıdır.**

Ona doğruluğu öğretin

Ona doğruluğu öğretmekte zorlanabilirsiniz. Çünkü, oldukça kapsamlı ve pek çok olguyu içeren bir durumdur. **Herkese karşı eşit davranmayı, gerçeği belirtmeyi, başkalarına ve kendine saygıyı, haklılık ilkesine bağlılığı kapsamaktadır.** Herkesin hakkını gözeten bir birey yetiştirmek istiyorsanız, doğruluk erdemini ona öğretmelisiniz.

Örnek Anne Baba mısınız?

Kamera kayıtta

İyilik yapmayı kalıcı bir davranış haline getiren çocuklar yetiştirmek istiyorsanız, her konuda olduğu gibi bu konuda da doğru model olmak çok önemlidir. Çünkü çocuk, çevresinde olup biten şeyleri bir **kamera** gibi kaydeder. Devamlı kayıtta olan kamerasıyla kendi davranışlarını, çekimlediği hal ve hareketlere göre şekillendiren oğlunuz, her şeyiyle sizin küçük bir nümuneniz durumuna gelir. Bu sebeple, anne baba ve ailenin büyükleri olarak, onun zihinsel ve davranış gelişiminde birinci derecede etkili olduğunuzu göz önünde bulundurmalısınız.

İyilik yapmanın öneminden, bunun insanı mutlu ettiğinden bahsedilen bir ortamda yetişen ve duyduklarını anne babasından gördüğü karşılıksız iyilik örnekleriyle pekiştiren çocuk, bunu çok çabuk benimser. **Oğlunuzun kamerası sürekli kayıtta, aman dikkat edin istenmeyen pozlar vermiş olmayın.**

O iyi bir gözlemci

Oğlunuz, karşısında kararlı, sözüne güvenilir, birlikte hareket edebilen, birbirine danışan, ortak karar alabilen anne baba görmek ister. Çünkü günümüz için geçerli bir kayıt var ki, **söz söylemek ve öğüt vermek gücünü kaybetmiştir. Onun yerini artık örnek olmak, davranış ve hal ile anlatmak almıştır.** Oğlunuz, çok iyi bir gözlemcidir. Sizi gözlemleyerek nasıl davranması gerektiğini öğrenmektedir. Eğer o, karşısında fikir birliğine varmamış olarak sizleri görürse, sizden bağımsız olarak kendine özgü bir dünya kuracaktır. İşin kötüsü, o dünyada sizin yerinizin olmamasıdır. Çünkü kimseye fikrini sormayacağı, kendi düşüncesinden başka doğru kabul etmeyeceği, bunu karşısındakine zorla kabul ettireceği, kendi doğrularını kabul etmeyenleri aşağılayacağı, her şeyi kendi kitabına uydurmaya çalışacağı, bencil bir dünya kuracaktır. O zaman onun bu gözlemci tarafını iyi kullanmak ve ona iyi örnek olmak gerekir.

Çünkü **onu yanlış eğitmenizin faturasını, sadece siz değil, tüm toplum ödeyecektir.**

Oğlunuzu önemseyin

Oğlunuzla zaman geçirin, ama sıradan bir zaman değil, kaliteli ve nitelikli bir zaman. Onu önemseyin ve ona değer verin. Bunun için de, öncelikli olarak birbirinize değer verin. **Anne babasının kendi aralarındaki diyalog, oğlunuza en güzel şekliyle yansıyacaktır.** Ama tüm bunları yaparken, yapaylıktan uzak durun. Davranışlarınız içten ve samimi olsun.

> Hiçbir çocuk, yapaylıktan hoşlanmaz ve bunu hemen anlar. Doğal süreç içinde oğlunuza sevginizi gösterin, birlikte oynayın ve hayatı birlikte yaşayın. Onunla konuşun ve konuştuklarını dinleyin. Böylece önemsendiğini anlayan oğlunuz, sizinle açık bir iletişime geçecek ve her şeyini sizinle paylaşacaktır.

Nasıl çocuk istiyorsanız, öyle anne baba olun

Anne baba olarak, oğlunuzun nasıl olmasını istiyorsunuz? Onun neler yapmasını ve neler yapmamasını istiyorsunuz? O zaman öyle yaşamak ve davranmak ilk önce sizin göreviniz. Söz ve ikazlarından daha önemli olan davranışlarınızı çocuğunuzun aynıyla yaptığını unutmayın. Çünkü oğlunuz, duyduğundan çok, gördüğünü daha çabuk öğrenmekte. Onun için televizyonda gördüğü her şeyi rahatlıkla yapabiliyor. Aynı şekilde sizin davranışlarını oyun arkadaşları üzerinde denemesi ve sizin sözlerinizi aynıyla söylemesi hep bundandır. O zaman iyi çocuk için, iyi aile olmak gerekir. Kötü çocuk yoktur, kötü aile vardır.

Ona hayatı tanıtın

Bulunduğunuz zaman diliminde hem kendi soru ve sorunlarınızla hayatı yaşayacaksınız, hem de oğlunuzu yaşayacağı zamana göre donanımlı yetiştirmeye çalışacaksınız. Peki, bunu nasıl yapacaksınız?

• Önce aile olarak kendinize bir çeki düzen verin. Dengeli, tutarlı ve olumlu davranışlarla aile hayatınızı bir düzene koyun. Eş olarak oğlunuza, çelişkili tavırlar ve sözler söylemeyin. Çünkü sizin tutarsızlığınız onun kararsız ve tutarsız biri olarak yetişmesine sebep olacaktır.

• Ailenin önemini ona gösterin. Anne-baba-kardeş ve bunların olmaması halinde yaşanacak sıkıntıları, oğlunuza anlatın. Böylece aile bilincini geliştirmiş olur ve gelecekte kuracağı aile isteği için sağlıklı zemin hazırlamış olursunuz.

• Aile içinde iyi bir iletişim oluşturun. Anne-baba-çocuk üçlüsü olarak düzgün bir iletişim içinde olun ki, çevreyle oluşacak iletişimde de başarılı olunabilinsin.

• Aile içinde oğlunuza belli sorumluluklar vermeyi ihmal etmeyin. O zaman kendini hem ailenin, hem de hayatın bir parçası olarak algılaması kolaylaşacaktır. Mesela, ekmek alma işleri, ayakkabıları ayakkabılığa dizme görevi gibi. Herkes sorumluluğunu bilirse, bu duygu daha da gelişir ve hayattaki sorunlar göze ufak gelmeye başlar.

• Oğlunuzun olumsuz davranışları karşısında duygularınızı ona açıkça söyleyin, beklentilerinizi dile getirin.

• Oğlunuzu sizin istediğiniz gibi olmaya zorlamayın. Onu olduğu gibi kabullenin, yetenek ve kapasitesini geliştirmesi konusunda teşvik edin, yüreklendirin.

• Ona, yapacaklarını, zamanını ve parasını düzenli, planlı ve doğru kullanmasını öğretin. Bunları öğrettikten sonra da, kendini deneme fırsatı verin.

• Oğlunuza seçme hakkı tanımayı ihmal etmeyin. O zaman hatalarını nasıl telafi edeceğini de öğrenmiş olur. Onun için aile problemlerinde onun da görüşlerini alın ve konuşun. Mesela, "bugün kardeşinle iyi geçinmedin ve bizi üzdün. Bunun için ya odanda yaptığım keki yalnız yersin, ya da bizimle oturmak istiyorsan kek yemezsin, seçim senin..." diyerek, ona hatasını düzeltme noktasında seçim yöntemiyle problem çözmeyi öğretmiş olursunuz.

• Aile ziyaretlerini birlikte gerçekleştirin. Aile kabristanını da birlikte ziyaret etmeli, dualarda bulunup, bunun da hayatın bir parçası olduğunu öğretmelisiniz. Böylece ölülere de saygı duymayı, onları unutmamayı ve orada nasıl davranılması gerektiğini de öğrenmiş olur.

• Sürekli olmasa da ara sıra babasıyla işe gitmesi, oğlunuzun hayatı tanıması noktasında önemli bir süreçtir. Onunla işe gitmek sizi zorlayabilir, ama orada neler yaptığınızı, nasıl bir çalışma temposu içinde olduğunuzu onunla paylaşmalısınız.

• Hayatın farklı yönlerini ona gösterin. Mesela her şeyin parayla elde edilemeyeceğini, farklı şekillerde de elde edilebileceğini gösterin. Mesela, parayla satın alınmadan, kardeşler ve yakın akrabalar arasında küçülen kıyafetleri değerlendirmek, ikinci el eşya almak ya da değiş tokuş yapmak, kütüphaneden kitap almak gibi de sahip olunabileceğini öğretin. Böylece **hayatın kolay yanlarını da görmüş ve her şeyin para olmadığını anlamış olur.**

Hem cimri olmaktan kurtarırsınız, hem de cömert olmanın yolunu göstermiş olursunuz.

• Mükemmeliyetçi anne baba olmaktan uzak durun. Çünkü insanın mükemmel olması zaten mümkün değildir.

Önemli olan hataları görmek, aza indirmek ve bir daha yapmamaya çalışmaktır. Onun için oğlunuzun da mükemmel olmasını beklemeyin ve onu bu konuda zora koşmayın. Hem kendinizi hem de onu yıpratmış olursunuz. Hayat karşısındaki duruşunu da etkilemiş olursunuz. Kendi yetenek ve başarılarıyla onu değerlendirin. Sizin mükemmeli istemeniz onun kendini değersiz, önemsiz ve başarısız olduğu düşüncesine sevk eder. Hayat boyu hayal kırıklığı yaşamasına ve başarısız olmasına sebep olursunuz. Beklentileriniz onun kapasitesiyle doğru orantıda olmalı.

• Hayatın olmazsa olmaz parçaları olan komşuluk, arkadaşlık ilişkilerinde oğlunuza doğru model olun. Birlikte yaşamanın ve dostlarla birlikte olmanın maddi ve manevi güzelliklerini ona gösterin. Hayatı paylaşmak adına, böyle dostlar edinmek onu rahatlatacaktır.

• Yardımlaşmayı, dayanışmayı, bu konudaki çalışmalarınıza onu da dahil ederek öğretmeye çalışın. Mesela, ihtiyaç sahibi bir yakınınıza, onun küçülmüş eşyalarını götürebilirsiniz. **Üst komşunuza pişirdiğiniz tatlıdan götürmesi için onu görevlendirebilirsiniz ya da bayramlarda aldığınız hediyeleri onun vermesini sağlayabilirsiniz.** Böylece vermenin ne kadar güzel bir duygu olduğunu ve yardımlaşmayı yaşayarak öğrenmiş olacaktır.

• Hayatın kurallarını ona öğretin. Çünkü, "hayat demek, kural demek"tir. Aile içi kurallarınızın olmasıyla bunu öğrenmesini sağlamalısınız. Mesela, aracınızla giderken kırmızı ışıkta neden durduğunuzu ve önemini anlatabilirsiniz. Hem kuralları öğretecek, hem de önemine değinip, uyulması gerektiği konusunda yönlendireceksiniz.

• Nezaket kurallarını da ihmal etmeyin. Mesela, "özür dilemeyi, teşekkür etmeyi, hal hatır sormayı, el öpmeyi, büyükleri saygı göstermeyi, büyüklerle ve küçüklerle nasıl konuşulması gerektiği" birçok davranışı da örnek olarak öğretmelisiniz. Çünkü **insan ilişkilerinde çok önemli yeri olan görgü kurallarını bilmek, oğlunuz için çok büyük avantaj olacaktır.** Özellikle ileriki hayatında... Bu konuda anneler daha fazla özen göstermeliler.

Çünkü erkeklerin hep kaba ve nezaket sahibi olmadığından şikayet eden kadınlar, o erkekleri kendi elleriyle yetiştirmektedir. Sizin de oğlunuzdan şikayet edilmesini istemiyorsanız, onu kibar, nazik ve görgü kurallarını ihmal etmeyen biri olarak yetiştirmelisiniz.

• Kötü alışkanlıklardan uzak durması gerektiğini, zararlarını, olumsuz yönlerini anlatın ve yaşayarak örnek olun. **Elinizde sigara paketiyle, oğlunuza sigaranın zararlarını anlatmanız ne kadar etkili olur size?...**

• Oğlunuza her şeyi hazır sunmayın. Hayatı hazır sunmak yerine, onu hayata hazırlayın. Bunun için gerekli olan bilgiyi, görgüyü, deneyimi ve kuralları ona sağlıklı olarak öğretin. Ona vereceğiniz en büyük sermaye bu olacaktır. Onu hayatta sermayesiz bırakmak istemezsiniz herhalde? Onun için hayatı doğru ve sağlıklı tanıtın.

Mesela, "okuyup da ne olacaksın, okuyanların ne yaptığını görüyoruz, zengin olmak için köşeyi çabuk dönmek gerekir, paran ne kadar çoksa o kadar güçlüsün..." şeklinde boş laflar etmekten ve işe yaramaz hayat dersleri vermekten uzak durun.

• Oğlunuza millî ve manevi değerlerin önemini, insanın gayesini ve başarının sırlarını iyi kavratın.

Oğlunuz 8 Yaşında

Gelişim Evresi ve Özellikleri

8 yaşında oğlunuz yine dışa dönüş yapmıştır. 7 yaşındaki haliyle kıyasladığınızda içine daha az kapanıktır. Aynı zamanda da daha atak, ama daha az duyarlıdır. Fakat her işe girişmeye hazırdır. Yeni arkadaşlara, yeni şeyler denemeye açıktır. Artık o, 7 yaşında oturmaya çalıştığı kişiliğiyle yüzleşmeye hazırdır. **Tek başına oynamaktan hoşlanmaz, devamlı birilerinin onunla olmasını ister. Ondan devamlı ilgi ve alaka görmek ister.** Sabır noktasında kendini dizginleyemez. Ona yapacağınız sürprizler ya da gelecek hafta gidilecek piknik, beklenecek gibi değildir.

Bu çağın en güzel özelliği, oğlunuzun öğrenmeye açık olmasıdır. Bunun için bu yaşlarda koleksiyon merakı başlar. Bu merak sadece toplama ile ilgilidir, onları saklayıp korumaya aynı ilgi ile yaklaşmaz. Yeni şeyler öğrenmeye tutkuludur ve merakı da bu yüzden artmaktadır.

Artık oğlunuz büyümüştür ve bunu o da fark etmektedir. Bu yüzden sık sık size, "ben artık büyüdüm," diye çıkışlar yapar. Çünkü **değer verme yaşındadır ve çevresindeki her şeyi değerlendirmektedir.**

Bu yaştaki oğlunuz, duygularını paylaşmayı sever. Okulda gittiği tiyatro gösterini, kitabında okuduğu hikayeyi, gördüğü her şeyi aktarmak ister. Gördüklerini anlattığı gibi, onlardan etkilenmesi ve taklit etmesi de yaşının özelliğidir. Aynı şekilde sizin verdiğiniz mesajlara karşı da duygularıyla cevap verirler.

Mesela, oğlunuza kızsanız, duygusunu gizler, boş gözlerle bakarak bu kızgınlıktan hoşlanmadığını ifade eder.

Artık öğretmenine, okula ilk başladığı gün gibi bağlı değildir. Yaklaşımı daha resmidir. Çünkü öğretmeni sınıfı yöneten ve idare eden biridir. Bunu fark ettiği için kişisel ilişkisi azalır. Fakat **arkadaşlarına olan bağlılığı ve önem vermesi artmıştır.**

Oyun arkadaşları bellidir. Artık kızlarla oynamak istemez. Kendinden küçüklere hava atmayı sever. Arkadaşları arasında seçim yapma yeteneği de gelişmiştir. Çünkü artık kendine güvenen bir birey vardır. Kendini beğendirmek yerine kendi beğendiklerini seçebilir. **Bu yaş için, seçicilik önemlidir.** Ama arkadaşlık da önemlidir.

Yıllarca sürecek arkadaşlığın temeli bu yıllarda atılır. Bu konuda oğlunuzun arkadaşlarına önem vermeli ve seçiciliği iyi yönlendirmelisiniz.

Oğlunuz için eskisi gibi oyuncakları en önemli eşyası değildir. Onun yerini para, mal ve sahip olabileceği değerli şeyler alır. Bu yüzden 7 yaşında parayı nasıl kullanacağını, nasıl harcayacağını ve nasıl kazanıldığını ona anlatmış olmalısınız. Zaten artık o harçlık alan bir çocuk, bunu nasıl kullanması gerektiğini de çok iyi bilmeli.

Bu dönemin diğer bir merakı, resimli kitaplardır. Parayı kullanmayı bilmiyorsa, bütün parasını bu resimli kitaplara yatırabilir. Bunun yanı sıra **televizyon seyretmek** de çok hoşuna gidenler arasındaki yerini alır.

> Oğlunuz artık daha mantıklıdır, ama unutmayın ki hâlâ çocuk gibi düşünmektedir.

Onun için söyledikleriniz bir kulağından girip diğerinden çıkmaktadır. Fakat davranışlarınızla ona örnek olursanız, daha etkili olacaktır.

Neden Evde Farklı Okulda Farklı?

Okul ortamına ayak uyduran ve ortamı tanıyan oğlunuz, artık kendini daha iyi ifade edeceği döneme girmiştir. Bunun için de **evde yapamadığı tüm yaramazlıkları okula taşımaktadır. Ya da tam tersi durumla, evde yaptığı yaramazlığın hiçbirini okulda göstermemektedir.** Çok uslu, söz dinleyen, fazla konuşup çevreyi rahatsız etmeyen uyumlu bir çocuktur.

İkinci durumda öncelikle, oğlunuzun öğretmenleriyle görüşüp, çocuğun uyumlu görünen davranışlarının öz güven eksikliğine bağlı olup olmadığını anlamanız gerekiyor.

> Oğlunuz, okul ortamındaki uyumlu davranışlarını sergilerken kendini zorlamıyor ve gerilmiyorsa, bunun dışında kendini ifade edebilmesinde bir problem yoksa; sorunun özgüven eksikliği ile bir alakası yoktur. Bu durumda sorun aile kaynaklıdır.

Özellikle günümüzde ev ortamı, çocuklar için oldukça rahat davranılan, hataların kolaylıkla affedildiği, hatta görülmediği, kuralların belli belirsiz var olduğu bir ortamdır. Bazı ailelerin ev ortamları, tabi ki bu tanımlama içinde değildir. Bu şekilde ev ortamlarının tam tersi olan okul ortamı, kurallarla bezeli, kurallarda istikrarın olduğu, farklı yapıdaki arkadaş gruplarının olduğu ve hatalı davranıldığı takdirde arkadaş gruplarına dahil olunamayacak bir ortamdır. Oğlunuz, bu gerçeğin farkındadır. Okulda arkadaşları ve öğretmeni tarafından tam bir kabul görüp mutlu olmak için okulu, kuralları ile benimser ve uyum halinde olur. Bunun en büyük nedenlerinden biri de, kuralların ve kararların değişkenlik arz etmeyip, istikrarla uygulanıyor olmasıdır.

Oğlunuz, bu düzenli ortamdan çıkıp, kendisini ne olursa olsun kabul eden ve engellemeyen rahat bir ortama girince de tabii bu ortamın rahatlığından istifade etmek isteyecektir. Bu sebeple aile ortamında da bir takım kuralların ve kararların olması ve ne olursa olsun bu kural ve kararlardan vazgeçilmemesi gerekir.

Oğlunuz, ev ortamının da okul ortamı gibi düzenli olduğunu fark ederse, evinde de kendini dizginlemeye çalışacaktır.

Ancak bir nokta var ki, bunu da belirtmek gerekir: Çocuklar okul öncesi dönemde, çok hızlı gelişirler, buna bağlı olarak vücutlarında ciddi enerji birikimleri olur. Kuralların var olması, çocuğu bütünüyle kısıtlamak değildir. Bu kurallar sadece belli davranışları öğrenmesi için gereklidir. Bunun yanında, çocuğa enerjisini boşaltabileceği meşru zeminler, imkanlar sunulmalıdır.

Eğer oğlunuz bu enerjisini boşaltacak ortamı bulamazsa, bir aşama sonra okulda da aynı hareketliliği gösterecektir. Bu sefer, çok sessiz olmasından değil, çok hareketli olmasından rahatsızlık duyulacaktır.

Özellikle erkek çocukları için bu hareketliliğin doğal şartlarla sağlanması gerekir.

Oğlunuzun Sanat Ruhu, buluş kabiliyeti, Zekâ Özellikleri

Oğlunuzun buluş yeteneği geliştirilebilir

Çocuğun yaratıcılık kabiliyeti olarak kullanılan kavram, bireyi diğer bireylerden farklı kılan, **buluş yapacak düzeyde özelliklere sahip olma** ve bireyin problem çözme kalitesini arttıran, analiz ve sentez kabiliyetinin ortaya çıkması olarak tanımlamak gerekir. Yoksa çocukta **yoktan var etme** gibi bir özelliğin düşünülmesi zaten mümkün değildir.

İşte oğlunuzun, bu şekildeki buluş yeteneğini ve üretkenliğini ortaya çıkarmanız için onun hangi zekâ türlerine sahip olduğunu bilmeniz önemlidir. Böylece ona yardımcı olmanız ve içindeki cevheri ortaya çıkarmasına destek olmanız daha kolay olur. Aynı şekilde küçük yaşlardan itibaren anne baba olarak oğlunuzla arkadaşlık etmeniz, onu dinlemeniz, masal anlatmanız, hikaye okumanız, onun da gücünü özgürce kullanarak hikaye anlatmasına olanak vermeniz, oyunlarında onu gereken materyallerle desteklemeniz, yaratıcılığa yönelik oyuncakları seçmeniz de yaratıcılığın gelişmesi açısından önemlidir. Yaratıcılık, her insanda farklı düzeyde bulunan ve geliştirilebilinen bir yetenektir.

Kişilik özellikleri

Eğer oğlunuzda zıt gibi görünen çelişkili nitelemeler varsa, bu onun yaratıcı bir ruha sahip olduğunu gösterir.

Mesela, düzensizliğe ve karışıklığa toleranslıdır. Maceracı ve meraklıdır. Risk almayı sever. Başkalarının farkındadır. Gizemli olana ilgi duyar. Güç işlere el atar. Dış dünyaya karşı çekingendir ve yalnızlığı, kendi başına olmayı sever. Çalışkan ve enerjiktir. Bilinçli ve köklü kurallara bağlıdır. Görgü kurallarına uymaktan hoşlanmaz. Aşırı düzenlemeden rahatsız olur. Oyunu sever, şakacı ve espritüeldir. İdealisttir. Estetik ve artistik ilgilere sahiptir. Cesaretlidir. Ani kararlı ve davranışlıdır. Soru sormayı sever. Değişime ve yeniliklere açıktır.

Yetişme çevresi

Yaratıcı çocuk yetiştirmek istiyorsanız, şu **üç temel noktaya dikkat etmeniz gerekir:** Fizikî etmenler, duygusal etmenler ve zihnî etmenler.

Fizikî olarak, evde, sınıfta ya da okul bünyesinde oğlunuzun üzerinde çalıştığı herhangi bir proje ve hobileri için bilgi alabileceği kitap, gazete, dergi ve bunun gibi her tür doğru bilgi kaynağını temin etmelisiniz. Bir de, onun ürün vermeye teşvik etmek kadar, bu ürünleri sergileyerek değer verdiğinizi göstermeniz de önemlidir.

Duygusal olarak, hiç denenmemişi denemek isteyen oğlunuz, alay edilmek istemeyeceği için gözden ırak olmak isteyecektir. Evde siz, okulda öğretmeni bu imkânı ona sağlamalısınız. En önemlisi de onunla empati kurmalı ve duygularını paylaşmalısınız. Şartsız kabul etmelisiniz. Bu onu duygusal yönden kuvvetlendirecektir.

Zihni olarak, oğlunuza soru sormayı öğretmeniz ve teşvik etmeniz gerekir. Hayal gücünü kullanmasına ve onları gerçekleştirmesine yardımcı olmalısınız. **Oğlunuza küçükken aldığınız parça birleştirme, tahta bloklar gibi kendi şekillendireceği oyuncaklar, yaratıcılığının zihinsel olarak gelişmesine katkı sağlamıştır.**

Oğlunuza zamanı değerlendirmesini öğretin

Her çocuğun, okul ve derslerden arta kalan boş zamanları vardır. İşte oğlunuzun yaratıcılığının yani üretkenliğinin artmasını istiyorsanız, bu zamanları nasıl değerlendirmesi gerektiğini öğretmelisiniz. Hem eğleneceği hem de faydalı bir işle uğraşacağı bu zaman dilimi için onu zorlamak yerine, yöntem göstererek bunu yapmalısınız.

Bunun için oğlunuzun becerilerini ve zorlandığı alanları gözlemleyin. Durumuna göre teşvik ve yönlendirme yapın. Başladığını bitirmesi için yardımcı olun ve destekleyin. Çabasını övün. Sanata, zanaata yönelik malzemeleri ona yakın tutun, gözünün görebileceği yerlere koyun. Spor heyecanına katılın, ilgilendiği sporu teşvik edin. İlgi duyduğu alanlar çok sınırlıysa farklı alternatifler sunup, ilgi alanlarını çeşitlendirmeye çalışın. Mesela bir hafta piknik yaparken, bir hafta tarihi mekanları gezin.

Zekâ türleri önemli

Bedensel Zekâ: Kişinin bedeninin farkında olması ve fiziksel hareketlerdeki ustalığı ifade eder. Çeşitli sporlar, dans, drama ve egzersizlerle geliştirilebilir. Sporcuların bu zekâda üstün oldukları kabul edilir.

Bu zekâları gelişmiş olanlar, bedensel hareketlerini çok rahat kontrol altına alabilirler. Sportif çalışmalarda başarılıdırlar. Yüz-beden ifadelerini ustalıkla kullanabilirler. El-parmak koordinasyonunda beceriklidirler.

Müziksel Zekâ: Seslere karşı duyarlılığı, ses ve tonları tanımayı ifade eder. İnsan sesi, doğal sesler, müzik aletlerinin seslerindeki değişiklikleri, farklılaşmaları kolayca fark edebilirler. Müzisyenler ve ses sanatçılarında bu tür bir zekânın ön plana çıktığı kabul edilir.

Bu zekâları fazlaca gelişmiş olanlar, şarkıların ritim ve seslerini hemen hatırlayabilirler. Seslere duyarlıdırlar. Güzel şarkı söylerler. Bir müzik aleti çalabilirler. Sık sık kendi kendilerine şarkı mırıldanırlar. Bir şarkı duyduğunda sesiyle ritim tutarak eşlik ederler.

İçsel Zekâ: Kişinin kendini tanıması, içsel durumlarının farkında olması, kendisi ile ilgili düşünceler taşıması gibi özellikleri içerir. Bu zekâya sahip kişiler, kendilerini nesnel bir şekilde değerlendirebilirler ve denetleyebilirler. **Kendinin, yani ne olduğunun, ne yaptığının, ne istediğinin, ne yapması gerektiğinin farkındadır.**

Bu zekâ özelliklerini gösterenler, bir konu üzerinde yoğunlaşabilirler. Neyi, nasıl yaptığının farkındadır. Derin düşünme becerisine sahiptir. Kendine güvenir. Kendi özelliklerinin bilincindedir.

Görsel Zekâ: Nesneleri görebilme ve görselleştirmeye dayanır. Etrafını iyi gözler, farklılık ve benzerliklere duyarlıdır. Çeşitli şekil ve biçimlerde nesnelerle ilgilenirken beceriklidir.

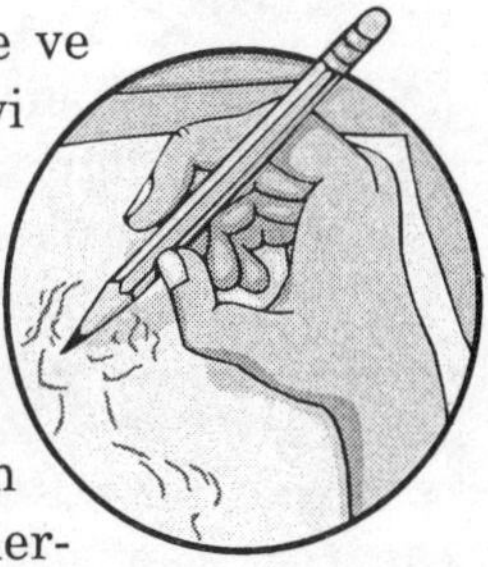

Bu tür zekâ özelliği olanlar, hayal gücünü iyi kullanırlar. Zihinsel resim çizmekten hoşlanırlar. Resim ve grafiklerle uğraşmayı severler.

Sosyal Zekâ: Bu zekâ türü, daha çok iki kişi arasındaki ilişkide ve iletişimde ortaya çıkar. Etkili konuşma, etkili dinleme, birlikte çalışma gibi etkinlikleri kapsar. **Öğretmen, pazarlamacı, terapist gibi meslekler bu tür zekânın yoğun olarak kullanıldığı mesleklerdir.**

Bu tür zekâ özelliği olanlar, sözlü ve sözsüz iletişimde beceriklidir. Sosyal ortamlarda bulunmayı severler. Arkadaşlarıyla iyi geçinirler. Başkalarının davranışlarının ardındaki niyetleri fark ederler. Dahil olduğu gruba canlılık getirir, başkalarıyla işbirliği içinde çalışabilirler.

Sayısal Zekâ: Bilimsel düşünme kavramıyla sıklıkla ifade edilmek istenen budur. Tümevarım ve tümdengelim yoluyla çıkarsamalarda bulunabilmeyi, sayı ve kavramları ustaca kullanabilmeyi ve neden-sonuç ilişkilerine duyarlı olmayı ifade eder.

Bu tür zekâsı ön planda olanlar, soyut modelleri rahatlıkla tanıyabilirler. Tümevarım ve tümdengelim yöntemlerini iyi kullanırlar. İlişki ve bağlantıları kolayca bulurlar. Matematiksel problemleri çözebilir, bundan haz duyarlar. Satranç gibi zihinsel beceri oyunlarını severler.

Sözel Zekâ: Kişinin dili sözlü veya yazılı olarak kullanabilmesidir. Edebiyatçı, yazar, şair ve benzeri meslek gruplarında gelişmiş olan bu zekâ türü, kişinin dili imla ve ifade kurallarına uygun bir şekilde kullanabilmesi ve bu yolla düşünce ve bilgilerini başkalarına aktararak, onları gerektiğinde ikna etmesi gibi davranışları kapsar.

Bu tür zeka özelliği olanlar, başkalarını konuşarak ikna edebilirler. Öğretmeyi severler. Espri anlayışları çok gelişmiştir. Hafızaları güçlüdür. Duyduğu şeyleri yorumlamaktan hoşlanırlar. Okumayı severler.

Doğacı Zekâ: Sekizinci tür zekâ olarak söz edilen doğacı zekâ, doğal olay ve nesnelerle ilgilenmekten hoşlanmayı kapsamaktadır. Eğer **kişi bitki ve hayvanlarla ilgileniyor ve onlara karşı daha duyarlı ve dikkatli ise, doğacı zekâya sahip olduğu düşünülebilir.**

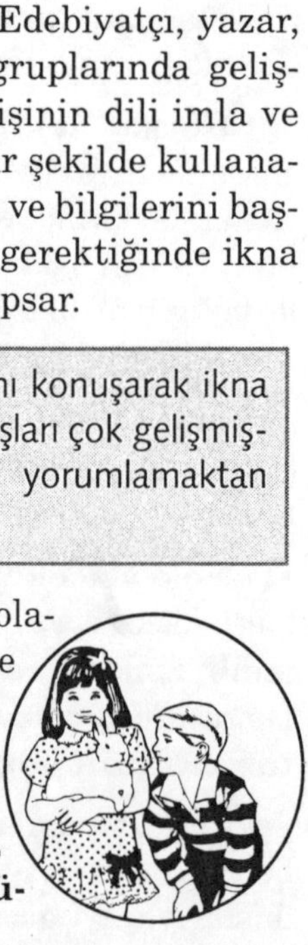

Oğlunuzun zekâ türünü bilmeniz, ona vereceğiniz eğitimde size çok yardımcı olacaktır. Unutmayın, bütün insanlar, belli bir potansiyele sahip olarak doğuyor, ancak bu potansiyelin aktif hale getirilmesi için aileye büyük görev düşüyor.

> Oğlunuzu bütün zekâ türlerinde başarılı kılmanız mümkün değildir, ama var olanı en iyiye çıkarmanız mümkündür. Bunu da onun hangi zekâ türüne yatkın olduğunu bilerek sağlayabilirsiniz. Tabi diğerlerini geliştirme noktasında da çabalarınıza devam ederek.

Kelimelerle zekâ yapısını keşfedin

İnsanın temsil sistemi kullandığı kelimelere yansır. Bir kişinin konuşmasını izlendiğinizde, vereceğimiz kelimelerin yoğun kullanılışını değerlendirerek hangi temsil sistemini ağırlıklı olarak kullandığını tespit edebilirsiniz.

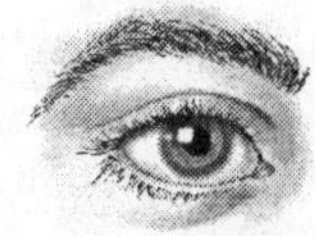

Görsel: Görmek, bakmak, resim, renkli, renksiz, açığa çıkarmak, ışıltı, berrak, seyretmek, gözden geçirmek, parlak gibi kelimeleri konuşma arasında kullanıyorsa, görsel zekâsı ağırlıkta demektir.

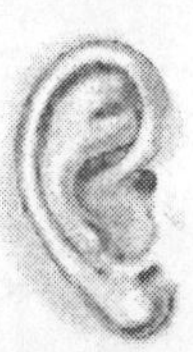

İşitsel: İşitmek, duymak, söylemek, dinlemek, konuşmak, tınlamak, çınlamak, anlatmak, söylenmek, fısıldamak, bağırmak gibi kelimeler ağırlıktaysa, işitsel zekâsını daha çok kullanıyor demektir.

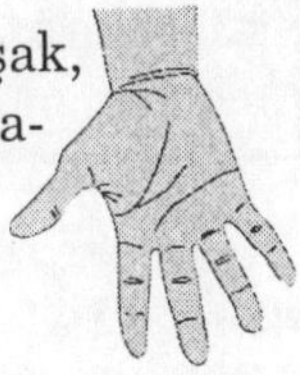

Dokunsal: Dokunmak, hissetmek, yumuşak, nemli, itmek, yakalamak, delmek, pürüzlü, kaba, soğuk gibi kelimeleri sık kullanmak da dokunsal zekâyı gösterir.

Görseller hızlı konuşur

Aynı şekilde görsel, işitsel ve dokunsal kişiler nefes alış, konuşma hızı, kullandıkları kelimelerle de farklılıklar gösterirler.

Görseller, görüntüler zihinlerinden hızla geçtiği için hızlı ve bazen de eksik konuşurlar. Nefes alışları da hızlı ve daha yukarıdandır. Daha hayalperesttirler. Daha çok gelecekten söz ederler. Kazanacaklarının bir resmini kelimelerle de olsa, çizdiğinizde motive olurlar.

İşitseller eleştireldir

İşitsel zekâsını ağırlıklı kullananlar daha çok, eleştireldirler. Göğsün altından nefes alırlar. Bir şey dinlerken öne doğru eğik dururlar. Eller ve baş birlikte hareket eder. Onlar için sesleri hatırlamak daha kolaydır.

Dokunsalların kalbine hitap edin

Dokunsallarsa diyaframdan nefes alırlar. Daha ağır tempoda konuşurlar. Duygular ve hareketler onlar için önemlidir. Hareket halinde öğrenirler. Onları etkilemek için yüreklerine hitap etmelisiniz.

Aslında ideal olan çocukların çok erken yaşlardan başlayarak bu üç temsil sistemini de geliştirmesidir.

Zekâ yapılarına göre öğrenme teknikleri

Eskiden tekil bir kavram olarak düşünülen zekânın aslında çok boyutlu olduğunun ortaya çıkmasıyla farklı zekâ alanları tespit edilmiştir.

> İşitselliğin temsil ettiği müzik zekâsı gelişkin çocukların, illaki müzikle ilgilenmeleri gerekmez. Ama çocuk bir şey öğrenirken müzikten faydalanılabilir.

Müzik zekâsı gelişmiş çocuklar, sürekli mırıldanır, şarkı söyler ve ritim tutarlar. Böyle bir çocuğa ders çalıştırılırken, ritmik unsurlar kullanılırsa daha kolay ve kalıcı şekilde öğrenir.

Dokunsallığın temsil ettiği sözel zekâsı üstün olan bir çocuğun, duygularını ve düşüncelerini ifade etme yeteneği vardır. Sözel zekâsı olan çocuklar anlatmaya yatkındırlar. Onları bol bol konuşturmak gerekir. Monologla değil, diyalogla öğrenirler.

Görsel zekâsı gelişkin olan çocuklar ise görsel unsurları kullanarak şekillerle öğrenirler. Görselliği temsil eden bedensel zekâsı gelişkin olan çocuklar, kıpır kıpırdırlar. Hareketsiz bırakılırlarsa öğrenemezler. İçsel zekâsı yüksek olan çocuklarsa düşünmeye, felsefeye meyillidirler. Kendi kendilerine okuyarak daha rahat öğrenebilirler.

Aileler çocuklarının hangi zekâ alanında gelişkin olduğunu bilirlerse, o alana uygun, daha bilinçli çalışma planları yapıp, çocuğun okuldaki başarısının artmasına yardımcı olabilirler.

Mesela, üzgün olan oğlunuza onu anladığınızı anlatmak için, görselse, "üzgün olduğunu görüyorum," işitselse, "üzüntünü yüreğimde duyuyorum," dokunsalsa, "üzgün olduğunu hissediyorum," diyerek, onunla kendi dilinden konuşarak çok daha kolay iletişim kurabilirsiniz. Aynı şekilde onun yaratıcılık kabiliyetini ortaya çıkarmada bu temsil sistemlerinden istifade ederek daha fazla yardımcı olabilirsiniz.

FİLE PASTA VEREN KADIN

Murat, saatlerdir annesinin sakladığı pastayı arıyordu. Bulmaktan ümidini kesince, aklına bir fikir geldi. Annesine seslendi.

– Anneciğim, seninle fil oyunu oynayalım mı?

– Ben bu oyunu oynamasını bilmiyorum oğlum.

– Çok kolay anneciğim; ben fil olacağım, sen ise fil'e pasta veren kadın olacaksın.

Sağlıklı Sınırlarınız ve Kurallarınız Olmalı

Korkuları fobiye dönüştürmeyin

Oğlunuza sağlıklı sınırlar çizmeli ve gerçekçi kurallar koymalısınız. Neyi, nerde ne zaman yapacağını bilmeli. Tabi bunun için de korkudan yararlanmanız çok yanlıştır. Çünkü ona sınırlar belirlerken sizin de sınırlarınız olmalı. Aynı zamanda **disiplin için korkuyu kullanmanız, olumsuzlukları da beraberinde getirecektir.** Eğer korkular gelip geçici olmayıp, oğlunuzun günlük hayatını etkilemeye başlarsa, artık o korku değil, psikolojik bir rahatsızlık olan fobiye dönüşmüş demektir. Ona sağlıklı sınırlar çizeyim derken, sağlıksız bir ruh hali oluşturmayın.

Mesela en çok başvurulan korku cümleleri... **Yatma zamanı**nı öğreteceksiniz, ama korkutup, "Çabuk yat, yoksa karabasanlar uykunda seni basar." Okuldan ya da dışardan **geç geldiği zaman,** "şimdi polis geldi seni aradı? Nerde kaldın bakalım?" Sizi **üzdüğü zaman,** "annesini üzen çocuklar cehennemde yanıyormuş," şeklinde korku yüklü cümlelerle ona kurallarını ve sınırlarını öğretmeniz doğru değildir. Fakat olumlu cümlelerle bunu yaptığınız zaman oğlunuz kendini fiziksel olarak güvenlik içerisinde hissedecektir. Söylediğiniz kuralları ve sınırları ya da diğer bir deyişle kısıtlamaları sürdürmeniz, oğlunuzun kendini daha kaygısız hissetmesine ve her şeyin hâkimi olmadığını anlamasına yardımcı olacaktır. Çünkü **hiçbir sınırlama, kural ve kısıtlaması olmayan çocuk, kendini bırakın, aileyi dünyanın hâkimi sanır ki, bu da onun egosunu daha da arttırarak, bencil bir birey yapar.**

Yapmanız gerekenler

Oğlunuza isteklerinizi yaptırmak ve sınırlarını öğretmek için korku yolunu değil, sevgi ve anlatım yolunu seçin.

Kendi istekleriniz kadar onun isteklerini de dikkate alın ve onun gelişimine uygun kurallar koyun. Bunun için sizi rahatça anladığı şu yaşlarda küçük çocuk gibi yasaklar koymak yerine, mantıklı kuralları ve sağlıklı sınırları birlikte belirlemelisiniz. Burada çocuklar için sınırların neler olduğunun basitçe açıklanması vardır.

> Onlara bir kendilerinin vücutları ve onlara ait olan şeyler; bir de kendilerinin olmayan dünyanın geri kalanının olduğunu söyleyin. Bundan sonra oğlunuzu, kendine ait olmayan bir şeyi almak istediğinde izin almak için nazikçe yönlendirebilirsiniz.

Onun için model olduğunuzu unutmayın ve doğru model olmaya çalışın. Koyduğunuz sınır ve yasaklara siz uyun. Mesela "uyku zamanı geldi hadi yatmaya" derken, siz de uyumak için hazırlıkları yapmaya başlayın ve büyüklerin uyuma saatinin onlardan farklı olabileceğini ve o saatte sizin de uyuduğunuzu anlatın.

Örneklerle veya yönlendirmelerle çocuklara sağlıklı sınırların öğretimi, sizin onlara karşı üstlendiğiniz rolün bir parçasıdır. Böylece onlara kesin ve mantıklı sınırlar oluşturmanın yollarını da öğretmiş olursunuz.

Mesela, oğlunuz okuldan geldi ve ailece yemeğe oturacaksınız. Fakat o, yemekten önce ellerin yıkanması kuralını çiğnemeye çalışıyor. Ona, "biz ellerimizi yıkadık ve şimdi seni bekliyoruz." diyebilirsiniz. Eğer ellerini yıkamak istemezse, "o zaman bizimle yemeğe oturamazsın, değil mi?" diye sorun. Çünkü kuralları uymamanın sonucunu da öğretmiş olursunuz. Bu soru karşısında, "evet biliyorum" diyecek ve ellerini yıkamaya gidecektir. Eğer tersi olur da diretirse, bu tercihinden dolayı izahata girişmeyin. Madem "ellerini yıkamak istemiyorsa, yemeğe oturmak istemiyor demektir" deyin ve bırakın yemeğe oturmasın. Daha sonra hatasını anlayacaktır.

Burada önemli olan, uzun nutuklar çekmek değildir. Sadece söyleneni yapmasını beklemek, yapmıyorsa düşünmesi için zaman vermektir. Böyle bir süreçte, "ben fikrimi değiştirmiyorum, o halde senin davranışını değiştirmen gerekecek," mesajını vermiş olursunuz. Çünkü oğlunuza göre, sizin uzun nasihatlerde ve açıklamada bulunmanız, kendi isteğinizi kontrol edememe zayıflığınızdır. Ona göre, "annem babam davranışlarıyla örnek olmak yerine, sadece konuşuyor," yaklaşımı vardır. O zaman **susarak davranışını değiştirmesini bekleyin, ama davranışlarınızla örnek olmaya devam edin.**

> Oğlunuza korku değil, sevgi aşılayın. Doğa, hayvan, insan sevgisini ön plana çıkarın. Korkuyu asla bir disiplin aracı olarak kullanmayın. Evet hayvanları sevecek ama bunun sınırları var, bitkiler için de aynısı geçerli. Böylece "her şey yasak" sendromu yaşamamış olacak.

"Hayır" demeyi öğretin

Oğlunuzun yaptığı yanlış hareketler karşısında, bu yaptığının yanlış olduğunu ve sevdiği pastadan ona veremeyeceğinizi söyleyin. Sizi ikna etmek için her yolu deneyecektir. Ama bir kere "hayır" dediniz, onun arkasında durun. **Böylece o da "hayır" demeyi, net karar vermeyi, olumsuzlukları reddetmeyi öğrenecektir.** Okulda arkadaşının "hadi gel derse girmeyelim, ya da şu arkadaşımızın kalemini alalım," dediği zaman "hayır" diyebilecektir. Bugün bunlara "hayır" diyen, yarın daha kötü teklifleri reddetmesini bilir. **Yalnız neye "hayır", neye "evet" diyeceğinin dengesini iyi kurun.**

Dengeli tutum önemli

Bazı anne babalar, tehlikeli durum dışında çocuğun onu reddedeceği korkusuyla kural koymaktan çekinirler. Bu da onun için daha büyük bir handikap demektir. **Kuralları ve sınırları olmayan çocuk, nerede duracağını, nereye kadar gideceğini bilmez. İleriki dönemlerde söz dinlemez biri olarak karşınıza çıkar.** Bir de bunun tersi yapılır ki, çok ağır sınır ve kurallar konur. Bu da yanlış bir tutumdur. Çok fazla kısıtlama koymak da, oğlunuzun size karşı gelmesine, sizinle çatışmasına, bu yasaklardan kurtulacak hilelere başvurmasına neden olur. Her iki durumun yanlışlığı, dengeli ve sağlıklı olanı yapmakla ortadan kalkar.

Duygusal sınırlar da var

Oğlunuza fiziksel sınırları öğrettikten sonra, yani **başkasının eşyasına izinsiz dokunmama, odaya girerken kapı çalma, insan vücudunda mahrem yerlere bakmama, bulunduğu yerin kurallarına uyma** gibi şeylerle beraber, duygusal sınırları da bilmeli.

Mesela, sakat insanlarla alay etmeme, kişinin istemediği şekilde ona hitap etmeme, aile sırlarının her yerde anlatılmaması, bir yakınını kaybeden insana davranılma şekli gibi, toplumun genelinden ziyade bireyin duygularıyla ilgili sınırlamaları da öğretmelisiniz. O zaman gönül rahatlığıyla oğlunuzla her yere gidebilirsiniz. Çünkü o, nerde, nasıl davranacağını öğrenmiştir.

Taziye evinde oynanmayacağını, kilolu amcasına şişman denmeyeceğini, evdeki konuşmaları ulu orta anlatmayacağını...

Ama tüm bunları da sizden görmek ister, unutmayın. Siz bunları yapmıyorsanız, ondan da beklemeniz doğru olmaz.

Duygusal ve Sosyal Zekâ Gelişimi Önemli

Duygusal zekâ

Son on yılda ortaya atılan duygusal zekâ yani "EQ" (Emotional Quotient) kavramı, insan ilişkilerinden, iş ve aile yaşantısına kadar hayatın her alanında başarının kapılarını açma özelliğiyle önem kazanmış durumdadır. Çünkü başarılı olmak için sadece zekâ kat sayısının yüksek olması yeterli olmamakta, duygusal zekâ kat sayısının da yüksek olması gerekmektedir. Duygusal zekâsı yüksek olanlar, çevreyle iletişimde ve kişiler arası ilişkide çok daha başarılı olmaktadırlar.

Duygusal ve sosyal kapasitesi yüksek kişiler, yani duygularını iyi bilen, onları kontrol edebilen, başkalarının duygularını anlayan ve bunları ustalıkla idare edebilenler, hayatlarının gerek özel, gerekse mesleki alanlarında daha avantajlı bir konuma geçerler.

Duygusal ve sosyal becerileri gelişmiş insanlar hayatta daha mutlu ve üretken olurlar.

Duygularını kontrol edemeyen kişiler ise, net düşünebilme ve işlerine konsantre olabilme yeteneklerini engelleyen içsel bir mücadeleye girerler.

Başarı için önemli görülen "empati, duyguları ifade etme ve anlama, mizacı kontrol etme, bağımsızlık, uyum sağlayabilme, beğenilme, kişiler arası sorunları çözme, sebat, sevecenlik, nezaket, saygı..." gibi duygusal nitelikleri betimlemek için kullanılan bu kavramın "şöhret" olması, ancak 1995'de psikoloji alanında doktoralı gazeteci-yazar Daniel Goleman'ın "Duygusal Zekâ" (Goleman, Daniel, Emotional Intelligence: Why It Can Matter More Than IQ. New York: Bantam Books.) kitabını yayınlaması ile gerçekleşmiştir.

Duygusal zekânın en büyük engeli televizyon

Çocuklarımıza sınırlar koymakta karşılaştığımız sorun, onların televizyon alışkanlıklarını incelediğimizde bariz bir açıklık kazanır. **Bence televizyonlar, tıpkı sigara paketleri gibi bir uyarı etiketi ile satılmalıdır.** Televizyon izlemek sigara gibi ani fizyolojik zararlara yol açmasa da, çocuklukta aşırı yemek düşkünlüğünün artışındaki önemli etkenlerden olduğu ileri sürülebilir ve şüphesiz bu düşkünlük hastalıklara neden olur ve hayatı kısaltır.

Televizyon fiziksel olarak bağımlılık yaratmasa da, psikolojik bir bağımlılık oluşturma yeteneğini sorgulamak gerekir. Amerikalıların alışkanlıkları üzerine bir ansiklopedi olan Peoplepedia tarafından yapılan bir ankette, binin üzerinde kişiye kendilerini televizyondan vazgeçmeye ikna edecek şeyin ne olduğu soruldu. Şaşırtıcı bir şekilde % 46'sı bir milyon dolardan az bir para için televizyondan vazgeçmeyeceğini ifade etti ve ankete katılanların % 25'i bu miktar için bile bunu yapmayacağını söyledi.

Televizyon başlı başına kötü bir şey değildir ve "Duygusal Zekâ" becerilerinin gelişmesini asıl engelleyen, televizyon önünde geçirilen **pasif zamandır.** Aslında, çocuklarımız, televizyon izlemeye, uyku hariç diğer etkinliklerden daha fazla zaman ayırıyorlar. Tabi bilgisayarı da buna dahil edebiliriz, ama televizyon izleyerek geçen zamanla eşdeğer değildir. Çünkü bu pasif değil, aktif bir zamandır ve "Duygusal Zekâ" becerilerinin öğretiminde büyük bir potansiyele sahiptir. Yine de, bilgisayarlar sadece sanal bir gerçeklik sunar ve çocuğa bir kucaklama hissi ya da bir top sahasının kokusunu veremezler, bu nedenle bilgisayar önünde geçirilen zaman da sınırlanmalıdır.

Ortalama düzeydeki çocuk, beş yaşına geldiğinde üniversite öğrencisinin dört yıl boyunca okulda geçirdiği kadar bir zamanı televizyon izleyerek harcamış oluyor!

Uzmanlar aşırı televizyon izlemenin çocuklar için iyi olmadığını uzun zamandır savunsa da, birçok anne baba, kendi bağımlılığı yüzünden çocuklarının televizyon önünde geçirdikleri zamanı denetleyememektedir. Bu, bir bağımlıdan ölçülü olmasını istemek gibi bir şeydir. Birçok anne baba, televizyonun çok pahalı olmayan bir **bebek bakıcısı** olduğunu keşfetmiştir. Ancak duygusal zekâsı yüksek çocuklar yetiştirmeye niyetliyseniz, çocuğunuzun televizyon izleme süresine sınırlar koymak zorundasınız.

Benim önerim, ailenizin günlük televizyon izleme süresini iki saatle kısıtlamanızdır. Bu süre, kiralık video filmleri ve oyunları da içermelidir. Bu sadece çocuklara değil, ailedeki herkese uygulanmalıdır. Elinize televizyon programlarını alıp çocuklarınızla birlikte oturun ve izlemek istedikleri (sizin de onayladığınız) programların seçiminde onlara rehberlik edin. Televizyon izlemek çoğunlukla sadece zaman doldurmaya yarar; gerçekten de çocukları heyecanlandıracak çok fazla şey vermez.

Başlangıçta çocuğunuzun televizyondan uzak geçirdiği zamanı planlamanız çok önemlidir. TV'den bir kez soğuduktan sonra daha rahat olacaksınız. Bir sonraki aşama, TV izlemenin yerini alacak etkinlikleri planlamaktır.

Dama, satranç benzeri oyunları dolaptan çıkarın, kütüphaneye gidip birkaç kitap alın, üzerinde çalışılabilecek hobilerin listesini çıkarın, çocuklarınızı spor programlarına kaydettirin. Televizyona getirdiğiniz sınırlamayı aynı şekilde bilgisayara da getirin. Çünkü o da oğlunuzun duygusal gelişimine olumsuz katkı sağlamaktadır.

Duygusal zekâ eğitimi

Rehber öğretmen ve sınıf öğretmenlerince her sınıfa haftada bir gün öğleden sonra oyun, gezi, aktivite şeklinde beceri geliştirici çalışmalar yapmak, çocuğun duygusal zekâsını geliştirir. Bu eğitimleri verecek kişi bu konuda mutlaka eğitimini tamamlamış ve neyi, nasıl vereceğini bilen kişilerden olması önemli. Peki, bu eğitimde neler öğretilmeli?

Duyguları tanımak,

Duyguları yönetmek,

Öz değerlendirme

Özgüven

Empati,

Dinleme becerileri,

Hedef belirleme,

Stres yönetimi,

Çatışma yönetimi,

İlişkileri yönetmek

İşbirliği olarak sıralayabiliriz. Bunları öğrenen oğlunuzun duygusal zekâsı en iyi şekilde gelişecektir.

Duygusal zekâ için özellikle aşağıdaki yetkinlikler belirleyicidir.

Kendini tanımak: Kişinin kendi duygularını, ihtiyaçlarını, hedeflerini tanıması, tercihlerini yapabilmesi ve sahip olduğu şahsi gücünün ve kaynaklarının farkında olması demektir. **Kendini tanımakla insanlar belirli pozisyonlarda, nasıl davranacaklarını, neye ihtiyaç**

duyduklarını veya kendilerinde ne gibi değişiklik yapmaları gerektiğini fark ederler. Eğer oğlunuza kendisini tanıttıysanız, bu, onun daha rahat hareket etmesini sağlayacaktır.

Kendini yönetmek: Kişinin sahip olduğu duygu ve düşüncelerini kontrol ederek yönlendirmesidir. Bu beceri ile duygularımızın esiri olmaktan kurtulup onları yönlendirebiliyoruz. Örneğin: Bir olay bizi çok kızdırdığında, kendi kendimizi sakinleştirerek, yanlış bir karar vermekten veya yanlış bir davranışta bulunmaktan kaçınırız. Oğlunuza bunu en güzel siz gösterirsiniz. **Olay karşısındaki duruşunuz onun için çok önemli.** Mesela okulda arkadaşlarıyla tartıştığı zaman öfkesine nasıl hakim olabilir, ya da alınmasını istediği bir şey alınmadığı zaman, nasıl üzülmeden bunu aşabiliri, sizden öğrenmiş olur.

Motivasyon: İnsanın kendini motive edebilmesi, daima başarma isteğine ve heyecanına sahip olması demektir. Bu yetenek özellikle zorlukların çıkmasında veya işlerin istenilenin dışında gelişmesi durumlarında çok faydalı olur. Kendini motive edebilen insan, zorluklar karşısında yılmadan kendinde devam etme gücünü bulur daha metanetli olurlar. **Oğlunuzun motivasyonu da sizin yüreklendirmenize, ona karşı kullandığınız dilin olumlu olup olmadığına bağlıdır.** Onunla konuşurken, "sen küçüksün, sen yapamazsın," gibi olumsuz ifadeler doğru değildir.

Empati: Kişinin başka insanların duygularını, ihtiyaçlarını, kaygılarını anlayabilmesi, kendini onların yerine koyabilmesi demektir. Söz konusu olan, **onlar gibi düşünebilip davranabilmek, onları oldukları gibi kabullenebilmek ve hal ve hareketlerine saygı göstermektir.** Eğer oğlunuz bunu öğrendiyse, kendisini sizin yerinize koyacak ve onun için yaptıklarınızı en doğru şekliyle anlayacaktır.

Sosyal Yetkinlik: İnsanların başkalarıyla ilişki kurabilmesi ve bu ilişkilerin uzun süre geçerliliğini koruyabilmesi becerilerini kapsar. **İnsanlar arası iyi ilişkilerin yanı sıra bir takım oluşturabilme, takım ruhunu sağlayabilme ve bu takımı yönetme becerisi de bu yetkinlik ile olur.** Oğlunuzun arkadaşlarıyla grup çalışmaları onun için çok önemlidir ve sizin de desteğiniz gerekir.

İletişim Becerisi: Duygusal zekâ için, iyi iletişim kurabilme becerisi, vazgeçilmez unsurlarındandır. Bu iki türlü açıklanabilir. **Birincisi** insanın kendisini açık ve net olarak ifade edebilme becerisi; **ikincisi de** başkalarını dikkatli dinleme ve ne söylediklerini tam ve doğru olarak anlayabilme becerisidir. **Oğlunuzu ne kadar dinlediğiniz ve onun konuşmasına ne kadar fırsat tanıdığınız bunun için önemli.** Sağlıklı ve kaliteli iletişim kurulan ailelerde, iletişim becerisi de fazlasıyla gelişmiş demektir.

Duygusal zekânın getirdikleri nelerdir?

Duygusal zekâsı yüksek insanlar, mesleki anlamda insanlar ile iyi iletişim kurabildiklerinden ve yönetme becerisine sahip olduklarından genelde çok başarılıdırlar.

Günlük hayatta duygusal zekâ, insanların iş arkadaşları ve aile bireyleri ile iyi anlaşabilmelerini sağladığı için, kendileri ve çevresindekiler ile ilgili sorunları çabuk çözümlerine yardımcı olur.

Duygusal zekâlı insanlar diğer insanları olduğu gibi kabul edip onları dinleyip anladıkları için sevilirler ve arkadaşlık ilişkileri daha güçlü olur. Genellikle kendileri ile barışık ve kolay memnun olurlar.

Şu ana kadar anlatılanlardan kendinizle ve oğlunuzla ilgili bir takım fikirler oluşmuştur. Böyle bir beceriye sahip misiniz, değil misiniz? Eğer psikolojik testlerden geçmeyi severseniz, kendi kendinizi değerlendirerek, duygusal zekâ hakkında bilgi sahibi olabilirsiniz. Böyle bir testten yola çıkarak kendinizi eleştirin **ve seviyenizi belir-**

lemek için örnek olarak aşağıdaki soruları kendinize sorun:

Kendimi ne kadar iyi tanıyorum? Bazı hallerde nasıl ve neden bu şekilde hareket ettiğimi biliyor muyum?
İradem güçlü mü, yoksa duygularımın esiri miyim?
Kin, nefret, mutluluk, beğeni vb. gibi duygularla nasıl baş edebilirim?
İletişim kurma becerim nasıl?
Kendimi açık ve net olarak ifade edebiliyor muyum?
Başka insanları iyi dinleyebiliyor muyum?
Diğer insanlar ile iyi anlaşabiliyor muyum?
Başkalarını motive edebiliyor muyum?
Başkalarıyla çalışmaktan zevk alıyor muyum?
Başkalarına fikir verebilir miyim?
Yönetebilme kabiliyetim var mı?
Başkaları tarafından seviliyor muyum?
Başkaları benimle beraberlikten keyif alıyorlar mı?
Aranan birimiyim?
Benden fikir istiyorlar mı?

Tüm bu soruları kendinize ve oğlunuza sorarak duygusal zekânızın derecesini ölçebilirsiniz. Cevaplardaki "evet"lerin çokluğu, sizin duygusal zekânızın iyi olduğunu gösterecektir. Eğer "hayır"lar çoksa, duygusal zekânızı beslemeniz gerekir demektir.

Neden duygusal zekânız beslenmek istiyor?

Aile tarafından yeterli ilgiyi görmemek ve aşırı ilgisizlik, çevre şartlarının uygun olmayışı, küçükken geçirilen bazı hastalıklar, iyi eğitim alınmaması gibi faktörlerle, duygusal zekâ yeterince olgunlaşmayabilir. Eleştirme, yargılama ve şiddetin çok olduğu ortamda da duygusal zekâ gelişemez. O zaman bu olumsuzlukları ortadan kaldırmak ya da aza indirmekle duygusal zekâyı besleyebiliriz. Burada anne babalara çok büyük görev düşmekte. **Çünkü duygusal zekânın eksikliği, ileriki zamanlarda depresyona ve hatta uyuşturucu bağımlılığına kadar gidebilir.**

Sosyal zekânın geliştirilmesi neden önemli?

Her birey, sosyalleşme süreci sonunda toplum üyeliğine hak kazanır. Eğer oğlunuz, yeterince sosyalleşmemiş ya da sosyal zekâsı gelişmemişse, yani kendi dışında yaşayan diğer kişilerle dayanışmaya ve işbirliğine giremiyorsa, bu gibi durumlarda patolojik bir durumdan söz edilebilir. Sosyal yönden gelişmemiş çocuklar, uyumsuz, mutsuz ve başarısız bir kişilik geliştirirler.

> Sosyal zekâsı gelişmeyen çocukların en belirgin özellikleri; kızgınlık, şiddet ve saldırganlıktır. Böyle çocuklar ya da gençler, öfkelendikleri zaman hemen sözle veya bedenen saldırıya geçerler. Öfkelerini kontrol edemezler.

Sevgi en önemli etki

Duygusal ve sosyal zekânın artması ve gelişmesi için en önemli etmen, sevgidir. Sevgi olan bir ailede, bu tür sorunlar yaşanmaz. Onun için oğlunuzu sevin, onun yanında birbirinize karşı sevginizi yıpratmayın ve aranızdaki sevgiyi ona hissettirin. Çünkü **o da ilerde baba olacak, babasından gördüğü sevgi kadarını kendi çocuklarına verecektir.** "Erkekler sevilmez, öpülmez" diye bir kural yoktur. Her çocuk sevilmeli ve sevgiden mahrum bırakılmamalıdır. Bu, onun tüm gelişimi gibi duygusal ve sosyal gelişimini de olumlu yönde etkileyecektir. Oğlunuzun duygusal ve sosyal gelişimi için, uyumlu ve tutarlı bir aile olmalısınız.

Onun gelişimi ilk önce ailede, sonra okulda ve daha sonra da toplumda devam eder. Sağlam bir aile temeli, oğlunuzun her yönden sağlıklı bir birey olmasını sağlayacaktır. Özellikle sevgi ve şefkâti ihmal etmeyin.

*Oğlunuz **9** Yaşında*

Gelişim Süreci ve Özellikleri

Oğlunuz artık 9 yaşında. Şu an 8 yaşındaki gibi davranmaktan sıyrılıp kendi olmaya başlamıştır. Özellikle başkasına benzememe, birey olma ve kendi kendine karar verip harekete geçirme isteğindedir. Artık oğlunuzun kendine özgü ve has davranışları, hevesleri, istekleri, beğenileri, gülüşü, konuşması, hatta yemek yeme tarzı vardır. Onun da bir birey olduğunu ve kişiliğini oturtamaya çalıştığını unutmayın. Bunun için sizden saygı görmek ister. Oğlunuzun davranışlarına saygı gösterin.

Oğlunuzun yetenekleri gün yüzüne çıkmıştır. Artık benmerkezci tutumundan uzaklaşıp, başkaları ayrımı yapmaya ve topluluk, ekip, arkadaşlık ve toplu yaşama kavramlarına önem vermeye başlamıştır. Bu işbirliği ve takım şuurunu daha da pekiştirmek size düşmektedir. Çünkü ileriki yaşamında oğlunuz için hayati önemi vardır.

Bu dönem, oğlunuzun en fazla önem verdiği şey, adil olma ve makul davranmadır. Çevresinde oluşan kayırmalardan rahatsız olur ve sinirlenir. Özellikle öğretmenin arkadaşını çok sevdiğini ve kayırdığını söylemesi bu dönemin özelliğindendir. Hak ettiğine inandığı bir cezayla karşılaştığında sesini çıkarmaz, ama haksız olduğunu düşünüyorsa çok öfkelenir ve bunu dillendirir.

Güven ve itimat duygusu da bu dönemde gelişme gösterir. Bunun için de sağlıklı rol modellere ihtiyaçları vardır. Özellikle çok sevdikleri kişileri kopyalamaktan hoşlanırlar. Bu dönemde kahramanları vardır. Bu kahramanların doğru seçimi, sizin önceki yaşlarında verdiğiniz örneklerle ve çevresinde gördüğü doğru modellerle mümkündür.

Yeteneklerini ön plana çıkarmaya çalışan oğlunuza bu dönemde biraz daha ilgi ve alaka gösterip, saygılı ve nazik bir yaklaşım içinde olursanız, onun üretkenliğini arttırırsınız. Ona büyük biriymiş gibi davranmanız, çok hoşuna gidecek ve olumlu sonuçlar almanızı sağlayacaktır. Önemli işlerde onun da fikrini almanız, onun yardımlaşma duygusunu ve uyumunu geliştirecektir.

Bu yaşta oğlunuz bağımsız olmayı, kendi kendine karar vermeyi sever ve bunu yapabilecek yetenektedir.

Mesela, artık tek başına otobüse binip bir yere gidebilir, alışveriş yapabilir. Hatta oğlumun, okulundan çıkıp babaannesine gitmek istediği zaman telefon edip oraya gittiğini bilirim. Bana göre daha küçüktü ve böyle bir şeyi nasıl isteyebilirdi? Ama bu yaşın özelliği olduğunu bildiğim için hiç değilse oraya giden servisle gitmesine izin verdim ve ertesi gün eve geldiğinde çok daha kendinden emin bir delikanlıyla karşı karşıya olduğumu fark ettim. Biz anne babalar, çocuklarımızın büyüdüğünü ve kendi kararlarını kendi verebilecekleri hiç kabul etmek istemeyiz. Ama unutuyoruz ki, şu an kendi kararlarımızı kendimiz veriyoruz ve biz de bir zamanlar çocuktuk. Artık onların büyüdüğünü kabul etmemiz gerekiyor. Özellikle bu dönemde bu kabullenmeye başlarsanız ön ergenlik dediğimiz 12 yaşında yapacağı çıkışları daha kolay atlatabilir. Zaten onları hep çocuk kabul etmenin ne bize, ne de onlara faydası yok.

Bu yaşta çocuk muamelesi görmek, onu çok rahatsız eder. Özellikle annesi tarafından sürekli gözetim altında tutulmaktan hoşlanmaz. Kendine güveni vardır ve bağımsız olmak ister. Tabi arkadaşlarıyla zaman geçirmek, aileyle gidilecek bir ziyaretten daha çok tercih edilir. Arkadaşları onun için çok önemlidir. Hatta o kadar ki, onlar gibi konuşup, onlar gibi görünmeye çalıştığı da olabilir. Çünkü bu dönemin özelliği olarak kolay etkilenmektedir.

Arkadaş ilişkilerinde benzer arkadaşları vardır. Boyu boyuna huyu huyuna diyeceğimiz, kendine benzeyen arkadaşlar edinir. Onlarla her şeyi paylaşır, düşüncelerini rahatlıkla savunur ve söyler. Grup içine kızları almaz, hatta onlarla ufak ufak dalga bile geçerler. Kızlar için de aynı şey geçerlidir. Onlar da erkekleri içlerine almazlar. Hatta takılır ve küçük görürler.

Dokuz yaşındaki oğlunuzun dikkati büyük ölçüde artmıştır. Artık uzun zaman aynı şeyle uğraşabilir.

Kabiliyetlerini ön plana çıkarmak isteyen oğlunuz, onları geliştirmek de ister. Mesela, iyi top oynamak, yüzmek gibi... Arkadaşları arasında bir adım önde olmasını sağlayacak uğraşlar için usanmadan aynı şeyleri yapabilir ve ona zaman ayırabilir.

Oğlunuzun bu dönemde ilgi ve alakası yüksektir, ama siz yine de bunu fazla abartmayın. "Bunu da yap, şunu da yap" gibi her şeyle ilgilenmesini istemeyin. Bunu onun ilgisine göre ayarlayın. Hemen başarı da beklemeyin. Ama yaptığı her olumlu uğraş için, "Bir dahakine daha güzel olacak, sana güveniyorum," diyerek onu yüreklendirin.

Oğlunuz bu dönemde çeşitli sporlara ilgi duyar. Yüzme, güreş, futbol, basketbol, bisiklete binme, uçurtma uçurma gibi... Özellikle hareketli ve riskli

sporları daha çok sever. Dağ tepe tırmanmak gibi.

Onun için onunla açık havada geziler düzenlemeniz ya da kamp yapmanız çok olumlu sonuçlar doğuracaktır. Hem onun kendini deşarj etmesini, hem de doğayla iç içe yaşamanın huzurunu tattıracaktır.

Spora duyulan ilgi müzik için de geçerlidir. Mesela, bu yaştaki oğlunuz, bağlama, gitar, mandolin ya da piyano çalmak isteyebilir. Fakat ilgisinden emin olmadan ve hazır olduğunu hissetmeden böyle bir şeye başlatmayın. Çünkü erken bıkabilir, başlamadan kaybetmiş olursunuz.

Bu dönemde bilgiye düşkündür ve rekabete girmeyi sever. Artık sorumluluklarının farkındadır. Ahlaki sorumluluklarını da bu dönemde onunla paylaşmalı ve örnek olarak yapması için olanak vermelisiniz.

Mesela, doğruluk, dürüstlük, kişisel hak ve özgürlükler gibi konularda bir fikir sahibidir. Onun için ahlaki davranışları yerine getirmesi için ufak uyarılarda bulunabilirsiniz.

Artık damak zevki de yavaş yavaş oturmaya başlamıştır. Neyi yiyip neyi yemeyeceğini kendi karar vermek ister ve sizin de daha anlayışlı olmanız gerekir.

Yemeğe gösterdiği titizliği, giyim kuşamına ve temizliğine göstermez. Dışarıdan geldiğinde ellerini yıkamak, dişlerini fırçalamak pek hoşuna gitmeyebilir. Bu durumda hep sizin hatırlatmanız gerekir.

Çamaşırlarını bile değiştirmek aklına gelmez. Temizlik konusunda bu yaşta kaygısızlık söz konusu olabilir, ama unutmayın ilerde bu da geçecektir.

Sizden Farklı Bir Birey

Her insanın doğuştan beş temel özgürlükle doğduğu ileri sürülmektedir. Bu beş temel özgürlük şunlardır:

- **Olanı duyma, görme ve anlama özgürlüğü**

Çocuklar anı yaşama özgürlüğü içinde yetişmişlerse, büyüyünce, şimdiki anı, şimdi bulunduğu yeri ve şimdi konuştuğu kişiyi onurlandırırlar. Başka bir ifadeyle onlar için en önemli zaman şimdiki zaman, en önemli yer bulundukları yer ve ön önemli insan şu anda konuştukları insandır. Şimdiyi yaşamak, hayatı dolu dolu yaşamaktır.

- **Düşündüğünü ifade edebilme özgürlüğü**

İnsan düşüncelerini gözlemleyerek sakinleşir. Bu şekilde hayata bakışı değişebilir, kendini daha iyi hissedebilir. Bunun için insanların çocukluklarından itibaren düşüncelerini açıklamalarına izin verilmelidir.

- **Duygularını ifade edebilme özgürlüğü**

Sağlıklı ailelerde, çocuğun içinde bulunduğu duygulara ve o duyguların ifade edilmesine önem verilir.

- **Bir şeyi isteme veya reddetme özgürlüğü**

Çıplak dolaşamaz, ama istediği renkte elbise giyebilir. Yasalar, kültür, güvenlik ve ahlak ile birey olma özgürlüğünün sınırları arasında denge olmalı ve oğlunuz bu dengeyi kendi başına kurabilmesi için küçük yaşlarda kendine özgü kararlar almaya alıştırılmalıdır.

- **Olmak istediği yönde kendini geliştirme özgürlüğü**

Bir insanın en büyük amacı yeteneklerini, ustalıklarını geliştirmek ve bunlarla insanlığa hizmet etmektir. Bu da ancak çocuğun istediği yönde gelişme özgürlüğüne sahip olmasıyla mümkündür.

Oğlunuza bu beş özgürlüğü sağlarsanız, geleceğin en güzel ve en başarılı kişilerini yetiştirmiş olursunuz. Unutmayın onlar da geleceğin birer yetişkini olacaklar. **Ruhen sağlıklı ve mutlu bireylerin yetişmesi, şimdiden oğlunuzun birey olduğunu kabul etmenize bağlıdır.** Unutmayın o bir birey ve kendi kararlarını verebilecek durumda. Sadece sizin destek ve yardımınıza ihtiyacı var.

Herkese karşı aynı tutum

Anne baba olarak yapılan en büyük hata, yetişkinlere kırıcı söz söylemekten çekinirken, aynı kırıcı sözleri çocuğa söylemeyi görev bilmektir. **Yetişkinler için söylenecek kırıcı sözden kaçınılır, çünkü gücenir ve aradaki ilişki zedelenebilir. Ama aynı söz, çocuğa rahatça söylenebilir.** Hatta bu, "çocuğun iyiliği" için yapılır, onun kırılıp güceneceği ve ilişkinin zedeleneceği düşünülmez. Mesela, arkadaşınız en sevdiğiniz vazonuzu kırsa, "önemli değil canım, kazayla oldu, canını sıkma" diye teselli edersiniz. Fakat aynı vazoyu oğlunuz kırsa, "ne kadar sakar bir çocuksun, en sevdiğim vazomu kırdın," gibi tehditkâr cümlelerle ona kızarsınız. Buradaki yanlışlık anne baba olarak onun da insan ve bir birey olduğunu unutmamızdır.

Bundan böyle oğlunuzun da sizin gibi insan olduğunu, kırılıp üzüleceğini anlamaya çalışın. Tüm sosyal ilişkilerdeki temel ilkeleri çocuğunuz için de kullanın. Mesela, herkesten rahatlıkla özür dilerken, oğlunuzdan bunu esirgemeniz hiç de doğru bir davranış değildir.

Oğlunuzu Spora Göndermelisiniz

Sporun sağladıkları

Spor yapan insanların, spor yapmayanlara oranla hem bedenen hem de zihnen daha sağlıklı oldukları bilinmektedir.

Bir kere takım halinde yapılmasıyla oğlunuzun ekip ruhu gelişecek; sorumluluk alma, başkalarıyla ortak hareket etme, dikkat arttırma gibi birçok toplumsal ve psikolojik etkileri görülecektir. Ayrıca hedef koyma, hedefe ulaşma, ortak düşünme, kazanma ve kaybetme duygularını yaşaması bakımından da sporun oğlunuz üzerinde oluşturacağı olumlu etkileri göz ardı etmemek gerekir.

> Spor, özgüvene katkı sağlar. Takım ruhunu geliştirir. İletişimi destekler. Öğrenme sürecini de zenginleştirir.

Onun ilgisi önemli

Oğlunuzun bir sporla ilgilenmesini istiyorsunuz. Zaten o da 9 yaş özelliği olarak buna müsait. Fakat **hangi sporu yapacağına, sizin istekleriniz değil, onun ilgisi doğrultusunda karar vermelisiniz.** Mesela: Babası futbol istiyor, annesi yüzmeye gitsin istiyor, ama çocuk basketbolu istiyor. O zaman onun tercihine göre karar vermelisiniz.

Hangi spor dalı?

Yüzme: Özellikle ruh ve beden dinginliğini, eklemlere baskı oluşturmadan yapıyor olması; güçlendirici, geliştirici, sakinleştirici yönüyle de tam oğlunuza göre bir spor dalı. Hareketli ve dinamik oğlunuz, böylece enerjisini atmış ve daha sakinleşmiş olarak eve dönecektir.

Futbol: Oğlunuzun bu sporla ilgilenmesi onun şu özellikleri edinmesine yardımcı olacaktır: Özgüven geliştirme, strateji oluşturma, rakibin beynini okuma, cesaret ve aynı oyunda hem hücum, hem de müdafaa...

Basketbol: Futbolla aynı özellikleri gösteren, aynı zamanda boyunun da uzamasına olanak sağlayan, oğlunuzun enerjisini boşaltabileceği bir spor dalıdır.

Bisiklete binme: Çoğu anne, oğullarının bisiklete binmesini istemezler. Fakat bunun spor olarak yapılması çocukta, dayanıklılık, hareketlilik, sabır ve dikkat gelişmesine katkı sağladığını bilmezler. Bunun için uygun mekânların seçimi elbette önemlidir.

Karate: Oğlunuzun hareketlerini ve öfkesini kontrol etmesi için ideal bir spordur. Özellikle strateji geliştirme, akıl, bedensel yeterlilik, ruhsal tatmin ve özgüven gelişimi sağlamasıyla oğlunuz için gerekli bir spordur. Neyi, nerde ve nasıl yapacağı öğrenmesi açısından da önemlidir.

Binicilik: Eğer imkanlar müsaitse bu spor dalıyla ilgilenmek oğlunuza, hayvan sevgisini, sorumluluk duygusunu, dikkat etmeyi, motivasyonu, ekip ruhunu, bilinçli farkındalık ve iletişim becerileri kazandıracaktır.

Atletizm: Okullarda bu spor dalıyla ilgili çalışmalar yapılmakta. Eğer oğlunuzun fiziki özellikleri müsaitse ve istiyorsa, bu sporla ilgilenmesi çok faydalıdır. Hız, hareket, canlılık, sabır, dayanıklılık, mücadele azmi edinmekle beraber aynı zamanda stresten de uzak kalmış olur.

Gelişim Özellikleri ve Evreleri

Orta çocukluk da bitti

İlk çocukluk yılları 5 yaşında, orta çocukluk yılları da 10 yaşında biter. Bunun için oğlunuzun davranışları, daha üst düzeyde olmakla birlikte, 5 yaşında gösterdiği özellikleri de gösterir. Tutarlıdır, kendisi ve çevresi için uyumludur. Kendi kendine yeten, içinde bulunduğu zamanı ve yeri yaşayan özellikleri vardır. 10 yaş, gelişim döneminin altın çağıdır.

Oğlunuz altın çağında

Oğlunuz bu zamana kadar edindiği özellikleri içselleştirmeye başlamıştır. Onları dengeler ve geliştirir. ön ergenlik için bir soluklanma zamanı içinde olan oğlunuz, mutludur, coşkuludur, hoşgörülüdür ve uysaldır. Spordan hoşlanır, iyi bir öğrenci ve iyi bir arkadaştır. 9 yaşında olduğu gibi evinden ve ailesinden uzak değildir. Onlarla gurur duyar ve iyi bir iletişim içindedir. Özellikle anne babanın sözlerini dinlemekte zorlanmaz. Ama **kız çocukları için bu dönem zordur, çünkü ön ergen dönemi içinde olduğu için erkek çocuğa göre daha hırçın, daha söz dinlemez ve asi ruhludur.** Oğlunuzun bu söz dinler durumunu lehinize kullanabilmeli ve onu aile yaşamınıza dâhil ederek, işbirliği içinde olmasını daha da arttırmalısınız.

İniş ve çıkışları vardır

Patlamaları genellikle 6–9 yaşlarında kardeşleriyle yaşamaktaydı. Bu daha çok büyüklüğünü göstermek için yapılan patlamalardı. Ama şu an o patlama ve öfkeler daha aza inmiştir. Fakat bunu rağmen davranışları daha dağınıktır. Özellikle kendine bakmak, giyinmek, temizlenmek, üzerinden çıkardıklarını yerlerine koymak gibi konularda son derece tertipsizdir. Kendisine verdiğiniz işi bazen çok istekli yaptığını görürsünüz, bazen de çok isteksiz olarak yaptığını. **Sizinle birlikte bir iş yaptığında daha mutludur ve daha iyi çalışır. Fakat kendi haline bıraktığınızda aynı titizliği göstermez.**

Onun gözünde önemlisiniz

Bu zamanın tadını çıkarın. Çünkü anne baba olarak onun gözünde değerlisiniz. "Annem böyle demişti, babamın dediğini göre," şeklinde her konuda size güvenmek ister. Aileye yakındır ve özellikle anneyle arkadaş gibi olmak ister. Her şeyini rahatlıkla anlatır. Eğer bu dönemde onu dinler ve aranızda iyi bir iletişim kurarsanız, ergenlik dönemini daha kolay geçirebilirsiniz. **Baba için de bu dönem çok zevklidir. Onun için oğlunuzu alın ve açık havada onunla top oynayın, uçurtma uçurun, bisiklete binin.**

İlgi alanları

Bu dönemde oğlunuz hareketli oyunları sever. Ama aynı zamanda evde sizinle birlikte satranç oynamaktan ya da maket türü geçmeli oyuncaklar yapmaktan da hoşlanır. **Hayvanlarla arası çok iyidir. Hatta evde bir hayvanı olmasını bile ister.** Ama sorumluluğunu ona vermeyip siz bakacaksanız. **Resimli romanlar, sinema, televizyon en büyük eğlencesidir.** Bu yaşta oğlunuz kendisine anlatılanları dinlemekten, eğitici kitaplar okumaktan zevk alır.

Haksızlığa dayanamaz

Oğlunuzu bu dönemde en çok haksızlık karşısında gösterdiği yoğun tepkiyle tanıyamaz olursunuz. Çünkü kendisi haksızlığa tepki gösterirken, o da haksızlık yapabilir. O yaşta oğlunuz size daha az sorular sorar.

Okulla arası iyidir

Oğlunuz 5. sınıfta olmaktan mutludur ve okulunu seviyordur. Çünkü 5. sınıf ona göre daha kolaydır ve yorucu değildir. Bu dönemde hafızası kuvvetlidir. Sınıfta arkadaşlar arası tartışma konuları bulmakta zorlanmaz ve tartışmayı sever. Bunun için öğretmenlerin bu dönemde münazara gibi etkinlikler yapması çok faydalı olur.

Evde siz de böyle bir şey yapabilirsiniz. Mesela, "para mutluluk getirir mi?" gibi karşılıklı tartışılacak bir konu bularak, gruplar oluşturup ailece böyle bir münazara yapabilirsiniz.

Ahlaki değerleri de öğrenmeli

Oğlunuz somuttan soyuta doğru yavaş yavaş yol kat etmektedir. Özellikle soyut kavramlarda düşünebilme 11 yaşında daha belirginleşmektedir. Ahlaki kavramlarda ise bunun 13 yaş civarını bulduğu, yapılan araştırmalarla ortaya konmakta. Ama oğlunuz için, basitten bileşiğe yani somuttan soyuta doğru bir anlatım tarzıyla başlamanız önemlidir. Mesela, soyut kavram olarak hırsızlığın kötü bir şey olduğunu anlatırken, doğruluk gibi somut yani duygu olarak algılaması gereken kavramı da çok iyi anlatmanız ve anlamasını sağlamanız gerekir.

Yine, Allah'ın bir olduğunu söylerken, neden ona inanmamız gerektiğini de duygu yönüyle anlatmanız gerekir. Yani soyuttan somuta doğru... Ulvi ve kutsal şeyleri basit şeylerle, uzakta bulunanları yakında bulunanlarla, görünmeyenleri görünenlerle izah edebilir, oğlunuzun ahlaki yönden gelişmesine katkıda bulunabilirsiniz.

Hayatı Onunla Paylaşın

Oğlunuz büyüyor ve sizin bunu artık fark etmeniz gerekir. Onun için onu hayata dahil etmeli ve hayatı onunla paylaşmalısınız.

Ailece yapılacak küçük bir seyahat, omuz omuza bir gezinti, oğlunuzla aranızda bir dostluk oluşturur.

Hayatın çocuklarla paylaşılması, özel zamanlar kurulması, anne-baba-çocuk ilişkisini yeniler.

Çocuklarınıza daima yeni duygular, yeni algılayışlar, yeni tatlar imkanı sunabilmelisiniz. Onların hayatına daima yeni bir şeyler katabilmeniz için zamanı onlarla farklı yerlerde ve şekillerde paylaşabilmeniz gerekir.

> Zamanı çocuklarınızla paylaşmanız, bütün faydalarının yanı sıra, onlara da müthiş bir hediye olur. Bu en büyük hediye, yaşama sevincidir. Çocuklarınızla zamanı paylaşmanızdan doğacak canlılık ve sevinç, aile ortamına da aynı şekilde akseder.

Bunun için aile saatiniz olsun

Her hafta, hiç değilse ayda bir, tüm aile bireylerine göre ayarladığınız aile saatinizde birlikte olmalısınız. Beklenmedik durumlar olsa bile o saatte tüm aile bireyleri bir araya gelmelisiniz.

Bu aile saatiniz, iletişim, değer öğrenimi ve birlikte hoşça vakit geçirme zamanı olmalıdır. Bu, sizin aile olarak bir arada bulunmanıza yardımcı olan güçlü bir etken olacaktır. **Hiçbir mazeret, sizi, ailenizle birlikte geçireceğiniz bu aile saatinden alıkoymamalıdır.**

Günümüz şartlarında zamanla yarışan bir toplum olarak, böyle bir şeye nasıl zaman ayıracağınızı düşünebilirsiniz. Ama bunu çok resmi bir saat gibi düşünmeyin. Bir gün önce böyle bir şeyi düşünün ve ertesi gün bir yemek vakti hoşça vakit geçirerek o zamanı ailenizle mutlu olarak geçirmeyi deneyin. Önceleri böyle başlayın ve sonra onu güncelleştirin.

Ailenize özel bir saatinizin olması, tüm bireylerin hoşuna gidecektir. Özellikle oğlunuz için bu çok önemlidir. Çünkü o, ilerde nasıl bir baba olacağını, nasıl bir aile kuracağını, sizin aile saatlerinizde öğrettiklerinizden alacaktır.

Aynı zamanda çocuklar, böylesi aile aktivitelerinden çok hoşlanır ve çok şey öğrenirler. Böylece onu hayata hazırlamakta ve hayatı onunla paylaşmakta zorlanmamış olursunuz. Bu saatleri eğlenceli ve dolu dolu geçirmek sizin elinizde.

Aile saatiniz size neler kazandıracak?

Hayatın temel prensiplerini ve ahlak kurallarını öğrenmek için harika fırsatlar oluşur. Aile sorunlarını pratik yollarla çözmeyi öğrenmek için güzel bir zaman sağlamış olursunuz. Tüm aile bireyleri her şeyi özgürce söyleyebilir ve paylaşabilir. Böylece herkes kendini rahat ifade ederken, birbirini de daha kolay anlar. Aile için sorun olan şeyleri de daha iyi çözersiniz. Farklı aktiviteleri deneme imkanı bulursunuz. Şiir okumalar, masal anlatmalar, "hadi anlat bakalım" gibi oyunlar, satranç turnuvası yapma gibi eğlenceli oyunları beraberce oynama imkanı bulursunuz.

En önemlisi ailenize zaman ayırmış olur ve çocuklarınızın kat ettiği aşamaları izleme imkanı elde edersiniz. Çocuklar da sizin hayat tecrübelerinizden, gelecekleri için yatırım yapmış olurlar.

Oğlunuzla geçireceğiniz zaman önemli

Bugün baba oğul, uçurtma uçurmaya gidin. Birlikte olduğunuz zamanı mutlu ve huzurlu geçirin. Onu anladığınızı, onunla olmaktan mutlu olduğunuzu, onu çok sevdiğinizi söyleyin. Özellikle sarılıp öpmeyi ihmal etmeyin. Bakın akşam eve gelince annesine neler anlatacak?...

Oğlunuzla geçireceğiniz her an, onun hayatla tanışması için bir basamak ve sizi daha iyi anlaması için bir adımdır. Onu hayata hazırlarken sakın kral muamelesi yapmayın. Zorluklarla yüzleşmesi için fırsatlar tanıyın ve üstesinden birlikte gelin. Yoksa hayatı hep tozpembe sanır. Onun için sizin yaklaşımlarınız, hayatı algılayışınız önemli.

Siz onu ne kadar anlamaya çalışırsanız, o da size o kadar hak verecek demektir. Bunu da geçireceğiniz zaman dilimleriyle başarabilirsiniz.

Mesela arabanızı yıkarken, oğlunuzu da yanınıza alın. Size ayak bağı olacağını düşünmeden ve ona da sorumluluk vererek baba oğul birlikte bir şeyler yapmanın tadını çıkarın. Akşam eve geldiğiniz de anneye birlikte yardım edin. **Hayatın bir paylaşım yeri olduğunu sizin davranışlarınız ona anlatacaktır.**

En iyi nasihat, davranışla anlatılan nasihattir. Onu karşınıza alıp hayatı anlatmanız mümkündür. Ama onun anlamasını istiyorsanız, bunu davranışlarınızla göstermeniz daha etkili olacaktır.

Oğlunuzla Arkadaş Olun

Anne babalara, çocuklarınızın arkadaşı olun demiyoruz, onlarla arkadaş olun diyoruz. Çünkü onlara arkadaş olurken anne babalığı da bir kenara bırakmış olmazsınız. Diğer türlü onların arkadaşı olursanız, anne babalığı bir tarafa bırakmanız gerekir. Fakat bu çok yanlış bir davranıştır. Ama arkadaş olmak çok yerinde bir yaklaşım. Siz de öyle yapın.

ARKA TAŞ: Orta Asya' da savaşın ok ve yay ile yapıldığı dönemlerde Türk savaşçılar, arkalarından gelebilecek bir saldırıyı önlemek için, sırtlarını bir ağaca, kaya veya taşa vererek, ok atarlarmış. Atalarımız genelde bozkır hayatı yaşadıkları için bu sırt dayanan nesne, genelde bir taş veya kaya olurmuş. Yıllar sonra bu sırt dayanan taşın ismi ARKA-TAŞ veya Azerbaycan'daki söylenişiyle 'ARKA-DAŞ' biçiminde dilimize yerleşti.

Bugün bile güvenebileceğimiz, bizi arkadan vurmayacak olan, samimiyetine güvendiğimiz kişilere verdiğimiz isimdir.

'Dostluk' kavramının zaman içinde, insanın arkasını yaslayabileceği ve kendisini olabilecek kötülüklerden koruyacağı fikri ile özleştirilmesi sonucu 'arkadaş' sözcüğü 'dost' anlamında Türkçemizdeki yerini buldu. Sırtınız 'arka-taş' sız kalmasın...

Aşk ve arkadaşlık bir gün yolda karşılaşırlar. Aşk kendinden emin bir şekilde sorar:

– Ben senden daha samimi ve daha cana yakınım, sen niye varsın ki bu dünyada?

Arkadaşlık cevap verir:

– Sen gittikten sonra bıraktığın gözyaşlarını silmek için...

İşte gözyaşlarınızı silen bir arkadaşınızın olması ne kadar güzel ve önemli. Oğlunuzla böylesi bir dostluk içinde olmanız en doğrusu. Gözü yaşardığında gözünü silen bir el, düştüğünde tutup kaldıran bir kol, başı daraldığında dayanacağı bir omuz ve hepsinden önemlisi, sevgiyle kucaklayan bir kalbe sahip anne baba olabilmek ve bunu ona arkadaş olarak yapmak...

Anne Sevgisi

Bir annenin iki yavrusu varmış,
En küçüğü beş yaşında kadarmış,
Bir gün anne küçüğünü severken
Büyük demiş:
– Güzel anne, seni ben
Ne kadar çok sevdiğimi bilmezsin,
Belki beni sen o kadar sevmezsin.
– Neden oğlum?
– Çünkü yavrun ikidir.
Senin gönlün iki aşk ile çarpar,
Benim yalnız bir sevgili annem var.

İbrahim Alaaddin Gövsa

İdealleri Olmalı

İdealsizlik, ruhu sıkıntıya sokar, insanı tembelleştirir. İki genç düşünelim, birinin ideali, insanlığın ve ülkesinin huzuru, dünyanın barışı ve bunları gerçekleştirme yolundaki çalışmaları; diğerinin ideali, günü birlik yaşamak, ucuz yoldan şöhret kazanmak, kestirme yoldan zengin olmak... Bu iki gencin hayatı anlama ve anlamlandırması arasında çok farklar vardır. Çünkü hayatın anlamını arama içgüdüsü insanda varoluşuyla ilgili bir olgudur.

İnsanın hayatına anlam katacak hedef ve ideallerinin olması, onun yaşam enerjisini yükseltmektedir. Bu nedenle oğlunuzun yaşam enerjisini yükseltmek istiyorsanız, mutlaka ideallerinin olmasını sağlamalı ve bu konuda ona yardımcı olmalısınız. İdeali olmayan birey, her şeye karşı isteksiz, duyarsız ve tembel olur.

İdealist bireyler yetiştirmenin yolu, düşünen, kendini dinleyen ve kendine vakit ayıran gençlerin oluşmasıyla mümkün. İnsan düşünmüyor, yani tefekkür etmiyorsa, kendini dinlemiyor ve kendine vakit ayırmıyorsa, çevresiyle ilgilenmesi, onlarla ilgili bir şeyler yapması da mümkün değildir. Günümüzde yetişen gençleri bu güzel hasletlerden uzak tutan birçok etmen var. **En başta TV, bilgisayar, müzik, zamanın boşa harcandığı mekânlar, iddia oyunları ve birçok sebep...** Ne acı ki, gençlerin dünyalarını bu tür boş şeyler doldurmakta. Bunun faturasını da, narsist, bencil, her şeye karşı lakayt, milli ve manevi değerlerden yoksun, rahatına düşkün gençlere sahip olarak ödeyeceğiz.

Bu tespit ettiğimiz bir hastalıksa, tedavisi de var demektir. Burada anne babalara çok büyük görevler düşmekte. Her şeyden evvel oğlunuzu kontrol etmeniz ve ne yaptığından haberdar olmanız gerekir. Saydığımız tehlikeli şeylerden ve yerden uzak tutmaya çalışmanız gerekir. Her şeyde denge unsuru önemlidir ve burada daha da önemlidir. Bilgisayar ve TV başında vaktini öldüren oğlunuzla dengeli bir anlaşma yapabilirsiniz ve de yapmalısınız. Yoksa gidişat hayra değil. **İleriki aşamada tarihinden, milli ve manevi değerlerinden haberdar etmeli ve bu konuda onu bilinçlendirmelisiniz.** Bu konuda onun toplumsal aidiyet kazanmasına yardımcı olmuş olursunuz. Tarihte önemli şahsiyetlerin, çektikleri acıları, ama sonuçta elde ettikleri başarıları onlara tanıtmış olmanız, oğlunuza yeni ufuklar açacaktır. Bu şahsiyetleri tanıtmakla kendine daha sağlıklı bir yaşam tarzı seçmesine sebep olmuş olursunuz. Zaten idealsiz insan, tembel ve vurdumduymaz olur ki, başımıza ne geldiyse böyle insanlardan gelmiştir. Bunun için çocuklarımıza ve gençlerimize, mutlaka bir ideal sağlamalıyız. Her şeyde olduğu gibi bunda da önce kendimiz böyle bir anne baba olmalıyız.

> Herkes çocuğunu dünya çapında yetiştirmeye çalışmalı. Şüphesiz ki herkesin çocuğu, dünya çapında olmaz. Fakat hiç olmazsa, birkaç tane dünya çapında insan çıkar. Onlar yapmaları gereken güzel şeyleri yapar, diğerleri de olabileceklerinin en iyisi olurlar.

Ufkunuz nereye kadarsa, gideceğiniz yer de en fazla oraya kadardır. Öyleyse çocuklarımıza büyük hedefler gösterelim veya onların kendi büyük hedeflerini bulmalarına yardımcı olalım. Çocuklarımızın, midelerine yaptığımız harcamalar kadar, en azından beyinlerine de yatırım yapalım. Her fırsattan faydalanarak sıcak bir atmosfer içinde çocuğun bilincine ve bilinçaltına o hedefler verilebilir. Onun için oğlunuza, nasıl olmasını istiyorsanız, öyle davranın. Olmasını istemediğiniz gibi değil

Oğlunuzun kendine güveninin artmasını ve boş vermişlik duygusuna kapılmamasını istiyorsanız, mutlaka onun mantıklı idealler edinmesini sağlamalısınız. "Daha küçük" demeyin. Ağaç, yaşken eğilir. Oğlunuz, şimdiden toplumda başarılı olmayı ve topluma faydalı olmaktan zevk almayı bilmeli. Oğlunuzun bir hedefi yoksa, ilerde de hangi mesleği seçeceğini bilemez. Bu yüzden de ders çalışırken neden çalışması gerektiğini anlayamaz ve başarılı olamaz. Ama hedefi olan bir öğrenci, neden ders çalışması gerektiğini bilir, çünkü onun bir hedefi vardır.

Bu hedef yükleme aşamasında yanlış yöntemleri uygulamaktan kaçınmalısınız. Mesela, oğlunuzun, sürekli "dersine çalış" diyerek, başka kelime bilmeyen robotlar gibi başında beklememeli, ona neden ders çalışması gerektiğini anlatmalısınız.

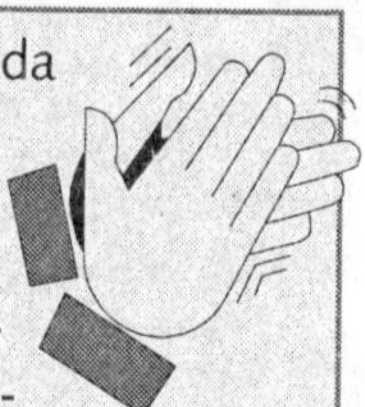

Oğlunuza hedeflerini belirleme konusunda yardımcı olurken, kendi hedeflerinizi değil, onun ilgi ve alakası olan, yeteneği ve becerisi olan isteklerini göz önünde tutmalısınız. Mesela, siz doktor olmak istiyordunuz ve olamadınız. Oğlunuza, "benim oğlum doktor olacak" diye bakmayın. İstek ve yeteneğine göre yönlendirilen çocuk, yaptığı her işte daha başarılı ve en önemlisi mutlu olur.

Diğer durumda belki sizin dediğinizi yerine getirir, ama ilerde mutsuz olması mümkündür. Doktorken gazetecilik yapan, ya da müzikle uğraşan insanlar yok değildir. **Bırakın çocuklar, kendi istekleri doğrultusunda hedeflerini başarma çabası içine girsin. Siz de arkasında değil, yanında olun.** Bu onun için de sizin için de çok daha iyi sonuçlar verir.

Evdeki Sorumlulukları Paylaşın

Görevleri kolaylaştırın

Oğlunuz okul dönüşü, okul elbiselerini çıkarıp assın istiyorsunuz. Tabi çok doğal bir istek. Ama yetişkinlere göre. Peki, oğlunuz neden giyecekleri asmak istemiyor da, onları çeşitli yerlere bırakıyor? Size isyan ettiğini ya da zorluk çıkarmak için yaptığını mı düşünüyorsunuz? İsterseniz olaya bir de şu yönden bakın. Oğlunuzun boyu oldukça uzun ve onları askıya asmakta zorlanmıyor. Eğer böyle değilse, demek ki asmak istiyor, ama şartlar müsait değil. Önce şartları uygun hale getirin. Sonra onu yargılayın.

Yine en çok tartıştığınız konu, kış günü paltosunu iliklemeden ya da fermuarını çekmeden okula gidiyor olması. Peki bu konuda paltodan, düğmeden ya da fermuardan kaynaklanan bir problem olup olmadığına bakın. Zor ilikleniyor ya da fermuar aşındığı için zor çekiliyor olabilir. Oğlunuzun kolayı tercih ettiğini düşünerek bu olasılıkları ortadan kaldırın. Yani **oğlunuza iş yaptırmak ya da kendi işini kendi yapsın istiyorsanız, ondan beklediğiniz görevi kolaylaştırmalısınız.** Başardığı zaman arkası gelecektir. Ama başarıdan sonra takdir etmeyi unutmayın.

Çöp kutusunu göz önüne koyun

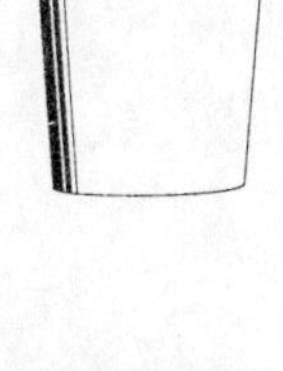

Oğlunuz odasındaki kağıtları ya da çöpleri çöp sepetine atmıyor mu? O zaman onun odasına şık bir çöp sepeti alın. Aynı şekilde kirli elbise sepetini de onun odasına koyarsanız, kirli elbiselerini de ortalığa atmasından kurtulabilirsiniz. Oğlunuzun evdeki kurallara uymasını istiyorsanız, onları güzel bir kağıda yazın ve en az 3 hafta asılı kalma şartıyla gözünün görebileceği bir yere yapıştırın.

Telkin yöntemi bu yaştaki çocuklarda çok etkilidir. Bunun en iyi uygulaması da 3 hafta bir şeyin yazılı olarak göze görünmesidir. 3 hafta sonra onu çıkarıp bir başka şey yazabilirsiniz. Onun özenli ve dikkatli olmasını istiyorsanız, kullanması gereken araç ve gereçleri gözünün gördüğü yerlere koymanız gerekir.

> Anne babanın kendi sorumluluklarını yerine getirdiği, herkesin görev ve sorumluluklarının belirgin olduğu ailelerde yetişen erkek çocukları, sorumluluk sahibi olurlar. Ancak oğlunuzun yapacağı işleri kendi işiniz gibi düşünür ve yaparsanız, onun sorumluluk alması ve sorumluluk sahibi olması oldukça güçleşir.

Sorumluluk sahibi çocuk nasıl olur?

Kendi kararlarını kendi alabilen, bu kararları uygulamak için uğraşan. Düşüncelerini özgürce dile getiren. Bağımsız davranabilen çocuk, sorumluluk sahibidir. Siz kızacaksınız diye gittiğiniz yerde sizi üzmeyen ve uslu duran oğlunuz, sorumluluk sahibi değil, itaatkâr çocuktur.

Başkalarının hakkını gözeten, yaptığı veya başladığı işi sonuna kadar götüren çocuk, sorumluluk sahibidir. Fakat akşam misafir geldiği için derslerini bitirmeyip, sabah erkenden kalkıp bitirmeye çalışan çocuk, sorumluluk sahibi değildir. Sadece ceza almaktan korkuyordur.

Ortaya çıkan sonuçlara katlanan, kötü not aldığı için kendi yerine sizi öğretmenine gönderen oğlunuz, daha sorumluk sahibi olamamıştır.

> Başkalarının söylediği her şeye evet diyen ve sorgulamadan, düşünmeden yerine getiren çocuk, sorumluluk sahibi değil, robotlaşmış çocuktur.

> Sorumluluk sahibi çocuk, dersi varsa gezmeye gitmez, mutlaka gitmesi gerekiyorsa kitap defterini götürür ve orada yapar.

Şefkati yanlış yönde kullanmayın

Oğlunuzu şefkatinizle zehirlemeyin. Özellikle anneler, kendilerine verilmiş olan bu güzel duyguyu iyi yönde kullanıp, oğullarına birçok şey kazandıracakken, farkında olmadan yanlış yönde kullanarak "şefkat zehirlenmesine" sebep oluyorlar.

> Odasını toplamayan, dersini yapmayan oğlunuza devamlı hizmet edip, onun yerine işlerini yaparak, aslında şefkatinizi kötüye kullanmaktasınız.

Duygularının rahatça ifade edilmesine izin verilmeyen, devamlı sözü ve önü kesilen oğlunuz nasıl kendini geliştirebilir ki? Oğlunuz üzülmesin, kırılmasın diye üzerine titremeniz, hatalarının üstünü her fırsatta örtmeniz, kendi yapacağı işleri daha ayağına kadar hizmet ve annelik anlayışıyla götürmeniz, onun, girişimcilik duygusunu azaltmaktadır. Böylece oğlunuzun iş bitirici olma özelliğini yavaş yavaş köreltmiş oluyorsunuz.

Peki neler yapmalısınız?

Oğlunuza neyi, nasıl ve ne zaman yapacağını öğretin.

Ona sorumluluk verirken yaşına, fiziğine ve duygusal durumuna dikkat edin.

Anne baba olarak, verdiğiniz sözlerin arkasında durarak örnek olun.

Aşırı koruyucu davranmayın.

Onun da hata yapabileceğini, hataların ona tecrübe kazandıracağını kabul edin.

Yerine getirdiği işlerden sonra, onu onaylayın ve takdir edin.

Bazen kuralları denemek ister. Eğer katlanabilecekse ona bu fırsatı verin.

Sorunlarını onun adına çözmeyin.

Bazı tercih ve seçimlerini yapmasına fırsat tanıyın.

Görev dağılımı yaparken adaletli olun.

Ev işi yapmak oğlunuza sorumluluk duygusu kazandırır

Çoğu anne baba, özellikle erkek çocuklarına iş yaptırma konusunda oldukça isteksiz davranmaktalar. "Kız gibi iş yaptırılır mı?" gibi düşüncelerle, oğlunuzun gelişimini engelleyenlerden olmayın. Ev işi yapmakla hiçbir erkeğin erkekliğine bir şey olmaz. Ama sorumluluklarından kaçan bir birey yetiştirirseniz, elinden bir iş gelmeyen, beceriksiz bir erkeğe sahip olursunuz. Aynı zamanda işbirliği yapma duygusu gelişmez, bağımsız iş yapma yeteneği gelişmez, görev üstlenme isteği zayıflar, hatta yok olabilir.

> Ev işlerinden ve kendi işini yapma sorumluluğundan uzak yetişen oğlunuz, ileriki yaşlarında da kendi üzerine düşen sorumluluklara karşı isteksiz olacaktır. Çünkü o, bu sorumlulukları nasıl olsa birinin üstlendiğini ve işlerin bir şekilde yapıldığını öğrenmiştir.

Çalışmanın zevkini gösterin

Ona bir görev verirken, yaşına uygun işler vermeye dikkat edin. Ona çalışmanın zevkli yönünü gösterin ve bunu tatması için olanaklar tanıyın. İyi yapılmış ve başarılmış bir işin verdiği haz ve doyum duygusunu, zaten önceden öğretmişseniz, şu an hiç zorlanmayacaksınız demektir. Çünkü bu duygu 3 ile 7 yaşları arasında verilmelidir. Şimdi de verdiğinizin karşılığını alma zamanı, size yardım edip bir işin ucundan tutma zamanı.

Çalışmayı günlük yaşamın doğal bir parçası olarak öğrenen oğlunuz için, bu çok zor değildir. **Artık alışverişi gönül rahatlığıyla ona yaptırabilirsiniz. Evde ekmek almaktan o sorumlu olabilir.**

Eğer bu iş sorumluluğunu okula bırakmışsanız oldukça geç kalmışsınız demektir. O yaşa kadar zaten bunları öğrenmeli ki, okuldaki sorumluluklarını da çok kolay yerine getirebilsin. Ödevlerini, derslerini çalışsın. Şimdi de ev işlerinde sorumluluk vermelisiniz ki, ilerde baba olduğu zaman zorlanmasın. **Her eğitim, bir sonraki aşama için çok önemlidir.**

> Oğlunuza görev verdiniz ve onu en iyi şekilde yapmasını istiyorsunuz. Bu biraz zor. Çünkü "iş yaptırın" derken, en iyisini beklemek, mükemmelci olmak, oğlunuza karşı biraz insafsızlık olur. Mükemmeli istemeniz, onun da ilerde mükemmeliyetçi biri olmasına zemin hazırlayacaktır. Bu da onun mutsuz, özgüvensiz, tedirgin, gergin biri olması demektir. Yani her şeyde olduğu gibi, burada dengeli olmak çok önemlidir.

Temel kurallar

Oğlunuzun size yardımcı olmak ve bağımsız olarak iş yapmak için gösterdiği çabayı gözden kaçırmayın. Onu, bu tür girişimlerde bulunması için özendirin.

Onun bu deneyimlerinde meydana gelen yanlışları ise görmeyin ya da kırıcı bir biçimde eleştirmeyin. Onun girişim isteğini kırmadan yapacağınız yapıcı yönlendirmeler daha iyi sonuçlar elde etmesine yardımcı olur.

Daha büyük işler yapmak istediği zaman, onu "sen daha küçüksün, yapamazsın," diye, geri çevirmeyin. Bu şekilde hazır ve istekli olduğu anları iyi değerlendirin.

Ona güvendiğinizi ve inandığınızı belli edin.

Ona başarabileceği işler verin ve ulaşabileceği amaçlar gösterin. **Cezayı asla kullanmayın. Onun yerine özendirmeyi deneyin.** Gösterilen başarı kadar, harcanan çabayı da övün. Belki sizin istediğiniz gibi yapılmamış olabilir, ama ortada bir çaba varsa bunu övmek şart. Çünkü ilerde daha iyisini yapmak için yüreklendirmiş olursunuz. Bu da ondaki sorumluluk bilincinin geliştiğini gösterir. Tekrar yapmak istememek ise, sorumluluktan kaçmak isteğini gösterir. Ona bu fırsatı vermeyin.

> Övgülerinizin içten ve samimi olmasına dikkat edin. Oğlunuzun sezgileri çok güçlüdür, yalancıktan yaptığınız övgüyü hemen anlar ve bir daha bunu duymamak için o işe girişmek istemez. Onun için ses tonunuzu ve beden dilinizi gerçekçi olarak, uyum içinde kullanın.

Yapılan işler karşılığında mükâfatlandırmak adına rüşvete alıştırmayın. Yaptığı işin onun sorumluluğu olduğunu öğretin.

Ona, suçluluk duygusuna kapılmadan hata yapabilme olanağı sağlayın.

Mesela bir akşam ekmeksiz sofraya oturmuş olabilirsiniz. Hemen onu suçlayıp, "işte senin yüzünden, neden zamanında görevini yapıp ekmek almadın," diyerek onu ürkütmeyin. O da sizin gibi aç kalacaktır ve sizden daha dayanaksızdır. Eğer sabrederseniz, bir daha unutmayacaktır. **Yanlış yapmamakla beraber, yanlışa düşmemenin kuralını öğretin.**

Ondan ne beklediğinizi açık bir dille anlatın.

İçtenlikle ve iyi niyetle isteğinizi belirtin. Mutlaka sizi anlayacaktır.

Anneye Yardım Kılıbıklık Değildir

Yanlış bir düşünce

Erkek çocuğun annesine yardım etmesi, onun kılıbık olmasını gerektirmez. Bu onun hayatı tanımasını, sorumluluk almasını, el becerisinin gelişmesini sağlar.

Her şeyin aşırısı zarardır

Burada dikkat edilmesi gereken erkek çocuğunu kızlaştırmamaktır. Aşırıya giderek her işi yaptırmak, ona kız gibi davranmak, hanım hanıma sohbetlere katmak ve daha birçok aşırılık zararlıdır. Yoksa ufak tefek anneye yapılan yardımlar zararlı değildir. Sofrayı kurmaya ve kaldırmaya yardım etmek, doğal bir davranıştır.

Cinsel kimliğe dikkat

Bu yaştan sonra oğlunuzun cinsel kimliği oturmaya başlar. Özellikle bu yaşlardaki çocuklar kendi cinsiyetinden kişilerle vakit geçirmekten hoşlanırlar. Kızlar anneleri ya da teyzeleri, erkekler ise baba, amca ve dayılarıyla olmak isterler. Oğlunuzun cinsel kişiliği için bu ön aşamayla beraber 11–13 yaşları tam şekillenme dönemidir.

> Oğlunuzu kız gibi yetiştirirseniz, onun kendi cinsel kimliğini bulmasını zorlaştırırsınız. Onun için ev işlerinde anneye yardım edebilir, ama bunun aşırıya kaçmaması gerekir. Kız çocuk için de aynı şey geçerlidir. Onun da erkeksi tavırları desteklenmemeli, kendine özgü davranması öğretilmelidir.

Oğlunuz 11 Yaşında

Gelişim Evresi ve Özellikleri

Oğlunuz artık 11 yaşında. 10 yaşındayken arkadaşlarıyla ve çevresiyle iyi geçinen oğlunuz, bulunduğu yaştan hoşnuttu. Ama 11 yaşına geldi ve her şey değişti. Çünkü ön ergenlik dediğimiz dönemin eşiğinde.

Oğlunuz birden bire, sizin kurallarınızı ve değer yargılarınızı beğenmiyor ve onlara kayıtsız mı kalıyor? Evdeki ve okuldaki disiplin ve otoriteye karşı açık ya da gizli bir baş kaldırı mı var? Evde herhangi bir işbirliğine ve yardıma yanaşmıyor mu? Sizin yanlışlarınızı bulmaya, eleştirmeye ve kardeşleriyle anlaşmamaya mı başladı? Demek ki ön ergenlik belirtileri kendini göstermekte...

> Bu yaşlarda oğlunuz benmerkezcidir ve bencildir. Okulda yerinde duramaz ve sürekli konuşur. Derste arkadaşlarına notlar yazmaktan, onların kulaklarına fısıldayarak bir şeyler anlatmaktan, oyun oynamaktan hoşlanır.

Yapılan bu genellemeler her çocuk için geçerli olmayabilir. Evde var olan her çocuk kendine özgü bir ön ergenlik ve ergenlik problemi yaşar. Anne baba olarak yapmanız gereken oğlunuzun yaşadığı bu süreci doğal karşılamanız ve ona yardımcı olmanızdır.

Oğlunuz bu dönemde eşik atlama noktasındadır. Çünkü çocuk olmaktan çıkmıştır, ama tam bir ergen de değildir.

Bu dönem oğlunuzun çok daha fazla hareketli olduğu bir dönemdir. Ellerine pek sahip olamaz. Her daim bir şeylerle meşgul olur. Mesela, ya okuduğu kitabın sayfalarını kıvırır ya kalemiyle oynar ya da cebinde taşıdığı birçok anlamsız şeylerle uğraşır. Elinin boş olmasından hoşlanmaz.

Tesbih sallama alışkanlığı da bu yaşlarda başlar. Ama çevresindeki büyük sınıfların "hayrola kendini bir şey mi sanıyorsun?" yaklaşımından dolayı bunu pek yapmaz.

Yemekle arası çok iyidir. Küçükken o iştahsız olan çocuk gitmiş, yerine bir yemek canavarı gelmiştir. Düzenli yemeyi sevmez, bulduğu her şeyi doymak bilmeden yer.

Bu dönemde ailesini, evini, odasını, bulunduğu ortamı eleştirir ve beğenmez. Hep başkalarınki daha güzel ve cazip gelir. Sanki anne baba olarak sizi beğenmiyormuş, sizden utanıyormuş gibi bir tutuma girer.

Sizin söylediğiniz tüm mantıklı şeyleri tersten yapmak ister. Vaktinde yatmak, dışarı çıkarken düzgün giyinmek gibi, tüm yapması gerekenleri siz istediğiniz ve söylediğiniz için yapmak istemez. Belki bugüne kadar bastırmıştı, fakat bugün kardeşine ve çevresine karşı aşırı kıskançlık içindedir. Küçük kardeşleriyle anlaşamaz, devamlı çatışma halindedir. Sizin uyarı ve telkinlerinize karşı, "ben ne yapıyorum ki?" şeklinde bir savunmaya geçer.

Arkadaş grubu çok önemlidir. Onların söylediği her şey harfi harfine geçerlidir ve doğrudur. Daha konuşkan ve meraklı bir hal almıştır. Sevecenlik ve muziplikleri çoktur. Ama her fırsatta da tartışmayı elden bırakmaz. Oğlunuz geçimsiz, ters, inatçı, kaba biri olup çıkmıştır size göre. Ama sizin böyle düşündüğünüzü bilse, çok kırılır. Çünkü duyguları inişli çıkışlıdır.

Tüm bunlar ön ergenliğin verdiği geçici durumlardır. Aslında ergenlikte yaşayacaklarını düşünürseniz daha soğukkanlı olmanız gerekir. Çünkü size her zamankinden daha çok ihtiyacı var. Size karşı gibi olsa da, sizi sevmekte ve yanında olmanızı istemektedir. Onun için beraber gezmelere çıkmaya, birlikte zaman geçirmeye devam edin. O istemez gibi görünse de siz direnin. Ama inatlaşmaya girmeyin. Dostça, biraz daha hoşgörüyle yaklaşarak, olumsuz yönleri görmemeye çalışın.

Bu dönemdeki oğlunuza söyleyeceğiniz şu sözlerle, onu düşünmeye zorlayarak, değer yargılarını sorgulamaya, kuralları incelemeye, bilgi ve yetenek kazanmaya ve sonuçları dikkatle gözden geçirmeye teşvik edebilirsiniz:

- Farklı davranıyorsun, ama ben senin bu halini de seviyorum ve seninle olmaktan çok mutluyum.
- Çevrendeki insanlarla birlikte nasıl yaşaman gerektiğini öğrenmelisin ve bunu yapabilirsin.
- Evet ya da hayır demeden düşünebilirsin ve hatalarından ders alabilirsin.
- Ne zaman ve nasıl karşı çıkılabileceğini öğrenebilirsin.
- Kendin için düşünebilir ve sıkıntıda kalmak yerine yardım alabilirsin.
- Bazı şeyleri yapmak için kendine uygun bir yöntem bulabilirsin.

11 yaşındaki oğlunuz, aslında bu dönemde daha mantıklıdır, ama çocukluktan çıktığını düşünmek doğru olmaz. Onun bu mantıklı çıkışları sizi aldatmasın, onun küçük bir yetişkin olduğunu düşünmeyin. Onun için sözlerinizle değil, davranışlarınızla ona örnek olmaya çalışın.

Babasından İlgi Bekliyor Ama

Silik Baba Tehlikesi

Silik baba modelindeki baba yoksunluğu, çocuk için yok olan baba ya da boşanan baba yoksunluğundan çok daha sakıncalı bir durumdur. Bu tip vakalarda, "baskın" bir anne ve "silik" bir baba vardır. Bu babanın varlığı ve yokluğu hiç belli olmamakla beraber, erkek çocuk için tam bir babasızlık sorunudur. Çünkü böyle ailelerde erkek çocuk, cinsel kimlik bozukluğu yaşamakla beraber, baba yoksunluğunu da daha çok hissetmektedir.

> Ölen ya da boşanan baba yerine, dede, dayı, amca gibi ailenin diğer erkekleri, çocuğun yoksunluk hissetmemesine yardımcı olabilirler. Fakat silik babada bu söz konusu olmadığı için, diğerlerine göre daha büyük tehlike arz etmektedir.

Ailede sağlıklı bir baba modelinin olması, erkek çocuklarda güven duygusunu geliştirir. Çünkü **çocuk, hayatın zorluklarına karşı ayakta kalmayı babasından öğrenir.**

Farklı cinsel tercihleri olan kişiler incelendiğinde ve çocukluklarına bakıldığında "baskın" bir anne ve "silik" bir babaları olduğu görülmektedir. Böyle bir ailede büyüyen çocuklar, evlilik zamanlarında da sorunlar yaşamaktadır. Bu durum kız ve erkek çocukları için aynı tehlikededir. Mesela, hep annenin dediği dinlenen bir ailede büyüyen bir kız çocuğu, eşiyle ilişkilerinde "benim dediğim olacak" tarzında bir yol izliyor. Kendisine devamlı itaat eden bir eş istiyor. Bunun normal olduğunu sanıyor.

"Silik" baba elinde büyüyen erkeklerin de eş seçerken, sığınma duygusuyla yaşı kendinden büyük hanımları tercih ettiği görülmekte.

Annenin babayı hep aşağıladığı, kötülediği ve onun kusurlarını söylediği böyle bir ortamda gelişen çocuk, babayı yüceltmiyor, tersine değersizleştiriyor. Böylece çocuğun gözündeki baba modeli bozuluyor. Soyut bir baba yoksunluğu yaşanıyor. Bu yoksunluğun bir diğer sorunu da girişimcilik ruhunu zayıflatıyor olmasıdır. Bu tür babaya sahip erkekler, hayatta risk almak istemeyen, özgüveni düşük kişiler oldukları, özellikle iş hayatında zorlandıkları da mühim bir gerçek.

Babasız büyümek bazı durumlarda avantaj bile olurken, "silik" baba sahibi olmaksa çok büyük dezavantaj...

Babasız büyüyen çocuğa, annesi gerçekçi bir hedef koyabilirse, oğlunun girişimciliğine olumlu etki yapar. Küçük yaşta tuttuğunu koparan, atak bir çocuk haline getirebilir. Hatta çocuk, ailede baba boşluğunu doldurabilmek için küçük yaşta sorumluluk almayı öğrenir. Alışveriş yapar, ticareti öğrenir, yetenekleri gelişir. Üstesinden geldiği sorunlar, çocuğu erken olgunlaştırır. Bunun için anne, oğluna özgüveni koruyan sorumluluklar verir. Bu da baba olmasa bile erkek çocuğun sağlıklı gelişmesine katkı sağlar.

Fakat silik babaya sahip çocuk için yapılacak tek bir şey var, anneyi biraz dengeli hale getirebilmek. Eğer anne bunun oğlu için ne kadar zararlı bir davranış olduğunu fark eder de dengeli davranır, babayı ön plana çıkarır ve babayı çocuğun gözünde yüceltebilirse, en az zararla işi sağlama almış olur. Belki anne, böyle bir durumda bir uzmandan bile yardım alabilir. Çünkü bu, oğlunun geleceği için önemli bir konu.

Oğlunuzun TV Alışkanlığı

Şiddet içeren filmleri çok seyreden oğlunuz, kendi problemlerini de şiddet yoluyla çözmeyi deneyebilir. Hem ders çalışıyor, hem de TV izliyor ise dersine konsantre olması güçleşir. Çocuğun tam olarak kavrayamayacağı bir hızda geçen görüntüler, uzun süre dikkatini yoğun tutmasını imkansız kılar. Sinema ve müzik dünyasında boy gösteren yıldızların, çapraşık sosyal ilişkileri ve davranışları çocuğa kötü örnek olabilir.

Bazı eğitimciler rock ve metal türü hızlı müziğin çocuğu sosyal hayata yabancılaştırdığını ve hırçınlaştırdığını ileri sürmektedirler. Şüphesiz çocuklar, ekrandaki şiddet sahnelerinden etkilenir ve gördükleri sosyal bozukluklar tarafından yanlış yönlendirilebilir. Ancak bu, TV seyreden her çocuğun yoldan çıkacağı anlamına gelmez. Eğer çocuğu yeterince bilgilendirmiş, gerçek hayatla yapay eğlence hayatının birbirinden farklı olduğunu anlatmış iseniz, fazla endişe etmenize gerek yoktur. **Yani çocuğunuzla sıcak bir diyalogunuz var ve çekinmeden her sıkıntısını size açabiliyorsa, TV' ye ve sinemaya ihtiyaç duymayacaktır.**

Televizyondan neyi, nasıl ve ne kadar öğreniriz?

Ailedeki kişilerin, ahlaki oluşlar üzerindeki yetkin işlevi, evin TV tarafından işgali ile erozyona uğramıştır. Bu davetsiz işgal, çocukları saldırganlaştırmaktadır. Çocuk görerek öğrenir. Çocuk, TV'de gördüğü film ve oyunları arkadaşları üzerinde tatbik etmek istemektedir. TV'nin menfi yayınları, insanlık tarihinin en değerli ve en güçlü yapısı olan aileyi çürütmektedir. Televizyonda sürekli olarak müstehcen görüntüler, acı çeken insanlar, kırılan kol ve bacaklar ve bu tür hoş olmayan görüntüler ve programlar gösteriliyor. **Bunlar sayesinde halk, bir taraftan gösterilenlerden tiksinirken, diğer taraftan da gördüklerini kanıksama aşamasına getirilmektedir.**

Bütün bunları söylerken, televizyona karşı taraf olunması gerektiği anlaşılmamalıdır. Elbette değişen ve gelişen teknolojiden faydalanmak gerekir. Ancak bu teknolojiden faydalanırken dikkat etmemiz gereken hususları da gözden kaçırmamalıyız.

> Televizyonun zararları yanında birçok faydaları da vardır. Önemli olan çocuğumuzu, bu cazip aygıttan yararlanırken dikkatlice yönlendirmektir. Güçlü ve müspet yayın yapan TV kanallarının tercih edilmesini sağlamaktır.

Çocuğun, psikolojik sorunları üzerine programlar yok denecek kadar az. Aksine medya, çocuklara kötü örnek olacak programlar yaparak neslin ahlaki yapısını çökertmektedir. Çocukları tüketime yönlendirmekle ciddi bir tahribata da neden olmaktadır.

TV'yi nasıl kullandığınızı gözden geçirmelisiniz. Onu bir eğlence olarak mı seyrediyorsunuz, yoksa sadece yemek vakitlerinde mi açık tutma eğilimindesiniz?

Çocuğunuzun TV izleme alışkanlığı sizden mi kaynaklanıyor? Mesela, "sizde mi uzun süre televizyon karşısında oturuyorsunuz?"

Seçici olmak önemlidir. TV program rehberi alıp çocukla beraber hangi programı seyretmek, hangisini seyretmemek gerektiğini belirler, bunun nedenlerini çocuğa anlatır ve söylediklerinizi kendiniz de uygularsanız, TV'yi kaldırmak, yasaklamak gibi bir çözüm yoluna gitmeye gerek kalmaz.

Kaldı ki, yasaklar her zaman merak uyandırır. Çocuk, gizli gizli TV izlemeye çalışır ve daha kötü olur.

Ailelere düşen, çocuğa seçici olmayı ve TV gibi hem olumlu, hem olumsuz etkilere sebep olabilecek bir aracı doğru kullanmayı, örnek olma yöntemini kullanarak gösterebilmektir. Kısacası TV, sizi değil, siz onu kontrol etmelisiniz.

Şu tedbirleri almalısınız

Özellikle anne baba olarak sizin televizyona düşkünlüğünüz olmamalı ki, oğlunuz da sizi örnek alsın.

Yemek yeme zamanlarınızda televizyonu açık tutmayın. Sofranızda birlikte sohbet ve neşe içinde yemeğinizi yiyin. Televizyonu açarak, yemekteki sohbet ortamını yok etmeyin.

Televizyonu evinizin en güzel yerine koymak yerine, çekici olmayan bir odaya koyun.

Özellikle çocuk odasında televizyon olmasın.

Aile olarak karar alın ve günde 3 saatten çok televizyon seyretmeyin. Seyredeceğiniz programlar konusunda da seçici olun ve birlikte karar alın.

Televizyonu çocuk bakıcısı ve susturucusu olarak kullanmayın.

Televizyonu sürekli açık tutmayın.

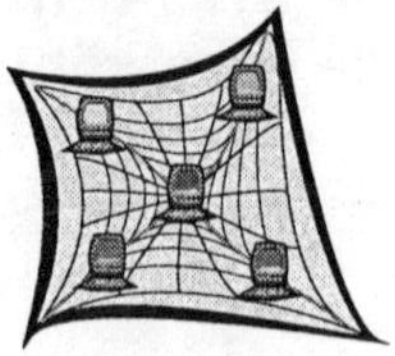

Bilgisayar ve İnternet

Çocuklar ve gençler, interneti mesajlaşmak, gezinmek, oyun oynamak, bilgi edinmek, anında sohbet etmek, resim, müzik veya metin belgeleri bulmak, indirmek veya değiş tokuş etmek için kullanıyor.

Yalnızlık, depresyon, sosyal ilişkilerden soyutlanma da, çocukları ve gençleri internete yönlendiriyor. Onu sanal alemde kendisine avuntu aramaya sürükleyebiliyor. Doğrusu, çağın bu müthiş bilimsel iletişim aracını, eğitim yönünde kullanan çok az.

Bu arada çocuğu internet alanında pornografi, şiddet veya teröre dönük siteler de bekliyor. Yani eğitim için adeta bir okyanus gibi duran internet, aynı zamanda yine derin, karanlık, ölümcül uçurumlarla dolu.

O halde anne baba olarak ne yapılabilir?

Bazı kelimeler üzerinden süzgeç görevi gören programlar yüklemek suretiyle bilgisayarınızı istenmeyen sitelerden gelecek tehlikelere karşı güvenceye alabiliyorsunuz, ama bu, tam bir garanti anlamı taşımamakta. Bunun için, özellikle **çocuğunuz kadar interneti tanımalı ve kullanabiliyor olmalısınız.** Böylece çocuğunuzun internette neler yaptığı hakkında bilgi sahibi olarak yersiz endişelerden kurtulur, aynı zamanda onun neyle uğraştığını takip edebilirsiniz. Sonra **çocuğunuzla karşılıklı güvene dayalı, iletişime açık bir ilişki kurmalısınız.**

Çocuğunuzla birlikte internette zaman geçirmeli ve ona interneti kullanma biçimleri konusunda örnek olmalısınız. Birlikte bilgi aramak, kişisel internet sayfası hazırlamak veya resim ve müzik dosyaları bulup indirmek, çocuğunuzla kaliteli zaman geçirmenizi de sağlar.

Ayrıca evdeki kişisel bilgisayarınızı herkesin gözü önünde bulundurun. Böylece göz ucuyla takip mümkün olabilir. İnternetin olumsuzlukları ve internette çocuğunuzun karşılaşabileceği istenmedik durumlarda neler yapabileceği hakkında onu bilgilendirmelisiniz.

Mesela, çocuğunuza, rahatsız eden iletişimleri sonlandırabileceğini, gerekirse internetten çıkabileceğini söylemeniz bile, onun kendine güvenmesini ve kontrolün kendisinde olduğu inancının gelişmesini sağlar.

İnternet kullanımını, çocuğunuzun ders çalışmasına, sosyal ilişkilerine, sizinle olan iletişimine engel olacak ölçüde artmadan makul ölçülerde sınırlamalısınız. **Alışkanlık oluştuktan sonra yasakla çözüm, interneti daha çekici hale getireceği için işe yaramayacaktır.** Daha baştan belli zaman dilimlerinde ve belli bir süre için internet kullanımı alışkanlığını pekiştirmelisiniz.

Uzmanların ortak görüşü şu ki; bilgisayar oyunu ve internet bağımlılığı giderek büyüyen bir tehlike. Hatta öyle ki, bilgisayar ve internet bağımlılığı, tıbbî bağımlılık arasında yer almakta.

Anne babaların en çok şikayet ettikleri taraf, çocukların bilgisayar başından kalkmamaları. Halbuki, yaşamda her şey dengeli yapılmalı ve bu denge çocuklara küçük yaştan başlayarak verilmeli. Bu konuda başarı sağlayamayan ve çocuklarını bilgisayar başından kaldıramayan aileler ise mutlaka uzman yardımı almalı.

Küçük yaşlardan itibaren çok fazla bilgisayar oynayan çocuklar, yaşama karşı duyarsızlıkları artmaktadır.

Çünkü, sanal alemle doğal alemi birbirine karıştırmaktalar. Hatta doğal duyguları da zayıflamakta. Mesela, babası ölen bir çocuk, bilgisayar oyunlarındaki ifadelerle bunu tanımlamakta ve olayı normal görmekte. Çünkü bilgisayardaki oyunda da adamlar ölmekte, ama bir sonraki oyunda tekrar karşısına gelmekte. Ya da çevresindeki her şeyi bilgisayar tuşlarındaki oyunlar gibi yorumlamakta. Bu tür çocuklar maalesef, arkadaşlık, dostluk paylaşımı gibi duygulardan uzak yaşamaktalar. Hâlbuki çocuklara en çok onlarla paylaşım anında bir şeyler öğretilebilir. Kendi başına bilgisayar başında oturan çocuk ne kadar şey öğrenebilir ki?... Bu çocuklar kendi odalarına ve bilgisayarlarına kapanarak, doğal alemle ilişkilerini kesiyorlar. Böylece ailenin deneyiminden, ortak yaşantılarından, olanaklarından da uzak kalmış oluyor.

Özellikle annelerin dış tehlikelere karşı güvenlik önlemi, ya da "gözümün önünde hiç değilse" yaklaşımından dolayı çocuğu zorunlu olarak bilgisayara ittiğini de unutmamak gerekir. Dış tehlikeye rağmen bilgisayar başında gelen tehlike daha büyük sorunlar getirebilir. O zaman iyi bir denge sağlamak şart...

> Bu yaştaki oğlunuzun internet kafeye gidip, arkadaşlarıyla orada oyunlar oynaması da, evdeki gibi tehlikelidir. Çünkü bulunduğu ortamın elverişli olmaması, her kesimden insanın orda bulunması, sigaranın içiliyor olması, konuşmaların argo ve seviyesizliği de farklı bir tehlike boyutudur. Bu tip yerlerin üzerinde 18 yaşından küçüklere giremez dense de, her yaştan çocuğun olduğu görülmekte. Oğlunuzun böyle yerlere takılması, onun gerçek hayattan kopması, yarışma ve kazanma hırsıyla dolması, orada olmak için yalana, hatta para çalmaya kadar kötü huylar edinmesi demektir.

Çünkü orada kalmak için paraya ihtiyacı vardır ve bunu temin etmek için her yolu denemeye çalışır. Hatta okuldan kaçmalar da mümkündür. Bu yüzden öncelikle onunla iyili bir iletişim sağlamalı, kontrol etmeli ve okuluyla irtibat halinde olmalısınız. Bu tip internet kafelerin de denetlenmesini sağlamalısınız.

Okuma Parçası

Facebook başınıza nasıl bela olur?

Osman Özsoy

İnternet kullanıcılarının yeni eğlencesi Facebook'un ileride sizlere nasıl bir sorun çıkarabileceğini merak ediyorsanız bu yazıyı sabırla okumanız gerekiyor.

Dünyanın en zengin insanı ve Microsoft'un sahibi Bill Gates 2006 yılı Ocak ayında Türkiye'ye geldiğinde bir gazeteci kendisine, "Siz Microsoft olarak CIA'ye bilgi veriyor musunuz?" diye sormuştu. Bu şok soru üzerine salonda kısa bir sessizlik oldu ve herkes verilecek cevaba odaklandı. Bill Gates'in cevabı ise sadece gülmek oldu. Herkes bu tebessümle cevabını almıştı.

Kısacası 10 bilgisayarın 8'inde Windows var. CIA bu yolla dünyadaki bilgisayarların büyük bölümünün içindeki bilgileri tarayabiliyor. Kaldı ki yapmaları değil, yapmamaları anormal olurdu. Bilgiyi kontrol eden, dünyayı kontrol eder. Durum bu kadar net...

Facebook'la ilgili 3 aydır bir yazı kaleme almak istiyordum. Fakat ülke gündemindeki hızlı dalgalanmalar sürekli ertelememe neden oldu. Baktım ki gündem yoğunluğu sürekli erteletiriyor, bir önceki yazımın sonunda kendimi bir bakıma bağlamak için bugün bu konuya temas edeceğimi yazmıştım. Önce Facebook hakkında malumatı olmayanlar için kısa bir bilgi verelim, ardından uyarımızı yapalım.

Facebook nedir?

Facebook, üyelerin fotoğraflarının ve şahsi bilgilerinin yer aldığı bir arkadaşlık ve sosyalleşme sitesi. Birbirini tanıyan kişiler burada "arkadaş" olabiliyor. Sitenin birçok kişide "bağımlılık" yaratmasının nedeni ise, statü ihtiyacı olarak açıklanıyor. Uzmanlar, arkadaş sahibi olmanın 21'inci yüzyılın statü sembolü haline geldiğini, Facebook'un da bunu bir çeşit sağladığını söylüyorlar.

Yıl sonunda 60 milyon üyeye ulaşması beklenen Facebook daha şimdiden en büyük fotoğraf ve haber sitesi olma yolunda. Her ay 4 milyon üye ekleniyor. Ayda 600 milyondan fazla arama yapılıyor. Toplam 30 milyar sayfaya bakılıyor. Günde 9 milyon fotoğraf ekleniyor. Siteye daha şimdiden 1.8 milyar fotoğraf eklendi. Üstelik kısa sürede dünyanın en çok ziyaret edilen 7'nci sitesi haline geldi. Facebook'ta 500 bini aşkın grup bulunuyor. Facebook'un en büyük kullanıcı grubu 17-25 yaş arası kızlar (yüzde 69). Üyeleri hakkında her gün 300 milyon bilgi notu güncelleyen Facebook, dünyanın en büyük kişisel haber sitesi.

Meğer Facebook, 'Sexbook' olmuş!

Milliyet gazetesi konuyla ilgili bir haberinde: "Peki bu 'sevgi yumağının' altında yatan şey, sadece vefa ve dostluk duyguları mı? Hayır. Facebook'un en büyük vaatlerinden biri de seks. Hem bir olasılık olarak, hem de düpedüz... Grup seks partilerinden, sapkın fantezilere sizin için facebook'un karanlık dehlizlerinde casusluk yaptık! Facebook çapkınlarının izini sürmeye başladık. Ve tam anlamıyla bir şok yaşadık. Şok yaşadık, çünkü biz safça, buranın bir sosyalleşme ortamı, bir sevgi yumağı olduğunu düşünüyorduk. Hiç de öyle değilmiş: Meğer Facebook, 'Sexbook' olmuş! Facebook'ta tanışalım, messenger'de kaynaşalım, sonra telefonlarımızı alalım ve buluşalım" şeklinde başlayıp ilerliyor işler..." değerlendirmesine yer vermiş.

Giderek artan uyarılar...

İngiliz askeri yetkilileri, kişisel bilgilerini Facebook'a koymamaları konusunda tüm orduya bir uyarıda bulundu. O kadar ki, Kraliyet Askerleri'ne bağlı 888 askerin isminin Facebook'ta bulunması, kişisel bilgilerin terör örgütlerinin eline geçebileceği endişesini doğurmuş.

Facebook, 6 Kasım'da yayınladığı bir ilanla 50 milyondan

fazla üyesinin özel bilgilerini para karşılığı reklâm şirketleriyle paylaşabileceğini duyurdu. Özel hayatın korunması ile ilgili tartışmalara yol açan Facebook'un bu kararı, ABD ve Avrupa ülkelerinde tartışmalara yol açtı. Fransa'da Facebook aleyhine soruşturma açılması bekleniyor.

Yine İngiltere'de bir hükümet araştırmasında, İngiltere'de bu sitelerin üyesi olan 10.8 milyon kişiden dörtte birinin 'profillerinde' doğum tarihleri veya iletişim adresleri gibi önemli bilgilerini açıkladıkları, girilen bilgilerin, suç işlemek amacıyla kullanılmaya oldukça elverişli olduğu ortaya çıktı.

Her bilgi değerlidir...

Türkiye'de de son dönemde büyük ilgi çeken site, üyelerinin cinsiyeti, yaşı, cinsel tercihi, siyasi ve dinî görüşü, eğitim durumu ve çalıştığı işyerleri başta olmak üzere çok sayıda bilgiyi kaydediyor. Facebook'a üye olan internet kullanıcılarının bu bilgileri vermeme hakkı bulunsa da, üyelerin büyük çoğunluğu özel hayatına ilişkin birçok bilgiyi yakın arkadaşlarıyla paylaşmak amacıyla profiline koyuyor.

Gelelim konunun püf noktasına.

Geçtiğimiz günlerde Zaman'da bir haber vardı. Oyakbank'ın 2,7 milyar dolara Hollandalı ING'ye satılması ilginç bir tartışma başlatmış. Askerlere ait bilgilerin de bu satışla el değiştirmesi sıkıntı oluşturmuş. Yani siz özel bilgilerinizi aslında kime vermiştiniz, bu satışla kimlerin eline geçecek meselesi.

Yukarıda da aktardığımız gibi, sanal arkadaşlık sitesi Facebook, üyelerine ait kişisel bilgileri reklâm şirketlerine satacağını çoktan açıkladı bile. E, ne demiş atalarımız: **Kendi düşen ağlamaz.**

Bu tür büyük iletişim organizasyonlarını geyik olsun diye el altından boşuna desteklemiyor ülkeler. Gizli servis elemanları artık oturdukları yerden kalkmadan, kahvelerini içerek seyrediyorlar bizzat kendilerini fişleyen insanları. Daha şimdiden 60 milyon kişi gönüllü olarak kendisini bu yolla ihbar etmiş oluyor. Hele bu bilgiler art niyetli insanların eline geçmişse, her biri açık birer hedef haline gelmiş oluyor.

Tüm dünyada büyük bir hızla büyüyen Facebook, Türkiye'de adeta çılgınlığa döndü. Sadece ülkemizden kullanıcı sayısı 1 milyona ulaştı. Facebook yetkilileri, Türkiye'nin en aktif ülkelerin başında geldiğini açıklıyorlar. Türkiye'de en çok ziyaret edilen ikinci site haline gelen Facebook'a 3 hafta içinde 500 bin kişi üye olmuş.

Öneriler...

Biliyorsunuz; Size gelen e-mailleri veya cep mesajlarını silseniz bile, sadece sizin ekranınızdan silinmiş oluyor. Cep hizmetini hangi GSM operatöründen, e-mail veya msn hesabınızı hangi uzantılı adresten almışsanız, yazdığınız ve çizdiğiniz her şey bu hizmeti aldığınız kurumlarda birer data (veri) olarak kayıtlı kalıyor. Yani sizin bu bilgileri silmiş olmanız ve ulaşamamanız, başkalarının ulaşamaması anlamına gelmiyor. Gerektiğinde hepsinin önünüze konulması an meselesi.

Önerilerimize gelince...

Facebook denen bu sitede ve benzerlerinde politik görüş veya hissiyatlarınızı kesinlikle paylaşmayınız. Her türlü sitenin ardında konuşlanan gizli eller, sizin her türlü eğilimlerinizi, arkadaş, akraba bağlantılarınızı, resim ve videolarınızı, neye kızıp neye kızmadığınızı, okulunuzu, şakalarınızı, size takılan lakapları, sosyal çevrenizi, zaaflarınızı, ömrünüzün hangi döneminde vaktinizi, ne zaman nerde geçirdiğinizi, kısacası her şeyinizi öğrenmiş oluyorlar. Bir gizli servis elemanının sizin hakkınızda yıllarca çalışarak elde edemeyeceği bilgileri bu yolla kendi elinizle sunmuş oluyorsunuz.

Kredi Kartlarıyla ilgili her türlü işleminiz ABD merkezli uluslar arası veri bankası aracılığıyla zaten kayıt altında tutuluyor. Hesap hareketliliğiniz, bütçesiz, çapınız, ev ve işyeri adresi gibi bilgileriniz zaten veri bankasında bulunuyor. Bunlara bir de kendi elinizle arkadaş, dost, çevre, etnik durum, köken, dini-politik inançlarınız, belli konulardaki düşüncelerinizi girdiğinizde, gönüllü olarak kendinizi bir bakıma ihbar etmiş oluyorsunuz.

Bilmem anlatabildim mi?

(Kaynak: www.molazamani.com)

Mutlaka İzci Kampına Gönderin

Beceri kazandıran, dayanıklılık geliştiren, serüven gereksinimini doyuran ve en önemlisi takım çalışmasını, işbirliği halinde hareket etmeyi ve sorumluluk duygusunu geliştiren izcilik sporuna, oğlunuzu dahil etmelisiniz. Bunun için sadece okuldaki törenler için giyilen izcilik yürüyüşüne dahil etmeyin. Birebir izcilik kampına katılmasını da sağlayın.

İzcilik, çocuk ve gençlerin karakter, sağlık, kabiliyet ve inanç bakımından onları yetiştirmeyi amaç edinen, okul içi, dışı, milletler arası üniformalı bir gençlik faaliyetidir. Oğlunuzu sadece kendini düşünen bir varlık değil, başkalarına hizmet etmeyi bilen, topluma hizmet için ruhen ve bedenen gelişmiş bir insan haline getirmek için izcilik kamplarına göndermelisiniz. Çünkü bu tür kamplarda eğlendirici ve eğitici faaliyetler yapılmaktadır. Oğlunuzun macera hevesini kamçılayarak, doğaya sürükleyen ve birbirleriyle en tabi şekilde kaynaştıran bir arkadaşlık sağlayan izcilik, onu disiplinli, cesur ve vatanperver yapar.

Türkiye izcilik teşkilatına giren herkes, izci andını içer. **"Allah'a ve vatanıma karşı vazifelerimi yerine getireceğime, izcilik türesine uyacağıma, başkalarına her zaman yardımda bulunacağıma, kendimi bedence sağlam, fikirce uyanık ve ahlakça dürüst tutmak için elimden geleni yapacağıma şerefim üzerine and içerim"** şeklinde yaparlar.

Dünyadaki ve Türkiye'deki tüm izcilerin türesi olan 10 madde de şöyledir:

İzci, sözünün eridir. Şeref ve haysiyetini her şeyin üzerinde tutar.

İzci, yurduna, milletine, ailesine ve izci liderlerine sadıktır.

İzci, başkalarına yardımcı ve yararlı olur.

İzci herkese karşı naziktir.

İzci, bitki ve hayvanları korur ve sever.

İzci, büyüklerinin sözünü dinler, küçüklerini sever ve korur.

İzci, cesurdur. Her türlü şartlar içinde neşeli ve güler yüzlüdür.

İzci, tutumludur.

İzci, fikir, söz ve hareketlerinde açık ve dürüsttür.

Maddelerden ve içilen anttan da anlaşıldığı gibi, tek başına değil, çevreyle ve insanla iç içe olan ve onları, elinden geldiği kadar korumaya ve gözetmeye çalışan bir etkinlik. Oğlunuz böyle bir etkinlik içinde kendini daha iyi ifade etmeyi ve toplumsal sorumluluk sahibi olmayı öğrenecektir. "Uzağa gidecek, çadırda kalacak, zor hareketleri nasıl yapacak," şeklindeki kaygılarınızı bir kenara bırakıp, oğlunuzu mutlaka bir izci kulübüne üye yapmalısınız. Bunun için belediyelerden ve sivil toplum kuruluşlarından yardım alabilirsiniz.

Oğlunuz 12 Yaşında

Gelişim Evreleri ve Özellikleri

Oğlunuz artık eskisi gibi değil, çünkü o 12 yaşında ve mantıklı düşünmeye başladı. Dahası gençliğe adım atmaya çalışıyor. Hayatın sorumluluklarını, amaçlarını ve hedeflerini benimsemeye başlıyor. Artık oğlunuzda bütünleşmiş tek bir dünya vardır. Oyun dünyası, okul dünyası gibi ayrımlardan uzaklaşmıştır. Oyun sadece onun için bir dinlenme ve eğlenme aracıdır.

> Oğlunuz artık daha hevesli, daha hoşgörülü ve daha esprilidir. Aşırılıkları vardır. Mesela herhangi bir şeye ilgi duyuyorsa, bu aşırı boyuttadır. Olumsuz şeylere karşı da aşırı ilgi duyma dönemi içindedir, bunun için biraz dikkatli olmanız gerekir. Çünkü, ya bir şeyi aşırı seviyordur ya da aşırı nefret ediyordur.

Hareketliliği devam etmektedir ve meraklılık da vardır. Bundan dolayı kendine zaman ayırır. Dinlenme zamanları vardır. Bu zamanlarda kendinden bir şeyler istenmesi pek hoşuna gitmez. Oğlunuzu böyle bir zamanda sakın rahatsız etmeyin. Çünkü size vereceği cevap, sert bir "hayır" olacaktır. Kendisine önem vermediğinizi de düşünecektir. Dinlenme zamanı neden rahatsız ettiğinizi yargılayacak ve aranız açılacaktır. Akıllıca davranıp böyle bir zamanda onu rahat bırakın. Bu hareketliliğe bağlı olarak iştahı da çok iyidir. Size göre sürekli yiyen bir çocuk gibi görünebilir. Ama harcadığı enerjiyi yerine koymaya ihtiyacı vardır. **Okulda yese bile, eve geldiğinde çok acıktığını söylediğinde yadırgamamalısınız ve hemen yemeğini hazırlamalısınız. Çünkü aceleci bir yapısı da vardır.**

Giyim kuşamı artık onun için önemlidir. Giyeceklerini kendi seçer ve titizlenir, ama onları titiz kullanma konusunda aynı duyarlılığı beklemeyin. Çünkü yoktur.

Genellikle konuştuğu konular araba, spor ve macera ile ilgilidir. Kendi kişiliğini ortaya koymaya çalışmaktadır ve buna saygı duyulmasını ister. Anne baba olarak yeni edinilmiş bu bağımsızlığa saygı göstermelisiniz. Artık onun büyümeye başladığını, kendi kararlarını kendi vermek istediğini anlayın ve sert çıkışlardan uzak durun.

> Bu yaştaki oğlunuz hem rekabet etmekten, hem de işbirliği yapmaktan hoşlanmaktadır. Onun bu özelliğini çok iyi kullanıp, bugüne kadar denediğiniz yöntemleri değiştirip, yenilerini geliştirmelisiniz. Bugüne kadar karşınızda bir çocuk vardı, ama artık yetişkin olmaya adım atan bir genç var. Bunu göz önünde bulundurun.

Oğlunuzun duyguları da bu dönemde aşırıdır. Bir şeyi istediği anda elde etmeyi istemesi gibi. Böyle durumlarda onu anlamaya çalışmalısınız. Mesela, hafta sonu evdesiniz ve babasının işi olduğu için bir yere gidemiyorsunuz. Siz mutfakta iş yaparken oğlunuz yanınıza geldi ve canının sıkıldığını söyledi: "Bugün evde tıkılıp kalacak mıyız? Canım sıkıldı." Sizin mutfakta işiniz devam etmekte, "herhalde seninle gelip oynamamı beklemiyorsun. Kocaman adam oldun. Git bir şeylerle uğraş işte," diye cevap verdiniz. Oğlunuz salonun ortasında top oynamaya başladı. Sinirlenip yaptığının ne kadar yanlış olduğunu; büyüdüğünün, ama aklının bir karış havada olduğunu falan söylediniz. Hatta bir şeyleri kıracağından dolayı da kızdınız. Oğlunuzla aranızda soğuk bir savaş başladı ve tartışmaya başladınız. O da kızıp odasına kapattı kendini.

Bu şekildeki iniş çıkışlar için hazırlıklı olup, onun duygu dünyasına girmeyi başarmalısınız. Eğer şöyle yapsanız daha iyi olmaz mı? "Haklısın, bugün babanın işi var, bizi bir yere götüremiyor, ama senle ben gidebiliriz. İşimi bitireyim, sen de gidip hazırlan, bir yerlere gidelim. Sonra eve gelince diğer işleri birlikte yaparız. Olur mu?" Oğlunuz yargılamayan, kendini anlayan bu durumdan çok memnun kalacaktır.

Oğlunuz, kendisini anladığınızı, duygularını paylaştığınızı, karşısında değil yanında olduğunuzu hissettiği zaman, sizden gelecek her öneriye peşin bir önyargıyla bakmayacak ve hemen karşı çıkmayacaktır. Sunduğunuz alternatifler üzerinde düşünülmeye değer seçenekler olduğunu görecek ve tercih etmeyi öğrenmiş olacaktır.

Boy ve kilosunu kafaya takabilir

Bu yaştaki oğlunuz için boyu ve kilosu önemlidir. Uzun boylu olmak ister. Özellikle kendi sınıfındaki kızlardan kısa olması onu üzebilir. Ama kızlar daha erken boy atarlar ve erkek çocukları daha yavaş ve birden uzarlar. Bu konuda onunla konuşmalısınız. Oğlunuza kendisine zaman vermesini anlatın. Hatta uzman bir doktordan bir boy çizelgesi isteyebilirsiniz. Bunu oğlunuza gösterin ve gelişimin ne kadar geniş bir zamanı olduğunu paylaşın. Onu spora ve jimnastiğe gönderebilirsiniz.

Ona kısa boylu olmanın kötü bir şey olmadığını, kısa ama çok zeki insanları örnek gösterin. Özellikle evde, ona boyuna göre değil, yaşına göre davranın. Belki de kendini korumak ve özgüveninin daha artması için judoya gönderebilirsiniz.

Kilosu için de aynı şekilde yanında olduğunuzu hissettirin. Ama fazla kilosundan dolayı alay konusu oluyorsa, bunun normal bir kilo olup olmadığını bir uzmanla konuşun. Belki de oğlunuz için sağlıklı ve dengeli beslenme programı yapmalısınız. Fakat yine de bunun baş edilebilir bir durum olduğunu söyleyin.

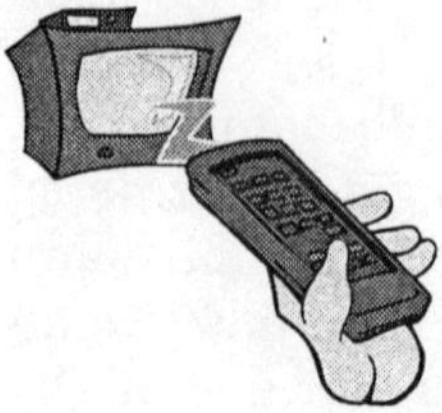

TV Kumandası Yerine Kitap

Kitap okuma, önemi herkes tarafından bilinen, fakat birçok insanın alışkanlık haline getiremediği ve sadece "boş zaman etkinliği" olarak düşündüğü bir eylemdir.

İnsan fark etmese de, kitap okuma eylemi, insan için çok büyük bir ihtiyaçtır. Bunun yanı sıra bu ihtiyacı hisseden nesiller yetiştirmek ise, aile olarak anne babaya ve topluma düşen büyük bir sorumluluktur.

Çocuğun eğitim sürecinde önemli yeri olan uyarıcı kaynaklarından biri de kitaplardır. Çocuklar pek çok yeni bilgiyi, insanlar arasındaki olumlu ilişkileri kitaplar aracılığı ile öğrenir. Bu yolla çocuğun görüş açısı genişler, dünyaya bakışı değişir. **Bu yaşta televizyon meraklı oğlunuza, kumanda yerine kitap verebilirsiniz.**

Cinsiyetin önemi

Gerek okuma ilgisinin yoğunluğunda, gerekse okuma miktarında, bireysel farklılıkların yanında cinsiyet farkının da önemi büyüktür. Mesela, kız çocukları, erkek çocuklarına oranla daha çok okumayı severler. Yine üstün yetenekli çocuklar, normal çocuklardan iki veya üç kat daha çok okurlar ve okuma amaçları, bilgi edinmek noktasında yoğunlaşır.

Genellikle erkekler spor, gezi, serüven, makine, bilim ve ünlü kişilerin yaşam öykülerini içeren yayınları okumayı severlerken; kızlar, romantik romanları, kendilerini ilgilendiren öykü ve şiir kitaplarını okumaktan zevk duymaktadırlar. Oğlunuzun ufak yaşlardan başlayarak var olan kitap sevgisini geliştirin. Onunla birlikte kütüphanelere ve kitapevlerine gidin. Kitaplar seçin ve ona istediği kitapları alın.

"Bu zamana kadar okumadım, bundan sonra okusam ne olacak ki?" ya da "Büyüklerimiz kitap okumadı da ne oldu? Bizden neleri eksik?" bir başka ifadeyle "Biz okuduk da ne oldu? Temizlikçi Ali amcadan farkımız ne?" diyen ve kitap okumamak için çeşitli bahaneler üreten bir anne babanın çocuğunun, kitap aşığı olması elbette mümkün değildir.

Okuma alışkanlığı kazanmak için birkaç önerimiz olacak:

Anne baba olarak kitap okuyan bir genç yetiştirmek istiyorsanız, bunun ilk şartı; önce kendiniz bu yönde alışkanlık kazanmalısınız. **Örnek olunmadan, örnek davranış beklemek, yemek yemeden doymayı istemek gibidir.**

Alışkanlık kazanmanın önündeki engelleri tek tek aşmaya çalışmalısınız. Bunların başında da, "çabuk sıkılıyorum, kitabı bir türlü elime alamıyorum, yarın başlayacağım," gibi kaçış ifadelerinden uzak durmalısınız.

Okumaya başlamak için "kitap okuma isteğim gelsin" diye beklemeyin. Beklemek çözüm değil, büyük bir yanılgıdır. İş, başlamaktadır.

Aynı şekilde, "boş vakit bekleme" yanlışlığına da düşmeyin. **Kitap okumak için boş vakit değil, olan vakti kaliteli kullanmak önemlidir.** Yolculuk yaparken, yatmadan önce gibi... Kendinizi bir kontrol edin bakalım, TV izlemek için ne kadar zaman harcıyorsunuz? Elinizde kitap mı, yoksa TV kumandası mı daha çok duruyor?

Özellikle tüm aile bireylerinin bir arada bulunduğu kitap okuma saatiniz olmalı.

Evinizin görünen bir yerine kitap panosu oluşturun. Okuduğunuz ve okuyacağınız kitapların listesini panoya asın. Ay sonunda en çok kitap okuyanı ödüllendirin.

Anne baba ve çocukların beraber olduğu bir ortamda okuduğunuz kitaplar üzerine konuşma yapın, eş anlamlı-zıt anlamlı cümlelerle kelime bulma, son heceyle kelime türetme oyunları oynayın. Haftanın ya da günün sözü, şiiri gibi aktivitelerle kitap okumayı eğlenceli hale getirin.

Okuduğunuz bilgileri aileniz ve çevrenizle paylaşın. Böylece birlikte olduğunuz kişilerle daha kaliteli zaman geçirme alışkanlığı da edinmiş olursunuz.

Okuma alışkanlığı edinmiş dostlarınız ve yakınlarınızla bu özelliklerini nasıl devam ettirdiklerini ve ne gibi uygulamalar yaptıklarını paylaşın. Onların tecrübelerinden istifade etmeye çalışın.

Okumak isteğiniz kitapları gözünüzün gördüğü ve kolay ulaşabileceğiniz yerlere koyun.

Bütçeniz el verdiği ölçüde bir dergi ya da gazeteye abone olmalısınız. Kitap almak için belli bir bütçe oluşturmalısınız. Tabi aldığınız kitapları okuma şartıyla satın almalısınız. Vitrine görüntü olsun diye değil...

Özel günlerde aldığınız hediyeler arasına kitapları da ekleyin. Mesela **bu sene oğlunuzun doğum gününde bir de sevdiği konuda bir kitabı alabilirsiniz.**

Ailece kitap fuarlarına gitmeli ve yazarlarından imzalı kitaplar almaya çalışmalısınız. Böylece aldığınız kitabı okumanız için sebep oluşturmuş olursunuz. Aynı şekilde ücretsiz temin edeceğiniz halk kütüphanelerine de oğlunuzla gidip, üye olmalısınız. Böylece haftada bir kitap okuma alışkanlığı kazanmış olursunuz.

Özellikle anneler evde bir şeyle uğraşırken, mesela ütü ya da bulaşık yıkarken oğlunun elindeki kitabı sesli okumasını isteyebilir. Böylece hem onu yüreklendirmiş ve heveslendirmiş olur, hem de bir anda iki iş yapmış olur.

İnsan, yaşadığı süre içinde kendisi için olmazsa olmazları iyi belirlemelidir. Bunların başında da, okumak ve düşünmek gelmelidir. Bunun için de kolaycılığa kaçıp, mazeret üretmek yerine, "bunu nasıl daha iyi yapabilirim?" in yollarını aramalıdır. Bu mazeretlerin başını da, "vakit yok, para yok," gibi basit kaçışlar çeker.

Okumak için boş vakit arayan, zaten baştan kaybetmiş demektir. Çünkü, dünyada var olan bir insan için boş vakit arayışı oldukça mantıksızdır. Hayatın kendisi doludur. Aynı zamanda okumak, eğlencelik çerez değil ki, boş vakitte yapılsın. Ciddiyet ister. Bunun için de **boş vakte değil, var olan vakti kullanmaya gerek vardır. Ciddi işler işin vakit aranmaz, vakit oluşturulur.**

Paranın yokluğu konusuna gelince, o zaten hiçbir şey için yeterli miktara gelmeyen bir metadır. Önemli olan var olan parayı nasıl değerlendirdiğinizdir. O zaman önceliklerinizi iyi belirlerseniz, kitap almaya da para ayırmış olursunuz. Önceliğiniz, biri varken ikinci kol çantasını almaksa, ayağınızdaki ayakkabının modası geçti diye eskimeden yenisini almaksa, zaten değil kitaba, başka şeylere de para yetiştirmekte zorlanırsınız. O zaman mazeret, para yokluğundan ziyade **öncelik eksikliği**dir. Şimdi düşünelim, kitap hayatımızın neresinde durmakta ve ne zaman önceliğimiz durumunda?...

Okumak için ille de kitap şartını ortaya atmak doğru olmaz. Dergi ve gazeteleri de göz önünde bulundurmak gerekir. Özellikle gazeteler, okuma alışkanlığı için bir adım olabilir. Okumanın yolunu açacağı için gazete okumayı da ihmal etmemek gerekir. Tabi burada önemli olan gazeteyi niçin aldığınızdır. Okumak için mi, dedikodu öğrenmek, resimlerle bakmak için mi? Bize lazım olan okunacak gazeteyi bulmaktır.

Bir de kitap okuma teknikleri var ki, bunların en yaygını, hatta kurslarının bile olduğu, **"Hızlı kitap okuma teknikleri"...** Böyle bir şey de pek mantıklı değil. Çünkü hızlı yapılan her şeyin sonunda bir hazımsızlık söz konusudur. Düşünün bir kere, hızlı yediğiniz bir yemek sonunda kendinizi nasıl hissedersiniz? İnsan beyni de aynı hazımsızlığı, hızlı okuma sonucu yaşar. **Okumada gerekli olan hızlı okuma değil, verimli ve anlayarak okumadır.**

Eğer okuduğunuzu anlamıyor, ama hızlı okuyorsanız, bu aynen, kör gözün gökyüzünü tarifine benzer ki, kimse dediğinizden bir şey anlamaz. Okuduğunuz da size bir şey katmamış olur. **Okumaktaki amaç, kişiye bir şeyler katmasıdır, yük olması değil. Hızlı okuma ile birçok kitap bitirmiş olursunuz, ama sonuç yoktur.**

Okunan kitabı anlamak için çaba sarf etmesi gerektiğini oğlunuza göstermelisiniz. Onun için oğlunuza öncelikle güzel bir sözlük alarak işe başlayın. Kendi diline vakıf olamayan biri, kendi ev adresini tarif edemeyen adamdan farksızdır.

Mithat Paşa, birçok yabancı dil bilmekle Ahmet Cevdet Paşa'ya karşı böbürlenmiş. Ahmet Cevdet Paşa da bir gün kendisine kızmış ve "senin bildiğin yabancı dili, kunduracılar ve turistlere şunu bunu satmak isteyen çocuklar da bilir" deyivermiş.

Önce kendi dilimizin özelliklerini, inceliklerini ve güzelliklerini bilmeli ve anlamalıyız.

Oğlunuz ne kadar çok kitap okursa, o kadar çok düşünce üretecektir. Karar alma mekanizması hızlanacak, mantık süreci gelişecektir. Okuldaki başarısı daha da çok artacaktır.

Oğlunuzu Başkalarıyla Kıyaslamayın

Bazı anne ve babalar, çocuğunun okuldaki başarısızlığının nedenlerini araştırıp çözüm bulmak yerine hemen kolaycılığa kaçıp, onu kardeşleriyle ya da yaşıtlarıyla karşılaştırıyor. Kardeşinin ve arkadaşlarının başarısından söz ederek çocuğu yetersizlikle suçlayan anne babalar, sorunu daha da zorlaştırdıklarının farkında bile değiller.

> Çünkü başkalarıyla hangi konuda olursa olsun kıyaslanan çocuk, kendisine olan güvenini kaybeder ve derslerine yeterince konsantre olamaz. Böyle bir kıyaslama, çocuğun derslerdeki seviyesini daha da geriye götürebilir.

Gerek derslerdeki başarısı, gerekse diğer özellikleri başkalarıyla karşılaştırılan çocuk, mutsuz olur. Bu durumdaki çocuklar; kardeşini ve arkadaşlarını kıskanabilir, içine kapanabilir, ayrıca ailesi, öğretmeni ve çevresiyle ilişkileri bozulabilir.

Ailelerin çocuklarına karşı yapıcı eleştirilerde bulunması gerekir. Aile çocuğun olumlu yanlarını ortaya çıkarmalıdır. Aile, çocuk başarısız olsa da ona güvendiğini göstermelidir. Anne ve babalar, çocuğun okuldaki başarısını değerlendirirken, her durumda ona değer verdiklerini belli etmelidir.

Zekâlar çeşitli olduğu gibi yetenekler de çeşitlidir. İki kardeş arasında bile bu çeşitlilik görülebilir. Biri matematik zekâya sahipken, diğere sosyal zekâya sahip olabilir.

Birinde mühendislik yeteneği varken, diğerinde edebiyat yeteneği olabilir. Biri okulda, fen derslerinde daha başarılıyken, diğeri sosyal derslerde daha başarılı olabilir. Bunları birbiriyle kıyaslamak sosyal zekâya sahip olana "kardeşin matematikten 5 alırken, sen neden 3 alıyorsun," diye onu suçlamak doğru değildir. Aynı şekilde arkadaşıyla veya komşu çocuğuyla da kıyaslamak haksızlık olur.

Devamlı kıyaslanan oğlunuz, kendi kişiliğini sergileyemez. Çevresiyle uyum problemi yaşar. Devamlı kıyaslanacak korkusuyla hiçbir şeye girişemez.

Onun için **oğlunuzu, olmasını istediğiniz gibi değil de, olduğu gibi kabul edin ve başkalarıyla kıyaslamayın.**

Ona sahip olamadıkları için üzülmesini öğretmek yerine, sahip olduğu özelliklerine sevinip, şükretmesini öğretin. Ama bunu önce siz yapmalısınız. Kıyaslama yerine destekleyici olmakla bunu başarabilirsiniz. Onu davranışlarıyla değil, sizin oğlunuz olduğu için sevdiğinizi gösterin ve devamlı yanında olduğunuzu hissettirin.

Kıyaslama yaparsanız, sevginizle mantığınız arasında sıkışıp kalırsınız ve kendi kendinizi yer bitirirsiniz. Oğlunuza her şey de olduğu gibi bu konuda da iyi örnek olun. "Bizim zamanımızda biz böyle mi davranırdık?..." diye başlayıp yüzyıllar boyu süre gelen kıyaslama adetini "siz kaldıracaksınız" demiyoruz elbette. Oğlunuz da yaşlandığında, kendisine başkaldıran çocuğuna, "biz böyle miydik?" diye sizin yakınmalarınızı sürdürmesin.

Oğlunuza İlgi Alanları Oluşturun

Aile ve toplum olarak başarmamız gereken iş, her insanı kendisi için en uygun olan yere taşıyabilmektir. Bunun için anne babalara önemli görevler düşmektedir.

Çocuk, kendisi için en uygun ilgi alanlarını atlayabilir. Onu çok iyi tanıdığınız takdirde bu olumsuzluğu giderebilirsiniz. Çocuğa, ona uygun alanları göstererek ilgisini toplamasına yardım edebilirsiniz.

İlgilerin oluşumunda, oğlunuza canlı model teşkil etmelisiniz. Mesela, kitap okuyan, bir müzik aleti çalan, resim yapan, kültürel etkileri takip edip katılmaya çalışan, koleksiyon yapan, sporla aktif olarak ilgilenen bir anne ve babaysanız, oğlunuza önemli ölçüde rol modeli olmuşsunuz demektir. Fakat burada onu zorlamaktan kaçınmalısınız. Onun ilgileri fiziki ve zihni gelişimiyle orantılıdır. Bunu göz önünde bulundurmalısınız. Oğlunuzun istek, kabiliyet ve eğilimlerini iyi tespit etmelisiniz.

İlgilerine önem verilen, yeteneklerinin farkına varılan çocuklar, kendilerine duyacakları güven içinde, sosyal gruplarla daha rahat iletişim kurabilirler. İlgi ve yetenekleri onaylanan, alkışlanan, teşvik edilen çocukların, kendileri ile olan iletişimleri de yeni bir kalite düzeyine geçer. Aynı zamanda ilgi, bilgiyi de beraberinde getirir. Oğlunuz, ilgilendiği bir şey sayesinde birçok şeyi de öğrenecektir.

Oğlunuzun hayali hedefler peşinde koşmaması, sonradan vazgeçeceği kadar ağır ve uzak hedefler üzerinde kaybolmaması için, anne baba olarak bu süreci iyi yönetmeli, sürecin her anında etkili rol almalısınız.

Oğlunuzun ilgilendiği ve hoşlandığı bir uğraşının olması, onun ergenlikte çok işine yarayacaktır. Mesela sporla ya da tiyatroyla ilgilenen oğlunuz, o dönemin zorluklarını, bir ekip çalışması içinde olduğu arkadaşlarıyla daha rahat atlatmış olacaktır.

EDİSON'UN ZEKÂSI

Edison, okul yıllarında başarılı bir öğrenci değildi. O kadar ki, onu "zekâsı yetersiz" olarak nitelendiren okul idarecileri, bir gün annesini okula çağırıp fikirlerini söylediler:

– Bu çocuğu okulda daha fazla tutmanın bir manası yok.

Bu sözleri küçük Edison da duymuştu.

Annesinin kollarına atılıp hüngür hüngür ağladı.

Olayın gerisini şöyle anlatıyor Edison:

– İyi bir annenin ne demek olduğunu o zaman anladım. Annem:

"Benim oğlum öğretmenlerinden bile daha zekidir, onu anlamıyorlar. Onu ben yetiştireceğim!" diyerek beni teselli etti. Ümit verdi bana.

Ben de hayat boyu, annemin bu inanışına lâyık olmaya çalıştım.

Bağımsızlığa Atılan İlk adımlar

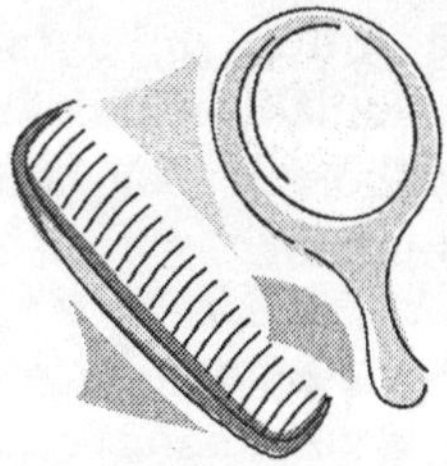

Büyümeye bir adım

Oğlunuz çocuklukla ergenlik arasındaki geçiş sürecine girmiştir. Kızlarda 11 yaşında başlayan bu süreç, erkek çocuklarında 13 yaşında kendini gösterir. 13 ile 19 yaş arasındaki bu zaman dilimi hem aileleri, hem de gençleri biraz zorlayabilir. Çünkü **oğlunuz, kendine özgü bir kişilik arama yoluna girmiştir ve bağımsızlığı için bir adım atmıştır.**

Ben kimim?

Oğlunuz, "Ben kimim?" sorusuna cevap aramaktadır. Bu süreç, kesin çizgileri olan bir gelişim değildir. Ön ergenlik denilen bu dönemde oğlunuz bocalamalar yaşamaktadır. Aslında bu bocalamalar ergenlikle daha da belirgin hale gelecektir. **Bir yanıyla sizden bağımsız olmayı ve kendi ayakları üzerinde durmayı isterken, diğer yanıyla da duygusal yönden size bağımlılığın sağladığı rahatlığı ve güveni özlemektedir.**

İletişim için siz ilk adımı atın

Bu yaşta oğlunuz alınganlık gösterebilir. Çevresindekilerin kendisini eleştirdiğini düşünebilir. Bu durum onun içe kapanık olmasına sebep olur. Sizinle duygularını paylaşmaktan kaçınır ve yakın bir diyalog kuramaz. Onun için sizin daha fazla ilgi göstermeniz gerekecektir.

Merakları artmıştır

Bu dönemde ayna karşısında geçen zamanı artmıştır. Nasıl göründüğü, önemlidir. Arkadaşları onun için değerlidir. Onlar gibi olmaya çalışmak ve onlara güzel görünüp, onlar tarafından beğenilmek ister. Ama bu dönemdeki arkadaşlık konuşma ya da dertleşme için değil, daha çok spor yapma, yüzmeye ya da sinemaya gitme şeklindedir.

> Bu dönemde ilgileri cinsel kimlikleriyle orantılıdır. Mesela kızlar daha çok yemek yapmayla ilgilenirken, erkekler daha çok spor ve bozulan bir şeyi tamirle ilgilenirler.

Hormonlarında artış vardır

13 yaşına kadar oğlunuzun ne davranış biçimlerinde ne de kanındaki erkeklik hormonu düzeyinde önemli bir değişiklik yoktur. Ancak bu yaşa geldiğinde her şey birden bire değişmeye başlar. Kana karışan erkeklik hormonunda ani yükselmeler gözlenir. Davranış ve duyguları etkileyen, beyindeki seratonin hormonu da çok salgılanır. Bu da duygusal ve heyecansal açıdan dalgalanmaların yaşanması demektir. Bu dönem için "gözü kara dönem" demek de mümkündür. Çünkü sonuçlar düşünülmeden büyük bir cesaretle serüvenlere atılır.

> Bedensel büyüme de söz konusudur. Oğlunuzun elleri, ayakları, kolları, bacakları ve boyu uzamaktadır. Bu hızlı büyümeden etkilenen oğlunuz, şaşkınlık ve biraz da sakarlık hali yaşamaktadır.

Bedenen değişmiştir

Gerek yüz gerekse beden görünüşlerinde hemen fark edilen değişiklikler vardır. Uzun zamandır oğlunuzu görmeyen yakınlarınız, bu değişim karşısında, "ne kadar da büyümüş" şeklinde dile getirirler. Çünkü artık o çocuk simaları yoktur. Oğlunuz artık kendini bir çocuk gibi değil, bir yetişkin olarak görmeye başlar. Bunun için çocuksu tavırlardan uzak durur. Aldığı erkek modelinin davranışlarını sergileyerek bunu kanıtlamaya çalışır. Ama buna rağmen ruhsal duruşları ve davranışları henüz üzerlerinden tam atamadıkları çocukluklarını ele verebilir. Oğlunuz, yetişkin görünümlü bir çocuktur aslında.

Duygular inişli çıkışlıdır

Öfke, korku, sevgi ve kıskançlıkları çok yoğundur. Daha atak, daha tepkisel yaşamaya başlar. Heyecanı çok çabuk yükselir. Duyarlı, ani tepkili, atak, savaşçı, saldırgan biri olmuştur.

Onu kızınızla kıyasladığınızda, şaşkınlık yaşarsınız. Çünkü kızınız çok daha uyumlu gelir size. Çünkü oğlunuz, kızınızdan 2 yıl sonra ön ergenlik sürecine girer. Ama aradaki farkı kısa sürede kapatırlar. Hatta 14–15 yaşına geldiklerinde sizin boyunuza bile ulaşıp, geçmiş olabilirler. Bu boy uzunluğu, erkek çocukları için çok önemlidir. Çünkü yaşıtı olan kızları ve anne babalarını geçmiş olmak, onlara büyük bir özgüven kazandırır. Bunun için de her an anne baba tarafından gözetilip kollanmak istemezler.

> Ergenlik öncesi, oğlunuz için hem bedence hem de ruhça bir silkiniş, bir dikiliş, bir doğruluş dönemidir. Sevinç ve gurur içindedir; ama kuşku, merak, umut ve kaygı dolu bir bekleyiş de söz konusudur.

İçine kapanabilir

Oğlunuz, içinde bulunduğu büyüme sürecinin sizin tarafınızdan onaylanmasını ister. Beğenilmeyi, takdir edilmeyi bekler. Hatta bunun için büyük bir çaba içine girer. Ancak iç kaygıları, deneyim eksikliği ve bir de buna sizin hoşgörüsüzlüğünüz eklenirse kendi kötü hisseder ve içine kapanıp, toplumdan kaçmaya başlar.

Siz ve öğretmenleri, onun gözünde eskisi gibi her şeyi bilen en yetkin kişiler değilsinizdir. Onu eleştirmeniz, hatta cezalandırmayı istemeniz, onun sizi sorgulamasını hızlandırır. Sizi dikkatle araştırıp gözlemlemeye, bir açığınızı yakalamaya çalışır. Bunda da pek zorlanmaz. Bunun için her şeyi sizinle konuşmaya yanaşmaz, kendi başına halletmek ister. Onun için zamanın çoğunu sizden uzakta ya da odasında geçirmek ister.

Onun artık bir çetesi var

Sorunlarını, duygu ve düşüncelerini sizinle paylaşmayan, çünkü sizdeki desteklenme isteğine istediği karşılığı bulamadığını düşünen oğlunuz, arkadaşlarıyla oluşturduğu duygusal bağ ve ortak bir amaç doğrultusunda bir araya gelir. Merak ve heyecan arayan bu küçük grup, kendilerini özelleştirirler ve "çete" adı altında bir arada olmaya başlarlar. O çete, oldukça masum bir oluşumdur. **Birlikte olmak, birlikte dolaşmak ve eğlenmek için bir araya gelmiş 5–6 kişilik bir gruptur. Ama ileriye dönük tehlike sinyalleri verebilirler.** Onun için ilgi ve alakanızı çok dengeli olarak oğlunuza vermeniz gerekir.

Sizin beklentileriniz önemli

Eskiden olduğu gibi oğlunuzu, size bağımlı, sizin yönlendirmelerinizle hareket eden biri olarak görmeyi bırakmalısınız. Hele hele onu yakın takibe almanız; arkadaşlarını, nereye gittiğini, ne yaptığını sorgulamanız ve didiklemeniz pek hoşuna gitmez. Bu yüzden bunları farklı yöntemlerle yapmalısınız. Çünkü karşınızda küçük oğlunuz değil, büyümeye çalışan bir genç bulunmaktadır.

Eğer eski yöntemlere devam ederseniz, onunla aranız açılır, çatışmalar yaşarsınız, kırıcı ve hoş olmayan davranışlarla karşı karşıya kalabilirsiniz. Çünkü ön ergenlik döneminin etkisiyle oğlunuz da sınırları açacaktır.

Onu daha çok dinlemeli, iyi bir iletişime geçmeli, değer vermeli ve en önemlisini büyüdüğünü anladığınızı hissettirmelisiniz. Ona daha fazla sorumluluk vermeli, belli sınırları olan hak ve özgürlük tanımalısınız. Özellikle baba olarak, ona iyi bir örnek olmalısınız.

Oğlunuz bu dönemde aklına takılan bazı soruları annesinden önce size sormak ister. Bu tercih "babam her şeyi bilir" düşüncesinden değil, "babam da benim gibi erkek, o beni daha iyi anlar," düşüncesinden dolayıdır. Özellikle cinsellikle ilgili sorulardır bunlar. Baba olarak siz de, "bunlar ayıp şeyler" diyerek onu susturmadan dinlemeli ve anlayacağı şekilde lazım olduğu kadar cevap vermelisiniz. O zaman ilerde gelecek olan ergenlik için kapı aralamış olursunuz.

Okul başarıları düşebilir

Oğlunuzun ön ergenlik dönemi ya da ergenlik sıkıntıları tam da sınavlarla çakışmaktadır. 12 ile 14 yaşları arasındaki ön ergenlik dönemi, ortaokul 2. ya da 3. sınıf zamanına yani sınavların, kursların yoğun olduğu bir döneme denk gelir.

Genç olmaya çalışan oğlunuz bu durumdan hiç hoşnut değildir. Çünkü o, kurslardan, ödevlerden, sınavlardan kaçmak, arkadaşlarıyla dolaşmak, gezmek ve eğlenmek istemektedir. Ama bu sorumluluklarını da yapması gerekmektedir.

İşte bunun için biraz daha gergin, öfkeli ve sinirli olabilir. Bu öfkesinin kime karşı olduğunu da çözebilmiş değildir. Bundan dolayı da derslerindeki başarısı eskiye göre biraz daha düşüş gösterebilir. Bu konuda öğretmenlerine ve size daha hoşgörülü davranmak düşmektedir.

Ahlaki Değerleri Yerine Getirmek Önemli

Ahlaki değerler neler olmalı?

Oğlunuza vereceğiniz ahlaki değerler, onun ömür boyu sürdüreceği güzel huyları olacaktır. Bunun için çok dikkatli olmanız gerekir. Özellikle ondan yapmasını istediklerinizi, örnek olarak siz yaptıktan sonra, onun da yapması konusunda yönlendirmelerinizi devam ettirmelisiniz. Bıkmadan ve usanmadan... **Bunlar neler olabilir?**

Büyüklere saygı, özellikle anne babaya saygı gösterme. Doğru ve dürüst davranış sahibi olma. Sır tutma ve aile sırlarını koruma. İzin isteme adabı. Nezaket kurallarına uyma. Mesela, karşılaştığı birine selam verme, hal hatır sorma, eve gelene "hoş geldin" deme gibi. Adaletli olma ve insanlarla iyi geçinmek. Zararlı alışkanlıklara karşı tavır almak ve onlara meyletmemek, şeklinde sıralayabileceğimiz bu ahlaki davranışların kazandırılması kadar, evde uygulanıyor olması da çok önemli.

Bunları onun huy edinmesini sağlarken, daha dikkatli olmalı ve makul yöntemler kullanmalısınız.

Oğlunuz küfür mü ediyor?

Erkek çocuk sahibi anne babaların en büyük şikâyeti, "oğlum küfür ediyor" dur. Bu konuda şikayet etmeden önce kendinize ve çevrenize bakmalısınız. Bu çocuk bunu nereden duyuyor? Önce bunun önüne geçmek gerekir.

Daha sonra insanın böyle bir şeyi ulu orta söylemesinin ne kadar yanlış olduğu konusunda fikir birliğine varmaya çalışabilirsiniz.

Oğlunuza telkin yöntemini kullanabilirsiniz. Mesela: Odasına ya da gözünün görebildiği yerlere, "ben güzel söz söylüyorum, güzel konuşuyorum" şeklinde olumlu ifadeler içeren cümlecikler yazın ve asın. Bu 3 hafta gibi devam etsin. Daha sonra başka cümlelerle bunu destekleyin. Bu yöntemi her şey için kullanabilirsiniz. Ders çalışma, düzenli olma gibi...

Bu yöntemden sonra mükâfat yönetimini de devreye sokun. Bunun için bir aylık bir çizelge hazırlayın ve görünür bir yere asın. Yanına da oğlunuzun istediği bir şeyi alacağı kadar para bıraktığınız cam bir kavanozu koyun. Oğlunuza, "her söylediğin kötü söz için bu kavanozdan bir miktar para alacağım," diyebilirsiniz. Bunu 3 hafta devam ettirerek, ona kötü söz söyleme alışkanlığını bıraktırmaya çalışın. Oğlunuzun özelliğine göre farklı yöntemler geliştirebilirsiniz. Belki paranın işe karışmasını doğru bulmayabilirsiniz, ama küfür etmesini engelleyeceğiniz önemli bir adımdır. Zaten bunu uzun süre devam ettirmenize gerek kalmayacaktır. O kötü davranışı bıraktığına emin olunca, siz de bu yöntemi bırakmalısınız.

Oğlunuzun, ahlaki değerlere sahip biri olmasını istiyorsanız, onu örnek alacağı bir çevreyle tanıştırmanız gerekir. Böyle bir ortamı oluşturmak, birebir örnek olmak, tüm yöntemlerin üstünde bir uygulamadır. Çünkü bu dönem nasihat etme, anlatma, öğretme dönemi değildir. Bunu daha küçük yaşlarda yaptıysanız, şu an davranışlarınızla örnek olma zamanındasınız.

Oğlunuz Sizi Yansıtmakta

Oğlunuz sizin aynanız

Oğlunuzun huysuzluğunun nedenini mi merak ediyorsunuz? O zaman elinize bir ayna alın ve kendinize bir bakın. Ne gördünüz? Kendinizi değil mi? İşte oğlunuz ayna gibi sizi yansıtmakta. Onu hırpalamayı bırakın.

Onun olumlu ve düzgün davranışlar sergilemesini istiyorsanız, önce siz öyle davranın. Çünkü dediğinizden daha önemli olan demediğiniz davranışlarınızdır. Siz, "şöyle yapma, böyle yapma" derken, kendiniz yapıyorsanız, hiç etkili olmayacaktır. Ama demeden yaptığınız hoşgörünüz, saygınız, yaptıklarınızdan daha etkili olacaktır.

> Dostlarınızdan ve akrabalarınızdan da yardım istemelisiniz. Oğlunuz sadece sizden değil, çevresinden de etkilenir. Ona iyi bir çevre oluşturabilirsiniz.

Empati kurun

Oğlunuza sağlayacağınız en büyük yarar, onu anladığınızı ona hissettirmektir. Büyükler bile birbirlerini anlamamaktan şikâyet edip, birbirlerine kırılabilirken, oğlunuzun da böyle bir durumda size kırılabileceğini düşünmelisiniz. **Bazen kendinizi onun yerine koyun ve onun gibi düşünmeye çalışın. Aranızdaki anlaşmazlıkları daha kolay halletmiş olursunuz.** Sizin böyle davranmanızla oğlunuz da, başkalarını daha rahat anlayacak ve yeri geldiğinde sizin yerinize kendini koyabilecektir.

Anne baba olarak birbirinizi sevin

"Babaların oğulları için yapabileceği en iyi şey, annelerini sevmektir." Çocuklar sürekli anne babalarının birbirini sevdiğine dair belirtiler arar. Anne babasının birbirine gösterdiği sevgiyle ailesinin sapasağlam ve güvende olduğunu bilir. Çünkü oğlunuz sözlerinizden çok davranışlarınıza dikkat etmekte ve onları kendi için kodlamakta.

> Sizin sevgi dolu yaklaşımınız, onun da ileride eşine karşı nasıl davranması gerektiğini öğreten ilk adımlardır. Onun için birbirinize karşı sevgi ve saygı içinde olun. Bunu aynı şekilde oğlunuza hissettirin. Çünkü kendini daha mutlu ve güvende hissedecektir.

Elma portakal farkı

Ne annenin, ne de babanın sevgisi tek başına yeterli ve dengeli değildir. Fakat ikisi birlikte bir bütün oluşturur ve oğlunuzun neye ihtiyacı varsa, ihtiyacı o şekilde giderilmiş olur. Anne ve babalar, elma ile portakal gibi birbirinde farklı vitaminlere sahiptir. İkisi de ayrı ayrı mükemmellikte ve çeşitliliğe sahiptir. Mesela, **babanın oğluyla bisiklet yarışı yapması gayet doğaldır. Aynı şekilde annenin de onları dikkatli olmaları noktasında uyarması çok normaldir.** Yine annenin bisiklet sürerken ayağını inciten oğlunu kucaklayıp, "ah canım, neresi acıdı, çok canın yanıyor mu?" demesi tuhaf değildir. Babanın da, "benim aslan oğlum, şimdi toparlanır, acısı geçer," demesi doğaldır.

Tüm bu farklı yaklaşımlar, oğlunuzun kendine özgü stil oluşturmasını sağlar. Oğlunuz elma ve portakaldan aldığı ayrı ayrı vitaminler gibi, sizden ayrı ayrı özellikler alır. Önemli olan bunların abartısız ve doğal olmasıdır.

Baba Oğul Gezmelere Gitmelisiniz

Oğlunuzla zaman geçirin

Oğlunuz için babası hep önemliydi. Fakat şu dönemde daha da önemlidir. Çünkü kendine rol modeli aldığı babasıdır ve onunla birlikteliği onun gelişmesi için gereklidir. Onun için babalar kendilerini para kazanma makinesi olarak görmekten çıkıp, oğullarının eğitim sorumluluklarını anneyle paylaşmalıdırlar. Çünkü babanın ilgisiz olduğu ailelerde, erkek çocuğun sosyal gelişimi olumsuz yönde etkilenmektedir. **Bunun en iyi yöntemi ise, baba oğul kaliteli vakit geçirmeleridir.**

Mesela, bugün oğlunuzu alın ve bisikletle gezmeye çıkın. Yüzmeye, futbol oynamaya ya da uçurtma uçurmaya gidebilirsiniz. Oğlunuzla baş başa evde sohbet ortamı oluşturmanız bile önemli. Ya da birlikte arabanızı yıkayabilir, evin ihtiyaçlarını giderebilirsiniz.

Oğlunuz için baba canlı bir örnektir. Erkek çocuk her zaman babanın yaptıklarını yapmayı ister. İşte birlikte geçirilen zamanlarla bu güzel örnekler daha pekişmiş olur. Böylece birbirlerini daha iyi tanıma ve yakınlaşma imkanı da elde etmiş olurlar. Baba oğul arasında sevgi ve saygı da daha çok gelişir.

Cinsel İstismardan Haberi Olsun

Korunma yolları

Konu ile ilgili oğlunuzu bilgilendirmeniz şarttır. Son olarak da anne baba olarak koruyucu tedbirler de almalısınız.

Yanlış kanaatler

En önemlisi bu tür konuların ayıp olduğu, kimseyle konuşulmayacağı yanlışıdır. Bu yanlış doğru şekilde düzeltilmelidir. Bu konuda çocuğu önceden bilgilendirmek gerekir. Oğlunuzu karşınıza alın ve bu konuyu onunla anlayacağı, yanlış kanaatler oluşturmayacağı şekilde dikkatlice konuşun. Bunun anne ya da baba olması önemli değil. Oğlunuzun ve konuşan kişinin rahat olacağı, yanlış bilgiler vermeyeceği öğretmeni, bir yakınınız da olabilir. Önemli olan konuşan yetişkinin bilinçli ve rahat olması; olayın tehlikesi abartılmadan gence anlatılmasıdır.

Hazır zeminleri yok etmek

Kız erkek arkadaşlığına zemin hazırlama ve bunu yanlış anlatma da bu tür istismarları hızlandırmaktadır.

Bu arkadaşlık, daha ilk oyun zamanında oğlunuza en doğru şekliyle verilmelidir. "O senin arkadaşın, onunla her zaman oynayabilirsin. O senin kardeşin gibi," yaklaşımlardan ziyade, kız erkek farklılığı doğru şekliyle anlatılmalı. Hele de gençlik döneminde "kız arkadaşıyla yalnız kalmalar, tenha yerlere gitmeler, el ele tutuşmalar" gibi davranışların sakıncaları anlatılmalı.

> Pornografik materyallerden oğlunuzu uzak tutmaya çalışmalısınız. Mesela uydu yayınlarından bu tür programları silmelisiniz. İnternet için filtre almalısınız.

Oğlunuzun arkadaşlarına dikkat etmeli, madde bağımlısı ya da zararlı alışkanlığı olan insanlardan uzak durması gerektiğini anlatmalısınız.

Oğlunuzu bilgilendirmelisiniz

Yabancılar konusunda onu uyarmalısınız. Fakat yabancılardan gelebilecek cinsel tehlikeler için, dengeli bir eğitim vermelisiniz. Bedenlerin kişiye özel olduğunu anlatmalısınız. **Oğlunuz bedeninin özel kısımlarına kimsenin bakmaması ve dokunmaması gerektiğini bilmeli.** Oğlunuza bu tür davranışlar karşısında size haber vermesi gerektiğini öğretmelisiniz **Kapı eğitimi vermelisiniz.** Her yaşta çocuk, evlerinde anneleriyle beraberken bile, kapıyı yabancılara açmamaları gerektiğini bilmelidir. **İzin almayı öğretmelisiniz.** Çocuklar bir yere giderken, kiminle gideceğini, yanlarında başka kimlerin olacağını, ne zaman döneceğini kendi sorgulayabilmeli ve daha sonra anne babasından izin istemelidir. **Okula gidiş ve gelişle ilgili tavsiyelerde bulunmayı ihmal etmemelisiniz.** Çünkü okula gidiş veya eve dönüşte, kestirme yol olan ıssız alanlardan geçerken çocukların saldırıya uğradıkları haberlerine oldukça sık rastlanmaktadır.

> Erkek çocukları böyle tehlikeleri bazen düşünemez. Bazı çocuklar da korkak olmadıklarını ispat etmek için uygun olmayan alanlardan geçebilirler. Oğlunuzu, "tedbir almanın korkaklık olmadığı; gerçek güçlünün dikkatli ve tedbirli olan olduğu" yönünde eğitilmelisiniz.

Oğlunuz 14 Yaşında

Hayatında Bazı Farklılıklar Var

Her şeyi abartılıdır

Bu yaşta oğlunuz, en hızlı boy atma zamanındadır. Belki de boyu sizi geçmiş bile olabilir. Boyun uzunluğu onun büyüdüğünü göstermez, ama kendini iyi hissetmesini sağlar. Bu dönemde merakları biraz daha belirgindir. Arabalara, motosiklete ve hızlı müziği merakı artarak devam etmektedir. Eve erken gelmek, ev işlerinde ya da evdeki sorumluluklar konusunda oldukça gevşektir. Bu durumda anne baba olarak sınırları iyi belirlemelisiniz. Duyguların iniş ve çıkışları en üst düzeydedir. Nerede ne yapacağı belli olmayan oğlunuz için bu sınırların bilinmesi çok önemlidir. Mesela bu dönemde oğlunuzun konuşması artabilir. Özellikle telefonla arası iyidir. Ama sınırları belirlerseniz, bunun da önlemini almış olursunuz.

Fırtınalı dönem başlamıştır

Oğlunuzun kanındaki erkeklik hormonu en üst noktaya ulaşmıştır. Artık yüzü sivilceleşmeye, sesi kalınlaşmaya, sakal ve bıyık çıkmaya başlamıştır. Bütün bedeninde, özellikle göğüste, koltuk altlarında ve cinsel bölgede kıllanma görülür. Cinsel duygularının güçlenmesiyle birlikte bedeninde genel bir gerginlik yaşar. Erkeklik organında sertleşmeler başlayabilir. Bu, onun daha tedirgin ve gergin olmasını artırır. Karşı cinsi düşünme ve yönelme de bu yaşlarda başlar.

Kendi değer yargıları vardır

Bu dönemin duygusal tutarsızlığı, oğlunuzun sizin ve toplumun değer yargılarına karşı çıkmasını kolaylaştırır. Kendi değer yargısı vardır ve onu savunmak en önemli görevidir. O düşünceli, herkesi düşünen çocuk gitmiş; bencil, kimseyi düşünmeyen, kaba, asabi, sakar bir çocuk gelmiştir. Siz artık ikinci plana itilmişsinizdir. İlişkileriniz kopma noktasına gelebilir. Ama sizin dikkatli ve doğru davranışlarınızla bunun da üstesinde gelmeniz mümkündür.

> Oğlunuzun olumsuz gibi görünen davranışları zamanla oturacak ve tamamlanan biyolojik gelişmeyle, kimliğine kavuşacak ve her şey normale dönecektir.

Saldırganlığı artabilir

Oğlunuzun küçüklükten itibaren var olan hareketliliği, kaba kuvvet uygulaması, atakları ve kavgaya olan meyli, ön ergenlikle birlikte yani bu yaşlarda daha da artar. Çünkü kandaki testosteron oranı artmaktadır. Oğlunuzun başını belaya sokmaya, suç işlemeye yatkın oluşu bundandır. Onun için bu yaşlarda daha dikkatli ve uyanık olmak zorundasınız.

Daha çok terler

Oğlunuz bu dönemde güçlü bir heyecansal uyarımla karşı karşıyadır ve bunun için adrenalin bezleri de daha etkindir. Bu da karaciğerin daha fazla şeker salgılaması demektir. Bu şeker, kan dolaşımı vesilesiyle bütün vücuda yayılır. Böylece kaslar, güç ve enerji kazanır. Bu dönemdeki adrenalinin aktifliği, kalbin daha hızlı çarpmasına ve nabzın da daha hızlı atmasına neden olur. Onun için yaralanmalara karşı kanın pıhtılaşma oranı yüksektir. Kan dolaşımının hızlanmasına bağlı olarak bütün bedeni bir sıcaklık basar. Ter bezleri vücudu serinletmek için faaliyettedir. Bu yüzden oğlunuz daha çok terlemektedir.

Bu dönemde oğlunuz, sizinle ve çevresindeki büyüklerle geçirdiği vakitlere sınırlama getirmeye başlamıştır. Evdeki zamanın çoğunu sizinle değil de, odasında bilgisayarı başında ya da müzik dinleyerek, hayal kurarak, kendine göre uğraşlar bularak geçirir.

Anne anne gibi; baba da baba gibi olmalıdır

Oğlunuz cinsel kimliğinin farkına vardığı andan itibaren babasıyla kendini özdeşleştirir. Sevgi ve ilgisi yine annesine yöneliktir. Onu örnek almaz, ama sevgisinin baş kahramanı annesidir. Ancak annenin otoriter ve kuralcı olması, hoşgörülü, sevecen olan babaya karşı sevgi artışına sebep olur. Sevgi objesi olan annenin yerini baba alır.

Annenin çekinilen biri olması, erkek çocuğun şaşkınlık dönemi içinde olmasının da etkisiyle, karşı cinse olan ilgisini azaltır. Bu azalmayla ortaya çıkabilecek hormonal dengesizlikler ve olumsuz sosyal etkiler üst üste gelerek, erkek çocuğun cinsel tercihinde sapmalara neden olabilir. Onun için anne anne gibi, baba da baba gibi davranarak çocuktaki kimlik kargaşasını önlemelidir.

En büyük problem

Gençler, hayatı anlık yaşamaktadır.

Mesela, internette beğenmediğiniz bir sayfayı anında kapatıp, beğendiğiniz bir sayfayı açabilirsiniz. Bu o kadar hızlı değişir ki, beğendiğiniz sayfa karşınızdadır. İşte şu anki gençlik de böyle. Nelerden haz alıyorsa, onu yaşamak istiyor. İşin kötü yanı ise, haz bittiğinde o anı unutup gidiyor olması. Böylesi bir gençliğin özünü koruması da oldukça zordur.

Anne babalar çocuklarına, anlık lezzetler yerine, kalıcı ve sürekli duygular aşılanmalıdır.

Dengesiz ve Tutarsız Tavırların Artışı

Ayrı bir birey

Oğlunuz, sizden ve çevresinden kendisini kesin bir şekilde koparmaya başlar. Dengesiz ve tutarsız davranışlar çoğunluktadır. Sizinle bir yerlere birlikte gitme isteği eskisi kadar değildir. Eğer gitmek zorundaysa da sizden ayrı biriymiş gibi davranır. Artık oğlunuz, güçlü, atak ve hırslıdır. Bu da onu tutarsız davranmaya sevk eder.

Arkadaşlarıyla olmayı seviyor

Oğlunuzun arkadaşlarıyla beraber takıldığı yerler bellidir. Giyimleri, kuşamları farklı; saçları, başları abartılı; gülmeleri, konuşmaları gürültülü; tavırları saygısız ve rahatsız edici, bir grup genç... Sizin oğlunuzun onlar gibi olmaması, onunla kuracağınız iletişime bağlı. Çünkü bu dönemde onlara benzeme eğilimi çok fazladır.

> **Gençler, kendileri gibilerle birlikte olarak güvende olduklarını düşünür ve içinde bulundukları durumun çalkantılarını atlatacaklarını sanırlar.** O gençlik grubuna tek tek rastlasanız; çekingen, sessiz bireyler olduğunu görürsünüz. Çünkü dengesiz ve tutarsız tavırların baş gösterdiği bir dönemdedirler. Aslında **dışarıya yansıttıkları saygısız, saldırgan kimliklerinin altında gizlemeye çalıştıkları kendi güvensizlikleri ve tedirginlikleridir.**

Bir geçiş süreci yaşıyor

Gençlerin kendi istekleriyle çevrenin onlardan bekledikleri arasında kalmaları, onları daha da tutarsızlaştırmaktadır. Mesela, oğlunuz büyüdü ve artık bazı sorumlulukları yerine getirmeli. Market, pazar işlerini yapmalı. Ama o eğlenmek, arkadaşlarıyla vakit geçirmek istiyor. Sonuçta isteklerin çakışmasıyla tartışma çıkıyor ve aranız açılmaya başlıyor. Bu sefer oğlunuz daha hırçın, söz dinlemez bir hal alıyor. O zaman **bu dönemin bir geçiş süreci olduğunu bilerek davranmak gerekir. Oğlunuzdan bir şey isterken de bu sürecin sakıncalarını unutmamalısınız.**

Kendi kararını kendi verir

Oğlunuz bu dönemde göz pek ve korkusuzdur. Bu cesaretini yerli yersiz göstermekten de çekinmez. Çünkü artık bir yetişkindir. Motosiklet kullanmayı isterler. Hatta araba bile kullanabilirler. Artık ayakları pedallara ulaşmaktadır. Kendilerine aşırı güvenleri de vardır. O zaman neden kullanamasınlar ki?... Ama bunun yaşla sınırlı olması, onu sinirlendirmekte ve içinde bir çelişki meydana getirmekte. Madem kullanabiliyor, neden yaşa bağlı bir belge almak zorunda? Bu tür toplum ve aile tarafından dayatılan kuralları anlamsız bulur, ama yapacağı bir çözüm yolu da yoktur. Aslında tüm hırçınlığı bundandır.

Aynı şekilde gezmek, arkadaşlarla vakit geçirmek ister, para harcamak ister. Ama ekonomik açıdan özgür değildir, baba eline bakmaktadır. Bu da bir çıkmazdır. Yine kız arkadaşı olsun, onunla gezsin ister. Ama onun da ailesi tarafından belli sınırları ve yasakları vardır. Bundan da pek hoşlanmaz. İşte gençlerin kendi kararlarını vermek istedikleri konularda karşılarına çıkan bu kurallar dizisi, onların tutarsızlıklarını artırır. İçlerinden geldiği gibi davranmaları mı, yoksa konulan bu kurallara uymak mı gerekir bilemez, şaşkınlık yaşarlar. Bu şaşkınlıkla da, her türlü dengesiz hareketi yaparlar.

Kişiliğini kanıtlamak istiyor

Oğlunuz kararlarında özgür olmak, kendini yönetmek ve kişiliğini kabul ettirmek istiyor. Bu yüzden de sizin ve çevresinin kendisinden uygulamasını istediği iyi niyetli kurallar hakkında, kendisine güvenilmediği, hala çocuk olarak görüldüğü, özgürlüklerinin kısıtlandığı şeklinde düşünüyor. Kendisini kanıtlamak için de herkesle çatışmaya giriyor.

Biraz zaman tanımalısınız

Bugüne kadar bir dediğinizi iki etmeyen oğlunuz size isyan etmekte, okulda öğretmenlerini dinlememekte... Bu durum sizi de kızdırmakta. Ama oğlunuza biraz zaman vermelisiniz. Çünkü tüm bu olumsuzluklar geçecektir. Eğer onunla çatışmaya girerseniz, daha büyük sorunlara kapı açarsınız. Çünkü oğlunuzun sizinle çatışmaya girme sebebi, güçlü ve yetkin olduğunu, önce kendisine, sonra da size kanıtlama isteğidir. Kendini bir yetişkin olarak kabul ettirme çabası içindedir. Eğer onun bir yetişkin olduğunu kabul eder, ona değer verdiğinizi gösterirseniz, daha olumlu sonuçlar alırsınız. Çünkü bu zorlu süreçte en çok sizden yardım beklemektedirler. Bunu açık açık söylemezler, ama tavırları bunun sinyallerini verir.

Neden en çok sizinle çatıştığını sanıyorsunuz? Önce sizin onun büyüdüğünü kabul etmenizi istiyor da ondan. Sevgi, güven ve desteğe ihtiyaçları olan bu zor dönemde sizi yanında görmezse, kendini, dışlanmış hissedecektir. Duygusal boşluk yaşayacaktır. Bu yüzden oğlunuza zaman vermeli ve destek olmalısınız.

Diğer bir husus da, oğlunuzu bugüne kadar bir spor ya da sanat dalına yönlendirmiş olmanız. Yoksa çevresindeki arkadaş gruplarıyla başıboş dolaşacak; internet kafelere, bilardo salonlarına, kirli ve karanlık ortamlara girip çıkacaktır. Bu arkadaşlarıyla bir çete gibi hareket edecektir. Fakat ilgilendiği spor, hem onun sosyalleşmesini, hem de bu tür zararlı çevrelerden uzak olmasını sağlayacaktır.

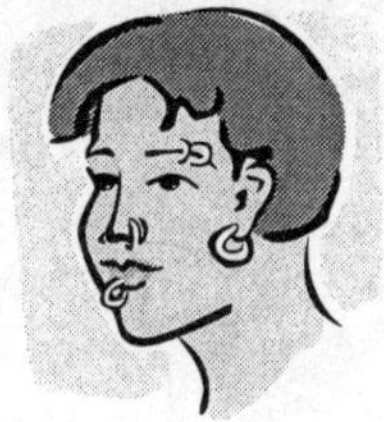

Giyim Kuşamı Önemli

Daha önce anlatmalısınız

Toplumsal kültürümüzü oluşturan giyim kuşam, anne baba olarak oğlunuza daha önceden öğretmeniz gereken bir olgudur. Küçük yaşlardan itibaren oğlunuza, ahlaki değerlerle birlikte hangi kıyafetlerin giyilip giyilmeyeceğini anlatmış olmalısınız. O zamanlardan alıştırılmayan giyim kuşam kültürü, ergenlik döneminde oğlunuzla aranızı açabilir. Çünkü ergenlikle birlikte başlayan baş kaldırı, giyim kuşamda da ortaya çıkar. Oğlunuzun televizyonda ya da çevrede gördükleri gibi giyinme isteği, modayı takip etme özentisi, sizi rahatsız edebilir.

Bazı aileler giyim kuşamın küçük yaşlarda öğretilecek bir şey olduğunu düşünmezler. Ancak oğulları belli bir yaşa gelip, istediği gibi giyinmeye kalkınca, durumun farkına varırlar. Ama geç kalmış olabilirler. Ergen oğullarıyla birçok psikolojik sorunlar yaşayabilirler.

Oğlunuz saçını uzatmak istiyor

Oğlunuz sizin de pek hoşlanmadığınız şeyleri giymek ve kendine bir tarz oluşturmak istiyor. Mesela, **saç uzatmak, kulağına küpe takmak gibi.** Bunlardan hoşlanmıyor olabilirsiniz, ama yaklaşımınız yasaklama olursa, daha çok ilgiyi arttırırsınız. Burada çevrenizdekileri kullanabilir ve belli sınırların olduğundan bahsedebilirsiniz.

"Okula gidiyorsun, okul için bu tarz hiç doğru olmaz. Ama yazın saçını uzatabilirsin," şeklinde açık kapı bırakarak tatlı polisi oynaya bilirsiniz. Küpe takma konusunda da, "neden küpe takmak istediğini, kulağını deldirdiği zaman küpeyi takmadığında hoş bir görüntü olmayacağını, sağlık açısından dikkat edilmesi gereken bir durum olduğunu," söyleyebilirsiniz. Ya da makul bir çözüm önerebilirsiniz. Mesela, "istersen mıknatıslı bir küpe al ve tak. Bakalım hoşuna gidecek mi?" şeklinde yasaklamayla değil de, kültür olarak size uymadığından, ama son kararı onun vereceğinden bahsederek ikna yöntemlerini denemelisiniz.

Bu dönemde yasaklama yapmamaya, ama sınırları iyi belirlemeye dikkat edin. Çünkü sizin yasakladığınız ve "hayır" dediğiniz her şey "evet" olarak ve "yapacağım" diretmesiyle size geri dönecektir.

Herkes yapıyor ben de yapacağım

Oğlunuz giyim ve kuşam konusunda sizi ikna etmek için, "ama anne, herkes giyiyor, herkes küpe takıyor," şeklinde dayatabilir. Ona, "sen de yapmayarak, daha güzel şeyler yaparak örnek olabilirsin," deyin. Kendi stilini oluşturabileceğini konuşun. Ona, onun yaşında olup da "herkesin" yaptığını yapmayan birisiyle ilgili bir örnek verin.

Neden herkes gibi giyinmemesi gerektiğini ve aile olarak belli sınırlarınız olduğunu ona izah edin. Okul danışmanıyla konuşup, gerçekten herkesin saçını uzatıp, küpe takıp takmadığını, spor ayakkabısıyla okula gelip gelmediğini öğrenin. Bunu okuldan öğreneceğinizi ona da söyleyin.

Bu yaştaki gençler, bir yerlere ait olmaya ihtiyaç duyarlar. Tek olmanın zor ve kötü bir şey olmadığını; kendine özgü bir tarzının olmasının kendisi için daha avantajlı olacağını ona anlatın ve bu konuda yardımcı olun.

Oğlunuzun sınav kaygısı

Ergenlikle sınavlar çakıştı

Oğlunuzun en zor dönemiyle en önemli dönemi aynı zamana geldi. Bu sizi de oğlunuzu da biraz zorlayabilir. Özellikle liseye giriş için gerçekleşen sınava hazırlanmak oğlunuza güç gelebilir. Sınava hazırlanırken ders çalışmakta, okula gitmekte isteksizlik oluşur. Bu konuda ona niçinler gösterirseniz, nasıl yapacağını da o bulabilir. Mesela, "niçin sınava hazırlanmalı, niçin iyi bir lisede okumalı, niçin bu sınava girmeli?" şeklinde makul açıklamaları ondan yapın. O da bunu nasıl yapacağı konusunda sizden yardım isteyecektir. Daha sonra imkanları hazırlayın ve ona da elinden geleni yapmasını isteyin.

Oğlunuzda sınavlar konusunda istek uyandırmalısınız. Gençlerde böyle bir istek oluşturmak çok önemlidir. Bunu, oğlunuzla yakından ilgilenerek yapabilirsiniz.

Sınav zamanı önemli

Sınava hazırlanmak kadar, sınava girme zamanı geldiğinde de bazı zorlukla karşılaşabilirsiniz. Mesela oğlunuz, dikkatini toplamakta güçlük çekebilir. Dikkat, sınavın muhtevasına değil, sınavın kendisine ve buna bağlı olarak yaşananlara odaklanır. Mesela, "sınavda dikkatimi toplayamadım. Biri burnunu siliyordu, sinir oldum. Soruyu çözemedim, diğer soruları da yapamayacağımı düşündüm, dikkatim dağıldı" şeklinde şikayetlerde bulanabilir.

Onun için daha önceden tedbir alabilir ve sınavın içeriğine odaklanmasını sağlayabilirsiniz. Bu konuda öğretmenlerinden veya gittiği bir dershane varsa rehber danışmanından yardım alabilirsiniz. Bu dönemde okul ve dershane yetkilileriyle daha sık görüşmeli ve oğlunuza yardımcı olmalısınız.

Kaygı beceriyi zayıflatır

Kaygılanan oğlunuzun, zihinsel becerileri zayıflar, bilgileri hatırlanması güçleşir. Okuduğunu anlama ve düşünceleri organize etmede zorluk çeker. Öğrenilen bilgiler transfer edilemez. Dolayısıyla bütün bu yaşananlar, onun performansını olumsuz yönde etkiler.

Oğlunuzdaki kaygının azalması ve motivasyonunun artması için, aile olarak olumlu bir yaklaşım içinde olmanız gerekir. En önemlisi de onu anlamaya çalışmalısınız. Ne denli zor bir dönem yaşadığının farkında olmak ve bunu da ona hissettirmek gerekir.

Bu da ancak aile içinde olumlu bir iletişim ortamı kurulmasıyla olur.

Birbirinizi daha iyi anlar, olduğu gibi kabul eder, hiçbir şarta bağlı kalmaksızın sever ve güvenirseniz; sağlıklı bir iletişim kurmuş olursunuz.

Böyle bir ortamda rahatlayan oğlunuz, sevildiğini, kendisine güven duyulduğunu, anlaşıldığını bilir ve bu da ona güç verir. Olumsuz kaygılar ve sınav stresi de onun için aşılması zor bir engel olmaktan çıkar.

Oğlunuz 15 Yaşında

Kanı Deli Dönemler Başladı

Ergenlik başladı

Oğlunuz ön ergenlik dönemini geride bıraktı ve artık o bir ergen. Çünkü ilk ıslak düş görme zamanı geldi. Bu kişiden kişiye değişir. Başlangıç yaşı olarak 14 söylense de çoğunlukla 15'in başlarında bu olayla tanışırlar. Sizin oğlunuz da ilk cinsel boşalmasını, gecenin bir vaktinde haz duymayla birlikte algıladığı ıslaklıkla yaşamaktadır.

Uyku esnasında gördüğü cinsel içerikli bir düşle uyarıldı ve böylece cinsel boşalma gerçekleşti. Son derece sağlıklı bir durum. Çünkü **bu cinsel boşalmayla organizma, hem erlik bezlerinin ürettiği spermleri dışarıya atarak doğal bir işlevini yerine getirdi, hem de cinsel gerilimini giderdi.**

Oğlunuzun ilk hissi

Oğlunuz ilk ıslak düşünü gördüğünde, iç çamaşırının kaygan, yapışkan bir sıvıyla ıslandığını fark eder. O anda ne olduğunu, ne yapacağını bilemez. Utanır, korkar, kaygılanır. Temizlenmeye, yaşadığı olayın izlerini silmeye çalışır. Bazı gençler de bunun bir hastalık olduğunu sanır. İçine kapanır. Kaygılarını içinde büyütmeye başlar, kimseyle bu konuda konuşamaz. Gece uykuları artık bölünmüştür, karabasanlar görür. Bu durum okul başarısını da etkiler, okuduğu aklına girmez, neşesini, sevincini kaybeder. Artık eskisi gibi yemek de yiyemez. Çevresindekilerden kaçar olur. En ufak bir şey onu sinirlendirmeye yeter, abartılı tepkiler verir. Onun bu şekilde devam eden durumu cinsellikten ve bununla ilgili her şeyden nefret etmesine sebep olur.

Bunun sebebiyse, gencin daha önceden bu konuyla alakalı bilgilendirilmemesi ve böyle bir şeyle birden karşılaşmış olmasıdır. Eğer oğlunuzun böyle bir nevrotik tip olmasını istemiyorsanız, ön ergenlikte bunları konuşmalı ve onu bilgilendirmelisiniz. Sizinle bunu paylaşması ya da sizin konuyu açıp onunla konuşmanız, onun bu süreci daha rahat atlatmasını sağlayacaktır. Bunun, büyümenin; bir erkek, bir yetişkin olmanın önemli bir adımı olduğunu öğrenip kaygılarını azaltmış olacaktır. Çünkü, bu konuda gereken bilgilerle yeterince aydınlatılan erkek çocuklar, ilk cinsel boşalma olgusunu rahat geçirirler.

Oğlunuz bu durumu büyümenin bir belirtisi bilip gururlanır, ama çocukluk dönemindeki güvenli ve sorumsuz zamanların bitmesiyle de huzursuzluk ve tedirginliği artar. Bu yönden de ona, büyümenin güzel yönlerini gösterip her zaman yanında olduğunuzu hissettirmelisiniz.

Beslenmeye önem verilmeli

Oğlunuz bu dönemin hızlı büyüme ve gelişme sürecine ayak uydurabilmek için, iyi beslenmeli, aldığı gıdalara dikkat etmeli. Çünkü yetersiz beslenme sonucu bu yaşlarda zafiyet, verem ve birçok hastalık karşısında dirençsiz kalır. Onun için beslenmesine dikkat etmeli ve sağlıklı beslenme alışkanlığı kazandırmalısınız.

Özellikle protein gereksinimi bu dönemde üç kat artmıştır. O yüzden et, balık, yumurta, süt, süt ürünleri ve bitkisel protein kaynaklarından yeterince istifade etmesi gerekir. Aynı zamanda sebze, meyve, mineral ve vitamince zengin besinleri de tüketmesi şart.

Zaten bu dönemde oğlunuz bedeniyle çok ilgilidir. Zayıflığı, şişmanlığı, uzunluk ve kısalığı onu etkiler. Bunu kullanarak, "süt içmezsen boyun kısa kalabilir ya da sağlıklı beslenmez, ayaküstü yersen fazla kilo alabilirsin," şeklinde onu ikna ederek, sağlıklı beslenmesini sağlayabilirsiniz.

"15 yaşında genç böyle kandırılır mı?" demeyin. Bu kandırma değil, doğru olanıdır, o da sizin söylediklerinizi rahatlıkla anlar ve kabul eder. Çünkü fiziki yapısına önem vermektedir, ne denilse yapacaktır.

Beslenme kadar temizlik de önemli

Ergenlik belirtilerinin başladığı dönemde oğlunuzun temizliğine dikkat etmeli, bu konuda da ona yardımcı olmalısınız. Sık sık banyo yapmasını, elbiselerini değiştirmesini sağlamalısınız. Özellikle ergenlikle artan kıllanma sebebiyle, onların da temizliğinin önemli olduğunu, uzadıkta alınması gerektiğini söylemelisiniz.

> Bu konudaki eğitimleri ve temizliğe vermeleri gereken önem, babalar tarafından anlatılabilir. Çünkü oğlunuz babayla kendini özdeşleştirdiği için sıkılmaz. Baba da bu konuda rahat olmalı, bilgi ve tecrübelerini oğluyla paylaşmalıdır.

En büyük derdi sivilceler

Oğlunuza göre ergenlik döneminin en büyük sorunu, akne adı verilen sivilcelerdir. Belki size göre önemsiz olan bu sivilceler, oğlunuzun kâbusudur. Onun için bunu dikkate almalı ve ilgilenmelisiniz. Çünkü oğlunuzun bu yüzden içine kapanması, zorunlu olmadıkça insan içine çıkmaması ve kendini bunalıma sürüklemesi mümkün.

> Onun için "sivilce" deyip geçmeyin. Oğlunuzun psikolojik iyiliği için, dikkate almalısınız. Zaten ondan kurtulmak da çok kolay. El ve yüz temizliğine dikkat etmek, belki bir uzman doktordan yardım alarak onun tavsiyelerine uymak, bu korkulu rüyasının bitmesini sağlayacaktır. Hem böylece oğlunuz kendi sorunlarının önemsendiğini ve her zaman sizin ona yardımcı olduğunuzu görerek güveni artacak ve aranızdaki iletişim sağlamlaşacaktır.

Babaya Yakınlaşma Anneden Uzaklaşma

Dönmek üzere ayrılış

Bu yaştaki oğlunuzun hayatında anne olarak yeriniz silikleşmiştir. Ya da aranıza bir ayrılık süreci girmiştir. Hemen telaşlanmayın, bu yaştaki erkek çocuklarında görünen ve daha sonra tekrar anneye dönülen bu dönemi iyi bilmeniz ve bilinçli yaklaşımlar içinde olmanız gerekir.

Onun erkek ruhunu anlayın

Anne olarak kendi kendinize söz verin.

> Oğlunuz güç gerektiren bir iş yaptığında, "aman yapamaz, bir yerini incitecek, o daha çocuk," gibi yaklaşımları ve başına gelebilecek tehlikeleri düşünmeyi bırakın. Onun yerine, onun heyecanına ortak olun. Onun erkek ruhunda hareket eden ne varsa saygı gösterin ya da en azından bunu denemeye çalışın. Onun böyle bir güç işe aday olmasını alkışlayın ve onu tebrik edin.

Mesela, izcilik kampının kapanış töreninde oğlunuz cambaz gibi salonun tepesinden iple sarkacak; heyecanlanıp telaşlanmayın. Aynı babasının yaptığı gibi, ayağa kalkın ve onun göreceği şekilde ona tezahürat yapın. Hem kendinizi daha iyi hissedeceksiniz, hem de oğlunuzla aranızda uçurumu büyütmemiş olacaksınız. Bu dönemde oğlunuza koruyucu annelik yapıp bunaltmayın ve sizden ayrılmasını uzatmayın. **Bırakın erkek ruhunu dilediği gibi coştursun.**

Babayı size tercih eder

Oğlunuz bu dönemde sizinle uzun zaman geçirmek istemez. Bu uzun zamanlarını babasıyla geçirmeyi tercih eder. Sizinle değil de babayla özdeşleştiği için, onun gibi nasıl olacağını düşündüğünden, onu daha çok görmek ve kopyalamak ister. Bundan dolayı da sizden uzaklaşır.

> Bu zaman diliminde örnek bir baba modeli hep olumlu sonuçlar verir. Babanın da oğluna yaklaşması, onunla zaman geçirmesi çok önemlidir.

Yanlış düşünceler üretmeyin

Anne olarak oğlunuzun bu uzaklaşma sürecini doğru bulmuyorsunuz. Çünkü size göre babayla geçirilecek zaman demek, ikinci bir kaba erkeğin oluşması demek. Dünya üstünde çoğunluktaki kadınların hepsi aynı düşüncededir. "Erkekler kaba ve anlayışsız, kadınları anlamıyorlar." Bu düşünce sizi rahatsız ettiği için, oğlunuzun da o erkeklerden olmasını istemiyorsunuz ve çok üzülüyorsunuz. Ama oğlunuzla daha bebeklik döneminde başlayarak iyi bir diyalog kurduysanız, ona sevginizi şartsız verdiyseniz ve babasıyla uyum içinde onu eğitmeye çaba gösterdiyseniz, korkmanıza gerek yok. Çünkü tüm canlılar kendi genlerinde olan özellikleri taşıyorlar. Siz sadece onları biraz daha geliştirebilir ve nitelik kazandırabilirsiniz.

Bu yaşta oğlunuzun sizi anlamayan, katı yürekli, anlayışsız biri olması zor. O dünyaya gelirken, onun genleri ve sizin onun üzerine işlediğiniz güzellikler, kısa uzaklaşmalarla değişmez. **Bu ayrılık döneminde sadece erkek olma ruhunu tanımaya çalışıyor.**

> Anne olarak sizden uzaklaşan oğlunuza babasına yakınlaşmasını kullanarak destek olabilirsiniz. Mesela, babayla işbirliği içinde olmalısınız. Oğlunuzun yapmasını istediklerinizi, oğlunuza değil, babasına söylemeli ve beraber yapmalarını sağlamalısınız.

Normal bir süreçtir

Bu ayrılık süreci doğal bir süreçtir. Oğlunuz babayla zaman geçirmek istiyor, ama sizin de ondan kopmanızı istemiyor. Yine eskisi gibi devam etmeli, hatta babayla zaman geçirmesi için önce babayı teşvik etmelisiniz. Babasının oğlunuzla ilgilenmesinden mutlu olmalısınız. **Bu süreçte yapacağınız en doğru davranış, oğlunuzu sadece kendi kalbinize hapsetmemeniz.** Baba bir adım öndeyse, siz bir adım geriye çekilmeyi bilmelisiniz. Bir süre sonra, zaten beraber ve yan yana yürüyeceksiniz.

Sevginizi eksik etmeyin

Oğlunuz ara ara sizin şefkat dolu kollarınıza dönecektir. Bu zamanları iyi değerlendirin. Mesela, babasıyla yüzmeye gittiği günün akşamı, yanınıza sokulup size sarılmak ister. Hemen siz de ona sarılın ve onu ne kadar sevdiğinizi söyleyin. Ya da bazen sizinle konuşmak ister. Onu terslemeden dinleyin. O zaman daha güven dolu olarak yanınızdan ayrılacaktır. Belki tekrar babasına gidecek ama, ihtiyaç duyduğu her an yanında olmanız, omuzlarına ağır gelen yükü hafifletecek ve sevgi desteğiyle kendini daha güçlü hissetmesini sağlayacaktır.

> Oğlunuzun tekrar eski günlerde olduğu gibi annesine dönmesi, kişiden kişiye değişir, ama erkeklik ruhunu tanıdıktan sonra mutlaka anneye geri dönülür. Yani bu dönemdeki ayrılık dönmek üzere olan bir ayrılıktır.

Cep Telefonu Sendromu

Cep telefonu alma zamanı

Çağın gereklerine ayak uydurmayı kendisi için olmazsa olmaz sayan oğlunuz, kendisine cep telefonu almak için geç kalındığını düşünmektedir. Çünkü ona göre arkadaşları ortaokulda cep telefonu sahibiydiler. Neden kendisinin de olmasın? diye düşünmektedir. Çünkü arkadaşlarıyla daha çok beraber olmak, onlarla daha çok konuşmak istemektedir. Oğlunuzu bundan vazgeçirmeniz gerekiyor. Ya da başka alternatifler bulabilirsiniz.

Ev telefonunu kullanmasına, arkadaşlarıyla biraz daha uzun vakit geçirmesine ya da arkadaşlarıyla daha sık bir araya gelmesine izin vererek bu isteğini geciktirebilirsiniz. Belki sizi kolay anlamayacak ve "herkeste var" dayatmasını ileri sürecek, ama siz yine de cep telefonunun zararları hakkında onu bilinçlendirmelisiniz.

Zararları saymakla bitmez

Çağın teknoloji harikası olan bu küçük alet, özellikle ergenlik dönemindeki oğlunuz için oldukça zararlı. Mesela, baz istasyonları, elektromanyetik ışınlar ve alanlar oluşturmakta. Bunlar gelişmekte olan çocuklar ve gençler için uzun sürede yıkıcı etkiler oluşturmakta. Özellikle beden ve beyin üzerindeki yapısal etkisiyle beraber, beyinin işleyişine de etki ederek ruhsal sorunları tetiklemekte.

Çevrenize bir bakın, giderek artan hiperaktivite bozukluğu, dikkat eksikliği ne gibi sebeplere dayanmakta? Bununla birlikte yorgunluk, bedensel isteksizlik, uyku ve iştah bozuklukları... tüm bu yakınmaların nedenleri arasında elektromanyetik kirlilik sebep gösterilmekte. Nasıl ki, astım hastası için hava kirliliği, hızlandırıcı nedense, dikkat eksikliği gibi gençlerin en belirgin sorunlarının nedeni de bu elektromanyetik kirliliktir.

Olayın diğer ilginç yanıysa, cep telefonları, gençler tarafından sadece iletişim aracı olarak gerçek işleviyle kullanılmaması. Yine tüketim duygusunu kamçılayarak, pahalı ve anlamsız bir yarışı hızlandırması.

Ailenin arasını açmakta

"Ama herkesin var" dayatmasıyla size gelen oğlunuz, kendine cep telefonu alınmayınca, sizin onu sevmediğinizi, değer vermediğinizi düşünecektir. Onu karşınıza alın, ama gün içinde telefonla ilgili bir şey konuşmadığınız normal bir gün olsun. Ona bunun ikinci bir masraf olacağını, şu an için derslerinin daha önemli olduğunu, daha müsait zamanda alabileceğinizi, telefon yüzünden yaşanan olumsuzlukları ve bunlardan çok korktuğunuzu, onu düşündüğünüz için bu olayı geciktirmek istediğinizi, onun yerine başka bir şey alabileceğinizi, makul bir ses tonuyla konuşmalısınız.

Oğlunuzun cep telefonu varsa ve bunu kullanma konusunda sınırlaması yoksa, onun ders başarısını yükseltmesini beklemeyin. Çünkü devamlı yanında çalan mesaj sesiyle, sürekli aranan biri, kendini nasıl derse versin. Neticede o da arayacak ve mesaj çekecektir. Bunun sınırı da yoktur. Bu ise, onun dikkatinin dağılması demektir ve derse konsantre olmasını zorlaştırır.

Arkadaşlarına Yatıya Gitmek İstiyor

Daha çok beraber olma

Bu dönemde oğlunuz arkadaşlarıyla daha çok beraber olmak ister. Çünkü aynı şeyleri düşünüp yaşıyor olmaları, bu isteklerini attırır. Okulda birlikte olmak onlara yetmez, arkadaşlarına yatıya gitme isteğiyle size gelir. **Bu durumda yapmanız gereken, gideceği arkadaşıyla ve ailesiyle önceden tanışmış olmanızdır.** O halde okul toplantılarına ve etkinliklerine mutlaka katılmalısınız. Oğlunuzun arkadaşlarını daha yakından tanımak için, ara ara evinize çağırmalısınız. Tabi bunu yaparken oğlunuz onu denetlediğinizi hissetmemeli.

> Mesela, "bugün çok güzel pasta yapacağım, istersen ailelerinden izin alabilirlerse arkadaşlarını bize çağırabilirsin," diyerek, onun kimlerle arkadaşlık yaptığını öğrenirsiniz.

Onlar nasıl davranıyor?

Oğlunuz arkadaşına yatıya gitmek isterken hem zaman geçirmek, hem de "acaba arkadaşımın ailesi, ona nasıl davranıyor"u öğrenmek ister. Oğlunuz yetişkinlerin yanında kendini rahat hissetmez, bunun için de kendi arkadaşlarıyla olmayı seçer. Odasına çekilip yalnız başına müzik dinlemek, internete girmek, playstation oynamak, hayal kurmak onu oyalasa da, toplumda gerçek kimliğiyle yer edinmesine olanak sağlamaz. Birer toplum insanı olma; sevgi, saygı ve takdir görme gereksinimini doyurmaz. Bu durumda elinde tek bir seçenek vardır, o da arkadaşlarının ailesiyle birlikte olma. "Acaba onlar nasıl?" bunu öğrenme... Duygu, düşünce ve yaşadığı sorunlarla ortak bir paydada birleşen arkadaşı, evinde ne yapıyordur? İşte bu yüzden, arkadaşlarına yatıya gitmek ister.

Arkadaşının ailesiyle arkadaş olun

Oğlunuzun bu isteğine ilk etapta tepki vermeyin. Arkadaşlarıyla tanıştıktan sonra aileleriyle de tanışın. Zaten o arkadaş seçerken sizin aile yapınıza uygun olanı seçecektir. Çünkü bugüne kadar verdiğiniz eğitim, bunu sağlayacaktır. Birbirinizi tanıdıktan sonra uzun süreli olmamak üzere izin verebilirsiniz. Böylece onun ergenlik sıkılganlığını ve çekingenliğini bir nebze atmasına yardımcı olabilirsiniz. Bu şekilde yakın akraba, amcaoğlu, dayıoğlu gibi akrabalarınızı da bu uyumlu kalmalara dahil edebilirsiniz. Çünkü oğlunuz yaşıtlarıyla olacak; duygu ve görüşlerini paylaşan, aynı şeylerden hoşlanan, aynı şeylere tepki gösteren bir ortamda kendini daha iyi ifade edebilecektir. Böylece özgüveni de artacaktır.

Kalmalar uzun süre olmamalı

Burada dikkat etmeniz gereken **uzun süreli kalışların olmaması.** O zaman sizden kopmalar, sizi beğenmeyip, arkadaşının ailesini benimsemeler söz konusu olabilir. Ama kısa süreli ayrılık, ona yararlı olacaktır. Sizden ayrıldığında neler hissettiğini, yalnız başına kalınca bunun üstesinden nasıl geleceğini anlamış olursunuz.

Oğlunuz, arkadaşlarına göndermenizle kendisine güvendiğinizi bilecek ve kendi özgüveni daha da artacaktır. Aynı zamanda arkadaşlarının size gelip kalması da, kendi özdenetimini arttıracaktır. Mesela, oğlunuz yemek hazırlarken size yardım edecek, daha rahat davranacak ve çay ikramlarını kendi hazırlayacaktır.

Oğlunuzu Bekleyen Tehlikeler

Tehlike sinyalleri

Sigara, alkol, uyuşturucu maddelerle tanışma ve alışkanlık durumu, genellikle ergenlik döneminde başlamaktadır. Son yıllarda kullanımı artan uyuşturucu maddeler, tüm dünya gençliğinin karşı karşıya olduğu önemli tehlikelerden biridir.

Emniyet Genel Müdürlüğü Kaçakçılık ve Organize Suçlarla Mücadele (KOM) Daire Başkanlığı tarafından hazırlanan "Bağımlılık Yapıcı Maddeler ve Bağımlılık ile Mücadele Ulusal Raporu (2007)" uyuşturucu maddede kullanım yaşının 11'e, esrar ve Ecstasy hapı için kullanım yaşının ise 16-17'ye düştüğüne dikkat çekmektedir.

Türkiye'de en çok kullanılan uyuşturucunun oranları ise şöyle: Esrar %84, eroin %11, Ecstasy %5. Bunların diğer maddeler takip ediyor.

Kullanıcı profillerine de yer verilen raporda, madde bağımlılarının %47'sinin ilkokul, %38'inin lise ve %15'inin de üniversite mezunu olduğuna dikkat çekiliyor.

Ayrıca kullanıcıların büyük bir kısmı hırsızlık, madde satıcılığı, yankesicilik ve dilencilik yaparak geçimini sağlıyor.

Aileler, çocuklarının yüz ifadesini ve vücut dilini iyi anlamalı. Konuşma süresince çocuklarının söylediklerini ona eğilerek, omzunu tutarak, başını sallayarak ve göz teması kurarak dinlemeleri lazım. Onlara, konuşmalarını ciddiye aldığınızı gösterin. Eğer çocuğunuz size duymak istemediğiniz şeyler söylüyorsa, sakın bunları küçümsemeyin. Anlattığı şeylerin ardındaki duyguları anlamaya çalışın. İçinde bulunduğu güç durumu sizinle paylaştığı için pişman olmasına neden olmayın. Her zaman onun yanında yer alın ve yanında olduğunuzu hissettirin.

Gençler, uyuşturucu tuzağına genellikle arkadaş bağlarıyla çekilmekte. Bilinçsiz gençler bu tuzağa kolaylıkla düşmekte. Onun için gençlerin arkadaşlık ettiği kişilere ve onların samimi olup olmadığına dikkat etmek gerekir.

Madde bağımlılığı

Madde bağımlıları genellikle kendilerine güvensiz insanlardır. Hayatın getirdiği zorluklarla mücadele etme yerine, onlardan kaçma eğilimindedirler. Uyuşturucu maddeler, zorluklardan kaçış için tercih edilebilmektedir. Bazı uyuşturucu madde bağımlılarının kendilerine hiçbir sorumluluk verilmemiş, aşırı koruyucu ailelerden geldikleri tespit edilmektedir. Bu gençlere, pratik hayatın zorlukları, başkalarından çok daha zor gelmekte ve böylece uyuşturucu hayatın gerçeklerinden kaçışı sağlamaktadır.

Uyuşturucuyla Mücadele

Bağımlılık yapan maddelerin, satış ve dağıtımının engellenmesi gerekir.

Gençleri uyuşturucu konusunda eğitmek ve bilgilendirmek çok önemlidir. Uyuşturucuların zararları ve özellikleri öğretilmelidir. Kişilik güçlendirmesi yapılmalıdır. Kendine güven ve saygı başta olmak üzere, sorunlarla baş edebilme yeteneği, "hayır" diyebilme kabiliyeti gibi olumlu özellikler kazandırılmalıdır.

Gençler, boş vakitlerini faydalı şeylerle değerlendirebilecekleri konulara yönlendirilmeli, bu yönlerde kabiliyetleri artırılmalıdır.

Bağımlılık yapan maddeleri de bilmek gerekir

• **Afyon ve ondan elde edilen maddeler:** Eroin, morfin, kodein gibi maddelerdir. Bunlar kısa sürede hem fiziksel hem de ruhsal bağımlılık yapabilmektedirler. Kullanıldığında yoğun mutluluk, keyif duyguları verir. Kısa süre sonra vücut alışır. Aynı etkiyi oluşturmak için dozu artırmak gerekir. Bağımlı, uyuşturucuyu bulamadığında şiddetli gerilim, acı gibi yoksunluk belirtileri hisseder.

Bağımlılarda açlık duyguları bastırılmış, cinsel dürtüler azalmış, beyin fonksiyonları gerilemiştir. Halsizlik, ağızda kuruluk ve donuk bir yüz ifadesi görülür.

• **Esrar:** Kenevir bitkisinden elde edilen bir maddedir. Sigara içine konularak içilmekte veya lokum içine konularak yutulmaktadır. Esrar kullanılınca önce dinçlik, canlılık hissedilir. Sonra halüsinasyonlar yani olmayanı oluyormuş gibi hissetmeler görülür. Zaman ve mekan algısı bozulur.

Bağımlılarda ağız kuruluğu, yüzde kızarma ve çarpıntı sık görülür.

• **Halüsinasyon yapan maddeler:** LSD, bu maddelerden en çok bilinenidir. Zaman ve mekan algılaması bozulur. Halüsinasyonlar meydana gelir.

LDS bağımlılarında, psikiyatrik hastalıklar ve zihinsel bozukluklar görülür.

• **Uçucu maddeler:** Tiner, bali gibi yapıştırıcılar ve bazı gazların içindeki tolüen denen madde, bağımlılık yapıcıdır. Sokakta yaşayan çocuklar arasında kullanımı yaygındır. Bu nedenle bu çocuklara, "tinerci ya da balici çocuklar" denilmektedir. Çocuklar bu maddeyi koklayarak kullanırlar.

Bağımlılarında solunum yolu tahrişi, beyin, karaciğer, böbrek hasarı ve psikiyatrik hastalıklar görülür.

• **Kokain:** Güney Amerika kökenli koka bitkisinden elde edilen ve alışkanlık yapan bir maddedir. Toz halinde buruna çekilerek, sulandırılıp enjeksiyon ile veya sigara gibi içilerek kullanılabilmektedir. Kullananlarda görme, işitme ve dokunma ile ilgili halüsinasyonlar meydana gelir.

Bağımlıda, sindirim bozukluğu, aşırı kilo kaybı ve beyin fonksiyonlarında bozulma meydana gelebilmektedir.

• **Yatıştırıcılar:** Alkol, sakinleştirici, uyku verici ilaçlar bu gruba girmektedir. Alkol, sigaradan sonra en sık kullanılan, bağımlılık yapabilen maddedir. Alkol kullanımında aile gelenekleri önemli bir yer tutar. Alınan harçlıkların yüksekliği ile alkol kullanımının artışı orantılıdır. Sakinleştirici olarak bilinen ilaçlar çok çeşitlidir. Eczanelerde özel reçetelerle satılmaktadırlar. Ancak **bağımlılar, karaborsadan elde ederler.**

Madde kullanan genç nasıl anlaşılır?

Madde kullanımına başlayan genç, çeşitli şekillerde bunun sinyalini verir. Size düşen gencin hal ve tavırlarındaki değişiklikleri gözlemleyip, bunların nedenlerini anlamaya çalışmaktır.

> Uyuşturucu madde kullanan genç, çok para harcamaya başlar. Gencin kendine bakmaması, banyo yapmak istememesi, durgunlaşması, her zaman yaptığı rutin işleri ihmal etmesi, okul başarısının düşmesi, birer ipucudur. Bir gencin bunları yapıyor olması, elbette hemen onun uyuşturucu kullandığını kanıtlamaz. Fakat bunlar, göz ardı edilmemesi gereken değişikliklerdir.

Aileler nasıl davranmalı?

Aileler çocuklarının her hareketinin farkında olmalıdır. Ama bunu, çocuğa kendisini izleniyor, sorgulanıyor veya yargılanıyor hissini vermeden yapabilmelidir. Anne baba, çocuğa güvenmiyor gibi bir izlenim uyandırmadan, çocukla ve arkadaşlarıyla yakınlaşmalıdır. Onlarla beraber zaman geçirerek, sohbet ederek, gençlerin duygu dünyasına girmelidir. Ailesinin kendisine böylesine sıcak ve dostça yaklaşımı zaten genci etkileyecek, hata yapıyorsa bile bundan utanç duyup, çıkış yolu aramasını sağlayacaktır.

> Aşırı tepki göstermek, ağır cezalar vermek çocuğu yalana sevk eder. Genç, kötü bir şey yapmak istedikten sonra, bunu anne babası fark etmeden yapmanın yollarını bulabilir. Gencin vicdanına, kalbine girmedikten sonra, yasaklar gerçek anlamda işe yaramaz.

Koruma yolları var

Uyuşturucu kullanıcıların % 51'lik bir kısmı, aileleriyle birlikte yaşamaktadırlar. Bu durum da, ailelerin çocuklarıyla yeterince ilgilenmediklerini, onların bu ilgiyi uyuşturucu maddelerde aradıklarını ve yalnızlıklarını bu maddelerle paylaştıklarını göstermektedir. Uyuşturucu madde ile mücadelede en büyük sorumluluğu üzerinde bulunduran anne ve babalar, aşağıda belirtilen konularda gerekli titizliği göstermek zorundadırlar:

– Oğlunuzun kimlerle arkadaşlık ettiğini çok iyi kontrol etmeli, onları harçlıksız bırakmamalı, çok fazla para vermekten de kaçınmalı, bu parayı nasıl ve nerede kullandığını da denetlemelisiniz.

– Oğlunuzu içkili ve uyuşturucu madde kullanılabilecek yerlerden uzak tutmalı, eğlence yerlerine onunla birlikte gitmeli ve onu yalnız başına bırakmamalısınız.

– Ahlak bakımından oğlunuza en güzel şekilde örnek olmalı, onun yanında kesinlikle kavga ve münakaşa etmemeli, meseleleri kendi aranızda çözmelisiniz.

– Anne ve baba olarak, zorbalık sayılacak kadar aşırı bir hakimiyet sevdasına düşmemeli, karşınızdakinin hakkını göz önünde bulundurmalısınız.

– Anne ve baba olarak, çocuğa kişilik kazandırmalı, güven aşılamalı, kuvvetli bir iradeye sahip olarak yetiştirmeli, başarılı olmayan çocukları ezmemeli, tersine başarılı olması için onlara yardım etmelisiniz.

Baba, oğluyla yakinen ilgilenmeli, ona yeterli zaman ayırabilmeli, babalık şefkatini göstermelidir.

Birlik içinde mücadele gerekir

Tek boyutlu, sadece aile eksenli olarak ele alındığında üstesinden gelinemeyeceği kesin olan bu kötü alışkanlıklar karşısında, şu unsurların da göz önünde bulundurulması gerekmektedir:

1. Aile yapısının güçlendirilmesi,
2. Basın- yayın- çevre-aile, fert diyalogu,
3. Polis-asker-adli makam-halk işbirliği,
4. Devletin kararlılığı.

Kitle iletişim araçlarının tehlikeli yanları

Aileye tesir açısından günümüzde TV, birinci sırada yer almaktadır.

Bu yayınların tavır ve davranışlarıyla ve zevkleriyle kalıplaşmış kadın, genç ve çocuk tipleri empoze ettikleri söylenebilir. Mesela, kadın denince, moda, makyaj ve benzeri, genç denilince pop müzik akla gelmektedir. Bir de TV'nin kötü davranışlara nasıl tesir ettiğine bakacak olursak, çok çarpıcı şeylerle karşılaşırız.

Mesela televizyonda seyredilen açık, saçık ve müstehcen sahneler, çocuklarda, yaşlarına ve kişilik özelliklerine göre çeşitli problemler ortaya çıkarabilmektedir. Bu tür filmler, çocukları tahrik etmekte ve onlarda uyandırdığı taklit unsurunun da etkisiyle bazılarını olumsuz cinsel davranışlara, hatta cinsel suçların işlenmesine kadar götürebilmektedir. Bazıların, da ise çatışmalara ve suçluluk duygularına yol açmaktadır. Ayrıca **aynı odada anne baba ve çocuklarca seyredilen bu tür filmler, ailede haya duygusunu zedelemektedir.**

> Televizyonun bir diğer zararlı yönü de çocukların alkol ve sigara gibi kötü alışkanlıklar kazanmasında etkili olmasıdır. Bazı kanallardaki sürekli içkili dizi filmler, film kahramanları vasıtasıyla, çocuklar içki ve sigaraya özendirmektedir. Ayrıca reklamlar da özentiye sebep olmakta, gençler tatminsizliğe ve isyana sürüklenmekte; eğlence, lüks ve şöhret tutkusu artmaktadır.

Medyanın zararlarından korunma

Saklama: Cinsel yönden zararlı olabileceği düşünülen materyallere (dergi, video, internet) çocukların ulaşması önlenmelidir. İnternette pornografik sitelere ulaşımı engelleyen programlar mevcuttur.

Yasaklama: Televizyonda çocukların seyredebileceği programlar önceden belirlenmelidir. Günümüzde bu çok zor olmakla beraber, ebeveynler çocukların sağlıkları için bu seçiciliğe gayret etmelidirler.

Eğitim: Çocuklara, doğru-yanlış olanı, mümkün olduğunca erken yaşlardan itibaren kazandırmak gerekir. Ahlaki değerler benimsetilmeye çalışılmalıdır. Çocuk, bu özellikleri ne kadar çok kazanırsa, o kadar az zarar görür.

> Eğitimde iyi örnek olmanın önemi bilinmeli ve gereği yerine getirilmelidir. Akşama kadar televizyonun karşısından kalkmayan anne babanın, çocuğuna televizyon konusunda sınırlamalar koyması etkili olamayacaktır.

Denetleme: Medyanın çocukların cinsel eğitimine zarar veren, toplumsal değerlerle çatışan yayınları denetlenmeli ve gerekli müeyyideler konmalıdır.

Liseli Oldu Ama Aklı Bir Karış Havada

Gençlik hastalığına dikkat

Oğlunuz artık bir ergen ve büyümesini daha iyi tamamlamak için her şeyi denemek istiyor. Onun daha fazla gülerek, daha fazla pozitif düşünerek, mutluluk hormonları ile yaşama zevk katmasını istiyorsunuz. Ama yaşamın bu en hormonlu döneminde, adına "hormonlu gençlik sendromu" denilen bir hastalığa yakalanmamasına dikkat etmelisiniz.

Hastalığın belirtileri

Özellikle büyümeye çalışan ve kendini ispatlama yolunda olan oğlunuzun bu hastalığa yakalanması çok doğal. Liseli olmak onun aklını başına getirmemiş olabilir. Ona biraz daha zaman tanımalısınız. Ama eğer şu belirtileri onda görüyorsanız, bir uzmandan yardım almayı ihmal etmeyin:

> Oğlunuzun bir hayat hedefi yoksa, hayattan beklentileri kaybolmuşsa, okulu bir arkadaş grubu olarak görüyorsa, aileyle bütün bağlarını kopardıysa, çok iyi bildiği bir şey olmayıp her şeyi şansa bıraktıysa, bu hormonlu hastalığa tutulmuş demektir.

Neler yapabilirsiniz?

Oğlunuzda bu belirtilere rastladıysanız hemen telaşa kapılmayın. Çünkü anne baba olarak sizin yapacağınız olumlu davranışlar, onu bu hastalıktan kurtaracaktır.

Öncellikle onunla doğru ve nitelikli bir iletişim kurun. Hayatın farkına varmasını sağlayın. Üretken biri olması için yol gösterin.

> Hayatta edinmesi gereken bir hedefle onu buluşturun. Liseye başlamak, belki onun için bir hedef olmayabilir. Ama bunu ona en güzel şekliyle anlatırsanız, hedefini bulma konusunda ona yardımcı olabilirsiniz.

Onun fark etmesini sağlayın ve farkı hissettirin. Hayatın "lay lay lom"dan ibaret olmadığını gösterin. Hayatı tanıması onun bu sendromu kolaylıkla atlatmasını sağlar.

Hayatı şansa bırakmayın

Oğlunuz liseye başladı, ama her şey onun için şans meselesi olabilir. Ona hayatın şansa bırakılmayacak kadar önemli olduğunu göstermelisiniz. Aynı şekilde başarıya ulaşmanın da bir şans olmadığını bilmeli. Hedefi olmayanlar, başarıyı daha çok şansa bağlarlar. Oysaki başarı, asla bir şans işi değildir. Hedefe yönelik çalışmayla ortaya çıkan ve devamlı çalışmayla elde edilen bir olgudur. Diğeri, sadece hazıra konmaktır. Hazıra konan biri de bunun kıymetini çok iyi bilemeyeceği için, gelen şans işine yaramayacaktır. Ama hedefi olan birine verilen şanslar, her zaman yerini bulur.

> Bu hastalığın tek reçetesi, doğru hedef belirlemedir. Oğlunuza bu konuda yardımcı olun. Hedefini kendi belirlesin ve bu hedefi için bütün zor şartlara rağmen yılmaması gerektiğini bilsin. Hedefi için hayal kursun ve nasıl gerçekleştireceğini düşünsün. Bu düşünce doğrultusunda çalışmalarını sürdürsün, sonunda başarılı olacaktır.

Oğlunuzun Eğilimlerine Dikkat

Oğlunuzun karşı cinse yönelimi ergenlikle başlamaz. Küçüklük oyunlarını aklınıza getirirseniz, oğlunuzun orda baba olduğunu, baba rolünde işler yaptığını hatırlarsınız. Daha o zamandan erkek kimliğini tanımaya başlamıştır ve karşı cins onun için her zaman caziptir.

Ergenlik öncesi çocuklarda aşık olmak, sevmek gibi kavramlar kullanılsa da bu durum, kendilerinden büyük çocuklardan, medyadan gördüklerini taklitten ileri gitmez. Bu dönemde gerçek anlamda duygusal bir bağ oluşmaz. Ergenlikten sonra karşı cinse, cinsel ilgiler başlar. Beğenme, sevme duyguları ve beğenilme arzusu önem kazanır. Bu yaş döneminde de dikkat etmek ve gence bu duygularda dengeli olmayı, sınırları korumayı, hayalı olmayı iyi kavratmış olmak gerekir.

Sizin değer yargılarınızı iyi benimsemiş olan oğlunuz, zaten böyle bir yakın ilişkinin doğru olmayacağını bilir. Eğer arkadaşlarının, çevrenin, olumsuz yayınların etkisinde kalarak, böyle bir yakınlaşma içine girerse, devamlı onunla konuşmalı ve iyi bir diyalogla bunun yanlışlığını anlatmalısınız. Onun bir sporla, bir sanatla ilgilenmesini sağlayabilirsiniz. Farklı uğraşlarla meşgul etmek, vaktini dolu geçirmesini sağlamak, düşüncelerini dengeleyeceği gibi; yoğunluk sebebiyle aşırı davranışlarını da düzenlemiş olur.

Oğlunuz, ergenlik dönemiyle karşı cinse yönelmesini yoğunlaştırmıştır. Fazla bir ilgi ve yakınlaşma istemi içindedir. Daha cesur ve daha ataktır. Yaşıtı olan kız arkadaşları da, oğlunuzun dikkatini çekecek tarzda davranmaktadır. Ancak oğlunuzun karşı cinse ilgisi, genelde kendisini grubundaki erkek arkadaşlarına kanıtlamak, onlar arasında önem kazanmak içindir. Fakat kız arkadaşıyla ilk konuştuğunda o cesaretten eser yoktur. Aşırı heyecanlı, tutuk ve sakar davranmaktan kendini alamaz. Oğlunuz bu durumları sizinle konuşmaktan sıkılabilir, ama kapı aralayıcı cümlelerle onu konuşturmanız mümkün. Mesela, "bugün arkadaşlarınla neler yaptın? Ben, sen yokken şunları yaptım," şeklinde konuşmayı açabilirsiniz.

Oğlunuz konuyu açtığı zaman doğal ve samimi davranın. Yaptığının yanlışlığından ziyade, bu ilişkinin daha erken olduğunu, sevmenin insan fıtratında olan bir duygu olduğunu, ama zamanı ve sınırları olduğunu söyleyin.

Genç, giyimine kuşamına özen göstermeye, kızlarla şakalaşmaya başlar. Fıkra anlatarak, güldürerek, kızların ilgisini çekmeye çalışır. Mektuplaşmalar, uzaktan bakışmalar olur. Genç ergen, gülümseyen her kızın kendine tutulduğunu sanır. Arkadaşlarına bundan övünerek söz eder. Kısa buluşmalar ballandıra ballandıra anlatılır. Arkadaşları, "anlat anlat, sonra ne oldu?" dedikçe, genç, öyküsünü yer yer uydurmalara kaçarak süslemeye başlar. İşte **oğlunuzu, bu tür olumsuz etkileyen arkadaşlardan uzak tutmalısınız.** Kızlı erkekli toplantılara, pikniklere siz de katılmalısınız. Hepsinden önemlisi, sınırları ve haya duygusunu iyi öğretmelisiniz.

Hem erkek çocukları, hem de kız çocukları, bu arkadaşlık konusunda ölçülü olmak zorundadır. Bu konuda anne baba olarak sizler de onlara örnek olmalı ve sınırlarını iyi öğretmelisiniz. Çünkü aşırı serbestlik, bireysel ve toplumsal zararları beraberinde getirebildiği gibi, aşırı derecede yasaklama ve sıkma da sakıncalı olacaktır.

Oğlunuz 16 Yaşında

Doğal Gelişimin Kabulü

Olgunluk dönemi

16 yaş ile başlayıp 21 yaşa kadar devam eden süreyi içine alan döneme, olgunluk dönemi denmektedir. Bu dönem kişiden kişiye değişebilir. Fakat başlangıçta bu dönem, ergenliğin olgunlaştığı dönemdir. Eğer oğlunuz 14 yaşında ergen olduysa, bu 15 dönem yaşında başlar, eğer 15 yaşında ergenliğe adım attıysa, 16 yaşında başlayan dönemdir. Yani gencin, kendini kabul ettiği ve çevresine de kabul ettirdiği dönemdir. Ergenlikle başlayan hırçınlık ve içe kapanıklık yavaş yavaş azalmaya başlamıştır. Artık bağımsız bir birey olduğunu çevresine kabul ettirme inancıyla kendini güvende hisseden oğlunuz, sizinle de ilişkilerini düzeltmeye başlayacaktır. Artık oğlunuz kendini doğal sürece bırakmıştır.

Bu yaştaki oğlunuz kendi için bazı kararları da almaya başlar. Mesela, ilerde seçeceği mesleği, yapacağı işi şimdiden düşünmektedir ve kendini yönlendirmektedir. Tabi bu istek kişiden kişiye değişir. Kimi üniversiteye hazırlanırken, kimi çalışmayı, ticareti veya el sanatlarını kendine uygun görür; kimi baba mesleğini devam ettirmek ister; kimi de ne yapacağını bilmez ve kararsızdır. Bu şekilde kararsız olan gençler, daha olgunluğa ulaşmamış, duygusal sorunlar yaşayanlardır.

Ergenlik dönemini bölümlere ayıracak olursak, 16 yaş ile 18 yaş arasını bir dönem, 19 yaş ile 21 yaş arasını da bir ayrı dönem olarak ele almak gerekir. Oğlunuz, şu an bu ilk aşamada doğal bir süreçte olduğunu kabul eder. Sizin de yaklaşımlarınız onun bu doğal durumunun daha da düzenli olmasını sağlar.

> Eğer siz aşırı ve baskıcı, öfkeli ve sinirli bir tutum içinde olursanız, bu zamanın zorlaşmasını sağlarsınız. Çünkü, büyükler sınıfına girdiğini düşündüğü için bu doğal süreç başlamıştır. Ama sizden kabul ve onay görmezse, ergenliğin hırçınlığı devam edecek demektir.

Yetişkinler sınıfına dahil olmaya çalışan oğlunuzun, bu yolda harcadığı çaba ve girişimlerini, anne baba olarak sıcak bir sevgi, bilinçli bir yardım ve samimi bir destekle kolaylaştırabilirsiniz. Sağlayacağınız bu destek, ona güç ve cesaret verecektir. Tabi bu sınırsız özgürlük olarak algılanmamalı.

> Yaptığı her yanlışın hoşgörüyle karşılanması, her girişiminde özgür bırakılması ve böyle bir tutum içine girilmesi; ona, yanılgılarından sorumlu olmadığı, bu hatalarını değiştirmesi, düzeltmesi ve onarması gerekmediği yanlışlığına neden olabilir. Bu da daha büyük sorunların çıkması demektir. Onun için dengeli olmak ve sınırları iyi belirlemiş olmak gerekir.

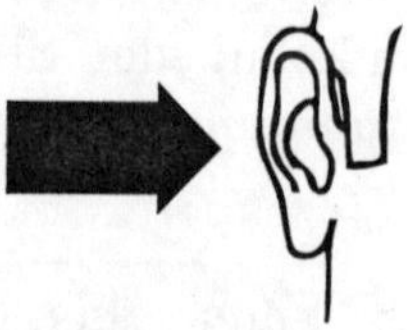

Onunla Sağlıklı İletişim Kurun

Ona soru sorarken dikkat edin

Artık oğlunuz bir ergen ya da diğer bir deyişle delikanlı, konuşurken ve onunla iletişim halindeyken daha dikkatli olmanız gerekir. Eskiden olduğu gibi size sıkça sorular sormasını ve cevaplar vermesini beklemeyin. Siz de onunla iletişime geçmek için, onu soru yağmuruna tutmayın. Bir ergenle iletişime geçmek, gerçekten zordur. Ama siz bu zoru başarabilirsiniz.

> **Öncelikli olarak neleri yapmamanız gerekir:** Soru sormaktan kaçınmalısınız. Eskiden olduğu gibi soru sorarak, onu konuşturmanız mümkün değildir. Mesela oğlunuz okuldan eve geldi ve yemek yemeyeceğini söyledi. Hemen ona, "okulda ne yedin?" diye sormanız, suçlayan bir tavırdır. Burada iletişim başlamadan biter. Çünkü cevap, "hiç" tir. Böylece bir sonraki konuşmayı da engellemiş olursunuz.

Açık uçlu sorular sorun

Gençlerle konuşurken soru sorma yaklaşımı, sorgulayıcı tutum olarak algılandığı için bir sonraki konuşmayı baştan kapar ve seçenekler ile özgürlük alanını daraltır, en önemlisi soruya cevap arayan genci gerçek sorundan uzaklaştırır. Fakat açık uçlu sorular, iletişimi engellemez. Mesela, "bu konuda konuşmak ister misin? Bu konuda sen ne düşünüyorsun? Neler hissediyorsun?" şeklinde. Daha genel ve yargılamayan sorulardır bunlar.

Duygularına önem verin

Oğlunuz üzgün, sıkkın ya da yorgunken, iletişime geçmek için onu zorlamayın. Çünkü, sorunluyken onunla konuşmanız mümkün değildir ve sizi dinlemeyecektir. Onları bilgilendirmek ve konuşmak istiyorsanız, onların duygusal olarak bunu hazır olduğu zamanları tercih etmelisiniz. **Sizinle duygularını paylaşmak istediğini ve size ihtiyacı olduğunu söylediği zaman, her şeyi onunla rahatça konuşabilirsiniz.**

Beden dilinizi kullanın

Oğlunuzun karşısında sürekli konuşan sizseniz, onun size açılması ve sizinle konuşması zordur. Onun için onu öncelikle dinlemeniz gerekir. Etkin dinlemede verdiğiniz mesajlar onun tarafından çok iyi algılanır. Mesela, kendinin dinlendiğini bilen oğlunuz, şu mesajları alır sizden. "Duygularını duymak istiyorum. Duygularını kabul ediyorum. Benimle paylaşmak istediğin konuda vereceğin karara güveniyorum" gibi.

Aynı şekilde onu dinlerken, dinlediğinizi de sözünü keserek değil, ama beden dilinizle anlatmalısınız. "Onay tepkileri" dediğimiz, başı aşağı yukarı sallamak, öne doğru eğilmek, gülümsemek, mimikleri kullanmak, onu dinlediğinizi gösteren davranışlardır.

Onu yüreklendirin

Oğlunuz, artık eskisi gibi tüm sorun ve duygularını rahatça dile getiremeyebilir. Onun size açılmasını istiyorsanız, onu yüreklendirin. Bu durumda "kapı aralayıcı" dediğimiz, "düşüncelerin ilgimi çekiyor, o konuda konuşmak ister misin? Duygularını merak ediyorum?" gibi cümlelerden faydalanabilirsiniz. Bu cümleler gibi kapı aralayıcıları seçerken dikkatli olun.

Onunla iletişime geçmek ve sorununu paylaşmak için kapı aralıyor, ama paylaşma konusunda ona özgürlük tanıyor olmalısınız. Anlattıklarını değerlendirip yargılamayı ise yapmıyorsunuz. Bunu bir sonraki aşamada yapmanız daha etkili olur.

Etkin dinleme

Oğlunuzla aranızdaki iletişimi kuvvetlendiren yöntem, etkili dinlemedir. Çünkü etkin dinlemeyle yanlış anlama ve anlaşılmaları da ortadan kaldırmış olursunuz. Daha bunun gibi birçok faydayı da sağlamış olursunuz.

Mesela, etkin dinlemeyle, oğlunuzun duygularını açığa vurmasını sağlarsınız. Dinlenen çocuk konuşur. O zaman da kendi duygularını anlatır. Böylece hem kendini daha iyi tanır, hem de sizin onu anlamanıza zemin hazırlar. Oğlunuzda, size karşı derin bir saygı oluşturmuş olursunuz. Çünkü **onu dinlemekle, kendisine değer verdiğinizi görür.** Aynı zamanda O da sizi dinlemeyi öğrenir.

İletişimi engelleyiciler

Aile içi iletişimin ve oğlunuzu dinlemenin çok yararı olduğu gibi, dinlememenin ve iyi bir iletişim kuramamanın da çok zararları vardır. Peki, **gençle nasıl bir iletişim engeli olabilir?**

Mesela, **oğlunuza emir vermeniz, onunla olan iletişiminizi engeller.** Özellikle de ergenlik döneminde... Emir vermek yerine yönlendirme yapmalısınız.

Gözdağı vermeniz oğlunuzla aranızı açar. Çünkü bu dönemdeki gençler, kendi üzerlerindeki güç gösterisinden hoşlanmazlar ve kendilerini iletişime kaparlar. Sözden ziyade davranıştan etkilenirler. Sizin sözünüz onu etkilemediği gibi, sizinle olan iletişimini de yaralar.

Alay etmeniz veya yargılamanız. Olumsuz yaklaşımlarınız ve suçlamalarınız. Aynı düşüncede olmamanız. Her davranışını ve sözünü analiz edip, yorumlamanız. Konuştuğunda sözünü kesmeniz ve konuyu saptırmanız gibi iletişimi engelleyen davranışlardan da uzak durmalısınız.

Evin Sorumluluklarını Paylaşın

Benlik saygısı sorumlulukla gelişir

Oğlunuzu sürekli korumanız, kendi başına sorunuyla baş başa bırakmamanız, onun gelişimini engeller. Ona yarar yerine zarar verir. Çünkü benlik saygısının tohumları, sorumluluk verilirse gelişir. Aile içindeki etkileşim, genci, ya "ben değerliyim" ya da "ben değersizim" duygusuna götürür. **Yaşı ve cinsiyeti ne olursa olsun, gence, "önemli olduğunu hissettirmek," gerek onun kişilik gelişimi, gerekse insan ilişkileri açısından etkilidir.**

Ona değerli olduğunu hissettirin

Gencin kendisini, "ben değerliyim" diye algılayabilmesi ve "önemli olduğunu hissedebilmesi" için, öncelikle yakın çevresinden sosyal kabul görmesine ihtiyaç vardır. Bu ortamın oluşturulması için de ona, "uygulama" olanağı vermek gerekir. Dilediği gibi giyinen, dilediği etkinliğe katılmayı tercih eden, yemeğini baskısız bir şekilde yiyen, hareketlerine katı sınırlar getirilmeyen, kişiliğine saygı gösterildiğini gören ve kendini özgürce ifade edebilen genç, "ben değerliyim" diye düşünür. Önemli ve değerli olduğunu hissetmesi, onu yeni atılımlara ve başarılara götürür. İşte evde vereceğiniz sorumluluklar da onun bu değeri daha çabuk kavramasını sağlayacaktır.

Mesela, bu yaştaki oğlunuz tek başına market ve pazar alışverişini yapabilir, kendi giysilerini kendi satın alabilir, kendi odasını tek başına düzenleyebilir.

Siz bu işleri ona yaptırmaz, "sen beceremezsin" yaklaşımıyla onu sorumluluktan uzak tutarsanız, sorumluluk almaktan kaçan bir genç yetiştirdiğiniz gibi, disipline olamayan bir birey de yetiştirmiş olursunuz.

Yapacağı iş hakkında bilgi verin

Ev işleri yapmanın gerekliliği, evdeki eşyaların daha dikkatli kullanılması gerektiği hususunda oğlunuza açıklayıcı bilgiler vermelisiniz. Mesela, **oğlunuzun elektrik süpürgesiyle halıları temizlemesini istiyorsunuz, ama süpürgeyi sağa sola çarpması, çevredeki eşyalara zarar vermesi sizi rahatsız ediyor ve bu yüzden kızıp işi kendiniz yapıyorsunuz.** Bu doğru değil. Ona eşyaların nasıl kullanılması gerektiğini anlatmalısınız.

Böylece bu eşyalar, onun gözünde daha fazla bir değer kazanmış olacaktır. Sizin de neden her gün temizlik yapmak zorunda olduğunuzu, neden eşyaların kırılıp dökülmemesine dikkat ettiğinizi de anlamış olacaktır. O zaman "eşyalara zarar veriyorum, o yüzden yapamayacağım" gibi, bir kaçış yolunu da engellemiş olursunuz. Hem de hiç bir şeyin kolay kazanılmadığını öğretirsiniz.

Arkasından siz yapmayın

Oğlunuza verdiğiniz sorumluluğun arkasından siz düzenleme yapmayın. Eğer onun sorumluğuysa, o işi ona bırakın. O işi yaparken gösterdiği çabaya saygı gösterin. Oğlunuza kendine yetmeyi ve kendi kendini yönetmeyi öğretin. Öyle bir doğal bir ortam hazırlayın ki, ayakları üzerinde durmayı ve kendi kanatlarıyla uçmayı becerebilsin.

> Mesela, babası arabayı yıkaması için bu hafta onu görevlendirdiyse, ondan sonra gidip arabayı bir de kendi yıkamasın. Bırakın olduğu gibi kalsın. Bir daha yardım istediğinizde, "sen benimkini beğenmiyorsun" diyerek, verdiğiniz işten kaçmaya çalışmasını önlemiş olursunuz.

Değişime kendinizden başlayın

Oğlunuzun sorumluluklarını yerine getirmesini, eski çocukluk günlerinde yaptığı gibi sözünüzü dinlemesini yani değişmesini istiyorsunuz. **Bu yaştaki oğlunuzun davranışlarını değiştirmeyi; sürekli eleştiren, sürekli sınırlamalar koyan, sürekli onu değiştirmeye çalışan tutumunuzla başaramazsınız.** Çünkü bu tutumunuzla ona, hem sorumluluk kazandırmaya çalışıyorsunuz, hem de onu değiştirmeye uğraşıyorsunuz. Bu mücadelede bazen tahammülsüzlüğünüzle sonuca ulaşamıyorsunuz.

Bu durumda kendi gençlik günlerinizi hatırlayın. Bu hatırlama sizin daha rahat davranmanızı ve oğlunuza hak vermenizi sağlayacaktır.

> Ergenler, eleştirilmekten çok, birlikte bir şeyler yapıldığında uyum gösterirler. Ona sevildiğini, değerli olduğunu göstermek, aynı zamanda sorumluluklarını üstlenmesini sağlamak, sizin göstereceğiniz performansla ilgilidir. Siz ne kadar sabreder, tahammül gösterir, anlayışla yaklaşırsanız, o kadar başarılı olursunuz.

Önemli noktaları gözden kaçırmayın

Oğlunuzu gözünüzde kabiliyetli ve sevecen biri olarak düşünün. Oğlunuzun olumlu davranış ve tavırlarını onaylayın, saygı gösterin ve kabul edin. Karşılıksız sevgi vermeye, her alandaki değerlerini ve ahlaki değerlerinin gelişimini desteklemeye devam edin. Başarısız olduğu konularda onu sorumlu tutun, ama başarılı olduğunda da övmeyi unutmayın. Özgüvenini azaltacak, sorumluluk duygusunu zedeleyecek sözler sarf etmesine izin vermeyin.

Mesela, "ben beceriksizin biriyim," gibi cümlelerini duyduğunuz zaman bunun öyle olmadığını ona gösterin. Böylece vereceğiniz sorumluluklardan kaçamaz.

Gençlikte de Güçlü Bir Özgüven Lazım

Özgüveni Güçlendirmek

Özgüven, kişinin kendisiyle ilgili olumlu duygular geliştirmesi sonucunda ortaya çıkan ümit ve şevk duyma ve harekete geçme gücüdür. Ayrıca gençlik dönemine mahsus olmakla beraber özgüveni, iki kısma ayırabiliriz. İç ve dış özgüven...

İç özgüven, kişinin kendisiyle ilgili hissettiği memnuniyet ve kendine olan inancı; **dış özgüven** ise, dışarıya kendi hakkında verdiği görüntü ve insanlarla olan iletişimlerinde farklı duygularını ifade edebilme becerisidir.

Her iki tarafı tura olan para

"Bir savaş esnasında Japon bir komutan askerlerinin sayısının düşmanlarınkine kıyasla çok daha az olmasına rağmen saldırıya geçmeye karar verir. Ordusunun kazanacağına olan güveni tamdır. Ancak askerleri zafer konusunda oldukça kaygılıdır. Savaş alanına doğru ilerlerken, yol kenarındaki bir ibadethanede durup hep birlikte dua ederler. Daha sonra komutan cebinden bozuk para çıkartarak, "şimdi yazı-tura atacağız. Eğer tura gelirse, biz kazanacağız; ama eğer yazı gelirse kaybedeceğiz, kaderimiz böylece ortaya çıkacak," der. Bozuk parayı havaya atar ve herkes sabırsızca paranın yere düşmesini bekler. Tura gelmiştir. Askerler çok sevinirler, kendilerine güven gelmiştir. Bu coşkuyla düşmana saldırır ve savaşı kazanırlar. Bir süre sonra yüzbaşı, komutanının yanına gelerek, "kimse kaderi değiştiremez," der. Bunun üzerine "haklısın" der komutan, iki tarafı da tura olan parayı göstererek.

Çoğu zaman karar vermek ve harekete geçmek için bazı yönlendirmelere ihtiyaç duymuş ve sanki içinizde sizi siz yapan ve harekete geçmenize yardımcı olacak o gücü hissetmekte zorlanmışınızdır. Anne baba olarak size düşen, her iki tarafı tura olan para yöntemini kullanarak, oğlunuzun özgüven sahibi olmasını sağlamanızdır.

Özgüvenin dengeli olması gerekir

Toplumda yaşayan bireyler hem iç hem de dış özgüveni, farkında olarak ya da farkında olmadan çoğu zaman kullanırlar. Bunlar arasında çok iyi bir dengenin kurulmuş olması gerekir. Eğer oğlunuzun iç ve dış özgüvenini dengeleyemezseniz, sağlıksız bir iletişim kurmaya başlar ki, bu da onun ilişkilerini olumsuz yönde etkiler.

Pozitif duygular önemli

Özgüvenin temelinde insanın ümitli ve pozitif olma duygusu yatar.

Eğer bir durumla ilgili negatif düşünceler ne kadar fazlaysa, o durumla ilgili iş yapma kapasitesi de o oranda azalacaktır. Kısacası o işi yapmak istemeyecek ya da mecbur olduğu için yapacaktır. Bu da, o işten alınacak verimi ve başarıyı olumsuz yönde etkileyecektir.

Düşünün bakalım, ne zaman yürekten istediğiniz konuda, çok çalışıp da kaybettiniz ki?... İşte bu olumlu düşünme yeteneği oğlunuzda gelişmiş olmalı.

Onarıcı teknikleri beraber deneyin

Bütün bunların yanı sıra, oğlunuzun veya sizin olumsuz varsayımlarla beslediğiniz yıkıcı düşünce yapılarınızı yenmek için bazı onarıcı teknikler vardır. Bu teknikleri oğlunuzla beraber deneyebilirsiniz.

• **Güçlü yönlerinizi belirlemek:** Denediğiniz her yeni şey için kendinize şans tanımalısınız. Önemli olan elde edilen sonuç değil, bu yolda harcanan çabalardır. Bu yüzden kendinizi takdir etmeyi bilmelisiniz.

• **Risk almak:** Her yeni deneyime, yeni bir öğrenme fırsatı olarak bakabilmek. Asıl olan kazanmak yahut kaybetmek değil. Ancak aynı şekilde yeni fırsatlarla karşılaşabilirsiniz ve kendinizi olduğunuz gibi kabul edebilirsiniz. Aksi takdirde, her fırsat, açılmamış bir kapı olarak karşınızda duracak, daha da kötüsü başarısızlıkla sonuçlanıp, kişisel gelişiminizi engelleyecektir.

• **İç konuşma yapmak:** İç konuşma yaparak, olumsuz varsayımlarınızla başa çıkabilirsiniz. Kendinize haksızlık ettiğiniz bu durumlarda, "dur bakalım, o kadar da değil" diyerek olumlu varsayımlar üretmelisiniz. Mesela, herhangi bir şeyin mükemmel olmasını beklediğiniz bir durumda, her şeyi mükemmel yapamayacağınızı, önemli olanın, o şeyi elinizden geldiği kadar en iyi şekilde yapmaya çalışmak olduğunu, kendinize hatırlatmalısınız.

• **Kişisel değerlendirme yapmak:** Kendinizi her şeyden ve herkesten bağımsız olarak değerlendirebilmektir. İçsel olarak kendiniz kendi davranışınız hakkında ne düşünüyorsunuz? Bu tarz bir bakış açısı, içsel olarak daha güçlü hissetmenizi sağlayacak ve kişisel gücünüzü başkalarının ellerine teslim etmenizi engelleyecektir.

• **Kendini sevmek:** İnsanlar, kendilerini sevdiklerinde hem duygusal, hem de fiziksel olarak kendilerini güvende hissederler ve kendileriyle barışık yaşarlar.

• **Kendini tanımak:** Kendilerini tanıyan insanlar, kendi güçlü ve güçsüz yönlerini iyi bilirler. Bir topluluğa girdiklerinde kendilerini ifade ederken, kendi potansiyellerinin farkında olarak harekete geçerler.

• **Hedef koymak:** Açık ve net olarak koyduğunuz hedefleriniz olmalı. Elbetteki çok büyük genel hedefleriniz olabilir. Ama bunlara ulaşmanız için mutlaka planlı ve daha gerçek hedefleriniz de olmalı.

• **Pozitif düşünmek:** Pozitif düşünce özgüveni harekete geçirmeye zorlayan, belki de en önemli etkenlerden biridir. **Olumsuz bir düşünceyle herhangi bir başarı elde etmek çok güç. Bu sizi ancak karamsarlığa götürür.** O yüzden kendinizi pozitif düşünmeye alıştırmalı ve bunu bir yaşam biçimi haline getirmelisiniz.

• **İyi bir iletişim:** Sağlıklı bir iletişim yeteneğinizin olması, sizin çevrenizde sevilen, saygı duyulan, güvenilen insanlardan olmanızı sağlar. Çevrenizde olumlu bir imaja sahip olduğunuzda kendinize güveniniz artacaktır.

• **İyi bir ifade yeteneği:** Toplum içinde konuşmak için bol bol okumanız, konuşma tekrarları yapmanız ve hatta zaman zaman iyi birer hatip olabilmek için evde çalışmanız, size topluluk içinde daha çok söz söyleme imkanı tanıyacaktır. Bu da sizi yine özgüven konusunda olumlu destek sağlayacaktır.

• **Duyguları kontrol etmek:** Duyguları ile başa çıkabilen gençler, duygularının esiri olmazlar. Beklenmedik davranışlar göstermezler.

Korkuları ve endişeleriyle başa çıkabildikleri için riski göze alabilirler.

Mutsuzluklarının kendilerini sürekli engellemesine izin vermedikleri için sıkıntılı dönemlerini kısa sürede atlatabilirler.

Anlaşmazlık olduğunda kendilerini iyi savunurlar.

Kıskançlık, öfke gibi, doğal olan duyguları yaşadıklarında suçluluğa kapılmazlar.

İlişkilerinde neşe, sevgi ve mutluluk ararlar.

Gençler İçin Öz Denetim Şart

Gençlere fırsat verin

Gençlerin öz denetimlerini sağlamaları için, üç tip kaynağa ihtiyaçları vardır.

* Kendileri ve diğerleri hakkında iyi duygular.
* Doğru ve yanlışı anlama.
* Problemleri çözmek için alternatiflerin olması.

> Gençlerin öz denetim sahibi olması için elinizde bulunan bu ihtiyaçları sağladıktan sonra, onlara fırsat verin. Eğer anne baba olarak koruyucu özelliğinizin dengesini kaçırırsanız, gence faydadan çok zarar verirsiniz.

Koruyucu ebeveynliği bir kenara bırakın

Anne babalar çocuklarını çok seviyor ve hep iyiliğini istiyor. Fakat o kadar denetleyici ve koruyucu olunuyor ki, genç kendi kendine karar vermek, kendi sorumluluklarını yapmak gibi, en doğal özelliklerini geliştiremiyor.

Anne babanın koruyuculuğu, ilk çocukluk dönemlerde çok fazla zarar vermese de, ileriki yaşlarda sorun olarak karşımıza çıkmakta. Çünkü genç bir birey olan çocuk, hala çocukluk günlerindeki gibi, tüm eksikliklerinin ailesi tarafından yapılmasını beklemektedir. Odası toplanacak, yemeği yapılacak, üstü başı yıkanıp dolabına yerleştirilecek, bir şey alınacağı zaman anne baba yönlendirecek ve daha birçok durumda ailenin desteği birinci şart olarak yanı başında olacak. Kendi başına bir şey yapamayan bu genç, hala kendini çocuk gördüğü ya da denetim eksikliği yaşadığı için kendi başına kalmaktan hoşlanmayacaktır.

Anne babaların kabul etmeleri gereken bir şey vardır ki, kimse kimseye yaşamayı öğretmez. Herkes hayatı kendisi yaşayarak öğrenir.

Oğlunuz sizden ayrılmak istemeyecek

Çocuklarının hata yapmasına ve kendi başlarına bir işe girişmesine müsaade etmeyen koruyucu anne babaların çocuklarında öz denetim dediğimiz olgu gelişme göstermemekte ve çocuk için ileriki yaşamında büyük sorunlara sebep olmakta. Mesela, oğlunuzun bu yaşa kadar her türlü ihtiyacını siz karşıladınız. Onun elini sıcaktan soğuğa sokmasına izin vermediniz. Ama oğlunuz üniversiteyi sizden uzakta okumak zorunda. **Şimdi ne olacak?** Bu durumda oğlunuzun çok zorlanacağı kesin. Ama ikinci bir şık da, oradaki şartlara dayanamayıp sizin yanınıza gelmeyi tercih edeceği. Bu tercihi vermesinin sebebi, sizin hep onu koruyup kollamanız, özdenetimini geliştirmemeniz.

Oğlunuzun kendini denetlemesi, kendi kararlarını vermesi, kendi ayakları üstünde durması için, bu özdenetimi sağlaması gerekir. Bu da sizin dengeli, sabırlı ve hoşgörülü tutumunuzla olacaktır.

Biraz daha sabır ve hoşgörü

Her hata, gelişme yolunda bir aşama olarak değerlendirilebilir. Şöyle ki, hatalardan ders alarak ileriye doğru bir adım atılması ve aynı hatanın tekrarlanmaması gerekir. Bunlar göz önünde tutularak, anne baba olarak çocuklara ve gençlere kendi hatalarını yapma ve sonuçlarına katlanma şansı vermelidir. Çünkü genç, bu durumda hayatı daha iyi öğrenecektir. **Bu konuda anne babalara tavsiyemiz daha fazla hoşgörülü ve sabırlı olmalarıdır.**

Sorumluluk öğrenilebilen bir yetenektir

Ergenler sorumlu ve bağımsız olmayı bir anda öğrenemezler. Anne baba olarak, güvenli alanlarda çocukların kendi kararlarını vermelerini teşvik etmek gerekir. Mesela zararsız birçok alan var. Kıyafet seçimi, saç şekli, müzik tercihi gibi. Ergenlik dönemindeki genç, bu konularda kendi kişisel kimliğini geliştirebilir. Anne babalar, çocuklarının her alandaki davranışlarını kontrol etmeye çalışırlarsa, çocuklar anne babalarından farklı yönlere meyledebilirler. Bunun başında da kötü ve yanlış davranışlar gelmektedir. Bunun için anne babaların yapacakları en güzel davranış, çocuklarına sorumluluk kazandırmaları ve bağımsızlıklarını elde etmelerine yardımcı olmalarıdır.

Koruyuculuğunuzu dengeleyin

Çocuk yemek yemeye, yürümeye, okuma ve yazmaya başladığı zaman, artık onun bir birey olarak kabul edilmesi ve anne baba tarafından öyle davranılması gerekir. Eğer anne baba, çocuk üzerindeki koruyucu etkisini zamanında dengelemez ise, yukarda verdiğimiz örnek gibi, her daim ailesinin yanında olmak isteyecek, 16 yaşına gelse bile çocuk, bebek gibi davranışlar içinde olacaktır.

> Bu konuda anne babalara tavsiyemiz o ki: Çocuğunuz, kendisine mantıksız gelen bir şeyi sizinle ve babasıyla rahatlıkla konuşup tartışabilsin. Tabi bu serbestliğe müsaade ederken de aradaki saygıyı ve otoriteyi yok etmeyin. Anne baba, saygı duyulması gereken büyükler, ama aynı zamanda da en çok sevilmesi gereken kişiler olmalı.

Anne baba olarak davranışlarınız çocuklarınıza örnek olsun. Onların size nasıl davranmasını istiyorsanız, siz de birbirinize öyle davranın.

Oğlunuzun Duygusal Zekâ Eğitimini Unutmayın

Eğitimde aileden sonra gelen durak okuldur. Okul temel olarak insanların entelektüel kapasitesini geliştirdiği yerdir ve bu yerde insan zekâsının gelişim evrelerine uygun olarak öğrencilerin düzeylerine uygun bilgilerle donatılması beklenir. Gerek ilköğretim okullarında, gerekse liselerde öncelikle hedeflenen budur. Her çocuk bu okullardan aynı başarıyla mezun olamaz. Ülkemizde liseden sonra istediği üniversiteye girmeyi başararak eğitimini tamamlayabilen gençlerin sayısı oldukça düşüktür. Sorun bununla da bitmez, çünkü iyi bir iş sahibi olmanın ve o işte başarılı olmanın koşulları vardır. Dahası, yapılan araştırmalar üniversiteyi başarıyla bitiren her öğrencinin hayatta aynı başarıyı gösteremediğini ve mutlu olamadığını ispatlamıştır.

Bu bakımdan okulda verilen eğitimin sadece bilgi yüklemeye dayalı olması, hayat koşullarına bakıldığında hiç de yeterli olmadığı görülebilir.

> Okullarımızın çocuklara, hedef belirleme, çeşitli sorunlara değişik çözümler getirme, doğru zamanlarda doğru kararlar verebilme, yaratıcı düşünme gibi, hayati önem taşıyan becerileri de kazandırabilmesi, özellikle günümüz şartlarında çok gereklidir.

Duygular düşünceleri etkiler

Öğrenmenin duygusal temellere dayandığı fikri yeni değildir, milattan önce Platona kadar dayanır. Son yıllarda fark edilen gerçek şudur ki **bilişsel, duygusal ve sosyal benliklerimiz birbirlerine sıkı sıkıya bağlıdır. Öyle ki duygularımız düşüncelerimizi önemli ölçüde etkilerken, davranışlarımız duygularımızdan ayrı düşünülemez.** (Freedman et al. 1997/1998)

Son yıllarda yapılan birçok araştırma, bilişsel yeteneklerin kişinin hayattaki başarısında tamamen etkili olmadığını ortaya koymuştur. Örneğin, Goleman (1995) bilişsel yetenekleri simgeleyen akademik zekâsı (IQ) yüksek kişilerin yaşamın üstesinden o kadar da iyi gelemediğini, buna karşılık vasat IQ' lü kişilerin şaşırtıcı derecede yaşamda başarılı olmasında hangi etkenlerin rol oynadığı sorusuna cevap aramıştır.

Çözüm: Duygusal Zekâ ve Duygusal Okuryazarlık

"Duygusal okur-yazarlık" temel olarak hem kendi hislerimizi, hem de iletişim halinde bulunduğumuz diğer insanların hislerini tanıyabilme, anlayabilme ve yönetebilme yetkinliklerine sahip olmaktır. Bu yetkinlikler IQ (akademik zekâ) ile ölçülen salt bilişsel yeteneklerden farklıdır, ancak onu tamamlar. Bu tanım aslında Goleman'ın 1995 yılında çıkardığı "Duygusal zekâ" adlı kitabında değindiği duygusal zekâyla ilgili kavramsal açıklamaların bir uzantısıdır. Dolayısıyla duygusal okuryazarlığın gereklerini daha iyi anlayabilmek için aşağıdaki kavramsal açıklamaları gözden geçirmek gerekir.

Goleman'a göre "duygusal zekâ" "kişisel" ve "sosyal" olmak üzere iki asıl yetkinlikten meydana gelir (Gowing, 2001, s. 120-122; Baltaş, 1999).

Kendiyle ilgili farkındalık: Gencin, kendi iç dünyasını tanıması, tercihlerini yapabilmesi, sahip olduğu gücün ve kaynakların farkında olması...

* **Duygusal Farkındalık:** Gencin, kendi duygularını tanıması ve doğurduğu sonuçları fark etmesi.

* **Doğru şekilde kendini değerlendirmek:** Gencin, kendi güçlü ve zayıf yanlarını bilmesi ve buna göre kendi duygusal sınırlarını belirleyebilmesi.

* **Kendinden ümitli olmalı:** Kendisi ve sahip olduğu yetkinlikleriyle ilgili olarak değerli olduğuna inanması.

Kendini yönetme: Gencin, kendi iç dünyasını, sahip olduğu dürtüleri ve elindeki kaynakları yönetebilmesi.

* **Kendini kontrol edebilmek:** Kişinin, içinden gelen duyguları, dürtüleri kontrol edebilmesi.

* **Güvenilirlik:** Kişisel bütünlük sahibi, hem kendine hem de başkalarına karşı her anlamda dürüst olmak.

* **Kişisel bilinç sahibi olmak:** Kişinin, her türlü davranışının sorumluluğunu yüklenebilmesi.

* **Uyum kabiliyeti:** Kişinin, hayatına giren değişiklikler ve beklenmedik durumlara gerekli esnekliği göstererek uyum sağlayabilmesi.

* **Yeniliklere açık olmak:** Kişinin yeni fikirlere, yaklaşımlara açık olması, bunlardan rahatsızlık duymaması.

Motivasyon: Kişinin amaçlarına ulaşabilmek için duygularını yönlendirebilmesi.

* **Başarıya yönelme:** Kişinin, mükemmellik düzeyine ulaşabilmek için sürekli gelişim çabası içinde olması.

* **Göreve bağlılık:** Kişinin, içinde bulunduğu ekibin veya işletmenin hedefleriyle uyum içinde olması.

* **Girişimcilik:** Kişinin, karşısına çıkan fırsatların farkında olması ve bu fırsatları değerlendirebilmek için hazır hissetmesi.

* **İyimserlik:** Kişinin, karşılaştığı zorluklara ve engellere rağmen hedeflerine doğru yönelmekte kararlı ve

ısrarcı olması.

Empati: Kişinin, diğer insanların duygularını ve kaygılarını anlayabilmesi, bu anlayışla yaşaması.

* **Diğer insanları anlamak:** Kişinin, diğer insanların duygularının ve bakış açılarının farkında olması, onların kaygılarıyla samimi bir şekilde (yargılamadan ve savunmaya geçmeden) ilgilenmesi.

* **Diğer insanları geliştirmek:** Kişinin, birlikte yaşadığı insanların gelişmekle ilgili ihtiyaçlarını fark ederek onları becerileri doğrultusunda geliştirmesi.

* **Hizmete yönelmek:** Kişinin, etrafındaki diğer insanların çeşitli ihtiyaçlarını önceden tahmin edebilmesi, bu tür ihtiyaçların olduğunu fark edebilmesi ve gerektiğinde severek bunları karşılayabilmesi.

* **Farklılıklarla etkili bir şekilde başa çıkabilmek:** Kişinin, etrafındaki farklı kişilerden kaynaklanan değişik sorunları gelişmeye ve değişmeye yönelik birer fırsat olarak değerlendirebilmesi ve bu fırsatlardan etkili bir şekilde yararlanabilmesi, bunları geliştirebilmesi.

* **Politik farkındalık geliştirmek:** Kişinin, herhangi bir topluluktaki duygusal yönlenmeleri ve güç dağılımını çözümleyerek değerlendirebilmesi.

Sosyal Beceriler: Kişinin, başka insanların tepkilerini kendi istediği doğrultuda yönlendirebilmesi.

* **Etkili olma:** Kişinin, karşısındakileri istediği doğrultuda ikna için etkili yöntemler geliştirebilmesi.

* **İletişim:** Kişinin, karşıdaki kişiyi etkili bir şekilde dinlemesi ve onu ikna edebilmek için mesajın olduğu kadar üslubun da önemli olduğunun farkında olması.

* **Sorun yönetimi:** Kişinin, çeşitli sorular karşısında uzlaşarak çözüme yönelmesi.

* **Liderlik:** Kişinin, başka insanlara ilham vermesi ve onları yönlendirmesi.

* **Değişim Yönetimi:** Kişinin, değişim sürecini başlatabilmesi ve bu süreci yönetebilmesi.

* **İlişki Kurmak:** Kişinin, anlamlı ve doyumlu ilişkiler kurabilmesi.

* **İşbirliği:** Kişinin, başka insanlarla ortak amaçlar doğrultusunda çalışabilmesi.

* **Ekip Çalışmasına Yatkın Olmak:** Kişinin, bir grupla birlikte ortak amaçlar doğrultusunda sinerji yaratacak bir çalışmaya girebilmesi.

Goleman'ın sıraladığı bu beceri ve yetkinlikler, her yaş ve meslek grubundan insana, anne-babalara, eğitimcilere ve öğrencilere hayat başarısı bakımından ışık tutacak niteliktedir. Özellikle eğitim alanında duygusal zekânın varlığı ve bu farkındalığın sağlayabileceği avantajlarla ilgili olarak gözden geçirilmesi gereken çok şey var.

Bunlardan en önemli ve en çok dikkat edilmesi gereken nokta, çocuklarımızın duygusal hayatını ihmal ve göz ardı etmememiz. Duygularımız değil midir bizim gerçekte kim olduğumuzu hissettiren, kendimizi savunduran, sevdiklerimize bağlayan, aşkı yaşatan, hüzün veren veya delice bir hırsla hedefimize yönelmemizi sağlayan?

Okullarda okutulan dersler sadece konuyla ilgili içeriği vermeye yönelik olup, duygusal içerikten yoksun ise öğrencilere hitap edemez ve dolayısıyla öğrenciler için itici bir hal alır. Öğretmenler her ne olursa olsun derslere duyguları katmak, teori ve uygulamayı bir arada, bağlantılı bir şekilde vermek, verdikleri bilgileri çocuklar için kalıcı bir hale getirebilmek sorumluluğundadır.

Bu arada konu bilgisini alırken, öğrenciler grup/eşli çalışma gibi aktivitelerle iletişim yeteneklerini geliştirebilir ve bu tarz projelerle özgüvenlerini artırabilirler. **Dinlemek, başkalarının fikirlerine değer vermek, seçim yapmak, sorunların üstesinden gelmek, plan yapmak ve benzeri becerileri kazanma şansına sahip olabilirler.**

Oğlunuz 17 Yaşında

İsteklerini Gerçekleştirmek İstiyor

Öncelikler iyi belirlenmeli

Her şahıs, doğumdan ölüme kadar isteklerinin gerçekleşmesi için çaba sarf eder. Oğlunuzun da bu bağlamda birçok isteği var. Öncelikle sağlıklı olmayı, hiç hastalanmamayı ister. Özellikle güçlü, uzun boylu, yakışlı, herkesin beğendiği biri olmayı ister. Bu istekler sınır tanımaz şekilde devam eder. Ama oğlunuz bu isteklerini sınırlamayı ve bunları önceliklerine göre yerine getirmeyi bilmeli.

Bu yaşlarda sınır tanımaz isteklerin, sınır tanır hale gelmesi sizin bu öncelikleri ona en doğru şekliyle öğretmenize bağlıdır. Bir kere küçük yaştan itibaren her isteği yerine getirilen gencin, doyum bilmez durumu, onun isteklerini attırır. Bu yüzden **öncelikler kuralı** iyi kavratılmalıdır.

Dengeli özgürlük

Bu yaştaki oğlunuzun en çok istediği şey, kendini gerçekleştirmedir. Yani hayal ettiği kimliği gerçekleştirebilme isteğidir. Fakat **oğlunuz yeteri kadar ve dengeli bir şekilde özgür değilse, isteklerini ve eğilimlerini gerçekleştiremez.**

Dengeli özgürlük, bütün isteklerin karşılanabilmesinde temel şarttır. Mesela, kendi istek ve eğilimlerine uygun seçimde bulunma ve bu doğrultuda davranabilme, özgürlüğün temelidir. Zaten oğlunuzun da bu yaşa kadar sizinle yaptığı tartışmaların, çatışmaların ve sürtüşmelerin temeli de budur. Çünkü o, kendi geleceğiyle ilgili kararları vermek istiyor. Fakat aile olarak siz de, onun için en doğru olanı kendinizin bildiğinizi düşünüyorsunuz.

İşte bu ikilemde, her iki tarafı da memnun edecek bir ara formüle ihtiyaç vardır. **İşte anne baba olarak sizin yapacağınız, ona güvenilir bir danışman olarak dengeli bir özgürlük alanı sağlamanızdır.** Oğlunuz da sizden edindiği bilgilerle dengeli özgürlüğün sınırlarını zorlamadan, kendi kararlarını verebilmelidir.

TEMİZ VE ASİL BİR ANA

Bilgelerden biri oğluna:

– Oğlum, ben size küçüklüğünüzde de, büyüdükten sonra da, hatta doğmadan önce de büyük iyilikte bulundum, demişti. Oğlu:

– Ben doğmadan önce, bana nasıl bir iyilikte bulunmuş olabilirsin ki? diye sordu.

Bilge baba:

– **Sizin için, temiz ve asaletli bir ana seçtim;** diye cevap verdi.

Âşık Olduğunu Sanıyor

Sadece taklittir

Ergenlik öncesi çocuklarda aşık olmak, sevmek gibi kavramlar kullanılsa da bu durum, kendilerinden büyük çocuklardan, çevreden, medyadan gördüklerini taklitten ileri gitmez. Bu dönemde gerçek anlamda duygusal bir bağ oluşmaz. **Ergenlikten sonra karşı cinse, cinsel ilgiler başlar. Beğenme, sevme duyguları ve beğenilme arzusu önem kazanır.**

Kendini sınamaktadır

Ergenlik dönemi tamamlanmadan "aşık" olduğunu söyleyen oğlunuz, karşılıklı yaşanan bir duygu yoğunluğundan ziyade, kendini beğendirmeye yönelik bir olay içindedir. Ne kadar fark edildiğini, ne kadar beğenildiğini sınamak için böyle bir şeyden bahseder. Aynı şekilde erkek arkadaşlarına da kendini göstermek için kız arkadaş edinir. Çünkü grup içinde olanların yaptığını yapmamak, arkadaşları arasında, beceriksizlik olarak nitelendirilmektedir. Bu yüzden de, oğlunuz kendini baskı altında hissettiği için, kız arkadaş edinir ve ona aşık olduğunu sanır. Bunun için oğlunuzun kız arkadaşlarına dikkat etmeniz ve ilişki sınırlarını öğretmeniz gerektiği gibi; kötü örnek teşkil eden, aile yapınıza uygun davranışlar sergilemeyen erkek arkadaşlarına karşı da onu uyarmalısınız. Çünkü oğlunuzun içinde bulunduğu dönem, güç gösterisi ve kendini kanıtlama dönemidir. Bu gücü her yerde göstermek ve kanıtlamak, oğlunuz için çok önemlidir. Aşık olduğunu söylemesi de bununla ilintilidir.

İlk heyecan

Oğlunuzun size gelip aşık olduğunu söylemesi çok güzel. Ama hemen telaşlanmanıza ya da çok büyük tepki vermenize gerek yoktur. Çünkü bugüne kadar onunla bu konu hakkında konuşmuş olmanız, sizi biraz rahatlatmalı. Hatta oğlunuzun bunu söylemesinden mutlu olmalısınız. Zaten bu ilk heyecan, geçici bir durumdur. Sizinle paylaşmasına olanak verirseniz, büyük sorunların önüne geçmiş olur ve oğlunuzun bu duygusunu dengelemesine yardım edebilirsiniz.

Onunla konuşmaktan çekinmeyin

Her şeyin ilki çok heyecanlı ve unutulmaz gibi gelir. Bu sizi telaşlandırmasın. Çünkü oğlunuzun duyguları sakinleşecek. O zaman daha mantıklı ve dengeli davranacaktır. Ama sizin ilk tepkileriniz çok önemlidir.

> Olumlu ve yönlendirici yaklaşımınız ve bu konuları çekinmeden usulüne uygun konuşmanız, onun ileriki hayatında seçeceği eş için ilk adım olacaktır.

Düşünsenize, oğlunuz daha anaokulundayken sınıfındaki kıza aşık olduğunu söylemişti. Tabi ki bunda medyanın ve çevrenin etkisi çok büyük. İşte siz buna karşı daha dikkatli olmalısınız. Mesela ilkokul zamanında da aynı şeyi söylemişti. Ama oğlunuzun başka okula başlamak zorunda olması, bir daha o kızdan bahsetmediğini size göstermişti. Bu duygusu da geçici bir durum. Ama bu doğal sürecin zararsız atlatılması sizin davranışlarınızla mümkün.

> Aşırı tepki verir, onunla bu konuları doğal bir süreç içinde konuşmazsanız, ilerde evliliğe karşı soğukluk hissedebilir. Çok özgür davrandığınızda hoş olmayan olaylar yaşayabilirsiniz. O zaman dengeli ve olumlu yaklaşım, her zaman için en güzelidir.

Tatilde Çalışmak İstiyor

Tatili aile olarak bir arada geçirin

Tatili, aile olarak bir arada olacağınız, birlikte bazı aktiviteler yapacağınız, birbirinize zaman ayıracağınız bir zaman dilimi olarak görmelisiniz. Özellikle gidebileceğiniz köyünüz, yazlığınız ya da tatil yeriniz varsa bu çok daha kolay olacaktır. **Aman dikkat edin, tatili kendinize ve oğlunuza zehretmeyin.**

Mesela, sürekli kitap oku, derslerini de ihmal etme gibi uyarılarla oğlunuzu zorlamayın. O zaman bir dinlenme süreci geçirmeden sürekli derslerle geçen bir tatil, oğlunuzun yorgun bir şekilde okula başlamasını ve derslerden ilk günden bıkmasını sağlayacaktır.

Bu nedenle bir süreliğine derslere ara vermeli.

Hem böylece okulunu, öğretmenlerini ve dersleri özlemesini sağlamış olursunuz.

Çalışmak istiyor

Oğlunuzu tatilde çok sıkarsanız ve dinlenmesine müsaade etmeyip, olur olmaz her şeyine karışırsanız, sizden kurtulmak için çalışmak istemesi normaldir. Hem böylece kendi harçlığını kazanarak, kendine daha çok güvenecek ve kendine saygısı artacaktır. Ama **bir orta yol bulup, sürtüşmeye girmeden bunu halledebilirsiniz.**

Eğer çalışmak, para kazanmak istiyorsa, ona bu fırsatı vermelisiniz. Ama burada dikkat etmeniz gereken, çalışacağı iş yerinin ve yapacağı işin, oğlunuzun gelişimine uygun olmasıdır.

Hem onun kendini iyi hissetmesini sağlarsınız, hem de aileye katkıda bulunduğu için mutluluğunu katlamış olursunuz. Tabi okulların açılmasına 15 gün kala işi bırakmasını ve dinlenmesini de ihmal etmemek gerekir.

Parasını sizinle paylaşmalı

Çalışma konusunu oğlunuzla öyle ayarlamalısınız ki, bu size karşı bir güç gösterisine ve "artık ben sizsiz de yapabiliyorum" aşamasına gelmemeli.

Ona, ailenin bir üyesi olduğu için, çalışmasının aileye bir katkı sağlayacağı, kendisi için de faydalı olacağı çok iyi izah edilmeli.

Çalışma sonucu edindiği parayı da mutlaka sizinle paylaşmalı. **Hepsine el koymanız doğru olmadığı gibi hepsini ona vermeniz de doğru olmaz.** Bu konuda onunla bir anlaşma yapabilirsiniz. Bu paylaşım ve birlikte vereceğiniz karar, çok olumlu olacaktır.

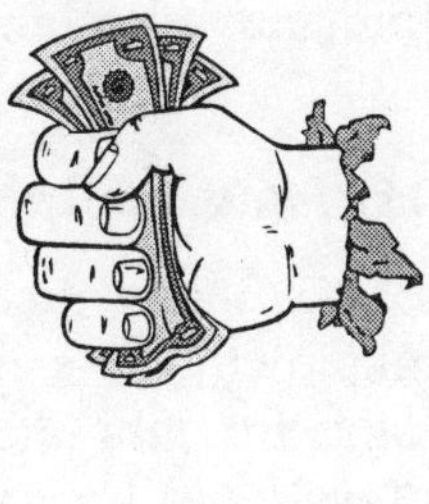

Oğlunuz 18 Yaşında

Üniversiteye Hazırlanmalı

Üniversiteye erken hazırlanmalı

Liseler 4 yıla çıkınca üniversiteye girme yaşı da yükseldi. Ama lise son sınıfta hazırlık yapmalı ve sınava girmeli. Bunun için oğlunuzu bu konuda yönlendirmeli ve gerekli desteği vermelisiniz. Eğer teknik ya da meslek lisede okuyorsa ve üniversiteye gitmeyip kendi alanında işe atılmak istiyorsa da zorlama yapmamanız gerekir. Ama yine de **okuduğu lisenin kendine sağladığı iki yıllık yüksek okul bitirme fikrini ona vermelisiniz.** Belki ondan sonrası için yüksek eğitimine devam etmek ister. Bu süreçte hem okul, hem üniversite hazırlık ona zor gelebilir. **Rahatlatıcı ve makul çözümler önererek, onun doğru karar vermesini sağlamalısınız.** Bu konuyu lise 2. sınıfta konuşmaya başlamalı ve ufak ufak ön adımlar atmalısınız.

Üniversiteye karşı isteksiz olabilir

Çevrenizde, hayatı boyunca çalıştığı, ilim ve sanatla ilgilendiği halde, mesela küçük bir esnaf kadar kazanç temin etmeyenler olabilir. Bu gibi durumlar, oğlunuzda, derslerine ve üniversiteye karşı bir soğukluk uyandırabilir. Ya da üniversiteli olup da işsiz kalanların olduğunu görmek onu tedirgin edebilir. Bu konuda ona olumlu örnekleri göstermelisiniz. Çünkü **hayata atılacak ve neler yapması gerektiğini bilmeyen acemi bir insan**

var karşınızda. Olumsuz örneklerden etkilenmesi doğaldır. Ama olumlu örnekleri çoğaltıp onu yüreklendirirseniz, çok doğru bir karar vereceğinden emin olabilirsiniz.

Olumlu örnekleri çoğaltın

İdeal olan, çalışmayı zevk haline getirebilmek, ondan zevk alabilmektir. Bu mümkündür. Bunun için sık sık hayatta başarılı olmuş ünlülerin hayatlarını okunması için oğlunuzu teşvik edin ve hatta birlikte okuyun.

Bu tip kitaplar bir kere okunulup bırakılmaz. Zaman zaman tekrar ele alınarak bakılır ve olaylar hatırlanır. O günkü halet-i ruhiyeniz içersinde oğlunuzla yeniden değerlendirme yapabilirsiniz. Bu tür olumlu örneklerin çoğalması, oğlunuzun üniversiteli olmaya bakışını değiştirecek ve doğru karar almasını sağlayacaktır.

Uygun zaman bu zamandır

Oğlunuz, çalışmak için her şartın dört dörtlük yerine gelmesini bekleyebilir. Fakat, **uygun zaman, uygun gün, uygun yer, en iyi şartlarda aranmamalı, mevcut şartlar en iyi şekilde değerlendirilmelidir.** Mesela, "böyle soğukta ders çalışılır mı, bugün ders çalışma daha uygun bir zamanda çalışırsın" gibi düşünmeyip, oğlunuz için ortaklaşa yaptığınız plana göre mevcut şartları uygun hale getirmeniz en güzelidir. Aksi takdirde belki de hiçbir zaman aranılan gün, saat ve zemin bulunamayacaktır. Ona uygun zamanın bu zaman olduğunu hissettirmelisiniz.

Güçlü, dayanıklı ve zorluklar karşısında pes etmeyen, sorumluluk sahibi bir erkek yetiştirmek istiyorsanız, uygun zamanı beklemek yerine, ona içinde bulunduğu zamanı uygun hale getirmesini öğretmelisiniz.

Kendisi için üniversite okumalı

Oğlunuz, üniversiteyi kendi için okuduğunu bilmeli. Kendi isteyerek ve severek bunu yaparsa, başarılı olacaktır. Sizin zorunuzla ve isteğinizle, ancak bir yere kadar gidecektir. Ona bu istek ve sevgiyi de zaten okula başladığı zamanlarda vermeye başlamıştınız. Şimdi biraz daha geliştirerek, olayı hızlandıracaksınız o kadar.

Düşünün bir kere, nice ünlüler, "ortaya bir eser çıkarayım" diye değil; ancak istedikleri, sevdikleri için eserleri üzerine eğilmiş, unutulmaz ve faydalı ürünler ortaya çıkarmışlardır.

Oğlunuz bir üniversite bitirmek için değil, sevdiği ve istediği için okuması gerektiğini bilmeli.

Yüksek eğitim yapmak, oğlunuzun güvenini arttıracaktır. Çünkü kendi geleceği üzerinde etkili olmak konusunda insiyatif sahibi olacaktır. Farklı insanlarla bir araya gelmesi, geniş bir bakış açısı kazanmasını, hayatı yorumlamasını ve dünyanın sonsuz çeşitliliğini algılamasını sağlayacaktır. Bunu ona çok iyi şekilde anlatmalısınız.

Ona geleceğe hazırlamalısınız

Oğlunuza, üniversite okumakla elde edeceği faydaları saydıktan sonra, gelecek için bir adım önde olacağını da göstermelisiniz. Hızla endüstrileştiğimiz ve teknolojik ekonomi dönemine girdiğimiz şu günlerde, gelecekte uzman elemanlara daha çok ihtiyaç duyulacağını anlatmalısınız. Çünkü **içinde yaşadığımız çağ, ileri uzmanlaşma gerektiren bir çağdır. Bu uzmanlaşma da üniversiteden geçmektedir.** Bunu ona çok iyi açıklamalısınız ve isteyerek üniversite okumasını sağlamalısınız.

Sınav öncesi yapılması gerekenler

Üniversite okuması gerektiğine inanan ve buna en güzel şekilde hazırlanmak isteyen oğlunuz, öncelikle, **çalışma alışkanlığı** kazanmalıdır.

Çalışma, çalışma alışkanlığını kazanana kadar zordur. Bu alışkanlık kazanıldıktan sonra, artık bir zevktir.

En başta çalışma ortamını düzenlemeli. Ondan sonra, planlı ve dengeli bir çalışma temposuyla başarı elde edilecektir.

Psikolojik olarak sınava hazır olmak gerekir. Her şey bu sınav demek değildir. Oğlunuza bunu çok iyi anlatabilirseniz, sınav stresini azaltabilirsiniz.

Fiziki egzersiz yapmalı. Uyanık ve dinç kalma egzersizlerini öğrenmeli.

Rast gele tekrar yerine, düzenli tekrarlar yapmalı.

Düzgün ve özenli özetler çıkarmalı.

Daha önceki sınav sorularıyla hazırlık yapmalı.

Soru çıkması muhtemel konulara ağırlık vermeli.

Bol bol sınav denemeleri yapmalı. Böylece hem sınav tekniği kazanmış; hem de sınav stresini yenmiş olur.

Tüm bu hazırlıklardan sonra da rahat bir uyku ve doğru bir beslenmeyle işi oluruna bırakmalı.

Zamanı iyi değerlendirmeli

Dinlenme zamanlarını bir başka işle değerlendirirse, daha başarılı olacağının bilincinde olmalıdır. Mesela, matematikten yorulunca, resim yapması ya da müzik aleti çalması gibi...

> Oğlunuz bu yola kendi isteğiyle baş koyarsa, çevresinde kendisine her yönden yardım edecek kişileri de bulacaktır. Çünkü kendisini yetiştirmeye çabalayan, çalışkan bir öğrenciye yardım etmek isteyen, doğal olarak çok kişi çıkacaktır. İlk başta siz, onun en büyük yardımcısı olacaksınız. Böylece aranızdaki diyalog ve iletişim de kalite olarak artacak ve anne-oğul ya da baba-oğul olmanın ötesinde, iki arkadaş olacaksınız.

Oğlunuzun Meslek Seçimi

Sevdiği mesleği seçmesi önemli

İnsanlar gösterdikleri başarılarla, sadece kendi hayatını değil, ailelerinin, toplumların, devletlerin ve insanlığın geleceğini de etkilerler. Mesleğinde başarılı olan insanlar, çığır açma gücüne sahiptirler. Mesleğini sevmeyen kişinin bu çığırı açması mümkün değildir. İnsanların yeteneklerine uygun bir mesleğe sahip olmaları, başarılarını artırır ve işlerini severek yapmalarını sağlar.

Kişi sevdiği meslekle mutlu olur

Meslek seçimi aynı zamanda kişinin geleceğini belirlemek değil midir? Kişi, mesleğini seçerken, gelecekte mutlu olup olamayacağını da bir noktada belirliyor. Belki insan sevmediği bir meslekte de başarılı olabilir; ancak mutlu olacağını kimse iddia edemez. Düşünsenize, günün 24 saatinin 8 saatini uykuyla, 8 saatini işle, kalan 8 saatini de diğer uğraşılarınızla geçiriyorsunuz. Bu durumda insan, zamanının çoğunu işte harcıyor. İnsan sevmediği bir mesleği yapmaya ne kadar dayanabilir? Bu yüzden kendi yetenek ve isteklerinize göre meslek seçmelisiniz.

Sizin övgüleriniz ona yön verecektir

Oğlunuzun becerilerini ne kadar çok dile getirirseniz, kişiliğini de o kadar çok geliştirmiş olursunuz. Bu nedenle oğlunuza karşı gerçekçi bir şekilde sık sık olumlu takdirlerde bulunmalısınız. Yalnız burada dikkat etmeniz gereken şey, oğlunuzun davranış ve becerilerini övmeniz, kendisini değil.

Mesela, "benim yakışıklı oğlum, paşa oğlum" şeklinde değil, "benim çalışkan oğlum, benim becerikli oğlum, benim tertipli oğlum" gibi.

Övdüğünüz davranış ve becerilerin oğlunuzda var olmasına ve abartılı olmamasına da dikkat edin. Sizin bu övgüleriniz onun içindeki cevheri dışa vurmasına yardımcı olacaktır.

Oğlunuzun meslek seçiminde, doğuştan gelen ilgi ve yeteneklerinin yanı sıra, aile yakınları ve çevrenin yönlendirmesi de çok önemlidir.

Seçme ve karar verme çok önemli

Bu yaşa gelmiş oğlunuzun, önceden başlayan eğitim sürecinde, seçme ve karar verme yeteneğini geliştirmiş olmalısınız ki, artık kendi kararlarını verebilsin. Eğer bu zamana kadar onun yerine seçimlere yaparak, karar verme yeteneğini engellediyseniz, kendi mesleğini kendi seçmesi oldukça zordur. Oysaki **karar verme yeteneği gelişen gençlerin, güven duygusu da artmaktadır. Bu da onların mesleklerini seçmelerini kolaylaştırmaktadır.**

Anne baba olarak yapmanız ve yapmamanız gereklere dikkat edin

Bazı anne babalar, gerçekleştiremedikleri kendi özlemleri çocuklarının gerçekleştirmesini isterler. Böyle bir tavırla karşılaşan genç, ailesiyle çatışmaya girebilir.

Oğlunuzla çatışmaya girmeden, onun yetenek ve ilgilerini dikkate alarak onu yönlendirebilirsiniz. En doğrusu bir mesleğe yönlendirmek yerine, meslek seçiminde yardımcı olmak daha sağlıklı bir tutumdur.

Anne baba olarak, oğlunuzun daha başarılı olması için kıyaslamalar yapmanızın, onu kötü etkileyeceğini düşünmeniz gerekir. Çünkü bu durum, onun, kendisini yetersiz hissetmesine neden olabilir. Bunun için oğlunuzun olumlu yönlerini göstermeye çalışın.

"Bak kardeşin..." diye başlayan her cümle, oğlunuzun size karşı asi olmasına yol açarak, aile hayatınıza yeni kavgaları, yeni sorunları getirecektir. Her çocuğu diğer bütün çocuklardan ayrı tutarak değerlendirebilmelisiniz.

Eğer sizin düşüncenizle oğlunuzun seçimi çelişiyorsa, ekili iletişim becerilerini kullanarak, konuşmayı denemelisiniz. **Meslek seçimi konusunda yapılacak aşırı baskılar, oğlunuzun ders çalışma ve başarma isteğini düşüreceğinden, bu konuda aşırı baskı yapmayınız.**

"Kararına ve sana güveniyorum..." demek, iyi anne baba olmaktan çok, onun dostu, arkadaşı olmayı denemek anlamına gelir. Oğlunuzun sorumluluk duygusunu geliştirmek istiyorsanız, demokratik aile ortamı oluşturmaya ve oğlunuzun kararlarına güvenmeye çalışın. Unutmayın ki, günümüzde çocuğunun yanında olmayı denemeyen birçok anne ve baba, zaman içinde çocuklarıyla ilişkilerinin koptuğunu görmektedir. Anne ve babanın çocuklarının kararlarına güvenmeleri onları rahatlatır.

Oğlunuzun, kendi istekleri ve yetenekleri doğrultusunda seçim yapmasına izin veriniz. Meslek seçimi konusunda yol gösterebilir, fikrinizi söyleyebilirsiniz, ama son kararı siz değil, oğlunuz vermelidir.

> Bir insanın hayatında vermesi gereken, iki çok önemli karar vardır. Bunlar eş seçimi ve meslek seçimidir. Meslek seçimi çoğunlukla eş seçiminden daha erken yaşta yapılmak zorunda kalınan ve ailenin çocuğu aydınlatması gereken bir yol ayırımıdır.

Oğlunuzun ilgilerini iyi tespit edin

Yapılan araştırmalara göre, insan yaşamında kendini en erken belli eden yeteneklerin resim, müzik ve mekanik gibi alanlar olduğu ve bu yöndeki eğilimin 11 yaş civarında kendini belli ettiği anlaşılmıştır. İnsan yaşamında ikinci ilgi alanının matematik olduğu ve 14'lü yaşlarda ortaya çıktığı ve son olarak 16- 17'li yaşlarda bilimsel yeteneklerin görülmeye başladığı tespit edilmiştir. Ülkemizin ve dünyanın önde gelen resim ve müzik sanatçılarının biyografilerine dikkat edildiğinde, bu yöndeki yeteneklerinin küçük yaşlarda tespit edildiği ve erken yaşlardan itibaren eğitim almaya başladıkları görülmektedir.

Birçok anne baba, çocuklarını, "oğlum büyüyünce doktor olacak," telkini ile büyütür. Bunun nedenleri arasında, ülkenin ekonomik yetersizliklerine bağlı olarak yeterince gelişmemiş olan sağlık hizmetlerinden dolayı insanların çok ihtiyaç duydukları anlarda doktor bulamamalarının, basit sayılabilecek hastalıklardan dolayı çok sevdikleri yakınlarını kaybetmelerinin ve bu konuda çaresizlik içinde kalmalarının büyük rolü vardır. Bu acı tablo, aileleri çocuklarını öncelikle en çok ihtiyaç duydukları meslek alanlarında yetiştirmeleri konusunda bir arayışa yöneltmiş ve "oğlum doktor olacak" temennisi, çocukların küçük yaşlarda karşılaştıkları en önemli telkin olmuştur.

Ülkelerin gelişmesine paralel olarak, ailelerin meslek alanında çocuklarını yönlendirmeleriyle ilgili tercihlerde de değişmeler yaşanmaktadır.

> Aile olarak oğlunuzu, onun yaşadığı bu günlere göre değil, ona, geleceğin dünyasında bir yer açacak şekilde yetiştirmeli ve yeteneklerine göre geleceğin gözde mesleklerine doğru yönlendirmelisiniz.

Çocukların, aile mesleklerini devam ettirme yönündeki gelenek, giderek tarihe karışmaktadır. Oğlunuzun baba mesleğini değil, kendine uygun mesleği seçmesi en doğal süreçtir. Bunun için yine sizin yardımınıza ihtiyacı vardır, onu yalnız bırakmamalısınız.

Oğullarınızı gözlemlerseniz, onların hangi alana daha yatkın olduğunu görebilirsiniz. Her çocuğa, kendi özünü keşfetmesi için yardımcı olmak gerekir ki, istediği meslekte, mutlu olabilsin.

Meslek seçiminde hangi ölçütlere göre değerlendirme yapmak gerektiğinin üzerinde durmak gerekir.

Mesleklerle ilgili bir seçim yapmadan önce, kişi, kendisini tanımalı; ilgi alanlarını, yeteneklerini, güçlü ve zayıf olduğu yönlerini iyi tespit etmelidir. Mesleklerle ilgili beklentilerini ve hangi mesleği seçerse mutlu olacağını iyice analiz etmek için, kişinin kendisine "hangi mesleği seçersem başarılı olurum?" sorusunu sorması gerekir.

Çocuk, "annem, babam yakınlarım, değil, ben hangi mesleği istiyorum? Hangi mesleğe daha yatkınım?" diye düşünmelidir.

Meslek seçimindeki ikinci aşamaysa, çocuğun aklından geçen mesleklerle ilgili bilgi edinmesidir.

Oğlunuzun kendisini ve meslekleri tanıma sürecinde, hangi işi yaparsa mutlu olacağını saptama sırasında, anne baba olarak onun için malzeme toplamalısınız. Onda gördüğünüz yetenekleri, nasıl bir işi ona uygun bulduğunuzu ona aktarmalı, ama son kararı kendisinin vermesi gerektiğini özellikle vurgulamalısınız. Bu kararın sorumluluğu oğlunuza ait olmalı, bunun bilincinde olarak karar vermelidir.

Hedeften vazgeçmek yok

Tanıdığım bir yemek ustası, yemek yapmak ve bunu çevresiyle paylaşmak yolunda uğraş veriyordu. Televizyon programları, yemek yarışmaları gibi... Sonra bir sağlık sorunu yaşadı ve şeker hastalığına yakalandı. Çok istediği halde yemekten vazgeçmek zorunda kaldı. Bir sene gibi bir dönem, depresyona girdi. Daha sonra çok önemli bir yemek kitabı yazarı oldu. Özellikle şeker hastalarına yönelik tarifleri çok beğenildi.

Bu örnekteki gibi, insan yenilgiyi kabul etmeyip, idealine uygun, farklı stratejiler geliştirebilir.

Eğer bir çocuk, yetenekli olduğu halde, ilk yenilgide hedefinden vazgeçiyorsa, anne baba ona destek olmalı; çocuğun başarılı olabileceğine inandıklarını söyleyip, onu da kendisine inandırmalıdırlar. Çocuk, eğer şeker hastası yemek yazarında olduğu gibi, kaçınılmaz bir nedenden ötürü, hedefinden vazgeçiyorsa; yeteneğini başka bir yere kanalize ederek yönlendirmek olumlu sonuç verir.

Meslek seçiminde önemli noktalar

Gelişmiş ülkelerdeki meslek talebi, oralara gidenlerden, medyadan ve internetten araştırılarak göz önünde tutulmalıdır. Çünkü **gelişmiş ülkelerdeki mesleklerin önemine vakıf olanlar, ülkemizin geleceğini okumuş olurlar.**

Herkesin talip olduğu ve yaptığı meslek yerine, nadir olanı tercih etmek, her zaman kârlıdır.

Engellemeler, ümitsizlik doğurur. Özellikle aileye, çevreye, kültürel hayata, mali duruma bakarak karar veren, kendi güçlerini ölçü olarak almayan gençlerin meslek seçimi; genellikle yanlış hedefler doğrultusunda olur.

Oğlunuzu mesleğe yönlendirirken çok para kazanmasını değil, insanlara hizmet etmesini ön plana almalısınız.

Aileden Uzakta Okumak İstiyor

Ayrılmasından değil, bağımlı olmasından korkun

Sizin oğlunuz da aynı istekle size gelirse şaşırmayın. Çünkü erkek çocuklar, ergen olduktan sonra anne babaya bağımlı yaşamak istemezler. Eğer sizin böyle bir bağımlılığınız varsa, bu sağlıklı bir durum değil. Oğlunuzun da size bağımlı olmasını sağlamış olursunuz ki, bir erkek çocuk için olabilecek en kötü şeyi yapmış olursunuz. Çünkü oğlunuz kendi kararlarını verememe, her durumda size danışma gibi bir eğilim içinde olur. Bunun aşırı boyutlara varması profesyonel bir yardım almayı gerektirebilir.

> Oğlunuzun sizden uzakta okumasından, sizden ayrılmak istemesinden değil, size bağımlı olmasından korkun.

Küçük bir çocuk gibidirler

Aileye bağımlı yetişen erkek çocuklar, ilerleyen yaşlarına rağmen, hala annelerinin küçük çocukları gibi davranırlar. Kendi zevk ve beğenileri, istem ve iradeleri adeta hiç gelişmemiş gibidir. Ne giyecekleri, ne yiyecekleri, nerelere gidip nerelere gitmeyecekleri, kimlerle arkadaşlık edecekleri gibi her konuda anne babaya bağımlıdırlar. Onlar olmadan kendi kararlarını veremezler.

Böyle yetişen erkek çocuklar ilerde iş hayatına atıldıklarında ve evlendiklerinde çok sorun yaşarlar. Zaten bir kızla tanışmak gibi bir durum da söz konusu olmaz. Çekinir ve utanırlar. Evlenmekten de bu yüzden korkarlar. İş hayatlarında da, uzak bir yere gidemez, iş gezilerine çıkamaz, uçağa kendi başına binemez, başka bir yere tatile bile gidemezler. Beceriksiz ve korkak bir davranış gösterirler.

Dengeyi elden bırakmamak gerekir

Oğlunuz size geldi ve yüksek okulu bulunduğunuz ilin dışında okumak istediğini söyledi. Hemen kabul edin ve gönderin demek doğru değil, ama hemen kesip atmak da doğru değil. Onunla oturup bu konuyu etraflıca konuşun. Artı ve eksilerini iyi belirleyin ve dengeli bir kararı birlikte verin. En doğru olanı ise, aile olarak böyle bir istek karşısında hemen paniğe kapılmayın. "Oğlumuz bizi istemiyor, bizden kurtulmak istiyor" şeklinde düşünüp kendinizi üzmeyin. Aslında bu istek de bir erkek çocuk için doğal bir durum.

> Oğlunuzu yetiştirirken, rol ve görevlerinizi doğru kavramışsanız, böyle bir istek karşısında engelleyici olmak yerine, destekleyici ve kolaylaştırıcı davranırsınız. Çünkü oğlunuzun kendi kendine yeten, bağımsız bir kişilik geliştirmesinin, ideallerini adım adım gerçekleştirmesinin, hayatta başarılı ve mutlu olmasının, böylesi bağımsız olma isteğiyle orantılı olduğunu bilirsiniz.

İstek öncesi tutum

Oğlunuzun bu istekte bulunması kadar, onu bu isteğe iten sebepler daha önemli. Öncelikli olarak bunları bilmek gerekir. **Neden oğlunuz sizden uzakta okumak istiyor? Bunun altında yatan sebepler neler?** Evde baskın ve otoriter bir tutumun olması, her şeye açıklama yapılmadan izin verilmemesi, gencin isteklerinin kâle alınmaması, ona değer verilmemesi, çocuk gibi davranılması, sürekli tartışma ortamı olması, aile içinde sevgi ve saygının azalması gibi sebepler, oğlunuzun böyle bir karar almasında etkili olabilir.

Erkek çocuklar, daha özgür, gönüllerince yaşama isteğiyle böyle bir karar alabilirler. Bunun için de yüksek öğrenimini başka kent ve ülkelerde yapmayı ve orada çalışmayı isterler. Aile ortamından ve anne baba denetiminden uzak kalmak isterler. Yani bir nevi kaçış. Ama kendini daha iyi yetiştirmek, gideceği yerin kendisi için daha iyi sonuçlar getirecek olması, bir kaçış değil, bir başarı için, kendine güvendiği için gitmek istemesi ise, normal ve doğal bir durumdur. Bu ayrımı yaptıktan sonra, en doğru kararı beraber verebilirsiniz.

Gittiği zamanki tutumunuz ne olmalı?

Oğlunuzun gitme isteğini doğru buldunuz ve gitmesini desteklediniz. Peki, şimdi ne yapacaksınız? Onun sadece maddi desteğe değil, manevi desteğe de ihtiyacı olduğunu unutmayıp, sevgi ve şefkatinizi eksik etmeyeceksiniz. Artık teknoloji her şeyi kolaylaştırmaktadır. Telefon, internet, ayrılığınızı gidermek için en ideal araçlar olarak hizmetinizdedir. Böylece aranızdaki iletişimi ve sevgi bağını daima canlı tutmuş olacaksınız. Bu ilk ayrılık olabilir, ama son değil. Bu yüzden eşler olarak birbirinize yetmeye, oğlunuzun sizden uzak yaşayabileceği ihtimalini düşünmeye başlamalısınız. Buna kendinizi şimdiden alıştırır ve farklı uğraşlarla kendinize yetmeye çalışırsanız, oğlunuzun önünü açmış ve gelecek için önemli bir adım atmış olursunuz.

Oğlunuzla aranızdaki ilişki ne kadar olumlu olursa olsun, günün birinde bu ayrılıkların zamanları daha da uzayacaktır. Zaten gençlik çağı, baba ocağından ayrılma çağıdır. Bu sadece erkek için değil, kız çocuk için de aynıdır. Anne baba olarak bu duruma kendinizi şimdiden alıştırırsanız çok iyi olur.

Oğlunuz **19** Yaşında

Haksızlığa Dayanamıyor

Doğru öfke yararlı olabilir

Oğlunuzun 19 yaşına girmesi onun artık özgür bir birey olduğunu ve kendi fikirlerini savunmak için her türlü riski göze aldığını gösterir. Kanı deli dönemlerin sonlarını yaşayan oğlunuz, haksızlığı önlemek için risk almaktan korkmuyor. Belki de siz bunu "çok öfkeli" ya da "çok çabuk öfkeleniyor, her şeyi kızıyor" olarak da değerlendirebilirsiniz.

Elbette sağlıklı ve sağlıksız öfkenin iyi ayırt edilmesi gerekir.

Sağlıksız öfke, genellikle kişiye ve çevresindekilere zarar verir. Ayrıca şiddet ve hiddet içeren davranışlara dönüşebilir. Fakat öfke, tüm diğer duygular gibidir. **Yeri ve zamanı vardır ve uygun bir şekilde kullanıldığında enerji ve kararlılık duygusu oluşturur.** Yanlış kullanıldığında ise zarar verir.

Öfkeyle başa çıkmanın ipuçları

Oğlunuzun haksızlığı tahammülü yok, bu konuda öfkesinde de sınır tanımıyor. O zaman ona şu ipuçlarıyla yardımcı olmalısınız:

İnsanların davranışları hakkında olumlu düşünmesini tavsiye edin. Olumsuz düşünmenin kendisine ne yarar sağlayıp sağlamadığın sorun. İnsanlar için iyi şeyler düşünmesi gerektiğin anlatın.

Bir haksızlıkla karşılaştığında, onu sakince halledemeyecek ve öfkesine yenilecekse, oradan uzaklaşmasını önerin. Mesela babasıyla bir konu hakkında tartışıyor ve öfkesine hakim olamıyorsa, odadan çıkmasını sağlayın ve sakinleşince tekrar konuşmayı denemesini söyleyin.

Oğlunuzun kararlı olmayı öğrenmesi gerekir. Çünkü kararlı olmak, ne hissettiğini ifade edebilmek için daha uygun yollar sunacaktır.

Bir de ona öfkelendiği zaman nefes egzersizi yapmasını yani derin derin nefes almasını önerebilirsiniz.

Bunlar da geçecektir

Oğlunuza dengeli olmayı öğrettiyseniz, bu öfke nöbetlerinden korkmanıza gerek yoktur. Çünkü o, size ve hayata karşı, kendini ispatlamak istiyor. Haksızlıklara da bu kadar çabuk tepki vermesi, "ben de varım, benim de fikrim var," şeklinde bağımsız olduğunu göstermek içindir. Oğlunuzun öfkesi çabuk alevlenebilir, ama heyecanlanmanıza gerek yok, çünkü çabucak da söner. Sizin tüm iyi niyetinize rağmen bu tartışma zamanları kavgaya kadar gidebilir. Fakat sonra oğlunuz tüm bu olanları unutur. Siz de büyütmeyin ve tekrar tekrar gündeme getirmeyin. **Ona hakkını nasıl arayacağını ve haklıyı nasıl savunması gerektiğini öğretin yeter.**

Haklar, kavga ve öfkeyle elde edilmez. Bunun akılcı yolları vardır. Öncelikle bu konuda iyi örneklik etmeli, müspet davranmalı ve en önemlisi sabırlı olmalısınız.

Babayla Tartışma Seansları

Babayla tartışmak bir süreçtir

Babası, artık oğlunuzun gözünde, her yaptığı, her söylediği doğru, mükemmel biri değildir. Bundan böyle babasını, artı ve eksileriyle, objektif olarak algılayıp değerlendirir. Tabi anne için de farklı durum söz konusu değildir, ama anneler bu süreçte babalara oranla oğullarının büyüdüğünü daha çabuk kabul etmişlerdir. Onun için pek tartışmaya girmezler. Oğlunuz bu dönemde babasını hiç çekinmeden eleştirecektir. Fakat yine de babasını, zayıf ve güçlü yanlarıyla olduğu gibi kabul edip sevmektedir.

> Oğlunuz babasıyla tartışıyorsa, kafaya takıp üzülmeyin. Bu, kendini bulma çabasının belirtisidir. Onun için babası, beğenilen yönleri alınıp övünülecek, ama eleştirilmesi gerektiğinde de acımasızca eleştirilecek biridir.

Başka modeller arar

Oğlunuz babasıyla tartışıyorsa, kendine uygun rolleri bulmaya çalışıyor demektir. Eğer babası onun için hiçbir şey ifade etmiyorsa, demek ki hayatında örnek aldığı başka kimseler vardır. Bu bazen okulundaki bir eğitmen, bazen çevredeki bir yetişkin, bazen bir sanatçı, bir sporcu, bir iş adamı veya bir devlet adamı olabilir. Bu durumda **baba rol modeli olma durumunu kaçırmak istemiyorsa, oğluyla konuşmalı, onu dinlemeli ve ona tartışma imkanı vermelidir. Bunda tedirgin olacak bir durum yoktur.**

Babasının Arabasını İstiyor

Her isteği olmayabilir

Eskiden küçük arabalarla oynamayı seven oğlunuz, artık bunun gerçeğini istemektedir. Oğlunuzun bu isteği hemen yerine getirilebilecek bir şey değildir. Bir kere bunun eğitimini ve belgesini alması şart. O belge için bir kursa gitmesi ve araç kullanmayı bilmesi gerekir. Bugüne kadar vermeye çalıştığınız eğitimde, her istediğinin anında olmayacağı da vardı. Bu bilinçle yetişen oğlunuz, bu isteğinin makul bir zamanda olmasını anlayacaktır.

Makul kararlarda birleşebilirsiniz

Maddi imkânlarınız el veriyor, oğlunuz da araç kullanma ehliyetine sahipse, makul kararlarda birleşebilirsiniz. Sadece bunun fayda ve zararını iyi düşünmek gerekir. Ancak oğlunuzun bu kararında ısrarcı olması, arabayı alarak hız tutkusunu tatmin etmeye çalışması doğru değil. Çünkü kanı deli dönemlerin en belirgin özelliği, bu tür heyecanlı şeyler yapmaktır. Ama bu heyecanlar kendine ve çevreye zarar verici türden olmamalıdır.

Araç kullanmayı bilmek güzel

Dahа erken yaşlarda araç kullanmayı öğrenmesi, hatta zamanı geldiğinde bunun ehliyetini almış olması güzel. Fakat her yerde olduğu gibi, burada da dengeyi sağlamak çok önemli. Ailede araç varsa her erkek çocuk, böyle bir istekte bulunur. Ama anne baba olarak bunun gereklerini ve zamanını ona siz anlatmalısınız.

İyi anne baba, iyi bir tezgâhtardır

Bir tezgahtar düşünün. Her gelen müşteriyle güler yüzle ilgilenir, isteklerini kibarca sorar, mağazalarındaki alternatifleri gösterir. Siz de aynen bir tezgahtar gibi güler yüzle oğlunuzla konuşun, isteğini dinleyin ve alternatiflerinizi sunun.

Babasının arabasını isteyen oğlunuza, onun babaya ait olduğunu ve ondan izin istemesini söyleyin. Eğer "zaten vermek zorundasınız, neden vermiyorsunuz ki?" diye düşünürse, arabaya bir zarar verdiğinde tedirgin olmaz, çevreye hava atmaktan hoşlanır. Ama arabanın kendi malı değil de, babasının olduğunu bilirse, zarar vermemeye çalışır, artistlik hareketlerden uzak durur.

> Kıymet bilmezliği ve hazır yiyiciliği önlemek için, "babanın arabası" fikrini, oğlunuz kabul etmeli. Ama kendi gücüyle bir araba alması da teşvik edilmeli.

Oğlunuzun altın bileziği

Oğlunuzun her zaman için altın bir bileziği olmalı. İşte araba kullanmayı öğretmeniz de, bu altın bileziklerden bir tanedir. Hem baba oğul arasındaki kaynaşmayı attırır, hem de aile içi dayanışmayı kuvvetlendirir. Mesela, baba hastalandı ve arabayla bir yere gitmek gerekiyor, ehliyeti olan oğulun götürmesi ne kadar güzel olur. Oğlunuz güzel bir iş yaptığı için kendine güven duyar. Bu yüzden yaşı geldiğinde oğlunuza araba kullanmayı öğretmelisiniz. Ama tedbirleri elden bırakmamalı, baba malını kullanma noktasında dikkatli olması gerektiğini, ona benimsetmelisiniz. Oğlunuzun ilerde işine yarayacak ve ihtiyaç duyacağı bir işi şimdiden öğrenmiş olması, onun özgüvenini artıracaktır.

Kuşak Çatışması Olduğunu Düşünüyor

Hep var olan bir şey

Kuşak çatışması yeni bir kavram değildir, yüzyıllardır var olan ve tartışılan bir durumdur. Bundan binlerce yıl önce yazılan Mısır papirüslerinde bile, baba oğul arasındaki kuşak çatışmasıyla karşılaşıyoruz.

> Kuşak çatışması, insanın öğrendiği doğruların, sosyolojik süreçte değişmesi ve sorgulanması sonucu ortaya çıkan bir şeydir.

Değişime ne kadar açık olduğunuz önemli

Kuşak çatışmasını en az dozda yaşamak için, insanın değişebilme yeteneğinin olması gerekir. **Bu çağın en büyük özelliği, zaman baskısı ve hızıdır.**

Yüz sene önce elektrik olmadığı için hız da yoktu. Endüstri devrimiyle beraber insanlık çok ciddi bir değişim yaşadı. Daha önce geceleri çalışmaz, sadece uykuda geçirirken, artık gece dilimini de kullanmaya başladık. Böylece insanlar, kendilerine daha az, çalışmaya daha çok vakit ayırdılar. Bunların sonucunda da toplumsal yapı değişti, stres düzeyi yükseldi ve kültür etkilendi.

Değişim sürecinde yeni duruma ahenk sağlayabilenler ayakta kaldılar ve kalıyorlar. Uyum sağlayamayanlar ise, kuşak çatışması yaşayarak hayatı kendilerine ve çevrelerine zehrederek geçiriyorlar. Hâlbuki değişime ayak uydurarak gençlerle aranızdaki bu uçurumu kapatabilirsiniz.

Kültürel bilinci geliştirin

Oğlunuz kendisine dayatılana karşı, savunma ve direnç geliştiriyor. Fakat baskıdan uzak olarak, isteklerinizi ona özendirerek sunmanız, doğru sonuca ulaşmanızı sağlayacaktır. Oğlunuzun kültürel bilincini doğru geliştirdiyseniz, korkmanıza gerek yok.

Kültürel bilinci yerleşmiş gençler, kuşak çatışması yanlışlığını yaşamazlar.

Bunun için, oğlunuzla aile büyüklerini buluşturmanız, sohbet ortamı oluşturmanız; varsa köyünüze, aile büyüklerinizin yaşadığı beldelere gitmeniz, oradaki yaşam hakkında oğlunuza bilgi vermeniz önemli bir adımdır.

> Kültür değerlerine yabancı olmayan ve onların dayatmayla değil, nesilden nesile aktarılan önemli şeyler olduğunu bilen gençler yetiştirirsek, böyle bir kuşak çatışmasının olması da söz konusu olmayacaktır. Aynı zamanda sizin de gençlerin dünyasını anlamanız ve empati kurmanız gerekir.

"Bizim zamanımızda..." diye başlayan cümleler, sadece gençlere değil, bu yaşınızda size bile söylense hoşunuza gitmez. Olayı, bir de bu yönüyle düşünmek gerekir.

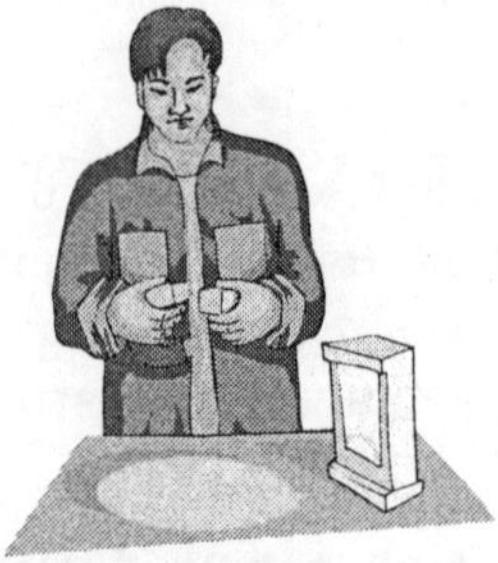

20 Yaşında Olmayı Sevdi

Büyüdüğü ispatlanmıştır

Ergenlik bunalımını atlatan, yavaş yavaş hayata ve yetişkinler sınıfına dahil olmaya çalışan oğlunuz, bu yeni durumdan memnundur. Çünkü artık büyüdüğünü ispat etmek zorunda değildir. Bu da onu çok mutlu etmektedir.

Hayata karşı bazı tereddütleri vardır, ama yeni konumundan memnundur. Siz de onun için, "çok şükür yolunu çizdi, ne olacağını biliyor" şeklinde gururlanır ve bunu çevrenizle paylaşırsınız. Oğlunuz bu tür sözlerinizi duydukça daha çok mutlu olur.

İlişkinizi yeniden gözden geçirmelisiniz

Bu yeni durum, ilişkilerin yeni ortam ve koşullara göre tekrar gözden geçirilmesini gerekli kılmaktadır. Sağlıklı iletişim için bu yeni düzenleme şarttır.

Eğer saygı ve sevgi bağlarında bir kopukluk yoksa, ergenliğin olumsuzluklarından kurtulmuş oğlunuzla uyumlu bir birlikteliğin devamı güç olmayacaktır. Ama yine de bazı kuralları göz ardı etmemek gerekir.

Mesela, oğlunuzla sizlerin ayrı ayrı çok etkin özel hayatlarınız olsa da en azından sabah kahvaltılarını birlikte yapmayı ihmal etmeyin. Böylece sıcak ve duygusal paylaşımların olduğu çok özel anlar yaşamayı sürdürmüş olursunuz. **Dertleşmek ya da havadan sudan konuşmak için haftada en az bir kez birlikte olmayı ihmal etmeyin. Bunun için fırsatlar oluşturabilirsiniz.**

Anne babalığa devam

Oğlunuz 20 yaşına geldi, ama sizin anne babalığınız bitmedi. Bu süreçte ve her zaman, oğlunuzun yanlış tutum ve davranışları karşısında, anne baba olarak birlikte ve uyum içinde davranın. Toplumun da onayının önemli olduğunu ona uygun dille anlatmayı unutmayın.

Anne babalığınızın devam ettiğini düşünüp, 20 yaşındaki genç adamın her şeyine karışmayın. Özel zamanlarına ve arkadaşlarına saygı duyun. Aşırı istekleri varsa da, onları birlikte geçirdiğiniz zamanlarda uygun bir şekilde izah edin. Evinizin olmazsa olmaz kurallarının devam ettiğini, büyümüş olmakla bunların değişmeyeceğini ona hatırlatın. Ama ara sıra esnek davranmaktan da kaçınmayın.

Her zaman için onun yanında olduğunuzu ona hissettirin. Ancak istemediği sürece ona nasihat vermeyin ve onu yönetmeye kalkışmayın.

Bazen kendi sorunlarınızı onunla paylaşın ve yardım isteyin. Önerilerine değer verin ve kabul ettiğinizi gösterin.

Üniversiteli Olmak Ona Yaradı

Güzel tercihler yaptı

Üniversiteye giden oğlunuz iyi tercihler yaptığı için çok mutlu. Çünkü kendini tanıması ve sizin yardımınızla istediği okulda okumak, onu çok rahatlattı. Üniversiteli olmak, önünü daha rahat görmesini sağladı. Peki, **bu tercihleri yaparken nelere dikkat etmek gerekir?** İyi bir üniversite, iyi bir iş imkanı demekse bu nasıl başarılır? Örnek olması için sayısal, sözel ve eşit ağırlık için seçmenizi önerdiğimiz meslekleri bir gözden geçirelim.

Bilinçli tercih çok önemli

Birçok insan, seçtiği mesleğin getireceği hayat biçimini iyi incelemediği için başarısız, verimsiz ve mutsuz olmaktadır. Bu sebeple "tercih listesi"ni dolduran oğlunuz, yazdığı her üniversite için kendisine şunları sormalıdır:

* Seçtiğim bu okul bana bir meslek kazandıracak mı?

* Bu mesleğin hayat biçimi beni mutlu edecek mi?

* Seçtiğim okulda kendimi yetiştirmiş mi olacağım? Bu okulda olmam ilgi alanımı genişletecek mi?

Tüm bu sorulara cevabı "evet" ise, seçtiği okul doğru okuldur. İşte oğlunuz bu sorulara "evet" diyebildiği için üniversiteli olmak onu mutlu kılar.

Tercih listesinde hangi okullar var?

Oğlunuz üniversite için seçim yaparken lisede okuduğu alandan tercih yaparsa daha avantajlı olur. Mesela, sözel bölümde okuyan birinin üniversitede sayısal bölüm seçmesi hem çok zor, hem de doğru değildir. Bu yüzden ilk tercihler lisede belirlenmiştir.

Sözel bölüm

Basın ve Yayın: Bu bölümün amacı, basın, radyo, televizyon, halkla ilişkiler, sinema, reklamcılık ve turizm gibi kitleye yönelik alanlarda eleman yetiştirmektir. Bu amaçla toplumsal, siyasal ve ekonomik olayları kavramayı sağlayacak biçimde çok yönlü kültür, teknik ve uzmanlık bilgileri verilmekte; Türkiye'nin iletişim yaşamına ilişkin konularda eğitim ve araştırma yapılmaktadır. Buradan mezun olanlar, basın yayın sektöründe üretim elemanı ya da uzman yönetici olarak çalışabilirler.

Halkla İlişkiler: Bu bölümün amacı, özel ve kamu kurumlarında, kurumu halka tanıtacak, kurumun çalışmalarına karşı halkta ilgi uyandıracak elemanlar yetiştirmektir. Bu bölüme girmek isteyenlerin, sözlü ve özellikle yazılı anlatımda ve insan ilişkilerinde başarılı olmaları ve sosyal bilimlere ilgi duymaları gerekir. Mezunlar, fabrika, üniversite, gazete, hastane, banka gibi her türlü kamu ve özel kuruluşta, iş bulma olanağına sahiptirler.

Öğretmenlikler: Sözel bölümle tercih edilen her türlü öğretmenlik için de, çocukları ve insanla ilgilenmeyi sevmek ve sevdiği dalda tercih yapmak gerekir.

Sayısal bölüm

Aktüerya Bilimleri: Bu bölümün amacı, kaza, hastalık, yangın, vb. olasılıkların ve buna dayalı sigorta ve emeklilik koşullarının hesaplanması konusunda eğitim yapmaktır. Bu bölüme girmek isteyenlerin analitik düşünme gücüne sahip, matematik ve ekonomiyle ilgili, ayrıntı ile ilgilenmekten sıkılmayan, dikkatli ve yeniliklere açık kimseler olmaları gerekir. Mezunlar, "Aktüer" unvanı ile görev alırlar. Sigorta şirketlerinde, resmi sosyal güvenlik kurumlarında iş bulurlar.

Bilgisayar Bilimleri: Bu bölümün amacı, bilgisayar sistemlerinin yapısı, tasarımı, geliştirilmesi ve bu sistemlerin kullanımları ile ilgili konularında eğitim yapmaktır. Mezunlar, "Bilgisayar Programcısı" unvanı alırlar. Bilgisayar bölümü mezunlarının yönetim, eğitim, endüstri, ticaret ve hizmet alanlarında faaliyet gösteren çeşitli kamu ve özel kuruluşlarda, bankalarda, üniversitelerde, bilgisayar firmalarında çalışma olanakları vardır.

Bilgisayar Mühendisliği, Bilgisayar Teknolojisi ve Bilişim Sistemleri, Bilişim Sistemleri Mühendisliği, Yazılım Mühendisliği gibi bölümlerin de önü açık ve iş bulma imkanı fazla olan bölümlerdir. Bilgisayarla ilgili öğretmenlikler de, ideal meslekler arasındadır.

Biyokimya: Bu bölümün amacı, biyolojik bilimler, sağlık bilimleri, beslenme ve çevre olayları ile ilgili konularda eğitim yapmaktır. Mezunları; gıda, ilaç, tıbbi kimyasal maddeler, tarım ilaçları, kozmetik ve deterjan sanayileri ve fermantasyon teknolojisine dayalı sanayi kollarında, üniversite, tıbbi tarımsal ve çevre araştırma merkezlerinin araştırma laboratuarlarında görev alabilirler.

Elektrik-Elektronik Mühendisliği: Bu bölümden mezun olanlar, PTT, TRT; Türk Telekom gibi kamu kuruluşlarında, bir kısmı da özel sektörde çalışmaktadır.

Elektrik Mühendisliği, Elektronik ve Haberleşme Mühendisliği, Telekomünikasyon Mühendisliği, Elektronik Mühendisliği gibi bölümlerin de önü açık.

Endüstri Mühendisliği: Bu bölümün amacı, ürün veya hizmet üreten kuruluşların verimliliğini yükseltmek amacıyla insan, makine ve malzemenin etkili bir şekilde kullanılması için yöntem ve tekniklerin geliştirilmesi ve uygulanması konularında eğitim vermektir. Mezunları, kamu ve özel sektöre ait fabrikalarda iş bulabilirler.

İmalat Mühendisliği-Üretim Mühendisliği: Bu bölümden mezun olanlar, otomotiv, uçak, beyaz eşya, elektronik malzeme, demir çelik, petro kimya, cam ve seramik, plastik sanayi gibi sektörlerde görev alabilirler.

İnşaat Mühendisliği: Bu bölümden mezun olanlar, Bayındırlık ve İskan, Orman, Tarım ve Köy İşleri, Enerji ve Ulaştırma Bakanlıkları'nda, Devlet Su İşleri ve Karayolları Genel Müdürlükleri'nde görev alabilir.

İşletme Mühendisliği: Bu bölümden mezun olanlar, fabrikalarda ve atölyede üretim faaliyetlerinin planlanması, finansmanı, organizasyonu ve kalite kontrolünde mühendis ve yönetici olarak görev alabilirler.

Makine Mühendisliği: Bu bölümden mezun olanlar, sanayinin hemen her dalında proje, üretim, planlama, yönetim, işletme, bakım, servis, satış, pazarlama ve tasarıma dayalı çalışmalar yapabilirler.

Sağlık Memurluğu: Bu bölümün amacı, insanların sağlık sorunlarını çözmede yardımcı olacak insan gücünü yetiştirmektir. Sağlık memurları, özel ve resmi hastanelerde, dispanserlerde, sağlık ocaklarında, ana-çocuk sağlığı ve ilkyardım merkezlerinde, görev alabilirler.

Tekstil Mühendisliği: Bu bölümün amacı, tekstil hammaddelerini değişik tekniklerle işleme ve bu alanda yeni teknikler geliştirme konusunda eğitim vermektir. Tekstil sanayii ülkemizde giderek artan daha çok önem verilen ve gelişen bir alandır.

Eşit ağırlık bölümü

Bankacılık ve Finans: Ülkemizde bankacılık ve finans sektörünün gelişmesiyle birlikte, bu alanda yetişen elemanlara duyulan gereksinim artmıştır.

Hukuk: Çalışma alanları, yaptıkları stajın konusuna göre hâkim, savcı ve avukat olarak görev yapmaktadırlar.

İktisat: Son yıllarda en çok bankalar ile eğitim ve araştırma kurumlarında istihdam edilmektedirler.

İşletme: Çalıma alanları: Fabrika, okul, çiftlik, maden gibi işletmelerde görev alabilirler ya da imkânları varsa kendi işletmelerini kurabilirler.

Maliye: Çalışma alanları: Maliye ve Gümrük Bakanlığı, Türkiye Cumhuriyeti Merkez Bankası, Kamu İktisadi Teşebbüsleri, DPT, Mahalli idareler, Sayıştayın yanında diğer kamu kuruluşlarıyla bankalarda ve özel sektörün değişik kuruluşlarında iş bulabilirler.

Psikoloji: Bu bölümün amacı, insan davranışlarının, gözlem ve deney yöntemlerini kullanarak, bilimsel bir biçimde incelenmesi ve nedenlerinin ortaya çıkarılması konularında eğitim yapmaktır. Bu bölüme girmek isteyenlerin, soyut düşünebilen, düşüncelerini söz ve yazıyla ifade edebilen, mantıksal bağlantılar kurabilen, psikoloji yanında felsefe, sosyoloji ve matematiğe ilgi duyan, ayrıca insanları anlamaya istekli, bilimsel meraka sahip bir kimse olması gerekir.

Uluslararası Ticaret: Bu bölümün amacı, hızla gelişen dünya ticaretinde Türkiye'nin ihtiyacı olan ekonomi, işletme, ticaret, uluslararası bankacılık ve finans konularında bilgi ve beceriye sahip elemanları yetiştirmektir. Maliye, Dışişleri, Ticaret Bakanlığı'yla, devlet planlama teşkilatı gibi kamu kuruluşlarında göreve alabilirler. Bankalar, çok uluslu şirketler ve ithalat ihracat yapan özel kuruluşlar da çalışabilecekleri yerlerdir.

Dil bölümleri

Bu bölümler için de yeter derecede yabancı dil bilmek gerekir ve önü açık dillerin seçilmesi önemlidir.

İki yıllık bölümler

Eğer oğlunuz bir meslek lisesi mezunuysa, okulunun yüksek eğitimini almalı, hiç değilse ön lisans eğitim veren iki yıllık okulları tercih etmeli. Tabi dört yıllık olanları tercih etmesi en güzelidir.

Neler Hissediyor Neler?

Başarılı olmak istiyor

Başarı, bir kuşun iki kanadı gibidir. Kuşun gökyüzünde özgürlüğe uçması, daldan dala konması, hayatından zevk alması, kanatlarının olmasına bağlıdır. Kanatlarından biri kırık olan kuşun, mutlu olabileceğini düşünebilir misiniz? O kuş, bir daha masmavi gökyüzüne kanat çırpabilir mi? İstediği dala konabilir mi?

Kuşun bir kanadına inanç, diğerine de çalışma adını verebiliriz. Kuşun gökyüzüne açılması, inanç ve çalışma kanatlarının sağlam olmasına bağlıdır. Birisini kaybeden, her şeyini kaybeder. İnsanlar da inanç ve çalışmadan yoksun iseler, bir kanadı kırık kuş gibi başarıya uçamazlar.

İnanç yoksa başarıyı yakalama çabası da yoktur. Çalışma yoksa başarılı olma inancı da kaybolur. Bu yüzden **oğlunuzun başarı isteğine destek verin. Elinden tutmanıza gerek yok, sizi yanında hissetsin yeter.**

Olumsuz duygulardan kurtulmak istiyor

Hayat, her zaman kolaylıklarla çıkmaz insanın karşısına. Oğlunuz da hayata hazırlanırken bunu bilmeli. Ama öncelikle olumsuz duygularla baş etmeyi başarmalı. Zaten o da bu yaşta, bu duygulardan kurtulmak ve olumlu düşünmek istiyor. Çünkü **olumsuz duygulara yenilmiş insan, hayat yolunda mutluluk ve başarıyı yakalayamaz.** Bu yüzden oğlunuza, olayların iyisi veya kötüsü olmadığını gösterin. "Kocaman adam oldu hala mı benim desteğime ihtiyacı var?" demeyin. Ona, düşüncelerinin, yaşanılan olaylara iyi veya kötü anlam yüklediğini anlatın.

Öncelikle oğlunuzun yapması gereken, olaylara bakış açını değiştirmektir. Durumu ne olursa olsun başarıyı yakalayabilir. İlk iş, sürekli onu rahatsız eden olumsuz düşüncelerden kurtulmaktır. Davranışın oluşması, önce düşüncede, sonra da bedende gerçekleşir. Başarıyı yakalamanın yolu da önce başarıya zihnen inanmak, sonra bu inancı gerçekleştirmeye çaba göstermektir.

Herkesin yaptığını o da yapabilir

Unutmayın, bir işi her hangi bir kişi yapabiliyorsa sizin oğlunuz da yapabilir. Çünkü bir insanın yapabileceğini bütün insanlar başarabilir. Yeter ki kendine olan güvenini yitirmesin. Başarıyı yakalaması için, her şeyi başarabilme gücünün elinde olduğunu hissettirin ve ona "sen istediğin sürece, başaramayacağın iş yoktur," deyin.

Cesaretini artırmalı

Kendine güveni olmayan insanlar, ürkek tavşan gibidir. Tavşanlar kendilerini tehlikede hissettikleri anda büyük bir hızla yuvalarına doğru koşmaya başlarlar.

Kendine güveni olmayan insanların davranışları, ürkek tavşanlardan farksızdır. Bir işi yaparken, sürekli tedirgindirler. Her an olumsuz şeylerin olabileceğini düşünerek, başarılı olmak için çalışma yapmaktan çekinirler. Çünkü yaptıkları her davranışın, olumsuz bir sonuca varacağını düşünürler. Bu durum onları korkutur. Korku anında ise, insan kendisini daha çok tehlikeye atmamak için mümkün olduğunca az hareket eder. **Oysaki başarı için cesur olmak gerekir. Çeşitli anlarda riski göze almayan insanların başarıyı yakalamaları son derece güçtür. Cesaret, başarıyı getiren unsurlardan biridir.**

Düşünceler netleşmeli

Oğlunuz, artık düşüncelerini netleştirmeli ve hedeflerine tam olarak inanmalıdır. Hedefleri, içinde yanan kor ateş haline gelmedikçe, çevredeki insanların korku, kaygı, güvensizlik ve cesaret kırıcı telkinleriyle ve tereddüt rüzgarlarıyla kısa bir sürede söndürülebilir. Ancak, gürül gürül yanan bir ateşi dört bir taraftan esen rüzgarlar bile söndüremediği gibi, aksine o ateşi daha da körükler. **Bütün bunları yaparken, anne baba olarak onun yanında olmanız, onu daha çok cesaretlendirecektir.**

> Unutmayın, aşılmaz dağlar yoktur, aşılmayı bekleyen dağlar vardır.

Hayatla mücadele etme yaşı gelmiştir

Kendisine güveni olmayan insanlarda, "elden gelen budur, bunun ötesi yoktur," düşünesi genel prensiptir. Karşılaştıkları her olayda bu temel prensibe göre hareket ederler. Diğer bir ifadeyle mevcudu muhafaza etmenin yollarını ararlar. Hayatla mücadeleleri yoktur. Savunma en iyi taktiktir. "Savunmada meydana gelen değişiklik, hayat mücadelesinde kayıplara neden olabilir," düşüncesi üst seviyededir. Oğlunuzu daha ilk çocukluk yıllarından itibaren "hayata hazırlamalısınız" derken, bu yaşlarda yaşanabilecek zorlukları kolayca aşmak için söylemiştik. İşte o hazır alt yapı şimdi çok işe yarayacaktır.

> Güvenini yitiren kişiler hiçbir şeyi başaramaz. Güvensizlik oğlunuzun davranışlarını kısıtlar. Her hangi bir eylemi gerçekleştirmek için teşebbüs edemeyen, sadece olanla yetinen bir kişiliğe sahip olur. Kendine güven duygusu ise, birçok engeli aşamada oğlunuz için, bitmez tükenmez bir güç kaynağıdır. Gençlere bu konuda yardım edin ve aşılmayı bekleyen dağları beraber aşın.

Hayatı Tanımaya Çalışıyor

Her zaman kendine göre özel

Hayat, açık denizler gibidir. Ağır dip akıntıları vardır. Mesela, okul öncesi dönem, ergenlik dönemi, altın yıllar denilen hayatın ileriki dönemi. Gelen her çağ, birçok sıkıntı ve baskıların yanı sıra, kendine has zorlukları ve fırsatları da beraberinde getirir. İşte hayatın bu dalgalı denizinde iyi bir kaptan olmak, onu iyi tanımaktan ve her zamanın kendine özel bir yanı olduğunu bilmekten geçer. Bu dalgalarla baş etmek için, iyi bir donanım gerekir.

Biraz tedirgin

Hayata atılma yılları, endişe verici bir çelişki ve durum değerlendirmesi yapma dönemi olabilir.

"Neredeyim? Yaptığım şeyi seviyor muyum? Benim için gerçekten önemli olan ne? Şu anda burada mı olmam gerekiyor? Bu yaptıklarım beni mutlu ediyor mu?..."

Bu tür sorular rahatsızlık oluşturabilir, hatta bazen acı verebilir. Ama hayatı tanımaya çalışan oğlunuz için bu sorular kaçınılmazdır. Fakat asıl bu soruların cevapları daha zordur. Onun için de biraz tedirgin ve kaygılıdır. Ona yardım etmelisiniz.

Mesela, mevcut isteklerini yerine getirmesine yardımcı olup, bu soruları cevaplandırırken de, ileriye doğru bakmasını sağlayabilirsiniz. Kendisinden yukarıda olanları incelemeli ve onların nasıl başardığını kodlamaya çalışmalıdır. Günlük rutinler ve kızgınlıklar, hayatı tanıma yolunda ilerleyen genci, fazla etkilemememelidir.

Geriye bakmayı da ihmal etmemek gerekir

Yeni yetişkinlerin, hayatlarının nereye ve nasıl gitmesini istediklerine karar vermek için ileriye doğru bakarken, aynı zamanda geriye de bakmaları gerekir. Çünkü geldikleri yerin, gittikleri yön üzerinde etkisi olacaktır. Mesela ilgi alanlarını tekrar gözden geçirmelidirler.

"Küçükken de insanlara yardım etmeyi severmişim. Daha yazı yazmaya ortaokul sıralarında başlamışım. Teknolojik aletlere olan ilgilim çok küçük yaşlarıma dayanıyor" gibi, hayatın tekrarlayan bir düzen içinde olduğunu anlayıp, ilerisi için bu ilgilerini bilmek işine yarayacaktır.

En iyi başarı hikayeleri, kendilerinden başka biri olmayı reddedenler hakkındadır.

Hayata atılma uzun sürebilir

Hayatı tanımaya çalışan genç, hayata atılmak için de hazırlıklarını yapmalıdır. Ama bu süreç biraz sıkıntılı geçebilir. Çünkü yirmili yaşların üstündeki birçok genç, terk edildiğini ve ıstırap çektiğini hisseder.

Bu gençler, benlik değerlerini sorgulamaya başlarlar ve hayata atılma çabalarında hata yapmaya müsaittirler. Liseden hemen sonra üniversite, iş arama derken hayatın acı yüzüyle karşılaşmak onları telaşlandırır. Hayata atılma döneminin uzunluğu birkaç yıldan on yıla veya daha fazla belirsizliğe ve haklı sıkıntılara bağlı olarak uzayabilir. Bu dönemlerde kararlar sık değişebilir. Bu da onların hayata atılmalarını uzatır. **Bu konuda oğlunuzun doğru ve dengeli karar vermesini sağlamalısınız.**

Öncelikleri iyi belirlemek gerekir

Oğlunuza önceliklerini doğru seçme konusunda yardımcı olmalısınız. Zaten bu seçim hakkını önceden öğretmiş olmanız, bu zamanda işine çok yarayacaktır. **Hayattan ne beklediğini, önceliklerinin neler olduğunu doğru tespit edecektir.** Uzun ve kısa vadeli planlar yapmasını tavsiye edebilirsiniz. Bu konuda ona liste çıkarmasını önerebilirsiniz. Hayatta neler beklediğini yazabilir. 5 yıllık planlar yaparak, bunları nasıl gerçekleştireceğini not alabilir. Günlük işlerle zamanlarını öldürmek yerine, amaçlarına odaklanmaları gerekir. Bu da zamanı kontrol etmekle olur. O zaman hayatı kontrol edebilirler.

Oğlunuzu daima destekleyin

Hayatı tanımaya çalışan ve hayata yeni atılan gençler, hayatın onlara her zaman çekici şeyler ve eğlenceler sunarken, bugünden sonra tek bir ilgi alanına ve sınırlayıcı çalışma ortamına kendilerini itmesini kabullenmekte zorlanabilirler. Bu durumda sizin desteğiniz çok önemlidir. Hayatı tanıma konusunda izledikleri yol, çelişkili duygular hissetmelerini sağlayabilir. Onlara doğru yolu göstermelisiniz. Yapabilecekleri onca şeyi, kaçırdıkları fırsatları düşünürler. Böylece hayata bakışları karamsar olabilir. **Onlara ümitvar olmaları ve hayata daha olumlu bakmaları gerektiğini göstermelisiniz.** Bundan sonraki başarıları eski özellikleriyle bağlantılı olmayabilir. Bunun için kendilerini geliştirmeleri gerekir. Eski yeteneklerin üzerine yenilerini koymalılar. Hızlı övgüye alışmışlardır, ama hayat her yaptıklarında onları övmeyecektir, buna alışmaları gerekir.

> Bu yaşlarda oğlunuzun duyacağı en büyük tedirginlik, hayata karşı hazırlıksız olduğunu düşünmesidir. Ona böyle olmadığını ve her acil durumda yanında olduğunuzu hissettirin.

Oğlunuz 22 Yaşında

Ergenliğe Veda

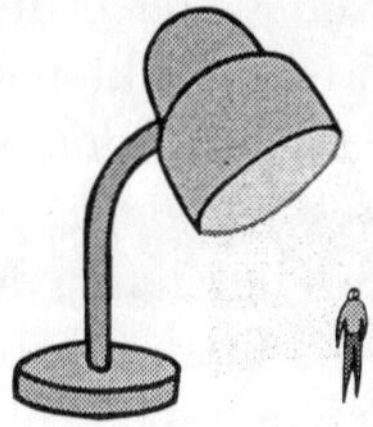

Rahat olmayı seviyor

Oğlunuz artık ergenlikten çıktı ve yetişkin olma yolunda ilerlemeye başladı. Ama bazı gençler, bu yetişkinlik yolculuğundan çabuk yorulup rahat olmayı tercih ederler. Kendi aralarında "Cool" olmak olarak tabir ettikleri bu rahatlık, onlar için bir ayrıcalıktır. Böyle davranmakla ergenliğe veda etmek istemediklerini gösterirler. Aslında zor bir dönemdir ergenlik, ama şu an içinde bulundukları zamanın sorumlulukları daha zordur. Onun için bu yöntemle hem ergenliğe veda etmemiş olurlar, hem de kendi hayatlarını daha rahat yaşarlar.

En belirgin özellikleri

Böyle davranan oğlunuzun en belirgin özelliği, rahat tavırlar içinde olmasıdır. Kendine has giyim tarzı ve zevkleri vardır. Ergenken bile yapmadığı aşırılıkları "Cool" olma adına rahatlıkla yapar. Fiziksel çekicilik önemlidir. Anne baba olarak sizi sinirlendirecek saç biçimleri yanı sıra dövme yaptırmaları da bu fiziksel çekicilik içindir. **Beden imajlarına çok değer verirler. İğneleyici mizah anlayışları ve hafif alaycı tavırları vardır.**

Ergenlik hiç geçmiyor mu?

Oğlunuzun bu tavırları size, "acaba ergenlik geçmeyen bir şey mi?" dedirtebilir. Hayata yeni atılacak 22 yaşındaki oğlunuzun, ergenliğe veda etmesi gerekir. Ama ergenliğe veda edemeyen gençler, hayata atılmaktan korkarak, bunu geciktirirler.

"Ne iş yapacaklar? Okulu bitirince iş bulabilecekler mi? Aileleriyle oturmaya devam mı edecekler? Hayatta onları neler beklemekte? Nasıl biriyle evlenecekler?" şeklinde sürüp giden sorular, onları ürkütmektedir. Böyle olunca da ergenliğin rahatı onları cezp etmektedir. Anne babanın ilgisi, hep devam etsin isterler. Beklentilerin yüksek olmaması, sorumlulukların artmaması en çok istedikleridir. Ama artık onlar birer yetişkindirler. Bu tür kaçışları bırakmalı ve ergenliğe veda etmeleri gerekir. Oğlunuzun rahat tavırları, onların tabirleriyle "Cool" takılmaları sizi rahatsız etmesin. Hayatı tanıdıkça ve sizin desteğinizi hissettikçe, bu tavırların anlamsız olduğunu en kısa zamanda anlayacaktır. Tabi **bu destek, dengeli olmalıdır. Tüm sorumlulukları üstünden alma türünden olmamalıdır. Zaten onun kaçtığı bu sorumluluklardır.**

Kendini yönetmesini bilmek

Bu yaştaki oğlunuza yapacağınız en büyük iyilik, kendini yönetmesine fırsat vermenizdir. Zaten bu yaşa kadar ona bu fırsatı tanıdınız. Şimdi bırakın sizin gölgeniz olmadan bunu başarsın. Olumlu düşünmeyle, hayatı elinde tutacak ve hayatını kendi yönetecektir. İşte o zaman ergenliğe veda edecektir. Bilinçaltına yerleştirilen yanlışlardan temizlenerek bunu başarabilir.

Mesela, "üniversite okuyanlar da işsiz, evlenip de ne yapacaksın" gibi yanlış bilgilerden arınarak pozitif düşünceyle hayata sarılırsa, hayatı ve kendini yönetebilir. İşte o zaman 22 yaşındaki bir yetişkin gibi davranabilir.

İnsan kendini nasıl düşünür ve hayal ederse, öyle olur. Oğlunuzun da kendini iyi düşünmesini ve hayal etmesini sağlayın.

Evlilik Kararı Önemli

Ailelerden biri veya ikisinin evlenme kararına karşı çıkması sonrasında yeni evliler için önü alınamayacak sorunların başladığı bir gerçek. Eğer bu sorunlara dayanabilirlerse sonuç çok iyi olabilir, ama dayanma gücü zayıf olanlar için, sonuç hep hüsranla bitmiştir.

Evlilikte doğru eş seçimi çok önemli. Bireyler yalnız yaşamaya göre değil, topluluk içinde diğer insanlarla birlikte yaşamaya uygun şekilde programlanmıştır. İnsanların kendi cinsleriyle kurdukları ilişkilerin yanında, karşı cinsle ilişki kurmaya da ihtiyacı vardır.

Kişinin ne aradığını bilmeden, neyin kendisi için önemli olduğunu düşünmeden eş seçimine karar vermesini şansa bırakmak çok yanlıştır. Kişiler, öncelikle kendini çok iyi tanımalı ve evleneceği kişide aradığı özellikleri iyi belirlemeli. Mutlu ve uzun ömürlü evlilik için, kişi kendine şu soruları mutlaka sormalıdır:

"Ben kimim? Nasıl bir hayat istiyorum? Hayatta benim için önceliği olan şeyler neler? İnsanlarda aradığım özellikler neler? Bunlar benim için neden önem taşıyor? Hangi tür özellikleri olan insanlarla daha iyi anlaşıyorum? Ya da hangileriyle anlaşamıyorum?"

Oğlunuzun, bu soruları evlenmeden önce mutlaka cevaplandırması gerekir.

Evleneceği kişiyle bu düşüncelerini birlikte paylaşmalı ve yalnızken de kendini tartmalı. Evlenilecek kişinin fiziksel özelliklerini nasıl bulduğu, beğenip beğenmediği de önemli. Yani gönül ısınması ilk anda kendini ne kadar belli etti, bunu iyi bilmek gerekir. Özellikle bu durum erkekler tarafından vazgeçilmez bir öncelik olarak algılanmakta. Benzer ve yakın eğitim düzeyine sahip olmak ve karşılıklı sosyo-ekonomik düzey de anlaşma ve uyum için önemli. İnsanlar yıllarca içinde yaşadıkları, kişiliklerinin temel taşlarını oluşturan ailelerinden kazandıkları izleri, evlilik yaşantılarında da devam ettirmek isterler. Bu nedenle benzer ailelere sahip eşler, daha kolay anlaşır.

Ne istediğini biliyor mu?

Gençler, evlilikle neyi amaçladıklarını ve istediklerinin ne olduğunu netleştirmeden, evlenme için adım atmamalıdır. Aynı zamanda bu beklentileri, anne ya da babasının kopyasını arama şeklinde de olmamalıdır. Öncelikle oğlunuz kendisine eş mi arıyor, yoksa anne mi bunu iyi ayırt etmeli.

Size eş aradığını söylüyor, ama farkına varmadan annesine benzeyen birini arıyor. Halbuki böyle bir şeyin olması imkansız.

Herkes kendine göre özelliklidir. Eğer oğlunuz bunu bilerek karar alırsa zorlanmaz, aksi takdirde çok zorlanacaktır. Çünkü sizin gibi birisini bulması zordur.

Evlenmiş olmak için evlenmemek

Oğlunuz askerden geldi, eli de iş tutuyor, artık evlenme zamanı geldi. Bunu böyle düşünüp onu zora koşmanız, kendi istediğiniz kızı dayatmanız ve bu konuda onu zorlamanız doğru değil.

Öncelikle evlenmiş olmak için evlenilmez. Burada önemli olan mutlu, uyumlu bir aile kurmaktır. Bunun için oğlunuzun evlilik kararı vermeden önce, evlilik için hazır olup olmadığını etraflıca düşünmelidir.

O Şimdi Asker

Önce askerlik

Oğlunuz okulunu bitirdi ve iş hayatına atılmak istiyor. Sonra da kendi yuvasını kurmak. Ama önünde bir de askerliği var. İşte bu süreçte, askerliğini yapıp, sonra işini ve yuvasını kurması en sağlıklı olanıdır. Çünkü önü daha açık olacak ve başladığı iş yarım kalmayacaktır. Bu yüzden oğlunuza bu konuda destek verin ve askerliğini yaptıktan sonra düşüncelerini netleştirmesini tavsiye edin. Hatta yaşadıysanız ya da çevrenizde askerliği erteleyenlerin yaşadığı zorluklar varsa, onları ona anlatın.

Askerlik ocağı

Türk örf ve adetlerinde, askerlik her zaman önemli ve müstesna bir yere sahiptir

Askerlik, bir ocaktır, yurttur, vatan bağrıdır, ana kucağıdır. Temel bir anlayışla Peygamber ocağıdır. Anadolu insanının üç mühim zamanda; gelin olacak kıza, kurban olacak koça ve askere gidecek gence, kına yakması bu sebepten olsa gerek. Ana kucağında yetişip vatan kucağına atılan genç, belli bir talim ve terbiyeden geçmek üzere zamanı geldiğinde askere gider. Vatan savunmasında aslan kesilen genç, yeri geldiğinde kibar, saygılı, anlayışlı bir birey olarak topluma katılır. Bunun içindir ki, ipe sapa gelmeyen "kanı deliler," askerlik eğitimi ve disiplininden geçtikten sonra tanınmayacak olgunluğa erişirler.

En büyük asker bizim asker

Oğlunuzun askere gitmesi ve bir kez daha aileden ayrılacak olması sizi üzecektir. Ama vatan borcu, ödemek gerekir. Her Türk genci gibi sizin oğlunuz da vatan savunmasında görev alacaktır. Bununla gurur duymalısınız.

Askere gidecek oğlunuz için küçük bir program yapabilirsiniz. Zaten arkadaşları da onu uğurlamak ve "en büyük asker bizim asker" diye tezahürat yapmak için sabırsızlanıyorlar. Ama **bu uğurlama törenlerini abartmamak, çevreyi rahatsız etmemek ve giden genci fazla üzmeden, motive ederek yapmak gerekir.**

Oğlunuzu askerliğe hazırladıysanız kolay

"Erkeğin erkek gibi, kızın kız gibi yetişmesi gerekir" derken, bu sözü, erkeğin hep bu ayrılıkları, zor ve önemli görevleri için söylediğimizi bir kez daha hatırlatalım. Oğlunuzu yetiştirirken bunlara hep dikkat ettiniz. Onun her zaman sizin diziniz dibinde oturmayacağını bilerek davrandınız. Şimdi bu ayrılıklar ona da, size de zor gelmeyecek. Ama tersi olsaydı, çok zorlanacaktınız. Hatta bu yüzden psikolojik sorunlar yaşayan, askerliğini yarıda bırakmak zorunda kalan gençler var.

Siz en doğrusunu yaptınız, oğlunuzu erkek gibi yetiştirdiniz. Baba olarak bir de ona askerlikle alakalı doğru bilgileri verdiyseniz ne güzel. Mesela, askerî hiyerarşi içinde ast, üst ve amir ilişkilerinin esasını, saygı ve sevgi prensibinin önemini anlatmak gibi. Askerlikte, nizam ve düzen bütünlüğünün altında yatan sırrın ifaat olduğunu, disiplin kurma ve devamını sağlama için bunun genel esas olduğunu, en doğru şekliyle anlatabilirsiniz. **Bazı babaların yaptığı gibi "askerlik şöyle zor, böyle zor," şeklinde yakınmalardan ve anlatımlardan uzak durun.**

Evliliğe Hazırlık Dönemi

Evlenmek istiyor

Oğlunuzun evlenmek istediğini söylemesi sizi şaşırtmış olabilir, hatta size göre daha erken bile olabilir. Aslında evlilik için yaş kavramı yok. Çünkü bu kişiden kişiye, bölgeden bölgeye değişen bir şey. Burada önemli olan, biyolojik ve psikolojik olarak evliliğe hazır hale gelmek, evlilik için tam bir olgunluk seviyesine ulaşmış olmaktır.

Evliliği ona anlatmalısınız

Evlilik, hayatın dönüm noktalarından bir tanesidir. Aile olarak, evliliğin ne getirip ne götüreceğini iyi tahlil etmeli ve oğlunuza bunu göstermelisiniz. Eğer bunu yapmazsanız, ilerisi için ödenecek ağır bedelleriniz olacak demektir. Bu konular, oğlunuz size "evlenmek istiyorum" kararını açıklamadan önce anlatmanız gereken şeylerdir. **Anne baba olarak sizler, böylesine önemli bir konuda karar verme aşamasında olan oğlunuzu yalnız bırakmamalı, ona yol göstermelisiniz.**

Ortak karar almak önemli

Anne babalar, "hayır, doğrusunu biz biliriz, bu şekilde olacak, böyle yapacaksın," şeklinde sert bir tepki gösterdikleri zaman, genç delikanlı da, işi inada bindirerek söylenenin aksini yapmaya çalışacaktır. Bu tarz bir yaklaşım oğlunuzu, evlenmek istediği kişiye daha çok yaklaştıracak, evde bulamadığı huzur ve anlayışı, onda bulmaya itecektir. Belki de yanlış karar vermesini hızlandıracaktır. Ama bu yanlış karardan dönmek için, çok geç kalınmış olabilir. Bunun için **oğlunuzla çatışmaya girmeden, neden ve niçinler üzerinde makul ve anlayışlı olarak konuşmak ve ortak bir karar vermek gerekir.**

Dengini bulmak önemli

Evlilik, ömür boyu sürmek üzere çıkılan bir yolculuk olduğu için, eşlerin birbirine uygun kişilikte, birbirine yakın gruplardan olması; sevgi, saygı ve karşılıklı anlayış bağını güçlendirir.

> Evlilikteki denklik, çok eski zamanlara dayanan, gençler evlendirilirken göz önüne alınan önemli bir konudur. Hatta bunu pekiştiren, "davul bile dengi dengine çalar" sözü, atalarımızdan bugüne kadar gelen ve şu anda bile sıkça kullanılan bir sözdür.

Evlilikten beklenenler iyi bilinmeli

Belli bir yaştan sonra kişilerin evlilikle ilgili korkuları, beklentileri ve isteklerinde artış görülür. Bu korku ve farklılıkların bir kısmını ciddiye almak gerekse de, şu bilinmelidir ki, iki taraf ta hayata olumlu ve yapıcı baktığı sürece, bu farklılıklar ve korkular zaman içinde çözümlenebilir. Bunun için de aile olarak sizin, evlilikten beklenenleri oğlunuza en iyi şekilde anlatmanız gerekir.

Bu yaşa gelen oğlunuzu çok iyi tanıyor olmalısınız. Nelere, reaksiyon verdiğini, duyarlılıklarını gözlemlemek, ileride oğlunuzu, nasıl bir evlilik hayatının beklediği konusunda size bilgi verecektir.

Oğlunuz, "karşısındaki kişiyle bir ömür boyu birlikte olabilecek mi? Aşk bittikten sonra da aynı yolda yürüyebilecek mi?" diye düşünmeli; **evliliğinin devamlılığı konusunda ona püf noktalarını öğretmelisiniz.**

Kendi İsteğiyle Şekillenme

Her şey onun istediği gibi

Bu dönem tamamen bireyin kendi seçim ve isteğiyle şekillenmesi gereken bir dönemin başıdır. Ancak bunun da bir plan ve program dâhilinde yapılması gerekir.

Çalışmanın en verimli zamanı

İnsan bedeni üzerinde yapılan araştırmalar göstermektedir ki, bu zaman dilimi 30 yaşına kadar, en verimli çalışma devresidir. Çünkü 30 yaşından sonra bedensel faaliyetlerde yavaşlama başlar. Bu yavaşlama hücrelerin yenilenmemesinden kaynaklanmaktadır. Bu verimli zaman, oğlunuzun kendi istekleri doğrultusunda şekillenmektedir. Çünkü o da artık bir yetişkindir. Bu verimli zamanını da en iyi şekilde kullanmalıdır.

Üretkendir

Bu devrede oğlunuz, üretken bir yapıya sahiptir. Hayatın her safhasına, "nasıl daha iyi üretirim?" diye bakar. Meslekte ve işte de üretkenliği için elinden geleni yapar. Bu üreticilik hali, onu her türlü sorundan da uzak tutar.

> Mesela özellikle erkeklerde daha sık görülen orta yaş krizi, üretkenliği devam edenlerde görülmez. Anne baba olarak size düşen, üretme isteğiyle dolu bu enerjik yetişkinin dengeli davranmasını sağlamaktır.

İşini seviyor

İnsanın artan ihtiyaçlarını karşılayabilmesi için, üretici insan olması gerekir. Çünkü oğlunuz kendi ekmeğini eline almıştır ve artık sorumlulukları artmıştır. Tüm insanlığa yararlı olmak, ülke ekonomisine katkıda bulunmak, çalıştığı yere fayda sağlamak gibi sorumlulukları vardır. Zaten o, bu üretken çağında, işini seviyor ve işinin çok değerli olduğunu bilerek üretiyorsa, güzel bir hayat yaşayacak ve yaşatacaktır.

> Günümüzde, işini seven, iyi yapan uzman insana ihtiyaç vardır. İşini severek yapan bir duvar ustası ile işini sevmeden yapan duvar ustası arasında çok büyük farklar vardır.

İşini seven ile sevmeyenin farkı

İnşaatta çalışan iki duvarcı ustasından birine ne iş yaptığı sorulduğunda, "duvar örüyorum" diye işinden bıkmış bir şekilde cevap verir. Diğer duvarcı ustası, "Okulun duvarını örüyorum. Bu okul tamamlandığında içinde cıvıl cıvıl çocuklar, öğretmenlerinden kıymetli bilgiler alarak yetişecekler. Hem kendi hayatları kurtulacak, hem de yetiştikleri topluma faydalı insanlar olacaklar. Örülen bu duvarla bu projeye benim de önemli bir katkım olacak" der.

Bıkkın bir halde çalışmak ile, işini severek yapmanın, çalışmasına heyecanını katmanın arasında çok büyük bir fark olacaktır.

Zamanının çoğu işte geçmekte

İnsanlar, özellikle de erkekler, yaşamlarının büyük bir çoğunluğunu dışarıda, iş hayatında çalışarak geçirirler. Bu nedenle çalışma alanları geleceği etkileyeceği için, iyi seçilmeli ve severek yapılmalı.

Oğlunuz, yapabileceği ve yeteneğine uygun işleri yapmalı. Yapmaktan zevk aldığı ve inandığı işi yapmak, onu başarılı ve mutlu edecektir. Zamanının çoğunu işte geçirdiğini bile unutacaktır.

Hayatın tek gayesi, çok para kazanmak değil, iyi bir insan olmak, sürekli gelişerek yenilenmek, başkalarıyla bir şeyleri paylaşmak ve yaşamdan zevk almak olmalıdır.

Bilgi birikimi önemli

Adale gücü ile kazanmanın zorlaştığı bir dünyada yaşıyoruz. Bunun için bilgi birikimi işleri daha kolaylaştıracaktır. Günümüzde bilgi sahibi olmak, bilgiye ulaşmak ve bilgiyi kullanmak gibi yeni kavramların öne çıktığını duyuyoruz. Herkes işinde başarılı olmak ister, ama bunu nasıl başaracağını bilmez. **Başarılı olmak için büyük düşünmek ve hedefe odaklanmak şarttır.**

Eğer oğlunuz hedefe odaklanır ve her gününü dünyadaki son günü gibi değerli görürse başarılı olur. Bunun için ufak şeylere takılmamak gerekir. Hiçbir şeyi dert etmemek; kendini, çevresini sevmek gerekir. Zamanını ve enerjisini, önemsiz ve lüzumsuz şeylere harcamaması gerekir. Bugün yapacağını yarına bırakmaması gerekir.

Ne güzel, oğlunuzun bir işi var ve çalışıyor. Bunun kıymetini bilmesi gerektiğini, işinin iyi yönlerini görerek daha başarılı olacağını ona anlatın. Dürüstlüğün, onun en temel ilkesi olmasını da ihmal etmeyin.

Toplum, her yerde dürüst ve namuslu insan arıyor. Ülkemizin, işini iyi yapan ve dürüst insanlara ihtiyacı vardır. Bir de küreselleşen ve değişime açık olan dünyada, siz de değişime açık olmalı ve yenilikleri takip etmelisiniz.

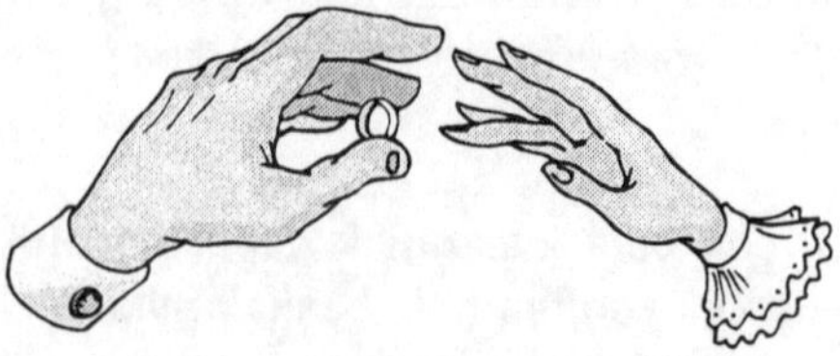

Kız İsteme Zamanı Geldi

Oğlunuza kız arıyorsunuz

Evlenme isteğini sizinle paylaşan oğlunuz için uygun kız arıyorsunuz. Gözünüze kestirdiğiniz bazı kızlar var, bunları oğlunuzla paylaştınız. Sonunda oğlunuzla verdiğiniz ortak karar sonucu, oğlunuz biriyle görüşmeyi kabul etti. Görüşüp tanıştılar. Gençlerin kararı olumlu, şimdi sıra sizde. Aileler olarak görüşmeli ve birbirinizi daha yakından tanımalısınız.

Nasıl bir aile, size her şeyiyle uygun mu, kızın ev içindeki durumu nasıl, oğlunuza denk biri mi ve daha birçok konuyu araştırmak için bu tanışmalar önemli.

Her şey istediğiniz gibi ve oğlunuz da kararından eminse, sıra kızı istemeye geldi.

Bir demet çiçek, bir kutu çikolata

Kız isteme törenleri her iki taraf için de çok heyecanlıdır. Erkek tarafı olarak sizin hazırlıklarınız tamam. Bir demet çiçek ve bir kutu çikolata. Aslında önemli olan orada konuşacaklarınız, ama böyle bir günde eli boş gitmek doğru olmaz. Aile büyükleri olarak bir kez daha konular konuşulabilir. Özellikle **maddi meseleler sorun haline getirilmemeli ve her şey tüm açıklığıyla söylenmelidir.** Tabi burada kız tarafının hoşgörülü olması çok önemli. Kızı için 10 bilezik, 2 metre zincir, oturma odası, misafir odası gibi maddi taleplerde bulanarak daha işin başında parasal olarak değerlendirmeler, evlenecek çiftlerin gözünü korkutabilir. Bu taleplerin, modern bir başlık parası isteğinden çıkarılıp makul ölçüde olması gerekir.

Erkek çocuk evlendirmek, kız çocuk evlendirmeye göre daha külfetlidir. Ama ayağınızı yorganınıza göre uzatır, karşı tarafla samimi bir şekilde konuşursanız, hiç problem olmaz. Zaten kızı istemekle almış sayılmazsınız. Bir söz ve nişan devresi geçirmek lazım. Bu süreç içinde de, siz yapacaklarınızı hazırlama imkanı bulursunuz.

Nişanlılık dönemi önemli

Evlilik kararı, oğlunuzun da isteğiyle nişan zamanına kadar geldi. Bu dönem, evlenecek çiftlerin birbirini daha iyi tanıması ve ailelerin daha iyi kaynaşması için önemlidir. Ama **oğlunuza yapacağınız en büyük iyilik, onun duygusallığının yanı sıra mantıksal olarak da olayı değerlendirmesini sağlamanızdır.** Sizin olumlu yaklaşım ve uyarılarınız, oğlunuz tarafından doğru algılanırsa, bu kararı daha dikkatli vermiş olacaktır. "Aşkın gözü kör" oyununa gelmeyip, sizinle inatlaşmadan duygu ve mantık süzgecini doğru kullanacaktır.

Evliliğe ön hazırlık

Nişanlılık evresi, evlilikte yaşanabilecek sorunların daha erken ortaya çıkması ve çözümlenmesi, eşlerin birbirini daha gerçekçi tanıyıp değerlendirmesidir. Ama bu sürecin çok uzatılmaması ve eşlerin, bunun evlilik için bir ön hazırlık olduğu bilinciyle hareket etmesi gerekir. "Birbirimizi tanıyacağız" diye her an görüşmeleri, hatta daha ileri boyutlara varan yakınlaşmalar doğru değildir.

Zaten bir insanın kısa bir süre içinde tanınması oldukça zor. Onun için verilen olumlu karar sonucunu, bir an evvel hayata geçirmelisiniz.

Bu aşamada dikkat etmeniz gereken, size uyup uymadığı, aradığınız özelliklerin onda bulunup bulunmadığı, sizin onunla bir hayat sürüp süremeyeceğiniz.

Dört dörtlük birini bulmak zor

Bir insanı tanımak ve şifresini çözmek böyle kısa bir zamana sığmaz. Çünkü kimse hoş olmayan yanlarını göstermek istemez ve gizler. Ama genel isteklere uygunluk varsa, küçüklerin de zamanla düzelmesi muhtemeldir. Öbür türlü "dört dörtlük birini bulacağım" diye çok aramamak gerekir. Bir kere insanın kendisi dört dörtlük biri mi? İşte bu tür küçük teferruatlar sonucu gençler, evliliği ertelemekte, ileri zamanlarda da daha seçici olmakta ve sonuçta ya evlenememekte ya da daha kötüleriyle karşılaşmaktadır.

Beklentiler makul olmalı

Gençlerin evlilik beklentilerinin makul olması çok önemlidir. Mesela: Kızlar, çok zengin, yakışıklı, kariyer sahibi, anlayışlı, kibar ve daha bir çok özellikle ararken; erkekler de, çok güzel, becerikli, hoşgörülü, sevecen, iyi aile kızı, tahsil gibi özellikler arar. Ama tüm bunların bir arada bulunması mümkün olmayabilir. İşte **o zaman öncelikleri iyi belirlemek ve makul olmak gerekir.** Oğlunuz önceliğini güzel ahlaktan, milli ve manevi değerleri bilip yaşamaktan yana kullanırsa çok daha iyi olur.

> Oğlunuzun da, evleneceği kızın da, aklına takılan birçok soru, kaygı ve aşmakta zorlandıkları durumlar olabilir. Daha evlenmeden bu tür şeylerle kendilerini yıpratmak yerine, evlenmeden önce bir evlilik danışmanına gitmeleri çok faydalı olur. Böylece evlilik öncesi karşılıklı yıpratmaları engellemiş olursunuz. Evliliğe pozitif bakma sağlanır. Evlilik öncesi tarafların birbirlerini daha sağlıklı tanımaları ve değiştirilebilir yönlerini nasıl değiştireceklerini öğrenmeleri sağlanmış olur. Evlilik hayatıyla ilgili hatalı ve kulaktan duyma bilgilerden ziyade, sağlıklı bilgiler edinilmiş olur.

Kendi Evinin Babası

Rastlantılara yer yok

Toplumun temel taşı olan aile kurumunu önemseyen oğlunuz, bu önemli kararı verirken belki çok zorlandı, belki size göre daha küçüktü, belki biraz daha bekleyebilirdi, ama tüm bu sorular geride kaldı ve o, doğru bir karar vererek aradığı eşi buldu. Şu an mutlu bir yuva kurmanın huzuru ile kendi evinin babası oldu.

Oğlunuz, bu kararı verirken rastlantılarla ya da evlilik olsun diye evlenmedi. Baba olma sorumluluğunu bilerek evlendi. Güçlü temeller üzerine oturması, birbirine bağlı, sevgi ve saygı çerçevesinde her şeyin rahatça konuşulacağı, huzurlu ve mutlu bir yuva kurmak için bu kararını sizin de onaylamanız sonucu gerçekleştirdi.

Şimdi size düşen, onu bu mutlu yolculuğunda desteklemeye devam etmeniz. "Bundan sonra ne yapacağız ki, o artık kendi evinin babası?" dediğinizi duyar gibiyim. Evet, o da sizin gibi evli barklı bir yetişkin. Ama sizin destek ve yardımınıza her zaman ihtiyacı olabilir. İşte o zaman bu yardımı en makul ve tarafsız şekilde yapmalısınız. Çünkü karşınızda sadece oğlunuz değil, onun eşi ve sizin gelininiz var. Bu mutlu yuvanın, daha mutlu olması, sizin bu olumlu katkılarınızla olacaktır.

Oğlunuzu seviyorsanız, gelininizi de seversiniz

Bir kere onun evli olmakla, sizin oğlunuz olmaktan çıktığını düşünmeyin ve en önemlisi gelininizi kızınız gibi görmeseniz de, ailenizin bir üyesi olarak kabul edin.

> Oğlunuzu kıskanma, gelini beğenmeme gibi sıradan gelin-kaynana çekişmelerini bir kenara bırakın. Çünkü bu çekişmelerde, en çok sizin oğlunuz üzülecektir. Bu tür olumsuz düşüncelerden kurtulun ve gelininizi sevin, eğer oğlunuzu gerçekten seviyorsanız...

Paratoner bir eş

Oğlunuzun evliliğin ilk yıllarında zorlanması muhtemeldir. Ama sizin dengeli tutumunuz bu zorluğu kolaylaştırabilir. Ya da tersi de olabilir. **Oğlunuzu, eşiyle sizin aranızda tercih yapmak zorunda bırakmayın.** Eğer başarılı bir paratoner eş olamazsa, mutluluğu yakalayamadan mutsuzlukla tanışmış olur. Anne baba olarak, bu iki mutlu eşin arasına girmeyin. Onların yanında her zaman değerli ve özelsiniz, ama önce bir kendileriyle olsunlar, kendilerinin eşi olma yeteneklerini geliştirsinler, ondan sonra. Bu yüzden ilk yıllarda eşlerin yalnız olmaları önemlidir. Ama maddi imkansızlık söz konusu ise, aile büyüklerinin daha anlayışlı ve hoşgörülü olması gerekir.

Her işe karışmayan, oğullarını dünki çocuk gibi görmeyen, gelinlerini kendi evlatları gibi seven, kendi saygınlıklarını zedelemeyen anne babalar olabilirsiniz.

Özerk bir aile olmak için

Kendi ailesini kuran oğlunuzun özerk bir ailesi olsun istiyorsanız, ona dışarıdan müdahale etmeyin. Tabi aynı şey gelinin ailesi için de geçerli. Ama genelde erkek çocuklar aileleriyle yaşamak zorundadırlar ya, bunun için erkek anne babası olarak sizin dikkatli olmanız daha önemli. Bu karışmaları yapan anne babaların haklı savunmaları, "onlar ne bilirler ki, ben ona öğreteyim" gibi, oğullarını hala çocuk gibi görmeleri ve koruma yetisiyle hareket etmeleri. Unutmayın onlar kendi ailelerini kurdular. Kendi kararlarını verme, istedikleri gibi davranma hakları var.

Evin babası olmak önemli

Oğlunuzun da evin babası olarak artık sizin eteğinizden düşmesi lazım. Ama yine de şu altın nasihatleri onunla paylaşabilirsiniz:

> Bir kere ailede karşılıklı sevgi ve saygı, ilgi ve şefkat olmalı. Eşler birbirine karşı hoşgörülü ve fedakâr olmalı. Kanaatkâr ve sabırlı olmalı. Birbirini yıpratmamalı ve kırmamalı. Açık iletişim halinde olmalı. Beraber olmak ve güzel anıları paylaşmak için fırsat kollamalı. Birbirlerine değer vermeli. Sürekli kendilerini geliştirmeli. Sadece kadın eş değil, erkek eş de bakımlı olmalı. Ortak yönleri bulup, paylaşım içinde bir şeyler yapılmalı. Cinsel yaşama dikkat edilmeli.

Evin babası olan oğlunuz için tüm bunları yerine getirme çok önemli. Siz anne baba olarak bu konuda onu destekleyebilir ve kendi hayatınızdan olumlu örnekler verebilirsiniz. Ama sürekli onları denetler, kontrol eder bir şekilde rahatsız etmeden ve her şeye karışmadan...

Evlilik çiçeklerini soldurmayın

Evlilik hayatı iki eşin birlikte diktiği bir çiçektir. İki eş de, diktikleri bu çiçeğe gözleri gibi bakarlarsa, her şey çok güzel olur. **Sürekli bakım, dikkat, emek ve özen isteyen evlilik çiçeğinin sorumluluğunu paylaşan eşler olarak, hayat mutlu devam edip gider.** Özellikle evin babası olan erkek eş, "nasıl olsa evlendik" deyip işin ucunu bırakmamalı, **evlilik çiçeklerine gereken özeni göstermeye, problemleri dışarı taşırmamaya, eşine karşı haksızlık etmemeye, sorumluluklarını**

aksatmamaya daha bir önem vermelidir. İşte oğlunuz, sizin bugüne kadar verdiğiniz, hayat derslerinizi şimdi kullanacak ve gördüklerini uygulamaya dökecek. Bırakın çiçeğini istediği gibi büyütsün. Siz o çiçeklerin güzel kokularıyla mutlu olmaya çalışın.

ANNENİN ÇOCUĞUNA VERECEĞİ EĞİTİM, DOĞUMLA BAŞLAR

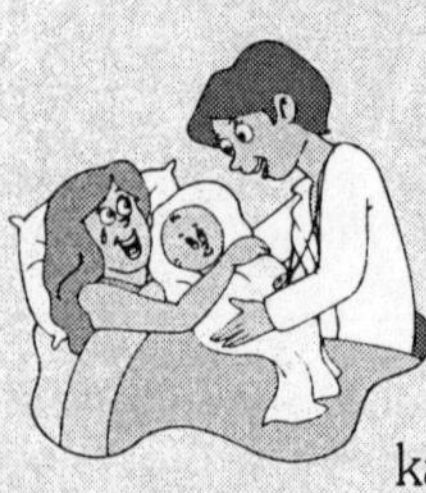

Tanınmış bir eğitimci olan Françis W. Parker'e bir kadın sormuş:

– Çocuğumun eğitimine ne zaman başlayabilirim?

Eğitimci Parker, soruya soruyla karşılık vermiş sağlıklı bir şekilde cevaplayabilmek için:

– Çocuğunuz ne zaman doğacak?

Anne:

– "Çocuğunuz ne zaman doğacak" demek de ne oluyor? Çocuğum şimdi tam beş yaşında...

Eğitimci:

– Sayın anne, demiş memnun olmayan bir yüz ifadesiyle. Benimle konuşarak boşa zaman geçirmeyin. Bir an evvel evinize giderek çocuğunuzun eğitimine başlayın. Çünkü koskoca beş yılı boşa harcamışsınız, telafi etmeniz çok zor olacak...

Son Söz Yerine

Şeyh Edebali'nin Osman Bey'e Nasihati

Oğul,

İnsanlar varıdır, şafak vaktinde doğar, akşam ezanında ölürler. Avun oğlum avun.

Güçlüsün, kuvvetlisin, akıllısın, kelamsın.

Ama

Bunları nerede, nasıl kullanacağını bilmezsen, sabah rüzgârında savrulursun gidersin. Öfken ve nefsin bir olup aklını yener.

Daima sabırlı, sebatlı ve iradene sahip olursun. Dünya senin gözlerinin gördüğü gibi büyük değildir. Bütün fethedilememiş gizemli bilinmeyenler, görünmeyenler, ancak, senin fazilet ve erdemlerinle gün ışığına çıkacaktır.

Ananı, atanı say, bereket büyüklerle beraberdir.

Bu dünyada inancını kaybedersen, yeşilken çorak olur, çöllere dönersin.

Açık sözlü ol. Her sözü üstüne alma. Gördün söyleme, bildin bilme.

Sevildiğin yere sık gidip gelme. Muhabbetin itibarı olmaz.

Üç kişiye acı:

Cahiller arasındaki âlime,

Zenginken fakir düşene,

Hatırlı iken itibarını kaybedene.

Unutma ki! Yüksekte yer tutanlar, aşağıdakiler kadar emniyette değildir.

Haklı olduğunda mücadeleden korkma.

Bilesin ki, atın iyisine doru, yiğidin iyisine deli derler...

Kaynaklar

Bizim Aile – sayı 212 sy: 54; sayı 214 sy: 22–23–27

Esan Gül – *Çocuk Eğitiminde Anne-Babanın Sorumlulukları* – Çıra Yayınları

Doç. Dr. İbrahim Aşkar – Sema Hastanesi Plastik ve Rekonstrüktif Cerrahi Uzmanı

Psikoterapist Kıvanç Tığlı

Zaman Gazetesi – 7 Ocak 2008 sy: 28 – 28 Ocak 2008 sy: 28 4 Mart 2008

Dr. Thomas Gordon – *Etkili Anne Baba Eğitiminde Uygulamalar* – Sistem Yayıncılık

Yüksek eq'lu bir çocuk yetiştirmek (Dr. Lawrence E. Shapiro) Varlık Yayınları

Dr. Seden Tuyan seden@duygusalzeka.net

PERSONAL EXCELLENCE ŞUBAT 2004

PERSONAL EXCELLENCE NİSAN 2002

Ramazan Varol – *Çocuklarımıza Neyi, Ne Zaman ve Nasıl Öğretelim?* – Bilge Yayınları

Ekrem Acar – *Bağırıp Çağırmadan Çocuk Eğitimi* – Yakamoz Yayınları

Tuncel Altınköprü – *Genç Erkek Psikolojisi* – Hayat Yayınları

Dr. Evelyn Bassoff – *Anneler ve Oğulları* – Timaş Yayınları

Prof. Dr. A. İhsan Taşçı – *Cinsel Eğitim* – İz Yayıncılık

Doç. Dr. Sefa Saygılı – *Strese Girmeden Sınavlara Hazırlık Rehberi* – Papatya Yayınları

Fethullah Gülen – *Çekirdekten Çınara* – Nil Yayınları

Sur Dergisi- sayı 383

Dr. Şule Selman – *Anne Adaylarına Gebelikle İlgili 100 soru100 cevap* – Elitkültür Yayınları

Görgü Kuralları – Yeni Asya Yayıncılık

Dr. Perry W. Buffinton – *Çocuk Yetiştirmede Psikolojik Taktikler* – Yakamoz Yayınları

Yasemin Yalçın Aktosun – *Evli misiniz Eşli misiniz?* – Timaş Yayınları

Tuncer Elmacıoğlu – *Başarıda Aile Faktörü* – Hayat Yayınları

Yazarın daha önce Yayınevimizden çıkan kitapları

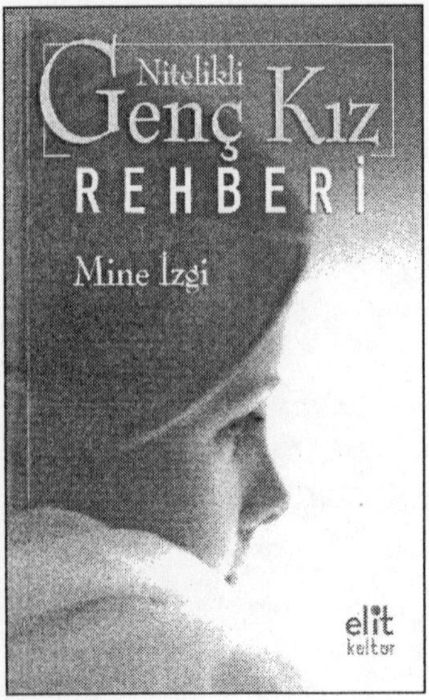